Guerras civiles
de Granada

Juan de la Cuesta
Hispanic Monographs

Series: *Ediciones críticas* Nº 2

GINÉS PÉREZ DE HITA

Guerras civiles de Granada

Primera parte

Edited, with an Introduction, Notes,
Glossary and Appendix

BY

SHASTA M. BRYANT
Wake Forest University

Juan de la Cuesta
Newark, Delaware

The decorated capital letters which begin each chapter are from the original stock of type used in Juan de la Cuesta's seventeenth-century Madrid print shop. These were graciously provided by Professor R. M. Flores of the University of British Columbia.

❧ Contents ❧

✣ Preface ✤

THE PRESENT VOLUME, which contains the full, unabridged text of Part I of the *Guerras civiles de Granada*, is intended to meet the need for a faithful, yet readable, edition of one of the major works in Spanish Golden Age literature. The text itself is based upon the oldest and most authentic version known, the edition published in Zaragoza in 1595, as reproduced by Paula Blanchard-Demouge in 1913. An introduction, a list of previous editions, explanatory footnotes, a glossary of archaic and uncommon words, and an appendix have been added to enable the work to be more readily appreciated by the reader who may have a limited knowledge of the book's history and the epoch and events upon which it is founded.

In general, the spelling, punctuation, and capitalization have been revised in accordance with present-day standards and a more up-to-date system of paragraphing replaces the relatively unbroken text of the original. However, an exception to the above is the spelling of the names of persons and places. In most instances, these have been copied just as Pérez de Hita wrote them, although a few of the very common ones (e.g., Abencerraje, Albaicín, Ponce) have been modernized and a single spelling, usually the one used most frequently, was sometimes adopted for the same name spelled by the author in several different ways. Also, the ç was replaced throughout with z (e.g., Muça > Muza).

In addition to the ç, other deviations from current spelling which have been eliminated in the present edition include the following, noted with a sample word from the original: *b* for *v* (*bivir*); an extra *b* (*subtil*); an extra *c* (*sancto*); *e* for *o* (*escurecer*); double *f* (*affable*); *g* for *b* (*agüelos*); *g* for *h* (*agora*); *g* for *j* (*linage*); an extra *h* (*chrónica*); *h* omitted (especially prevalent in verb forms, e.g., *avía*); *im* for *en* (*imbió*); *j* for *i* (rare, but note *rebolujessen* for *revolviesen*); *o* for *u* (*sospiros*); *p* for *u* (*captiva*); *q* for *c* (*qual*); double *s* (*passo*); *s* for *x* (*espirar*); *u* for *v* (*atrauiessen*); *u* for *b* (only a few cases, e.g., *estauan*); an extra *u* (*fluecos*); *v* for *b* (*cavallero*); *x* for *j* (*debaxo*); *y* for *i* (*treynta*); *z* for *c* (*azerado*).

Archaic forms which are so different from the equivalent modern terms as to be considered separate words and not just spelling peculiarities (e.g., *do* for *donde*, *ansí* for *así*, *quisto* for *querido*, etc.) have been retained, and I have also chosen to keep *deste*, *destos*, *dellos*, and similar combined forms, plus the unapocopated *grande*, where these words appear in the original. Obsolete verb patterns such as the future subjunctive; *habemos* for *hemos*; the substitution of *l* for *r* in the infinitive-plus-object combination (e.g., *traella* for *traerla*); second person plural forms in which the *d* had not yet disappeared (e.g., *hablaredes* for *hablaréis*, *arrojábades* for *arrojabais*, etc.); and archaic usages found with *vos* have been kept, since these things clearly represent more than spelling anomalies. *Vide* and *vido*, however, which alternate in the original with *vi* and *vio*, were replaced by the more prevalent later forms. It should be emphasized, perhaps, in view of the excessive editing and actual re-writing to which the *Guerras civiles* has often been subjected in past editions, that no substitutions or other alterations in either content or syntax have been made in the present edition and nothing has been deleted. Thus, with the exception of the changes noted above, Pérez de Hita's original language has been preserved. Obvious printing errors were corrected, of course, and in the few instances where logic or meaning seemed to require the insertion of a word that had been left out inadvertently, the additions have been supplied in brackets.

A final statement may be necessary concerning the purpose behind the present work. In view of the rather large number of extant editions of the *Guerras civiles*, one might question why another one is needed. The fact is, there is no really satisfactory version available to the modern reader. For example, of the editions published in this century listed in the Library of Congress Union Catalog, the General Catalogue of Printed Books in the British Museum, the quite complete *Bibliografía de la literatura hispánica* of José Simón Díaz, and in all other Spanish bibliographies which I have been able to consult, only the Blanchard-Demouge edition comes even moderately close to fulfilling the requirements for a completely adequate text. Unfortunately, it is long out of print, relatively few copies are available, and the archaic paragraphing, punctuation, and orthography present difficulties for the non-specialist. It is my hope that the present volume will remedy an obvious deficiency and encourage a new generation of readers to become directly familiar with a work whose importance and value have long been recognized.

The successful completion of this project owes much to the generous support of Wake Forest University, for which grateful acknowledgment is hereby made.

S. M. B.

❧ Introduction ❧

ONE WOULD PROBABLY not be far amiss in asserting that the modern historical novel had its origin in the *Historia de los bandos de los Zegríes y Abencerrajes*, the book which we now know as the *Guerras civiles de Granada*. In an ingenious combination of fact and fiction, prose and poetry, Ginés Pérez de Hita painted and left for later generations a fascinating picture of the last years of the Moorish kingdom of Granada. In doing so, he not only created a new literary genre, but also firmly established a new literary hero—the sentimentalized, romantic Moor—an enduring figure that was to have a tremendous influence on large numbers of writers in many countries, especially during the Romantic movement of the nineteenth century. Although the period of greatest popularity of the book is long past, it retains an historical interest and an intrinsic appeal only slightly diminished by the passage of the centuries.

The *Guerras civiles* was written and published in two volumes and may be considered as two separate and independent narratives. Part I, first published at Zaragoza in 1595, drew much more heavily on the author's imagination. It relates the internal strife and intrigues which led to the fall of Granada in 1492, but also describes the colorful jousts, sports, and festivals which popular fancy ascribes to the court of the Moorish kings. A large part of the action is concerned with individual combats between Moors and Christians and the love affairs of the Moorish knights and ladies, although the central theme revolves around the beheading of thirty-six members of the Abencerraje family by Boabdil, the so-called *rey Chico* of Granada. Part II, published in Alcalá de Henares in 1604, although according to a statement at the end of the text, finished as early as 1597, gives a more historically accurate account of the wars against the *moriscos* in the mountainous region of the Alpujarras after the uprising in the second half of the sixteenth century. Ginés Pérez de Hita participated personally in some of the campaigns there in 1569 and 1570 and the tenor of his writing in this part of the novel is more restrained and factual, less poetic and less colored by fantasy, but nonetheless still dramatic and interesting. Both parts are liberally interspersed with ballads, making the work, especially the first part, a noteworthy collection of *romances fronterizos* and *romances moriscos*. The poems of the

ix

second part, used mainly to recapitulate the prose sections and to maintain some similarity with the first part, are of less interest and value.

We still know relatively little about the life of Ginés Pérez de Hita. For many years the basic sources for biographical details have been Nicolás Acero y Abad, *Ginés Pérez de Hita: estudio biográfico y bibliográfico* (Madrid, 1889), published earlier as a series of articles in the *Revista Contemporánea*, volumes 69-79 (1887-88), and Paula Blanchard-De-mouge's lengthy and valuable introduction to Volume I of her reproduction of the earliest known editions of the *Guerras civiles* (Madrid, 1913-15). Almost all later references lean heavily on these two sources, or on Volume I of Menéndez y Pelayo's *Orígenes de la novela*. Not so well known, but a very important addition to the above, since it reviews critically much of the previously published information and adds other new and significant data, is Francisco Escobar's *Apuntes sobre Ginés Pérez de Hita, primer historiador de Lorca* (Murcia, Imprenta L. Llinares, 1929).[1]

Based on the available evidence, it seems highly probable that the author of the *Guerras civiles* was born in either Mula or Lorca in the province of Murcia around 1544. His family origins, education, and other details of his earliest years are still obscure, but it is well established that by 1570 he had become, surprisingly perhaps, in view of his later literary fame, a master *zapatero* in Lorca, and that he also served for several years as a *veedor* or examiner for the shoemaker's guild in that city. It is equally certain, however, that his interest in literature began quite early and that he had a good education. The first mention of his name is found in the archives of Lorca, where it is recorded that he was paid by the city council for having written certain *invenciones* or *autos* for a religious festival in 1568. He was paid by the city for similar services on several other occasions between this date and 1577, the last year in which his name appears in the records of Lorca. He must have done a good bit of this kind of literary work, since the city records of Cartagena also show that he composed several *autos* for Corpus Christi celebrations in that city in 1581. In this, as in most of the documents in which his name appears, he is identified as a *zapatero*.

---

[1] Other studies containing biographical data include Paul Festugière, "Ginés Pérez de Hita: sa personne, son œuvre," *BH* (1944), 145-83; José Pío Tejera and R. de Moncloa, *Biblioteca del murciano o Ensayo de un diccionario biográfico y bibliográfico de la literatura en Murcia* (Madrid: Tip. de la "Revista de Archivos, Bibliotecas y Museos," 1922), pp. 598-618; and Joaquín Espín Rael, *De la vecindad de Pérez de Hita en Lorca, desde 1568 a 1577. Algunas noticias inéditas* (Lorca, 1922).

Part of the reason for the belief that the future novelist may have been born in Mula, other than the fact that the family name was well known there, comes from his obvious affection for that city and his attachment to one of its distinguished residents, don Luis Fajardo, Marqués de los Vélez. In fact, some investigators believe that his quite extensive academic and literary preparation was due to his close contact with the Marqués and his access to the latter's excellent library. At any rate, Pérez de Hita seems to have had an important, if not yet fully explained, connection with this family, and after the revolt of the *moriscos* in 1568, he accompanied the Marqués to the wars against the rebels in the Alpujarras, acting bravely and nobly on at least one occasion, according to his own account, when he saved the lives of several Moorish women threatened by vengeful and lustful Spanish soldiers. The incident would seem to be one of many examples of a rather striking difference in attitude between Pérez de Hita and many of his contemporaries. He emerges quite clearly as a defender of the *moriscos*, and much of his writing reflects an indignation and protest over the persecution, unjust treatment, and broken promises from which the Moors who remained in Spain after the fall of Granada suffered.

The young ex-campaigner returned to the city of Lorca and the shoemaker's trade after his return from the wars, although in 1572 and again in 1576 his name was listed on the roster of available military personnel, and in 1571 he was paid for a short period of active service when he helped guard a small band of captured Moorish prisoners. Nevertheless, he was already hard at work with his literary endeavors, and the year 1572 saw the completion of his first major work, a long epic poem celebrating the history of Lorca and its part in the reconquest. This poem, called *Libro de la población y hazañas de la muy noble y muy leal ciudad de Lorca* (printed in part by Nicolás Acero and in its entirety by Francisco Escobar in the works referred to above) reads almost like a rough outline of the *Guerras civiles*, and it probably gave Pérez de Hita the idea for his novel.[2] The first part, consisting of 16 cantos and 382 octaves, relates the history of the city and its fight against the Moors up to the time Granada was captured by Ferdinand and Isabella. The second part, also in 16 cantos, but with a somewhat larger number of octaves, describes the rebellion and subsequent expulsion of the *moriscos*. Pérez de Hita apparently

---

2 See Blanchard-Demouge's comments in Ginés Pérez de Hita, *Guerras civiles de Granada. Primera Parte.* Ed. P. Blanchard-Demouge (Madrid: Bailly-Ballière, 1913), p. xviii. Future footnote references to this study will appear under the name of the editor.

used mainly local traditions and native recollections of historical events in his narration, since there are a good many anachronisms and errors of fact. Some of these were carried over to the *Guerras civiles* and many details and incidents in the poem appear later in greatly amplified form in the novel. One also finds in this early work the tendency to romanticize historical events, the incorporation of chivalresque elements, and the fondness for idealized descriptions of Moorish life, all of which characterize the *Guerras civiles*. Even more important, perhaps, is the novelty of using ballads as source material and to embellish and add variety to the narrative—the innovation which was to contribute so significantly to the success of the *Guerras civiles*.

Very little else is known with certainty about the life of Pérez de Hita. He apparently moved from Lorca sometime after 1577 and by 1595, the year in which the *Guerras civiles* was published, had established himself in Murcia. All of the early editions of the novel refer to him as a *vecino de Murcia*. The evidence that he had been paid for writing various *autos* for the city of Cartagena in 1581, as noted above, suggests that he probably spent some time there, and the author himself indicates in the second part of the *Guerras civiles* that he was in Madrid for at least a short time in 1585. It is interesting to speculate that during the eighteen years between 1577 and 1595 he may have enjoyed a lengthy residence in Granada, but there is no concrete proof that this is so. The circumstances of his life after 1595 are equally puzzling. He was still in Murcia in 1596, at which time he completed another long poem, *Los diez y siete libros de Daris del Belo Troyano*, a reworking of the *Crónica troyana*,[3] and he was still alive as late as 1619. In that year, when he would have been around seventy-five years old, he was in Barcelona, negotiating for another edition of the *Guerras civiles*. It is also quite possible that the Ginés Pérez de Hita who married the widow Gerónima Botía in Molina del Segura in 1612 was our author. One of the witnesses was the chief administrator of the estates of his old patron, the Marqués de los Vélez. No other details of his later years have been uncovered, however, and there is no record of the date or place of his death.

The description of the *Guerras civiles* as an historical novel leads one inevitably to the consideration of sources and to a discussion of the

---

[3] The full title is *Los diez y siete libros de Daris del Belo Troyano, agora nuevamente sacado de las antiguas y verdaderas ystorias en verso, por Ginés Pérez de Hita, vecino de la ciudad de Murcia; año 1596*. The manuscript remains in the Biblioteca Nacional in Madrid.

extent to which fact and fantasy are combined. The book mixes real and imaginary characters and events somewhat indiscriminately, but the underlying framework and general historical setting and ambiance are real, even though vividly colored by the author's imagination. The question of sources was analyzed quite thoroughly by Paula Blanchard-Demouge in the study referred to earlier, and by Henry Austin Deferrari in *The Sentimental Moor in Spanish Literature before 1600* (Philadelphia, 1927). Both writers concur that Pérez de Hita took most of·his historical information from the *Crónica de los Reyes Católicos* (1565) of Hernando del Pulgar and the *Compendio histórico de las chrónicas de España* (1571) of Esteban Garibay y Zamalloa.[4] Blanchard-Demouge proves rather conclusively Pérez de Hita's debt to Pulgar and Garibay by comparing many passages from the *Guerras civiles* with similar segments from the work of these two early historians.

Pérez de Hita himself, using a common literary fiction, pretended that his book was a translation of the work of an Arab historian by the name of Aben Hamin, and Blanchard-Demouge believed that the basis for this imaginary chronolicler and for much of Hita's background material on the history of Granada and the life of its inhabitants was a famous Arab philosopher and historian by the name of Aben Aljatib (or Ibn Alhatib). The most important work of Aben Aljatib, who died about 1372, is the *Jhata*, a history of Granada, which Blanchard-Demouge claimed was still being circulated at least as late as 1489. She believed that Pérez de Hita undoubtedly knew Arabic, had a copy of this book, and made much use of it in his own work. Among other connections which she thought she saw between the *Guerras civiles* and the *Jhata* was the device of inserting poetry in a prose chronicle to verify or adorn the narrative.[5] Deferrari, on the other hand, discounts the importance of this particular Arabic source and maintains that "in all the excerpts from the works of Ibn Alhatib found in translation, not a single close similarity of specific ideas or of text with the *Guerras civiles de Granada* could be discovered."[6] The

---

[4] Pulgar's book was translated into Latin by Antonio de Nebrija and first published in this language in 1545. The informative title page of Garibay's work reads as follows: *Compendio histórico de las chrónicas y universal historia de todos los reynos de España, donde se escriven brevemente las historias de los Moros de Granada hasta que esta ciudad y su Reyno vinieron a poder de Reyes Christianos. Es fin de todo el discurso suyo.* Compuesto por Estévan de Garibay y Camalloa, de nación cántabro, vezino de la villa de Mondragón, de la provincia de Guipúzcoa; 1571.

[5] Blanchard-Demouge, p. xxxiv; p. xxxviii.

[6] Henry Austin Deferrari, *The Sentimental Moor in Spanish Literature before 1600* (Philadelphia, 1927), p. 60.

weakness of Deferrari's statement is obvious, since he apparently depended only on translations, but to my knowledge, no one else has established any direct connections between the *Guerras civiles* and Ibn Alhatib.

The *Guerras civiles* has sometimes been criticized for what many have considered a completely false picture of Moorish life and culture, especially as regards the luxury and magnificence of courtly games and fiestas and the romantic and chivalresque attitude of the Moorish knights. The influence of the literature of chivalry is much evident here and in some ways the book is simply a typical novel of chivalry placed in a very historical context.[7] Both Blanchard-Demouge and Deferrari, however, defend the authenticity of Pérez de Hita's description of the Moors of Granada, arguing that they were quite different from the Arabs in other parts of the Moslem world. They explain this difference by theorizing that the inhabitants of Granada had assimilated and absorbed to a considerable degree Spanish custom and thought, and consequently often acted in a manner that would have been more in accord with Christian tradition. Blanchard-Demouge, for example, comments that the situation of women among the Moors of Spain was very different from that existing in other Arab lands so that the high respect accorded the ladies in the pages of the *Guerras civiles* had some basis in fact.[8] This state of affairs is attributed to the idealism acquired by the Grenadine Moors as a result of many centuries of contact with the Spanish. She also asserts that the Moorish predilection for festivities, games, and dancing is well documented, noting that the dancing of the *zambra* apparently originated among the Arabs of Spain, and that the *juegos de caña*, mentioned so frequently in the *Guerras civiles*, were still a favorite amusement of both Turks and Arabs in the nineteenth century.[9]

Both authors maintain that Pérez de Hita had ample precedent for

---

[7] This point of view is defended by Giorgio Valli in an article entitled "Ludovico Ariosto y Ginés Pérez de Hita," *RFE* 30 (1946), 23-53, in which he states that the study of the *Guerras civiles* should be extended to its "valor como libro de caballería" (p. 26). As the title of his article indicates, he sees a connection between Ariosto and Pérez de Hita, suggesting that part of the inspiration for the *Guerras civiles* came from *Orlando Furioso*. For a related, but slightly different theory of both the gestation of the *Guerras civiles* and the literary style and motivation of Pérez de Hita, see Enrique Moreno Báez, "El manierismo de Pérez de Hita" in *Homenaje al prof. Alarcos García* (Valladolid, 1965-67), II, pp. 353-67.

[8] Blanchard-Demouge, p. lxxxiii.

[9] Blanchard-Demouge, p. lxxix.

his extravagant descriptions in a large number of contemporary accounts of the Moorish-inspired fiestas and tourneys celebrated in the courts of the Castilian kings, and they suggest that these events, in turn, reflected and were based upon what had been observed and reported among the Moors of Granada. Some of the historical books and chronicles which probably contributed to the exotic imagery and idealized portraits which the *Guerras civiles* perpetuated include the *Crónica de don Juan II*, the *Crónica de don Álvaro de Luna*, the *Historia de los Reyes Católicos* of Andrés Bernáldez, the *Descripción general de África* of Luis del Mármol Carvajal, and the *Memorial de diversas hazañas* of Mosén Diego de Valera. Deferrari reports that the latter contains "many stories of skirmishes in which the Moors often receive praise for having conducted themselves valiantly and as noblemen. What seems to be authentic accounts of tourneys bear striking resemblance to certain descriptive passages in Pérez de Hita."[10] In addition to these works, Blanchard-Demouge found many other documents probably available to Pérez de Hita which depict the splendor and magnificence of courtly spectacles. For example, in one account describing a gala affair which took place in Valladolid in 1544, one finds the same kind of ingenious and colorful floats and decorations, including the serpents and savages, which Pérez de Hita put in chapter IX of the *Guerras civiles*.[11] It seems clear that this type of festival with pseudo-Moorish trappings and dress became very popular in Spain in the sixteenth century as the Spanish tended to romanticize and idealize their conquered foes, but there also seems to be some confirmation of the historic reality of the customs and costumes described in the *Guerras civiles*, as fanciful as these may appear to us today.

Deferrari agreed with Blanchard-Demouge concerning the importance of the works mentioned above as possible literary influences on Pérez de Hita, but he felt that in her investigation of sources, she did not pay sufficient attention to *El Abencerraje*, considered by many to be the first of the *novelas moriscas*, nor to the numerous *fronterizo* and *morisco* ballads not actually quoted or cited in the *Guerras civiles*. In his own investigation, and in an attempt to prove that the sentimental Moor of literature was indeed to a considerable extent historical, Deferrari carried the work of Blanchard-Demouge somewhat further by comparing the historical Moor and the Moor shown in literature during three periods of time: the eighth century to about 1492; 1492

---

[10] Deferrari, p. 30.
[11] Blanchard-Demouge, p. lxxi.

to about 1550 when the *Abencerraje* became popular;[12] and from 1550 to the publication of the *Guerras civiles*. He concluded that a visitor to Granada in the fifteenth century would have seen Moors like those appearing in the *Abencerraje* and the *Guerras civiles* walking the streets of the city, although contemporary Spanish authors did not normally portray them that way, and that the concept of the idealized, sentimental Moor such as the type described by Pérez de Hita dates primarily from the publication of the *Abencerraje*.[13] He stresses, however, that there were antecedents for this concept in many ballads written before that time.

As evidence of his contention that the Moors depicted in the *Guerras civiles* are not as untrue to reality as is frequently thought, but instead are a fairly accurate reflection of a way of life that lasted until the sixteenth century, Deferrari points to the fact that the Moors were able to maintain their own habits and customs, their dress and other external appearances, etc., until about 1550 or shortly afterwards. However, after a sweeping edict by Phillip II in 1567 they were forced to abandon their old ways. He quotes from Diego Hurtado de Mendoza's *Guerra de Granada*:

> ...El Rey les mandó dejar la habla morisca y con ella el comercio y comunicación entre sí; quitóseles el servicio de los esclavos negros, a quienes criaban con esperanzas de hijo, el hábito morisco, en que tenían empleado gran caudal; obligáronlos a vestir castellano con mucha costa, que las mujeres trujesen los rostros descubiertos, que las casas, acostumbradas a estas cerradas, estuviesen abiertas: lo uno y lo otro tan grave de sufrir entre gente celosa. Hubo fama que les mandaban tomar los hijos y pasallos a Castilla; vedáronles el uso de los baños, que eran su limpieza y entretenimiento; primero les habían prohibido la música, cantares, fiestas, bodas conforme a su costumbre, y cualesquier juntas de pasatiempo.[14]

Thus, Deferrari concludes: "By 1595, when the first part of the *Guerras civiles de Granada* appeared, the local color of that book was fifty years old or less, but, we may now reasonably assume, it was not

---

[12] The anonymous *Abencerraje* first appeared in print with certainty in 1561, although it is believed that one version was circulating as early as 1550. The definitive edition is usually considered to be that published in the *Inventario* of Antonio de Villegas in 1565.

[13] Deferrari, p. 33.

[14] Deferrari, p. 54.

without historical foundation. And in many details the local color was not even out of date."[15] In another place, commenting on the ballads which Pérez de Hita used so extensively, he states: "The Moors of the *romances fronterizos* and the *romances moriscos* are reflections of the historical Moor who persisted but slightly changed, until fifty years or more after the fall of Granada."[16]

To return to the influence of the *Abencerraje* on Pérez de Hita, Deferrari's comparison of several passages from this story with the much longer work of the Murcian novelist satisfied him that the earlier novelette was a direct and significant antecedent of the *Guerras civiles*. His final statement on the importance of the earlier work and the authenticity of the character types and sentiments common to both novels reads as follows:

> The sentimental or Christianized type of Moor of the Abencerraje story and the *Guerras civiles de Granada* seems to have been an historical reality in Spain until about the year 1550, in spite of the opinions of Menéndez y Pelayo and others. Previous to the fall of Granada the Moors were presented in Spanish literature in the unfavorable way which one would expect of their enemies. With the permanent subjection of the Moors (as a dangerous organized body at least) in Spain, there sprang up among the Spaniards a feeling of tolerance for their old enemies; and this feeling of tolerance was reflected in Spanish literature. The change in attitude was far from sudden, however, for the vast numbers of Christians living among Moors and of Moors living among Christians had tended to break down the barriers between the two peoples when there was no immediate danger of treachery or revolt. Since literary works with an atmosphere of tolerence and friendship would naturally be out of place and unpopular as long as the Moors had a foothold in the country, it is not until after 1492 that we see the sentimental Moor beginning to develop as a literary type. The type is crystallized in the Abencerraje story which struck the popular fancy and served thereafter as the model for the sentimental Moor in all genres, exerting an influence more widespread and important than has hitherto been recognized.[17]

As both Blanchard-Demouge and Deferrari have emphasized and as other critics agree, an important source for the *Guerras civiles* is the

---

[15] Deferrari, p. 54.

[16] Deferrari, p. 77.

[17] Deferrari, pp. 83-84.

large store of poems, ballads, and songs treating almost every aspect
of Moorish-Christian relationships in Spain with which Pérez de Hita
must have been familiar.[18] Speaking only of ballads printed before
1595, Deferrari asserts that in the course of his study, "over four
hundred...were found which suggested in some way or other the
events, characters, or atmosphere of the *Guerras civiles de Granada*."[19]
Pérez de Hita refers to some of the ones transcribed in his text as
romances viejos, but most of them were not old, at least at the time he
was writing, but belonged, rather, to the category of *romances artísticos*
or *romances nuevos*. In fact, it seems very likely that he himself was the
author of a few in Part I (and of most of those in part II), and that he
adapted or revised several others that have come down to us in other
forms. Four of the early collections of ballads have been identified as
the chief sources from which many of the *romances* appearing in Part I
were taken. These are the *Cancionero de romances de Amberes* (often called
Cancionero sin año, since it does not carry the date of publication,
although it came out around 1547), the *Silva de varios romances en que
están recopilados la mayor parte de los romances castellanos que hasta ahora se han
compuesto*, published at Zaragoza in 1550, the *Rosa española* of Juan de
Timoneda (Valencia, 1573), and the *Flor de varios romances agora nuevamente recopilados por el Bachiller Pedro de Moncayo*, which was first published
in Huesca in 1589. It is possible, of course, that single copies or *pliegos
sueltos*, now long-lost, provided the originals for some of the ballads in
the *Guerras civiles* which do not exist in other collections. The choice of
selections included was dictated by the exigencies of the story the
author was weaving, although in many instances tha ballad probably
determined the turn of the narrative. In any event, Pérez de Hita
obviously appreciated the charm and poetic value of the *romances* and
his book contributed enormously to the preservation and popularity
of this branch of literature.

   The *Guerras civiles* enjoyed an almost instant success, and both its
popularity and its influence have achieved strikingly impressive pro-
portions. By 1619, the last year in which we are sure the author was
living, at least nineteen editions of the first part had been published in
Spain, plus three in Lisbon and one in Paris. It had already been

---

[18] Glenroy Emmons, in "The Historical and Literary Perspectives of the
romances moriscos novelescos," *Hispania* 44 (1961), 254-59, has a very good
discussion and explanation of the popularity of the *romances moriscos* and the
friendly, often admiring, relationship between Moors and Christians noted
in the ballads.
   [19] Deferrari, p. 73.

translated into French by that date also. By the end of the seventeenth century another twenty editions of Part I and several editions of Part II had appeared, and by the end of the eighteenth century the total for both parts had risen to almosty seventy. Federico Sáinz de Robles, without specifying places or dates, states that twelve more editions were published in the nineteenth century and more than fifteen in the first half of the twentieth.[20] There are at least three translations in French, two in German, and one each in Portuguese, Russian, and English. (The English version, Part I only, was first published in London in 1801 and reprinted in 1803. It was translated by Thomas Rodd.)

The long line of authors inspired or influenced in some way by the *Guerras civiles* began with well known contemporaries of Pérez de Hita and continues into the present century. It takes in such Spanish names as Lope de Vega, Calderón de la Barca, Luis Vélez de Guevara, Nicolás and Leandro Fernández de Moratín, Martínez de la Rosa, Nicasio Álvarez Cienfuegos, Pedro Antonio de Alarcón, Telesforo Trueba y Cossío, Manuel Fernández de González, and the contemporary poet and playwright, Francisco Villaespesa. Foreign authors whose work reflects a familiarity with the *Guerras civiles* or who imitated Pérez de Hita either directly or indirectly include Mme. de Lafayette, Mlle. de Scudéry, Jean Pierre Clarin de Florian, François-René de Chateaubriand, the twentieth century French poet, Aragon, and Washington Irving. The names of many lesser figures in Spain and abroad could be added to this list, and one should also note, perhaps, as an example of the many tributes to the novel, the aging Sir Walter Scott's lament that he had not known the work at the time he was composing his own historical novels.[21]

Both the large number of editions and the lengthy roster of individuals who have found pleasure and inspiration in the *Guerras civiles* attest to the book's enduring significance and interest. Scholarly critics also, while not overlooking its defects, have consistently praised it as a masterpiece of local color and poetic narrative. Perhaps the

---

[20] Federico Sáinz de Robles, *Ensayo de un diccionario de la literatura*, 2ª ed. (Madrid: Aguilar, 1953), II, p. 863. (I have been unable to identify all of the editions reported here for the nineteenth and twentieth centuries.)

[21] The best sources for the study of the influence of the *Guerras civiles* on later writers are Neil A. Wiegman, *Ginés Pérez de Hita y la novela romántica* (Madrid: Plaza Mayor Ediciones, 1971), and María Carrasco Urgoiti, *El moro de Granada en la literatura* (Madrid: Artes Gráficas Clavileño, 1956). Both books make abundantly clear the enormous debt owed to Pérez de Hita by those who followed him.

fullest and fairest assessment of its merits, however, continues to be that made by Menéndez y Pelayo when he asserted:

> Una obra como la de Hita, que con tal fuerza ha hablado a la imaginación de los hombres por más de tres centurias y ha trazado tal surco en la literatura universal, por fuerza ha de tener condiciones de primer orden. La vitalidad épica, que en muchas partes conserva; la hábil e ingeniosa mezcla de la poesía y de la prosa, que en otras novelas es tan violenta y aquí parece naturalísima; el prestigio de los nombres y de los recuerdos tradicionales, vivos aun en el corazón de nuestro pueblo; la creación de caracteres, si no muy variados, interesantes siempre y simpáticos; la animación, viveza y gracia de las descripciones, aunque no libres de cierta monotonía así en lo bélico como en lo galante; la hidalguía y nobleza de los afectos; el espíritu de tolerancia y humanidad con los enemigos; la discreta cortesía de los razonamientos; lo abundante y pintoresco del estilo, hacen de las *Guerras civiles de Granada* una de las lecturas más sabrosas que en nuestra literatura novelesca pueden encontrarse.[22]

In spite of a very long list of editions of the *Guerras civiles*, the contemporary reader, as noted in the preface, encounters difficulty in finding an adequately annotated and legible, well-printed text. Added to this problem is the objection that most versions of the novel which have appeared in the twentieth century are either adaptations or abridged editions of the complete work. A typical example is the volume edited by Francisco Ayala and published in Buenos Aires in 1943. Described by the editor as a "volumen discreto que contiene, seleccionadas...las mejores páginas que trazara su autor," it omits, among many other things, all the *romances* of the original. Somewhat similar are a 1928 edition by J. P. Wickersham-Crawford intended for use in intermediate college classes and a 1962 version—the latest edition known—which is an adaptation made by Antonio Jiménez-Landi for a series in juvenile fiction published in Madrid.

In addition to the above, however, and of even greater importance, is the fact that the vast majority of editions of the first part of the *Guerras civiles* are almost totally inaccurate. They are based not on the author's original work, as published in Zaragoza in 1595, but on a greatly altered version which came out in Sevilla in 1613. In that year, as Blanchard-Demouge aptly states: "manos pecadoras le corrigieron y modernizaron...alterando en un todo la obra tal y como

---

[22] Marcelino Menéndez y Pelayo, *Orígenes de la Novela, Nueva Biblioteca de Autores Españoles* (Madrid: Bailly-Ballière, 1905), I, p. ccclxxxvii.

Ginés Pérez de Hita la escribió."²³ Thus, even those editions which purport to be complete and original are found in most cases not to be so.

The extent to which the altered 1613 version has predominated in the editions published since the sixteenth century is well illustrated by Blanchard-Demouge's listing of the texts found in the national libraries of Paris and Madrid.²⁴ Nine of twenty-three editions, the most recent one of the nine published in Barcelona in 1619, were based on the Zaragoza edition of 1595. The other fourteen, covering a period from 1613 to 1847, were based on the Sevillan version of 1613. As she summarizes: "la mayor parte de las ediciones del siglo XVI y XVII están hechas sobre la de 1595, y las del siglo XVIII y XIX, todas sobre la de Sevilla 1613."²⁵ The last edition she cites, Madrid, 1847, is that of the famous *Biblioteca de Autores Españoles, Novelistas anteriores a Cervantes* (*BAE*, Vol. III) reprinted several times since its first publication and undoubtedly the version which has been most widely circulated.²⁶ The *BAE* text was based on an edition published in Madrid in 1833, the editing of which Menéndez y Pelayo attributed to the noted *costumbrista*, Serafín Estébanez Calderón.²⁷ It is essentially the Sevilla, 1613, version, but with some slight additional pruning and modernization. Although one cannot be certain of all other editions printed since 1847, it appears that Blanchard-Demouge's reproduction of the *princeps* edition may be one of the very few based on the original manuscript.²⁸

The rather considerable differences in the two versions of the novel (there are changes in almost every sentence) are found primarily in the style and in the language used, since there is no appreciable variance in details of the plot. It seems safe to assume

---

²³ Blanchard-Demouge, p. viii.

²⁴ Blanchard-Demouge, p. xciii.

²⁵ Blanchard-Demouge, p. xciii. Pages xcvii-cxviii provide a descriptive listing through 1847 of all editions of the first part located by Blanchard-Demouge.

²⁶ José Simón Díaz gives the date of the initial publication as 1846 rather than 1847, with reprints in 1849, 1876, and 1944. See also his *Bibliografía de la literatura hispánica*, 2ª ed. (Madrid: CSIC, 1972), IV, p. 245.

²⁷ Menéndez y Pelayo, p. ccclxxxviii.

²⁸ See Antonio Palau y Dulcet, *Manual del librero hispanoamericano*, 2ª ed., corregida y aumentada (Barcelona, 1961), XIII, pp. 74-77, for a descriptive listing of many editions not mentioned by Blanchard-Demouge.

that the reason for the initial alteration of the work was the desire on the part of the unknown 1613 editor to rectify and modernize what was felt to be an incorrect and already archaic style. He pointedly termed his edition *corregida y emendada*. Some corrections seemed needed, since Pérez de Hita was not a highly polished, stylistically perfect writer, but unfortunately, in this instance, the net effect of the changes must be considered as detrimental. Blanchard-Demouge emphasized this point when she described the Sevilla version as follows:

> La edición de Sevilla, 1613, es la primera que se separa del texto de la de Zaragoza, 1595; corrige el estilo, a veces pesado e incorrecto, de Pérez de Hita; suprime la mayoría de los adjetivos, repeticiones, digresiones y detalles, debilitando el encanto y haciendo desaparecer la gracia del original en todo lo que éste tiene de vivo y realista.[29]

It is possible that Blanchard-Demouge somewhat overstates the damage done to the original by the 1613 editor since in many instances he definitely improved the text, especially in the elimination of needless repetition and awkward phraseology and by removing or substituting certain adjectives which Pérez de Hita tended to use to excess. Nevertheless, it is also true that too much of the novel's original appealing naturalness and picturesque expressiveness was lost as a result of the alterations, and most readers will prefer the less sophisticated and at times inexpert language and phrasing of its first author, even at the expense of an occasional tedious or grammatically incorrect passage.

The present edition, then, proposes to bring to the scholar and the general reader alike the complete and original text of the first part of the *Guerras civiles de Granada*, retaining, with the few exceptions noted in the preface, the exact wording used by Pérez de Hita. The major changes are those of a mechanical nature (spelling, punctuation, paragraphing, etc.) designed to facilitate smoothness and ease in reading. The volume is offered in the belief that such an edition is much needed, and in the conviction that, given a suitable text, one may still find in this centuries-old tale a full measure of the satisfaction and pleasure experienced by so many other readers in ages past.

---

[29] Blanchard-Demouge, p. xcvi.

Previous Editions

THE FOLLOWING is a list of eighty-seven known or reported editions of the *Guerras civiles*. It does not differentiate between the first and seond parts (the second part has been republished relatively few times), and some of the editions listed are adaptations or abridged versions. Translations, which are not included in the total above, are grouped separately at the end of the list.

Zaragoza, 1595
Valencia, 1597
Alcalá de Henares, 1598
Madrid, 1598
Lisbon, 1598
Alcalá de Henares, 1601
Lisbon, 1603
Alcalá de Henares, 1604[1]
Barcelona, 1604
Valencia, 1604
Málaga, 1606
Paris, 1606
Alcalá de Henares, 1610
Madrid, 1610
Barcelona, 1610
Alcalá de Henares, 1612
Málaga, 1613
Valencia, 1613
Sevilla, 1613[2]
Murcia, 1615
Lisbon, 1616
Alcalá de Henares, 1619
Madrid, 1619
Cuenca, 1619[3]
Barecelona, 1619
Sevilla, 1620
Valencia, 1623
Sevilla, 1625

Madrid, 1631
Sevilla, 1633
Sevilla, 1638
Madrid, 1640
Madrid, 1645
Barcelona, 1647
Madrid, 1647
Madrid, 1652
Madrid, 1655
Valencia, 1659
Málaga, 1660
Paris, 1660
Madrid, 1662 (Pablo de Val)
Madrid, 1662 (Julián de Paredes)
Sevilla, 1670[4]
Madrid, 1674
Madrid, 1676
Madrid, 1680
Madrid, 1681
Valencia, 1681
Madrid, 1690
Sevilla, 1692
Valencia, 1695
Madrid, 1696
Pamplona, 1706
Sevilla, 1707
Barcelona, 1714
Amberes, 1714

[1] Reported first edition of the second part.
[2] The "edición *corregida y emendada*" which became the basis for most of the later editions.
[3] Oldest extant edition of the second part.
[4] First edition to bear the modern title.

Sevilla, 1720 (or 1721)
Madrid, 1724
Granada, 1727
Madrid, 1727
Madrid, 1731
Sevilla, 1731 (or 1732)
Madrid, 1733
Barcelona, 1756
Barcelona, 1757
Sevilla, 1762
Sevilla, 1764
Sevilla, 1779
Córdoba (n.d., 18th cent?)
Gotha, Germany, 1805
Madrid, 1833
Madrid, 1846 (or 1847)
Paris, 1847

Granada, 1847 (or 1848)
Madrid, 1849 (*BAE* reprint
    of Madrid, 1846)
Cádiz, 1863
Madrid, 1876 (*BAE* reprint
    of Madrid, 1846)
Madrid, 1891
Granada, 1900
Madrid, 1913[5]
Madrid, 1915[6]
Barcelona, 1925
New York, 1928
Buenos Aires, 1943
Barcelona, 1943
Madrid, 1944
    (*BAE* reprint of Madrid, 1846)
Madrid, 1962

Translations

English	London, 1801 (reprinted 1803); trans. by Thomas Rodd
French	Paris, 1608; anonymous Paris, 1683; trans by Mlle. de la Roche Guilhem Paris, 1809; trans. by A. M Sané
German	Berlin, 1821; trans. by Augusto Spalding Munich, 1913; trans. by Paul Wieland
Portuguese	Lisbon, 1735; trans. by Hyeronimo Moreira de Carvalho
Russian	Moscow, 1936; trans. by A. Sipovich and M. Rozanov

---

[5] Blanchard-Demouge reproduction of the Zaragoza, 1595, edition of the first part.

[6] Blanchard-Demouge reproduction of the Cuenca, 1619, edition of the second part.

HISTORIA

DE LOS VANDOS DE LOS

Zegríes y Abençerrages Caualleros Moros de Granada, de
las Ciuiles guerras que huuo en ella, y batallas particulares que huuo en la Vega entre Moros y
Christianos, hasta que el Rey Don
Fernando Quinto la ganò

AGORA NVEVAMENTE SACADO DE
vn libro Arauigo, cuyo autor de vista fue un Moro
llamado Aben Hamin, Natural de Granada.
Tratando desde su fundacion.

TRADUZIDO EN CASTELLANO POR
Gines Perez de Hita, vezino de la ciudad de Murcia.

Con liçencia y Priuilegio

EN ÇARAGOÇA.

Impresso en casa de Miguel Ximeno Sanchez.

M.D.LXXXXV

A costa de Angelo Tabano.

CAPÍTULO PRIMERO: EN QUE SE TRATA LA FUNDA-CIÓN DE GRANADA, Y DE LOS REYES QUE HUBO EN ELLA, CON OTRAS COSAS TOCANTES A LA HISTORIA.

 A ÍNCLITA Y FAMOSA ciudad de Granada fue fundada por una muy hermosa doncella, hija o sobrina del rey Hispán.[1] Fue su fundación en una muy hermosa y espaciosa vega, junto de una sierra llamada Elvira, porque tomó el nombre de la fundadora infanta, la cual se llamaba Ilibiria, dos leguas de donde ahora está, junto de un lugar que se llamaba Albolote, que en arábigo se decía Albolut. Después, andando los años, les pareció a los moradores della que no estaban allí bien; por ciertas causas fundaron la ciudad en la parte donde ahora está, junto a la Sierra Nevada, en medio de dos hermosos ríos, llamados el uno Genil, y el otro Darro. Los cuales ríos no nacen de fuentes, sino de las derretidas y deshechas nieves que hay todo el año en la Sierra Nevada. Del río Darro se coge oro muy fino, y del río Genil plata muy fina. Y no es fábula, que yo el autor desta relación lo he visto coger.

Fundóse aquí esta insigne ciudad encima de tres colados o cerros, como hoy se parece, adonde se fundaron tres hermosas y fuertes fuerzas o castillos. En un castillo está a vista de la hermosa vega y del río Genil, la cual vega tiene ocho leguas de largo y cuatro de ancho, y por ella atraviesan otros dos ríos, aunque no muy grandes: el uno se dice Veyro, y el otro se dice Monachil. Comiénzase la vega desde la halda de Sierra Nevada, y va hasta la fuente del Pino, y pasa más adelante de un gran soto llamado el Soto de Roma. Y esta fuerza se nombre las Torres Bermejas. Hízose allí una grande población llamada el Antequeruela. La otra fuerza o castillo está en otro cerro junto déste, aunque un poco más alto, la cual se llamó el Alhambra, cosa muy fuerte y hermosa, y en esta fuerza hicieron los reyes su morada y casa real. La otra fuerza se hizo en otro cerro no muy lejos

---

[1] For an account of King Hispán, his daughter, and the foundation of Granada, see the *Primera crónica general* of Alfonso el Sabio, chapters 10 and 11.

deste del Alhambra, la cual llamaron Albaicín y aquí se hizo una muy grande y no pensada población. Entre el Albaicín y el Alhambra pasa por lo hondo el río Darro, haciendo una muy hermosa ribera de árboles y de álamos.

A esta fundación[2] no llamaron los moradores della Ilibiria como a la otra, sino Granata, respecto que en una cueva que estaba junto al río Darro fue hallada una hermosa doncella que se decía Garnata, y ansí le pusieron nombre a la ciudad, y después corrompido el vocablo se llamó Granada. Otros dicen que por la muchedumbre de las casas y la espesura que había en ellas, que estaban pegadas unas con otras a modo de los granos de la granada, le nombraron ansí.

Fuése esta ciudad muy insigne, y famosa y rica, hasta el tiempo que fue destruída, que nunca perdió nunca su nobleza, antes iba más en aumento, hasta el infeliz y desdichado tiempo que se perdió España en tiempo del rey don Rodrigo, rey de los godos. La causa de su perdición no hay para qué traella aquí, que harto es notoria ser por la Cava, hija del conde don Julián; como otros autores tratan desto no me alargo yo a más. Sólo diremos cómo después de toda España perdida hasta las Asturias, siendo toda ella ocupada de moros, traídos por aquellos dos bravos caudillos y generales, el uno llamado el Tarif, y el otro Muza,[3] ansimismo quedó la famosa Granada de moros ocupada y llena de aquellas africanas gentes. Mas hállase una cosa que de todas las naciones moras que vinieron a España, los mejores e más principales y los más señalados caballeros se quedaron en Granada de aquellos que siguieron al general Muza. Y la causa fue su grande hermosura y fertilidad y riqueza, pareciéndoles demasiadamente bien su riqueza y asiento y fundación, aunque el capitán Tarif estuvo muy bien con la ciudad de Córdoba y su hijo Balagis con Sevilla de do fue rey, como dice la crónica del rey don Rodrigo. Mas yo no he hallado que en la ocupación de Córdoba, ni Toledo, ni Sevilla, ni Valencia, ni Murcia, ni de otras ciudades populosas poblasen tan nobles ni tan principales caballeros, ni tan buenos linajes de moros como en Granada. Para lo cual es menester nombrar algunos destos linajes, y de dónde fueron naturales algunos dellos en particular, aunque no se diga ni declare de todos, por no ser prolijo en esta nuestra narración, como adelante diremos.

---

[2] *fundación = población.*

[3] Tarif led the first sizeable Arabic invasion of Spain in 710, and Muza, in the following year, directed the operations that covered most of the peninsula.

Poblada, pues, Granada de las gentes mejores de África, no por eso dejó la insigne ciudad de pasar adelante con sus muy grandes y soberbios edificios, porque, siendo gobernada de reyes de valor y muy curiosos que en ella reinaron, se hicieron grandes mezquitas y muy ricas cercas de muy fuertes muros y torres. Porque los cristianos no la tornasen a ganar y cobrar de su poder hicieron muy fuertes castillos y los reedificaron fuera de las murallas muy fuertes torres, como hoy en día parecen. Hicieron el castillo de Bivataubín[4] fuerte con su cava y puente levadiza; hicieron las torres de la puerta de Elvira y las de Alcazaba y plaza de Bivalbulut, y la famosa torre del Aceituno, que está camino de Guadix, y otras muchas cosas dignas de memoria, como se dirá en nuestro discurso. Y muy bien pudiera yo traer aquí los nombres de todos los reyes moros que gobernaran y mandaron esta insigne ciudad, y los califas, y aun de toda España; mas por no gastar tiempo no diré sino de los reyes moros que por su orden la gobernaron y fueron conocidos por reyes della, dejando aparte los califas pasados y señores que tuvo, siguiendo a Esteban Garibay Zamalloa.[5]

El primer rey moro que Granada tuvo se llamó Mahomad Alhamar. Éste reinó en ella treinta y seis años y más meses; acabó año de mil y doscientos setenta y tres años. El segundo rey de Granada se llamó así como su padre Mahomad Mir Almuzlemin. Éste obró el castillo del Alhambra, muy rico y fuerte, como hoy se parece.[6] Reinó veinte y nueve años, y murió año de mil y trescientos y dos. El tercero rey de Granada se llamó Mahomat Abenalhamar; a éste un hermano suyo le quitó el reino y lo puso en prisión, habiendo reinado siete años; acabó año de mil y trescientos y siete. El cuarto rey de Granada fue llamado Mohamad Abenazar. A este rey le quitó un sobrino suyo el reino, llamado Ismael, año de mil y trescientos y trece; reinó seis años.

El quinto rey de Granada se llamó Ismael: a éste mataron sus vasallos y deudos suyos, mas fueron degollados los matadores. Reinó éste nueve años; acabó año de mil y trescientos y veinte y dos. El sexto rey de Granada se llamó Mahomad, y a éste también le mataron los suyos

---

[4] Bivataubin was one of the main gates, as was Elvira and the Puerta de Bivarambla.

[5] See the Introduction, p. xiii.

[6] For a discussion of the contributions of the various Moorish kings in the overall construction of the Alhambra, see the *Historia de España. Gran historia general de los pueblos hispanos* (Barcelona: Instituto Gallach de Librería y Ediciones, 1959), III, pp. 454-56.

a traición; reinó once años. Murió año de mil y trescientos y treinta y tres. El séptimo rey de Granada se llamó Juzeph Aben Hamete. También fue muerto a traición; reinó once años, acabó año de mil y trescientos cincuenta y cuatro. El octavo rey de Granada fue llamado Mahomad Lagus. A éste le despojaron del reino a cabo que reinó doce años, y acabó año de mil y trescientos y sesenta por aquella vez el reino.

El noveno rey de Granada se llamó Mahomad Abenal Hamar, séptimo deste nombre. A éste mató el rey don Pedro en Sevilla sin culpa, habiendo este rey ido a pedirle amistad y favor. Matóle el mismo rey don Pedro por su mano con una lanza, y mandó matar a otros que iban con este rey, habiendo reinado dos años; acabó año de mil y trescientos y sesenta y dos. Fue enviada su cabeza en presente a Granada.

Tornó a reinar Mahomad Lagus en Granada, y reinó en las dos veces veinte y nueve años: doce la primera vez, y diez y siete la segunda; acabó año de mil y trescientos y setenta y nueve años. El deceno rey de Granada se llamó Mahomad Guadix; reinó tres años pacífico; acabó año de mil y trescientos y noventa y dos. El onceno rey de Granada se llamó Juzeph, segundo deste nombre, el cual murió con veneno que el rey de Fez le envió puesto en una aljuba o marlota de brocado. Reinó cuatro años, acabó año de mil y trescientos noventa y seis. El doceno rey de Granada fue llamado Mahomad Aben Balba; reinó doce años; acabó año de mil y cuatrocientos y ocho años. Su muerte fue de una camisa que se puso emponzoñada con veneno. El treceno rey de Granada fue llamado Juzeph, tercero deste nombre. Reinó quince años, murió año de mil y cuatrocientos y veinte y tres.

El catorceno rey de Granada fue llamado Mahomad Abenazar, el izquierdo; habiendo reinado cuatro años le desposeyeron del reino, año de mil cuatrocientos y veinte y siete. El décimoquinto rey de Granada fue llamado Mahomad el pequeño: a éste le cortó la cabeza Abenazar el izquierdo, arriba dicho, porque le tornó a quitar el reino por orden de Mahomad Carrax, caballero Abencerraje. Reinó este Mahomad el pequeño dos años; acabó año de mil y quatrocientos y treinta.

Tornó a reinar Abenazar izquierdo, el cual fue otra vez despojado del reino por Juzeph Abenalmao, su sobrino. Reinó este rey trece años la última vez; acabó año de mil y cuatrocientos y cuarenta y cinco años. El decimoséptimo rey de Granada se llamó Abenhozmín el cojo. En tiempo déste sucedió aquella sangrienta batalla de los Alporchones. Reinaba en Castilla el rey don Juan el segundo. Y pues nos viene a cuenta, trataremos desta batalla antes de pasar adelante con la cuenta de los reyes moros de Granada.

Es de saber, según se halla en las crónicas antiguas, así arábigas como castellanas, que este rey Hozmín tenía en su corte mucha y muy honrada caballería de moros. Porque en Granada había treinta y dos linajes de caballeros muy ahidalgados, como adelante diremos, donde eran Gomeles, Mazas, Zegríes, Vanegas, Abencerrajes. Éstos eran de muy claro linaje. Otros Maliques Alabeces, descendientes de los reyes de Fez y Marruecos, caballeros valerosos, de quien los reyes de Granada siempre hicieron mucha cuenta, porque estos Maliques todos eran alcaides en el reino de Granada, por ser muy buenos caballeros y de mucho valor y confianza, y ansí en las fronteras y partes de mayor peligro eran alcaides. Y porque sea notorio a todos, diré algunos dellas. En Vera era alcaide Malique Alabez, bravo y valeroso caballero. En Vélez el Blanco estaba un hermano suyo, llamado Mahomad Malique Alabez. En Vélez el Rubio había otro hermano déstos, alcaide muy honrado y valiente, y muy amigo de cristianos. Otro Alabez había alcaide de Giquena, y otro Alabez era alcaide en Tirieza, fronteras de Lorca y muy cercanas en Orce y Cúllar, Benamaurel, y Castilleja, y Caniles, y en otros muchos lugares del reino. Estos Maliques Alabeces eran alcaides, por ser, como habemos dicho, todos caballeros de gran valor y de mucha confianza.

Sin éstos, como tengo dicho, había otros caballeros en Granada muy principales, de quien los reyes de Granada hacían gran cuenta: entre los cuales había un caballero llamado Abidbar, del linaje de los Gomeles, caballero valeroso y capitán de la gente de guerra. Y como era hombre de grande esfuerzo, y no sabiendo estar holgando, sino siempre en guerras contra cristianos, le dijo un día al rey:

—Señor, holgaría mucho que tu Alteza me diese licencia para hacer una entrada en tierra de cristianos, porque no es razón que la gente de guerra esté ociosa sin ejercer las armas. Y si tu Alteza me da licencia, entraré en el campo de Lorca y Murcia y Cartagena, que son tierras de muy grandes haciendas y ganados. Y yo me ofrezco, con ayuda de Mahoma, venir cargado de muy ricos despojos y cautivos de allá.

El rey le dijo:

—Mira, Abidbar, muy bien conozco tu valor, y grandes días ha que se concede licencia para ir a entrar. Yo la daré porque la gente de guerra se ejercite en las armas, mas para esas partes que dices, temo de te la dar, porque la gente de Lorca y Murcia y toda esa tierra tiene bravas gentes y pelean bravamente, y no querría que te sucediese mal por cuanto vale mi corona.

—No tema vuestra Alteza —respondió Abidbar— de peligro, que yo llevaré conmigo tal gente y tales alcaides, que sin temor ninguno ose entrar, no digo yo en el campo de Lorca y Murcia, mas aún hasta Valencia me atrevería a entrar.

—Pues, sus, si ése es tu parecer, sigue tu voluntad, que mi licencia tienes.

Abidbar le besó las manos por ello, y luego se fue a su casa, que la tenía en la calle de los Gomeles, y mandó tocar sus añafiles y trompetas de guerra. Al cual belicoso son se juntó grande copia de gente, toda bien armada, para ver qué era la causa de aquel rebato. Abidbar, cuando vio tanta gente junta y tan buena armada, holgó mucho dello, y les dijo:

—Sabed, mis buenos amigos, que habemos de hacer una entrada en el reino de Murcia, de donde, placiendo al santo Alá, vendremos ricos; por tanto, cada cual con ánimo siga mis banderas.

Todos respondieron que eran contentos. Y así Abidbar salió de Granada con mucha gente de caballos y peones, y fue a Guadix, y allí habló con el moro Almoradi, alcaide de aquella ciudad, el cual le ofreció su compañía con mucha gente de caballo y de pie. También vino otro alcaide de Almería, llamado el Malique Alabez, con mucha gente de caballo y de pie muy diestra en la guerra. De allí pasaron a Baza, donde estaba por alcaide Benaciz, el cual también le ofreció su ayuda con gente de caballo y de a pie. Aquí en Baza se juntaron once alcaides de aquellos lugares a la fama desta entrada del campo de Lorca y Murcia. Y con toda esta gente, se fue el valeroso capitán Abidbar hasta la ciudad de Vera, donde era alcaide el bravo Alabez Malique, adonde se acabó de juntar todo el ejército de los moros y alcaides que aquí se nombrarán.

El general Abidbar; Abenaciz, capitán de Baza; su hermano Abencazin, capitán de la Vega de Granada; el Malique Alabez, de Vera; Alabez, alcaide de Vélez el Blanco; Alabez, alcaide de Vélez el Rubio; Alabez, alcaide de Almería; Alabez, alcaide de Cúllar; otro alcaide de Guéscar; Alabez, alcaide de Orce. Alabez, alcaide de Purchena; Alabez, alcaide de Giquena; Alabez, alcaide de Tirieza; Alabez, alcaide de Caniles.

Todos estos Alabeces Maliques eran parientes, como ya es dicho, y se juntaron en Vera, cada uno llevando la gente que pudo. También se juntaron otros tres alcaides; el de Mojácar, y el de Sorbas, y el de Lobrín. Todos estos alcaides juntos se hizo reseña de toda la gente que se había juntado, y se hallaron seiscientos de caballo, aunque otros dicen que fueron ochocientos, y mil y quinientos peones; otros dicen que dos mil. Finalmente se juntó grande poder de gente de guerra, y determinadamente a doce o catorce de marzo, año de mil y cuatrocientos y cincuenta y tres entraron en los términos de Lorca, por la marina llegaron al campo de Cartagena, y lo corrieron todo hasta el rincón de San Ginés, y Pinatar, haciendo grandes daños.

Tomaron mucha gente y grande copia de ganado, y siendo hecha esta presa los moros se tornaron muy gallardos y ufanos.

Y en llegando al puntarón de la sierra de Aguaderas, los moros entraron en consejo sobre si irían por la marina por donde habían venido, o si pasarían por la vega de Lorca a escala vista. Sobre esto hubo grandes pareceres y dares y tomares. Y muchos dellos afirmaban que fuesen por la marina, que era camino más seguro; otros dijeron que sería grande cobardía y menoscabo de honra si no pasaban por la vega de Lorca a pesar de sus banderas. Y deste parecer fue Almalique Alabez, y juntamente con él todos sus deudos alcaides que allí iban. Pues visto los moros que aquellos bravos capitanes estaban determinados de pasar por la vega de Lorca, hubieron de no contradecir más aquel parecer, y así a banderas tendidas, puesta la presa en medio del bravo escuadrón, comenzaron de marchar la vuelta de Lorca arrimados a la sierra de Aguaderas.

En este tiempo los de Lorca ya tenían noticia desta gente que había entrado en sus tierras, y don Alonso Fajardo, alcalde de Lorca, había escrito a Diego de Ribera, corregidor de Murcia, lo que pasaba, que luego viniese con la más gente que pudiese. El corregidor no fue perezoso, que con grande brevedad salió de Murcia con setenta caballos y quinientos peones, toda gente de valeroso ánimo y esfuerzo, [y] se juntó con la gente de Lorca, donde había doscientos caballos y mil y quinientos peones, toda gente valerosa. También se halló con ellos Alonso de Lisón, caballero del hábito de Santiago, que era a la sazón castellano en el castillo y fuerza de Aledo. Llevó consigo nueve caballos y catorce peones, que del castillo no se pudieron sacar más. En este tiempo los moros caminaban a gran priesa con soberado ánimo y gallardía, y así como llegaron en derecho de Lorca, cautivaron un caballero della, llamado Quiñonero, que había salido a requerir el campo. Y como ya la gente de Lorca y Murcia a gran priesa viniese, y los moros viesen las banderas que contra ellos venían, se maravillaron en ver tanta caballería junta, y no podían ellos creer que de Lorca se pudiese juntar tanta gente de caballo y de a pie. Y así el Malique Alabez, capitán y alcaide de Vera, le preguntó a Quiñonero, habiéndole quitado el caballo y las armas, esta pregunta que se sigue en verso.

ALABEZ   Anda, cristiano cautivo,
               tu fortuna no te asombre
               y dinos luego tu nombre
               sin temor de daño esquivo.

Que aunque seas prisionero
con el rescate y dinero,
si nos dices la verdad,
tendrás luego libertad.

QUIÑONERO   Es mi nombre Quiñonero,
soy de Lorca natural,
caballero principal
y aunque me sigue fortuna
no tengo pena ninguna
ni se me hace de mal.

Que en la guerra es condición
que hoy soy tuyo, yo confío
mañana podrás ser mío
y sujeto a mi prisión.

Por tanto pregunta y pide,
porque en todo a tu pregunta
satisfaré sin repunta,
pues el temor no me impide.

ALABEZ   Trompetas se oyen sonar
y descubrimos pendones,
y caballos, y peones,
junto de aquel olivar.

Y querría, Quiñonero,
saber de tí por entero
qué pendones y qué gente
es la que vemos presente
con ánimo bravo y fiero.

QUIÑONERO   Aquel pendón colorado
con las seis coronas de oro,
muy bien muestra en su decoro
ser de Murcia y es nombrado.

Y el otro que tiene un rey
armado por gran blasón
es de Lorca y es pendón
que lo conoce tu grey.

Porque como es frontero
de Granada y de su tierra,
siempre se halla en la guerra
de todos el delantero.

Traen la gente belicosa
con gana de pelear:
si quieres más preguntar,
no siento desto otra cosa.

Apercíbete al combate,
porque vienen a gran priesa
para quitarte la presa
y darán fin en tu remate.

ALABEZ   Pues, por priesa que se den,
ya querrá nuestro Alcorán
la rambla no pasarán
porque no les irá bien.

Y si con valor extraño
la rambla pueden romper,
muy bien se podrá entender
que ha de ser por nuestro daño.

Sus, al arma, que ellos vienen
y en nada no se detienen,
tóquese el son y la zambra,
porque llegue a nuestra Alhambra
nuestras famas y resuenen.

CAPÍTULO SEGUNDO: EN QUE SE TRATA LA MUY SANGRIENTA BATALLA DE LOS ALPORCHONES, Y LA GENTE QUE EN ELLA SE HALLÓ DE MOROS Y CRISTIANOS

PENAS EL CAPITÁN Malique Alabez acabó estas palabras de decir, cuando el escuadrón cristiano arremetió con tanta braveza y pujanza que, a los primeros encuentros, a pesar de los moros que lo defendían, pasaron la rambla. No por eso los moros mostraron punto de cobardía, antes con más ánimo se mostraban en la batalla. El buen Quiñonero que vio la batalla revuelta, de presto llamó un cristiano que le cortase la cuerda con que estaba atado, y siendo libre, al punto tomó una lanza de un moro muerto, y un caballo de muchos que andaban ya sueltos por el campo, y una adarga, y con valor muy crecido, como era valiente caballero, hacía maravillas. A esta sazón los valerosos capitanes moros, especial los Maliques Alabeces, se mostraron con tanta fortaleza que los cristianos aína tornaron a pasar la rambla mal de su grado; lo qual visto por Alonso Fajardo y Alonso de Lisón y Diego de Ribera y los principales caballeros de Murcia y Lorca, hicieron tanto, peleando tan bravamente, que los moros fueron rompidos, y los cristianos hicieron muy notable daño en ellos.

Los valientes Alabeces y Almoradí, capitán de Guadix, tornaron a juntar su gente con grande ánimo y valentía; dieron en los cristianos con bravo ímpetu y fortaleza, matando muchos dellos y hiriendo. ¿Quién viera las maravillas de los capitanes cristianos? Era cosa de ver la braveza con que mataban y herían en los moros. Abenaciz, capitán de Baza, hacía gran daño en los cristianos, y habiendo muerto a uno de una lanzada, se metió por la priesa de la batalla, haciendo cosas muy señaladas. Mas Alonso de Lisón, que le vio matar aquel cristiano, de cólera encendido, procuró vengar su muerte. Y así con gran presteza fue en seguimiento de Abenaciz, llamándole a grandes voces que le aguardase. El moro volvió a mirar quién le llamaba, y visto, reconoció que aquel caballero era de valor, pues traía en su escudo aquella cruz y lagarto de Santiago. Y pensando llevar dél muy buenos despojos a Baza, le acometió con grande braveza por le herir.

Mas' el buen Lisón, que no era poco diestro en aquel menester, súpose defender y ofender al contrario, de manera que en dos palabras le dio dos heridas. El moro, viéndose herido, como un león bramaba de coraje, y procuraba la muerte al contrario, mas muy presto halló en él la suya, porque Lisón le cogió en descubierto del adarga un golpe por los pechos, tan bravo que no aprovechando la fuerte cota, le metió la lanza por el cuerpo. Luego cayó el moro del caballo y fue muerto brevemente entre los pies de los caballos.

El caballo de Lisón quedó mal herido, por lo cual le convino con presteza tomar el caballo del alcaide de Baza, que era muy extremado, y con él se metió por la mayor priesa de la batalla, diciendo a voces «Santiago y a ellos». Alonso Fajardo andaba muy revuelto con los moros, y el corregidor de Murcia. Y tanto hicieron los de Murcia y los de Lorca, que los moros fueron segunda vez rompidos; mas el valor de los caballeros granadinos era grande y peleaban muy fiera y crudamente, y como llevaban muy buenos caudillos, se mantenían en la batalla muy bien. Mas era el valor y esfuerzo de Alabez tan grande, que en un punto tornó a juntar su gente, y volvió a la batalla tan furioso como si no fueran rompidos ninguna vez, y andaba la batalla muy sangrienta. Ya se hallaban muchos cuerpos de hombres y caballos muertos, la vocería era muy grande, los alaridos crecidos, la polvoreda era terrible, que apenas se podían ver los unos a los otros. Mas no por eso se dejaba de mostrar la batalla muy sangrienta y revuelta, de manera que era tan grande la barahunda y gritería que no se oían ni veían los unos a los otros.

El valiente Alabez hacía por su persona maravillas y grande estrago en los cristianos, de manera que delante dél no paraba hombre con hombre. Lo cual visto por Alonso Fajardo, valeroso alcaide de Lorca, arremetió con él con tanta braveza que Alabez se espantó de verle con tanta pujanza. Mas no morando en él punto de cobardía, con bravo ánimo resistió a Fajardo, dándole muy grandes golpes de lanza, que a no ir bien armado el buen alcaide, allí muriera a manos de Alabez, por ser el moro de gran fortaleza, aunque aquella vez muy poco le valió, por ser la bondad de Alonso Fajardo de muchos quilates más que la suya. Habiendo el alcaide quebrado su lanza, en un punto puso mano a la espada y arremetió con Alabez con tanta presteza que no tuvo lugar de aprovecharse de la lanza, y fuele necesario perderla y poner mano a su alfanje para herir a Alonso Fajardo. Mas el valeroso alcaide, no parando mientes al peligro que de allí se le seguía, cubierto de su escudo muy bien, se pegó con Alabez tanto, que dándole un golpe sobre el adarga, que muy fina era, cortándole della gran parte, tuvo lugar con la mano izquierda, habiendo puesto el escudo atrás pendiente de su cuello, de asille de la misma adarga, con tal fortaleza que estuvo en punto de sacársela del brazo.

Alabez que a Fajardo vio tan cerca de sí, como aquel que lo conocía muy bien, le tiró un golpe con el alfanje a la cabeza, pensando de aquel golpe acabar la guerra con él. Y sin duda Alonso Fajardo lo pasara mal, por no tener el escudo en el brazo, sino que el moro fue desgraciado en aquel punto, porque su caballo se dejó caer en el suelo, porque estaba mal herido, y por esto no tuvo lugar de hacer aquel golpe. Apenas Alabez fue en el suelo, cuando los peones de Lorca le cercaron, hiriéndole por todas partes. Visto Alonso Fajardo al moro en aquel estado, en un punto se apeó y se fue a él, echándole los brazos encima, con tanta presteza y fuerza que Alabez no pudo ser señor de sí. Los peones de presto le echaron mano, porque muchos le conocían, como aquellos que cada día recibían dél notables daños, y así le prendieron, mandando Alonso Fajardo que lo sacasen de la batalla; los peones lo hicieron ansí.

En esta sazón todavía andaba la batalla muy revuelta y sangrienta, y de los capitanes de los moros no parecía ninguno. Lo cual visto por ellos andaban muy desmayados, y no peleaban como solían, ni con tanta fortaleza; mas con todo eso hacían su poderío. Mostróse la gente de Lorca aqueste día muy brava, haciendo grandes cosas en la batalla, y no siendo menos que ellos los de Murcia, llevaban lo mejor del campo. El capitán Abidbar, como no veía ningunos de los demás alcaides y capitanes, maravillado dello, se salió de la batalla y se puso en un alto, por ver en el estado que estaba, y algunos que le vieron salir le siguieron y le dijeron qué aguardaba, que no quedaba alcaide moro a vida, y Alabez de Vera estaba preso. Lo cual oído por Abidbar, de todo punto perdido el ánimo y del todo desmayado, tomó por consejo huir, y escapar algunos de sus caballeros, y luego mandó tocar a recoger. Los moros, oyendo la señal, dejaron el pelear, y parando mientes por su general y sus banderas, vieron cómo Abidbar iba huyendo por la sierra de Aguaderas; luego ellos hicieron lo mismo, siguiéndole huyendo y atemorizados. Mas los cristianos les siguieron, matando y hiriendo muchos dellos, que no se escaparon de todos trescientos. Siguióse el alcance hasta la fuente de Pulpi junto de Vera. Quedaron los cristianos con singular victoria. Fue esta batalla día de San Patricio. Y las dos ciudades, Lorca y Murcia, celebran este día en memoria desta batalla.

Los cristianos victoriosos se volvieron a Lorca, yendo cargados de despojos, de armas y caballos, y otras cosas. Alonso Fajardo se llevó a su casa al capitán Malique Alabez, y queriéndole meter por un postigo de un huerto del mismo Fajardo, dijo Alabez que él no era hombre de tan baja suerte, que había de entrar preso por postigo, sino por la real puerta de la ciudad. Y porfió en esto tanto en no querer entrar por el postigo, que enojado Alonso Fajardo lo hirió de muerte. Esta fue la fin de aquel valeroso y famoso alcaide de Vera y capitán. Murieron en la batalla doce alcaides Alabeces, parientes de Alabez de Vera, y dos hermanos suyos, alcaides de Vera, el Blanco y el Rubio, y más murieron ochocientos moros. Cristianos murieron cuarenta. Hubo doscientos heridos. Quedaron los de Lorca y Murcia con grande gloria con tal vencimiento a gloria de Dios nuestro Señor y de su bendita madre.

Volvamos al capitán Abidbar, que fue huyendo de la batalla. Como a Granada llegase y el rey supiese lo que pasaba, le mandó degollar, porque no había muerto como caballero en la batalla, pues él les había llevado a esta batalla. [Esto] pasó siendo en Castilla rey don Juan el segundo, y en Granada Abenhozmín décimo séptimo, como está dicho; el cual reinó ocho años, y fue despojado del reino año de mil y cuatrocientos y cincuenta y tres. Por esta batalla de los Alporchones se hizo aquel romance antiguo que dice desta manera:

Allá en Granada la rica
instrumentos oí tocar,
en la calle los Gomeles,
a la puerta de Abidbar,
el cual es moro valiente
y muy fuerte capitán;
manda juntar muchos moros
bien diestros en pelear,
porque en el campo de Lorca
se determina de entrar;
con él salen tres alcaides
aquí les quiero nombrar:
Almoradí de Guadix,
éste es de sangre real;
Abenaciz es el otro
y es de Baza natural;
y de Vera es Alabez,
de esfuerzo muy singular
y en cualquier guerra su gente
bien la sabe caudillar.
Todos se juntan en Vera
para ver lo que harán;
el campo de Cartagena
acuerdan de saquear.
Alabez, por ser valiente,
lo hacen su general;
otros doce alcaides moros

con ellos juntados se han,
que aquí no digo sus nombres
por quitar prolijidad;
ya se partían los moros,
ya comienzan de marchar,
por la fuente de Pulpé,
por ser secreto lugar,
y por el puerto los Peines
por orilla de la mar.
En el campo Cartagena
con furor fueron a entrar,
cautivan muchos cristianos
que era cosa de espantar.
Todo lo corren los moros
sin nada se les quedar;
el rincón de San Ginés
y con ello el Pinatar.
Cuando tuvieron gran presa,
hacia Vera vuelto se han,
y en llegando al puntarón,
consejo tomado han,
si pasarían por Lorca
o si irían por la mar;
Alabez, como es valiente,
por Lorca quiere pasar,
por tenerla muy en poco
y por hacerle pesar;
y ansí con toda su gente
comenzaron de marchar.
Lorca y Murcia lo supieron,
luegos los van a buscar,
y el comendador de Aledo
que Lisón suelen llamar,
junto de los Alporchones
allí los van alcanzar;
los moros iban pujantes
no dejaban de marchar;
cautivaron un cristiano,
caballero principal,
cual llamaban Quiñonero
que es de Lorca natural.
Alabez que vió la gente
comienza de preguntar:
—Quiñonero, Quiñonero,
dígasme ahora la verdad,
pues eres buen caballero
no me la quieras negar:

¿qué pendones son aquellos
que están en el olivar?
Quiñonero le responde,
tal respuesta le fue a dar:
—Lorca y Murcia son, señor,
Lorca y Murcia que no más,
y el comendador de Aledo,
de valor muy singular,
que de la francesa sangre
es su prosapia real.
Los caballos traían gordos,
ganosos de pelear.
Allí respondió Alabez,
lleno de rabia y pesar:
—Pues por gordos que los traigan,
la rambla no pasarán,
y si ellos la rambla pasan,
¡Alá y cuán mala señal!
Estando en estas razones
allegara el mariscal
y el buen alcaide de Lorca
con esfuerzo muy sin par.
Aqueste alcaide es Fajardo
valeroso en pelear;
la gente traen valerosa,
no quieren más aguardar.
A los primeros encuentros
la rambla pasado han,
y aunque los moros son muchos,
allí lo pasan muy mal.
Mas el valiente Alabez
hace gran plaza y lugar:
tantos mata de cristianos
que dolor es de mirar.
Los cristianos son valientes,
nada les pueden ganar;
tantos matan de los moros
que era cosa de espantar.
Por la sierra de Aguaderas
huyendo sale Abidbar
con trescientos de a caballo,
que no pudo más sacar.
Fajardo prendió a Alabez
con esfuerzo singular;
quitaron la cabalgada
que en riqueza no hay su par.

Abidbar llegó a Granada
y el rey le mandó matar.[1]

Este fin es el que tuvo esta sangrienta batalla de los Alporchones.
Vamos ahora a la cuenta de los reyes moros de Granada. Ya hemos
dicho de Abén Hozmín, que fue el décimoséptimo, en tiempo del cual
pasó la batalla de los Alporchones. Este reinó ocho años; fue despojado del reino año de mil y cuatrocientos y cincuenta y tres años.

El rey décimoctavo de Granada fue Ismael, y éste le quitó el reino
a Abén Hozmín, como está dicho. En tiempo deste Ismael murió Garcilaso de la Vega, en una batalla que los moros tuvieron con los cristianos. Reinó este Ismael doce años; acabó año de mil y cuatrocientos y
sesenta y cinco.

El décimonono rey de Granada se llamó Muley Hacén; otros le
llamaron Albo Hacén.[2] Este fue hijo de Ismael pasado. En tiempo
déste pasaron grandes cosas en la Vega de Granada y en la misma
ciudad de Granada. Tuvo éste un hijo llamado Boabdilín, y tuvo,
según cuenta el arábigo,[3] otro hijo bastardo llamado Muza; éste dicen
que lo hubo de una cristiana cautiva. Tuvo éste un hermano llamado
Boabdilín, así como el hijo del rey. Este infante Boabdilín era muy
querido de los caballeros de Granada, y muchos dellos por estar mal
con el rey su padre le alzaron por rey de Granada, a cuya causa le
llamaron el rey Chiquito.[4] Otros caballeros siguieron la parte del rey,

---

[1] The battle of the Alporchones took place in 1452. The Moorish
general Abdilbar, joining his army with that of Malique Alabez, governor
of Almería, plundered a large part of the province of Murcia and Cartagena
until finally being defeated by Alonso Fajardo. This ballad, which appears to
be historically accurate, does not appear in any of the earlier *romanceros*.

[2] Abul-l-Hasan Ali, Muley Hacén, reigned from about 1464 to 1485.

[3] The "arábigo," as explained further on, is the fictional Moorish
historian to whom Pérez de Hita attributed his story. The *princeps* edition
carried as part of the title this statement: "Agora nuevamente sacado de un
libro Arábigo cuyo autor de vista fue un moro llamado Aben Hamin natural
de Granada.... Traduzido en castellano por Ginés Pérez de Hita."

[4] Boabdil or Abu Abd Allah († 1527), whose mistakes and misfortunes
form the basis for the main plot of the *Guerras civiles*, is "el rey Chico." He is
also known as "el zogoibi" ('the unfortunate'). Other variations of his name
are Aboabdilí, Audala, Audalla, Abdilí, Audillí, and Audilí. One writer
described him as "de razonable estatura, buena trabazón de miembros,
rostro largo, moreno; cabello, barba y ojos negros y graves, con muestras
de melancolía" (quoted by Blanchard-Demouge, p. 322). Actually, many of
the actions attributed to him by Pérez de Hita, including the slaying of the
Abencerrajes, seem to have been carried out by his father.

de manera que en Granada había dos reyes, padre e hijo, y cada día
tenían y había grandes pesadumbres entre los dos reyes y sus bandos.
Y así unas veces amigos y otras enemigos se gobernaba el reino, y no
por eso se dejaba de continuar la guerra y entradas contra cristianos.

Este rey, padre del Chico, estaba siempre en el Alhambra, y el
Chico en el Albaicín, y en el ausencia del uno mandaba y gobernaba el
otro; mas el viejo fue el que adornó e hizo muy magníficas las cosas
de Granada, y muy grandes y soberbios edificios, por ser muy poderoso y rico. Este hizo labrar de todo punto la famosa Alhambra a
mucha costa suya, por ser obra la que en ella hizo de mucha riqueza.
Hizo la famosa Torre de Comares, y el cuarto de los Leones. Llámase
ansí, porque en medio de un cuarto descubierto, muy ancho y largo,
hay una fuente de doce leones de alabastro, muy ricamente obrada.
Todo el cuarto está lozado de muy lucidos azulejos a lo moro labrados. Ansí mismo hizo este rey muchos estanques de agua en la misma
Alhambra, y los afamados aljibes del agua, tan nombrados. Hizo la
Torre de la Campana, de la cual se descubre toda la ciudad de Granada y su Vega. Hizo un maravilloso bosque junto del Alhambra,
debajo de los miradores de la misma casa real, donde se parecen hoy
en día muchos venados y conejos y otros géneros de caza. Mandó
labrar los muy famosos Alijares con obras maravillosas de oro y azul
de mazonería, todas a lo moro. Era esta obra de tanta costa, que el
moro que la labraba y hacía, ganaba cada día cien doblas. Mandó hacer
encima del cerro de Santa Elena (que así se nombra hoy aquel cerro)
una casa de placer muy rica. Hizo la Casa de las Gallinas,[5] una legua
de Granada, que no hay tal casa para el efecto en España. En la misma
orilla del río Genil tenía este rey, encima del río Darro, una huerta y
jardín, llamado Generalife, que no había rey que tal tuviese, que hoy
en día vive. En la cual huerta hay diversos géneros de frutas, muchas
y muy bien labradas fuentes, muchas plazas y calles hechas de un fino
y menudo arrayán. Tiene esta huerta una casa rica y bien labrada, en
cual hay muchos aposentos y salas y ricos cuartos. Tiene muchas y
muy ricas ventanas, todas labradas de fino oro, y en la sala más principal pintados por grandes pintores todos los reyes moros de Granada
hasta su tiempo, y en otra sala todas las batallas que habían habido
con los cristianos. Todo tan al vivo que era cosa de admiración. Por
estas obras y otras tales que había hecho en la ciudad de Granada de
tanta hermosura adornadas, hizo el rey don Juan el primero aquella
pregunta al moro Abenámar el viejo, estando en el río de Genil, que
dice ansí:

---

[5] A palace situated near the Genil. See the Appendix, p. 315

—Abenámar, Abenámar,
moro de la morería,
el día que tú naciste
grandes señales había.
Estaba la mar en calma,
la luna estaba crecida;
moro que en tal signo nace
no debe decir mentira.
Allí le responde el moro,
bien oiréis lo que decía:
—No te la diré, señor,
aunque me cueste la vida,
porque soy hijo de un moro
y de una cristiana cautiva,
siendo yo niño y muchacho
mi madre me lo decía
que mentira no dijese,
que era grande villanía;
por tanto pregunta, rey,
que la verdad te diría.
—Yo te agradezco, Abenámar,
aquesa tu cortesía:
¿qué castillos son aquéllos,
altos son y relucían?
—El Alhambra era, señor;
y la otra la Mezquita;
los otros los Alijares,
labrados a maravilla.
El moro que los labraba
cien doblas ganaba al día,
y el día que no las labra
otras tantas se perdía.
El otro el Generalife,
huerta que par no tenía;
el otro Torres Bermejas,
castillo de gran valía.
Allí habló el rey don Juan,
bien oiréis lo que decía:
—Si tú quisieses, Granada.
contigo me casaría;
dar te he yo en arras y dote
a Córdoba y a Sevilla.
—Casada soy, rey don Juan,
casada soy que no viuda,

el moro que a mí me tiene
muy grande bien me quería.[6]

Mostraban en sí tanta grandeza y pesadumbre los soberbios edificios de Granada y de su Alhambra, que era cosa de espanto, que hasta hoy día se muestran.[7] Estaba este Muley Hacén tan rico y próspero y de fortuna bien andante, que no había rey moro que tan bien estuviese como él, después del Gran Turco, si fortuna después no revolviera sobre él, como adelante se dirá. Estaba muy acompañado y servido de muy ricos y preciados caballeros y de claros linajes, todos de gran nombradía, porque se hallaban en Granada treinta y dos linajes claros de caballeros moros, sin otros muchos que había muy ricos y de grande estima. Todos los cuales descendieron de aquellas gentes moras que ocuparon a España en tiempo de su perdición. Y porque me parece que será justa razón nombrarles a todos por sus nombres, se dirá, y ansí mismo de dónde vinieron, y de qué tierras y provincias.

CAPÍTULO TERCERO: EN QUE SE DECLARAN LOS NOMBRES DE LOS CABALLEROS MOROS DE GRANADA DE LOS TREINTA Y DOS LINAJES, Y DE OTRAS COSAS QUE PASARON EN GRANADA. ANSÍ MISMO PONDREMOS TODOS LOS LUGARES QUE EN AQUEL TIEMPO ESTABAN DEBAJO DE LA CORONA DE GRANADA.

A QUE HABEMOS TRATADO de algunas cosas de la ciudad de Granada y de sus edificios, diremos de los preciados caballeros que en ella vivían, y de las villas y lugares y castillos y ciudades que estaban sujetos a la real corona de Granada. Para lo cual comenzaremos por los caballeros desta manera, nombrándolos por sus nombres: Almoradís, de Marruecos. Alageces, alarbes; Benarages, alarbes; Alquifaes, de Fez; Gazules, alarbes; Barragís, de

---

[6] The ballad of Abenámar may be the most famous of the *romances fronterizos*. It was first published in the *Cancionero de romances sin año*. Although Pérez de Hita attributed the incident to Don Juan I, it belongs to the time of Don Juan II.

[7] Many 15th and 16th century accounts by visitors to Granada and the Alhambra echo the feeling of admiration expressed by Pérez de Hita. See the Appendix for comments by Andrea Navagero.

Fez; **Vanegas**, de Fez; Zegríes, de Fez; Mazas, de Fez; Gomeles, de
Vélez de la Gómara; Bencerrages, de Marruecos; Albayaldos, de
Marruecos; Abenamares, de Marruecos; Alatares, de Marruecos;
Almadanes, de Fez; Audallas, de Marruecos; Almohades, de Marrue-
cos; Hazenos, de Fez; Langetes, de Fez; Azarques, de Fez; Alarifes, de
Vélez de la Gómara; Abenhamines, Marruecos; Zulemas, de Marrue-
cos; Sarrazinos, de Marruecos; Mofarix, de Tremecén; Abenchohares,
de Tremecén; Almanzores, de Fez; Abidbares, de Fez; Alhamares, de
Fez; Reduanes, de Marruecos; Adoladines, de Marruecos; Alducari-
nes, de Marruecos; Adoradines, de Marruecos; Alabeces Maliques, de
Marruecos, descendientes del rey Almohabez Malique, rey de Cuco.

Los lugares del reino y Vega de Granada son éstos: Granada,
Malacena, Alhendín, Cogollos, Gabia la grande, Los Padules, Gabia la
chica, Alhabia, Alfacar, La Zubia, Pinos, Alhama, Albolote, Loxa y
Lora, Monte Frío, Guadahortuna, Alcalá la Real, Cardela, Moclín,
Yllora, Colomera, Famala, Iznalloz, Güelma.

Los lugares de Baza: Baza, Orce, Zújar, Galera, Freyla, Cúllar,
Benzalema, Caniles, Castril, Vélez el Blanco, Benamaurel, Vélez el
Rubio, Castilleja, **Xiquena**, Guéscar, Tirieza.

Los del río Amanzora: Serón, Benitagla, Tíjola, Albánchez, Bayar-
que, Cantoria. Almuña, Eria, Purchena, el Box, Ulcila, Alboreas,
Urraca, Partaloba, Fumuytin, Zurgena, Ovora, Cabrera, Santopetar,
Teresa, Guércal, Antas, Las Cuevas, Sorbas, Portilla, Lobrín, Vera,
Uleyla del Campo, Mojácar, Serena, Turre, Guebro.

Los lugares de Filabres: Filabres, Gécal, Vacares, El Volodúy,
Sierro.

Los lugares del río de Almería: Almería, Terque, Emix, Santa Fe,
Felix, Abiater, Vicar, Rioja, Guércal, Ylar, Pichina, Laqunque, Alhama
la Seca, Ragul, Guécija, Esfinción, Gueneja, Cangíyar, Santa Cruz,
Mieles, Ohanez, Marchena, Almancatra.

La tabla de Andárax y Oxícar: Andárax, Castillo del Hierro, Oxí-
car, Carriles Azeytún, Berchul, Dalaas, Lanjarón, Inox, Murtal,
Tavernas, Turón, Potrox, Berja, Alcudia. Las Albuñuelas, Guadix, Las
Guajaras Altas, Lapeca, Las Guajaras Bajas, Veas, Valor el Alto,
Fiñana, Valor el Chico, La Calahorra, Cadiar, Burriana.

Estos y otros muchos lugares de las Alpuxarras y Sierra Bermeja,
y Ronda, que no hay para qué traellos, estaban debajo la real corona
de Granada. Y pues habemos tratado de los lugares, es menester tratar de los caballeros moros Maliques Alabeces, el cual linaje en Granada era muy claro y muy tenido por su valor de los reyes della. Para
lo cual es de saber, que como el Miramamolín de Marruecos convo-
case a todos los reyes del África para pasar en España, cuando total-

mente fue destruida hasta las Asturias, vino un rey llamado Abderramén, y éste trajo tres mil hombres de pelea. Vino otro llamado Muley Aboaly, y en compañía déste vinieron otros veinte y cinco reyes moros. Todos los cuales trajeron muy grande poder de gentes, y entre estos reyes vino uno llamado Mahomad Malique Almohabez; el reino de Cuco era suyo. Traía con él tres valerosos hijos llamados Maliques Almohabeces. Todos estos reyes, con sus gentes, pasaron en España, y anduvieron en las guerras que se trabaron contra don Rodrigo.

Y en aquella grande batalla en que se perdió el rey don Rodrigo y la flor de los caballeros de España, a manos del Infante don Sancho, murió el rey Malique Almohabez. Sus tres hijos anduvieron en las guerras todos los ocho años que duraron la guerra hasta ser pasadas todas y España puesta en poder de moros. Acabada la guerra, el mayor de los hermanos se pasó en África, bien cargado de cristianos despojos, y se fue al reino de su padre, donde reinó; y aun después sus hijos déste vinieron a ser reyes de Fez y Marruecos. Y ansí uno de los reyes de Fez tuvo un hijo llamado el infante Abomelique, el cual pasó en España en tiempo que los reyes de Castilla tenían guerras con los reyes de Granada. Y este infante Abomelique fue rey de las Algeciras, y Ronda, y Gibraltar, respecto que fue ayudado de los parientes suyos que habían quedado en Granada, descendientes de aquellos hijos del rey Almohabez, que como arriba es dicho, el uno se volvió a su tierra y reino; los otros dos quedaron en Granada, por parecerles la tierra bien. Quedaron muy ricos de los despojos de la guerra de España. Fuéronles dadas grandes partes y haciendas en Granada, sabiendo cúyos hijos eran, y especialmente por el valor de sus personas, que era grande el linaje destos Maliques Almohabeces en Granada. Emparentaron con otros claros linajes de la ciudad que se decían Aldoradines. Sirvieron a sus reyes muy bien en todas las ocasiones. Finalmente, en Granada, ellos y los Abencerrajes eran los más claros linajes, aunque también había otros tan buenos como ellos, donde eran Zegríes, Gomeles, Mazas, Vanegas, y otros muchos Almoradís, y Almohades, Merines, y Gazules, y otros que no digo. Finalmente, con el favor de estos caballeros Maliques Alabeces, que así fueron llamados, el infante Abomelique de Marruecos alcanzó en el reino de Granada a ser rey de Ronda, y de las Algeciras, y Gibraltar, como está dicho.

Volviendo al propósito de nuestra historia, como dice el arábigo, el rey de Granada, Muley Hacén, de quien ahora tratamos, se servía de todos estos linajes de estos principales caballeros que arriba habemos contado, con los cuales el rey Muley Hacén tenía su corte próspera y bien andante, y sus tierras pacíficas, y hacía guerras a los cristianos, y era en todas cosas muy estimado, hasta que su hijo Boabdil fue grande, y entre él y el padre hubo grandes pesadumbres y contiendas. Y finalmente que el hijo fue alzado por el rey con favor de los caballeros de Granada, que estaban mal con su padre, por ver los agravios que dél habían recibido; otros seguían la parte del padre. Desta manera andaban las cosas de Granada, como atrás dejamos tratado, y no por eso dejaba Granada de estar en su punto, siendo bien gobernada y regida. Mas el rey que más metía la mano era el Chico, que al padre no se le daba mucho dello, atento que era su heredero, y pasaba, aunque contra su voluntad, por lo que el hijo hacía. Y es de saber, que de los treinta y dos linajes de caballeros que había en Granada, y de cada linaje había más de cien casas, los que llevaban la corte en peso en aqueste tiempo era los que aquí diremos, porque hace al caso a nuestra historia, así como lo escribió el moro Aben Hamin, historiador de todos aquellos tiempos, desde la entrada de los moros en España. Porque este Aben Hamin tuvo muy solícito cuidado de recoger todos los papeles y escrituras que trataban estas cosas de Granada, desde su fundación primera y segunda. Dice, pues, el arábigo que los caballeros que más se estimaban en la ciudad de Granada y en su reino eran los siguientes: Alhamares, Llegas, Almoradís, Mazas, Alabeces, Zegríes, Abencerrajes, Abenamares, Gomeles, Gazules, Vanegas.

Los caballeros Abencerrajes eran muy estimados por ser de muy claro linaje, descendientes de aquel valeroso capitán Abenraho que vino con Muza en el tiempo de la rota de España. Y de éste, y de dos hermanos que tuvo, descendieron estos valerosos cabelleros Abencerrajes, de muy clara y real sangre, y así lo afirma el arábigo en su escritura. Y también se hallaron los hechos de estos valerosos caballeros en las crónicas de los reyes de Castilla, a las cuales me remito.[1] Y

---

[1] Blanchard-Demouge (p. 323) quotes two descriptions of the Abencerrajes:

Los Abencerrajes, poderosa milicia oriunda de África que interviene a cada momento en la historia granadina del siglo XV, imponiéndose a los emires de Granada tal una guardia pretoriana, sosteniendo ya usurpador y pretendientes; cuando podían se vengaban los reyes degollando algunos.

Que dezían aben çerrajes, que quiere dezir los hijos de el sillero, los quales eran naturales de allende y avían passado en esta tierra con deseo de morir peleando con los cristianos, y en la verdad ellos eran los mejores cavalleros de la gineta y de la lanza que se cree que ovo jamás en el Reyno de Granada; y aunque fueron casi los mayores señores del Reyno, no por eso mudaron el apellido de sus padres, que eran silleros: porque entre los moros no suelen despreciarse los buenos y nobles, por venir de padres officiales.

quien seguía la mayor amistad destos valerosos caballeros eran los Maliques Alabeces, y el valeroso Muza, hijo bastardo del rey Muley Hacén, como atrás queda dicho y declarado. Este Muza era caballero robusto y muy valiente, como adelante diremos, y como se halla en las crónicas de los cristianos reyes.

En este tiempo, la ciudad de Granada andaba puesta en grandes fiestas, así de cañas, sortijas y torneos, como de otras cualesquier fiestas. Y esto mandaba hacer el rey Chico, por haber recibido corona del reino, aunque como es dicho, contra la voluntad de su padre, el cual vivía en el Alhambra, y el rey Chico en el Albaicín y Alcazaba, visitado de los caballeros más principales de Granada, por quien había recibido la corona, así Abencerrajes como Gomeles, Zegríes y Mazas. Entre todos éstos se hacían grandes fiestas, y Muza las solemnizaba por ser caballero gentil y gallardo. Pasando estas cosas, el muy valeroso Maestre de Calatrava don Rodrigo Téllez Girón, con mucha gente de caballo y de pie, entró a correr la Vega de Granada, y la corrió e hizo algunas presas. Y no contento con esto, quiso saber si habría en Granada algún caballero que con él quisiese escaramuzar lanza por lanza. Y sabiendo cómo en Granada se hacían fiestas por la nueva elección del rey Chico, acordó de enviar un escudero con una letra suya al rey. El escudero fue con el recaudo del Maestre a Granada, y supo cómo el rey estaba en Generalife con muchos caballeros tomando placer, y como el escudero llegó, habiendo tomado licencia para entrar, entró. Y siendo delante del rey, haciendo su acatamiento como al rey se debía, le dio el recaudo del Maestre. El rey lo tomó y leyó públicamente alto, que todos lo entendían, y decía la carta lo siguiente:

Poderoso señor: tu Alteza goce la nueva corona que por tu valor se te ha dado, con próspero fin que dello suceda. De mi parte he sentido grande contento, aunque diversos en leyes; mas confiando en la grande misericordia de Dios que al fin tú y los tuyos vendréis en claro conocimiento de la santa fe de Cristo, y querrás el amistad de los cristianos. Mas ahora en tiempo de tus fiestas, que son grandes, como es razón que lo sean, por tu nueva coronación, es justo que los caballeros de tu corte se alegren y tomen placer, probando sus personas con el valor que dellos por el mundo se publica y es notorio. Y ansí por este respecto, yo y mi gente habemos entrado en la Vega, y la habemos corrido. Y si acaso alguno de los tuyos quisiere en pasatiempo salir al campo a tener escaramuza, uno a uno, o dos a dos, o cuatro a cuatro, déles tu Alteza licencia para ello, que aquí aguardo en el Fresno gordo, harto cerca de tu ciudad. Y para esto doy seguro que de los míos no saldrán más de aquellos que salieren de Granada para escaramuzar. Ceso besando tus reales manos. El Maestre don Rodrigo Téllez Girón.

Leída la carta, el rey, con alegre semblante, miró a todos sus caballeros, y viólos andar alborotados y con gana de salir a la escaramuza, cualquiera dellos, pretendiendo la empresa de aquel negocio. Y el rey, como los vio ansí, les mandó que sosegasen, y preguntó si era justo salir a la escaramuza que el Maestre pedía, y todos respondieron y dijeron que era cosa muy justa salir. Porque haciendo lo contrario, serían reputados por caballeros de poco valor y cobardes. Y para esto hubo muchos pareceres, sobre quién saldría a la escaramuza, o cuántos. Y fue acordado que no fuese aquel día más de uno a uno a la escaramuza, que después saldrían más, y sobre quién había de ser, hubo grandes diferencias entre todos. De modo que fue necesario que entrasen en suertes doce caballeros, y el que saliese primero de una vasija de plata su nombre escrito, que aquél saliese. Así acordado, los que fueron escritos para las suertes fueron los siguientes: Mahomad Abencerraje, el valiente Muza, el Malique Alabez, Mahomad Maza, Mahomet Almoradí, Albayaldos, Vanegas Mahamet, Abenámar, Mahoma Gomel, Almadán, Mahomad Zegrí, el valiente Gazul.

Todos estos caballeros fueron señalados y sus nombres escritos y puestos dentro de una cántara de plata, y bien revueltas las suertes, la reina con su mano las sacó, que allí estaba con sus damas, y la suerte decía el nombre de Muza. ¡Quién os diría el gran placer de Muza en aquella hora, y el pesar de todos los demás caballeros señalados! Porque cada uno dellos holgara en extremo y de voluntad ser el contenido en las suertes, por probar el valor y esfuerzo del Maestre. Y aunque después desto, entre todos los caballeros fue después muy conferido y debatido que mejor fuera salir cuatro a cuatro, o seis a seis, no se pudo acabar con Muza. Y ansí luego se escribió al Maestre una letra, y dándola al escudero del Maestre en respuesta de la que había traído, le enviaron. El escudero volvió adonde el Maestre aguardaba, y le dio en su mano el recaudo del rey Chico, y abierta la carta, decía ansí:

Valeroso Maestre: Muy bien se muestra en tu valeroso pecho la nobleza de tu sangre, y no menos que de tu nobleza pudiera salir el parabién de mi elección y recibimiento de mi real corona. Todo lo cual me ha puesto en obligación de te acudir a todo aquello que al amistad de un verdadero y leal amigo se debe tener, y ansí me obligo a todo aquello que de mí y mi reino hubieres menester. Con muy comedidas razones envías a pedir a mis caballeros escaramuza en la Vega, diciendo que por alegrar mi fiesta, lo cual te agradezco grandemente. Entre los más principales caballeros de mi corte se echaron suertes, para ver cuál dellos saldría a verse contigo, porque cualquiera dellos quisiera salir. Finalmente la suerte le cayó a Muza, mi hermano. Mañana, siendo Mahoma servido, se verá contigo solo, debajo de tu palabra que no será de ninguno otro de los tuyos ofendido. Bien sé que la escaramuza será de ver, por ser hecha entre dos tan buenos caballeros, la cual será mirada de las damas de las torres del Alhambra. No más. Quedo, para lo que te cumpliere, en Granada. Audala, rey de Granada.

Alegre fue el buen Maestre con la respuesta del rey. Y aquella noche se retiró buen rato la Vega adentro, mandando a su gente que tuviese aquella noche con vigilancia y con grande recato, con recelo que los moros no le hiciesen algún daño. La manana venida, se acercó a la ciudad, llevando solos cincuenta caballeros de los suyos para su guarda, dejando el resto dellos muy grande trecho apartados, con aviso que aprestados estuviesen, por si los moros quisiesen hacer alguna cosa no debida, rompiendo la palabra en aquel caso puesta. Y ansí estuvo aguardando a Muza que de la ciudad saliese, para hacer con él la batalla.

CAPÍTULO CUARTO: QUE TRATA LA BATALLA QUE EL VALIENTE MUZA TUVO CON EL MAESTRE, Y DE OTRAS COSAS QUE MÁS PASARON.

SÍ COMO EL MENSAJERO del Maestre fue partido con la carta, siendo el desafío aceptado, los moros caballeros y el rey quedaron hablando en muchas cosas, principalmente en el desafío del valeroso Maestre. La reina y las damas que allí estaban no holgaron mucho dello, porque ya sabían bien que el valor del Maestre era grande y diestro en las armas. Y a quien más en particular este desafío pesó, fue a la muy hermosa y discreta Fátima, que amaba a Muza de muy firme amor, después que dejó los amores del valiente Abindarráez, visto que Abindarráez los trataba con la hermosa Xarifa. Esta Fátima que digo era muy hermosa, y era Zegrí, y dama de muy grande aviso y discreción, estaba muy aficionada al valiente Muza y sus cosas, dándoselo algunas veces a entender, con un sabroso y dulce mirar. Mas de Muza digo que estaba muy fuera deste propósito, porque amaba de todo corazón a la hermosa Daraxa, hija de Hamat Alagez, caballero de muy gran cuenta, y hacía por ella y en su servicio muy grandes y señaladas cosas. Mas esta dama Daraxa no amaba a Muza, porque tenía todo su amor puesto en Abenhamete, caballero Abencerraje, hombre gentil y gallardo y de muy grande valor. Y así mismo el Abencerraje amaba a la hermosa Daraxa, y le servía en todo cuanto podía.

Pues volviendo a nuestro Muza, aquella noche siguiente aderezó todo lo necesario para la batalla que había de hacer con el buen Maestre, y la hermosa Fátima le envió con un paje suyo un pendoncillo de una muy fina seda para la lanza, el medio morado y el otro medio verde, todo recamado con muy ricas labores de oro, y por él sembradas muchas FF, en que declaraban el nombre de Fátima. El paje lo dio a Muz diciendo:

—Valeroso Muza, Fátima mi señora os besa las manos y os suplica que pongáis en vuestra lanza este pendoncillo en su servicio, porque será muy contenta si lo lleváis a la batalla.

Muza tomó el pendón, mostrando muy buen semblante, porque era para con las damas muy cortés, aunque cierto más quisiera que aquella empresa fuera de la hermosa Daraxa que de ninguna otra dama del mundo. Mas como era tan discreto como valiente, lo recibió, diciéndole al paje:

—Amigo, di a la hermosa Fátima, que yo le tengo en grande merced el pendoncillo que me envía, aunque en mí no haya méritos para que prenda de tan hermosa dama lleve conmigo. Y que Alá me dé gracia para que yo lo pueda servir, y que yo le prometo de ponerlo en mi lanza y con él entrar en la batalla. Porque tengo entendido que con tal prenda, y enviada de tan hermosa señora, será muy cierta la victoria de mi parte.

El paje se fue con esto, y en llegando a Fátima, le dijo todo lo que con el valiente Muza pasara; que no fue poco alegre Fátima con ello.

Pues el alba aún no era bien rompida, cuando el buen Muza ya estaba de todo punto muy bien aderezado para salir al campo. Y dando de ello aviso al rey, se levantó y mandó que se tocasen las trompetas y clarines, al son de los cuales se juntaron gran cantidad de caballeros, de los más principales de Granada, sabiendo ya la ocasión dello. El rey se puso aquel día muy galán, conforme a su persona real convenía. Llevaba una marlota de tela de oro tan rica que no tenía precio, con tantas perlas y piedras de valor que muy pocos reyes las pudieran tener tales. Mandó el rey que saliesen doscientos caballeros aderezados de guerra, para seguridad de su hermano Muza, los cuales se aderezaron muy presto. Todos los demás salieron muy ricamente vestidos, que no hubo ningún caballero que no vistiese seda y brocado.

Volviendo al caso, aún no eran los rayos del sol bien tendidos por la hermosa y espaciosa Vega, cuando el rey Chico y su caballería salió por la puerta que dicen de Bibalmazán, llevando a su hermano Muza al lado, y todos los demás caballeros con él, con tanta gallardía que era cosa de mirar la diversidad de los trajes y vestidos de los moros caballeros. Y los demás caballeros que iban de guerra no menos parecer y gallardía llevaban. Parecían tan bien con sus adargas blancas y lanzas y pendoncillos, con tantas divisas y cifras en ellos, que era cosa de mirar. Iba por capitán de la gente de guerra Mahomad Alabez, valiente caballero y gallardo, muy galán, enamorado de una dama llamada Cohayda, en grande extremo hermosa. Llevaba este valiente moro un listón morado en su adarga, y en él, por divisa, una corona de oro, y una letra que decía: «De mi sangre». Dando a entender que venía de aquel valeroso rey Almohabez, que pasó en España en tiempo de su destruición, el cual mató el infante don Sancho, como arriba es dicho. La misma divisa llevaba este gallardo moro en su pendoncillo.

Ansí, pues, salieron de Granada estas dos cuadrillas, y anduvieron hasta donde estaba el buen Maestre con sus cincuenta caballeros aguardando, no menos aderezados que la contraria parte. Así como llegó el rey, se tocaron sus clarines, a los cuales respondieron las trompetas del Maestre. Cierto que era cosa de ver así los de una parte como los de la otra. Después de haberse mirado los unos a los otros, el valeroso Muza no veía la hora de verse con el Maestre, y tomando licencia de su hermano el rey, salió con su caballo paso a paso con muy gentil aire y gallardía, mostrando en su aspecto ser varón de gran esfuerzo. Llevaba el bravo moro su cuerpo bien guarnecido, sobre un jubón de armar una muy fina y delgada cota, cual dicen jacerina, y sobre ella una muy fina coraza, toda aforrada en terciopelo verde, y encima de ella una muy rica marlota del mismo terciopelo, muy labrada en oro, por ella sembradas muchas DD de oro, hechas en arábigo. Y esta letra llevaba el moro por ser principio del nombre de Daraxa, a quien él amaba en demasía. El bonete era ansí mismo verde con ramos labrados de mucho oro, y lazadas con las mismas DD arriba dichas. Llevaba una muy fina adarga, hecha dentro en Fez, y un listón por ella travesado ansí mismo verde, y en medio una cifra galana, que era una mano de una doncella, que apretaba en el puño un corazón, tanto al parecer que salía del corazón gotas de sangre, con una letra que decía: «Más merece». Iba tan gallardo Muza que cualquiera que lo miraba recibía de verle grande contento.

El Maestre, que venirlo vio, luego coligió que aquel caballero era Muza, con quien había de hacer la batalla, y ansí luego mandó a sus caballeros que ninguno se moviese en su socorro, aunque le viesen puesto en necesidad, y lo hubiese menester. Y dando de las espuelas al caballo se fue paso ante paso hacia la parte que venía el moro Muza, con no menos aire y gallardía que el enemigo. Iba el Maestre muy bien armado, y sobre las armas, una ropa de terciopelo azul muy ricamente labrada y recamada de oro. Su escudo era verde y el campo blanco, y en él puesta una cruz roja, hermosa, la cual señal también llevaba en el pecho. El caballo del Maestre era muy bueno, de color rucio rodado. Llevaba el Maestre en la lanza un pendoncillo blanco, y en él la cruz roja como la del escudo, y bajo de la cruz una letra que decía: «Por ésta y por mi rey». Parecía el Maestre tan bien, que a todos daba de verle grandísimo contento. Y dijo el rey a los que con él estaban:

—No sin causa este caballero tiene gran fama, porque en su talle y buena disposición se muestra el valor de su persona.

En este tiempo llegaron los dos valientes caballeros cerca el uno del otro. Y después de haberse mirado muy bien, el que primero habló fue Muza, diciendo:

—Por cierto, valeroso caballero, que vuestra persona muestra bien claro ser vos de quien tanta fama anda por el mundo, y vuestro rey se puede tener por bien andante en tener un tan preciado caballero como vos a su mandado. Y por sola la fama que de vuestro valor vuela por todo el mundo, me tengo por muy bien andante moro entrar con vos en batalla, porque si Alá quisiese y Mahoma lo otorgase que yo de tan buen caballero alcanzase victoria, todas las glorias de él serían mías, que no poca honra y gloria sería para mí y todo mi linaje. Y si al contrario fuese que yo quedase vencido, no me daría mucha pena serlo de la mano de tan buen caballero—. Con esto dio Muza fin a sus razones.

A las cuales palabras respondió el valeroso y esforzado Maestre muy cortésmente, diciendo:

—Por un recado que ayer recibí del rey, sé que os llaman Muza, de quien no menos fama se publica que de mí vos habéis dicho, y que sois su hermano, descendientes de aquel valeroso y antiguo capitán Muza, que en los pasados tiempos ganó gran parte de nuestra España. Y ansí lo tengo yo en mucho hacer con tan alto caballero batalla. Y pues que cada uno de su parte desea la honra y gloria della, vengamos a ponerla en ejecución, dejando en las manos de la fortuna el fin del caso, y no aguardemos que más tarde se nos haga.

El valeroso moro que así oyó hablar al Maestre, le sobrevino una muy grande vergüenza, por haber dilatado tanto la escaramuza, y sin responder palabra alguna, con mucha presteza rodeó su caballo, el cual era de gran bondad, y apretándose el bonete bien en la cabeza, debajo del cual llevaba un muy fino y acerado casco, se apartó un gran trecho; lo mismo había hecho el Maestre. A este tiempo la reina y todas las damas estaban puestas en las torres del Alhambra, por mirar desde allí la escaramuza. Fátima estaba junto a la reina, muy ricamente vestida de damasco verde y morado, de la color del pendoncillo que le enviara a Muza. Tenía por toda la ropa sembradas muchas MM griegas, por primera letra del nombre de su amante Muza.

El rey, como vio los caballeros apartados y que aguardaban señal de batalla, mandó tocar los clarines y dulzainas, a las cuales respondieron las trompetas del Maestre. Siendo la señal hecha, los dos valientes caballeros arremetieron sus caballos el uno para el otro, con grande furia y braveza, con la cual pasaron el uno por el otro, dándose muy grandes encuentros, mas ninguno perdió la silla, ni hizo desdén ni mudanza que mal pareciese. Las lanzas quedaron sanas, el adarga de Muza fue falsada, y el hierro de la lanza tocó en la fina coraza y rompió parte de ella, y paró en la jacerina sin hacerle otro mal. El encuentro que dio Muza, también pasó el escudo del Maestre, y el hierro de la lanza tocó en el fuerte peto, que a no serlo tan bueno, fuera por el duro hierro falsado, por ser muy fino y hecho en Damasco.

Los caballeros sacaron las lanzas muy ligeramente, y con gran destreza comenzaron a escaramuzar, rodeándose el uno al otro, procurando de se herir. Mas el caballo del Maestre aunque era de gran bondad, no era tan ligero como el que llevaba Muza, a cuya causa el Maestre no podía hacer golpe a su gusto, por andar Muza, tan ligero con el suyo. Y ansí Muza entraba y salía cuando quería con grandísima ligereza, dándole algunos golpes al Maestre. El cual, como viese que el caballo de Muza era tan revuelto y ligero, no sabiendo qué se hacer, acordó, muy confiado en la fortaleza de su brazo, de tirarle la lanza. Y ansí aguardando que Muza le entrase, como le viese venir contra él con tanta furia como un rayo, con gran presteza terció la lanza, y levantando sobre los estribos, con gran furia y fortaleza le arrojó la lanza. Muza, que venir lo vio, quiso con gran ligereza hurtarle el cuerpo, y ansí en un pensamiento volvió la rienda al caballo por apartarse del golpe. Mas no lo pudo hacer tan presto que primero la lanza del Maestre no llegase, la cual dio al caballo por la quijada un duro golpe, que lo pasó de una banda a otra.

El caballo de Muza, viéndose tan malamente herido, comenzó a dar tan grandes saltos, y a hacer tales cosas, dando muy grandes corcovos, que era cosa de espanto. Lo cual siendo de Muza entendido, porque de su mismo caballo algún daño no le viniese, saltó de la silla en el suelo, y con ánimo de un león, se fue para el Maestre por desjarretalle el suyo. El Maestre que venir le vio, luego entendió su inten-

ción, y porque no le desjarretase el caballo, saltó de él tan ligero como
un ave. Y embrazando su escudo, habiendo dejado la lanza, puso
mano a su espada y se fue para Muza, el cual ya venía lleno de cólera
y saña contra el Maestre, por haberle ansí tan malamente herido su
caballo, y con una hermosa cimitarra se fue a herir al Maestre de muy
grandes golpes, el cual de muy buena gana le recibió.

De esta suerte, en pie, comenzaron a pelear los dos fuertes caballeros, dándose muy crecidos golpes, tanto que se deshacían los escudos
y las armas. Mas el valeroso Maestre, que era más diestro en ellas que
Muza, puesto que Muza fuese de bravo corazón y ánimo invencible,
quiso mostrar do llegaba su valor, y ansí afirmando su espada sobre la
cimitarra de Muza, hizo señal y muestra que le quería tirar por bajo el
muslo. Y ansí dejando pasar la espada por bajo la cimitarra, apuntó y
señaló aquel golpe; Muza con presteza fue al reparo, porque su muslo
no fuese herido. El Maestre con una presteza increíble volvió de man-
doble a la cabeza, de modo que el valiente Muza no pudo ir al reparo
tan presto como fuera necesario, y ansí el golpe del Maestre hizo
efecto de tal manera, que la mitad del verde bonete cortó, do el penacho vino al suelo, quedando el casco descubierto, que si tan fino no
fuera y de tan extremado temple, Muza lo pasara muy mal. Mas con
todo eso no dejó de quedar Muza medio aturdido de aquel pesado
golpe. Y reconociendo el mal estado en que estaba, acudió con su cimitarra con gran presteza y fuerza, y descargó un desaforado golpe. El
Maestre lo recibió en su escudo, el cual por la fuerza de aquel golpe
vino, cortado el medio, al suelo, y siendo rota la manga de la loriga, el
Maestre recibió una herida en el brazo, aunque pequeña, de a do le
salía mucha sangre. Causa fue esta herida que el Maestre se encen-
diese en viva saña, y determinando vengar la herida, acometió un
golpe a la cabeza de Muza, el cual con presteza fue al reparo, por no
ser en ella herido. El Maestre, viendo el reparo hecho, se dejó caer con
la espada de revés por bajo, y le dio una herida en el muslo, que no le
prestó la loriga que encima llevaba, para que la fina espada del Maestre no hallase carne. Desta manera los dos caballeros andaban muy
bravos y encarnizados, dándose grandes golpes.

Quien a esta hora mirara a la hermosa Fátima, bien claro conociera el amor que a Muza le tenía, porque así como vio aquel bravo
golpe que el Maestre le diera y le derribara el bonete y penacho en el
suelo, ella entendió y tuvo por cierto que Muza quedaba mal herido.
Y más viendo el buen caballo ya tendido muerto en el suelo, no lo
pudo sufrir más; de todo punto perdido su color, con desmayo cruel
que le dio, se le cubrió el enamorado corazón y cayó sin ningún sentido en el suelo a los pies de la reina. La cual maravillada de tal acaecimiento, le mandó echar agua en el rostro, con cuyos fríos Fátima

tornó en sí, y abriendo los ojos todos llenos de agua, dio un grande suspiro diciendo:

—¡O Mahoma! y ¿porqué no te dueles de mí?—. Y tornándose a amortecer, estuvo ansí una gran pieza.

La reina la mandó llevar a su aposento, y que le hiciesen algunos remedios. Xarifa y Daraxa y Cohayda la llevaron a su aposento, con harta tristeza del mal tan repentino de Fátima, por ser de ellas en extremo amada. Estando en su aposento la desnudaron y acostaron en su cama, haciéndole los remedios necesarios, hasta tanto que la hermosa Fátima tornó en su acuerdo. Y tornada, les dijo a Daraxa y a Xarifa que la dejasen allí sola un poco, para que reposase. Ellas así lo hicieron, y se tornaron adonde estaba la reina mirando la batalla de Muza y el Maestre, que en aquella sazón andaba más encolerizada y encendida. Mas bien claro se mostraba el Maestre llevar grande ventaja a Muza, atento ser más diestro en las armas, puesto caso que Muza fuese de muy bravo corazón y no mostrase punto de cobardía en aquel punto, antes con mayor ánimo redobla sus golpes, hiriendo al Maestre muy duramente, que no menos de su parte estaba y con ventaja, como es dicho. A Muza le salía mucha sangre de la herida del muslo, y tanta que ya no se podía dejar de sentir que Muza no anduviese algo desfallecido.

Lo cual visto por el Maestre, considerando que aquel moro era hermano del rey de Granada, y que era tan buen caballero, deseando que fuese cristiano, y que siéndolo se podría ganar algo en los negocios de la guerra, en provecho del rey don Fernando, determinó de no llevar la batalla adelante, y de hacer amistad con Muza. Y ansí luego se retiró afuera, diciendo:

—Valeroso Muza, paréceme que para negocios de fiestas hacer tan sangrienta batalla como hacemos, no es justo; démosle fin si te pareciere, que a ello me mueve ser tú tan buen caballero, y ser hermano del rey, de quien tengo ofrecidas mercedes. Y no digo esto porque de mi parte sienta yo haber perdido nada del campo, ni de mi esfuerzo, sino porque deseo amistad contigo, por tu valor.

Muza, que vio retirar al Maestre, muy maravillado de ello, tambien se retiró, diciendo:

—Muy claramente se deja entender, valeroso Maestre, que te retiras y no quieres fenecer la batalla, por verme en mal estado y en término que de ella yo no podía sacar sino la muerte, y tú de compasión movido de mi mala fortuna me quieres conceder la vida, de la cual yo muy bien conozco que me haces merced. Mas sé te decir que si tu voluntad fuere que nuestra lid se fenezca, de mi parte no faltaré hasta morir, con el cual pagaré lo que a ser buen caballero debo. Mas si, como dices, lo haces por respeto de mi amistad, te lo agradezco grandemente, y lo tengo por merced que un tan singular caballero se me dé por amigo. Y así prometo y juro de serlo tuyo hasta la muerte, y de no ir contra tu persona, agora ni en ningún tiempo, sino en todo cuanto fuere mi poder servirte.

Y diciendo esto, dejó la cimitarra de la mano, y se fue para el Maestre, y lo abrazó. Y el Maestre hizo lo mismo; que el ánimo le daba que de aquel moro había de salir algún notable bien a los cristianos.

El rey y los demás, que estaban mirando la batalla, espantados de aquel espectáculo, se maravillaron mucho y no sabían qué se decir. Y al cabo, entendiendo que eran amistades, el rey con seis solos caballeros se llegó a hablar al Maestre, y después de haberse tratado cosas de grandes cortesías, sabiendo el rey las amistades del Maestre y de su hermano, aunque, a la verdad, no holgó mucho dello, dio orden de entrar en Granada, porque Muza fuese curado, que lo había de menester. Y ansí se partieron los dos valerosos caballeros, llevando en sus corazones el amistad muy fija y sellada. Y este fin tuvo esta batalla.

Vuelto el rey a Granada con los suyos, no se hablaba en otra cosa sino en la bondad del Maestre y de su valor y esfuerzo y cortesía, y con mucha razón, porque todo cabía en el buen Maestre. Y por él se dijo aquel famoso romance, que dicen:

> ¡Ay, Dios, qué buen caballero
> el Maestre de Calatrava!
> y cuán bien corre los moros
> en la Vega de Granada,
> desde la Fuente del Pino
> hasta la Sierra Nevada,
> y en esas puertas de Elvira,
> mete el puñal y la lanza.
> Las puertas eran de hierro,
> de parte a parte las pasa.

Siendo ya fenecida la batalla del Maestre y del fuerte Muza, el Maestre, con los suyos, se salió de la Vega, llevando muchas cosas de ganancia della. Dejémoslo a él que se fue a su casa a descansar, y hablemos de lo que pasó en la ciudad de Granada, después que el rey entró en ella, y fue sano Muza de sus heridas, que tardó más de un mes.[1]

---

[1] The Maestre de Calatrava, Rodríguez Téllez Girón, died in the battle for Loja in 1482, so most of the duels attributed to him on the Vega of Granada are anachronistic.

CAPÍTULO QUINTO: QUE TRATA DE UN SARAO QUE SE HIZO EN PALACIO, ENTRE LAS DAMAS DE LA REINA Y LOS CABALLEROS DE LA CORTE, SOBRE EL CUAL HUBIERON PESADAS PALABRAS ENTRE MUZA Y ZULEMA ABENCERRAJE, Y LO MÁS QUE PASÓ.

UY GRANDE FUE la reputación que cobró el valiente Muza de ser valiente caballero, pues no quedó del Maestre vencido, como lo habían sido otros valientes caballeros de quien se tenía muy grande noticia haber sido vencidos en aquella Vega, y muertos por la mano del Maestre. Y entró en Granada, acompañado de toda la más principal caballería, y así mismo su hermano el rey. Entraron por la puerta de Elvira, y por las calles donde pasaban todas las damas le salían a mirar, y otras muchas gentes, ocupando las ventanas, que era cosa de ver, salían dándole mucho loor por la batalla que con el Maestre había hecho. Desta suerte llegaron hasta el Alhambra, donde fue Muza puesto en su aposento, y curado con gran diligencia por un grande maestro moro que sabía muy bien aquel arte de la cirugía.

Estuvo Muza en sanar bien casi un mes. Después de estar sano, fue a palacio a besar las manos al rey, el cual con su vista tuvo grande contento, ansí mismo todos los demás caballeros y damas de la corte. Quien más con su vista se alegró, fue la hermosa Fátima, porque lo amaba mucho, aunque él muy fuera estaba de aquel cuidado. La reina le hizo sentar a la par de sí, donde le preguntó cómo se sentía, y qué le había parecido el esfuerzo del Maestre. Muza le respondió:

—Señora, el valor del Maestre es en demasía muy grande, y él me hizo merced que la batalla no pasase adelante, por escusar el notable daño que estaba de mi parte, que ya estaba muy conocido. Y por Mahoma juro que en lo que yo pudiere, le tengo de servir.

—Mahoma lo confunda—respondió Fátima—, que en tal sobresalto nos puso a todos, especialmente a mí, que así como vi que de un golpe que os dio os derribó la mitad de vuestro bonete con todo el penacho, no me quedó gota de sangre, y faltándome de todo punto el aliento, me caí en el suelo medio muerta.

Fátima dijo ésto, parándose muy colorada, como la fina rosa, de manera que todos echaban de ver que amaba al valeroso Muza. El cual respondió:

—A mí me pesa que tan hermosa dama por mi respeto viniese a tan mal extremo. Alá me deje pagar tan alta merced como ésta.

Y diciendo esto, volvió los ojos a Daraxa, mirándola aficcionadamente, dándole a entender que la amaba en su corazón; mas Daraxa bajaba sus ojos sin mostrar ni hacer mudanza alguna.

Ya era hora de comer, y el rey mandó que se trajese la comida, y se sentasen a la mesa todos los caballeros más principales de Granada, porque después de haber comido se hiciese gran fiesta y zambra. Las mesas fueron puestas, y con el rey fueron de mesa los caballeros siguientes, que eran más principales: cuatro caballeros Vanegas, otros cuatro Almoradís, dos Alhamares, ocho Gomeles, seis Alabeces, doce Abencerrajes. Y entre ellos algunos Aldoradines, y Abenámar y Muza. Todos estos caballeros eran de grande estima, y por su valor el rey se holgaba de ponerlos a su mesa. Así mismo con la reina comían muy hermosas damas y de grande estima. Las cuales eran: Daraxa, Fátima, Xarifa, la Cohayda, la Zayda, Sarrazina, Alboraya. Todas éstas eran de los mejores linajes de Granada: Daraxa de los Alageces, Fátima de los Zegríes, Xarifa Almoradí, Alboraya de los Gomeles, Sarrazina de los Sarrazinos, Cohayda de los Vanegas. También estaba allí la linda Galiana, hija del alcaide de Almería, que había venido a las fiestas, y era parienta de la reina. Y por eso había venido a Granada, con licencia de su padre. Y todas, como digo, hermosas y muy discretas. Desta hermosa Galiana andaba enamorado Abenámar, valeroso caballero, y por ella había hecho cosas muy extrañas en escaramuzas. Y por ésta se dijo aquel romance, que dice:

En las huertas de Almería
estaba el moro Abenámar,
frontero de los palacios
de la mora Galiana.
Por arrimo su albornoz
y por alhombra su adarga,
la lanza llana en el suelo,
que es mucho allanar su lanza;
en el arzón puesto el freno
y con las riendas trabada
la yegua entre dos linderos
porque no se pierda y pazca.

Miraba un florido almendro
con la flor mustia y quemada
por la inclemencia del cierzo
a todas flores contraria, etc.

Este romance lo dicen de otra manera, diciendo que Galiana estaba en Toledo. Y es falso porque la Galiana de Toledo fue grandes tiempos antes que los Abenámares viniesen al mundo, especialmente éste de quien ahora tratamos, y el otro, de la pregunta del rey don Juan, porque en tiempos déstos Toledo era de cristianos, y así queda la verdad clara.[1] La Galiana de Toledo fue en tiempo de Carlos Martel, y fue robada de Toledo, y llevada a Marsella por Carlos. Esta Galiana de quien aquí tratamos, era de Almería, y por ella se dice el romance, y no por la otra. Y este Abenámar era nieto del otro Abenámar, de quien atrás habemos hablado.

Volviendo a nuestro caso, el rey con sus caballeros, y la reina con sus damas comían con grande contento, al son de diversas músicas ansí de menestriles como dulzainas, harpas, laúdes, que en la real sala había. Hablaban los caballeros y el rey de muchas cosas, especialmente de la batalla del Maestre y de Muza, y del gran valor del Maestre y de su cortesía, que era muy grande, de todo lo cual le pesaba al moro Albayaldos que allí estaba, que sentía gran despecho porque la batalla no se había acabado, que le parecía a él que el valor del Maestre no era tan grande como dél se decía, y que si él peleara con él, que le llevara la batalla a un glorioso fin. Y así tenía puesto en su pensamiento que la primera vez que el Maestre entrase en la Vega se había de probar con él, por ver si su esfuerzo y valentía era del modo que se decía. ˈ

Desta manera las damas también en su comida hablaban de la batalla pasada, y del ánimo de Muza y de su buen donaire. Abenhamete no partía los ojos de Daraxa, que la amaba en extremo, y no vivía el moro engañado, que ella lo adoraba. Mas había partes en Abenhamete Abencerraje para que fuese amado, por ser muy bien tallado y valiente por su persona, y era alguacil mayor en Granada; que este cargo y oficio no se daba sino a hombres de grande valor y estima. Y por la mayor parte no salía este oficio de los caballeros Abencerrajes, como se podrá ver en los compendios de Esteban de Garibay Zamalloa, cronista de los reyes cristianos de Castilla.

Pues si Albayaldos estaba con deseo de probar el valor del Maes-

---

[1] The other ballad to which Pérez de Hita refers begins "Galiana está en Toledo." It is found in the *Flor de varios romances* of Pedro de Moncayo. The one above was probably composed by Pérez de Hita himself.

tre, no menos lo tenía su hermano Alatar, que se preciaba de
valiente, y quisiera ver si el esfuerzo y valentía del Maestre era
tanta como dél se publicaba. El valeroso Muza ya no curaba desto,
más de tener al Maestre por amigo; que más le iba en mirar a la
hermosa Daraxa que en todo lo demás, y tanto la miraba que
muchas veces se olvidaba el comer. Su hermano el rey paró mientes
en ello, y entendió que Muza amaba a Daraxa, y dello le pesó
mucho, porque él también la amaba de secreto. Y muchas veces le
había descubierto su corazón, aunque Daraxa todas sus razones las
echaba por alto y no hacía caudal ni caso dellas, ni le quería dar oído
ni menos lugar a que el rey pudiese salir con su intento. También
Mahomad Zegrí miraba a Daraxa. Este era caballero de mucha
cuenta, y sabía que Muza la deseaba servir, mas por eso no desistió
de su propósito. De todo lo cual Daraxa no se le daba cosa ninguna
por tener ella puestos los ojos en Abenhamete, valeroso caballero
Abencerraje, hombre gallardo y bien dispuesto. La reina trataba con
las damas en cosas de los caballeros y sus bizarrías, y entre todos, de
los Abencerrajes y Alabeces, los cuales dos linajes se tocaban en
deudo por casamientos que andaban de por medio.

Estando la reina hablando, como es dicho, con sus damas,
habiendo ya acabado de comer el rey y todos los demás, y habiéndose comenzado algunas danzas entre damas y caballeros, llegó un
paje de parte de Muza, e hincando las rodillas en el suelo, le dio a
Daraxa un ramo de muy hermosas y exquisitas flores y rosas,
diciendo:

—Hermosa Daraxa, mi señor Muza os besa las manos, y os
suplica que recibáis este ramillete que él mismo hizo y compuso por
su mano, para ponerlo en la vuestra, y que no miréis el poco valor
del ramillo, sino la voluntad con que se os da, y que advirtáis que
dentro de esas flores viene su corazón, y que ansí ni más ni menos
lo pone en vuestras manos.

Daraxa miró a la reina y se puso muy colorada, y no sabía qué se
hiciese, si lo tomase o no. Y visto que la reina la miró y le dijo cosa
ninguna, tomó el ramillete por no serle mal mirada a Muza, y por
ser muy buen caballero y hermano del rey, considerando que en
tomar el ramillete no ofendía a su honestidad ni a su querido Abencerraje, el cual muy bien vio cómo lo tomó, diciendo al paje que ella
agradecía el presente que le enviaba. Quien en aquella hora mirara a
Fátima, muy bien entendiera lo mucho que le pesó porque Muza
había enviado el ramillete, mas disimuló cuanto pudo. Y llegándose
a Daraxa le dijo:

—Finalmente no se puede negar que no es vuestro amante

Muza, pues delante de todas las damas y caballeros os lo ha enviado, y ansí vos no podéis negar que no lo queréis bien pues lo recibisteis.

Daraxa, casi afrentada por lo que Fátima le dijera, le respondió:

—Amiga Fátima, no os maravilléis si el ramillo recibí, que por Mahoma juro que de mi gana no lo recibiera, si no por serle aquí delante de tantos caballeros mal mirada; que si por esto no fuera, delante de todos el ramillete hiciera mil pedazos.

Con esto dejaron de hablar más en aquel caso, porque mandó el rey que danzasen las damas y caballeros; lo cual fue hecho que Abenámar danzó con Galiana hermosísimamente, el Malique Alabez danzó con su dama Cohayda y muy bien, porque Alabez era caballero en todo muy extremado. Abindarráez danzó con la hermosa Xarifa, y Vanegas danzó con la hermosa Fátima. Almoradí, un bizarro caballero y valiente pariente del rey, danzó con Alboraya; un caballero Zegrí danzó con la hermosa Sarrazina, y muy bien. Alhamín, Abencerraje, danzó con la linda Daraxa. Y en acabando de danzar, al tiempo que el caballero Abencerraje le fue a hacer mesura, ella, haciéndole una hermosa reverencia, le dio el ramillete, el cual tomó el valeroso Abencerraje muy contento, por ser cosa de su mano.

El valeroso Muza, que mirando estaba la danza, como aquel que no quitaba los ojos de su señora Daraxa, visto que le había dado el ramillete que él le había enviado, ardiendo en viva cólera, ciego del enojo y pasión que recibió por ello, sin guardar respeto al rey ni a todos los demás caballeros que en la real sala estaban, se fue para el Abencerraje, con una vista tan horrible que parecía que echaba fuego por los ojos, y con una voz soberbia le dijo:

—Dí, vil y bajo villano, descendiente de cristianos, mal nacido, sabiendo que ese ramillete fue por mi mano hecho, y que yo le envié a Daraxa, ¿lo osaste tú tomar, sin más considerar que el ramillete era mío? En punto estoy de castigar tu sobrado atrevimiento, y si no fuera por lo que al rey debo, ya te hubiera castigado.

Visto el bravo Abencerraje el mal término de Muza, y el poco respeto que a su antigua amistad tenía, no menos encendido que él, ansí ni más ni menos, perdiéndole todo respeto, le respondió diciendo:

—Cualquiera que dijere que soy villano y mal nacido, miente mil veces, que yo soy muy buen caballero, e hijo de algo, y después del rey mi señor, no es ninguno tal como yo.

Y diciendo esto, los dos bravos caballeros pusieron mano a las armas para se ofender con ellas, lo cual hicieran ellos muy bien, si el rey a gran priesa no fuera a ellos y se pusiera en medio y los demás caballeros. Y el rey muy enojado contra Muza, porque había sido el promovedor de la causa, le dijo muy pesadas palabras, y que luego se saliese desterrado de la corte, pues tan poco miramiento había tenido. Y Muza le dijo que él se iría, y que sería posible que algún día en alguna escaramuza que tuviese con cristianos le hallaría menos, y diría: «A Muza, ¿dónde estás?» Y diciendo estas palabras volvió las espaldas para irse fuera del real palacio, mas todos los caballeros y las damas asieron dél y lo tuvieron, y suplicaron al rey que se le quitase el enojo y alzase el destierro a Muza. Y tanto pudieron los caballeros y las damas, juntamente con la reina, que lo perdonó, y hicieron amigos a Muza y a Abencerraje. Después le pesó a Muza de lo hecho por ser, como era, amigo de los Abencerrajes.

Pasada esta barahunda se movió otra casi peor, y fue la causa que un caballero Zegrí, que era la cabeza dellos, le dijo a Abenhamete Abencerraje:

—Señor caballero, el rey mi señor echó la culpa a Muza su hermano, y no paró mientes a una razón que vos dijisteis, que después del rey no había caballeros tales como vos, sabiendo que aquí en palacio los hay tales y tan buenos como vos; y no es de caballeros adelantarse tanto como vos os adelantasteis y habéis adelantado, y si no fuera por alborotar el real palacio, yo os digo que hubiérades comprado caro lo que aquí delante de tan honrados caballeros habéis dicho.

El Malique Alabez, que era muy cercano deudo de los Abencerrajes, como hombre valiente y muy emparentado en Granada, se levantó en pie y respondió al Zegrí, diciendo:

—Más me maravillo yo de ti, en sentirte tú solo adonde hay tantos y tan preciados caballeros, y no había para qué ahora tornar a renovar nuevos escándalos y alborotos. Porque lo que dijo Abenahamete dijo muy bien, porque todos los caballeros que hay en Granada son muy conocidos, quién son y de dónde vinieron. Y no penséis vosotros los Zegríes, que porque sois de los reyes de Córdoba venidos y de su sangre, que sois mejores ni tales como los Abencerrajes, que son naturales de Marruecos y de Fez, descendientes de los reyes de aquellas partes que digo y del gran Miramamolín, pues los Almoradís ya sabes que son desta casa real de Granada, también de linajes de reyes de África. Pues nosotros los Maliques Alabeces, ya sabes que somos descendientes del rey Almohabez, señor de aquel famoso reino del Cuco, y deudos de los famosos Malucos. Pues dónde están todos éstos que digo y habían callado, ¿para qué tú querías remontar nuevos pleitos y pasiones? Pues sábete que lo que digo es verdad, que después del rey nuestro señor no hay ningunos caballeros que sean tales como los Abencerrajes, y quien dijere al contrario miente, y no lo tengo por hidalgo.

Como los Zegríes y Gomeles y Mazas, que eran todos unos, oyesen lo que Alabez decía, encendidos en saña se levantaron para él, para dalle la muerte. Los Alabeces y Abencerrajes y Almoradís, que eran otro bando, viendo su determinación se levantaron para resistillos y ofendellos.

El rey, que tan alborotado vio su palacio y en peligro de se perder toda Granada y aún el reino, se levantó dando voces diciendo:

—Pena de traidor cualquier que aquí se moviere, [o] sacare armas.

Y diciendo esto echó mano de Alabez y del Zegrí, y a grandes voces llamando la gente de su guarda les mandó llevar presos. Los demás caballeros se estuvieron quedos por no caer en la condenación de traidores. Alabez fue preso en el Alhambra y el Zegrí a las Torres Bermejas, y puestas guardas los tuvieron a buen recaudo; los demás caballeros de Granada trabajaron mucho por hacer las amistades, y al fin se hicieron, y el mismo rey fue en hacellas, Y siendo hechas, los caballeros presos fueron libres. Y para confirmación dellas, fue acordado que se hiciese una fiesta pública de torneos y toros y cañas. Y quien lo concertó fue Muza y el mismo rey; la cual fuera mejor que no se concertara, como adelante se dirá.

CAPÍTULO SEXTO: COMO SE HICIERON FIESTAS EN GRANADA, Y COMO POR ELLAS SE ENCENDIERON MÁS LAS ENEMISTADES DE LOS ZEGRÍES, Y ABENCERRAJES, ALABECES Y GOMELES, Y LO QUE MÁS PASÓ ENTRE ZAYDE Y LA MORA ZAYDA ACERCA DE SUS AMORES.

NTES DE PASAR adelante con la concertada fiesta, diremos del valeroso Zayde, moro gentil y gallardo, y de la hermosa Zayda a quien el valeroso Zayde servía tan de veras, que no se hablaba de otra cosa en toda Granada. Y tanto que su padre de la hermosa Zayda y su madre, determinaron de la casar, o dar fama dello, porque Zayde perdiese la esperanza de sus amores, y dejase el pasearle la puerta tan a menudo, porque la fama de la hermosa Zayda no fuese tan rotamente publicada. Y con este intento, pusieron en Zayda much recato, no dejándola salir a las ventanas, porque con Zayde no hablase. Mas poco aprovecharon semejantes remedios, porque amor es de tal calidad que nada de tales recatos no permite, que no por eso Zayde dejaba de pasear la calle, ni ella le dejaba de amar con más fervor que de antes. Mas la fama del casamiento de Zayda como andaba tan derramada por toda la ciudad que sus padres la casaban con un gallardo moro de Ronda, poderoso y rico, el bravo Zayde no podía reposar solo una hora de noche ni de día, ocupado en mil varios pensamientos, procurando estorbar el tratado casamiento con dar muerte al desposado. Y ansí no cesando punto ni hora de pasear la calle de su dama, por ver si la podría ver y hablarla, para saber de ella su parecer y voluntad, porque se espantaba el gallardo moro que su Zayda viniese en tal casamiento, porque entre los dos estaba tratado que se casarían. Y ansí con este cuidado de noche y de día le aguardaba que saliese a un balcón como lo solía hacer.

La hermosa Zayda con no menos pena y cuidado que su galán andaba muerta por hablalle y darle cuenta de lo que sus padres tenían acordado. Y con este pensamiento en tiempo oportuno salió al balcón, y de allí vio a Zayde que se andaba paseando solo sin ningún criado, con semblante triste y melancólico. El cual, alzando los ojos al balcón y viendo a la hermosa Zayda tan gallarda y hermosa, se le antojó ver un sol resplandesciente delante de sí. Y llegándose al balcón, casi temblando la voz, a su Zayda habló desta manera:

—Dime, Zayda hermosa, ¿es verdad eso que se suena por Granada que tu padre te casa? Si es verdad dímelo, no me lo encubras ni me traigas suspenso; porque si es verdad, vive Alá, que tengo de matar al moro que te pretende, porque no goce de mi gloria.

La hermosa Zayda le respondió, los ojos llenos de lágrimas:

—Ansí me parece, Zayde, que mi padre me casa; consuélate, que ansí haré yo; busca otra mora a quien servir, que por tu valor no te faltará. Ya es tiempo que nuestros amores tengan fin; Dios sabe las pesadumbres que a tu causa tengo recibidas con mis padres.

—¡Oh cruel! —respondió el moro —¿pues ésa es la palabra que me tienes dada de ser mía mientras viviereis?

—Vete, Zayde, que no puedo hablarte más —dijo la mora —, porque mi madre viene en mi busca y ten paciencia.

Diciendo esto, la mora se quitó del balcón llorando, dejando al valeroso Zayde en tinieblas, ocupado en mil pensamientos, sin saberse determinar qué haría para su pena. Al fin no sin falta della se fue a su posada, con acuerdo de no dejar de servir a su Zayda hasta ver el fin de su casamiento. Y por esto que pasó Zayde con su dama se dijo este romance:

Por la calle de su dama
paseando se anda Zayde,
aguardando que sea hora
que se asome para hablalle.
Desesperado anda el moro
en ver que tanto se tarde,
que piensa con solo verla
aplacar el fuego en que arde.
Vióla salir a un balcón,
más bella que cuando sale
la luna en la oscura noche
y el sol en las tempestades.
Llegóse Zayde diciendo:
—Bella mora, Alá te guarde,
¿si es mentira lo que dicen
tus criadas y mis pajes?
Dicen que me quieres dejar
porque pretendes casarte
con un moro que es venido
de las tierras de tu padre.
Si esto es verdad, Zayda bella,
declárate, no me engañes,
no quieras tener secreto
lo que tan claro se sabe.
Humilde responde al moro:
—Mi bien, ya es tiempo se acabe
vuestra amistad y la mía
pues que ya todos lo saben.
Que perderé el ser quien soy
si el negocio va adelante;
Alá sabe si me pesa
y cuanto siento en dejarte.
Bien sabes que te he querido
a pesar de mi linaje,
y sabes las pesadumbres
que [he] tenido con mi madre,
sobre aguardate de noche
como siempre venías tarde,
y por quitar ocasiones
dicen que quieren casarme.
No te faltará otra dama
hermosa y de galán talle
que te quiera y tú la quieras,
por que lo mereces, Zayde.
Humilde responde el moro,
cargado de mil pesares:

—No entendí yo, Zayda bella,
que conmigo tal usases.
No entendí que tal hicieras,
que ansí mis prendas trocases
con un moro feo y torpe
indigno de un bien tan grande.
¿Tú eres la que dijiste
en el balcón, la otra tarde:
«tuya soy, tuya seré,
tuya es mi vida, Zayde?»[1]

Aunque la hermosa Zayda pasó con su Zayde lo que habéis oído, no por eso le dejaba de amar en lo íntimo de su corazón, y el valeroso Zayde por lo semejante la amaba. Y aunque la mora le despidió como habemos dicho, muchas veces se tornaron a hablar como solían, aunque no con tanta libertad, porque los padres y deudos de Zayda no lo sintiesen, haciéndole la bella mora todos los favores que solía, aunque el valeroso moro por quitar escándalo no continuaba pasear la calle como solía de su dama. Mas no era esto tan secreto que no fuese sentido del moro Tarfe amigo de Zayde, el cual moría de envidia mortal dentro de su alma, porque de secreto amaba a la hermosa Zayda. El cual como viese que jamás Zayda dejaría de amar a Zayde, acordó de revolverlos, poniendo cizaña entre los dos, aunque ésta su pretensión le costó la vida, como adelante se dirá, porque en semejantes casos ansí suele acontecer a los que no guardan amistad a sus amigos. Pues viniendo ahora al caso de la fiesta atrás referida, es a saber que nos conviene primero tratar de un romance nuevo, que un poeta hizo en respuesta del pasado, y por ser tan bueno se pone aquí; y después diremos lo que en las fiestas pasó. El romance es éste:

Bella Zayda de mis ojos
y del alma bella Zayda,
de las moras la más bella
y más que todas ingrata.
De cuyos bellos cabellos
enreda amor mil lazadas,
en quien ciegas de tu vista
se rinden mil libres almas.
¿Qué gusto, fiera, recibes
de ser tan mudable y varia,
y con saber que te adoro

---

[1] This ballad, also found in the Moncayo collection, may have inspired Pérez de Hita to write the one which follows.

tratarme como me tratas;
y no contenta de aquesto,
de quitarme la esperanza,
porque del todo la pierda
de ver mi suerte trocada?
¡Ay cuán mal, dulce enemiga,
las veras de amor me pagas,
pues en cambio dél me ofreces
ingratitud y mudanza!
Cuán presto hicieron vuelo
tus promesas y palabras,
pero bastaban ser tuyas
para que tuviesen alas.
Acuérdate que algún día
dabas de amor muestras claras
con mil favores tan tiernos
que por ser tanto ya faltan.
Acuérdate, Zayda hermosa,
si aún aquesto no te enfada,
el gusto que recibías
cuando rondaba tu casa.
Si de día luego al punto
salías a las ventanas,
si de noche en el balcón
o en las rejas te hallaba.
Si tardaba o no venía
mostrabas celosa rabia;
mas ahora, que te ofendo,
que acorte el pasar me mandas.
Mándasme que no te vea
ni escriba billete o carta
que a un tiempo tu gusto fueron,
mas ya tu disgusto cansan.
Ay, Zayda, que tus favores,
tu amor, tus palabras blandas
por falsos se han descubierto,
y descubren que eres falsa.
Eres mujer finalmente,
a ser mudable inclinada,
que adoras a quien te olvida
y a quien te adora desamas.
Mas, Zayda, aunque me aborreces,
por no parecerte en nada,
cuanto de hielo tú fueres,
más sustentaré mi llama;

> Pagaré tu desamor
> con mil amorosas ansias,
> que el amor fundado en veras
> tarde se rinde a mudanza.

Por ser este romance bueno, y acudir al pasado, se puso aquí, y por adorno de nuestra obra. Pues tornando a nuestro moro Zayde, valeroso Abencerraje, quedó tan apasionado por lo que la bella Zayda le dijo, que vino a gran descaecimiento de su persona, sólo en pensar si sería verdad que los padres de Zayda la querían casar. Y ansí con este cuidado muy afligido y pensativo andaba el gallardo moro, y muchas veces paseaba la calle de su dama, como solía. Mas ella no salía a las ventanas, como otras veces solía hacer, si no era alguna vez al cabo de muchos días, aunque la dama le amaba en su corazón muy ahincadamente. Pero por no dar enojo a sus padres se excusaba todo lo que podía de hablar con su caballero Zayde, el cual muchas veces mudaba trajes y vestido conforme la pasión que sentía. Unas veces vestía negro solo; otras veces, negro y pardo; otras, de morado y blanco, por mostrar su fe; lo pardo y negro por mostrar su trabajo. Otras veces vestía azul, mostrando divisa de rabiosos celos; otras, de verde, por significar su esperanza; otras veces, de amarillo, por mostrar desconfianza, y el día que hablaba con su Zayda se ponía de encarnado y blanco, señal de alegría y contento. De suerte que muy claro se echaba de ver en Granada los efectos de su causa y de sus amores.[2]

Pues desta manera andaba el valeroso Zayde tan amartelado, que vino a enflaquecer y estar mal dispuesto, y por consolarse, lleno de amorosas ansias, una noche muy oscura, escogida a su propósito, muy bien aderezada su persona, tomó un rico laúd y se fue a la calle de su señora a la hora de la media noche, y comenzó a tocar muy extremadamente, como aquél que lo sabía muy bien hacer, y tocando muy sentidamente, en arábigo dijo esta sentida canción:

> Lágrimas que no pudieron
> tanta dureza ablandar,
> yo los volveré a la mar
> pues que de la mar salieron.

---

[2] As evident in this passage and elsewhere, Pérez de Hita makes much use of color symbolism. In addition to the meanings noted here, Blanchard-Demouge cites five colors which had special meanings for the Arabs: white signified purity, light, and self-sacrifice; yellow stood for power, greatness, and riches; red was the emblem of good fortune and happiness; black denoted destruction and annihilation; green signified hope, renewal, and earthly happiness (p. lxxxii)..

Hicieron en auras peñas
mis lágrimas sentimiento,
tanto que de su tormento
dieran unas y otras señas:

Y pues ellas no pudieron
tanta dureza ablandar,
yo las volveré a la mar
pues que de la mar salieron.

No sin faltar lágrimas el enamorado Zayde decía esta canción al son del sonoroso laúd, acompañadas de muy ardientes suspiros que daba de cuando en cuando, con que acrecentaba más las ansias de su pasión. Y si el gallardo moro pasión sentía en su alma, como allí mostraba, no menos lo sentía la bella Zayda, la cual ansí como vio y sintió el laúd, y que su Zayde era él que lo tañía, como ya de antes lo conociese, se levantó muy queda y se fue a un balcón que tenía bajo, donde muy atentamente oyó la canción y los suspiros que daba su amante. Enternecida la acompañaba en su mismo sentimiento con lágrimas, trayendo a la memoria la sentencia de la canción y por la causa que el moro la decía. La cual es de saber que la primera vez que Zayde vio a la hermosa Zayda fue en Almería, un día de San Juan, siendo Zayde capitán de una fusta, con la cual hacía el moro grandes entradas y robos por la mar. Y acaso la mañana de San Juan llegó Zaide con su bajel a la playa de Almería, a la sazón que la bella Zayda estaba en ella, que sus padres la habían llevado a holgar allí con ciertos parientes que tenían. Y como el navío llegó a la playa cargado de despojos cristianos, y con el alegría dello tendidas muchas flámulas y banderas y gallardetes, cuyas hermosas vistas fueron parte para que la bella Zayda y su padre y ciertos parientes suyos entrasen en la mar a ver aquel hermoso navío y a su capitán, al cual era dellos muy conocido. Y entrando en el navío el valeroso Zayde los recibió muy alegremente, poniendo los ojos en la hermosa Zayda muy ahincadamente, a la cual le presentó muchas y muy ricas joyas, y con esto descubriéndole en secreto su corazón, siendo tan pagado della, que la imprimió para siempre en su alma. No menos la mora bella fue pagada del valeroso moro. Finalmente se trató entre ellos, que si Zayde fuese a Granada, ella le amaría y le tendría por su caballero, y él con este concierto determinó de dejar la mar e irse a Granada, dejando su galera a un deudo suyo. Y estando en Granada el gallardo Zayde, sirvió a su Zayda, como habéis oído, hasta aquel punto. Y visto el desfavor de los padres de la bella mora, y como ella ya no se le mostraba como solía, teniéndole por muy grande desfavor, sintiéndose lleno de amorosa pasión, aquella noche cantó la canción que habéis oído, trayendo a la memoria la primera vista de su dama.

Pues como la hermosa mora oyó la canción y sintió la pena con que su amante la decía, no pudo dejar de hacer el mismo sentimiento que su amante, y ansí no pudo estar sin que le llamase, muy a paso por no ser sentida. El gallardo moro se llegó muy contento al llamado de su dama y ella le dijo desta manera:

—¿Todavía, Zayde, perseveras en darme pena y enojos? ¿No sabes que pones mi nombre por tierra, y que toda Granada tiene ya que decir? Advierte que mis padres me tienen por tu causa en estrecha vida, y no me dan la libertad que solía. Anda, vete antes que seas sentido de mis padres, que han jurado si te sienten o te ven por esta calle, que me han de enviar a Coín en casa de un tío mío, hermano de mi padre, que sería para mí la muerte. No pienses, mi Zayde, que no te amo como a mí misma; deja correr el tiempo, que él como maestro curará las cosas. Y quédate con Alá, que no puedo más aguardar.

Diciendo esto se quitó del balcón llena de lágrimas, dejando al fuerte moro como en tinieblas, faltándole su luz; el cual, metido en varios pensamientos, se fue a su posada, no sabiendo en lo que había de parar el fin de su amorosa pasión, ni el remedio que había de tener en ella.

Pues volviendo ahora al pasado sarao y a las prometidas y concertadas fiestas, las cuales fuera mejor que no se concertaran para lo que della sucedió, como adelante se verá. Decimos, que en este sarao y fiesta se halló el valeroso Zayde, caballero Abencerraje, el cual amaba a la hermosa Zayda. La cual Zayda era de tanta hermosura que pocas le igualaban, y ésta hacía gran favor al moro Zayde, así por su valor como por su gentil talle y gracia, porque en toda Granada no había caballero de tan lindo parecer, ni tan dotado de todo como él, ansí en jinete como en danzar, tañer, cantar, y otras cosas de que los caballeros mozos se arrean. Y allegó a tanto, que el demasiado amor que Zayde le tenía, se le volvió en cruel aborrecimiento, cosa propia de mujeres, amigas de novedades. Y fue la causa, que la dama como tanto le amase, un día, de sus mismos cabellos, que eran como hebras de oro, le puso en el turbante una rica trenza, tejida con seda encarnada y oro, con la cual trenza el moro Zayde quedó el más ufano y gallardo caballero del mundo.

Y como el bien recibido, si no es comunicado, parece que dél no se goza, Zayde lo comunicó con Audalla Tarfe, su grande amigo, y le mostró el turbante y la trenza hermosa de los cabellos de su dama tan querida, diciendo la gloria que dello le resultaba. El moro Tarfe, lleno de mortal y venenosa envidia, viendo el alteza en que estaba puesto

su amigo Zayde, determinó de decírselo a la bella Zayda. Y ansí un día
hablando con ella en su casa le dijo que mirase a quien amaba, porque
estuviese muy cierta que sus prendas las andaba mostrando a todos
los que se le antojaba, ansí caballeros como no caballeros. La hermosa
Zayda, llena de enojo y tristeza, viendo que sus causas andaban de
aquella manera, determinó darle de mano a Zayde. Y para esto
estando advertida que Zayde con toda la instancia posible preguntaba
a los criados y criadas de su casa, qué era lo que ella hacía, y con quién
hablaba, y quién la visitaba, y qué color vestía, determinó de le enviar
a llamar. Y él, siendo venido con aquel contento que siempre solía, la
dama, de cólera encendido el rostro, le habló desta suerte:

—Holgaré en extremo, Zayde, y mira que te aviso, que por mi
calle no pases, ni hables con mis criados ni esclavos, porque no es mi
voluntad que más me sirvas, pues tienes tan poco pecho que tus secretos no guardas. Yo estoy informada que la trenza que te dí de mis
cabellos la has mostrado al moro Tarfe, y a quien a ti te ha dado
gusto, poniendo mi honra en detrimento. Ya sé que eres galán,
valiente caballero de linaje, gentil hombre, dotado de gracias, mas,
empero, tus labios y tu boca te descomponen. Yo holgara que nacieras
mudo, que si lo fueras yo te adorara. No tengo más que decirte; vete
en buena hora, y lo pasado sea pasado. Y no esperes ya hablarme más
desta vez.

Y diciendo esto, llorando, se metió en un aposento, que no basta-
ron las disculpas del moro para hacerla estar queda, diciendo que
todos mentían cuantos lo habían dicho. Y con ésto juró de matar al
moro Tarfe. Y por esto se hizo un galán romance, que dice:

> Mira, Zayde, que te aviso
> que no pases por mi calle,
> ni hables con mis mujeres,
> ni con mis cautivos trates,
> ni preguntes en qué entiendo,
> ni quién viene a visitarme,
> ni qué fiestas me dan gusto,
> ni qué colores me aplacen.
> Basta que son por tu causa
> las que en el rostro me salen
> corrida de haber mirado
> moro que tan poco sabe.
> Confieso que eres valiente,
> que rajas, hiendes, y partes,
> y que has muerto más cristianos
> que tienes gotas de sangre;
> que eres gallardo jinete
> y que danzas, cantas, tañes,

gentil hombre, bien criado,
cuanto puede imaginarse;
blanco rubio por extremo,
esclarecido en linaje,
el gallo de las bravatas,
la gala de los donaires;
que pierdo mucho en perderte
y gano mucho en ganarte
y que si nacieras mudo
fuera posible adorarte.
Y por este inconveniente
determino de dejarte:
que eres pródigo de lengua,
y amargan tus libertades.
Y habrá menester ponerte
quien quisiere sustentarte,
un alcázar en el pecho
y en los labios un alcaide.
Mucho pueden con las damas
los galanes de tus partes,
porque los quieren briosos
que hiendan y que desgarren.
Y con esto, Zayde amigo,
si algún banquete les haces,
el plato de tus favores
quiere que comas y calles.
Costoso fue el que hiciste;
venturoso fueras, Zayde,
si conservar me supieras
como supiste obligarme.
Pero no saliste apenas
de los jardines de Tarfe
cuando hiciste de la tuya
y de mi desdicha alarde.
Y a un morillo mal nacido
me dijeron que enseñaste
la trenza de mis cabellos
que te puse en el turbante.
No pido que me la des
ni que tampoco la guardes,
mas quiero que entiendas, moro,
que en mi desgracia la traes.
También me certificaron
cómo le desafiaste
por las verdades que dijo
que nunca fueron verdades.
De mala gana me río;

¡qué donoso disparate!
no guardas tú tu secreto,
¿quieres que otro te lo guarde?
No quiero admitir disculpa,
otra vez vuelvo avisarte,
ésta será la postrera
que me veas y te hable.
Dijo la discreta mora
al altivo Abencerraje,
y al despedirse replica:
«quien tal hace que tal pague».[3]

Este romance se hizo por lo que atrás habemos dicho, y viene muy bien a la historia. Pues volviendo a ella, quedó Zayde tan desesperado viendo el desdén cruel de su dama, siendo mentira todo aquello que le increpaba, que saliendo de allí fue casi perdido el juicio en busca de Tarfe para le matar, al cual halló en la plaza de Bivarambla, dando orden en algunas cosas de las fiestas que se esperaban hacer. Y llamándole, aparte le dijo que por qué le había revuelto con su dama Zayda, tan sin razón. A lo cual Tarfe respondió que estaba inocente de aquéllo, que él no había hablado tal cosa. De palabras en palabras se vinieron a revolver de tal modo, que las armas hubieron de andar de por medio, y de la pendencia quedó malamente Tarfe herido, que no vivió sino seis días. Y como era Tarfe amigo de los Zegríes, quisieron matar a Zayde, el cual valerosamente se defendió dellos, y en su favor acudieron muchos Abencerrajes. Y si no fuera porque a la sazón el rey Chico se andaba paseando por la plaza de Bivarambla, que a gran priesa acudió al ruido, aqueste día se perdiera Granada, porque Gomeles, y Mazas, y Zegríes, y todos los que eran de su bando, se habían armado para romper con los Abencerrajes, y Gazules, y Vanegas, y Alabeces. Mas el rey Chico, acompañado de muy principales caballeros de otros linajes, hicieron tanto que los apaciguaron, y Zayde fue preso al Alhambra. Hecha la averiguación del caso, se halló que Tarfe tenía culpa dello, y porque la fama de la hermosa Zayda no quedase quebrada, hizo el rey que Zayde se casase con ella, quedando perdonado de la muerte de Tarfe, por haber tendio él la culpa. Y por esto quedaron los Zegríes muy enojados; mas no por eso las fiestas que se habían de hacer pararon, que el rey mandó que todavía se

---

[3] This ballad, which also appears in the Moncayo collection, became one of the most popular of the *romances moriscos*. The real subject was an incident in the love affair between Lope de Vega and Elena Osorio. (See Ramón Menéndez Pidal, *Romancero hispánico*, Madrid, Espasa-Calpe, 1953, Vol. II, p. 128.)

hiciesen. No ha faltado que en acerca desto y del pasado romance
hiciese otro en respuesta dél, que ansí dice:

> Di, Zayda, de que me avisas,
> quieres que mire y que calle;
> no des crédito a mujeres
> no fundadas en verdades.
> Que si pregunto en qué entiendes
> o quién viene a visitarte;
> son fiestas de' mi contento
> las cóleras que te salen.
> Si dices son por mi causa,
> consuélate con mis males,
> que mil veces con mis ojos
> tengo regadas tus calles.
> Si dices que estás corrida
> de que Zayde poco sabe,
> no supe poco, pues supe
> conocerte y adorarte.
> Conoces que soy valiente
> y tengo otras muchas partes;
> no las tengo, pues no puedo
> de una mentira vengarme.
> Mas ha querido mi suerte
> que ya en quererme te canses,
> no pongas inconvenientes
> más de que quieres dejarme.
> No entendí que eras mujer
> a quien novedad aplace;
> mas son tales mis desdichas
> que aún lo imposible hacen.
> Han me puesto en tal estrecho,
> que el bien tengo por ultraje
> y acabas me por hacer
> la nata de los pesares.
> Yo soy quien pierdo en perderte
> y gano mucho en amarte
> y aunque hablas en mi ofensa
> no dejaré de adorarte.
> Dices que si fuera mudo
> fuera posible adorarme;
> si en mi daño yo lo he sido
> enmudezco en disculparme.
> Hate ofendido mi vida
> quieres, señora, matarme;
> basta decir que hablé
> para que el pesar me acabe.

Es mi pecho calabozo
de tormentos inmortales;
mi boca, la del silencio
que no ha menester alcaide.
El hacer plato y banquete
es de hombres principales,
mas de favores hacerlo
sólo pertenece a infames.
Zayda cruel, han me dicho
que no supe conservarte;
mejor supe yo quererte
que tú supiste gozarme.
Mienten los moros y moras
y miente el villano Atarfe,
que si yo lo amenazara
bastara para matarle.
Este perro mal nacido
a quien yo mostré el turbante,
no le fío yo secretos
que en bajo pecho no caben.
Yo he de quitarle la vida
y he de escribir con su sangre,
lo que tú, Zayda, replicas:
«quien tal hace que tal pague».[4]

Esta es la historia del valeroso moro Zayde Abencerraje, por la cual se han hecho dos romances, a mi parecer buenos, donde nos dan a entender cómo no es bueno revolver a nadie, porque dello no se espera sino el galardón de Tarfe, que murió a manos de su amigo Zayde. Y si es caso que fue mentira que Tarfe no había hablado, tomaremos ejemplo en la liviandad de Zayda, que por creerse de ligero, fue causa de la muerte de Tarfe.

Finalmente, por esto, y por las palabras que el Malique Alabez había hablado en el sarao, y Zulema Abencerraje, todos los Zegríes y Gomeles y Mazas y los de su bando quedaron mal enojados y con malos propósitos, propuesta la venganza dello, como adelante irá ello pareciendo en el discurso de nuestra historia, y con grande razón, por las soberbias y arrogancias de los Alabeces y sus presunciones. Y por esto muy enojados y confusos quedaron los caballeros Zegríes, por las razones que había hablado el Malique Alabez y el Abencerraje. Mas como ya eran hechas las amistades, no se trató más en lo pasado, aunque dentro de sus corazones quedó muy sellada una eterna mal-

---

[4] Since this ballad does not appear in any of the earlier collections, Pérez de Hita himself may be the author.

querencia y enemistad. La cual disimulada con mucha discreción no
dejaban de comunicarse con los Abencerrajes y los Alabeces, como
que ya no se acordaban de las pasadas pesadumbres; mas propuesto
tenían todos los del linaje Zegrí vengarse, como después pareció.

Estando un día todos los Zegríes en el castillo de Bivataubin,
morada de Mahomad Zegrí, cabo y cabeza de los Zegríes, tratando en
las cosas pasadas, trayendo a la memoria las palabras de Alabez, y en
los casos que convenía para las fiestas que se esperaba, ansí de los
torneos como del juego de las cañas, Mahomad Zegrí habló a todos
los demás que allí se hallaron de su linaje desta manera:

—Muy bien sabéis, ilustres caballeros Zegríes, cómo nuestro real y
antiguo linaje es en toda España muy conocido, y no tan solamente en
España, sino dentro de Africa, donde nuestro linaje vive. Y bien sabéis
en la reputación que siempre ha sido tenido en Córdoba y en las
demás partes por mí ahora referidas, y como siempre habemos sido
tenidos por gente de real y clara sangre, y ahora como habéis visto
hemos sido menospreciados y en poco tenidos de los Alabeces y Abencerrajes; y aun contra nosotros se han vuelto los Almoradís. De todo
lo cual tengo tan grande pesar, que el corazón se me quiere romper y
deshacer en el pecho, y pienso que de enojo he de venir a morir si
dello no me vengo. Y pues a todos nosotros toca la venganza de
aquesta deshonra, que por tal la tengo, todos somos obligados a la
venganza della. Y pues fortuna nos ofrece tan buena ocasión de nuestra venganza, no la dejemos perder, antes gozar della con toda diligencia, y el aparejo que se nos ofrece es en este juego de cañas o en los
torneos hacer de manera que todos quedemos muy bien vengados,
procurando de matar al Malique Alabez, o al soberbio Abencerraje.
Que si estos dos echamos del mundo, tendremos dos enemigos mortales menos, y después el tiempo nos irá mostrando y dando ocasiones
cómo vamos acabando todo este pérfido linaje de los Abencerrajes,
que tan estimado es en Granada y todo el reino, y tan querido de toda
la común gente.

—Y para esto estemos todos advertidos, que el día del juego de las
cañas vamos todos muy bien aderezados de armas y jacos fuertes
debajo de nuestras libreas, Y pues el rey me ha hecho cuadrillero, de
la una parte saldremos treinta Zegríes, y llevaremos todos libreas
rojas y encarnadas, con los penachos de plumas azules, antigua divisa
de los Abencerrajes, para dalles toda la pesadumbre que se pudiere, y
probaremos si por este respecto se quieren revolver con nosotros. Y
si saliere bien lo que digo, haremos con presteza nuestro hecho con
valeroso ánimo, pues somos todos no menos valientes que ellos, de
modo que cuando se venga a entender no se pueda el daño suyo
remediar. Y no tengamos duda, sino que saldremos con lo que digo,

aunque no sea sino matar uno o dos dellos, y pues tenemos de nuestra parte Mazas y Gomeles, no hay de qué temer cosa alguna. Y si caso fuere que por la divisa azul nada se les diere en el juego de las cañas, a las segundas vueltas por cañas les tiraremos agudas lanzas, que harto de mal será si algún Abencerraje no cayere. Este es mi parcer. Querría ahora saber el vuestro si está conforme con el mío.

Así como acabó Mahomad sus razones, todos a una dijeron que les parecía muy bien aquel acuerdo, y quedando así concertado este modo de traición para su venganza, cada uno se fue a su posada.

En este tiempo Muza y los caballeros Abencerrajes ordenaban su cuadrilla, siendo por mandado del rey Muza su hermano cuadrillero de aquella cuadrilla, en la cual iba el buen Malique Alabez arriba nombrado. Acordaron de sacar todos sus libreas de damasco azul, forradas en tela de fina plata, con penachos azules, y blancos, y pajizos, conforme a las mismas libreas; los pendoncillos de las lanzas blancos y azules, recamados con mucho oro en las adargas. Todos llevaban por divisas unos salvajes; sólo el Malique llevaba su misma divisa: en el listón morado una corona de oro, con su letra, que decía: «De mi sangre», como ya tenemos contado. Muza llevaba la misma divisa que sacó el día que hizo batalla con el Maestre, que era un corazón puesto en el puño de una dama; el corazón destilaba sangre, con la letra que decía: «Por gloria tengo mi pena». Todos los demás caballeros Abencerrajes sacaron listones y cifras, cada uno a su modo. Y entiendan que los listones iban puestos de manera en las adargas, que no perturbaban la divisa de los salvajes. Concertada esta cuadrilla de Muza deste modo, acordaron de llevar yeguas blancas, encintadas las colas con cintas azules de seda y oro.

Llegado el día de la fiesta, que era por el mes de setiembre, cuando ellos guardaban su Ramadán,[5] acabados los días de su cuenta de su ayuno, mandó el rey traer veinte y cuatro toros de la sierra de Ronda, muy extremados. Y puesta la plaza de Bivarambla como había de estar para la fiesta, el rey, acompañado de muchos caballeros, ocupó los miradores reales, que para aquel efecto estaban diputados. La reina con muchas damas se puso en otros miradores de la misma orden que el rey. Todos los ventanajes de las casas de Bivarambla estaban poblados y llenos de muy hermosas damas. Y tantas gentes acudieron del reino, que no se hallaban tablados ni ventanas donde poder estar, que tanto número de gente jamás se había visto en fiestas que en Granada se hiciesen. Porque de Sevilla y Toledo habían venido muchos y muy principales caballeros moros a verlas.

---

[5] The Ramadán, the ninth month of the lunar year of the Moslems, is a period of fasting.

Comenzáronse a correr los toros por la mañana. Los caballeros Abencerrajes andaban a caballo por la plaza, corriendo los toros con tanta gallardía y gentileza, que era cosa de espanto. No había dama en todos los balcones ni ventanas que no estuviesen muy aficionadas a los caballeros Abencerrajes. Mas teníase por muy cierto que no había Abencerraje en Granada, o en su reino, que no fuese favorecido de damas y de los más principales, y ésta era la causa más principal por donde los Zegríes, y Gomeles, y Mazas, les tenían mortal odio y envidia. Y ansí era la verdad, que no había dama en Granada, que no se preciase de tener por amante un Abencerraje; y por desdichada se tenía y por menos que otra la que no lo tenía, y en esto tenían grande razón, porque jamás hubo Abencerraje que tuviese mal talle ni mal garbo, y no se halló Abencerraje que cobarde fuese, ni de mala disposición. Eran estos caballeros todos a una mano muy afables, amigos de la gente común. No se halló jamás que a cualquiera dellos llegase alguno con necesidad que no lo socorriese y cumpliese su necesidad. Eran, finalmente, amigos de cristianos. Ellos mismos en persona se halla que iban a las mazmorras a visitar los cristianos cautivos, y les hacían bien, y les enviaban de comer con sus criados. Y a esta causa eran de todo el reino bien quistos y muy amados, y sobre todo valientes y buenos jinetes. Jamás en ellos se halló temor, aunque se les ofreciesen muy arduos casos. Daban tanto contento allí en la plaza donde andaban, que se llevaban tras sí los ojos de toda la gente y más los de las damas.

No menos que ellos andaban los Alabeces aquel día, que eran bizarros caballeros. Los Zegríes también se mostraron ser de mucho valor, porque aquel día alancearon ocho toros muy diestramente, sin que ningún Zegrí mostrase haber recibido desdén en la silla; y los toros, que eran muy bravos, fueron alanceados de tal suerte, que no hubo necesidad de desjarretallos.

Y sería la una del día cuando estaban doce toros corridos, y el rey mandó tocar los clarines y dulzainas, que era señal que todos los caballeros de juego se habían de juntar allí en su mirador. Y así con esta señal todos se juntaron, y el rey con grande contento les mandó dar una muy rica colación, tal como persona real la podía dar. Lo mismo hizo la reina a sus damas, las cuales aquel día estaban muy ricamente aderezadas, y con tanta belleza, que era cosa de admiración. Salieron todas muy costosas. Salió la reina con una marlota de brocado de tres altos, con tantas y tan ricas labores, que no tenía precio su valor, porque la pedrería que por ella tenía sembrada, era mucha y rica. Tenía un tocado extremadamente rico, y encima de la frente hecha una rosa encarnada, por maravilloso arte, y en medio engastado un carbunclo que valía una ciudad. Cada vez que la reina meneaba la cabeza a alguna parte, daba de sí aquel carbunclo tanto resplandor, que a cualquiera que lo miraba privaba de la vista. La hermosa Daraza salió toda de azul, su marlota era de un muy fino damasco. La marlota estaba toda golpeada por muy delicado modo, y estaba forrada en muy fina tela de plata, de modo que por los golpes se parecía su fineza, y todos los golpes tomados con lazos de oro. Su tocado era muy rico, tenía puestas dos plumas cortas al lado, la una azul y la otra blanca, divisa muy conocida de los Abencerrajes. Estaba con este vestido tan hermosa, que ninguna dama de Granada le hacía ventaja, aunque a la sazón allí las había muy hermosas, y tan ricamente aderezadas como ella.

Galiana de Almería salió aquel día vestida toda de un damasco blanco, muy ricamente labrado, de una labor hasta entonces no vista. La marlota estaba acuchillada por muy gran orden y concierto, estaba forrada en brocado morado, su tocado era extraño. Muy bien se dejaba entender en su vestido estar libre de pasión enamorada, aunque bien sabía que el valiente Abenámar la amaba mucho; mas a Muza ella le había dado muy demasiados favores. Aquel día no era Abenámar de juego. Fátima salió vestida de morado. No quiso salir de la librea de Muza, porque ya estaba desengañada que Muza tenía puesta su afición en Daraxa. La ropa de Fátima era muy costosa, por ser de terciopelo morado, y el forro de tela blanca de brocado; el tocado rico y costoso; al lado puesta sola una garzota verde. Estaba tan hermosa como cualquiera de las que allí estaban. Finalmente, Cohayda y Sarrazina, y Arbolaya y Xarifa, y las demás damas que estaban con la reina, salieron con grande bizarría y costosas maravillosamente, y tan hermosas, que era cosa de grande admiración ver tanta hermosura allí junta. En otro balcón estaban todas las damas del linaje Abencerraje, que no había más que ver ni desear, ansí en trajes como en riqueza de vestidos, y en hermosura, especialmente la hermosa Lindaraxa, hija de Mahamete Abencerraje, que a todas sobrepujaba en hermosura. Y con ella había otras damas de su linaje, tan hermosas que le igualaban. A esta hermosísima dama Lindaraxa servía y amaba el valeroso Gazul, y por ella hizo cosas muy señaladas estando en San Lúcar, como adelante se dirá.

Pues volviendo a nuestro propósito, serían ya las dos de la tarde cuando los caballeros y damas acabaron de comer las colaciones, y cuando soltaron un toro negro, bravo en demasía, que no salía tras hombre que no lo alcanzaba, tanta era su ligereza, y no había caballo que por uña se le fuese.

—A este tal toro —dijo el rey— fuera bueno alancear, por ser muy bueno.

El Malique Alabez se levantó y le suplicó que le diese licencia para

irse a ver con aquel bravo toro. El rey se la dio, aunque bien quisiera
Muza salir a él y alancearlo; mas visto que Alabez gustaba de salir,
sufrióse. Alabez, haciendo reverencia al rey, y a los demás caballeros
cortesía, se salió de los miradores y se fue a la plaza, donde sus criados le tenían un muy hermoso caballo rucio rodado, de muy gran
bondad, el cual caballo le había enviado un primo hermano suyo, hermano de su padre. Este su tío era alcaide de Vélez, el Rubio y el
Blanco, hombre de mucha suerte. A sus padres deste alcaide mataron
a traición unos moros caballeros llamados Alquifaes, de envidia que le
tenían, por ser tan bueno, y que el rey lo quería mucho. Mas el rey
vengó muy bien su traición, porque de siete hermanos que eran los
Alquifaes no escapó ninguno que no fuesen todos degollados. Y este
buen alcaide Alabez, que ahora tratamos, puesto en la tenencia de
alcaidía de Vélez el Blanco, al cual quería mucho el rey Audalla, que
aquí llamamos el Chico. Este, pues, como digo, envió al sobrino el
caballo arriba nombrado, por ser hijo de su tío, hermano de su padre.
Alabez subió en él, y dio una vuelta a la plaza, mirando todos los
balcones adonde estaban las damas, por ver a su señora Cohayda. Y
pasando por junto del balcón, hizo que el caballo pusiese las rodillas
en el suelo, y el valeroso Alabez puso la cabeza entre los arzones,
haciendo grande acatamiento a su señora y a las demás damas que
con ella estaban. Y hecho esto, puso las espuelas al caballo, el cual
arrancó con tanta furia y presteza, que parecía un rayo. El rey y todos
los demás que en la plaza estaban, se maravillaron en ver cuán bien lo
había hecho Alabez; sólo a los Zegríes pareció mal, porque lo miraron
con ojos llenos de mortal envidia.

En esto se dio en la plaza una grande gritería, y era la causa, que el
toro había dado vuelta por toda la plaza, habiendo derribado más de
cien hombres y muerto más de seis dellos, y venía como una águila
adonde estaba Alabez con su caballo. El cual, como vio venir el toro,
quiso hacer una grande gentileza aquel día, y fue que, saltando del
caballo con gran ligereza, antes que el toro llegase, le salió al encuentro, con el albornoz en la mano izquierda. El toro que lo vio tan cerca,
se vino a él por le coger, mas el buen Malique Alabez, acompañado de
su bravo corazón, le aguardó, y al tiempo que el toro bajó la frente
para ejecutar el bravo golpe, Alabez le echó el albornoz con la mano
izquierda en los ojos, y apartándose un poco a un lado, con la mano
derecha le asió del cuerno derecho tan recio, que le hizo tener, y con
grande presteza le echó mano del otro cuerno, y le tuvo tan firme-
mente, que el toro no pudo hacer golpe ninguno. El toro, viéndose
asido, procuraba desasirse, dando grandes saltos, levantando cada vez
al buen Alabez del suelo. Puesto andaba el bravo moro en notable
peligro, y por poco se hubiera arrepentido por haber comenzado aque-

lla dudosa y peligrosa prueba. Mas como era animoso y de bravo corazón, no desmayó un punto; mas antes con gran valor y esfuerzo (como aquel que era hijo del bravo Alabez, alcaide de Vera, que murió en Lorca cuando aquella sangrienta batalla de los Alporchones, como está dicho) se mantenía contra el toro, el cual bramaba por cogerlo entre los cuernos; mas era la ligereza del moro tanta, que el toro no podía salir con su intento. Alabez, pareciéndole verguenza andar de aquella manera con tal bestia como aquella, se arrimó al toro al lado izquierdo, y usando de fortaleza y maña, torció de los cuernos al toro, de tal manera y con tal fortaleza, que dio con él en el suelo, haciéndole hincar los cuernos en tierra. El golpe fue tan grande, que pareció que había caído un monte, y el toro quedó quebrantado, que no se pudo mover de aquel rato. El buen Malique Alabez, como así lo vio, le dejó, y tomando su albornoz, que de fina seda era, se fue a su caballo, que sus criados lo guardaban, y subió en él con gran ligereza, sin poner pie en el estribo, dejando a todos los circunstantes embelezados de su bravo acaecimiento y valor. A cabo de rato, el toro se levantó, aunque no con la ligereza que solía.

El rey envió a llamar a Alabez, el cual fue a su llamado, con gentil continente, como si tal no hubiera hecho, Y llegado, el rey le dijo:

—Por cierto, Alabez, vos lo habéis hecho como valiente y esforzado caballero, y de hoy más quiero que seáis capitán de cien caballos, y teneos por alcaide de la fuerza de Cantoria, que es muy buen alcaide y de buena renta.

Alabez le besó las manos por la merced que se hacía. En este tiempo serían las cuatro de la tarde y el rey mandó que se tocase a cabalgar. Oída la señal, todos los caballeros de juego se fueron a aderezar para salir cuando tiempo fuese. Los toros acabados, comenzaron muchos instrumentos de trompetas y atabales y añafiles, siendo la plaza desocupada; por la calle del Zacatín entró el valeroso Muza, cuadrillero de una cuadrilla. Entraron de cuatro en cuatro, con tan lindo aire y con tanta presteza, que era cosa de ver. Después de haber pasado todos por la orden ya dicha, arrancaron todos juntos de tropel, tan ligeros cual el viento. Eran todos los desta cuadrilla treinta, todos caballeros Abencerrajes famosos, sino sólo Alabez que no era del linaje; mas por su valor le tomaron por acompañado. Arriba ya tratamos de las libreas y divisas, que eran azules y telas de plata, y por divisas salvajes. Entraron todos tan bien y con tanta gracia, que no había dama que los viese, que no quedase amartelada. Por cierto que era cosa de ver la cuadrilla de los Abencerrajes, todos sobre yeguas blancas como una nieve. Pues si bizarros y galanes entraron los Abencerrajes, no menos bizarros y galanes entraron por otra calle los Zegríes. Todos de encarnado y verde, con plumas y penachos azules,

y todos en yeguas bayas de muy hermoso parecer, y todos traían una
misma divisa en las adargas, puesta en ricos listones azules. Las divisas eran unos leones encadenados por mano de una doncella; la letra
decía: «Más fuerza tiene el amor».

Desta manera entraron en la plaza de cuatro en cuatro, y después
todos juntos hicieron un gallardo caracol y escaramuza, con tanta
bizarría y concierto, que no menos contento dieron que los Abencerrajes. Y tomando las dos cuadrillas sus puestos, y apercibidas de sus
cañas, habiendo dejado las lanzas, al son de las trompetas y dulzainas
se comenzó a trabar el juego con mucha bizarría y bien concertado,
saliendo las cuadrillas de ocho en ocho. Los Abencerrajes, que habían
parado mientes como los Zegríes llevaban plumas azules, divisa dellos
muy conocida, procuraban en cuanto podían por derribárselas con las
cañas, mas los Zegríes se cubrían tan bien con sus adargas, que los
Abencerrajes no pudieron salir con su pretensión. Y ansí andaba el
juego muy trabado y revuelto, aunque muy concertado, que verlo era
grande contento. Y hubieran las fiestas muy buen fin, si la fortuna
quisiera; mas como sea mudable, hizo de manera que aquellos caballeros, así de la una parte como de la otra, siguiesen eternas enemistades, hasta que fueron todos acabados, como adelante diremos.
Comenzando muy de veras, desde este desdichado día de estas fiestas,
fue la causa de todo el mal Mahomad Zegrí, que como tenía pensado
y tratado con los suyos de dar la muerte al buen Alabez, o a alguno de
los Abencerrajes, por las palabras pasadas, como arriba dijimos. Y
como estaba así concertado, Mahomad Zegrí dio orden que Alabez
saliese de la parte contraria y cayese en su cuadrilla, teniendo, como
digo, el Zegrí, inteligencia para que él con sus ochos revolviesen sobre
Alabeces y los suyos.[6] Y habiendo ya corrido seis cañas, el Zegrí dijo a
los de su cuadrilla:

—Ahora es tiempo, que el juego va encendido.

Y tomando a su criado una lanza con un hierro muy agudo y penetrante hecho en Damasco, de fino temple, aguardó que Alabez viniese
con los ocho caballeros de su cuadrilla, revolviendo sobre los de la
contraria parte, como es uso del juego, al tiempo que Alabez volvía
cubierto muy bien con su adarga contra él y los suyos. Salió el Zegrí,
y llevando puesto los ojos en Alabez, mirando por donde mejor le
pudiese herir, le arrojó la lanza con tanta fuerza que le pasó el adarga
de una parte a otra, y el agudo hierro prendió en el brazo de tal
suerte, que la manga de una fuerte cota que Alabez llevaba no fue

---

6 *"teniendo . . . suyos."* Awkwardly phrased construction whose meaning
seems to be " . . . the Zegrí having planned, as I say, that he with his eight
would provoke the Alabeces and their supporters."

parte para resistir que el agudo hierro no la rompiese v el brazo fue pasado de parte a parte. Grande dolor sintió Alabez deste golpe, y en llegando a su puesto se miró el brazo, y como se halló herido y lleno de sangre, a voces le dijo a Muza y a los demás:

—Caballeros, grande traición hay contra nosotros, porque a mí me han herido malamente.

Los Abencerrajes, maravillados de aquel caso, al punto todos tomaron sus lanzas para estar apercibidos. A esta hora ya volvía el Zegrí con su cuadrilla para irse a su puesto, cuando Alabez con grande furia se atravesó de por medio, sabiendo que lo había herido. Y como llevase una muy ligera yegua, muy presto le alcanzó y le tiró la lanza, diciendo: —Traidor, aquí me pagarás la herida que me diste—, le pasó el adarga, y la lanza no paró hasta que pasó la fuerte cota que llevaba el Zegrí, y entró por el cuerpo más de un palmo de lanza y hierro. Fue el golpe de tal suerte, que luego cayó el Zegrí de su yegua medio muerto. En este tiempo, como ya de la una parte y de la otra estuviesen apercibidos de sus lanzas, entre las dos partes se comenzó una brava escaramuza y muy sangrienta batalla. Mas los Zegríes llevaban lo mejor, por ir más bien aderezados que los Abencerrajes. Mas con todo ello, los bravos caballeros Abencerrajes, y Muza, y el valiente Alabez hacían en ellos muy notable daño. La vocería era muy grande y el alboroto soberbio.

El rey, que la escaramuza sangrienta vio, no sabiendo la causa dello, a muy gran priesa se quitó de los miradores y fue a la plaza, subiendo sobre una hermosa y bien aderezada yegua, dando voces: —Afuera, afuera—. Llevando un bastón en la mano, se metió entre los bravos caballeros que andaban muy encendidos en la batalla que hacían. Acompañaron al rey todos los más principales caballeros de Granada, ayudando a poner paz. Aquí estuvo en muy poco no perderse Granada, porque de la parte de los Zegríes acudieron los Gomeles y Mazas, y de la parte de los Abencerrajes, los Almoradís y Vanegas. Y a esta causa andaba la cosa tan revuelta, que no tenía remedio de ponerse paz. Mas tanto hizo el rey, y los demás caballeros que no eran tocantes a estos bandos, que los pusieron en paz. El valeroso Muza y su cuadrilla se fue por el Zacatín arriba, y no pararon hasta el Alhambra, llevando consigo todos los Almoradís y Vanegas. Los Zegríes se fueron por la puerta de Bivarambla, al castillo de Bivataubin, llevando a Mahomad Zegrí ya muerto. Todas las damas de la ciudad y la reina se quitaron de las ventanas, dando mil gritos, viendo la barahunda y revolución que pasaba. Unas lloraban hermanos, otras maridos, otras padres, otras a sus amantes caballeros. De suerte que era de muy grandísimo terror y espanto, y por otra parte de grande compasión, ver las damas las lástimas que hacían. Especialmente la

hermosa Fátima, que era hija de Mahomad Zegrí el que mató Alabez.
Harto tenían que consolarla, mas mal consuelo tenía, que no había
consuelo que la consolase. Este triste fin tuvieron estas fiestas, quedando Granada muy revuelta. Por estas fiestas se compuso aquel
romance que dice:

> Afuera, afuera, afuera;
> aparta, aparta, aparta,
> que entra el valeroso Muza,
> cuadrillero de unas cañas.
> Treinta lleva en su cuadrilla
> Abencerrajes de fama
> conformes en las libreas
> azul y tela de plata;
> de listones y de cifras
> travesadas las adargas,
> yeguas de color de cisne
> con las colas encintadas.
> Atraviesan cual el viento
> la plaza de Bivarambla,
> dejando en cada balcón
> mil damas amarteladas.
> Los caballeros Zegrís
> también entran en la plaza;
> sus libreas eran verdes,
> y las medias encarnadas.
> Al son de los añafiles
> traban el juego de cañas,
> el cual anda muy revuelto,
> parece una gran batalla.
> No hay amigo para amigo,
> las cañas se vuelven lanzas,
> mal herido fue Alabez
> y un Zegrí muerto quedaba.
> El rey Chico reconoce
> la ciudad alborotada,
> encima de hermosa yegua
> de cabos negros y baya;
> con un bastón en la mano
> va diciendo: «aparta, aparta.»
> Muza reconoce al rey,
> por el Zacatín se escapa;
> con él toda su cuadrilla
> no paran hasta el Alhambra;
> a Bivataubin los Zegrís
> tomaron por su posada;

Granada quedó revuelta
por esta quistión trabada.

Quedó por lo arriba contado la ciudad de Granada muy llena de escándalo y revuelta, porque la flor de los caballeros estaba metida en estos bandos y pasiones. El rey Chico andaba el más atribulado hombre del mundo, y no sabía qué se hacer con tantas novedades como cada día sucedían en la corte. Y procuraba con todas veras hacer las amistades destos caballeros, y para ello mandó se hiciese pesquisa por qué ocasión se habían revuelto. Finalmente se halló en claro y limpio, cómo Mahomad Zegrí, muerto en el juego, fue el agresor del negocio, y se supo de la traición que tenía urdida contra los Abencerrajes y Alabez. Por lo cual el rey quiso proceder contra ellos, mas los caballeros de Granada hicieron tanto, que el rey no trató en ello. Y por esta causa, con más facilidad fueron estos bandos hechos amigos, y Granada puesta en grande sosiego, como se estaba de antes.

CAPÍTULO SEPTIMO: QUE TRATA DEL TRISTE LLANTO QUE HIZO LA HERMOSA FÁTIMA POR LA MUERTE DE SU PADRE; Y COMO LA LINDA GALIANA SE TORNABA A ALMERÍA SI SU PADRE NO VINIERA, LA CUAL ESTABA VENCIDA DE AMORES DEL VALEROSO SARRAZINO; Y DE LA PESADUMBRE QUE ABENÁMAR TUVO CON ÉL UNA NOCHE EN LAS VENTANAS DEL REAL PALACIO.

 RANDES Y TRISTES LLANTOS hacía la hermosa Fátima por la muerte de Mahomad Zegrí, su padre, y tantos eran sus desconsuelos, que no era parte la reina, ni ninguna de las señoras de la corte, a poderla consolar. Y como llorase contino y con tanto dolor, se vino a descaecer y parar tan flaca y debilitada, que grande parte perdió de su hermosura. Lastimábase tanto y hacía tantos extremos de dolor, que fue necesario sacalle de Granada y llevarla a Alhama, donde era alcaide un pariente suyo, el cual tenía una hija muy hermosa, para que allí en su compañía perdiese algo de su tristeza.

La hermosa Galiana, que hasta aquella hora siempre había sido libre de pasión de amor, se halló tan presa de Hamete Sarrazino, y de su buena disposición y talle, que no sabía qué se hacer. Y como se le acababa la licencia que de estar en Granada tenía, acordó de enviar a llamar al fuerte Sarrazino con un paje de su secreto. Siendo llamado, el fuerte moro no puso ninguna dilación en cumplir el mandato de tal señora, y así con el mismo paje se fue a palacio, y entrando en el aposento de la hermosa Galiana, la halló sola sin ninguna compañía. La dama, cuando lo vio, se levantó toda mudada la color, y el fuerte Sarrazino, haciéndole un muy grande acatamiento, le dijo qué era lo que mandaba que en su servicio hiciese. La hermosa dama le mandó sentar encima de un estrado muy rico que estaba puesto sobre una alcatifa de seda, de extraña manera labrada, rica y costosa, y ella no muy lejos dél. Comenzaron de hablar en las fiestas pasadas, y muerte del Zegrí, y bandos remontados por tan pequeña ocasión. Sarrazino, que muy de veras miraba a Galiana y su grande hermosura, satisfaciéndole a ciertas preguntas que le hizo acerca de lo dicho, pasó más adelante diciendo:

—Hermosa señora, de mayor braveza y más aspera batalla es la que vuestra hermosa vista causa a cualquiera que alcanza ver vuestra extremada beldad, y Alá quisiese que yo fuese para vuestro servicio algo de provecho; que por Mahoma juro, que toda mi vida gastase en sólo procurar vuestro contento. Habéis me enviado a llamar y no sé si ha sido por darme con vuestros hermosos ojos la muerte, y si ansí es, yo doy mi muerte por bien empleada, en morir a manos de tan alta princesa—. Y diciendo esto, no pudo dejar de mostrar un apasionado sentimiento que sentía dentro de su alma, y dando un profundo suspiro calló.

Galiana holgó mucho de ver muestra y señal de tan crecido amor en Sarrazino, porque ya ella le amaba de todo corazón, por ser gentil y gallardo y de muy principal linaje. Y ansí, con un semblante alegre, le respondió:

—No es cosa de maravilla que los hombres a la primera vista de una dama se rindan y luego descubran su pena. Lo que más era de maravillar, que luego perdían la fe a los primeros días prometida, de modo que de los hombres no había que tomar ni tener crédito de sus hablas ni promesas.

Sarrazino respondió: —El alto cielo Mahoma me niegue, si de todo punto no es vuestro mi corazón. Mientras el alma mandara de las carnes, no se empleara mi vida sino sólo en tu servicio, que esto será grande gloria para mí. Y juro como caballero e hijo de algo, que no falte un solo punto en lo que aquí digo hasta la muerte.

—Muy bien entiendo yo que sois tan buen caballero —dijo Galiana—, que cumpliréis lo que habéis dicho, y así yo soy contenta de recibiros por mi caballero; mas ya sabéis que mañana me tengo de ir a Almería, porque tengo cartas de mi padre que no esté más en

Granada. Por ahora no podemos tratar más en este caso porque no tenga el rey de Granada noticia de esto, mas esta noche os pondréis debajo de los balcones desta sala, a hora que no os pueda ver ninguno, y podremos yo y vos hablar algunas cosas más de espacio que ahora. Y por tanto idos luego, y Alá vaya con vos.

El fuerte Sarrazino le tomó las manos y por fuerza se las besó, y despidiéndose della, se salió del aposento el más contento moro del mundo. Deseando que la noche viniese, haciéndosele la hora un año, maldecía al sol que tanto se tardaba en su curso. Parecíale al moro que más se tardaba en hacer su jornada aquel día que otro ninguno. Y ansí anduvo todo el resto del día, sin hallar lugar cómodo a su contento donde reposase. Venida la noche harto deseada del bravo moro, se aderezó muy bien, recelando no le sucediese algún peligro, especialmente estando Granada tan revuelta entre los caballeros como se ha tratado. Y siendo la hora de la una, en tiempo que la gente está con sosiego, se fue a la parte donde la bella Galiana le dijera, y siendo cerca de los balcones, oyó tañer un laúd muy suavemente, y juntamente oyó cantar una voz muy delicada. Y estando Sarrazino atento y receloso por ver en qué paraba aquella música, entendió muy bien la canción, que muy delicada y nueva era, y en muy delicada y cortesana lengua arábiga, comenzando con un profundo y doloroso suspiro, que parecía salir de lo íntimo de las entrañas, ansí decía:

> Divina Galiana:
> es tal tu hermosura,
> que iguala con aquella que al Troyano
> le diera la manzana,
> por quien la guerra dura
> le vino al fuerte muro de Dardano.
> Oh rostro soberano,
> pues tienes tal lindeza,
> el que podrá gozarte
> dirá que nunca Marte
> gozó, cuando fue preso, tal belleza;
> ni el que se llevó de Argos
> la causa de la guerra de años largos.
>
> Y pues sube de punto
> tan alto tu belleza,
> que no hay su igual acá en todo este suelo,
> no muestres el asiento
> tan lleno de aspereza,
> como Anaxarte hizo al sin consuelo
> amante, que de vuelo

el cuello puso al lazo
por salir de tormento,
o duro sufrimiento,
pues quiso que llegase tan mal plazo;
muéstrate piadosa,
pues eres en beldad divina Diosa.

Con una rabia intrínseca, el bravo Sarrazino estaba oyendo la enamorada canción, y no pudiendo más sufrir, a paso tirado fue a aquella parte, con intento de conocer quién era el que cantaba. El cual como sintió que venía gente, dejó el tañer y el cantar, apercibiendo su persona, para si algo se le ofreciese. Y habéis de saber que el que daba la música era el fuerte moro Abenámar, que ya habéis oído arriba andaba muy amartelado por amores de Galiana, y aquella noche le quiso dar aquella música, como hombre que sabía muy bien hacerlo.

El fuerte Sarrazino llegó y dijo:

—¿Qué gente?

Fuéle respondido que un hombre.

—Pues, cualquiera que vos seáis, lo hacéis mal en dar a tal hora música a las ventanas del real palacio—. (Porque dormían en aquella parte la reina y sus damas, y podría el rey concebir alguna sospecha de aquese negocio).

—No se os dé a vos nada de eso— respondió Abenámar— ni hay para qué vos queráis pedir lo que podrá resultar de mi cantar y tañer; sino pasa vuestro camino, y no curéis de más palabras.

—Villano —respondió Sarrazino—, pues no queréis de grado iros de aquí, yo os haré por fuerza y a mal de vuestro grado que os vayáis.

Y diciendo esto, embrazó una fuerte rodela que traía, y poniendo mano a un damasquino alfanje, se dejó ir para Abenámar, que no menos valiente y desenvuelto le halló. El cual, embrazando otra rodela y echando mano a su alfanje, que traía muy bueno, habiendo puesto el laúd en el suelo, se comenzaron a dar muy grandes golpes, sin conocerse el uno al otro. Era tan grande el ruido que hacían con sus golpes, que algunos caballeros moros mancebos, que buscaban sus pretensiones, acudieron al ruido. Y queriendo ponerse en medio, no hubo necesidad, porque como Abenámar y Sarrazino sintieron que acudía gente, ellos de su voluntad, por no ser conocidos se apartaron, echando cada uno por su parte, tomando Abenámar su laúd, quedando herido en un muslo, aunque no mucho. Esto fue de manera que no pudieron ser de nadie conocidos. La hermosa Galiana muy bien vio todo lo que pasaba y las palabras que pasaron, porque ya ella estaba puesta en el balcón cuando comenzó Abenámar a tañer y cantar. Y como vio la revuelta, llena de temor se retiró a su aposento, con demasiada pena por lo sucedido, imaginando que alguno dellos quedaría mal herido. Este negocio no pudo ser tan secreto, que no lo supiese el rey por la mañana, y muy pesante dello, mandó hacer pesquisa a su alguacil mayor, mas no pudo jamás sacar rastro dello, ni quiénes fuesen los de la pasión.

Pasado esto se dio orden como la hermosa Galiana fuese a Almería, y para ello mandó que se aderezasen cincuenta caballeros que llevase en su compañía. Y estando todo a punto para la partida entró en el real palacio Mahomad Mostafá, alcaide de Almería y padre de la hermosa Galiana. Traía en su compañía una hija menor que Galiana y tan hermosa como ella y aún más, la cual se llamaba Zelima. El rey se levantó y abrazó al alcaide, diciendo:

—Qué buena venida es ésta, mi buen amigo Mostafá, que con tu venida me has dado grande contento. Ya tu hija Galiana estaba de partida para irte a ver, y todo estaba aderezado y con tal compañía como era razón que con ella fuese.

Mostafá le respondió:

—Bien tengo yo entendido que tu Alteza me hará grandes mercedes siempre, aunque yo no te las haya servido.

—Dejaos deso, Mostafá —dijo el rey—, que yo os tengo buena voluntad—. Y diciendo esto fue a abrazar a la hermosa Zelima y ella le besó las manos.

Todas las damas de la reina y la reina se levantaron a recibir a Zelima, la cual besó las manos a la reina y abrazó a su hermana Galiana y a las demás damas que con la reina estaban, las cuales se maravillaron de la grande hermosura de Zelima, y ella ansimismo maravillada de la hermosura de todas se sentaron en el estrado de la reina. El alcaide Mostafá siendo recibido de todos aquellos principales caballeros, el rey le mandó sentar a la par de sí, y le preguntó diciendo:

—Mucho he holgado, valeroso alcaide Mostafá, con tu venida y tu hija, y querría saber la causa della, si a tú te parece decírmela.

—Muy poderoso señor —dijo Mostafá—, la principal causa de mi venida no es otra cosa, después de besar tus reales manos, sino traer a mi hija Zelima para que sirva a su Alteza de mi señora la reina, y esté en compañía de su hermana Galiana, porque en Almería no se halla sola. Especialmente que siendo temerosa de los rebatos que muchas veces nos dan los cristianos, por eso me pareció que estaría mejor en Granada, por ahora, que en Almería.

—Tú has hecho muy bien en traerla —dijo el rey— porque aquí

estará en compañía de su hermana, y gozará de muchas fiestas que se hacen en Granada, aunque unas que se han hecho han causado harto escándalo.

Estando en esto, entró un moro viejo a gran priesa, diciendo cómo un caballero cristiano paseaba por la Vega, muy bien adere-zado, y sobre un poderoso caballo, el cual no para de retar, de forma que ponía temor a quien lo oía.

—Valas me tú, Mahoma, y quién podrá ser el caballero —dijo el rey—. Dime, moro, ¿tú lo conoces por señas, es por ventura el Maestre?

—Señor, yo no lo conozco —dijo el moro—, sé decir que es caba-llero de muy buen talle, y muestra en su persona ser de grande valentía.

Luego el rey y los demás caballeros, y la reina y sus damas se subieron a la Torre de la Campana, que es la más alta del Alhambra, por ver al caballero cristiano quién era. A esta sazón el rey Chico estaba en el Alhambra, porque tenía amistad con su padre, aunque no posaba en la casa real sino de por sí en la Torre de Comares. La reina y sus damas tenían su mirador de por sí, para ver lo que pasaba en la Vega. Mirando el rey y los demás caballeros al caballero cristiano, le vieron pasearse sobre un hermoso caballo de color tor-dillo, los relinchos del cual muy claramente se oían en el Alhambra. No podían conocer quién fuese, porque llevaba una cruz roja en el escudo y en el pecho, mas bien se daba a conocer no ser el Maestre de Calatrava. Y estando en esto, vieron cómo el caballero hizo mesura a la reina y a las damas, ansí como se pusieron al mirador. También la reina le hizo mesura, y las damas le hicieron reverencia. El caballero luego puso un pendoncillo rojo en la punta de su lanza, que era señal de pedir batalla. El rey dijo:

—Por Mahoma juro, que holgara de saber quién es este caballero cristiano, que ansí pide batalla.

El valeroso Gazul, que estaba junto del rey, le dijo:

—Señor, sepa vuestra Alteza, que el caballero cristiano que aguardaba escaramuza es don Manuel Ponce de León, que yo lo conozco muy bien, y es de bravo corazón y valentía, y no tiene el rey cristiano otro tal como éste, en todo y por todo.

—Mucho holgara —respondió el rey— de verle pelear, que ya tengo de su fama muy larga noticia.

Mostafá, alcaide de Almería, dijo:

—Si su Majestad me da licencia, yo me iré a verme con el cris-tiano, porque me acuerdo, que a un tío, hermano de mi padre, éste le dio muerte. Querría probar si fortuna me haría tanto bien, que por mi mano alcanzase la venganza de la muerte de mi tío.

—No cures deso —dijo el rey—, que en mi corte hay quien pueda muy bien hacer esta escaramuza.

Todos los caballeros que allí estaban pidieron de merced al rey que les diese licencia para ir a verse con el cristiano que estaba en la Vega. Un paje del rey dijo:

—Señores caballeros, no os apresuréis tanto en demandar licencia al rey para la batalla, que ya un caballero ha salido del real palacio, para irse a ver con el cristiano.

—¿Y quién le dio licencia a ese caballero para ir a verse con el enemigo?

El paje respondió: —Señor, mi señora la reina se la dio, porque se la pidió muy ahincadamente.

—¿Y quién es el caballero? —dijo el rey.

—El Malique Alabez —respondió el paje.

—Pues si eso es —dijo el rey—, muy bien habrá que ver en la batalla, porque Alabez es muy buen caballero y de grande valor por su persona. Y siendo tan valientes los dos competidores, brava será la escaramuza.

A algunos caballeros les pesó porque iba el Malique a la batalla, mas a quien más le pesó fue a la hermosa Cohayda, que lo amaba en extremo, como ya os habemos contado. Y no quisiera ella que su amante se pusiera en semejante peligro, y así, pidiendo licencia a la reina, se quitó del mirador por no ver la batalla, y se fue a su aposento, con harta pena y cuidado del suceso que podría haber. El rey y los demás caballeros aguardaban que el Malique Alabez saliese al campo; y así ni más ni menos toda la ciudad de Granada sabía cómo un caballero cristiano aguardaba batalla. Y muy presto se pusieron en miradores y ventanas para poderla ver, sabiendo que el valeroso Alabez salía a la Vega a verse con el cristiano. El rey mandó que se aderezasen de presto cien caballeros para que estuviesen en guarda de Alabez, no se le hiciese alguna traición. Ansí fue hecho, que todos ciento se aderezaron y se pusieron en la puerta de Elvira, aguardando a que el valeroso Alabez saliese a hacer batalla con el cristiano, para ir en su guarda, así como el rey lo había mandado, y por ser de todos querido.

CAPÍTULO OCTAVO: QUE TRATA LA CRUDA BATA-LLA QUE EL MALIQUE ALABEZ TUVO CON DON MANUEL PONCE DE LEÓN EN LA VEGA DE GRA-NADA.

 MALAS PENAS DON MANUEL PONCE DE LEÓN había puesto el pendón rojo en su lanza, que era señal de batalla, como está dicho, cuando el valeroso Malique Alabez se quitó del mirador donde estaba con el rey y con los demás caballeros. Sin que nadie lo entendiese, fue al mirador donde estaba la reina y sus damas. Y hincando la rodilla en el suelo, le suplicó que le diese licencia para irse a ver con aquel cristiano que estaba en la Vega, porque en servicio de las damas él quería hacer la escaramuza. La reina alegremente se la dio, diciendo:

—Plega al gran Alá y a nuestro Mahoma, que de tal manera os suceda, amigo Alabez, que alegréis nuestra corte, y vos quedéis con grande honra y gloria de la batalla que ahora vais a hacer.

—Yo confío en Alá del cielo que así será —dijo Alabez, y besando las manos a la reina, se despidió della y de las damas. Y al partirse, puso los ojos en su dama Cohayda, que muy turbada estaba por ello; así se salió del real palacio.

Y en llegando a su posada, mandó que le ensillasen el potro rucio, que su primo el alcaide de los Vélez le había enviado, y que le diesen una adarga fina, hecha en Fez, y una rica cota jacerina que él tenía, labrada en Damasco. Los criados le dieron todo recaudo así como lo pedía. Púsose encima de las armas una aljuba de terciopelo morado, toda guarnecida de muchos tejidos de oro que valía muchos dineros, y encima de un fuerte casco se puso un bonete así morado como el aljuba, en el cual puso un penacho de plumas pajizas y blancos martinetes, y con él unas ricas garzotas pardas y verdes y azules. Apretó el bonete y casco en la cabeza con una riquísima toca azul de muy fina seda, con oro entretejida, dando muchas vueltas a la cabeza, haciendo della un muy hermoso turbante, en el cual asentó una muy rica medalla de fino oro, traída del Arabia. La medalla era labrada a la maravilla, toda de montería, con unos ramos de un verde laurel, las hojas de los cuales eran de muy finísima esmeralda, y en medio la medalla, esculpida la figura de su dama muy al natural; la medalla era de mucho valor y estima.

Y estando el valeroso moro aderezado a su contento, tomó de la lancera una lanza con dos hierros hechos en Damasco, de un fino y acerado temple. Y subiendo sobre su poderoso y rucio caballo, a grande priesa salió de su posada y se fue a la calle de Elvira, por la cual pasó con tal aire y bizarría, que a todos los que lo miraban daba muy grande contento con su buena disposición. Y llegando a la puerta de Elvira, halló los cien caballeros que el rey mandara que salieran con Alabez, y ansí todos salieron de la ciudad, arremetiendo los moros sus yeguas por el campo y escaramuzando unos con otros. Fueron a pasar todos juntos por delante de los miradores del rey, y en llegando, el buen Alabez hizo que su caballo se arrodillase, y él puso la cabeza encima del arzón delantero, haciendo una grande mesura y acatamiento al rey y a las damas. Y hecho esto se fue donde el valeroso don Manuel aguardaba. Y así como llegaron cerca, los cien caballeros se quedaron atrás, y Alabez pasó adelante, y siendo junto a don Manuel, le dijo:

—Cierto, caballero cristiano, que si tú estás tan dotado de valentía como tu parecer muestra, que en balde ha sido mi venida, porque respecto de tu buen talle y gracia, yo no puedo valer nada. Pero ya que he salido, holgaré de probarme contigo en escaramuza. Y si Mahoma quiere que yo sea tan corto de suerte que muera a tus manos, lo tendré por muy bueno morir a manos de un tan buen caballero como tú, porque tal me pareces. Y si yo llevase lo mejor, me sería reputada una eterna gloria. Y querría, si no te estuviese mal ni hubieses dello pesadumbre, tu nombre me dijeses, porque querría saber con quién tengo de escaramuzar, que holgaré sabello.

Muy atento estaba el valeroso don Manuel, que él mismo era, de las palabras del moro, y muy pagado de su cortesía y buen talle y juzgábalo por hombre valiente y rico, porque el traje tan bizarro que usaba y aquel día llevaba, lo daba a entender. Y por satisfacerle, le dijo:

—Moro, cualquiera que tú seas, has me parecido tan bien, que por fuerza movido de tus buenas palabras te habré de decir quién soy. Sabrás que a mí me llaman don Manuel Ponce de León. Y por probar si hay en Granada algún caballero que quiera conmigo escaramuzar, he venido aquí. Y a fe de hidalgo, que me has parecido tan bien, que entiendo que hay en ti tanta bondad como tu buen talle promete. Y pues ya sabes mi nombre, será muy bueno y justo que yo sepa el tuyo, y luego podremos hacer nuestra batalla del modo y manera que a ti te diere gusto.

—Mal lo haría —dijo Alabez— si mi nombre a tan buen caballero yo negase. Mi nombre es el Malique Alabez, si por ventura lo habrás oído decir; mi linaje es tal, que no te despreciarás de hacer conmigo batalla. Y pues por los nombres tenemos ya noticia de quién y quién somos, será razón que nos conozcamos ahora por las obras, pues para eso habemos venido.

Y diciendo esto, volvió su caballo en el aire. Lo mismo hizo el buen don Manuel. Y tomando del campo aquello que les pareció ser necesario, y revolviendo el uno sobre el otro, así como dos furiosos rayos, y siendo los caballos muy buenos, con la velocidad de su correr muy presto fueron juntos. Los dos bravos caballeros se dieron grandes golpes de lanzas, y tales, que no hubo ninguna defensa en los escudos para que no fuesen falsados, mas con singular ligereza tornando a voltear sus caballos, teniendo las lanzas firmes en los puños, las sacaron de los escudos, donde con grande violencia habían sido metidas. Y dando muy gallardas vueltas por el campo, comenzaron a escaramuzar el uno contra el otro. Y para ejecución de se herir, se acercaban y se hería cada uno por donde podía, mostrando su esfuerzo y maña en aquel menester. Así escaramuzaban los dos valerosos guerreros el uno contra el otro tan gallardamente, que era cosa de maravilla. Mucho se holgaban los que miraban la escaramuza, de ver cuán diestramente se mantenían el uno contra el otro.

Dos horas grandes eran pasadas, que los dos valientes caballeros andaban en su batalla, sin que se pudiesen herir el uno al otro, porque aunque se alcanzaban a dar algunos golpes de lanza, estaban ellos tan bien armados, que no se podían herir. A esta hora el caballo de don Manuel andaba un poco más cansado que el del moro, y don Manuel bien lo sentía, y le pesaba mucho dello, porque no podía dalle alcance al moro a su gusto. El moro, conociendo que el caballo del cristiano andaba con menos furia que antes, alegróse mucho, porque por allí pensaba alcanzar victoria de su enemigo. Y así se daba muy grande prisa a rodear a don Manuel, para que su caballo se acabase de cansar. Y acercándose una vez más que solía, muy confiado en su buen caballo, hirió a don Manuel de una mala lanzada en descubierto del escudo, y fue tal, que rota la loriga, le hirió en el lado izquierdo de una mala herida. De la cual comenzó a correr mucha sangre. Mas no se fue el moro sin su pago, porque al tiempo de revolver el moro su caballo, pensando hacer aquel golpe franco, no lo pudo hacer con tanta presteza que el buen don Manuel no se lo hallase muy cerca. Y como iba revolviendo, le dio en descubierto por un lado un golpe tan bravo, que no prestando la fina jacerina cosa alguna, fue rota, y la cuchilla del agudo hierro entró hasta llegar a la carne, donde abrió una peligrosa herida. No hubo serpiente ni áspide tan ponzoñoso habiéndole pisado alguno, como lo fue aquel valeroso moro, que sintiéndose herido y tan mal, con una insana furia, casi frenético de cólera, revolvió su caballo, y fue sobre don Manuel, y a toda furia lo embistió, dándole una gran lanzada que le pasó el escudo, y don Manuel fue segunda vez herido.

El cual como sintiese la mala burla, lleno de enojo porque un moro le había herido dos veces, arremetió su caballo con tanta presteza, que el moro no tuvo lugar de se poder apartar, y ansí fue herido de otra mala herida, de la cual y de la primera le salía mucha sangre. No por eso en el moro se hallaba punto de menoscabo; antes más colérico y encendido hacía su batalla, entrando y saliendo todas las veces que hallaba oportunidad para herir al cristiano. Ya andaban los dos caballeros heridos en tres o cuatro partes, y no se conocía ventaja alguna, y por esto muy enojado don Manuel, por tanta dilación, que había cuatro horas grandes que andaban en la plaza, y no se hacía nada, pensando que en su caballo estuviese la falta, se apeó dél con grande ligereza. Y cubierto de su escudo, habiendo dejado la lanza, puso mano a su espada, que era de grande estima, se fue para el moro. El cual, como le viese a pie, muy maravillado dello, le tuvo por hombre de bravo corazón. Y porque no se le reputase a villanía estando el contrario a pie, estar él a caballo, se apeó. Arrojando la lanza, se fue al cristiano muy confiado en su fuerza, que era grande, con un alfanje muy rico y bueno, labrado en Marruecos. Y cubierto bien de su adarga, que era buena, los dos caballeros se comenzaron a dar muy grandes golpes, cada cual por donde más podía. La fortaleza del moro era grande, y la destreza del cristiano, mayor; la cual tenía acompañada de un singular sufrimiento, con lo cual hacía muy notoria ventaja en la batalla al moro. Porque cada vez que se juntaban, el moro salía herido, porque la espada del valeroso don Manuel era la mejor del mundo, y no le alcanzaba vez con ella que no lo hiriese. Lo cual era muy al contrario del moro, porque aunque con demasiado esfuerzo entrase e hiriese a su contrario, lo hallaba de tal manera reparado, que no le podía herir, de suerte que ya el moro andaba fatigado y presuroso, lleno de sangre y sudor, del cansancio que tenía. Mas no se mostraba en su valor punto de desfallecimiento.

A esta hora el bravo caballo de Alabez, como sintiese tener la silla vacía y estar libre, dando grandes saltos se fue al caballo de don Manuel, y entre los dos comenzaron una brava pelea, y tal que ponía espanto, porque los bocados eran tantos y las coces que se daban tantas, que no se puede escribir. El caballo del moro llevaba lo mejor y mordía más cruelmente, porque su amo le tenía enseñado a aquello. De forma que las dos batallas de los caballeros y caballos eran crueles; quien a esta hora mirara bien la batalla que los dos caballeros hacían, bien claro conociera la grande ventaja que el buen don Manuel tenía al moro. Y muy presto fuera la batalla fenecida, con harto daño del valeroso Malique Alabez, mas fuéle en esta hora favorable la fortuna. Y fue que estando combatiendo, como os habemos dicho, caballos y caballeros, allegaron ochenta caballeros que don Manuel había dejado atrás: los cuales venían para ver en qué estado estaba la batalla de su. valeroso capitán con el moro. Los cien moros que estaban en guarda de Alabez, como vieron venir aquel escuadrón de caballos, y que llegaban tan cerca donde los dos caballeros hacían su batalla, lo tuvieron por mala señal, y pensando que venían en favor del cristiano, todos juntos, dando un grande alarido, arremetieron al escuadrón cristiano, a toda furia de los caballos. Los cristianos, entendiendo que era traición, por guardar a su señor, les salieron al encuentro, y entre las dos partes se trabó una brava escaramuza, y muy sangrienta; andaba la revuelta de tal suerte, que muchos de una parte y de otra caían muertos.

Los dos caballeros que hacían su batalla, en aquel punto más cruda y sangrienta, visto la grande revuelta, movida sin saber porqué, tuvieron por bien de se apartar, y cada uno acudir a su parte para hacerlos retirar si posible fuese, porque su batalla fuese al cabo. Don Manuel se fue a su caballo, por ver si lo podría tomar; lo mismo hizo Alabez, por ver si podría tomar el suyo. Mas todavía andaban los caballos tan puestos en su pelea, que no había quien a ellos osase llegar. Los moros caballeros que andaban revueltos con los cristianos, acudieron donde Alabez estaba, por darle su caballo. Los cristianos así ni más ni menos acudieron por socorrer a don Manuel. Aquí fue la priesa de los unos y de los otros: unos por favorecer al moro, otros por favorecer al cristiano. Andaban apeados más de cincuenta caballeros, haciendo grande batalla los unos con los otros.

El bravo don Manuel hizo tanto, que llegó a los caballos, que ya se habían apartado espantados del tropel de los otros. Y el primero que halló a la mano, fue el caballo de Alabez, y echándole mano de las riendas, forzado de la necesidad en que se veía, no guardó el decoro que era obligado a tomar el suyo y dejar el ajeno; aunque no era objeto notable, porque en la guerra todo se sufre. Y saltando como un ave sobre la silla, le fue dada su misma lanza. Y como la tuvo, luego se metió en medio de los enemigos, con tal furia, que un rayo parecía entre ellos.

A esta sazón, ya el bravo Alabez estaba a caballo, porque le había dado el de don Manuel, que muy poco falta le hacía el suyo; salvo que el suyo era más ligero, mas el caballo de don Manuel era caballo de grande fuerza y sufrimiento. Pesóle a Alabez el trueco, mas viendo que no podía ser menos, tomó lo que fortuna en aquella sazón pudo dalle. Y habiéndole también dado su lanza, se metió por entre los cristianos, tan furioso, que un león dañado parecía, derribando y matando muchos dellos. El rey Chico de Granada, que la cosa vio tan revuelta, quitándose de los miradores, dando muy grandes voces, mandó que saliesen mil caballeros al socorro de los suyos, para lo cual fue necesario que se tocase arma. La cual se tocó tan recia y tan apriesa, que los que estaban en la Vega haciendo su batalla muy claro la oían. Y el valiente Alabez, con diligencia discurriendo por la batalla, buscó a don Manuel, y no parando hasta le hallar. Así como lo vio se fue para él, y haciéndole señas que saliese de tropel de la gente, se salió de la batalla, y don Manuel en pos dél, con harto contento, por ver si podría acabar la batalla comenzada. Mas cuando estuvo apartado de la gente, que con grande furia todavía peleaba, Alabez se llegó a don Manuel y le dijo:

—Valeroso caballero, tu bondad me obliga a que yo haga algo por tí. Advierte que en Granada anda grande alboroto, y se toca arma apriesa, para que seamos socorridos. Y por lo menos saldrán más de mil caballos. Haz que tu gente se recoja con presteza, y en buena orden desamparen la Vega, porque son pocos, respecto del socorro que vendrá, y lo pasarán muy mal. Y toma este mi consejo, que aunque soy moro, soy hidalgo, y soy obligado en ley de caballero, aunque enemigo, a darte aviso. Ahora haz a tu parecer, que si quieres, otro día daremos fin a nuestra batalla. Que yo te doy mi palabra, que para fenecerla yo te busque do quiera que estuvieres.

Don Manuel respondió:

—Yo te agradezco, caballero, el aviso, y tomaré tu consejo, porque me parece bueno. Y para obligarte a que me busques, llevaré tu caballo, y tú lleva el mío, que es tan bueno como él, que cuando otra vez nos veamos destrocaremos—. Y diciendo esto, tocó un cuerno de plata, que al cuello llevaba, a recoger.

Los caballeros cristianos, oyendo la señal de recoger, al punto dejaron la batalla y fueron recogidos en un punto. Los moros hicieron lo mismo, y cada escuadrón se fue por su parte, dejando de cada banda hartos muertos, y llevando hartos heridos. Alabez y los suyos llegaron a Granada, y al tiempo que por las puertas de Elvira salía el socorro, Alabez hizo que se tornasen. El rey en persona salió a recibir a Alabez y otros muy principales caballeros, y no pararon hasta la casa de Alabez, el cual, siendo desarmado, fue echado en un rico lecho y curado con gran diligencia de sus heridas, que eran peligrosas. Volvamos a don Manuel que iba con su gente por la Vega adelante, tan enojado y colérico, por no haber acabado aquella batalla, que no hablaba ni respondía a cosa que le fuese preguntado. Daba mucha culpa a los suyos, por haber llegado a esta sazón donde él estaba peleando con el moro, que si ellos no llegaran, él diera fin glorioso a la batalla. Y era ansí la verdad, que si los suyos no fueran, los moros no se movieran de un lugar. Así hubo fin esta batalla, llevando el buen don Manuel ganado aquel famoso caballo del alcaide de los Vélez, por el cual y por esta batalla, se levantó aquel romance que dicen:

> Ensilléisme el potro rucio
> del alcaide de los Vélez,
> déisme el adarga de Fez
> y la jacerina fuerte;
> y una lanza con dos hierros,
> entrambos de agudos temples,
> y aquel acerado casco
> con el morado bonete,
> que tiene plumas pajizas
> entre blancos martinetes,
> garzotas verdes y pardas,
> antes que me vistan denme.
> Tráiganme la toca azul
> que me dio para ponerme
> la muy hermosa Cohayda
> hija de Llegas Hamete;
> y la muy rica medalla
> que mil ramos la guarnecen,
> con las hojas de esmeraldas
> por ser los ramos laureles.
> Y decidle a mi señora,
> que salga si quiere verme
> hacer muy cruda batalla
> con don Manuel valiente;
> que si ella me está mirando,
> mal no puede sucederme.

CAPÍTULO NOVENO: EN QUE SE PONE UNAS SOLEMNES FIESTAS Y JUEGO DE SORTIJA, QUE SE HIZO EN GRANADA, Y CÓMO LOS BANDOS DE LOS ZEGRÍES Y ABENCERRAJES SE IBAN MAS ENCENDIENDO.

A SABÍA EL VALEROSO MORO Abenámar cómo era el valiente Sarrazino, aquél con quien había tenido la revuelta en las ventanas de palacio, y bajo de los miradores de la reina, y andaba muy de mal propósito con él, respecto de haber aquella noche estorbado la música, y haberle herido, aunque la herida no fue mucha. Y parando mientes en el real palacio, vio cómo la hermosa Galiana le hacía muy grandes favores, de lo cual el valeroso moro sentía muy estraña pena y dolor. Y visto que la ingratitud de Galiana era tanta, que no se acordaba que en los pasados tiempos le había servido, y ella le había hecho muy señalados favores en Almería y en Granada, y que él para ella había hecho muy señaladas cosas, determinó olvidarla y poner los ojos en la hermosa Fátima, que ya estaba en Granada y la habían traído de Alhama, sabiendo que Muza no curaba de sus amores, sino de los de Daraxa. Y comenzóla de servir en todo y por todo, y Fátima lo recibió por su caballero, haciéndole grandes favores, porque Abenámar era muy principal caballero, valiente y gentil hombre y muy amigo de los Abencerrajes, aunque ella no estaba muy bien con este linaje por las cosas ya pasadas, atrás dichas. Mas considerando el valor de Abenámar, puso todo lo demás en olvido.

En este tiempo, Daraxa y Abenhamín Abencerraje estaban ya para casarse, por lo cual el valeroso Muza había puesto los ojos en la hermosa Zelima, hermana de la linda Galiana. Todos los demás caballeros principales amaban aquellas damas que estaban en palacio, y con esto andaba la corte tan alegre y con tantas fiestas, que era cosa de espanto. El bravo Audalla amaba a la hermosa Axa, y como era caballero principal y Abencerraje, siempre ordenaba juegos y fiestas. De modo que la ciudad de Granada toda andaba llena de fiestas y placer. El valeroso Abenámar, por vengarse de la linda Galiana, y por hacerle tiro al valiente Sarrazino, ordenó con el rey que se hiciese una fiesta muy solemne, el día de San Juan, que venía muy cerca, de un juego de cañas y de sortija, y que él quería ser el mantenedor della.

El rey, como amigo de fiestas, y por tener alegre su corte, dijo que era muy bien que se hiciese aquella solemne fiesta. Especialmente porque había salido Alabez tan bien librado de las manos del bravo don Manuel Ponce de León, que no fue poca maravilla escapar así de sus manos, y porque estaba ya bueno de sus heridas. Habida la licencia del rey, mandó pregonar por toda la ciudad la fiesta de la sortija y juego de cañas, diciendo: que cualquiera caballero que quisiese correr tres lanzas con el mantenedor, que era Abenámar, saliese y trajese el retrato de su señora al natural, y que si las tres lanzas el mantenedor ganaba, el aventurero había de perder el retrato de su dama; y si ganaba el caballero venturero, ganase el retrato de la dama del mantenedor, y con ella una cadena de oro, que pesase mil doblas.

Todos los caballeros enamorados holgaron mucho del pregón, por mostrar el valor de sus personas lo uno, y porque las hermosuras de sus damas fuesen vistas. Y todos con esperanza de ganarle el mantenedor su dama y cadena de tan subido precio. El valeroso Sarrazino muy bien entendió la causa porque se había movido a Abenámar a ser mantenedor de aquella fiesta, y holgó dello, porque por aquella vía entendía el darle a entender a su señora Galiana su valor y destreza. Y luego él y todos los demás caballeros principales que pretendían correr la sortija, hicieron retratar a sus damas, cada uno lo mejor y más principalmente que podía, adornando el retrato de su señora como mejor pareciese, y con aquellos vestidos y ropas que más acostumbraban llevar, porque fuesen conocidas de todos.

El día de San Juan venido, fiesta que todas las naciones del mundo celebran, todos los caballeros de Granada se pusieron galanes, así los que eran de juego como los que no lo eran, salvo que los del juego se señalaban en las libreas, y todos se salieron a la ribera del muy fresco Genil, y hecha dos cuadrillas para el juego, la una de Zegríes, la otra, su contraria, de Abencerrajes, hízose otra cuadrilla de Almoradís y Vanegas, y contraria désta se hizo otra de Gomeles y Mazas. Al son de muchos instrumentos de añafiles, y dulzainas, y atables, se comenzaron dos juegos de cañas riquísimos. La cuadrilla de los Abencerrajes iba toda de tela de oro y leonado, con muchas y muy ricas labores; llevaban por divisas unos soles; todos sus penachos eran encarnados. Los Zegríes salieron de verde; todas sus libreas con muchos tejidos de oro y estrellas, sembradas por todas sus divisas medias lunas. Los Almoradís salieron de encarnado y morado, muy ricamente puestos. Los Mazas y Gomeles salieron de morado y pajizo, muy costosos. Era ver las cuatro cuadrillas destos caballeros un espectáculo bravo y de grande admiración; todos corrían por la Vega, de dos en dos, de cuatro en cuatro. Y al salir del sol parecían tan bien, que era cosa de mirar. Y entonces se comenzó el juego, porque ya en aquella hora se podía muy bien ver de las torres del Alhambra. El mismo rey andaba entre ellos muy ricamente vestido, porque no hubiese algún alboroto o escándalo. La reina y todas sus damas miraban de las torres del Alhambra el juego, el cual andaba muy bien concertado y gallardamente jugado. Finalmente, los caballeros Abencerrajes y Almoradís fueron los que más se señalaban aquel día. El valeroso Muza, y Abenámar, y Sarrazino, hicieron aqueste día maravillas. Acabado el juego por orden del rey, porque ya los Zegríes y Abencerrajes se iban encendiendo, todos los caballeros corrían y escaramuzaban, abalanzando mil cañas por el aire, tan bien que las perdían de vista. El gallardo Abindarráez se señaló bravamente aqueste día; mirábalo su dama, que estaba con la reina en las torres del Alhambra. La reina le dijo: «Xarifa, bravo y gallardo es tu caballero». Xarifa calló, parándose colorada como rosa. Fátima, no menos, tenía los ojos puestos en su Abenámar, pareciéndole tan bien, que estaba dél y de sus cosas muy pagada, aunque Xarifa entendía que miraba a su Abindarráez, y llena de celos le habló desta manera:

—Grandes son las maravillas del amor, hermana Fátima, que jamás donde predomina y reina no puede estar encubierto. A lo menos no me podrías tú negar, Fátima amiga, que no estás tocada de esta pasión, porque realmente tu hermoso rostro da dello clara señal. Porque solías ser así colorada y hermosa, como la fresca rosa en el rosal, y ahora te veo triste, melarchica[1] y amarilla, y éstas son evidentes señales que el amor causa, y poco más o menos, bien diría yo que el valor de Abindarráez te tiene puesta en ese tan acabado extremo. Y si eso es ansí, a mí no se me debe negar ni celar cosa alguna, pues tú sabes cual leal y verdadera amiga te soy. Y en ley de hija de algo te juro, que, si de mí has de menester cualquiera cosa, que por el amor que te tengo, en todo te haré muy buen tercio.

Fátima, que muy discretísima era, luego entendió el tiro de Xarifa, y como ya ella sabía que trataba amores con Abindarráez, no quiso resolutamente dárselo a entender. Mas disimuladamente le respondió desta manera:

—Si las maravillas de amor son grandes, no han llegado a mi noticia sus efectos, ni dellos tal experiencia tengo. El no tener color como de antes, y andar de talle melancólico, la causa tengo en la mano, siendo tan reciente y fresca la muerte de mi buen padre, y el

---

[1] *Melarchica* (archaic) = *melancólica*.

ver los bandos que andan todavía entre Zegríes y Abencerrajes. Y
puesto caso que yo hubiese de estar en extremo, siendo della la
causa amor, yo te certifico, amiga Xarifa, que no me causará ese
daño Abindarráez como tú dices, que allí en el juego de las cañas
hay caballeros que son de tanto valor como él y de tanta gallardía. Y
para esto, el día en que estamos, allá en la tarde, verás de lo que
digo claro testimonio en el juego de la sortija, pues allí han de parecer los retratos de los más famosos y principales caballeros de Granada, y entonces tú verás quién son las damas servidas y los
caballeros sus amantes.

Con esto calló, que no dijo más, sino parando mientes en los
caballeros que andaban escaramuzando en la Vega. Fátima no partía
los ojos de su Abenámar, que aquel día hizo maravillas, y muy bien
lo conocía Fátima por las señas de un pendoncillo morado que Abenámar llevaba en su lanza, con una F de plata, y encima una media
luna de oro: armas y divisa de la hermosa Fátima. El rey y los demás
caballeros, habiendo escaramuzado desde antes que el sol saliera
hasta las once del día, se tornaron a la ciudad, sólo por aderezar cada
uno lo que había de sacar en el juego de la sortija. Por este día de
San Juan, y por este juego de cañas que habemos contado, se dijo
aquel antiguo romance que dicen:

> La mañana de San Juan,
> al punto que alboreaba,
> gran fiesta hacen los moros
> por la Vega de Granada.
> Revolviendo sus caballos,
> jugando van de las lanzas
> ricos pendones en ellas
> labrados por sus amadas.
> Ricas aljubas vestidas,
> de oro y seda labradas;
> el moro que amores tiene
> allí bien se señalaba,
> y el moro que no los tiene,
> por tenerlos trabajaba.
> Míranlos las damas moras
> de las torres del Alhambra;
> entre las cuales había
> dos de amor muy lastimadas:
> la una llaman Xarifa,
> la otra Fátima se llama.
> Solían ser muy amigas,
> aunque ahora no se hablan.
> Xarifa, llena de celos,

a Fátima le hablaba:
—¡Ay Fátima, hermana mía,
cómo estás de amor tocada!
Solías tener color,
veo que ahora te falta;
solías tratar amores,
ahora estás de callada;
pero si los quieres ver
asómate a esa ventana;
y verás a Abindarráez
y su gentileza y gala.
Fátima, como discreta,
desta manera le habla:
—No estoy tocada de amores
ni en mi vida los tratara;
si se perdió mi color
tengo dello justa causa
por la muerte de mi padre
quel Malique Alabez matara;
y si amores yo quisiera,
está, hermana, confiada,
que allí veo caballeros,
en aquella vega llana,
de quien pudiera servirme
y dellos ser muy amada,
de tanto valor y esfuerzo
como Abindarráez alabas.
Con esto, las damas moras
pusieron fin a su habla.[2]

Volviendo a nuestra historia, el rey y los demás caballeros de su corte ocuparon los miradores que estaban en la plaza nueva, por ver los caballeros que habían de jugar la sortija. Vieron en el cabo de la plaza, junto de la hermosa fuente de los Leones, una muy rica y hermosa tienda de brocado verde, y junto de la tienda un alto aparador, con un dosel de terciopelo verde. Y en él puestas muy ricas joyas, todas de oro, y en medio de todas ellas estaba asida una hermosísima y rica cadena que pesaba mil escudos de oro; y ésta era la cadena del premio, sin el retrato de la dama que con ella juntamente se ganaba. No quedaba en toda la ciudad de Granada que no hubiese venido a ver aquella fiesta, y aun de fuera de la ciudad, de todos los lugares, sabiendo que el día de San Juan siempre se hacían en ella

---

[2] Approximately the first third of this ballad comes from the *Silva de varios romances* of 1550. Pérez de Hita may have rewritten the remainder to suit his purposes.

grandes y galanas fiestas, por ser su caballería muy grande y rica.

No tardó mucho espacio de tiempo, cuando se oyeron muy dulce son de menestriles que salía por la calle del Zacatín.[3] Y la causa era, que el valeroso Abenámar, mantenedor de aquella sortija, venía a tomar su puesto, y la forma de su entrada era la siguiente: primeramente, cuatro hermosas acémilas de recámara, todas cargadas de lanzas para la sortija, con sus reposteros de damasco verde todo sembrados de muchas estrellas de oro; llevaban las acémilas muchos pretales de cascabeles de plata, y cuerdas de seda verde. Estos fueron, con hombres de guarda, de pie y de caballo, sin parar, hasta donde estaba la tienda del mantenedor, y allí junto fue armada otra muy rica tienda, también de seda verde, y por su orden fueron puestas todas aquellas lanzas, que era cosa muy de ver. Luego fueron llevadas de allí las acémilas, que ver el aderezo dellas daba grandísimo contento, según las testeras y plumas que llevaban. Tras esto venían treinta caballeros muy ricamente aderezados de libreas verdes y rojas, con muchos sobrepuestos de plata, todas plumas blancas y amarillas. Quince venían de una parte y quince de otra, y a la postre, en medio dellos, el valeroso Abenámar, vestido de brocado verde, de mucha costa, marlota y capellar de gran precio. Traía una muy hermosa yegua rucia rodada, los paramentos y guarniciones de la yegua eran del mismo brocado verde, testera y penacho muy rico, verde y encarnado, y así mismo lo llevaba el valeroso Abenámar. Llevaba el moro gallardo, sembradas por todas sus ropas, muchas estrellas de oro, y en el lado izquierdo, sobre el rico capellar, un sol muy resplandeciente, con una letra que decía:

> Solo yo, sola mi dama;
> ella sola en hermosura,
> yo sólo en tener ventura
> más que ninguno de fama.

Esta misma letra se echaba por la plaza. Tras el valeroso Abenámar venía un hermoso carro triunfal, de ricas sedas adornado. El cual traía seis gradas muy hermosamente puestas; y por encima de la más alta grada se hacía un arco triunfal, de extraña hechura y riqueza, y debajo del arco puesta una rica silla, y en ella sentado y puesto por tan sutil arte y primor el retrato de la hermosa Fátima, que no dijeran sino que era el mismo original. Estaba tan hermosa y tan ricamente adornada, que no había dama que la mirase que no quedase muerta de envidia, ni caballero amartelado. Su vestido era turquesco, de muy extraña y no vista hechura: la mitad empajado y la otra mitad morado, y todo sembrado de estrellas de oro y con muchos

---

[3]See the Appendix, p. 316, for a description of this street.

tejidos y recamos de oro. Toda la ropa era cortada por mucho concierto. El aforro era de tela azul de plata muy rica; el tocado, galán; sus cabellos, sueltos como una madeja de oro. Sobre ellos, una guirnalda de rosas blancas y rojas, tan naturales que parecía que en aquel punto se cortaron del rosal. Sobre su cabeza parecía el dios de Amor, desnudo niño como lo pintan los antiguos, con sus alicas abiertas, las plumas de mil colores. Este niño parecía estar poniendo la hermosa guirnalda a la linda imagen, a los pies de la cual estaba el arco y aljaba de Cupido como por su despojo. Llevaba la hermosa imagen un manojo de violetas muy hermoso, que en aquel mismo punto parecía haberlas cogido en la huerta de Generalife. Deste modo iba esta hermosa imagen de Fátima, haciendo un espectáculo con su vista no visto. El hermoso carro en que iba, que ya habemos contado ser rico y hermoso, tiraban cuatro hermosas yeguas, blancas como la nieve. El carretero iba vestido de la misma librea de los caballeros. Tras el carro iban treinta caballeros, de libreas verdes y encarnadas, con penachos de las mismas colores.

Desta forma entró el valeroso Abenámar, mantenedor de la justa. Y al son de los menestriles y otras músicas que llevaba, dio vuelta por toda la plaza nueva, pasando por bajo los miradores y balcones del rey y de la reina, dejando a todos tan admirados de su traza y buena entrada, que no pudiera ser más en el mundo. Porque no hubiera tal príncipe, por rico que fuera, que saliera en tal trance, ni para tal efecto, mejor. Así como llegó el carro a los miradores de la reina, las damas y ella quedaron espantadas de ver el retrato de la hermosa Fátima tan al natural. Fátima estaba junto de la reina, y con ella Daraxa y Sarrazina, y la hermosa Galiana, y su hermana Zelima, Cohayda y Arbolea, y otras muchas y muy hermosas damas. Y holgando con ella, le decían que le era en grande obligación al buen caballero Abenámar. Y que así sabía servirla y defenderla en el juego de la sortija, como la había acertado a sacar tan triunfante, que ella se podía tener por la más feliz y dichosa dama del mundo.

Fátima satisfizo a todas, diciendo aquella de aquel negocio que no sabía cosa ninguna, que libre estaba dello, y que si Abenámar había querido hacer aquéllo, que a ella ninguna cosa se le daba, y que la defendiese o no la defendiese, que ella lo tenía en muy poco.

—Ora, pues, no sin misterio —dijo Xarifa— el caballero Abenámar se ha puesto a hacer tal bravata y ha sacado vuestro retrato.

—Ese motivo de Abenámar —respondió Fátima— él solo lo entiende y cada uno hace a su gusto o deshace; si no, miraldo por vuestro Abindarráez, que por vos, o por lo que a él le está bien, tiene hechas cosas muy grandes y dignas de memoria.

—Lo de Abindarráez para conmigo —dijo Xarifa— es cosa muy

pública, y saben todos que es mi caballero; pero ahora lo de Abenámar nos parece a todos cosa muy nueva, y en verdad que me pesaría si hoy Abindarráez y Abenámar fuesen competidores.

—Y que lo sean o no lo sean, ¿qué pena os da a vos? —dijo Fátima.

—Dame pena —dijo Xarifa— que no querría que vuestro retrato, que hoy ha entrado con tanto toldo, viniese a mis manos.

—Pues ¿por tan cierta tenéis la buena ventura de vuestro Abindarráez —dijo Fátima— que ya me tenéis por vuestra? Pues no os fatiguéis ahora tanto, ni tengáis en tanto el valor de vuestro caballero, que ya podría la fortuna dar la vuelta al contrario de lo que vos ahora pensáis; que en casos de caballeros, no tenemos de qué tener ninguna confianza, por estar sujetos al arbitrio de Fortuna.

La reina, que muy bien entendió las razones, dijo:

—¿De qué importancia es tratar cosas de que se sacan muy poco fruto? Entrambas sois iguales en hermosura, hoy veremos quién lleva la palma y gloria de hermosura, y callemos ahora, y paremos mientes en lo que para la fiesta, que a la fin se canta la gloria.

Con esto dieron fin a sus razones. Y parando mientes vieron cómo Abenámar, habiendo dado vuelta a la plaza, llegó adonde estaba la hermosa tienda. Y habiendo puesto su rico carro junto del muy rico aparador donde estaban muchas y muy ricas joyas, mandó poner el retrato de la muy hermosa Fátima, al son de muchas dulzainas y menestriles, cosa que daba a todos grandísimo contento. Hecho esto, se apeó de su caballo, y dándole a sus criados, se sentó a la puerta de su rica tienda, en una hermosa y rica silla, aguardando que entrase algún caballero aventurero. Todos los caballeros que habían acompañado al valeroso Abenámar se pusieron por su orden arrimados a una parte, haciendo todos una larga y vistosa carrera. Estando ya los jueces puestos en un tablado, en lugar y parte que pudiesen muy bien ver correr las lanzas, todo el mundo aguardaba que entrasen algunos aventureros. Los jueces eran dos caballeros Zegríes muy honrados, y otros dos caballeros Gomeles, y un caballero Abencerraje llamado Abencarrax. Este era alguacil mayor de Granada, oficio y cargo que no se daba sino a un caballero de gran cuenta y de mucho valor y estima, y como hombre tal, éste al presente lo era.

No tardó, pues, mucho, que por la calle de los Gomeles se oyó gran ruido de música de añafiles y trompetas, y todos pararon mientes en lo que podría ser, y vieron entrar una hermosa cuadrilla de caballeros, todos puestos de una hermosa y rica librea de Damasco, encarnado y blanco, con muchos fresos y tejidos de oro y plata. Todas las plumas y penachos eran blancos y encarnados. Tras desta hermosa cuadrilla venía un caballero muy bien puesto, a la turquesca vestido, sobre un hermoso caballo tordillo. Paramentos y cimeras eran de brocado encarnado, con todas las bordaduras de oro; penachos de las mismas colores, de gran precio; la marlota y capellar sembrada de grande pedrería. Luego el caballero fue conocido de todos ser el valeroso Sarrazino, tan valiente como gallardo. Tras él venía un hermoso y rico carro, labrado de mucha costa, encima del cual se hacían cuatro arcos triunfales de extraña hermosura, en ellos labrados todos los asaltos y batallas que habían pasado entre moros y cristianos en la Vega de Granada, por tal arte, que era cosa de admiración. Entre las cuales batallas estaba dibujada galanamente aquella que tuvo el famoso Garcilaso de la Vega con el valiente Audalla, moro de gran fama, sobre el Ave María que llevaba en la cola de su caballo. Y sin éstas, otras muchas por muy diestra mano entalladas y entretalladas. Debajo de los cuatro arcos triunfales se hacía un trono en redondo, que por todas partes se podía muy bien ver, el cual trono parecía de un muy blanco y fino alabastro; en él, entretalladas, grandes y ricas labores. Encima del trono una imagen venía puesta de mucha hermosura, vestida de brocado azul, con muchos recamos y franjas de oro, cosa muy rica y costosa. A los pies desta hermosa imagen venían grandes despojos de militares trofeos, y allí el mismo dios de Amor, vencido y atropellado, quebrado su arco y rota su aljaba y saetas, las plumas muy hermosas de sus alas, esparcidas en muchas partes. El bravo Sarrazino llevaba una divisa de un mar, y en ella un peñasco combatido de muchas ondas, y una letra que decía:

Tan firme está mi fe como la roca
que el viento y la mar siempre la toca.

Esta letra se derramaba por la plaza para que a todos fuese manifiesta. Así entró el valeroso Sarrazino, con su carro no menos rico y hermoso que el del mantenedor. El cual tiraban cuatro caballos bayos, hermosos y muy ricamente enjaezados, con paramentos y sobreseñales encarnados. Tras el carro venía una muy gentil cuadrilla de caballeros, con las mismas libreas encarnadas. Y así, con solemne música, dio el Sarrazino vuelta a la plaza, dando grande contento a todos los que lo miraban. Luego fue el retrato de la dama por todos conocido ser el de la linda Galiana, que admiraba su hermosura a todos cuantos la miraban. Todos decían: bravo competidor tiene el mantenedor. La reina miró a Galiana, que estaba junto de sí, y le dijo:

—Desta vez, hermosa Galiana, no se puede excusar ni encelar vuestros amores; yo huelgo mucho que supistes escoger un tan principal y valeroso caballero, aunque, en la verdad, no le faltaba nada al valeroso Abenámar, y fue por vos desdeñado; pero gustos son.

La hermosa Galiana calló, parándose muy colorada de vergüenza. Y el rey dijo a los demás caballeros:

—Hoy habemos de ver grandes cosas, porque los caballeros del juego son de grande valor y muy extremados, y cada uno ha de procurar llevar lo mejor. Atendamos a ver qué es lo que hará el valeroso Sarrazino.

Y así, parando mientes, vieron cómo habiendo dado vuelta a la plaza, mandó arrimar su carro a un lado, junto del carro del mantenedor, y paso entre paso se fue a la rica tienda del valeroso Abenámar, y le dijo:

—Sábete, caballero, que vengo a correr tres lanzas de sortija, guardando en todo lo que tú tienes mandado pregonar. Y si mi suerte fuere tal, que todas tres lanzas te gano, he de llevar el retrato de tu dama, y la cadena que tienes señalada, que pesa mil doblas. Y si caso fuere que tú me ganares, llevarás el retrato de mi dama; juntamente con él llevarás esta manga labrada de su mano, que vale cuatro mil doblas; y los señores jueces lo determinarán, conforme vieren lo que es de derecho.

Verdad decía el valiente Sarrazino, que la manga que traía en el brazo derecho, era de grande estima, y la había labrado la linda Galiana a mucha costa. Y por esta manga se dijo aquel romance, que tan agradable ha sido a todos:

> En el cuarto de Comares,
> la hermosa Galiana,
> con estudio y gran destreza,
> labraba una rica manga
> para el fuerte Sarrazino
> que con ella juega cañas;
> la manga es de tal valor
> que precio no se le halla.
> De aljófar y perlas finas
> la manga iba esmaltada,
> con muchos recamos de oro
> y lazos finos de plata;
> de esmeraldas y rubís
> por todas partes sembrada.
> Muy contento vive el moro
> con el favor de tal dama.
> La tiene en el corazón
> y la adora con el alma;
> si el moro mucho la quiere,
> ella mucho más le ama.
> Sarrazino lo merece
> por ser de linaje y fama,

y no le hay de más esfuerzo
en el reino de Granada.
Pues si el moro es de tal suerte,
bien merece Galiana,
que era la más linda mora
que en grandes partes se halla.
Muchos moros la sirvieron,
nadie pudo conquistalla,
sino el fuerte Sarrazino
que ella dél se enamorara,
y por los amores dél
dejara los de Abenámar.
Contentos viven los dos
con muy llenas esperanzas,
que se casarán muy presto
con regocijo y con zambra,
porque entiende el rey en ello
y tiene ya la palabra
del alcaide de Almería,
padre de la Galiana,
y ansí en Granada se dice
que ello se hará sin falta.

Finalmente, la manga no tenía precio su valor. Y el fuerte Sarrazino, confiado en su gallardía y destreza, quiso poner la manga en condición de perderla, no considerando el bravo competidor que delante tenía. El cual, como así oyó hablar al fuerte Sarrazino, dijo que aquélla era la postura del juego, y con tres lanzas se había de perder o ganar el premio señalado. Y diciendo esto, pidió que le diesen un caballo, del cual luego fue servido, de ocho que allí tenía enjaezados y puestos para el efecto, cubiertos con la librea que ya se ha dicho, y ansí ni más ni menos fue servido de una gruesa lanza de sortija. En el caballo subió sin poner el pie en el estribo, y tomando la lanza se fue paseando por la carrera, con tan gentil gracia y apostura, que a todos los que lo miraban daba gran contento de sí. Dijo el rey a los caballeros que con él estaban:

—Ahora no se le niegue a Abenámar que no es muy gallardo y gentil hombre de caballo, y Sarrazino no le va atrás, que también es muy gallardo y buen caballero, y hoy habemos de ver grandes cosas en el juego de la sortija.

En este tiempo llegó el valeroso Abenámar al cabo de la carrera, y haciéndole dar a su caballo una vuelta en el aire, dió un salto muy grande, que se levantó del suelo más de tres varas de medir, y luego partió así como si fuera un rayo, siendo gobernado y guiado por la mano de un tan buen jinete como lo era el valeroso Abenámar, el cual en medio de la carrera, con grande gallardía, tendió su lanza sin hacer calada con ella, ni cosa que mal le pareciese. Y en llegando a la sortija hizo un muy galán golpe, que con la punta de la lanza dio en la sortija por la parte de arriba, que no faltó medio dedo para embocalla, y dio tan por derecho como si fuera una vira. De modo que si no fuese llevando la sortija, no se podía ganar, y ansí pasó muy gallardamente adelante, con harto pesar por no haber llevado la sortija. Y parando su caballo, paso a paso se tornó para su tienda, aguardando lo que haría el fuerte Sarrazino en su carrera. El cual estaba muy confuso y descontento habiendo visto el golpe que había hecho el valeroso Abenámar. Mostrando muy buen ánimo, confiado en su grande destreza, pidió una lanza, de la cual luego fue servido. Y poniéndose en la carrera, con muy gentil aire y continente, la paseó hasta llegar al cabo, y luego, volviendo su caballo con una presteza no vista, arrancó con tanta velocidad como si fuera un rayo. Y tendiendo la lanza, la llevó tan bien y tan sosegada, como si su caballo en el curso de su carrera no hiciera ningún movimiento, y llevándola bien enristrada, la metió por medio de la sortija. Y pasando como un viento, se la llevó metida en la lanza.

Toda la gente de la plaza y todos los que miraban dieron una gran voz, diciendo: «Abenámar ha perdido el premio por el puesto». Muy ufano quedó el valeroso Sarrazino por haber llevado la sortija, y dijo que él había ganado. Mas el valeroso Muza, que era padrino de Abenámar, replicó que no había ganado, por cuanto se habían de correr tres lanzas, y aún faltaban dos. El padrino de Sarrazino, que era un caballero Azarque, dijo que ganado era el premio con aquella lanza. Con esto comenzaron a dar grandes voces, cada uno alegando de su justicia. Los jueces mandaron que callasen, que ellos lo determinarían, y así fue determinado que no había ganado, atento que quedaban dos lanzas aún por correr. En viva cólera ardía el fuerte Sarrazino, porque no le daba el premio, y no tenía razón; mas como era caballero de bravo corazón, la pasión le predominaba. Mas si el fuerte Sarrazino estaba mohino y colérico, no lo estaba menos Abenámar, que se quería dejar morir de pesar y enojo por haber perdido la primera lanza.

Quien a esta hora mirara a la hermosa Galiana, muy bien conociera en su rostro la demasiada alegría que moraba dentro de su corazón, por haber ganado su caballero aquella lanza. Lo contrario era en Fátima, aunque con su discreción disimulaba la pena que tenía; pero no podía ser tanta, que en algo no se dejase de ver. Xarifa, como burlona y dama de palacio, le dijo:

—Amiga Fátima, mal le va a nuestro caballero a las primeras entradas; si así va hasta el fin, no le arriendo la ganancia.

—No tengo cuenta con eso —respondió Fátima—, pero si ahora le ha ido mal, después le podría ir bien, y tanto, que a vos os pesase de su buena andanza, porque ya os tengo dicho que al fin se canta la gloria.

—Ahora bien decís —dijo Xarifa—, aguardemos el fin de la aventura.

Y mirando el juego, vieron cómo el valeroso Abenámar fue servido de otro caballo y lanza, y ardiendo de enojo tomó la carrera, y muy disimuladamente, como que no llevase pasión alguna, la pasó paso entre paso, con admirable donaire y gracia. Y al cabo volvió su caballo con una presteza increíble, y arrancando a toda furia, parecía un ave, y tendiendo la lanza, la llevó tan seguida y derecha como una vira, y pasando por la sortija, así como un pensamiento, se la llevó metida en la lanza. La gente dio grande grita, diciendo: «De esta vez ganado tiene el mantenedor». El fuerte Sarrazino, siendo servido de la lanza, se puso en el cabo de la carrera, y revolviendo en el aire como un viento, llevando su lanza muy bien puesta, pasó la carrera; mas no tocó a la sortija con la lanza, y pasando adelante, paró muy gallardamente. El fuerte Abenámar dijo:

—Caballero, otra carrera nos queda para que se concluya nuestro pleito, corrámosla luego.

Y diciendo esto, pidió una lanza, la cual le fue dada. Y puesto en el cabo de la carrera, volvió su caballo a toda furia, así como si fuera un rayo, y llevando su lanza bien puesta, pasó por la sortija llevándosela de camino, con tanta presteza que apenas se la vieron llevar. A que la gente movió un grande rumor y vocería, diciendo: «De todo punto ha ganado Abenámar». A esta hora muy bien se parecía en la hermosa Galiana no estar tan contenta y alegre como de antes lo estaba, viendo que su Sarrazino iba de pérdida. El cual, ya muy desconfiado de ganar, tomó una lanza y se puso en el puesto, y revolviendo como un ave, arrancó a toda furia, y en llegando a la sortija, le dio con la punta de la lanza en un lado, de modo que la derribó al suelo, y pasó adelante como un pasador. Y habiendo parado, luego los jueces le llamaron y le dijeron como había perdido, que prestase paciencia.

—Si ahora he perdido en la sortija —respondió el fuerte Sarrazino—, algún día seré de ganancia en verdadera escaramuza con lanza que tenga dos hierros; y lo que ahora pierdo, entonces lo cobraré.

Abenámar, que con él estaba amordazado, por lo que atrás habemos dicho, respondió que si por vía de escaramuza pensaba cobrar algo de lo perdido, que para luego era tarde, y que si no quería luego, que cuando le pareciese le diese aviso, que él cumpliría de justicia. Los jueces y padrinos se pusieron en medio y no consintieron que más en aquel caso se tratase.

Y ansí el fuerte Sarrazino y su padrino, con los demás caballeros, que le habían acompañado en la entrada, se salieron de la plaza, habiendo dejado perdido el retrato de la hermosa Galiana y la rica manga. Todo lo cual, al son de muchos menestriles y otros instrumentos, fue puesto a los pies del retrato de la hermosa Fátima, la cual no tenía poco contento, aunque no lo daba a entender. Muy descontento y melancólico salió el fuerte Sarrazino de la plaza, aunque bien acompañado de muy principales caballeros de la corte, por ser Sarrazino muy buen caballero y rico hombre por su persona, de mucho valor y esfuerzo.

CAPÍTULO DÉCIMO: EN QUE SE CUENTA EL FIN QUE TUVO EL JUEGO DE LA SORTIJA, Y EL DESAFÍO QUE PASÓ ENTRE EL MORO ALBAYALDOS Y EL MAESTRE DE CALATRAVA.

A HABÉIS OÍDO cómo el bravo Sarrazino salió de la plaza, lleno de enojo y coraje por haberle ido tan mal en el juego de la sortija, y en el haber perdido el retrato de su señora, que esto le llegaba al alma. Así, acompañado de todos aquellos caballeros que con él habían salido, llegó a su posada, y habiendo despedido toda la caballería que con él iba, se apeó del caballo, y poniendo mano a la cabeza, se quitó las sobreseñales y cimera y plumas, que muy ricas eran, y con una saña cruel, dio con todo en el suelo, y así mismo se quitó la librea, y la arrojó, y subiéndose a su aposento se dejó caer encima de una cama, tan lleno de ira, que parecía una cruel serpiente. Se comenzó a quejar de sí mismo y de su corta ventura, diciendo:

—Di, caballero bajo y ruin, de poco valor, ¿qué cuenta o qué descargo darás, a la hermosa Galiana, de su retrato y manga, perdido por tu poco valor? ¿Con qué cara osarás parecer ante ella? ¡Oh Mahoma traidor, perro pérfido engañador, y en el tiempo que habías de favorecer mis esperanzas me faltaste! Di, perro, falso profeta, ¿yo no te había prometido hacerte de oro todo, si me dabas victoria en tal jornada como ésta, y de quemar grande cantidad de incienso en tus arras? ¿Porqué, pérfido, me desamparaste? Pues vive Alá, don falso Mahoma, que por oprobio tuyo que me tengo de tornar cristiano. Porque es mejor su fe, que tu secta mala y llena de engaños, y esto yo lo cumpliré como caballero, y doquiera que oyere tu nombre he de blasfemar dél—. Estas y otras cosas decía el bravo Sarrazino, quejándose de su poca suerte y de Mahoma.

Pues si él estaba lleno de venenosa ira y saña, no menos estaba la hermosa Galia ., y muy bien se le echaba de ver la pasión que sentía en su alma. Mas como muy discreta, sabía disimular su pena, hablando con la reina y con las demás damas, las cuales la consolaban diciendo que no por que su caballero hubiese perdido su retrato, ella no estaba en toda su libertad; que se riese dello.

—Ninguna pena me da —decía la hermosa Galiana—, que esos negocios son de caballeros.

Mas aunque esto decía, otro le quedaba en el corazón. Y decía entre sí: «¡Ay caballero Abenámar, y cómo te has vengado a manos llenas de mi ingratitud! Pues ahora, con gloria tuya, mi retrato y manga labrada por mí, con tanta costa mía, lo entregarás a tu dama, quedando ella muy ufana, viéndose triunfadora por el valor de su caballero». Esto decía la hermosa Galiana entre sí, y no sin tanta pasión que sus ojos no diesen algún testimonio dello, siendo arrasados de agua. Su hermana Zelima, consolándola quedo, le decía que para qué hacía allí aquel sentimiento; que mirase la reina no lo sintiese. Galiana, disimulando lo más que pudo, se mostraba alegre y de buen semblante, enjuagando los ojos con un pañizuelo, al descuido.

Estando en esto, se oyó un ruido por la plaza, y, parando todos mientes en lo que seria, vieron cómo por la calle de Elvira entraba una muy grande serpiente, lanzando de sí mucho fuego. Tras della venían treinta caballeros, vestidos de una librea morada y blanca, con penachos de la misma color ellos y sus caballos, cuyas cubiertas y paramentos eran de lo mismo. En medio dellos venía un caballo sin caballero, con paramentos y guarniciones de brocado morado y blanco, con testura y penachos de lo mismo. Venía con ellos una concertada y sonora música de menestriles y dulzainas. La gran serpiente dio vuelta a toda la plaza, y enfrente de los miradores donde estaba el rey y la reina y toda la corte, la serpiente se paró, lanzando grandísimo fuego de sí, de mucha cohetería y piulas,[1] que daban muy grandísimos crujidos y estampidos. Toda la sierpe fue quemada y consumida; dejándose caer la media a un cabo, y la media a otra, pareció en medio della un caballero vestido de una librea de brocado morado y blanco, con muchos recamos de oro y tejidos de plata; el penacho era de plumas blancas y moradas. Con él estaban cuatro salvajes muy al natural, los cuales tenían una rica silla, guarnecida de

---

[1] *cohetería y piulas* sparking and popping

terciopelo morado, con toda la clavazón de oro, en la cual estaba el retrato de la hermosa Xarifa, el cual fue de todos luego conocido, y ansímismo el caballero ser el valeroso Abindarráez. El hermoso retrato de la dama venía adornado de un riquísimo atavío de brocado blanco y morado, todo recamado de fino oro, todo sembrado de muchos luceros de oro. El tocado no tenía precio. Estaba tan hermoso el retrato, que igualaba al natural.

El rey y la reina y todos los demás miraron a la hermosa Xarifa, que se había puesto muy colorada de una honesta vergüenza que sintió, y con aquella hermosa color aumentó en extremo su hermosura. La reina le dijo:

—Ahora, hermosa Xarifa, llegado ha la hora en que se ha de ver el valor de vuestro caballero y el de Abenámar, y ansí, ni más ni menos, cuál de los dos retratos queda con gloria de su vencimiento.

—Haga la suerte lo que quisiere —dijo Xarifa— y disponga a su gusto, que tan buen cara le haré a lo uno como a lo otro.

Con esto callaron, por ver lo que haría el valeroso Abencerraje, del cual se espantaron todos, viendo que él ni los cuatro salvajes, ni el hermoso retrato de Xarifa, el fuego de la gran serpiente no les había empecido cosa ninguna.

El valeroso caballero luego pidió su caballo, el cual le fue dado muy hermoso, todo blanco como la nieve, y en él subió como una ave, y fue dando una vuelta por toda la plaza, siendo acompañado de los caballeros que con él habían venido, llevando los cuatro salvajes en medio, con la hermosa y rica silla, y en ella puesto el hermoso retrato de Xarifa, con tanta hermosura, que admiraron a todos los que los miraban. Y en llegando a donde estaba el valeroso Abenámar, los cuatro salvajes se arrimaron a los dos carros que estaban junto del muy rico aparador de las joyas. Y levantando la hermosa silla en alto sobre sus hombros, porque su retrato fuese bien visto, se estuvieron quedos. El valeroso Abindarráez se llegó al mantenedor y le dijo:

—Valeroso caballero, si sois servido, con las condiciones puestas del juego corramos tres lanzas, que para eso soy venido.

—Para eso estoy aquí —dijo Abenámar—; corrámoslas en muy buena hora.

Y diciendo esto, tomó una lanza, que ya estaba a caballo, y se puso en la carrera, y en llegando al cabo, volvió su caballo con grande furia, y fue la carrera tan bien pasada, que el buen mantenedor llevó en su lanza la sortija, pasando por bajo de la cuerda como un rayo. Y luego, volviendo paso a paso, mandó que la sortija se tornase a poner en su lugar. Y siendo hecho, el valeroso Abindarráez, no espantado de aquéllo, fue servido de lanza, y pasando la carrera con muy buen continente y gallardía, al cabo volvió su caballo con tanta velocidad como un águila, y llevando su lanza bien puesta, en llegando a la sortija, también se la llevó como el mantenedor había hecho. La gente movió un gran ruido y vocería, mas luego se puso un grande silencio, para ver en qué pararían las otras dos lanzas. El mantenedor, enojado por tal acaecimiento, tornó a la carrera, y, arrancando con su caballo, así ni más ni menos se llevó en la lanza la sortija, como la primera vez. El fuerte Abindarráez, puesto en el fin de la carrera, volvió su caballo, y en llegando a la sortija, también se la llevó de vuelo. Grande grita se movió en la plaza, diciendo: «Hallado ha el mantenedor forma de su medida». Quien parara mientes a esta sazón en el gesto de Xarifa y Fátima, muy claro conociera estar llenas de temor, por lo que se aguardaba de la tercera lanza, y ninguna dellas quisiera que su caballero la perdiera por cuanto valía todo el mundo. Decían todos: «¡Oh santo Alá, y en qué ha de parar esto!» Luego cayó un profundo silencio, tanto como si persona viva no estuviera en la plaza.

Y el fuerte Abenámar, tomando otra lanza, se puso al cabo de la carrera, y muy de espacio, volviendo su caballo, le puso las espuelas, y, arrancando como un viento, se tornó a llevar la sortija, no con poca gloria suya y de la hermosa Fátima. La cual, viendo que el fin de las tres lanzas fue con tan buena suerte, mirando a Xarifa la vio de todo punto mudada su hermosa color, y, riéndose con una hermosa gracia, le dijo:

—Hermosa Xarifa, no hay para qué mudar de color tan presto, que aún le queda a vuestro caballero una lanza por correr, y ser podría sucedelle de suerte que no perdiese nada de su derecho.

—En duda pongo eso yo —dijo la reina—; grande maravilla sería si Abindarráez esta vez llevase la sortija.

Y parando mientes en lo que hacía el valiente Abindarráez, vieron cómo tomó una lanza, y, puesta al cabo de la carrera, dando un gran grito, arremetió su caballo, y así como un pasador disparado de una fuerte verga de acero, pasó la carrera. Mas su fortuna no fue tan buena como las otras dos veces, porque desta vez no se llevó la sortija, aunque la tocó con la punta de la lanza, y ansí pasó adelante. Luego sonaron los menestriles y música del mantenedor, mostrando grande alegría por la victoria. Los jueces llamaron a Abindarráez y le dijeron como había perdido. El cual, con alegre semblante, dijo que claro era que el uno de los dos había de perder, y que, pues Mahoma había querido que él fuese el perdidoso, que no había más que replicar en ello. Mas aunque el fuerte Abindarráez esto decía, otro le quedaba en su pecho, que no quisiera él haber perdido el retrato de su Xarifa por cuanto valía todo el mundo. Con esto, al son de mucha música, el retrato de Xarifa fue puesto a los pies del retrato de Fátima, junto con el de Galiana.

La reina, que junto de Xarifa estaba, riendo le dijo:

—Dime, amiga Xarifa, ¿recelas ahora que el retrato de Fátima venga a tus manos? ¿No te decía yo que a la fin se cantaba la gloria? Mira, pues, tu retrato a los pies del retrato de Fátima. ¿No sabes tú que Abenámar es uno de los buenos caballeros que hay en la corte, y que Abindarráez ni ningún otro se lo puede ganar? Pues aguarda un poco, que no pienses que estos dos retratos han de ser solos, que más ha de haber de los que tú piensas.

—Basta —dijo Xarifa—, que la ventura de Abindarráez ha sido corta en esto; mas consuélome que en otras ha sido larga.

Con esto el valeroso Abindarraéz se salió de la plaza, llevando consigo todos los de su guarda y los cuatro salvajes, mas antes que saliese, los jueces le mandaron llamar, porque habían tratado entre ellos que de invención y galán ganase joya. y siendo vuelto Abindarráez, los jueces le dijeron cómo había ganado joya de invención y de galán. Y luego uno de los jueces, que fue Abencarrax, Abencerraje, descolgó dos ajorcas de oro muy ricas y se las dio, las cuales valían doscientos ducados. El valeroso Abindarráez las tomó alegremente y las puso en la punta de la lanza al son de mucha música. Fue llevado a los miradores de las damas do estaba la reina, y llegando, haciendo el debido acatamiento, tendió la lanza hacia la hermosa Xarifa, su señora, y le dijo:

—Hermosa dama, do queda el original no me da mucha pena el ausencia del retrato. Ya yo hice lo que pude, fortuna me fue contraria, y esto no porque en vuestra hermosura haya punto de falta, sino que en mi poco valor estuvo el perderse vuestra justicia. De invención y galán se me ha dado esta joya, sed servida de recibilla, siquiera para memoria de que no supe defenderos.

La hermosa Xarifa, riendo con alegre rostro, tomó las ricas ajorcas diciendo:

—Con esto me contento, pues ha sido ganado por galán, que si mi retrato se perdió, vale que cayó en buenas manos, que lo tratarán bien.

La hermosa Fátima quisiera responder, mas no hubo lugar, porque entró en la plaza por la calle del Zacatín una grande peña tan naturalmente hecho como si fuera quitada de una sierra, toda cubierta de muchas y diversas yerbas y flores. Dentro de la peña se oían muchas diferencias de músicas, que gran contento daba a quien lo oía. Alrededor de la peña venían doce caballeros muy bien puestos, de una librea parda de brocado muy fino y muy bien labrado; los paramentos de los caballos eran de lo mismo. La tela estaba toda acuchillada de escaramuza, de unas cuchilladas grandes, y por ella se parecía un aforro verde de brocado que parecía extremadamente de bien. Todo iba lleno de lazadas de oro, tomadas las cuchilladas, y sin esto otros muchos recamos y lazos por muy buena orden puestos, y tanto, que daba de sí esta librea grandísimo contento. Sobre señales y penachos y testeras eran de plumas verdes y pardas de mucho valor. Muy atentos estuvieron todos en la peña para ver el fin de su aventura, la cual, así como llegó junto de los miradores del rey y de la reina, se paró, y luego, de los doce caballeros vieron cómo el uno se apeó de su caballo, y éste parecía el más dispuesto y gallardo y el que más ricamente venía aderezado. Y parando mientes todos en su persona, le conocieron ser el famoso Reduán. Todos holgaron mucho con su vista y con su galana invención, y parando mientes en lo que haría, vieron cómo puso mano a un hermoso alfanje, que llevaba damasquino, y con gentil aire y meneo se fue para la peña. Y apenas estuvo della tres pasos, cuando en la peña se abrió una grande puerta y por ella salía grande llamarada de fuego, y tanta, que al buen Reduán le convino retirarse dos o tres pasos atrás.

Siendo la llama del fuego consumida, por la misma puerta de la cueva salieron cuatro demonios muy feresticos y feos, cada uno con una bomba de fuego en las manos, y todos cuatro enbistieron al valeroso Reduán. Mas él, con su alfanje, dellos se defendía, y peleó tanto con ellos, que los encerró en la peña. Apenas fueron entrados, cuando salieron cuatro salvajes con sus mazas en las manos y comenzaron a pelear con el famoso Reduán y él con ellos, y al cabo de gran pieza fueron los salvajes vencidos, y por fuerza tornados a encerrar en la peña, y tras ellos el buen Reduán. Apenas hubo Reduán entrado dentro en la peña, cuando la gran puerta fue cerrada, y dentro se oyó grande estruendo y vocería; después mucha diversidad de música, que era gloria oírlas. Todas las gentes estaban elevadas y abobadas, viendo y oyendo cosas semejantes que aquéllas. No tardó mucho cuando la puerta de la peña se tornó a abrir, y por ella salió el valeroso Reduán, y tras dél los cuatro salvajes, los cuales traían entre todos cuatro un caracol riquísimo hecho en cuatro partes. El arco parecía todo de oro, y por él dos mil follajes y pinturas, y debajo puesta una silla de grande valor, la cual era toda de marfil blanco como una nieve, y en ella dos mil historias antiguas dibujadas y hechas de talla, y en la silla venía un retrato de una dama extremadamente hermosa, y de grande belleza, toda vestida de azul, de un brocado de un singular precio. Toda la ropa era cortada por gran concierto, aforrada de una rica seda naranjada, la cual se parecía por todas las cortaduras. Todos los golpes tomados con finos alamares de oro; el tocado era en supremo grado riquísimo, puesto a lo greciano; parecía tan bien, que a todos dejaba amartelados el retrato.

Fue luego conocido ser de la hermosa Lindaraxa, del linaje famoso de
los Abencerrajes. Tras los salvajes y la dama venían todos aquellos
que hacían la música, tañendo muy dulcemente. Tras esto venían los
demonios, puestos en una cadena, al parecer de plata.

Habiendo salido toda aquesta compañía de la hermosa y grande
peña, en un proviso comenzó la peña a disparar de sí grande cantidad
de fuego, del cual fue toda la peña consumida. Luego le fue dado un
poderoso caballo al buen Reduán, todo encubertado, como tenemos
dicho atrás, en el cual Reduán subió sin poner pie en estribo, y,
haciendo grande mesura al rey y a la reina, pasó dando vuelta a toda
la plaza hasta llegar adonde estaba el mantenedor. Y en llegando, el
bravo Reduán llegó suy caballo más hacia la tienda y dijo:

—Valeroso caballero, paréceme que la ley puesta en el juego es
correr tres lanzas, mas de parecer estoy, si vos gustáis dello, que no
corramos más de una, porque no cansemos en idas y venidas.

—Si vuestro gusto es —dijo Abenámar— correr sola una lanza,
también yo gusto dello.

Y diciendo esto, tomó una lanza y pasando con buen donaire por
toda ella. Al cabo volvió su caballo a toda furia, tan recio como un
viento, y el golpe que hizo no fue tal como pensaba, que entendió
llevarse la sortija, así como otras veces solía; mas no le avino así, que
dio un poco alto, en buena parte, y bien dificultosa de ganar. Pasó
adelante y volvió a su tienda con buen continente, aguardando que
corriese el contrario. El cual, habiendo tomado una lanza, con gallardo
donaire llegó al cabo de la carrera, y, volviendo así como un
pensamiento, llegó do la sortija estaba. Mas al tiempo de ejecutar el
golpe, fue más desgraciado que galán, porque la erró por alto, y,
habiendo pasado luego, volvió con buen semblante diciendo:

—Tan desdichado soy en lo uno como en lo otro; no puede más de
pesarme.

—Vos habéis perdido —dijeron los jueces—, mas de invención y
gallardo llevaréis una joya luego.

Luego le fueron dadas unas arracadas turquescas de fino oro y de
grande obra, que valían doscientas doblas, y esto fue al son de mucha
música, que se tocaba de todas partes. Y el arco triunfal, de cuatro
partes hecho, y silla y retrato de la hermosa Lindaraxa, fue puesto a
los pies del retrato de la hermosa Fátima, que no poco alegre y
contenta estaba con la buena ventura de su caballero, y con harta
envidia de Galiana y Xarifa, en la cual se estaban deshaciendo.

Reduán, disimulando el pesar de sus entrañas, tomó las arracadas,
y puestas en la punta de la lanza, siendo acompañado de muchos
caballeros y música, lo llevaron a los miradores de las damas donde
estaba la hermosa Lindaraxa, y, alargando la lanza, le dijo:

—Vuesa merced sea servida de recibir este pequeño servicio, aunque harto caro me cuesta. Pero no mirando mi poca suerte, en lo que toca al juego de la sortija, sois, señora, obligada, respecto lo mucho que yo os deseo servir, a recibir el pequeño presente que los jueces me han dado; no porque yo lo mereciese, sino entendiendo que tuve los pensamientos altos en ser vuestro caballero. Recibid las joyas por vos ganadas en el juego de la sortija.

—Uso es de damas —respondió la hermosa Lindaraxa— sólo por no ser mal mirada; y como lo que digo sea costumbre, por eso las recibo. Pero habéis de saber, señor Reduán, que me ha pesado mucho en que vos, sin consentimiento mío, así halláis sacado mi retrato. Y si lo habéis perdido, yo no lo doy por perdido, pues no hay consentimiento mío de por medio, y sabéis que no reconozco ninguna ventaja en cosa ninguna a Fátima, aunque sea del linaje de los Zegríes, porque yo ya se sabe que soy Abencerraje. De modo, Reduán, que yo muy libre me hallo de vuestra pérdida—. Y diciendo esto, tomó las joyas de la punta de la lanza, haciéndole el acatamiento que una dama suele en tales casos hacer a un caballero.

Reduán quisiera replicar a la hermosa dama, mas no tuvo lugar, porque entró en la plaza una muy hermosa galera, tan bien hecha y tan bien puesta como si anduviera por el agua, toda llena de ricas flámulas y gallardetes morados y verdes, todos de brocado muy fino, toda la flocadura de muy subido valor. La chusma de la galera venía con sus armillas por cuarteles puestas, los unos de damasco morado, los otros de damasco verde. Toda la palamenta, y árboles, y entenas, parecían ser hechos de fina plata, y toda la obra de popa, de fino oro, con un tendalete de brocado encarnado, sembrado de muchas estrellas de oro, y asímismo era la vela del bastardo y trinquete; las cuales venían tendidas con tanta majestad y pompa, que jamás se vio galera de príncipe de mar que tan rica y vistosa fuese. Traía tres fanales riquísimos que parecían ser de oro. La divisa de la galera era un salvaje que desquijalaba un león, señal y divisa de los claros Abencerrajes. Todos los marineros y proeles venían vestidos de damasco rojo, con muchos tejidos y guarniciones de oro; toda la jarcia, de fina seda morada. En el espolón venía puesto un mundo, hecho de cristal muy rico, y en torno una faja de oro, en la cual había unas letras que decían: «Todo es poco». Bravo blasón, y solamente digno que el famoso Alejandro o César le pusieran; aunque después por él les vino grande y notable daño a todos los del linaje claro de los Abencerrajes, del cual venían dentro de la galera treinta caballeros mancebos Abencerrajes, muy galanamente puestos de libreas de brocado encarnado, todas hechas de ríquisima obra de tejidos y recamos de oro. Los penachos eran encarnados y azules, poblados de mucha argentería de oro, cosa brava de ver. Por capitán de todos venía un caballero llamado Albín Hamete, de mucho valor y rico. Venía arrimado al estanterol de la galera, el cual estanterol parecía de oro fino.

Desta manera entró en la plaza la muy rica y bizarra galera, con mucha música de chirimías y clarines, tan suave, que se elevaban los entendimientos. El ingenio con que navegaba la galera era extraño y de grandísma costa, que parecía que iba en el aire, parecía bogar; de cinco en cinco, las velas, todas tendidas, de modo que iba a remo y vela, con tanta gallardía, que era cosa de grande admiración. Y en llegando enfrente de los miradores reales, la galera disparó el cañón de crujía y las demás piezas que llevaba, con tanta furia que parecía hundirse toda la ciudad de Granada. Acabada el artillería gruesa, luego doscientos tiradores que venían dentro de la galera dispararon mucha escopetería, con tanto estruendo y ruido, que no se veían los unos a los otros. Toda la plaza estaba oscura, por la mucha humareda de la pólvora. Así como la galera hizo su salva, respondió toda la artillería de la· Alhambra y Torres Bermejas, que así estaba ello concertado. Todo el mundo parecía hundirse. Grandísimo contento dio a todos tan bravo espectáculo y ruido, y así dijo el rey que no se había hecho mejor entrada que aquélla.

De mortal rabia y envidia ardían los Zegríes y Gomeles, en ver que los Abencerrajes hubiesen hecho semejante grandeza como aquella de aquella galera. Y así un Zegrí le dijo al rey:

—No sé dónde han de parar los pensamientos deste linaje, destos caballeros Abencerrajes y sus pretensiones, que tan altos andan que casi van oscureciendo las cosas de vuestra casa real.

—Antes no tenéis razón —dijo el rey—, que mientras más honrados y valerosos caballeros tiene un rey, más honrado y en más es tenido un rey; y estos caballeros Abencerrajes, como son claros de linaje y de casta de reyes, se extreman en todas sus cosas, y hacen muy bien.

—Bueno fuera —dijo un caballero de los Gomeles— si sus cosas fueran enderezadas a un llano y buen fin, mas pasan por muy alto sus pensamientos. Hasta ahora no han parado en ningún malo, ni dellos se puede presumir cosa que mala sea, porque todas sus cosas se arriman a demasiada virtud.

Con esto se puso fin a la plática, aunque los Gomeles querían pasar adelante con dañada intención contra los Abencerrajes, mas porque la galera se movió, paró su intento. La galera, acabado de jugar su artillería, dio vuelta por toda la plaza, con tanto contento de todas las damas, que no pudo ser más, porque todos los caballeros fueron conocidos ser Abencerrajes, de cuyas proezas y fama estaba el mundo lleno. Llegada la galera junto del mantenedor, todos los treinta caballeros saltaron en tierra, donde les fueron dados muy poderosos caballos, todos encubertados del mismo brocado encarnado, y adornados de grandes penachos y testeras riquísimas. Apenas los treinta caballeros salieron de la galera, cuando ella, haciendo ciaescurre, al son de su rica música, y disparando toda su artillería, se salió de la plaza; y a ella, respondiendo el Alhambra, dejó a todos embobados y llenos de contento.

Ahora será bueno volver al famoso Reduán y Abindarráez, que todavía habían estado en la plaza por ver lo que pasaba. Reduán muy descontento y triste por lo que Lindaraxa le había dicho, habiéndose encontrado con Abindarráez, le dijo desta manera:

—¡Oh mil veces Abindarráez bien afortunado, que vives contento con saber que tu señora Xarifa te ama, que es el mayor bien que puedes tener! Y yo cien mil veces mal afortunado, pues claramente sé que a quien amo no me ama, ni me estima, y hoy en este día muy agriamente me ha despedido y desengañado.

—Sepamos—dijo Abindarráez—quién es la dama a quien estás rendido tan de veras, y tan poco conocimiento tiene de tu valor.

—Es tu prima Lindaraxa—respondió Reduán.

—Pues ¿no ves que vas muy engañado, que ella ama a Hamete Gazul, por ser bizarro y gentil caballero? Da orden de olvidarla y no pienses más en ella, porque sabrás que será tu cuidado perdido, y no has de sacar fruto dello—dijo Abindarráez—no porque no llevas brava insignia de tu pasión, y muy bien lo has publicado; mas no hay de qué hacer caso de mujeres, que muy brevemente vuelve la veleta a todos vientos.

Esto decía Abindarráez sonriéndose, y decía verdad, que Reduán sacó aquel día una muy avisada insignia de su pena, que era el monte Mongibel,[2] ardiendo en vivas llamas, muy al natural dibujado, con una letra que decía: «Mayor está en mi alma».

Reduán viendo que Abindarráez se sonreía, dijo:

—Bien parece, Abindarráez, que vives contento; quédate a Dios, que no puedo sufrir más la pena de mi dolor, y nada me da contento—. Y diciendo esto, picó a priesa y salió de la plaza él y sus caballeros; lo mismo hizo Abindarráez, despidiéndose de su Xarifa.

Los treinta caballeros de la galera, ya puestos en orden para la sortija, el capitán dellos llegó al mantenedor y le dijo:

—Señor caballero, aquí no traemos retratos de damas para poner

---

[2] *Mongibel(o)* Sicilian name of the volcano Mt. Etna

en competencia; sólo queremos correr cada uno de nosotros una lanza, como es uso y costumbre de caballeros.

Abenámar dijo que él gustaba dello.

Y ansí, por evitar prolijidad, todos los treinta Abencerrajes corrieron cada uno una lanza muy gallardamente, y tan bien, que al mantenedor le fue desta vez muy mal, porque todos los treinta caballeros le ganaron joya, las cuales les fueron dadas, y los caballeros, al son de mucha música de menestriles, les fueron dando y repartiendo por todas las damas a quien ellos servían. Hecho esto, con muy gentil aire, entre todos hicieron una trabada y gallarda escaramuza y caracol, con lanzas y adargas, que para aquel caso habían proveído. Y así, escaramuzando, se salieron de la plaza, dejando a todos muy contentos. Apenas hubieron salido, cuando entró en la plaza un muy hermoso castillo, disparando mucha artillería, todo lleno de banderas y pendones. Dentro se oía mucha y muy dulce melodía de diversos instrumentos de música. Encima de la torre del homenaje venía puesto el fiero y sangriento Marte, armado de unas armas muy ricas. En la mano derecha traía un estoque dorado muy rico, y en la otra mano, un pendón de brocado verde, con unas letras de oro en él muy talladas, que decían:

> Quien del humor sangriento gusta, y baña
> el acerado hierro y temple duro,
> con inmortal renombre, que no daña,
> se queda eternizando un bien futuro.
> Del Gange al Nilo y lo que ciñe España,
> de Polifemo el padre tan oscuro,
> de fama queda lleno, pues de Marte
> conviene que se siga el estandarte.

Esta letra llevaba el dios Marte en su pendón, dando a entender que el valor de las armas es inmortal, y por él se alcanza inmortal renombre y gloria. Todos los demás pendones del hermoso castillo eran de brocado de diversas colores. Los de la una parte eran de brocado verde, con flecos y cordones morados, muy ricamente hechos. Estos pendones verdes eran ocho, todos tenían una misma letra, que decía ansí:

> No es muerte la que por ella
> se alcanza gloria crecida,
> sino vida esclarecida.

De la otra parte de castillo contrario de los ocho pendones verdes, había otros ocho pendones de damasco azul muy ricos, con la flocadura y cordones de oro muy fino. Tenían todos una misma letra, que decía ansí:

> Cante la fama las glorias
> de Granada, pues son tales
> que se hacen inmortales.

En el otro lienzo del castillo había puestos otros ocho pendones de brocado encarnado, con la flocadura de oro muy fino y cordones. Los pendones eran de muy gran precio y de muy hermosa vista, con una letra todos de una misma suerte, que decía ansí:

> La verdadera nobleza
> está en seguir la virtud;
> si acompaña rectitud
> gana renombre de alteza.

En el cuarto y último lienzo del hermoso castillo había otros ocho pendones muy riquísimos, de brocado morado, con flecos de oro y cordones, todos sembrados de medias lunas de plata, que era cosa hermosa de ver. Todos tenían una misma letra, que decía:

> Toque la famosa trompa
> y todo silencio rompa,
> publicando la grandeza
> desta nuestra fortaleza
> que sale con tanta pompa.

Si rica y hermosa entró la galera, no menos rico y hermoso entró este castillo. No sabía nadie atinar de qué fuese fabricado, sólo que parecía todo de oro, con mil labores y follajes y otras muchas historias, y con aquellos treinta y dos pendones tan ricos, hacía un bravo y vistoso espectáculo. Disparaba mucha artillería, sonaba dentro mucha y dulce música de dulzainas y menestriles y trompetas bastardas y trompetas ítalianas, que era cosa de oír. Anduvo este castillo hasta ponerse en medio de la plaza, y allí paró. Venían tras del castillo muchos caballeros, todos vestidos de muy ricas libreas, los cuales traían de diestro treinta y dos caballos muy ricamente adornados de paramentos de brocado de diversas colores, como adelante diremos. Pues habiendo parado el castillo en medio de la plaza, vieron que por la una parte, donde estaban los pendones de brocado verde, se abrió una grande puerta; y sin ésta, el castillo tenía otras tres tan ocultas, que no se divisaban, y cada puerta estaba a la parte de los pendones.

Pues siendo abierta la primera puerta de los pendones verdes, por ella salieron ocho caballeros muy ricamente aderezados, con libreas del mismo brocado de los pendones, con ricos penachos verdes. A estos caballeros, luego les fueron dados ocho caballos muy poderosos, todos en cubertados de brocado verde; los penachos de las testeras eran ansí mismo verdes. Los caballeros subieron en los caballos, sin

poner pie en los estribos, los cuales luego fueron conocidos ser
caballeros Zegríes, todos de mucho valor y ricos, y todos holgaron
con su vista, por ser muy buenos caballeros y muy diestros en la
caballería. Los Zegríes se llegaron al mantenedor, y le dijeron:

—Señor caballero, aquí somos venidos ocho caballeros aventureros, a probar vuestro valor en la carrera de la sortija; sed contentos
que corramos cada uno una lanza.

—De muy buena voluntad— dijo Abenamar—, que para esto estoy
aquí, aunque no venís conforme el pregón del juego de mi sortija.

Y diciendo esto tomó una lanza y se fue al cabo de la carrera y la
pasó muy gallardamente. Un caballero Zegrí corrió, mas no ganó joya.
Finalmente, de ocho caballeros que eran, los cinco dellos ganaron
joyas, y los tres no, por su descuido; los que las ganaron, al son de
mucha música, dieron a sus damas sus joyas. Luego todos ocho
fueron al castillo y se apearon de sus caballos y los dieron a quienes
los había traído, y ellos se entraron por la misma puerta que habían
salido, siendo recibidos con grande música y mucha artillería, que
disparaba el castillo.

En acabando de entrar los ocho caballeros verdes, luego fue
abierta la puerta de los pendones azules, y por ella salieron otros ocho
caballeros, muy gallardos, vestidos de libreas de damasco azul,
sembradas de muchas estrellas de oro, los penachos así mismo azules,
llenos de argentería de oro fino. Luego fueron los ocho caballeros
azules conocidos ser Gomeles; parecían tan bien que daban de sí
grande contento a todos los que los miraban. Luego fueron servidos
de ocho ricos caballos, encubertados de brocado azul, conforme a las
libreas; las testeras y penachos, de muy ricas plumas azules
adornadas. Estando a caballo, todos fueron a do estaba el mantenedor,
y todos corrieron cada uno una lanza, como hicieron los otros
caballeros verdes. Y de todos ocho no ganaron más de tres joyas, y
dadas a sus damas, se metieron en su castillo con la misma majestad
que los otros. Estos caballeros azules, entrados en su castillo, luego
salieron otros ocho caballeros por la puerta donde estaban los
pendones de brocado morado, y así mismo de aquella tela tan rica y
costosa, los ocho caballeros, adornados con penachos morados. Luego
fueron servidos de sus caballos, los cuales estaban emparamentados
de lo mismo, que era una cosa hermosa de mirar esta librea morada,
rica y costosa. Pues llegados los morados caballeros a la carrera, por la
misma orden de los otros corrieron y ganaron siete joyas, las cuales
siendo repartidas al son de mucha música a sus damas, se tornaron a
su castillo. Estos caballeros eran Vanegas, varones muy principales y
ricos, y en Granada muy señalados en todo y por todo.

Luego, por la última puerta de los pendones encarnados, salieron
otros ocho caballeros con libreas encarnadas, del mismo brocado, y

penachos encarnados llenos de muy rica argentería de oro. Los caballos que les dieron venían emparamentados del mismo brocado. Estos ocho caballeros eran Mazas muy principales. Grande contento dio esta librea encarnada al rey y a todos los demás que la miraban. También estos caballeros encarnados corrieron cada uno la lanza, y todos ocho ganaron joya, con grande contento de todos los circunstantes. El rey también holgó mucho dello, que le pesara si alguno perdiera lanza. Dadas las ganadas joyas a sus damas, con grande contento se metieron en su castillo. Apenas hubieron entrado, cuando dentro del castillo se oyó gran música de chirimías y dulzainas. Acabada esta música, se oyeron trompetas, que tocaban a cabalgar. Al punto, en cada una de las cuatro puertas, parecieron ocho caballeros con ocho lanzas y ocho adargas muy hermosas. Las puertas del castillo todas fueron abiertas, y por cada una salieron los mismos caballeros que salieron de antes. Y subiendo cada uno en su caballo, se juntaron todos treinta y dos caballeros, y entre todos hicieron una muy galana entrada y escaramuza. La cual siendo acabada, los caballeros fueron repartidos en cuatro cuadrillas, y en un punto fueron todos de cañas servidos, y comenzaron a jugar muy hermosa y galanamente un trabado juego de cañas. El cual siendo acabado, haciendo un muy hermoso caracol, se salieron de la plaza; también se salió el hermoso castillo, sonando en él siempre gran música y artillería, dejando a todos muy contentos de su braveza y riqueza. Y decían todos, que si la galera había entrado bien, no menos que ella había entrado el castillo, ni menos contento había dado.

De muchos caballeros que estaban con el rey tratando lo bien que el castillo lo había hecho, uno del linaje de los Zegríes dijo:

—Por Mahoma juro, que tengo grande contento, porque los Zegríes y Gomeles han sacado tan buena invención, porque con ella han hecho brava punta a los caballeros Abencerrajes, y a no haber salido el castillo tan bueno, no hubiera quien con los Abencerrajes se averiguara, según de altivos pensamientos estaban adornados. Mas, a lo menos, desta vez entenderán que los Zegríes y los Gomeles son caballeros y tienen partes tan subidas de punto como ellos.

Un caballero de los Abencerrajes, que allí junto del rey estaba, respondió:

—Por cierto, señor Zegrí, que en lo que habéis hablado no tenéis ninguna razón. Porque los Abencerrajes son caballeros tan modestos, que por próspera fortuna que tengan no se alzan, ni por adversa que la tengan se abajan; siempre se están de un ser, y siempre viven de una manera con todos, siendo afables con los pobres, magnánimos con los ricos, amigos sin doblez ni maraña ninguna. Y así hallaréis en Granada y en todo su reino, que no hay Abencerraje mal quisto, ni de nadie mal querido, si no son de vosotros los Zegríes y Gomeles. Y sin haber porqué, ha muchos días que les odiáis y les sois odiosos.

—¿No os parece—respondió el Zegrí—que hay razón bastante para ello, pues en el juego de las cañas mataron la cabeza de los Zegríes?

—¿Pues no os parece a vos—respondió el Abencerraje—que los Abencerrajes tuvieron mucha razón, pues todos los Zegríes salieron con mano armada, vestidos fuertes cotas y fuertes jacos para ofendellos y matarlos, y por cañas arrojábades blandientes varas de fresno de dos cuestas, en ellas engastados finos y damasquinos hierros, de muy duros temples, con filos muy penetrantes, de tal modo, que no había adarga de Fez, por fina y fuerte que fuese, que no la pasase ansí como si fueran hechas de muy débiles y flacos cartones? Y si no digo la verdad, dígalo el Malique Alabez. Que ni le bastó el adarga fina, ni la jacerina fuerte, que el brazo no fuese pasado de una parte a otra. Así que manifiestamente se ha parecido estar en los Zegríes la culpa del negocio. Y aún no contentos con esto, siempre odiáis y malqueréis los Abencerrajes, y les buscáis mil modos de calumnias.

—Pues que ansí culpáis a los Zegríes—respondió el Zegrí—, y decís que ellos fueron agresores de la traición, ¿a qué causa el Malique Alabez iba armado y llevaba jacerina? ¡Oh Mahoma! dígase la verdad.

—Yo os la diré— dijo el Abencerraje. —Habéis de saber, que uno de vuestra cuadrilla le dio aviso de lo que todos teníades concertado, y si fuera lícito a caballeros, yo os dijera quién dio el aviso; pero no lo siendo, no quiera Mahoma que yo diga quién es. Y el Malique fue tan buen caballero, que ya sabía del mal que contra él se conjuraba, no dio parte a los caballeros Abencerrajes, hasta tanto que se vio mal herido, de donde resultó la barahunda pasada, y el Malique quedó muy bien vengado.

—Si quedó bien vengado, querrá Alá santo que lo pague—dijo el Zegrí—algún día.

Muchos caballeros Alabeces que allí estaban con el rey, mostrando muy mal semblante, quisieron responder al Zegrí, mas el rey, que atento había estado a las razones pasadas, viendo la alteración que se movía y los muchos caballeros que había de ambos bandos, les mandó callar, poniéndoles pena de la vida si más allí hablasen. Y así callaron todos, quedando mal enojados los Alabeces y Abencerrajes contra los Zegríes y Gomeles que allí había, y con pensamiento de se vengar los unos de los otros.

Estando en esto, entró en la plaza un carro muy hermoso y muy rico, más que ninguno de los que hasta allí habían entrado. Parecía todo de muy fino oro de martillo, en cada banda dibujadas todas aquellas cosas que habían pasado desde la fundación de Granada hasta la hora que estaba, y todos los reyes y califas que la habían gobernado; cosa de grande admiración. Sonaba dentro del carro muy hermosa y dulce música de todos instrumentos. Encima del hermoso y rico carro venía una grande nube, por tan sutil ingenio puesta, que nadie alcanzaba el cómo venía. Venía tan al natural, que parecía que la traía el aire. Echaba de sí infinidad de truenos y relámpagos, que su braveza ponía terror y espanto a quien la miraba. Tras esto, llovía una muy menuda gragea de anís, por tal concierto, que a todos ponía espanto. Toda la plaza anduvo desta manera, y luego, como fue junto de los reales miradores, sutil y muy delicadamente y con gran presteza, la grande nube fue abierta en ocho partes, descubriendo dentro un cielo azul muy hermosísimo adornado de muchas estrellas de oro muy relucientes y hermosas. Estaba puesto por su arte un mahoma, de oro muy rico, sentado en una muy rica silla, el cual tenía en las manos una hermosa corona de oro, que la ponía sobre la cabeza de un retrato de una dama mora, en extremo hermosa, la cual mostraba traer sus cabellos sueltos como hebras de oro. Venía vestida de brocado morado muy rico, toda la ropa acuchillada por su orden, de modo que se parecía un aforro de brocado blanco por dentro. Todos los golpes venían tomados con unos broches de finos rubís y diamantes y esmeraldas. La dama luego fue conocida de todos ser la hermosa Cohayda.

A la par della, un grada más bajo, venía sentado un gallardo caballero, vestido de la misma librea de la dama, de brocado morado y blanco, y plumas moradas y blancas, con mucha argentería de oro. Venía puesto al cuello una larga cadena de oro, y el remate della puesto en la mano del hermoso retrato de Cohayda, de modo que parecía venir preso. Conocido fue luego también el caballero ser el famoso Malique Alabez, que siendo sano de las grandes heridas que había recibido, en la Vega, del valeroso don Manuel Ponce de León, quiso hallarse en estas fiestas de tanta fama, y poner en condición el retrato de su señora, confiado en la destreza de su brazo y valor de su persona. Luego, al son de mucha música, le fue quitada la cadena del cuello, y por ciertas gradas bajó de lo alto del carro, y a poco pieza le vieron salir a caballo por una puerta grande que el carro secreta tenía. El caballo era poderoso, que era aquel del famoso don Manuel Ponce de León, que ya habéis oído cómo los caballos se trocaron. Salía el caballo todo encubertado del mismo brocado morado y blanco, testera y penachos de la misma color. Grande contento dio a todos en verlo, por ser muy gentil y gallardo caballero, y de mucho valor. Todos decían: «Grandes lanzas se han de correr ahora, porque Alabez es muy diestro y valiente». El cual se fue delante de su carro, poco a poco y muy de espacio, por ser bien visto de todos. Y en llegando adonde estaba el buen Abenámar, le dijo:

—Caballero, si os agrada, corramos, conforme a la condición de vuestro juego, tres lanzas; que aquí traigo este retrato, que si me lo ganáis, lo podréis poner con los demás que habéis ganado.

—Deso soy yo muy contento—respondió Abenámar.

Y diciendo esto, tomó una gruesa lanza y corrió su carrera, de modo que se llevó el argolla de paso. El buen Alabez corrió e hizo lo mismo. Todas tres lanzas se corrieron, y todas las veces que corrieron, se llevaron el argolla. Grande ruido se movió entre la gente, diciendo: «Encontrado ha Abenámar lo que había menester. Bravo caballero es el Malique y de gran destreza, pues no ha perdido lanza; por cierto que es digno que se le dé muy buena joya».

En este tiempo los jueces habían consultado, que los dos retratos, el de Abenámar y el de Malique Alabez, se pusiesen juntos igualmente, pues que sus caballeros eran también iguales. Y que al Malique se le diese una rica joya de sutil invención, por su valor haber sido tan bueno. Y para esto llamaron al Malique y se lo dijeron. A lo cual respondió que su retrato él se lo quería llevar consigo, que viesen si había otra cosa más que hacer. Los jueces respondieron que no. Y levantándose uno dellos, quitó del aparador una joya muy rica, que era una pequeña navecilla de oro con todos sus aderezos, sin que le faltase cosa alguna, y se la dio al Malique, el cual la tomó y al son de mucha música, dio vuelta por la plaza, y en llegando adonde estaba Cohayda, su dama, que estaba en compañía de la reina, le dio la rica nave, aunque pequeña, diciendo:

—Tome vuesa merced esa nave, que aunque pequeña, sus velas son grandes, porque se llenan de esperanza.

La hermosa dama la tomó, haciéndole aquella mesura que era obligada. La reina tomó la nave en sus manos, y la miró muy de espacio, y dijo:

—Por cierto que es muy rica vuestra nave, y que si las velas della las lleva la esperanza, ella y vos haréis buen puerto en compañía de tan buen piloto como es el Malique.

La hermosa Cohayda calló, llena de verguenza, parándose muy encendida de color.

El Malique se fue a su carro, donde siéndole la puerta abierta, así a caballo como estaba, se metió dentro, habiendo hecho grande mesura al rey y a todas las damas y caballeros. Y subiendo a lo alto dél, se sentó en su silla, como antes estaba. Y al son de muy dulce música, le fue puesta la cadena al cuello, así como la trajo. Y apenas le fue puesta, cuando la gran nube se cerró como de antes, comenzando a echar de sí grandes truenos y relámpagos y rayos, con grandes estampidos, llenando de fuego toda la plaza, poniendo grande terror y espanto en toda la gente. Desta manera el rico carro y nube se salió de la plaza, dejando a todos muy espantados de tal aventura, y muy contentos de tan buena entrada como había hecho. El rey dijo a los demás caballeros:

—Por Mahoma juro, que de todas las invenciones que hoy han entrado en la plaza, ninguna espero ver mejor que ésta ni tal.

Todos los caballeros la loaron por muy buena y de mucha sutileza y gasto.

En estando la nube fuera de la plaza, al punto entraron cuatro cuadrillas de caballeros muy bizarros y galanes, y todos de muy ricas libreas vestidos. La una cuadrilla, que era de seis caballeros, venía de librea rosada y amarilla, de finísimos brocados; los paramentos de los caballos, de la misma manera, con plumas y penachos de la misma color. La otra cuadrilla, que era de otros seis, venía adornada de una vistosa librea de brocado verde y rojo, en extremo rica y costosa. Los caballos venían de lo mismo, y las plumas, de la misma color. La tercera cuadrilla venía de librea azul y blanco, de unos brocados riquísimos, toda recamada de muchos recamos de plata y de oro. Los caballos venían adornados de lo mismo, y los penachos, de los mismos colores, y mucha argentería de fino oro, cosa muy vistosa y gallarda. En la cuarta y última cuadrilla venían otros seis caballeros, de librea naranjada y morada, de brocados finísimos, con muchos lazos y recamos de oro y plata; los caballos encubertados de los mismos brocados, y plumas naranjadas y moradas, de tanta vista y gala, que era cosa de ver su hermosura.

Todos estos veinte y cuatro caballeros entraron con lanzas y adargas, en las lanzas sus pendoncillos de la misma color de sus libreas. Y entre todos comenzaron un muy hermoso caracol, tan bien hecho y revuelto, como se podía hacer en el mundo. El caracol acabado, hicieron una brava escaramuza doce a doce, muy revuelta y reñida, así como si fuera y pasara en verdad. La escaramuza pasada, dejaron las lanzas y fueron brevemente proveídos de cañas; los cuales, los caballeros, jugaron muy hermosa y diestramente, puestos en cuatro cuadrillas, seis a seis. Jugaron tan bien, que a todos daban grandísimo contento. El juego acabado, todos por su orden fueron pasando por delante los miradores del rey, haciéndole su acatamiento debido, y asimismo a la reina y a las demás damas. Habiendo pasado, se llegaron al mantenedor y pidieron si quería correr con cada uno una lanza. El buen Abenámar respondió que sí, de muy buena voluntad. Finalmente, todos veinte y cuatro caballeros corrieron cada uno una lanza. Y de todos ellos se ganaron quince joyas, las cuales, habiéndolas dado a sus damas al son de mucha música de añafiles, por la misma

orden que entraron en la plaza se salieron della, dejando al rey y
todos los demás muy contentos de su bizarría y gallardía.

Ahora es bien que sepáis quién eran estos valerosos y gallardos
caballeros, que será mucha razón decir quién eran y de qué linajes. La
una cuadrilla eran Azarques, y la otra, Sarrazinos; la tercera, Alarifes;
la cuarta cuadrilla eran Aliatares: todos gente principal y rica y de
mucho valor. Los antepasados destos caballeros, abuelos y bisabuelos,
fueron vecinos de Toledo, y allí pobladores y gente en mucho tenida,
y florecían en Toledo estos claros linajes en tiempo del rey Galafio,
que reinó en Toledo. Este tenía un hermano, que era rey de un lugar
que se decía Bilchid, junto a Zaragoza, en Aragón, al cual le llamaban
Zayde, y éste tenía grandes competencias y guerras con un bravo
moro llamado Atarfe, deudo muy cercano del rey de Granada. y
habiendo hecho paces entre Zayde, rey de Bilchid, y el moro Atarfe,
granadino, el rey de Toledo hizo una muy solemne fiesta, en la cual se
corrieron toros y se jugaron cañas. Y quien jugó las cañas fueron
estos cuatro linajes de caballeros, Sarrazinos, Alarifes, y Azarques, y
Aliatares, abuelos de los caballeros aquí nombrados en este juego de
sortija. Dicen otros, que las fiestas que el rey de Toledo hizo no
fueron sino por dar contento a una dama muy hermosa, llamada
Zelindaxa, y para ello tomó por achaque las paces que Zayde su
hermano hizo con el granadino Atarfe. Séase por lo que se fuere, que
al fin ellas se hicieron como está dicho, y estos caballeros eran de
aquella prosapia y sangre de aquellos cuatros linajes nombrados. La
causa de vivir en Granada éstos fue, que, como se perdío Toledo, se
retiraron a Granada, y allí quedaron vecinos por su valor y nobleza. Y
de aquellas fiestas ya dichas, y de aquel juego de cañas que se hizo en
Toledo, quedó grande memoria, por ser las fiestas notables de buenas,
y por ellas se dijo aquel romance que dice:

> Ocho a ocho, diez a diez,
> Sarrazinos y Aliatares,
> juegan cañas en Toledo
> contra Alarifes y Azarques.
> Publicó fiestas el rey
> por las ya juradas paces
> de Zayde, rey de Belchite,
> y del granadino Atarfe.
> Otros dicen que estas fiestas
> sirvieron al rey de achaques
> y que Zelindaxa ordena
> sus fiestas y sus pesares.
> Entraron los Sarrazinos
> en caballos alazanes,

de naranjado y de verde
marlotas y capellares.
En las adargas traían
por empresas sus alfanges,
hechos arcos de Cupido,
y por letra, fuego y sangre.
Iguales en las parejas
les siguen los Aliatares
con encarnadas libreas,
llenas de blancos follajes.
Llevan por divisa un cielo
sobre los hombros de Atlante,
y un mote que así decía:
«Tendrélo hasta que canse».
Los Alarifes siguieron,
muy costosos y galanes,
de encarnado y amarillo
y por mangas almaizales.
Era su divisa un ñudo
que le deshace un salvaje,
y un mote sobre el bastón
en que dice: «Fuerzas valen».
Los ocho Azarques siguieron
más que todos arrogantes,
de azul, morado y pajizo
y unas hojas por plumajes.
Sacaron adargas verdes
y un cielo azul en que se asen
dos manos, y el mote dice:
«En lo verde todo cabe».
No pudo sufrir el rey
que a los ojos le mostrasen
burladas sus diligencias
y su pensamiento en balde.
Y mirando a la cuadrilla
le dijo a Selín, su alcaide:
—Aquel sol yo lo pondré
pues contra mis ojos sale.
Azar, que tira bohordos
que se pierden por el aire,
sin que conozca la vista
a do suben ni a do caen.
Como en ventanas comunes,
las damas particulares
sacan el cuerpo por verle,
las de los andamios reales.
Si se adarga o se retira,

del mitad del vulgo sale
un gritar: «¡Alá te guíe!»
y del rey un «¡Muera, dalde!»
Zelindaxa, sin respeto,
al pasar, por rocialle,
un pomo de agua vertía,
y el rey gritó: «¡Paren, paren!»
Creyeron todos que el juego
paraba por ser ya tarde,
y repite el rey celoso:
—¡Prendan al traidor de Azarque!
Las dos primeras cuadrillas,
dejando cañas aparte,
piden lanzas, y ligeros,
a prender al moro salen,
que no hay quien baste
contra la voluntad de un rey amante.
Las otras dos resistían,
si no les dijera Azarque:
—Aunque amor no guarda leyes,
hoy es justo que las guarde.
Riendan lanzas mis amigos,
mis contrarios lanzas alcen
y con lástima y victoria
lloren unos y otros callen.
Que no hay quien baste
contra la voluntad de un rey amante.
Prendieron al fin al moro,
y el vulgo para libralle,
en acuerdos diferentes
se divide y se reparte.
Mas como falta caudillo
que los incite y los llame,
se deshacen los corrillos
y su motín se deshace;
que no hay quien baste
contra la voluntad de un rey amante.
Sola, Zelindaxa grita:
—¡Libralde, moros, libralde!
y de su balcón quería
arrojarse por librarle.
Su madre se abraza della,
diciendo: —Loca, ¿qué haces?
muere sin darlo a entender,
pues por tu desdicha sabes,
que no hay quien baste
contra la voluntad de un rey amante.

Llegó un recaudo del rey,
en que manda que señale
una casa de sus deudos
y que la tenga por cárcel.
Dijo Zelindaxa: —Digan
al rey, que por no trocarme
escojo para prisión
la memoria de mi Azarque,
y habrá quien baste
contra la voluntad de un rey amante.

Ansí que estas mismas divisas, motes y cifras, sacaron las cuatro cuadrillas de los caballeros ya nombrados, como aquellos que les habían heredado de sus antepasados, y siempre se preciaron dellas. Pues habiendo salido como habemos dicho de la plaza, con tanta bizarría, dejando toda la corte muy contenta de su gallardía y divisas y buen proceder, entró un alcaide de las puertas de Elvira, a gran priesa, y no parando hasta donde estaba el rey, habiendo hecho su acatamiento, dijo:

—Sepa vuestra Majestad, que a las puertas de Elvira ha llegado un caballero cristiano, y pide licencia para entrar y correr tres lanzas con el mantenedor; vea vuestra Majestad si ha de entrar.

—Entre—dijo el rey—que en tal día como el de hoy, a nadie se le ha de negar la entrada, ni se le puede negar la licencia, especialmente habiendo fiestas reales.

Con esto el mensajero volvió a gran priesa, y no tardó mucho cuando vieron entrar un caballero muy gallardo y bien dispuesto, sobre un poderoso caballo rucio rodado, de la librea del caballero; era toda de brocado blanco, ansí como nieve, y toda bordada con muchos lazos de oro, extremadamente rica; los penachos eran ansí mismo blancos, de plumas finísimas, con mucha argentería de oro; el caballo venía adornado de paramentos y guarniciones de lo mismo; testera y penachos del caballo, ansí mismo blancos, de muy gran precio. Mostrábase tan gallardo, que era cosa de ver. No quedó dama ni caballero en toda la plaza que no pusiese los ojos en él, quedando todos contentos de su buen talle y donaire. A la parte izquierda del capellar traía una cruz colorada, con la cual adornaba en sumo grado el valor de su persona.

El extraño caballero, poniendo los ojos a todas partes, dio vuelta a toda la plaza, siendo de todos muy mirado. Y en llegando a los miradores del rey y de la reina, les hizo grande acatamiento, e inclinando la cabeza entre los arzones. Lo mismo hizo el rey, conociendo que aquel caballero era de gran suerte. Las damas todas se levantaron en pie, y la reina con ellas, le hicieron grande mesura.

Luego, el cristiano caballero fue de muchos conocido ser el Maestre de Calatrava, de cuya fama el mundo estaba lleno; de que no poco se alegró el rey, que un tal caballero viniese a su corte en semejante ocasión. Habiendo, pues, el Maestre pasado toda la plaza, mostrando una honrosa presencia y un bulto y simulacro del dios Marte, llegó donde estaba el mantenedor, y le dijo:

—Buen caballero: ¿seréis contento de correr conmigo un par de lanzas, a ley de buenos caballeros, sin que haya apuestas de retratos de damas?

Abenámar, mirando atentamente al caballero que le hablaba, se volvió a Muza, su padrino, y le dijo:

—Si no me engaño éste es el Maestre de Calatrava, porque su presencia lo muestra y la cruz de su pecho, y miradlo bien que él mismo es sin falta, de quien vos quedastes amigo en la batalla, si os acordáis.

Muza puso los ojos en el Maestre, y luego le conoció, y sin más aguardar, así, a caballo como estaba, le fue a abrazar, diciendo:

—Buen Maestre, flor de cristianos, seáis muy bien venido, que yo entiendo que, aunque cristiano, habéis dado grande contento en la corte del rey, porque todos los que en ella viven os conocen por vuestra bondad.

El Maestre le abrazó agradeciéndole lo que en su loor había dicho. Y el buen Abenámar, llegándose cerca, con semblante alegre, le dijo que él holgaba de correr tres lanzas con él, y aunque quedase perdidoso, lo tenía a muy buena dicha y ganancia, por haber corrido la sortija con tan buen caballero. Y diciendo esto, tomó una lanza y la corrió extremadamente de bien; mas por bien que la corrió, la corrió mejor el Maestre. Finalmente se corrieron todas tres lanzas, y todas tres las ganó el buen Maestre. Todo el vulgo decía a voces: «Nunca en el mundo se vio tal caballero; desta vez perdido ha el mantenedor su gloria».

Habiendo corrido y habiendo el Maestre ganado, los jueces dieron por premio la rica cadena, que pesaba dos mil doblas, pues no había traído retrato en competencia; que si lo trajera, el del mantenedor se llevara. El buen Maestre recibió su cadena, y al son de muy grande música, acompañado de muy principales caballeros, yendo el bravo Muza a su lado, dio vuelta a la plaza. Y en llegando a los miradores de la reina, puestos los ojos en ella, como el balcón no estuviese muy demasiado de alto, tomó la cadena y, puesto sobre los estribos, alargó la mano, diciendo:

—No hay a quien con mayor gusto se deba dar esta cadena de oro, que a vuestra Majestad; por tanto vuestra Majestad la reciba de buena voluntad, que aunque diversos en las leyes, muy bien se puede dar una joya en tal ocasión como ésta, y de cualquiera señora ser recibido.

La reina se paró muy colorada y hermosa, y atajada de vergüenza, no sabiendo lo que se haría, volvió a mirar al rey, el cual le hizo señas que la recibiese. Y ansí la reina levantándose en pie, y con ella todas las demás señoras que con ella estaban, le hizo una grande mesura y tomó la cadena de la mano del Maestre, poniéndosela en la boca y después al cuello. Haciendo una grande reverencia se tornó a sentar. El Maestre hizo una mesura muy grande al rey y a la reina. Y volviendo riendas al caballo se fue paseando con Muza y con otros principales caballeros moros que le querían bien por su valor.

En esta sazón, el valeroso Albayaldos, que gran deseo tenía en su corazón de verse con el Maestre y de haber con él batalla, respecto que el Maestre había muerto a un deudo suyo muy cercano, se quitó del lado del rey disimuladamente, descendió a la plaza, sobre una hermosa yegua tordilla. y paseando acompañado de algunos caballeros amigos y criados, llegó donde estaba el buen Maestre hablando con Muza y con otros caballeros; habiendo hecho su mesura de buena crianza, puso los ojos en el Maestre, contemplándolo muy bien de arriba abajo, considerando su valor. Y después de haberle muy bien mirado, habló desta manera:

—Por Mahoma juro, cristiano caballero, que tengo grande contento y placer en verte puesto galán y de fiesta; porque armado y de guerra ya te he visto otras veces en la Vega, y esto era lo que yo al presente más deseaba. Porque la fama de tu valor hincha toda la tierra y atemoriza todos los moros deste reino. Y si he holgado con tu vista, más me holgara verme contigo en la Vega haciendo batalla; porque a ello me llama e incita, lo uno tu valor, lo otro haberle dado cruda muerte a Mahamet Bey, primo hermano mío. Y aunque murió a tus manos en justa batalla, parece que su sangre vertida por tu mano me llama a la venganza. Por tanto, buen caballero, tente desde ahora por desafiado para conmigo hacer batalla mañana en la Vega con tus armas y caballo, que así saldré yo a verme contigo, y sólo llevaré un padrino conmigo. Y para que lo sea, señalo al valeroso Malique Alabez, sin llevar otra persona alguna.

Muy atento estuvo el buen Maestre a las razones de Albayaldos, mas nada atemorizado, con alegre semblante, sonriéndose, respondió de aquesta suerte:

—Por cierto, valeroso Albayaldos, que no menos placer y contento tengo de verte, que dices tener de haberme visto, porque el nombre de tu fama suena entre los cristianos como el del famoso Héctor entre los griegos. Dices que te incita y llama a tener batalla conmigo mi valor. Otros caballeros hay cristianos de mayor valor que el mío, con quien pudieras emplear el tuyo que mejor te estuviera. Si dices que la vertida sangre de Mahomet Bey, primo hermano tuyo, sé te decir, que él murió, como valeroso caballero, peleando, donde mostró el gran valor de su persona, por donde no hay para qué tomar venganza de su muerte. Mas si todavía quieres verte conmigo, a solas, como dices, con solo un padrino, que sea el que has señalado, a mí me place de te dar ese contento. Y ansí mañana te aguardo una legua de aquí o dos, que será en la fuente del Pino, solo con otro padrino que yo llevaré, que será don Manuel Ponce de León, caballero que se puede fiar dél todo lo del mundo. Y para que seas cierto, que lo que digo será ansí, toma este mi gaje en señal de batalla.

Y diciendo esto le dio un guante de la mano derecha, el cual tomó el moro, y sacando una sortija del dedo, de oro muy rica, que era con la que sellaba, se la dió al Maestre. Y ansí quedó aceptado el desafío entre los dos. El valeroso Muza y los demás caballeros mucho quisieran excusar a aquella batalla, mas no pudieron con ninguna de las partes recabarlo. Y ansí quedó hecho el desafío entre los dos bravos caballeros para el día siguiente.

CAPÍTULO ONCE: DE LA BATALLA QUE EL MORO ALBAYALDOS TUVO CON EL MAESTRE DE CALATRAVA, Y COMO EL MAESTRE LE MATÓ.

L DESAFÍO DE LOS DOS valerosos caballeros aceptado fue muy tarde, que ya se quería poner el sol. El Maestre se salió de la plaza, y por la calle de Elvira se fue hasta salir fuera de la ciudad. Al cual dejaremos ir su camino, y volveremos a fin de nuestro juego de sortija, que, siendo puesto el sol, ya no venía ningún caballero aventurero. Los jueces mandaron a Abenámar que dejase la tela, que muy bien la podía dejar, pues no venían caballeros aventureros a correr lanzas, que él lo había hecho muy gallarda y valerosamente, y había ganado asaz harta honra en aquel día. El valeroso Abenámar, muy alegre, mandó quitar el muy rico aparador de las joyas, que aun quedaban muchas y muy ricas. Los jueces bajaron del tablado, acompañados de los más principales de la corte, y llevando al valeroso Abenámar y a su padrino, el fuerte Muza, en medio, les llevaron por toda la plaza, con mucha honra, al son de muchos menestriles y atabales y otros géneros de músicas de la ciudad, que daban de sí grande contento. Llevando los retratos ganados aquel día, mostrándolos a todas partes, con honra del ganador dellos, por orden maravillosa, hasta el mirador de las damas, donde estaba la reina, y a la hermosa Fátima los presentó el valeroso Abenámar, con no poca gloria de la hermosa dama, y no poca envidia de la bella Galiana y Xarifa. Estaba la hermosa Galiana la más confusa y arrepentida mujer del mundo, que bien entendía ella que aquellas fiestas había hecho Abenámar por respecto de haberle ella desdeñado. Y ella, en su ingrata memoria, revolvía mil quimeras y mil vanas esperanzas. Y más que no había parecido el valeroso Sarrazino más en la plaza después que corrió y perdió su retrato. En estas confusiones y en otras estaba su memoria ocupada. El rey a esta hora, viendo que era muy tarde, se quitó de los miradores, y en una hermosa carroza metido se subió al Alhambra. Lo mismo hizo la reina y sus damas, yendo acompañada.

Aquella noche tuvo el rey de mesa a todos los caballeros del juego. Solo faltó Sarrazino que, fingiéndose indispuesto, se disculpó con el rey, y no se halló en aquella real cena. La reina tuvo de mesa las más principales damas de Granada, haciéndoles toda la honra del mundo, en la cual cena se hicieron muy alegres fiestas y danzas, y mil modos de juegos, y se hizo una muy singular zambra, y se tuvo grande y libertado sarao. Danzaron todas las damas y caballeros, así con las libreas que habían jugado la sortija; sólo Galiana no danzó, por estar mal dispuesta por el ausencia de su caballero. Bien sentía la reina su mal de qué procedía, mas disimulábase. La hermosa Zelinda harto decía a su hermana que no tuviese pena, y la consolaba, mas poco aprovechaban sus consuelos para ella. Finalmente, toda aquella noche se pasó en fiesta, mas el que danzó muy extremadamente sobre todos fue el valeroso Gazul con la hermosa Lindaraxa, a quien él amaba mucho, y ella a él ni más ni menos. De lo cual el gallardo Reduán sentía demasiada pasión viéndose desamado de quien él tanto amaba. Y de celos ardiendo, propuso en su corazón de matar al valeroso Gazul, mas no le avino ansí como lo pensó, como adelante diremos, en una batalla que tuvieron los dos sobre la hermosa dama Abencerraje. Desta dama se hace mención en otras partes, y más en una recopilación que anda hecha ahora nuevamente por el bachiller Pedro de Moncayo,[1] adonde la llama Zelinda. Llamáronla ansí por su hermosura y lindeza, mas su propio nombre era Lindaraxa o Lindarraxa, por ser Abencerraje. Y adelante trataremos della y del valeroso Gazul, después de la muerte de los caballeros Abencerrajes por gran traición.

Pues tornando a nuestra historia, siendo gran parte de la noche ya pasada, habiéndole el rey hecho al valeroso Abenámar y a los demás caballeros del juego mucha honra, mandó que todos se fuesen a

---

[1] See the Introduction, p. xviii.

reposar a sus posadas. La hermosa Fátima restituyó todos los retratos ganados por Abenámar a las damas cuyos eran, pasando entre ellas muchos donaires. Así despedidos, todos los caballeros del rey se fueron a reposar a sus posadas, y las damas lo mismo. Solamente quedaron con la reina las que eran de su palacio y continas. Solamente no reposó el resto de la noche el bravo Albayaldos, el cual, saliendo de la casa real del Alhambra, aguardó al buen Malique Alabez que saliese, y en llegando le dijo:

—Tarde habemos salido de la fiesta.

—Asi me parece—dijo el Malique—, que salimos tarde, pero mañana reposaremos todo el día del trabajo pasado de hoy y desta noche.

—Antes será al revés—respondió Albayaldos—porque si esta fiesta habéis andado galán y de librea, mañana habéis de andar forzosamente armado.

—Pues ¿por qué causa?— respondió Alabez.

—¿Por qué causa? Yo os la diré—dijo Albayaldos. —Habéis de saber que tengo batalla aplazada mañana con el Maestre de Calatrava, y a vos os tengo señalado por mi padrino.

—¡Válame Mahoma!—dijo Alabez—¿que con tal caballero tenéis aplazada batalla? Plégale al santo Alá que os suceda bien, porque habéis de saber que el Maestre es muy buen caballero, y muy experimentado en las armas, y muy valeroso en ellas. Y pues que así es, y por padrino me habéis señalado, vamos muy en buena hora, y Mahoma nos guíe. Y por la real corona de mis antepasados, que me holgaría que volviésemos con victoria del desafío. ¿Y el rey sabe algo desto?

—Yo entiendo que no lo sabe—respondió Albayaldos—si caso es que Muza no se lo ha manifestado, que se halló presente a nuestro desafío.

—Ahora, sea como fuere, sépalo o no lo sepa, tomemos la mañana—dijo Alabez—, y sin que el rey ni nadie lo entienda, salgamos a la Vega a vernos con el Maestre. Y sepamos: ¿el Maestre señaló padrino?

—Si—dijo Albayaldos—, a don Manuel Ponce de León.

—Si así es, vive Alá que las tenemos, porque yo y don Manuel no podemos de dejar de venir a las manos, porque ya sabéis la batalla que tuvimos—dijo Alabez—, y él tiene allá mi caballo, y yo tengo acá el suyo, y quedó, que cuando nos viésemos otra vez, daríamos fin a nuestra batalla.

—No os dé pena eso, que si algo quisiere—dijo Albayaldos—, hombres somos que, placiendo a nuestro Mahoma, nos daremos buen recaudo.

Dijo el Malique:

—Vamos, que se nos hace tarde, y esta noche no hay dormir, sino aderezar bien nuestras armas, de modo que no nos falte hebilla.

Con esto se fueron los dos valientes caballeros a sus posadas, y cada uno aderezó sus armas muy bien y todo lo demás que habían de llevar, sin que les faltase cosa alguna. Y una hora antes del día se juntaron, y sobre sus caballos se fueron a la puerta de Elvira. Las guardas de la puerta a aquella hora ya la tenían abierta, para que saliese la gente al campo a sus labranzas. Y ansí salieron los dos caballeros sin ser conocidos, y tomaron el camino de Albolote, un lugar que era dos leguas de Granada, para de allí ir a la fuente del Pino, do estaba señalado que se habían de ver Albayaldos y el Maestre. El sol rayaba, mostrando sus hermosos resplandores variados, haciendo dos mil visos, bastantes a privar la vista a cualquiera que lo quisiera mirar, cuando los dos valerosos moros, Albayaldos y el Malique Alabez, llegaron a la villa de Albolote. Y pasando, sin parar, se fueron a la fuente del Pino, tan nombrada y celebrada de todos los moros de Granada y su tierra. Y sería una hora salido el sol, cuando llegaron a la hermosa y fresca fuente, la cual cubría una hermosa sombra de un pino doncel muy grande, y por eso tenía aquella fuente el nombre de la fuente del Pino.

Llegados allí los moros valerosos, no hallaron a nadie, ni vieron caballero alguno. Y apeándose de sus caballos, colgando las adargas de los arzones, a las sillas arrimadas sus lanzas, se fueron a la clara fuente, y sentándose a la par della, se lavaron y refrescaron sus caras, y sacando de las mochilas alguna cosa de comer, comieron, tratando cómo no había llegado el Maestre, no sabiendo la causa de su tardanza. Dijo Albayaldos:

—¿Mas si nos hiciese burla el Maestre en no venir?

—No digáis eso—dijo el Malique Alabez—que el Maestre es buen caballero y no dejará de venir, que aun es muy de mañana, y a fe que no tarde, almorcemos a nuestro placer, que Alá proveerá lo que ha de ser en nuestro favor o en nuestro daño.

Con esto, almorzaron a su contento, tratando en varias cosas. Y aun no habían acabado de almorzar, cuando vieron venir dos caballeros, muy bien puestos sobre sus caballos, con lanzas y adargas, entrambos vestidos de una misma suerte, de vestido pardo y verde, plumas de lo mismo. Luego fueron conocidos, porque en la adarga del uno se parecía la cruz de Calatrava, roja, que en lo blanco del adarga se divisaba mucho, aunque de lejos. El otro caballero también traía en su adarga otra cruz roja, mas era diferente, por ser de Santiago.

—¿No os dije yo—dijo Alabez—que el Maestre no tardaría? Mirad si ha tardado.

—Señor, a buen tiempo nos cogen—dijo Albayaldos—, que habemos dado refacción a nuestros cuerpos.

—De esa manera por vos se puede decir—dijo Alabez. —«Muera Marta y muera harta».

—¿Pues ya sabéis vos—respondió Albayaldos—que tengo de morir? Pues aun tengo confianza en nuestro gran Mahoma, que hoy tengo de poner la cabeza del Maestre en una de las torres del Alhambra.

—Alá quiera que así sea—dijo Alabez.

Estando en esto llegaron los dos valerosos caballeros, flor de la valentía cristiana, y en llegando saludaron a los dos moros. Y habiéndolos saludado, dijo el Maestre:

—A lo menos hasta ahora no habemos ganado nada, antes somos perdidosos, pues tanto nos habemos tardado.

—Muy poco hace eso al caso—respondió Albayaldos—que a la fin se canta la gloria. Apeaos de los caballos, que bien lo podéis hacer seguramente, y refrescaros heis en el agua desta fuente fría, que ya habrá harto tiempo en que demos fin a lo que habemos venido.

—Si no es más de eso y dello gustáis—respondió don Manuel— que nos place de muy buena voluntad, que en muy poco nos puede agraviar la fortuna, estando en compañía de dos tan buenos caballeros.

Y diciendo esto, ambos a una se apearon de sus caballos y los arrendaron a unas ramas bajas que estaban al tronco del pino, y colgando las adargas en los arzones, y arrimando las lanzas al pino, se asentaron junto de la fuente, en la cual se refrescaron manos y cara, y después se pusieron a hablar en muchas cosas, todas tocantes de la guerra, y en el valor de los moros de Granada, y los claros linajes que en ella había. Y así hablando, dijo el Maestre:

—Por cierto, señores caballeros, que a lo menos de mi parte holgara que tales dos varones, como vosotros sois, viniérades en conocimiento de nuestra santa fe católica, pues se sabe claramente ser la mejor de todas las leyes del mundo y la mejor religión.

—Bien puede ello ser—dijo Albayaldos—, mas como nosotros no tenemos conocimiento alguno della, no nos damos nada por ser cristianos, hallándose tan bien con nuestra secta. Así que no hay para qué tratemos ahora nada desto; posible sería después, andando el tiempo, venir en este verdadero conocimiento de esa vuestra fe, porque muchas veces suele Dios tocar los corazones de los hombres, y sin su voluntad no hay cosa buena.

Habiendo acabado de decir Albayaldos estas razones, el caballo del Maestre relinchó, volviendo el rostro la vía de Granada. Los cuarto caballeros volvieron la cabeza a aquella parte, por ver la causa del relinchar de aquel caballo, y vieron venir un caballero al galope de su caballo; venía vestido de marlota y capellar naranjado, y en el adarga, que era azul, un sol entre unas nubes como negras que parecía oscurecerlo, y en torno del adarga unas letras rojas que decía: «Dame luz o escóndete». Atentamente fue mirado, y de Albayaldos y Alabez conocido ser el valeroso Muza. El cual como otro día de la fiesta echase menos Albayaldos y Alabez, entendió que habían salido de Granada a la batalla aplazada con el Maestre; y sin dar cuenta a nadie se aderezó y subió en un poderoso caballo, y salió de la ciudad a toda priesa por hallarse a tiempo y por ver si la podía excusar, y ansí llegó a la sazón que estaban los cuarto caballeros en lo que habéis oído hablando. Y así como llegó, se alegró en demasía porque no habían comenzado la batalla, y en llegando dijo:

—Bien pensábades vosotros, señores caballeros, que habíades de hallaros sin mí en este concierto; pero por Alá santo que sólo por hallarme aquí do me veo le he dado muy mal rato a mi caballo, porque dende que salí de Granada he venido a media rienda sin parar un solo punto.

Y diciendo esto saltó del caballo, colgando su adarga de un ramo del pino que allí estaba, y arrimando su lanza se fue a asentar en compañía de los cuatro caballeros. ¡Oh valor de caballeros, que aunque diversos en leyes, y contrarios unos de otros, y viniendo a pelear y a matarse hablaban en conversación, así como si amigos fueran! Jamás en ningún tiempo en aquel lugar tales cinco caballeros se juntaron como aquel día.

Habiéndose sentado el valeroso Muza junto del buen Maestre, habló desta manera:

—Mucho holgaría, valerosos caballeros, que la batalla aplazada se dejase, pues della no puede resultar sino muerte de uno o de entrambos, y pues no hay ocasión tan bastante que a ello os fuerce, me parece que sería gran mal que tales dos caballeros muriesen, y la causa de mi venida es ésta con tanta priesa. Y ansí, de merced a todos dos, lo suplico y ruego y demando, principalmente al señor Maestre, y querría que mi venida no fuese en balde y sin ningún provecho.

Con esto el valeroso Muza dio fin a sus razones, a las cuales el valeroso Maestre respondió desta manera:

—Por cierto, valeroso Muza, que de mi parte soy contento haceros ese pequeño servicio, porque desde el día que quedamos amigos os prometí hacer por vos cualquier cosa, y como Albayaldos quiera dar de mano al desafío, de mi parte no hablaré más en ello, aunque sé que me ha de su mal contado.

—Gran merced—respondió Muza—, señor Maestre, no menos que esto esperaba yo de un tan honrado caballero.

Y volviéndose a Albayaldos, le dijo:

—Y vos, señor Albayaldos, ¿no me haréis merced que pare este negocio?

Albayaldos dijo:

—Señor Muza, delante de mis ojos tengo la sangre vertida de mi primo hermano por la violencia del hierro penetrante del Maestre, que está presente, y esto solamente me obliga a no dejar la batalla, aunque supiese morir en ella. Y si muriese yo a manos del Maestre, honrosa muerte sería la mía; y si acaso yo al Maestre matare, o le venciere, todas sus glorias serán mías. Y en esto que ahora digo estoy resuelto para siempre jamás.

El valeroso don Manuel Ponce de León no gustaba de tantas arrengas ni largas, y así respondió:

—Señores caballeros, yo no sé para qué se buscan medios de aplacar la cólera del señor Albayaldos. El quiere vengar la muerte de Mahamet Bey, su primo; no es menester dilatar más la venganza que desea, sino ya que han salido aquí para el efecto resumillo con la muerte del uno o de entrambos. Y aquí el señor Alabez y yo quedamos concertados de dar fin a una batalla que tenemos comenzada. Y pues hoy viene a pelo y coyuntura, pelearemos padrinos y ahijados, y todos saldremos de deudas prometidas.

—A la mano de Mahoma—dijo Alabez—, ello está bien concertado, y Muza será el padrino de todos cuatro; y esto no se resfríe más, ni se nos pase el tiempo en balde, y sean las obras más que las palabras, pues palabras no hacen al caso. Sola una cosa querría que se hiciese, si ha lugar, y es que mi caballo, que tiene el señor don Manuel, me lo diese, y él tome el suyo que yo tengo, y anden luego las armas, y a quien Mahoma se la diere, Malique se la bendiga.

—No quedará por eso desta vez—dijo don Manuel;— soy contento, dadme mi caballo, y tomad el vuestro, que antes de mucho serán los dos del uno de nosotros.

Y diciendo esto, se levantaron todos en pie, y don Manuel tomó su buen caballo, y Alabez el suyo, el cual relinchó conociendo a su señor. El valeroso Muza, visto que nada había podido en aquel caso, se levantó y subió sobre su caballo; lo mismo hicieron todos, tomando sus lanzas y adargas. ¡Oh cuán bien parecían a caballo todos los cinco caballeros! El Maestre, en torno de su adarga, llevaba unas letras rojas, así como la cruz, que decían: «Por ésta morir pretendo». Don Manuel llevaba por la orla de su adarga otra letra que decía: «Por ésta y por la fe». El Malique y Albayaldos iban de una misma librea azul, de damasco, marlota y capellar, con muchos fresos de oro. Alabez llevaba en su adarga su acostumbrado balsón y divisa: en campo rojo una banda morada, y en la banda una media luna, los cuernos arriba, y encima de las puntas de los cuernos una hermosa corona de oro con una letra que decía: «De mi sangre». Albayaldos llevaba por divisa en su adarga, en campo verde, un dragón de oro, con una letra que decía en arábigo: «Nadie me toque». Parecían tan bien todos, que era maravilla de ver sus libreas y divisas, debajo de las cuales llevaban muy fuertes armas y jubones bien estofados.

Pues estando ya todos a caballo, el valeroso Albayaldos, lleno de cólera, movió su caballo por el campo con gran velocidad, escaramuzando llamando a la batalla al Maestre. El cual, haciendo la señal de la cruz, movió su caballo a media rienda, poniendo los ojos en su enemigo con gran diligencia. El bravo Malique Alabez, como se vio sobre su buen caballo, que le envió el Alcaide de los Vélez, su tío, ansí como si fuera un Marte, lo arremetió por el campo; lo mismo hizo el buen don Manuel, en aquel valeroso y famoso caballo suyo. Y desta manera los cuatro valerosos caballeros comenzaron a escaramuzar, acercándose los unos a los otros, tirándose golpes de lanza muy bravos y con mucha destreza. El valeroso Albayaldos, viendo al Maestre muy junto de sí, arremetió de vuelo lanzado para él, ansí como un dañado león, pensando de herille, de manera que fuese la batalla de aquel encuentro fenecida. Mas no le vino ansí como lo pensó, porque así como el Maestre le vio venir tan abalanzado, hizo semblante de le aguardar, mas al tiempo del embestir, con mucha destreza picó al caballo, haciéndole dar un gran salto en el aire, y le hurtó el cuerpo, de modo que el encuentro del moro no hizo efecto, y el Maestre, con gran destreza y fortaleza, hallándole tan junto, como un pensamiento fue sobre él. Y en descubierto del adarga le dio un golpe de lanza tan duro, que la otra fuerte cota que el moro llevaba fue rompida y el estofado jubón pasado, y el moro bravo, herido muy malamente. No hubo áspide ni serpiente, pisada al descuido del rústico villano, que tan presta fuese a la venganza de su daño, ni embravecido león sobre onza que le hubiese herido, como revolvió el bravo moro sobre el Maestre, bramando como un toro. Y como tan cerca de sí le hallase, lleno de emponzoñada cólera le embistió con tanta presteza que el Maestre no tuvo lugar de usar de la primer maña ni destreza. Y así el moro le hirió tan poderosamente que el adarga del Maestre fue aportillada, que no le prestó su fineza para que no lo fuese, y la cruda lanza, no parando allí, llegó a romper un duro y acerado jaco que el Maestre llevaba, y el Maestre fue herido malamente. Aquí rompió el moro su lanza, y arrojando en tierra el trozo della, con gran presteza volvió su caballo, para tener lugar de echar mano a su alfanje; mas no pudo revolver tan presto como lo pensó, de manera que el Maestre tuvo lugar de arrojalle la lanza por que no se fuese. La lanza fue arrojada antes de tiempo, porque pasó por delante de los pechos del caballo de

Albayaldos, con tanta furia como si fuera una asta salida de la corvada ballesta. De modo que gran parte de la dura asta fue hincada en el suelo. Y esto a tiempo que el caballo del moro llegaba, el cual se embarazó y tropezó en el asta, que quedaba retemblando, de suerte que de todo su poder vino de hocicos en el suelo.

El bravo moro, como en tal aprieto vio su caballo y su vida, le aguijó con las espuelas, para que de todo punto no cayese, mas no lo pudo el moro hacer tan presto que el bravo don Rodrigo no fuese sobre él con la espada desnuda, y antes que el caballo del moro se acabase de levantar, le dio de punta una brava herida, habiéndole rompido toda la cota. El Malique Alabez, que con don Manuel andaba en brava escaramuza, acertando a volver los ojos a esta sazón adonde Albayaldos y el Maestre lidiaban, como lo viese en tan notorio peligro, dio vuelta con su caballo para aquella parte, dejando a don Manuel por socorrer a su amigo y ahijado Albayaldos. Y así como si fuera una ave, llegó adonde el Maestre estaba, a tiempo que el Maestre tenía el brazo levantado para tornalle a herir, y de través le hirió de un golpe de lanza tan duro, que el Maestre, no embargante ser malamente herido, estuvo en términos de caer del caballo, y al fin cayera, si no se abrazara con el cuello dél. Aquí rompió el Malique la lanza, habiendo hecho aquel bravo golpe. Y había puesto mano a su cimitarra para segundarle otro golpe, cuando llegó el buen don Manuel, tan sañudo como una serpiente, que a no llegar a tan buen tiempo, el Maestre corría notable peligro de muerte, la cual allí sin duda ninguna recibiera a manos del Malique Alabez, si don Manuel no llegara a aquella sazón, como digo, tan furioso como una serpiente. Habiendo arrojado la lanza, viendo a su enemigo sin ella, con la espada, que era [la] mejor que caballero ceñía, le dio al Malique un tan duro golpe sobre la cabeza, que casi sin acuerdo ninguno el Malique vino al suelo. Mas fue venturoso que la espada se volvió medio de llano, de suerte que, aunque quedó herido, no fue grande la herida, que si la espada no se volviera, allí el Malique acabara, mas quedó medio aturdido.

Y ansí como estaba, reconociendo su peligro, como fuese de bravo corazón, se quiso levantar, mas don Manuel no dio lugar para ello, que habiendo saltado de su caballo, fue sobre él, y con gran furia le dio otro golpe por encima de un hombro, tal que le hizo una mala herida. De aquel golpe. el Malique tornó a caer en el suelo, y don Manuel fue sobre él por cortalle la cabeza; mas el Malique, como se viese en tal extremo, habiendo recobrado todo su natural acuerdo, puso mano a un puñal muy agudo que tenía, y con grande fuerza, le dio a don Manuel dos grandes heridas, una tras de otra. Don Manuel, viéndose tan mal herido, puso mano a una daga que llevaba, y, levantando el poderoso y vencedor brazo, le fue a dar por la garganta. Mas

estorbóselo el valeroso Muza, que había estado mirando hasta aquella
hora la batalla, que como viese al Malique en tal aprieto, aguijó muy
presto, y, arrojándose del caballo, tuvo el brazo poderoso de don
Manuel, diciendo:

—Señor don Manuel, suplico os me hagáis merced de la vida deste
vencido caballero.

Don Manuel, que hasta entonces no le había visto ni sentido, volvió la cabeza por ver quién se lo pedía, y, conociendo ser Muza, hombre de tanto valor, y viéndole tan mal herido, recelándose, si no le
diese, de haber con tan bravo caballero batalla, en tan mal sazón dijo
que le placía hacerle aquel pequeño servicio. Y levantándose de
encima del Malique, con grande trabajo, por ser las heridas que tenía
penetrantes, le dejó libre. El Malique estaba medio muerto, perdiendo
mucha sangre, y Muza, dándole la mano, le ayudó a levantarse del
suelo. Dándole a don Manuel las gracias, llevó al Malique a la fuente.

Don Manuel, mirando el estado de la batalla del Maestre y Albayaldos, vio cómo Albayaldos andaba muy desmayado y por caer, porque tenía tres mortales heridas que el Maestre le había dado: una de
lanza y dos estocadas. El Maestre, viendo que don Manuel había quedado vencedor de un tan buen caballero como Alabez, cobró grande
ánimo, y lleno de vergüenza porque tanto se dilataba su victoria, arremetió con toda furia para Albayaldos. Y dándole un golpe muy pesado
sobre la cabeza, no pudiéndose ya el moro amparar, malamente
herido, dio con él en el suelo sin ningún acuerdo, quedando también
el Maestre herido de tres grandes heridas. El fuerte Muza, que vio
caído a Albayaldos, fue al Maestre y le pidió de merced que no pasase
más adelante la batalla, pues Albayaldos más era muerto que vivo. El
Maestre dijo que era muy contento dello. Y tomando Albayaldos de
las dos manos, para llevarlo a la fuente donde estaba Alabez, no lo
pudo levantar, que estaba casi muerto. Y llamándolo por su nombre,
Albayaldos abrió los ojos, y con voz muy débil y flaca, como hombre
que se le acababa la vida, dijo que quería ser cristiano. Mucho holgaron los cristianos caballeros dello, y tomándolo todos en peso lo llevaron a la fuente. Y allí el Maestre le echó del agua sobre la cabeza, en
nombre de la santísima Trinidad, Padre, Hijo, Espíritu Santo, le llamó
don Juan. Y muy pesantes de verlo tan malamente herido, le dijeron a
Muza:

—Señor Muza, poned este caballero en cobro, y mirad por él, que
nosotros nos vamos a curar, que también estamos malamente heridos, y tenemos necesidad de ser curados.

—Alá santo os guíe—respondió Muza—, y él querrá que algún
tiempo os pague las mercedes que de vosotros tengo recibidas.

Los cristianos caballeros subieron en sus caballos y se fueron

donde su gente les aguardaba, que era una legua de allí, en el Soto de
Roma que dicen, por do pasa el río Genil. Allí fueron con toda diligencia curados. Volvamos al valeroso Muza, que había quedado en la
fuente del Pino con los dos valerosos moros heridos.

El Malique, ya vuelto en todo su acuerdo, y no tan mal herido
como se pensaba, le dijo a Muza qué es lo que pensaba hacer. Muza
dijo:

—Lo que pienso es aguardar; veamos en qué para el buen Albayaldos, y vos, si traéis con qué curaros, yo os curaré, y curado subid
vuestro caballo y partíos para Albolote, y allí os podréis curar
despacio.

—Pues mirad en mi mochila—dijo Alabez—, que allí hallaréis lo
necesario.

Luego Muza fue al caballo de Alabez y halló en la mochila paños y
ciertos ungüentos para curar, lo cual tomó, y con los ungüentos curó
al Malique, y con los paños le apretó las llagas. Y curado el Malique,
subió en su buen caballo y se partió para Granada, yendo considerando el valor del buen don Manuel y del Maestre, y le vino al pensamiento ser cristiano, entendiendo que la fe de Jesucristo era mejor y
de más excelencia, y por gozar de la amistad de tan valerosos caballeros como aquéllos y como otros, de cuya fama el mundo estaba lleno.

Con estos pensamientos llegó a Albolote, y en casa de un amigo
suyo se apeó, do fue curado de manos de un buen cirujano, donde le
dejaremos por volver al buen Muza, que quedó solo con Albayaldos,
que, aunque se tornó cristiano, no lo quiso desamparar, antes procuró
de le curar. Y queriéndole desnudar, le halló tres heridas crueles y
penetrantes, sin otra mala herida que tenía en la cabeza, que fue la
postrera que el Maestre le dio. Y viendo que era mortal, no quiso
curarlo; antes, por no darle pena le dejó diciendo:

—No dirás, buen Albayaldos, que no te aconsejé que dejases la
batalla, fuiste pertinaz en seguilla, y por ella te halló la muerte.

En este tiempo, el nuevo cristiano don Juan, los ojos abiertos
mirando al cielo, con el ansia de morir que ya le estaba muy cerca,
decía:

—¡Oh buen Jesús, habed merced de mí, que siendo moro te ofendí
persiguiendo tus cristianos. Mirad tu grandísima misericordia, que es
mayor que mis pecados, y mirad, señor, que dijiste por tu boca que en
cualquiera tiempo que el pecador se volviere a tí sería perdonado!

Más quería decir el buen don Juan, mas no pudo, porque se le
trabó la lengua y comenzó agonizar y revolcarse a un cabo y a otro,
por un lago de sangre que de sus llagas salía, de la cual estaba todo
bañado, que era grande compasión de verle. Y por esto se dijo aquel
romance que ahora nuevamente ha salido, que dice ansí:

De tres mortales heridas,
de que mucha sangre vierte,
el valeroso Albayaldos
herido estaba de muerte.
El Maestre le hiriera
en batalla dura y fuerte.
Revolcándose en su sangre,
con el dolor que le advierte,
los ojos puestos al cielo
decía de aquesta suerte:
—Plegua a tí, dulce Jesús,
que en este tránsito acierte
acusarme de mis culpas,
para que yo pueda verte.
Y tú, Madre piadosa,
mi lengua rija y concierte,
porque Satanás maldito
mi alma no desconcierte.
¡Oh hado duro y acerbo,
oh estrella muy más que fuerte,
oh Muza, buen caballero,
si yo quisiera creerte,
no me viera en tal estado
ni viniera así a perderme!
El cuerpo doy por perdido,
que el alma hoy no se pierde,
porque confío en las manos
de aquel que pudo hacerme
que usara de piedad
este día por valerme.
Lo que te ruego, buen Muza,
si en algo quieres socorrerme,
que aquí me des sepultura,
debajo este pino verde,
y encima pon un letrero
que declare ésta mi muerte;
y dirásle al rey Chiquito,
cómo yo quise volverme
cristiano en aqueste trance,
porque no pueda ofenderme
el fementido Alcorán,
que así quiso oscurecerme.[2]

---

[2] This is another one of the ballads that may have been written by
Pérez de Hita. It does not appear in any of the earlier *cancioneros*.

Muy atento había estado el valeroso Muza a las palabras del nuevo cristiano, y tanto sentía su mal, que no pudo dejar, con las lágrimas en los ojos, de hacer un muy tierno sentimiento, considerando el valor de un tan buen caballero y las grandes victorias por él alcanzadas contra cristianos, las riquezas que dejaba, el brío, la gallardía y fortaleza de su persona, y la grande estima en que era tenido, y la reputación en que estaba puesto. Y verle allí al presente tan malamente herido, tendido en el duro suelo, revolcándose en su sangre, de la cual había un lago, y sin poderle dar remedio, y queriéndole hablar se llegó a él por le consolar. Mas no hubo necesidad de hablalle, porque siendo ya el ánima llegada a los dientes, vio cómo el valeroso caballero de Cristo hizo la señal de la cruz en su frente y boca, y con las manos juntas, los dos pulgares puestos en cruz, llegados a su boca, dio el alma a su Creador. Como el buen Muza viese ya los ojos quebrados, traspillados los dientes, la color pálida y del todo punto muerto, de puro dolor y compasión soltó las riendas al llanto, diciendo sobre el cristiano caballero mil lástimas, y esto le duró una gran pieza, sin poderse consolar, porque Albayaldos era grande amigo suyo. Y visto que el llorar ni hacer sentimiento doloroso hacía nada al caso, se consoló, dejando el llanto, y procuró cómo le podría dar sepultura en aquel lugar tan desierto. Y estando ansí con este cuidado, Dios le socorrió en tal necesidad, para que el cristiano caballero fuese sepultado, y no quedase su cuerpo en aquel campo desierto a las aves. Y fue que cuatro rústicos iban por leña allí a la Sierra Elvira, con sus bagajes y herramientas para cortalla, y azadones para sacar las raíces y cepas. El buen Muza que los vio, fue muy alegre y los llamó, los cuales vinieron luego, y Muza les dijo:

—Amigos, por amor de mí que me ayudéis a enterrar el cuerpo deste caballero, que aquí está muerto, que Dios os lo pagará.

Los villanos respondieron que lo harían de muy buena voluntad. Y luego, habiendo señalado Muza el lugar donde se había de hacer la sepultura, los villanos con diligencia la hicieron, al mismo pie del pino. Y tomando el cuerpo del caballero muerto, le quitaron la marlota y capellar, y le desarmaron de las armas que tenía puestas, tan poco provechosas a los agudos filos y temple de la espada y lanza del Maestre. Y tornándole a poner su marlota y capellar sobre el estofado jubón, lo enterraron, no sin lágrimas del buen Muza. Y habiéndole enterrado, los villanos se despidieron, espantados de las mortales y penetrantes heridas del caballero muerto. El valeroso Muza luego sacó de su mochila una escribanía y papel, que siempre como hombre curioso, para si algo se le ofrecía, iba dello apercibido. Y escribiendo, puso en el mismo tronco del pino un epitafio que así decía:

EPITAFIO DE LA SEPULTURA DE ALBAYALDOS

Aquí yace Albayaldos,
de cuya fama el suelo estaba lleno;
más fuerte que Reinaldos,
ni el paladino Conde, aunque fue bueno.
Matóle el hado ajeno
de su famosa vida,
envidia conocida,
de aquel sangriento Marte
que pudo tan sin arte,
ponerlo al hierro duro,
por vivir en su cielo más seguro.

Este epitafio puso el buen Muza en el tronco del pino, sobre la sepultura del buen Albayaldos. Y lleno de lágrimas, tomó la fuerte jacerina y casco, y bonete y plumas, todas llenas de argentería, y el adarga finísima hecha en Fez. Y haciendo de todo, con el alfanje en medio, y el trozo de la lanza, un honroso trofeo, lo colgó en una rama del pino y encima dél puso este letrero:

EPIGRAMA AL TROFEO DEL VALEROSO ALBAYALDOS

Es el trofeo pendiente
del ramo de aqueste pino,
de Albayaldos Sarrazino,
de moros el más valiente
del estado granadino.
Si aquí Alejandro llegara,
a este sepulcro, llorara
con más envidia y más fuego
que lloró en aquel del griego
quel gran Homero cantara.

Así como el buen Muza acabó de poner el trofeo con las letras ya dichas, viendo que ya no había allí más que hacer, subió en su caballo, y tomando el de Albayaldos de la rienda, se partió camino de Granada, riñendo con el caballo de Albayaldos, diciendo:

—Vámonos; maldito seas, mal caballo. Mahoma mil veces te maldiga, pues tú fuiste la causa de la muerte de tu señor, que si tú no te tropezaras y cayeras en la lanza que arrojó el Maestre, tu señor no fuera tan malamente herido, ni la batalla feneciera tan a su daño como feneció. Mas no te quiero culpar tanto, que no fue más en tu mano, que ya hiciste lo que pudiste; ello estaba ya ordenado del cielo, que había de ser ansí, no hay para qué formar contra ti querellas ni contra nadie, sino es contra el duro hado; el cual no se puede contrastar en manera alguna.

Yendo ansí razonando, aún no había andado tres millas, cuando vio venir dos caballeros, entrambos de muy buen talle. El uno venía vestido con una marlota amarilla y el capellar amarillo, bonete y plumas de lo mismo; el adarga, la media amarilla y la media azul, y en la media azul pintado un sol, metido entre unas nubes negras, y debajo del sol, una luna que lo eclipsaba, con una letra que decía en arábigo desta suerte:

Ya se eclipsó mi esperanza
y se aclaró mi tormento;
ajeno soy de contento
pues no hay rastro de mudanza.

La lanza deste caballero era toda amarilla; todo el jaez y adorno del caballo, amarillo, y la banderilla de la lanza, también amarilla. Muy bien mostraba este caballero vivir en estado desesperado, y por la letra, sin remedio de esperanza. El otro caballero venía vestido de una marlota, la mitad roja y la mitad verde: capellar, bonete y plumas de lo mismo; la lanza, verde listada con rojo, y la banderilla della, verde y roja, y todo el aderezo y guarniciones del caballo, de la misma color; el adarga, la media roja y la media verde, y en la parte roja, unas letras de oro muy bien cortadas que decían ansí:

Mi lucero no oscurece,
antes esclarece el día,
y esto me causa alegría
porque mi gloria más crece.

Debajo destas letras de oro había un gran lucero también de oro, con los rayos muy largos, y cuando le daba el sol, resplandecía de manera que privaba de la vista a quien lo miraba. Muy bien mostraba este caballero vivir contento y alegre, según lo daba a entender las colores de su librea y blasón, y señal de su adarga. Las marlotas de los dos caballeros eran de damasco muy rico. El caballo del caballero del sol era castaño claro, andaluz, y parecía ser muy bueno. El caballo del caballero del lucero era tordillo, muy poderoso y también andaluz. Entrambos caballeros venían razonando y caminando a buen paso. El valeroso Muza los estuvo mirando por ver si los podía conocer, mas no pudo conocellos hasta que llegaron muy cerca. Entonces fueron los dos conocidos; que habéis de saber que el caballero de lo amarillo era el buen Reduán, y vestía de aquella manera de amarillo, porque lo desamaba Lindaraxa Abencerraje. Y el otro caballero de lo rojo y verde era el animoso Gazul, y vestía de aquella manera, porque Lindaraxa lo amaba. Y los dos venían desafiados sobre quién había de llevar la hermosa dama. Maravillóse Muza de verlos, y ellos de ver a Muza con aquel caballo de las riendas, y sin ningún escudero que le acompañase. Y en llegando los unos a los otros, saludándose según su costumbre, después de haberse saludado, el que primero habló fue Muza, diciendo:

—Por nuestro Mahoma juro que me espanto en veros ir a los dos por este apartado camino, y que vuestra venida no es sin algún misterio, y me haríades gran placer si me diésedes cuenta desta vuestra venida.

Reduán respondió:

—Mas razón hay de maravillarnos nosotros en veros venir ansí solo y con ese caballo del diestro, y no es menos sino que vos habéis tenido alguna batalla con algún caballero cristiano, y lo habéis muerto, y le habéis quitado ese caballo.

—Yo holgara que fuera desa manera—respondió Muza—. Mas decidme, señor Reduán, ¿es posible que vos no conocéis este caballo?

Reduán, mirando el caballo, dijo:

—O me engaña la vista, o este caballo es de Albayaldos, y suyo es ciertamente; ¿su señor do queda?

—Pues me lo preguntáis—respondió Muza—, yo os lo diré. Habéis de saber, que ayer en el juego de la sortija, habiendo corrido el Maestre de Calatrava sus tres lanzas y habiéndole ganado el mantenedor, Albayaldos vino a la plaza y acerca de la muerte de su primo Mahamete, porque sabiendo que el Maestre le matara, delante de mí le desafió a mortal batalla. Y quedó que se habían de ver hoy en la fuente del Pino, llevando Albayaldos por su padrino al Malique Alabez, y el Maestre señalando por el suyo a don Manuel Ponce de León; se salió de la plaza y se fue. Esta mañana, como fui a palacio, eché menos a Albayaldos y al Malique Alabez, y acordándome del pasado desafío, sin dar cuenta a nadie, vine por la posta a la fuente del Pino, y allí hallo a los cuatro caballeros ya nombrados. Y harto trabajé porque el desafío no pasara adelante, y lo tenía recabado del Maestre; mas Albayaldos estuvo tan pertinaz en ello, que al fin hubieron de venir a hacer armas. El Malique y don Manuel tenían antes de ahora comenzada una batalla, y por cierta ocasión no fue fenecida; hoy también los dos la quisieron fenecer, de modo que los padrinos y los ahijados hicieron armas muy cruelmente y al cabo, por la culpa deste caballo, fue Albayaldos mal herido, porque cayó con su señor habiendo tropezado en la lanza del Maestre. Finalmente, Albayaldos, vencido y a punto de muerte, dijo quería ser cristiano. El Malique también quedó mal herido y vencido de don Manuel, y si no fuera por mí allí muriera. Pedílo de merced a don Manuel, y él me la hizo como honrado caballero. Al Malique le apreté las heridas y se vino, y entiendo que está curándose en Albolote. Albayaldos, vuelto cristiano por la mano del mismo Maestre, y puesto por nombre don Juan, de allí a poca pieza murió, llamando a Jesucristo. Antes del morir me rogó muy ahincadamente que le diese sepultura allí, bajo de aquel pino. Yo ansí lo hice, y de sus armas hice un honroso trofeo, y lo colgué encima de su sepultura. Esto pasa como lo digo. Ahora hacedme placer, me digáis adonde es vuestro camino, que holgaré de sabello; porque si yo os puedo servir en algo, lo haré de muy buena voluntad.

—Obligación hay—dijo el valeroso Gazul—daros cuenta de nuestra venida, pues vos señor Muza, nos la habéis dado de lo que ha pasado. Mas, respondiendo primero a la mala fortuna de Albayaldos y del Malique, digo que me pesa en el alma, por ser los dos tan buenos caballeros, y en quien el rey Chico tiene sus ojos puestos por su valor, y aun todo el reino. De nuestra venida os diré lo que pasa: Aquí el señor Reduán me trae desafiado y sin por qué, y la causa es, porque Lindaraxa no le ama, y porque a mí me hace favor; dice que me ha de matar porque soy robador de su gloria. Y para esto vamos a la fuente del Pino, por ser lugar apartado, porque nadie nos estorbe la batalla.

Maravillado Muza del caso, mirando a Reduán, le dijo:

—¿Pues cómo, señor Reduán, así por fuerza queréis que la dama os ame?; mal amores por fuerza. De manera que si ella quiere a otro que le dé más gusto, queréis vos por ello venir en competencia y batalla con quien no os debe nada, donde arriesgáis perder la vida. Si ella no os quiere, buscad otra que os quiera. Que no sois tan despreciado caballero en el reino de Granada, que no seáis tan bueno como otro cualquiera, así en valor de persona como en bienes y linaje. Harto bueno sería, por cierto, que los caballeros más preciados que el rey tiene, cada día se saliesen a matar a la Vega, y quedase el rey sin que hallase caballero en su corte de quien pudiese echar mano a una necesidad si le viniese, teniendo cada día los enemigos a la puerta como los tenemos. Mirad en qué ha parado Albayaldos por no tomar mi consejo. No es menester pasar de aquí, sino todos volvamos a Granada. Que muy bien sabéis vos, señor Reduán, que yo amaba de todo corazón a la hermosa Daraxa, y de principio me hizo favores, tantos como a caballero se pudieron hacer; después volvió la hoja, y puso su amor en Zulema Abencerraje, y no hizo caso de mí. Cuando yo vi aquello, aunque luego lo sentí gravemente, me consolé, entendiendo que las voluntades de las mujeres y sus firmezas son como velilla de torre, que a todos vientos se vuelve; y le di de mano y mudé mi voluntad a otra parte. Luego bueno fuera que, porque Daraxa me aborreció y puso su afición en Zulema Abencerraje, que matara yo al caballero que culpa no tenía. Mi parecer es, señores caballeros, que nos volvamos a Granada y se den de mano a rencores y pesadumbres, por cosa que sin ellas muy facilmente se puede remediar.

Con esto dio fin a sus razones el valeroso Muza, a las cuales respondió Reduán, diciendo:

—Es tan gravísimo mi tormento y tan grande el infierno que arde en mis entrañas. que no me deja reposar un solo punto; porque de noche en mi pecho arde un Mongibelo, de día me enciende un Vulcano y un Estróngalo,[3] sin jamás cesar un solo punto de encenderme. De modo que para aplacar fuego tan crudo, que en mis entrañas arde, no hallo otro remedio sino la dura muerte, que con ella todo habrá fin.

—Quiero os preguntar, señor Reduán—dijo Muza—, ¿qué remedio pensáis sacar, después de muerto, de todos vuestros males?

—Descanso—respondió Reduán.

—Y sepamos— dijo Muza—si caso es que en la batalla que pensáis hacer salís victorioso y matáis a vuestro competidor y todavía la dama os aborrece, ¿qué remedio habréis alcanzado, especialmente si ella luego pone el afición en otro caballero? ¿Habéis de matar también al otro?

—No sé qué me diga—dijo Reduán—; por ahora yo querría dar fin a la batalla que tenemos aplazada, que después el tiempo dirá lo que se ha de hacer.

—¡Alto, no dilatéis más el negocio!—dijo el valeroso Gazul—que mientras más lo dilataremos será peor.

Y diciendo esto picó el caballo para ir adelante; lo mismo hizo Reduán. El valeroso Muza, vista la determinación de los dos caballeros y que no podía aplacar a Reduán ni traello a la razón, visto que se partían para la fuente del Pino, aguijó tras ellos, por ver en qué paraba la cosa, y por ver si podría apaciguar aquel negocio. Tanto anduvieron, que muy brevemente llegaron a la fuente del Pino, y en llegando, Muza arrendó el caballo de Albayaldos al pino, y de nuevo tornó a rogar a Redúan que se dejase de aquella empresa; mas Reduán, sin le responder palabra, dijo contra Gazul:

—Ea, robador de mi gloria, ahora estamos en parte donde se ha de acabar de perder mi esperanza.

Y diciendo esto, lanzó el caballo por el campo, escaramuzando, llamando a Gazul, que saliese a la escaramuza. El valeroso Gazul, ya mohíno y enfadado de las cosas de Reduán, poniéndose delante, como pretendía privarlo de su bien, encendido en cólera así como una serpiente, abalanzó el caballo por el campo, y sin aguardar floreos de escaramuza, en un punto se juntó con Reduán, y Reduán se acercó a

---

[3] *Estróngalo* is probably *Estrongilos*, archaic word for Stromboli. In the Middle Ages, legend had it that the volcano on this island was the entrance to hell. These are favorite metaphors of Pérez de Hita in expressing the fiery torment of love.

él, y con gran destreza se comezaron a tirar grandes botes de lanza. Reduán fue el primero que aportilló el adarga del competidor, y la lanza llegó a romper un fino jaco que el buen Gazul llevaba. El cual quedó herido de aquella vez en el lado izquierdo, de una herida no muy grande, mas della salía sangre en abundancia, la cual parecía luego en los arzones y en el borzeguí, que era bayo.

Gazul, viéndose herido así a los primeros golpes, como muy diestro en aquel ejercicio, tuvo mucha cuenta al tiempo que Reduán volviese el caballo de lado, para con presteza ejecutarle un golpe en descubierto; y le avino ansí como lo pensó, porque Redúan, que sintió que había herido a su contrario, muy gozoso quiso segundarle otro golpe, y para esto fue rodeando al buen Gazul, acercándose lo más que pudo. Cuando Gazul le vio tan cerca, arremetió su caballo con tanta presteza, que cuando Reduán pensó escaparse de aquel encuentro, ya lo tenía recibido, que no tuvo otro lugar sino de presto poner el adarga delante, por recibir el golpe en ella. Mas no le valió su adarga ser muy fina, para que no fuese rota por la fuerza de los duros aceros del hierro de la lanza que llevaba el buen Gazul, y pasada llegó a la jacerina, y aunque también era fuerte, también fue falseada y Reduán malamente herido. Y saliendo el fuerte Gazul fuera con su caballo, dando una vuelta en el aire, tornó sobre Reduán así como una águila, a tiempo que Reduán venía sobre él. Y los dos se encontraron sin poder hacer otra cosa, tan poderosamente, que fueron las dos lanzas rotas, y ellos quedaron malamente heridos en los pechos. Y como se hallasen tan cerca el uno del otro, se juntaron, y con gran braveza se abrazaron, cada uno procurando sacar al otro de la silla. Y ansí anduvieron gran pieza asidos, sin poderse derribar el uno al otro.

Los caballos, como se vieron tan juntos, alborotados, relinchando, abrieron las bocas para morderse, y empinándose, a pesar de sus señores, se revolvieron de ancas para hacerse querra con las herraduras de los pies. Y al tiempo del revolverse, como los caballeros estaban aferrados el uno con el otro, de necesidad hubieron de venir entrambos al suelo así abrazados como estaban. Mas Reduán, que era caballero de más fuerza, se llevó tras sí al buen Gazul, cayendo Reduán debajo. Los caballos, viéndose sueltos, comezaron a pelear entrambos bravamente. Mas Reduán, aunque se vio en aquel peligro, no perdió su buen ánimo, que haciendo gran fuerza a la una parte, estribando con los pies en el suelo, pudo tanto, que volcó a Gazul a un lado, quedando la pierna derecha de Reduán sobre él. Gazul, con sobrado ánimo, afirmó la mano derecha con gran fuerza por cobrar lo perdido, mas no pudo, porque Reduán tenía en su mano izquierda ya firme con que hizo resistencia, y ansí bregando el uno con el otro se hubieron de levantar del suelo. Y en levantándose, con gran presteza tomaron sus adargas. Y poniendo mano a sus alfanjes, se comenzaron de herir cruelmente, dando golpes a diestro y a sinestro, de tal manera que en poca pieza no les quedó adarga en los brazos, que hechas mil pedazos andaban por el suelo, y ellos y cada uno con más de seis heridas. Mas el que más herido estaba era Reduán, porque de lanza tenía dos heridas. Finalmente entrambos andaban mal heridos, mas ventaja no se conocía alguna hasta entonces entre los dos caballeros. Estando sin adargas, se hacían mayor daño. Ya de sus libreas y penachos quedaba muy poco. Patentemente se mostraban las armas de que venían armados, de modo que reconocían la parte por donde mayor daño se podían hacer. Los alfanjes eran damasquinos y de muy finos temples; no tiraban golpe que las armas no fuesen rompidas y ellos heridos. Y ansí, antes que hubiesen pasado dos horas, andaban tales, que ya de los dos no se esperaba que vivo quedase alguno.

Reduán llevaba la peor parte de la batalla, porque aunque Reduán era de mayores fuerzas, Gazul le aventajaba en ligereza, y entraba y salía más a su salvo, y hería como quería, lo que no hacía Reduán, a cuya causa andaba mal herido. Mas Reduán el golpe que acertaba en lleno, las armas y la carne al suelo lo enviaban. Mal heridos andaban los dos, mucha sangre vertían. Lo cual visto por Muza, entendiendo que si la batalla pasase adelante, aquellos dos tan buenos caballeros habían de morir, de compasión que dellos tuvo, se apeó de su caballo y se fue a poner en medio de entrambos, diciendo:

—Señores caballeros, hacedme merced que paréis y no lleváis al fin vuestra batalla. Porque si adelante pasa, a entrambos os llamará la muerte.

Gazul, como caballero mesurado, luego se apartó, lo cual Reduán no quisiera, pero húbolo de hacer, parando mientes que estaba Muza de por medio y era hermano del rey. Y ansí apartados, Muza les hizo curar y él mismo les apretó las llagas. Y subiendo sobre sus caballos, tomando el de Albayaldos del diestro, se partieron la vuelta de Albolote. Y sería las cinco de la tarde cuando llegaron, y preguntando dónde estaba Alabez, le hallaron mal herido en una cama, mas curado con gran diligencia por un buen maestro que allí estaba, que se le entendía muy bien de aquel menester.

Luego los dos caballeros, Reduán y Gazul, también fueron puestos en sendos lechos, y allí muy bien curados y proveídos de todo lo necesario. Mucho se maravilló Alabez en verlos ansí venir de aquella suerte, y le pesó mucho, porque entrambos eran sus amigos. Mas dejarémoslos aquí curándose, y ya amigos, y volveremos a contar de Granada, de algunas cosas que en ella sucedieron aquel día que pasaron estas dos batallas.

CAPÍTULO DOCE: EN QUE SE CUENTA UNA PESA-DUMBRE QUE LOS ZEGRÍES TUVIERON CON LOS ABENCERRAJES, Y CÓMO ESTUVO GRANADA EN PUNTO DE SE PERDER.

UESTOS LOS CABALLEROS a recado y a toda diligencia curándose, el valeroso Muza se partió para Granada, llevando el caballo de Albayaldos consigo. Sería la hora que el sol se acababa de poner, cuando Muza entró por las puertas de Elvira, cubierta la cara con el cabo del capellar, por no ser de nadie conocido. Y ansí, desta manera, se fue hasta que llegó a la casa real del Alhambra, a la hora que el rey su hermano se sentaba a la tabla para cenar. Y como llegó, luego fue conocido de la gente de servicio, y apeado de su caballo, mandó que a los dos se les diese buen recaudo. Y él se entró hasta el real aposento, sin que de las guardas del rey fuese defendido, porque lo conocieron. Maravillóse el rey de verle así venir de camino, y sentado a la mesa, siendo por el rey preguntado cómo aquel día no había parecido, y que dónde había estado, Muza le dijo:

—Señor, cenemos ahora, que después os contaré lo que hoy ha sucedido, que os espantaréis.

Con esto cenaron muy bien, y con harta gana de Muza, que en todo aquel día no había comido. La cena acabada, luego Muza satisfizo al rey de su pregunta, contándole todo muy por extenso lo que había pasado: la muerte de Albayaldos y la batalla de Gazul y Reduán, de todo lo cual fue el rey muy maravillado y enojado. Luego se supo por todo el real palacio la nueva de la muerte de Albayaldos, y no faltó quien se lo fue a decir al moro Alatar, primo hermano suyo, el cual hizo muy grande sentimiento por la muerte del primo, y juró a Mahoma, de le vengar o morir en la demanda.

Otro día por la mañana se supo esta nueva por toda la ciudad, de la cual pesó a todos los caballeros della. Y como Alatar fuese su primo hermano, y tan cercano deudo, se juntaron en su posada muchos caballeros por darle el pésame. Los primeros que fueron, fueron los Zegríes, Gomeles, y luego Vanegas y Mazas, Gazules y Abencerrajes, y otros muy principales caballeros de la corte, y a la postre fueron Alabeces y Abencerrajes. Y puestos todos en sus asientos, como en casa de tan principal caballero, después de haberle dado el pésame, se trató si sería bueno hacer por él el debido sentimiento, que por semejantes caballeros se suele hacer. Por esto hubo grandes pareceres, porque unos decían que no, por cuanto siendo Albayaldos moro, al tiempo del morir se tornó cristiano. Los Vanegas decían que no les importaba aquello, que todavía era bueno, que sus deudos y amigos hiciesen señal de alguna tristeza, así por lo uno como por lo otro. Los caballeros Zegríes decían que, pues Albayaldos se había tornado cristiano, que no holgaría Mahoma que por él sentimiento se hiciese, y que esto era guardar derechamente el rito de Alcorán. Los caballeros Abencerrajes decían que el bien que se ha de hacer, se había de hacer por amor de Alá, y que si Albayaldos se había tornado cristiano en el tiempo de morir, que aquel secreto sólo Dios lo sabía, y que para él lo dejasen, y que no por eso se dejase de hacer sentimiento por él. Un caballero Zegrí, llamado Albin Hamad, dijo:

—O el moro, moro; o el cristiano, cristiano. Dígolo porque aquí en esta ciudad hay caballeros que cada día del mundo envían limosna a los cautivos cristianos que están en las mazmorras del Alhambra, y les dan de comer, y los caballeros que digo son todos los Abencerrajes.

—Decís verdad—dijo Albin Hamad, Abencerraje—que todos nos preciamos de hacer bien y caridad a los cristianos y a otras cualesquier gentes que sean, porque los bienes el santo Alá los da para que se haga bien por su amor, sin mirar leyes. Que también los cristianos dan limosna a los moros en nombre de Dios, y por su amor la hacen, y yo, que he estado cautivo, lo sé, y lo he visto muy bien, y a mí me han hecho algún bien. Y por esto yo y los de mi linaje hacemos el bien que podemos a los pobres, y más a los cristianos que están cautivos, que no lo sabemos cuándo lo estaremos, pues tenemos los enemigos a la puerta. Y cualquiera caballero que le pareciere mal, es muy ruin caballero y siente poco de caridad, y siéntase quien se sintiere. Y cualquiera que dijere que hacer bien y limosna a quien se quisiere, no es bueno, miente, y lo haré bueno donde fuere menester.

El caballero Zegrí, ardiendo en saña, viéndose así desmentido, sin responder palabra alzó la mano, de enojo lleno, y quiso herir en el rostro al caballero Abencerraje. El cual, como vio venir el golpe, le reparó con el brazo izquierdo, mas no fue tan bueno el reparo que el Zegrí no le alcanzase en la cara con los extremos de los dedos. Lo cual sentido por el Abencerraje, como león hircánico, en viva cólera y saña ardiendo, puso mano a una daga que llevaba, y en un punto embistió con el Zegrí, y antes que se pudiese poner en defensa, le dio dos puñaladas, una empos de otra, y tan penetrantes, que el Zegrí luego cayó a sus pies muerto. Otro caballero Zegrí arremetió al Abencerraje por le herir con un puñal, mas no pudo, porque con grande presteza el Abencerraje le embistió, haciéndole presa en el brazo derecho por la muñeca con tanta firmeza que el Zegrí no pudo hacer a su voluntad lo que pensaba. Y el bravo Abencerraje lo hirió de una mala herida por el estómago, de la cual luego el Zegrí cayó en tierra muerto.

Todos los caballeros Zegríes que allí había, visto lo que pasaba, que eran más de veinte, pusieron mano a las armas, diciendo:

—¡Mueran los traidores de casta de cristianos!

Los caballeros Abencerrajes se pusieron en defensa; los caballeros Gomeles vinieron en favor de los Zegríes, los cuales serían más de veinte, y los Mazas con ellos, que serían otros tantos. Lo cual visto por los Alabeces y Vanegas, fueron en favor de los Abencerrajes, y entre estos seis linajes de caballeros se comezó una revuelta tan brava y reñida, que en un momento fueron otros cinco Zegríes muertos y tres Gomeles y dos caballeros Mazas. Y entre estos tres linajes, no más de catorce heridos. De los Abencerrajes no hubo muerto, mas hubo casi todos heridos, que pasaron de diez y siete, y a uno le cortaron un brazo acerce. De los caballeros Alabeces murieron tres y hubo ocho mal heridos. Algunos Vanegas salieron heridos, y dos, muertos. Y más hubiera de todas partes de muertos y heridos, sino que Alatar y otros muchos caballeros se pusieron en medio, y algunos dellos también salieron heridos. Con esta barahunda, que parecía hundirse Granada, se salieron todos a la calle, sin dejar el reñir unos con otros. Mas los caballeros que ponían paz eran muchos y de mucho valor, que eran Alageces y Benarages, Gazules, Almohades, Almoradís. Y tanto hicieron que los pusieron en paz, aunque con gran dificultad, porque los de la pendencia eran muchos y había muertos de por medio.

En este tiempo el rey Chico fue avisado de lo que pasaba, y al punto salió del Alhambra y fue donde era la quistión, y aún halló el negocio no del todo apaciguado. Los caballeros de la revuelta, así como reconocieron al rey, se apartaron cada uno por su parte. Hecha la averiguación del caso mandó prender los caballeros Abencerrajes, y les dio por cárcel la Torre de Comares; y a los Zegríes mandó poner en las Torres Bermejas; y a los Gomeles, en el Alcazaba; y a los Mazas, en el castillo de Bivataubin; a los Alabeces, en la casa y palacios de Generalife; a los Vanegas, en una torre fuerte de los Alijares. Y muy enojado, el rey se tornó para el Alhambra, diciendo:

—A fe de rey que yo acabe estos bandos con quitar a cada uno dellos seis cabezas, y no se tardará, juro por Mahoma.

Los caballeros que acompañaban al rey, viéndolo tan airado, le suplicaban que no hiciese tal, porque sería alborotar a Granada, que eran todos emparentados, sino que se diesen orden de hacer los amigos, y los mismos caballeros lo tomaron a su cargo.

Finalmente, aplacado el rey, los Abencerrajes y Alageces y Almoradís hicieron tanto que de allí en cuatro días todos los caballeros de la pasión fueron amigos y las muertes perdonadas, llevándoles la justicia del rey a algunos gran cantidad de dineros. Esto pasado, los caballeros presos fueron sueltos, quedando los Zegríes muy lastimados y quebrados, así mismo los Gomeles, y siempre procurando la venganza de tan gran daño y deshonra. Y para esto un día se juntaron todos los Zegríes y Gomeles en una casa de placer que estaba junto a Darro, que era muy hermosa, donde había muy hermosa huerta y jardines. Y después de haber comido y holgado, estando todos juntos en una hermosa sala, sentados por su orden, un caballero Zegrí, a quien todos los demás respetaban por mayor y cabeza dellos, hermano de aquel Zegrí que mató Alabez en el juego de las cañas, comenzó a hablar, mostrando grande tristeza, y a decir ansí:

—Valerosos caballeros Zegríes, deudos míos, y amigos vosotros los Gomeles: advertíd muy bien lo que ahora os quiero decir con lágrimas de sangre distiladas del corazón. Ya tendréis entendido dónde llega el punto de la honra y cuánto se debe mirar por ella; porque si el hombre una vez la pierde, jamás la cobra. Dígolo porque en Granada, nosotros los Zegríes, y vosotros los Gomeles, estamos puestos en el cuerno de la luna, de riquezas y honras bien abastados y del rey tenidos en gran estimacíon, y estos caballeros mestizos Abencerrajes procuran de despojarnos della y abatirnos. Ya nos tienen muertos a mi hermano y ahora otros tres o cuatro deudos, y ansímismo de los caballeros Gomeles; haciendo de todos nosotros infame menosprecio y befa, todo lo cual pide una eterna venganza. Porque si no la procuramos, presto harán los Abencerrajes que no seamos nadie y que nadie nos estime. Y para el reparo desto, es menester, por todas las vías y modos que ser pudiere, que busquemos cómo seamos vengados y nuestros enemigos aniquilados y destruidos, porque nosotros nos quedemos en nuestra honra permanecientes. A lo menos ello no se puede hacer por fuerza de armas, respecto que el rey puede proceder contra nosotros. Mas yo tengo pensado una cosa que nos saldrá muy bien, aunque es contra ley de caballeros; pero del enemigo se ha de buscar, de cualquier modo que sea, la venganza.

Un caballero de los Gomeles respondió:

—Señor Zegrí Mahavid, ordenad a vuestro gusto como os pareciere; de cualquiera manera que sea, os seguiremos en todo y por todo.

—Pues habéis de saber, mis buenos amigos—dijo el Zegrí—, que
tengo pensado de poner mal a los Abencerrajes con el rey, de modo
que ninguno quede a vida, diciendo que Albin Mahamete, que es
cabeza de los Abencerrajes, hace adulterio con la reina. Y esto lo
tengo de verificar con dos caballeros de vosotros señores Gomeles.
Por tanto, cuando yo hable con el rey sobre este negocio, me tercea-
réis diciendo que lo que yo digo es gran verdad, y que lo defenderemos en el campo, a cualquiera que nos contradijere, con las armas en
las manos. Y también añadiremos que los Abencerrajes pretenden de
le matar y quitar el reino. Y con esto, yo os doy mi palabra que el rey
los mande degollar a todos. Y para ello dejadme el cargo, que yo daré
la orden. Esto es lo que tengo pensado, mis buenos amigos y parientes. Ahora dadme vuestro parecer, y esto ha de ser con todo secreto,
porque ya veis lo que importa.

Acabando el Zegrí su razón diabólica y mal pensada, todos a una
mano dijeron que ello estaba muy bien acordado, que se hiciese ansí,
que todos favorecerían a su intención. Luego fueron señalados dos
caballeros Gomeles, para que ellos y el Zegrí pusiesen el caso ante el
rey.

Acabado de concertar esta tan solemne traición, se fueron a la ciudad, donde estuvieron con su dañado pensamiento aguardando
tiempo y lugar para ponerle en ejecución. Y así los dejaremos a ellos y
volveremos al moro Alatar, que muy confuso y enojado estaba por lo
que en su casa había sucedido. Y triste por la muerte de su buen
primo Albayaldos, juró de le vengar a todo su poder, y ansí propuso
de ir a buscar al Maestre y le matar si pudiese. Y para esto no quiso
poner más dilación en le ir a buscar. Y aderezándose muy bien de un
jaco acerado sobre un muy estofado jubón, y sobre él una marlota
leonada, sin otra guarnición alguna por ella, y un muy acerado casco,
y sobre él un moro bonete leonado, y en él puesto un penacho negro
mandó aderezar un muy poderoso caballo negro, que pasaba de diez
años, el cual mandaba a tres cautivos cristianos que lo curasen, y él
por su mano le daba cebada. Y puesto el caballo todo de un jaez
negro, y lanza y adarga negra, sin otra señal ni divisa salió de su
posada, tan furioso y gallardo, que ningún caballero de los afamados
le igualara. Y en llegando a la Plaza Nueva, con la ira que llevaba, no
volvió a mirar a Darro al tiempo del pasar la puente, y así desta
manera se salió de Granada, camino de Antequera, en busca del Maestre, o de otros caballeros cristianos, para vengar la muerte de su
primo Albayaldos.

Y estando de esa parte de Loxa, vio un escuadrón de cristianos que
venía para entrar en la Vega, los cuales traían un pendón blanco y
una señal roja, la cual era la cruz de Santiago. Y por caudillo desta

gente venía el buen Maestre de Calatrava, que ya estaba sano de sus heridas por habérselas curado con precioso bálsamo. El valeroso Alatar luego conoció ser aquella seña del Maestre, porque muchas veces la había visto en la Vega de Granada. Y llegándose con un bravo ánimo hacia el escuadrón de los cristianos, cuando estuvo junto, sin temor alguno, dijo en alta voz:

—Por ventura, caballeros, ¿viene entre vosotros el Maestre de Calatrava?

El Maestre, que lo oyó, se adelantó a su gente un buen trecho hacia donde estaba el moro, y siendo cerca, le dijo:

—¿Para qué demandáis por el Maestre, señor caballero?

—Demando por él sólo por le hablar—respondió el moro.

—Si no es para más, yo soy: hablad lo que os pareciere.

Alatar, parando mientes en el Maestre, luego le conoció, y más por la señal del lagarto que traía en el pecho y en el escudo. Y llegándose a él sin temor alguno, le dijo, sin le saludar, desta suerte:

—Por cierto, valeroso Maestre, que con razón os podéis llamar bien afortunado en este mundo, pues por vuestro mano habéis muerto tantos y tan buenos caballeros como habéis muerto, especialmente ahora, que murió a vuestras manos mi primo hermano Albayaldos, honor y gloria de los caballeros de Granada, que con sola su muerte, dada por vuestra mano, casi queda oscurecida toda la corte de mi rey. Y yo lleno de gran pesar y tristeza, y con obligación de vengar su muerte, y sólo para esto soy venido. Y pues Mahoma ha permitido que os haya hablado, holgaré que los dos hagamos batalla; y si yo en ella muriere, iré consolado de morir a manos de un tan buen caballero como vos lo sois, y por hacer compañía a mi amado primo Albayaldos.

Con esto calló. A lo cual el buen Maestre respondió desta suerte:

—Holgara, buen Alatar, que ya que me habéis hallado habiéndome buscado, que fuera para cosa en que yo os pudiera servir, que juro como caballero que en mí hallarades entera amistad; y me holgaría que conmigo no hiciésedes batalla, que os doy mi palabra que vuestro primo Albayaldos hizo el deber como valeroso caballero. Quiso Dios llevárselo al cielo, porque en el tiempo de su muerte le conoció y pidió agua de bautismo, y allí se tornó cristiano. Bienaventurado él, pues de Dios ahora está gozando. Por esto querría vuestra amistad, y que no viniésemos a reñir sin haber para qué, sino ved de mí si puedo serviros en algo, que lo haré tan de veras como por mi hermano carnal.

—Gran merced, señor Maestre—respondió Alatar—; por ahora yo no he necesidad de otra cosa sino de vengar la muerte de mi primo

Albayaldos, y para esto no es menester dilatar más el caso sino haced, como honrado caballero, en asegurarme el campo de vuestra gente, porque yo no sea ofendido sino de vuestra propia persona.

—Mucho holgara—dijo el Maestre—que no pasárades adelante con vuestro intento; mas pues es esa vuestra voluntad, hágase lo que quisiéredes. En lo demás, de mi gente yo os aseguro que no os enojará ninguno de los míos.

Y diciendo esto, alzó las manos a su gente, haciendo señas que se retirase de allí, y ésta era bastante señal de seguro. La gente luego se retiró, lo cual visto, el moro dijo al Maestre:

—Ea, caballero, que ya es tiempo de comenzar nuestra batalla.

Y diciendo esto movió su bravo caballo por el campo a media rienda, escaramuzando con una muy linda gracia. El buen Maestre, haciendo la señal de la cruz, alzó los ojos al cielo, diciendo:

—Por vuestra santísima pasión, Señor mío Jesucristo, que me deis victoria contra este pagano.

Y diciendo esto, con ánimo de un león arremetió su caballo por el campo, escaramuzando contra el moro. Y aun no estaba bien sano de las heridas que Albayaldos le diera, las cuales le hacían grande estorbo y le impedían; mas con su bravo corazón todo lo pasaba, mostrando grande esfuerzo, usando de su acostumbrado valor. Y notando la bravosidad del moro Alatar y su denuedo, y la ligereza de su escaramuzar, dijo entre sí: «A mí me conviene andar muy sobre aviso para que este moro no salga victorioso este día, lo cual Dios no permita». Y diciendo esto sosegó su caballo, yéndose poco a poco, los ojos siempre puestos en su enemigo, para ver lo que haría.

El moro, que así vio al Maestre andar tan flojo, no sabiendo la causa del misterio, se fue rodeándolo y acercándosele para hacerle algún daño si pudiese. Y viéndose muy cerca dél, confiado en el vigor de su poderoso brazo y en la destreza de su tirar, pensando que el Maestre no estaría en el caso advertido, levantándose sobre los estribos le arrojó la lanza con tanto ímpetu y braveza, que el hierro y banderilla iban rechinando por el aire. El valeroso Maestre, que entonces no dormía, así como vio desembrazar la lanza y que el asta venía rugendo por el aire, con gran presteza arremetió su caballo a una parte, hurtándole el cuerpo. De suerte que la lanza no hizo golpe, pasando adelante con aquella violencia que suele llevar un pasador, y dando en el suelo, entró por él más de dos palmos, quedando corvada casi toda en el suelo.

El Maestre, habiéndole hurtado el cuerpo con la presteza que el falcón suele asaltar a los astutos gorriones, arremetió al moro por le herir. El cual, como viese venir al Maestre tan determinadamente, no le osó aguardar que le embistiese. Y ansí, volteando su ligero caballo por el campo, se dejó ir como un pensamiento para donde estaba su lanza hincada. Y en llegando a la par della se dejó colgar de los arzones con tanta presteza como un ave, la tomó y sacó del suelo donde estaba hincada, pasando adelante como un viento. Y revolviendo para el Maestre, lo halló tan cerca de sí, como le venía a los alcances, que no se pudo hacer otra cosa sino embestirse el uno al otro, poniéndolo todo en las manos de la fortuna, y se dieron dos grande encuentros. El moro hirió al Maestre por medio de su escudo, y se lo falsó e hirió en el brazo, y, rompiendo las armas, le hirió en los pechos de una mala herida. El golpe que el Maestre hizo fue bravo, porque rompió el adarga del moro, aunque dura y fuerte, y no paró el hierro hasta dar en el jaco acerado, con tanto ímpetu, que no le prestaron nada sus aceros para que no fuese roto, y con él la carne de una mala herida que llevaba a lo hueco, de la cual comenzó a salir grande copia de sangre.

Bien sintió el moro que estaba muy mal herido, mas no por eso mostró punto de desmayo; antes con más ánimo y esfuerzo que primero arremetió al Maestre, blandiendo la lanza como un junco. El Maestre usó de maña con él al tiempo que se hubieron de encontrar los dos; ladeó el Maestre un poco su caballo a un lado, de suerte que Alatar le hirió a soslayo en el adarga, y aunque la pasó de banda a banda, el hierro no encarnó en las armas del Maestre, por ir a soslayo como digo. Mas el Maestre le hirió sobre mano al través tan duramente, que el moro fue otra vez malamente herido, y más ésta, porque fue el golpe en descubierto de la adarga. Bramaba el valeroso moro viéndose herido tan malamente sin poder haber venganza de su contrario, y así, desatentadamente, como ya perdido, arremetía al Maestre por le herir. Mas el Maestre se guardaba dél, y, a su salvo, le hería siempre de través. Visto el moro la gran destreza del Maestre, maravillado della, paró su caballo y le dijo:

—Caballero cristiano, mucho placer recibiría si tú quisieses que diésemos fin a nuestra batalla a pie, pues que ya ha gran rato que combatimos a caballo.

El Maestre, como era tan diestro en las armas a pie y más que a caballo, dijo que le placía. Y ansí los dos bravos guerreros se apearon de sus caballos a una, y embrazando bien sus escudos, con la cimitarra el moro y con la espada el cristiano, se acometieron con tanta braveza como dos sañudos leones, mas poco le valió al moro su braveza, que tiene bravo enemigo. Comezaron de se herir por todas partes muy cruelmente procurando cada uno dar la muerte a su contrario, y así andaban ambos a dos muy encarnizados. Llevaba el moro lo peor, aunque él no lo sentía, porque de sus dos llagas destilaba larga vena de sangre, y tanta, que donde Alatar ponía los pies quedaba lleno de sangre. Blanco tenía el rostro y descolorido por la falta de la sangre que le iba faltando. Mas como era hombre de tan grande corazón, no lo sentía, y así se mantenía en su batalla valerosamente. Quien a esta hora viera los caballos de los caballeros pelear, se espantara de ver los saltos, las coces, los bocados que se daban. Finalmente, había que mirar en las dos batallas que a una se hacían valerosamente reñida.

En este tiempo el buen Maestre, de un revés que le tiró a su enemigo, le cortó la mitad de la adarga, tan fácilmente como si fuera hecha de cosa blanda, y esto lo causó la fineza de su espada y el valor de su brazo. Lo cual visto, el moro, muy sañudo, dio un golpe tan bravo al Maestre por encima de su escudo, que grande parte dél vino al suelo. Y como el Maestre lo alzó por defender la cabeza, la punta del alfanje le alcanzó sobre ella con tal valor, que el acerado casco del Maestre fue roto y él en la cabeza herido. La herida no fue grande, respecto que el alfanje le tocó con los extremos dél, mas salíale tanta sangre, que le bañaba la vista, de modo que le turbaba. Y si a esta sazón el moro no anduviera tan desangrado y lacio por la falta de su sangre, el Maestre corría peligro, porque como el moro viese tanta sangre por el rostro del Maestre, cobró ánimo pujante y le comenzó de herir bravamente. Mas como ya estuviese desangrado, no pudo acometer al Maestre como él quisiera, ni mostrar el valor de que el moro era dotado. pero con todo eso ponía en aprieto al Maestre.

El cual, como se viese tan aquejado del moro, y viese que tanta sangre le salía de la herida de la cabeza, de todo punto enojado, poniendo su vida en todo riesgo, cubierto de su escudo con aquella parte que dél quedaba, arremetió con Alatar llevando su espada de punta. El moro, que lo vio venir, no le rehusó, que también le embistió, pensando con aquel golpe fenecer la batalla. El Maestre, con gran fuerza, hirió al moro de punta con tal fuerza que, las armas rotas, la espada le buscó lo más secreto de sus entrañas. Mas no pudo el Maestre hacer tan a su salvo este golpe que él no quedase malamente herido de otro en la cabeza, de tal suerte que, aturdido dél, vino a tierra, derramando grande abundancia de sangre.

El moro, que en el suelo vio al Maestre lleno de tanta sangre, pensó que ya era muerto, y fue sobre él con intento de le cortar la cabeza, mas, cuando quiso moverse para ello, cayó de todo su estado en el suelo por el daño de la mortal herida que le Maestre le diera de punta. Y, en cayendo, no movió más pie ni mano por ser la herida tan penetrante. A esta sazón el Maestre tornó en su acuerdo, y viéndose puesto en tal estado, receloso que el moro no viniese sobre él, con gran presteza se levantó, y mirando por Alatar, le vio muerto tendido en el suelo. E hincando las rodillas en tierra, dio muchas gracias a Dios por la victoria que le había dado. Y levantándose, se fue al moro y le cortó la cabeza y la arrojó en el campo. Luego tocó un cuerno que consigo traía, al son del cual vino toda su gente a gran priesa; y como le hallaron tan mal herido, les pesó grandemente. Y tomando los caballos sueltos, que todavía se andaban peleando, le dieron al Maestre el suyo. Y tomando de la rienda el otro, y la cabeza de Alatar puesta en el pretal, siendo el cuerpo del moro despojado de ropa y armas, se volvieron donde el Maestre fuese curado, el cual quedó desta batalla con gran honra. Y por ella se cantó aquel antiguo romance, que dice ansí:

> De Granada sale el moro
> que Alatar era llamado,
> primo hermano del valiente
> que Albayaldos fue nombrado,
> el que matara el Maestre
> en el campo peleando.
> Sale a caballo este moro
> de duras armas armado;
> sobre ellas una marlota
> de damasco leonado;
> leonado era el bonete,
> negro el plumaje, azulado.
> La lanza también es negra,
> adarga negra ha tomado,
> también el caballo es negro,
> de valor muy estimado.
> No es potro de pocos días,
> de diez años ha pasado;
> tres cristianos se lo curan
> y él mismo le da recaudo.
> Sobre tal caballo, el moro
> se sale muy enojado,
> llegando a la Plaza Nueva,
> hacia Darro no ha mirado,
> aunque pasó por la puente,
> según va colerizado;
> sale por la puerta Elvira
> y por la Vega se ha entrado.
> Camino va de Antequera
> en Albayaldos pensando,
> hallar desea al Maestre
> para hacerle vengado.
> Y en llegando junto a Loxa,
> un escuadrón ha encontrado,

todo de lucida gente,
y por seña un pendón blanco,
en medio una cruz muy roja
del apóstol Santiago.
Llegándose al escuadrón,
sin temor ha preguntado
si venía allí el Maestre
que don Rodrigo es llamado.
El Maestre allí venía,
de su gente se ha apartado,
Y dijo:—¿Qué buscas, moro?,
yo soy el que has demandado.
Conócele luego el moro
por la cruz que traía al lado,
y también en el escudo
que lo tiene acostumbrado.
—Dios te guarde, buen Maestre,
buen caballero estimado,
sabrás que soy Alatar,
primo hermano de Albayaldos,
a quien tu diste la muerte,
y lo volviste cristiano;
y ahora yo soy venido
solamente por vengallo.
Apercíbete a batalla
que aquí te aguardo en el campo.
El Maestre, que esto oyó,
no quiso más dilatallo.
Vase el uno para el otro,
muy grande esfuerzo mostrando,
dábanse grandes heridas,
reciamente peleando.
El Maestre es valeroso,
el moro no le ha durado;
finalmente le mató
como varón esforzado.
Cortárale la cabeza y en el pretal la ha colgado
Volvióse para su gente
muy malamente llagado,
y su gente lo llevó
donde fue muy bien curado.[1]

---

[1] This ballad is found with a different ending and other variants in the *Silva de varios romances* and in the *Rosa española*. Pérez de Hita's version seems to be his own.

Al cabo de cuatro días que pasó esta dura batalla se supo en Granada cómo fue muerto Alatar a manos del Maestre. De lo cual no sintió poca pena el rey, en ver en cuán poco tiempo le habían faltado dos tan buenos caballeros y tan valientes como eran Alatar y Albayaldos su primo. También lo sentía Granada, y todo lo que la ciudad había estado alegre los pasados días, se había vuelto en tristeza y pesar por la muerte destos caballeros y por los bandos y pesadumbres que había entre los caballeros Zegríes y Abencerrajes. Lo cual visto por el rey, acordó él y su consejo que la ciudad se tornase a alegrar, y para ello ordenó el rey que todos los caballeros enamorados que habían corrido lanzas en la pasada fiesta del juego de la sortija se casasen con sus damas, y que se hiciese sarao público, y se cantase y danzase la zambra (que era entre moros fiesta muy estimada y en mucho tenida), y que se corriesen toros y hubiese juego de cañas. Y para esto dio el rey las veces al valeroso Muza, su hermano. El cual tomó a cargo de hacer las cuadrillas del juego y de hacer traer los toros. Grande contento sintieron todos los caballeros mancebos que tenían damas; y así toda la ciudad se tornó tan alegre como de antes y más. Porque luego los caballeros comenzaron a ordenar juegos y máscaras de noche por las calles, mandando hacer grandes hogueras y poner luminarias por toda la ciudad, de suerte que la noche parecía día.

Será bueno decir quién fueron los caballeros y damas que se casaron. El fuerte Sarrazino con la linda Galiana, Abindarráez con la hermosa Xarifa, Abenámar con la hermosa Fátima, Zulema Abencerraje con la hermosa Daraxa, el Malique Alabez con la hermosa Cohayda, que ya lo habían traído de Albolote y estaba sano de sus heridas; Azarque con la hermosa Alborahaya, un caballero Almorabí con la hermosa Sarrazina, un caballero Abenarax con la hermosa Zelindora. Todos estos caballeros y damas nombrados fueron casados en la misma sala real, en la cual hubo más de dos meses de fiestas y zambra. Y como los caballeros y damas que se casaron era gente principal y rica y la flor de Granada, se hicieron muy grandes gastos, ansí en comidas como en ropas, oros y sedas. De manera que la ciudad de Granada estaba a la sazón la más rica y opulenta y la más alegre y contenta del mundo. Y gran bien le fuera a Granada que fortuna la tuviera siempre en este estado; mas como su rueda es mudable, presto volvió lo de arriba abajo, y dio con todo en el suelo, convirtiendo tantos placeres y regocijos en tristes llantos y tristeza, como adelante diremos.

El valeroso Muza, como hombre a quien habían hecho cargo de las fiestas, presto concertó las cuadrillas del juego. El, tomando el un puesto con treinta caballeros Abencerrajes, el otro puesto tomó un caballero Zegrí, hermano de la hermosa Fátima, mancebo de mucho valor y valiente; y éste señaló otros treinta caballeros Zegríes, deudos suyos, para el juego, el cual había de ser en la gran plaza de Bivarambla, donde se habían de correr los toros. Los cuales ya traídos, un día señalado, los corrieron, con grande alegría de toda la ciudad, estando el rey en sus miradores y la reina y sus damas en los suyos. No había ventana ni balcón en toda la plaza de Bivarambla que no estuviese ocupado de mil gentes, de damas y caballeros y de mucha gente forastera, que había venido de todo el reino a ver aquellas fiestas.

Ya se habían corrido cuatro toros muy bravos, y habían soltado el quinto, cuando pareció en la. plaza un gallardo caballero sobre un poderoso caballo ruando; su marlota y capellar era verde, como hombre que vivía con esperanza; sus plumas eran verdes, con mucha argentería de oro; con él salieron seis criados con la misma divisa de su librea verde, y cada uno traía un rejón en la mano, negro, con unas listas de plata. Gran contento dio el caballero a todos los que estaban mirando las fiestas, y más a la hermosa Lindaraxa, porque luego conoció el caballero ser aquel valeroso Gazul que con el bravo Reduán hizo aquella cruda batalla que atrás habéis oído, que ya estaba sano de sus heridas. Ni más ni menos lo estaba Reduán, el cual no quiso aquel día hallarse en las fiestas por estar tan mal contento con los desabrimientos de Lindaraxa. Y por no verla, por no traer a la memoria sus penas, aquel día se salió a la Vega armado, por ver si hallaría algún cristiano con quien pelear.

Pues como el valeroso Gazul entró tan gallardo y vio que todo el vulgo le miraba, se pasó en medio de la plaza, y muy sosegadamente aguardó que el toro viniese por aquella parte. El cual no tardó mucho que, habiendo muerto cinco hombres y derribado y atropellado más de ciento, no llegase. Y ansí como vio el caballo, con una furia como de serpiente, dando un gran bufido, arremetió al valeroso Gazul y su caballo, el cual puesto en aviso, le aguardó, y al tiempo que el toro quiso hacer su golpe, el bravo Gazul se lo impidió, dándole un golpe con el rejón, que ya lo tenía en la mano, tan cruel, por medio de los hombros, que el toro vino redondo a tierra sin hacer mal al caballo. Y tanto dolor sentía el toro, que, vueltos los pies arriba, se revolcaba bramando en su sangre. Admirado quedó el rey y toda la corte de ver el golpe del bravo Gazul y de ver cómo aquel toro tan bravo en demasía quedó tendido en tierra. Con esto, el gallardo Gazul andaba por la plaza con gran contento lidiando con gran destreza los toros que se corrían, aguardándolos hasta llegar muy cerca, y después con el rejón los lastimaba de suerte que no volvían más a él. Y porque aquel día el gallardo Gazul lo hizo tan bien, se le hizo este romance que se sigue:

Estando toda la corte
de Abdilí, rey de Granada,

haciendo una rica fiesta,
habiendo hecho la zambra,
por respecto de unas bodas
de gran nombradía y fama,
por lo cual se corren toros
en la plaza Bivarambla,
estando corriendo un toro
que su braveza espantaba,
se presenta un caballero
sobre un caballo en la plaza.
Con una marlota verde
de damasco bandeada,
el capellar de lo mismo,
muestra color de esperanza.
Plumas verdes y el bonete
parecen de una esmeralda;
seis criados van con él
que le sirven y acompañan,
vestidos también de verde,
porque su señor lo manda,
como aquel que en sus amores
esperanza lleva larga.
Un rejón fuerte y agudo
cualquier criado llevaba;
negros eran de color
y bandeados de plata.
Conocen al caballero
por su presencia bizarra,
que era Gazul el muy fuerte,
caballero de gran fama.
El cual, con gentil donaire,
se puso en medio la plaza
con un rejón en la mano,
que al gran Marte semejaba,
y con ánimo invencible
al fuerte toro aquardaba.
El toro cuando lo vio,
al cielo tierra arrojaba,
con las manos y los pies,
cosa que gran temor daba,
y después con gran braveza
hacia el caballo arrancaba
por herirle con sus cuernos
que como aleznas llevaba.
Mas el valiente Gazul
su caballo bien guardaba,
porque con el rejón duro,

con presteza no pensada,
al bravo toro hería
por entre espalda y espalda.
El toro, muy mal herido,
con sangre la tierra baña,
quedando en ella tendido,
su braveza aniquilada.
La corte toda se admira
en ver aquella hazaña,
y dicen que el caballero
es de fuerza aventajada.
El cual, corridos los toros,
el coso desembaraza
haciéndole al rey mesura
y a Lindaraxa su dama;
lo mismo hizo a la reina
y a las damas que allí estaban.

Volviendo al propósito, el fuerte Gazul corrió en la plaza los demás toros que quedaban, en compañía de otros caballeros que los corrían. Y siendo los toros corridos, se salió de la plaza, haciendo al rey y a la reina grande acatamiento, y a su señora Lindaraxa, dejando a todos muy contentos de su gallardía y valentía. Luego se tocó a cabalgar para que entrase el juego de cañas. Los caballeros del juego se fueron a aderezar, y no tardó mucho que al son de militares trompas entró el valeroso Muza con su cuadrilla, con tanta bizarría, gala y gentileza, que no había más que ver. Toda su librea era blanca y azul, con girones y bandas pajizas, plumas encarnadas y blancas, con mucha argentería de oro; por divisa en las adargas un salvaje, que con un bastón deshacía un mundo (esta divisa era de los Abencerrajes muy usada), con una letra a los pies del salvaje, que decía ansí:

Abencerrajes, levanten
hoy sus plumas hasta el cielo
pues sus famas en el suelo
con la fortuna combaten.

Desta forma entró el granadino Muza, gallardo y bizarro, con toda su cuadrilla, que serían hasta treinta Abencerrajes, todos caballeros de mucho valor. En entrando hicieron todos un caracol muy hermoso, escaramuzando unos con otros, y acabado el caracol tomaron su acostumbrado puesto. Luego el bando de los Zegríes entró muy gallardo, y no menos vistoso que los Abencerrajes: su librea era verde y morada, cuarteada de color jalde, muy vistosa; todos venían en yeguas bayas muy poderosas y ligeras; los pendoncillos de las lanzas eran verdes y morados, con borlas jaldes. Y si los Abencerrajes hicieron buena entrada y caracol vistoso, no lo hicieron menos de ver y hermoso los caballeros Zegríes. Traían por divisas en las adaragas unos alfanjes sangrientos, con una letra que decía ansí:

> Alá no quiere que al cielo
> hoy suba ninguna pluma,
> sino que se hunda y fuma
> con el acero en el suelo.

Y habiendo hecho su caracol muy gallardamente, tomaron su puesto, y al punto todos dos bandos se apercibieron de cañas para el juego. El rey, que ya tenía vistas las divisas y letras de los caballeros, y por ellas entendió que estaba la pasión en las manos, porque no resultase algún escándalo en tiempo de tan grandes regocijos, muy presto, acompañado de muchos caballeros de la corte, se quitó de los miradores y bajó a la plaza antes que se comezasen las cañas. Y puesto a un lado de la plaza, mandó que se jugasen luego. Al son de muchos instrumentos de añafiles y dulzainas y atabales, se comenzaron de jugar las cañas, hechos los caballeros en cuatro cuadrillas, de quince a quince. Las cañas se jugaron muy bien, sin haber desconcierto alguno, aunque cierto le hubiera muy grande si el rey no descendiera a la plaza; porque los Zegríes venían de mala contra los Abencerrajes, los cuales no estaban menos apercibidos para su daño que ellos; mas la sagacidad del rey fue grande en estar advertido en lo que podría suceder. Habiendo visto los motes de los contrarios bandos, cuando al rey le pareció que era tiempo de dar fin al juego, mandó ponerlos en paz. Y ansí se acabaron las fiestas de aquel día bien y sin pesadumbre, que no fue poco misterio. Y por esta fiesta de toros y juego de cañas se hizo este romance que se sigue:

> Con más de treinta en cuadrilla
> hidalgos Abencerrajes,
> sale el valeroso Muza
> a Bivarambla una tarde,
> por mandado de su rey
> a jugar cañas, y sale
> de blanco, azul y pajizo
> con encarnados plumajes.
> Y para que se conozcan,
> en cada adarga un plumaje,
> acostumbrada divisa
> de moros Abencerrajes.
> Con un letrero que dice:
> «Abencerrajes, levanten
> hoy sus plumas hasta el cielo,
> pues dellas visten las aves».

Y en otra cuadrilla vienen,
atravesando una calle,
los valerosos Zegríes
con libreas muy galanes.
Todos de morado y verde
marlotas y capellares,
con mil jaqueles guardados,
de plata los acicates.
Sobre yeguas bayas todos,
hermosas, ricas, pujantes,
por divisa en las adargas
unos sangrientos alfanjes.
Con una letra que dice:
«No quiere Alá se levante,
sino que caigan en tierra
con el acero pujante».
Apercíbense de cañas,
el juego va muy pujante;
mas por industria del rey
no se revuelven ni hacen
los Zegríes un mal concierto
que ya pensado le traen.

Acabado el juego de las cañas era ya tarde. El rey y los damás caballeros principales de la corte, la reina y las damas con los novios, se retiraron a la real casa del Alhambra, donde el rey con todos hizo rico gasto en la cena, y muy contento porque aquel [día] no había habido revuelta entre los caballeros del juego. Aquella noche hubo real sarao y los desposados danzaron con las desposadas, y el mismo rey danzó con la reina y muy bien, y Muza con la hermosa Zelima, con no poco contento de ambos. El gallardo Gazul allí se halló aquella noche y danzó con la hermosa Lindaraxa, haciendo cuenta los dos que estaban en la gloria. Ya quería amanecer cuando se fueron a reposar los desposados. La hermosa Galiana, como se vio en los brazos del valeroso Sarrazino, de quien ella tanto amaba, habiendo pasado mil amores, ella le habló desta suerte:

—Decidme, amigo y señor, ¿qué fue la causa que el día de San Juan, habiendo corrido con el valeroso Abenámar las tres lanzas en el juego de la sortija, luego os salistes de la plaza y no parecistes más en aquellos cuatro o seis días? ¿Fue por ventura porque perdistes la joya, o por qué? Que lo deseo saber.

—Querida esposa y amada señora: la causa fue quedar menguado, habiendo perdido vuestro retrato y la hermosa y rica manga labrada tan a vuestra costa. Y por saber de muy cierto que Abenámar hizo y ordenó aquel juego de sortija por vengarse de vos y de mí. De vos porque lo desdeñastes, y de mí porque una noche le herí debajo de vuestros balcones, estando él dándoos una música, que bien creo tendréis noticia dello. Y viendo que la fortuna le favoreció tan a medida de su deseo, y en verme así en una tan importante ocasión desfavorecido de la fortuna, caí en una grande tristeza, y desesperación; de suerte, que de mal melancólico estuve en un lecho algunos días maldiciendo mil veces mi fortuna y al falso de Mahoma, pues tan contrario me fue aquel día. Y habéis de saber, bien mío, que juré como caballero de ser cristiano, y lo tengo de cumplir o morir, porque cierto que tengo por mejor la fe de los cristianos, que no la burlería de los ritos y secta de Mahoma. Y si vos, bien mío, me queréis tanto como habéis significado, también habéis de ser cristiana, que no perderéis nada en ello; antes ganaréis muy mucho en serlo; y yo sé que el rey don Fernando nos hará grandes mercedes por ello.

Con esto calló Sarrazino, aguardando lo que la hermosa Galiana sobre aquello respondería. La cual, sin pensar mucho en ello, respondió:

—Señor, no puedo yo huir en ninguna manera de vuestra voluntad; antes seguirla en todo y por todo. Vos sois mi señor y marido, a quien yo di mi corazón; no podré hacer menos que seguir vuestros motivos y pasos. Cuanto más yo que sé que la fe de los cristianos es mejor que el Alcorán; y así yo prometo de ser muy buena cristiana.

—Acrecentado me habéis las mercedes de todo punto—respondió Sarrazino—, y no menos de tan leal y firme pecho se esperaba.

Y haciendo esto, la tomó entre sus brazos, y con mil blanduras y dulzuras pasaron aquella noche, y asimismo todos los demás desposados.

La mañana venida, todos los grandes de la corte se juntaron y ordenaron que Abenámar, pues era tan buen caballero, se casase con la hermosa Fátima, pues en su nombre había hecho tantas y tan grandes cosas. Los caballeros Zegríes quisieron que aquel casamiento no se hiciese, porque Abenámar tenía amistad con los caballeros Abencerrajes. Todo lo cual no fue parte para que el rey y los demás caballeros no hiciesen que el valeroso Abenámar se casase con la hermosa Fátima. Hecho este casamiento, las fiestas se aumentaron, haciendo cada día zambra, muchas danzas y juegos, de modo que la corte andaba cada día puesta en fiestas y máscaras y mil invenciones, donde los dejaremos por contar lo que al buen caballero Reduán le sucedió yendo por la Vega de Granada, aborrecido y desesperado, porque Lindaraxa no le hacía favores y se los daba a Gazul.

Pues es de saber que como salió de Granada y no quiso ver la fiesta de los toros y cañas, tomó la vía de Genil abajo, y en llegando al Soto de Roma, que era una grande espesura de arboledas que allí se hacía, cuatro leguas de Granada, vio una batalla muy reñida entre cuatro cristianos y cuarto moros. Y era la causa que los cristianos querían quitar una hermosa mora que los moros traían; y los moros iban a mal andar, por ser los cristianos muy buenos caballeros. La mora estaba mirando la batalla de los ocho caballeros, toda bañada en lágrimas. Reduán como los vio aguijó su caballo a gran priesa para favorecer a los moros. Mas por gran priesa que se dio, ya los cristianos tenían muertos a los dos moros, y los otros dos andaban mal parados, de tal suerte que forzados del temor de morir, volvieron las riendas a sus caballos, desamparando la hermosa mora que llevaban por salvar las vidas.

En este tiempo llegó el buen Reduán, y como vio la hermosa mora tan llorosa y que sus guardas la desamparaban, movido de compasión por librarla de los cristianos, sin hablar palabra, arremetió su caballo con gran braveza para los cristianos. Y del primer encuentro hirió al uno malamente en descubierto del adarga, de modo que vino a tierra. Y revolviendo con gran velocidad su caballo, se apartó de los tres cristianos, escaramuzando un gran trecho. Y luego revolvió así como una ave sobre ellos, y de otro encuentro derribó otro caballero malamente herido del caballo. Los dos caballeros cristianos que quedaban embistieron a Reduán entrambos a una, y el uno dellos le dio una gran lanzada, de suerte que lo hirió, aunque no fue mucho; el otro caballero, aunque lo encontró no le hirió y rompió su lanza. Reduán, apartándose dellos, viéndose herido, con ánimo de un león, les tornó a embestir, de suerte que al que se le había roto la lanza derribó del caballo en tierra de un bravo golpe que le dio. El otro caballero cristiano le tornó a herir, aunque no cruelmente; mas no por eso el valeroso Reduán desmayó, antes como un bravo toro arremetió para el cristiano por le herir, el cual no le osó atender, por no tener compañía, que sus compañeros estaban mal heridos en el suelo, y sus caballos sueltos por el campo.

Los dos moros que habían ido huyendo se pararon por ver en lo que paraba la batalla, y visto cómo el valeroso Reduán tan brevemente los había desbaratado, volvieron muy espantados a do habían dejado la mora. Reduán estaba hablando con ella, muy maravillado de su extraña beldad y hermosura, que le parecía a Reduán que ni Lindaraxa, ni Daraxa, ni cuantas había en la corte de Granada le igualaban en hermosura. Y así era la verdad, que esta mora de quien tratamos era muy hermosa, y tanto que ninguna en el reino de Granada le hacía ventaja. Quedó Reduán tan preso de sus amores, que ya no se acordaba de Lindaraxa, ni aun si la viera, y tanto que la preguntó quién era y de dónde. En este tiempo llegaron los moros, y dándole las gracias del socorro, le dijeron:

—Señor caballero, el gran Mahoma os trajo por aquí a tal tiempo, que sin duda si vos no viniérades, del todo éramos perdidos y muertos a manos de aquellos cristianos caballeros; y de lo que más nos pesara fuera perder esta dama que llevamos a nuestro cargo. Y porque nos parece que estáis herido, según lo manifiesta la sangre que de vos sale, vamos hacia Granada, adonde nosotros íbamos, y en el camino os diremos lo que habéis preguntado. Y mirad si destos caballeros cristianos se ha de hacer alguna cosa.

—No—dijo Reduán—, que harto en su daño se ha hecho, sino que les tomemos los caballos y se los demos, porque se vayan donde ellos quisieren.

Desto se maravillaron más los moros, y entendieron que aquel caballero era dotado de mucha virtud. Y así tomaron los caballos de los cristianos y se los dieron; y ellos tomaron la vía de Granada, yendo Reduán siempre junto de la hermosa mora. La cual no menos pagada iba de Reduán que él della. Yendo por su camino él, un moro comenzó a decir desta suerte:

—Vos habréis de saber, señor caballero, que éramos cuatro hermanos y una hermana, que es la que presente veis. De los cuatro hermanos ya habéis visto cómo quedan allá los dos muertos a manos de los cristianos, y aún habemos sido tan para poco los dos que quedamos, que aun no los dimos sepultura. Mas querrá el santo Alá que encontremos algunos villanos que quieran, pagándoselo, ponerlos en sus sepulturas. Nuestro padre es alcaide de la fuerza de Ronda, llamado Zayde Hamete, y como supimos que en Granada se hacían tan grandes fiestas, pedimos licencia para venir a verlas. Pluguiera a Mahoma que no hubiéramos venido, pues tan caro nos ha costado, pues nos han muerto dos hermanos como vos, señor, habéis visto. Si no viniérades, muriéramos nosotros como ellos y nuestra hermana Haxa corriera muy notable peligro su honra. Esto es, señor caballero, nuestra historia. Y pues habéis ya entendido nuestro viaje, recibiremos muy grande merced que nos digáis quién sois, o de dónde, porque sepamos a quien tenemos de dar las gracias del bien recibido.

—Holgado he, señores caballeros—dijo Reduán—, de saber quién sois y de dónde, porque yo conozco muy bien a vuestro padre Zayde Hamete, y a vuestro abuelo Almadán, bravo hombre en su tiempo y por su valor le mató don Pedro de Sotomayor. Y he holgado mucho de haber podido serviros en algo, y en todo tiempo que yo fuere de provecho os serviré de muy buena voluntad. Y asimismo holgaré deciros quién soy y de dónde. A mí me llaman Reduán; soy natural de Granada. Bien entiendo que por mi nombre soy conocido. A Granada vamos, donde mi posada será vuestra, muy a vuestro contento; en ella se os hará todo el regalo posible.

—Gran merced, señor Reduán—respondieron ellos— por el ofrecimiento que nos hacéis; deudos tenemos en Granada, donde podemos
ir a posar, cuanto más que por la desgracia sucedida no pararemos
mucho en la ciudad, especialmente siendo ya cuando lleguemos tarde
para poder gozar de la fiesta.

En esto iban hablando los dos hermanos de Haxa y Reduán,
cuando vieron venir unos leñadores que iban por leña al monte que
habemos ya contado. Y como llegaron junto, dijeron los dos moros
hermanos a Reduán:

—A muy buen tiempo vienen estos villanos por aquí, que podría
ser querer dar sepultura a aquellos dos hermanos nuestros, pagándoselo.

—Yo seré en se lo rogar—dijo Reduán. Y diciendo esto, salió a
ellos, porque se apartaban del camino, y les dijo:

—Hermanos, por amor del santo Alá, que nos hagáis caridad de
dar sepultura a dos caballeros que quedan allí bajo muertos, y os será
bien pagado.

Los villanos, que conocían a Reduán, le respondieron que lo harían
de grado, sin interés de paga.

Los dos moros hermanos dijeron a Reduán:

—Señor Reduán, ya que nos habéis comezado a hacer buena amistad, os suplicamos que mientras nosotros vamos a dar tierra a nuestros hermanos, nos atendáis aquí, en compañía de nuestra hermana
Haxa, que quedando en tan buena guarda, vamos nosotros bien seguros que estará bien guardada ella y su honra. Iremos a tomar los caballos, que andarán por allí perdidos; que más valdrá que seamos dellos
aprovechados, que no que se pierdan, [o] se los lleven los cristianos.

—Mucho quisiera—dijo Reduán—acompañaros, mas, pues holgáis
que aquí os atienda y guarde a vuestra hermana, soy contento de os
complacer.

Los moros se lo agradecieron y se fueron con los villanos para dar
sepultura a sus hermanos y cobrar los caballos perdidos, y Reduán
quedó en compañía de la hermosa Haxa. El cual, ardiendo en llamas
de amor, le habló desta suerte:

—¡O fue ventura, o fue gran desventura mía haber acertado este
día un tal encuentro como éste, en un punto vi muerte y vida, cielo y
suelo, tempestad y bonanza, paz y guerra! ¡Y lo que más siento es no
saber el fin de tan extraña aventura, como es la que hoy el cielo me
puso delante! De modo estoy en esto, hermosa Haxa, que ni sé si
estoy en el cielo, si en el suelo, si voy ni vengo, temeroso de lo que
por mí ha pasado, animoso por probar ventura que estable en mi
deseo fuese. Acobárdome, sin osar declarar lo que mi corazón siente;
ardo en vivas llamas, siéntome más frío que los Alpes de Alemania, no

sé lo que por mí pasa, ni sé si me hable, o si me calle, ni el medio que tengo de tomar para poder aclararme, descubriendo un Mongibelo que arde en mis entrañas, un Estróngalo, un Vulcano o un mar furioso y tempestuoso hasta el cielo levantado, una Scila y Caribdis de ponzoña llenos. Tomé al fin por remedio de mis males callar lo que siento y morir callando. Sólo diré, hermosísima señora, que tú sola has sido la causa de mi vida o muerte en este día.

Y diciendo esto calló, quedando tan sin acuerdo de lo que había dicho, como si fuera hecho de un duro bronce; sus ojos bajos, la color mudada.

A lo cual la hermosa Haxa respondió (la cual muy atentamente escuchaba lo que Reduán decía), no menos ella pagada dél que él lo manifestaba estar della; y contemplando su gallardía y buen talle y garbo, gentil disposición y hermosura de rostro, le respondió en breves razones lo que en muchas le pudiera decir, guardando lo que debía al decoro de su honestidad. Mas como hallase tiempo oportuno y breve (porque aguardaba a sus hermanos), resolvióse en pocas y breves razones, diciendo de esta suerte:

—Aunque tus razones, valeroso Reduán, han sido casi como por metáfora dichas, luego las comprehendí, dando en el blanco de tu motivo. Dices (dejando aparte todas las demás arengas) que me quieres, que me amas y que yo fui la causa de tu daño, y que por mí estás hecho un Mongibelo y un Estróngalo, Scila y Caribdis, y que en tu alma está un tempestuoso mar de bramadoras olas lleno. Todo te lo quiero conceder ser ansí, por no volver tu palabra atrás; mas con mis pocos años sé y alcanzo, que es propio decir de los hombres por alcanzar lo que apetecen, y que debajo de aquellas lisonjas hay otras cosas ocultas en daño de las tristes mujeres que de ligero se creen. Quiero resumirme, porque parece que veo venir mis hermanos—y respondió —que si me amas, te amo; si en poco tiempo te rendiste, en poco tiempo me rendí; si bien te parezco, bien me pareces; si quieres conseguir tu deseo como dices, presto me hallarás con palabra de esposa; pídeme a mis hermanos y a mi padre Zayde Hamete por mujer, que yo te doy palabra, como hija de algo, que si dellos alcanzas el sí, que de mi parte no falta la voluntad. Y porque mis hermanos vienen cerca, no se trate más en ello ahora, sino tu negocio; solicita y pide, que harto de mal será que siendo tú tan buen caballero te rehusen la parada, y queda satisfecho, que si ellos negaren tu demanda algo que no convenga a tu deseo, me ofrezco que de mi parte no habrá falta para que no sea cumplido. Y porque más seguro vayas de mi palabra, toma esta mi sortija en señal que la cumpliré.

Diciendo esto sacó del dedo una sortija muy rica con una piedra de una esmeralda muy fina y se la dio a Reduán, el cual, muy alegre, la tomó, y besándola mil veces, la puso en su dedo, quedando el más contento moro del mundo. Quisiera hablar a la hermosa Haxa, mas el tiempo no dio lugar a ello, porque llegaron sus dos hermanos, todos bañados en lágrimas; los cuales habían enterrado a sus dos hermanos y traían sus caballos del diestro. La hermosa Haxa no pudo estar que no llorase como ansí los vio venir. Reduán los recibió muy bien, consolándolos lo mejor que él pudo. Desta manera hablando en muchas cosas llegaron a Granada.

Ya era noche y pasada la fiesta. Los caballeros moros y su hermana dijeron a Reduán que se querían ir a apear en casa de un deudo suyo, hermano de su padre, caballero principal y de estima en Granada, de los Almadanes. Reduán les dijo que hiciesen a su gusto, y él los acompañó hasta la posada, que era en la calle de Elvira. Y despidiéndose dellos se volvió para su casa, que estaba en los Arquillos del Alcazaba. Mas al tiempo de despedirse, los dos nuevos amantes no quitaron los ojos el uno del otro, de tal manera, que cuando se apartaron, quedaron como sin almas, llenos de mil varios pensamientos; y ansí ninguno dellos en toda aquella noche no pudieron dormir ni reposar. Los extranjeros caballeros y su hermana fueron del tío bien recibidos y muy pesante por la muerte de sus sobrinos.

Otro día por la mañana Reduán se levantó y vistió muy bizarro y galán y fue al real palacio por besar las manos al rey, el cual en aquella hora se acababa de levantar y vestir para ir a la mezquita mayor a ver el azalá,[2] que se hacía por un moro de su secta, llamado Cidemahajo. Y como viese a Reduán tan bien aderezado y vestido de marlota y capellar de damasco verde y de la misma color las plumas, alegróse grandemente con su vista, porque había muchos días que no le había visto; y preguntándole dónde había estado y cómo le había ido en la batalla con el valeroso Gazul, Reduán le satisfizo diciendo que Gazul era bravo caballero y noble, y que ya Muza los había hecho amigos. Con esto el rey y los demás caballeros de palacio que le solían acompañar, que por la mayor parte eran Zegríes y Gomeles, se fueron a la mezquita mayor, que era en la ciudad. Y allí con grande aplauso se hizo el azalá, y acabadas las alcoranas ceremonias, se tornaron al Alhambra. Y entrando en el palacio real hallaron a la reina y sus damas, que era costumbre del rey Chico, y así lo tenía mandado, que en cualquiera tiempo que él saliese de palacio, a la vuelta había de hallar a la reina y a sus damas en su sala, que decía que en ello recibía gran contento. Y a mi parecer no era ello, sino como era mozo y enamorado, se holgaba de ver las damas de la reina, y más a Zelima, hermana de Galiana, que la amaba en alto grado; por la cual él y el

---

[2] A Moslem prayer.

capitán Muza tuvieron grandes pesadumbres, como adelante diremos.

Entrando, pues, en palacio con todos los caballeros de su corte, todas las damas se pararon a mirar al bizarro Reduán, muy maravilladas de su gallardía y muy buena disposición y librea, llena de toda esperanza. La hermosa Lindaraxa le miraba muy de propósito, y se maravillaba de ver cómo no la miraba ni hacía caso de mirarla, y decía entre sí: «Gran disimulo tiene Reduán. No piense, pues, que por su desdeño en no mirarme se me dará mucho, que todavía me quiere a mí Gazul». La reina se llegó a Lindaraxa y pasando le dijo:

—Lo verde de Reduán ¿es por ventura a causa vuestra?

—Que lo sea o no lo sea, ninguna pena me da—dijo Lindaraxa.

—Pues por Mahoma juro—respondió la reina—que Reduán tiene gallardo parecer, y que cualquiera dama puede tenerse por dichosa en amarle.

—Sí, por cierto—respondió Lindaraxa—, que cualquier bien merece Reduán, y me holgara de no haber puesto en otra parte mi afición, porque a no haberla puesto, él fuera señor della.

Con esto callaron, porque no echasen las otras damas de ver en lo que hablaban.

En este tiempo le dijo a Reduán el rey:

—Bien te acordarás, amigo Reduán, que una vez me diste palabra de darme a Jaén ganada en una noche; pues si tú la cumples, como la prometiste, doblarte he el sueldo de capitán. Y si no lo cumples, me has de perdonar que yo te pondré en una frontera y te tengo de privar de la vista de lo que más amas. Por tanto apercíbete a la empresa, que yo tengo de ir contigo en persona, porque ya me enfadan estos cristianos de Jaén, que cada día nos corren la tierra y talan la Vega. Y pues ellos me vienen a buscar tantas veces, yo los quiero ir a buscar una y hacerles todo el mal que pudiere; veamos si cada día me han de venir a dar sobresaltos.

Reduán, mostrando buen continente y alegre semblante, respondió diciendo:

—Si en algún tiempo di palabra de darte a Jaén ganada en una noche, ahora de nuevo te la torno a dar; dame solos mil hombres de pelea, que sean escogidos a mi modo, y verás si te la cumplo mejor que te la doy.

—No te dé eso pena—dijo el rey—; que no digo yo mil hombres, pero cinco mil te prometo dar. Y aunque yo vaya contigo, tú solo has de ser caudillo de toda la gente que saliere.

—Gran merced a vuestra majestad—dijo Reduán—, pues aunque no sea sino morir con tan honroso cargo de general, me sigue gran gloria. Pues tu majestad ordene la partida cuando sea servido, que presto estoy para servirte y seguir en todo tu voluntad.

—No se espera menos de tan honrado caballero como vos; no perderéis nada conmigo. Con vos irán todos los caballeros Abencerrajes y Zegríes, y Gomeles, Mazas, Vanegas, Maliques, Alabeces, que son tales para la guerra como vos bien sabéis. Y sin éstos irán otros muchos principales caballeros en la jornada; que basta ir yo allá para que ningún bueno quede.

El rey estaba diciendo esto cuando llegó un portero del real palacio a decir que allí había dos caballeros moros extranjeros y una dama, y que pedían licencia para entrar a le besar las manos.

Santo Alá, y ¿quién serán?—dijo el rey—; decidles que entren.

El portero volvió y no tardó mucho cuando por la sala real entraron dos caballeros, de muy buen talle, vestidos con marlotas y capellares negros, borzeguís y zapatos de lo mismo. En medio dellos venía una dama, también de negro, tapado el rostro con un cabo de almaizar, que solamente se le descubrían los ojos, que dos luceros parecían, por la vista de los cuales muy bien mostraba ser de grande hermosura. Maravillado el rey de ver aquella aventura, preguntó:

—Decid, caballeros, ¿qué es lo que buscáis?

Los dos caballeros, haciéndole al rey grande acatamiento y a la reina y damas que allí a la sazón se hallaron en sus estrados, el uno dellos habló desta manera:

—Poderoso rey, tu majestad sabrá que lo que nosotros buscamos no es otra cosa sino venir a besar tus reales manos y las de mi señora la reina, y luego partirnos para nuestra tierra. Nosotros somos nietos de Almadán, alcaide que fue de Ronda, y ahora nuestro padre también lo es. Y como tuvimos noticia de las fiestas que se hacían en esta insigne ciudad de Granada por los altos casamientos que en ella se han hecho, acordamos de venir a verlas. La fortuna no permitió que llegásemos a tiempo, ni dellas pudiésemos gozar. Y fue la causa que cuatro leguas de aquí, el día de las mismas fiestas, en un lugar de grandes espesuras, cual se llama el Soto de Roma, de improviso fuimos salteados de cuatro cristianos caballeros muy valerosos, y tanto, que aunque nosotros nos pusimos en defensa por amparar esta doncella, que es nuestra hermana, pudieron tanto, que de cuatro hermanos que éramos, nos mataron los dos. Y nosotros llenos de temor de la muerte ya queríamos desamparar a esta nuestra hermana, y si no fuera por el valor de ese buen caballero que está a la par de vuestra majestad, y porque nuestro gran Mahoma así lo quiso, todos fuéramos perdidos—. Y diciendo esto señaló con el dedo al gallardo Reduán. —Y así, señor, replicando, ya son pasadas las fiestas sin provecho para nosotros, antes con harto daño inventadas, pues nuestros dos hermanos quedan en la Vega muertos, nos queremos tornar a Ronda, y nos pareció que no sería justo irnos sin venir a besar vuestras reales manos y a despedirnos del señor Reduán, de quien tan buen socorro recibimos. Y os certificamos, señor, que tenéis en él un tan buen caballero como lo hay en vuestra corte y de tanto valor, que por el gran Mahoma juro que le vi embestir él solo a cuatro caballeros, y de dos golpes derribó dos dellos en tierra, heridos para morir, pues que no fueron señores de tomar más las armas. Y los otros dos por tener buenos caballos se escaparon. Ahora que tengo a vuestra majestad contada nuestra venida, pedimos licencia para partirnos a Ronda, a dar cuenta a nuestro padre desta nuestra mala fortuna.

Con esto el caballero calló, mostrando gran tristeza en su semblante; lo mismo mostraron el otro su hermano y la doncella. Muy maravillado quedó el rey de tal aventura y muy pesante por semejante desgracia, y volviendo a Reduán le dijo:

—Por cierto, amigo Reduán, si hasta ahora mucho te quería, ahora te quiero mucho más. Y pues tal valor en ti mora, tente desde hoy por alcaide de la fuerza y castillo de Tíjola, que está junto a Purgena.

Todos los caballeros tuvieron a Reduán por caballero muy esforzado y le daban grandes loores. Todo lo cual eran clavos para Lindaraxa, que ya estaba casi arrepentida por le haber negado su favor.

El rey les dijo a los dos hermanos:

—Pues gustáis, amigos, de iros, ir a la buenaventura, que la licencia es vuestra. Mas gran placer me haréis a mí y todos estos caballeros y a mi señora la reina que vuestra hermana quite el rebozo y antifaz de la cara; porque no será razón que dejemos de ver su hermosura, que yo entiendo que no debe de ser poca, según tengo de su talle colegido.

Los dos hermanos le dijeron a su hermana que se descubriese. La cual así lo hizo, quitando del almaizar un prendedero que traía descubrió el rostro, que no menos que el de Diana era. Así pareció a todos los de la real sala, como cuando sale el sol por la mañana dando mil resplandores de sus rayos, no menos extendía la hermosa Haxa los de su hermosura mirando a todas partes, matando a los caballeros de amor y a las damas de envidia. Mucho quedaron todos maravillados, así caballeros como damas, de ver la gran beldad de la hermosa Haxa, y no hubo allí tal caballero que no la desease por mujer, o por hermana o parienta, para poder gozar de su hermosa vista. Unos decían que más pudo ser Diana. Otros decían que más pudo ser Venus. Otros que más por quien se perdió Troya; quién más por quien perdió la vida Achiles Griego. De suerte que todo esto pasaba entre todos aquellos caballeros.

La reina, que no menos maravillada estaba de tal beldad, le dijo al rey:

—Señor, sea vuestra majestad servido de darnos parte de esa dama, porque podamos todos gozar de su hermosura.

—Vaya en buena hora, que yo os doy mi palabra que más de dos de las que están a vuestro lado le han de tener envidia.

La reina con el guante la llamó. La hermosa Haxa hizo una gran mesura al rey y a los caballeros y se fue a la reina: hincando las rodillas en el suelo le pidió las manos para besarlas. La reina no se las quiso dar, antes le hizo sentar junto della. Todas las damas que allí había estaban admiradas de ver tanta belleza, y con razón, porque aunque estaban allí Daraxa, Sarrazina, Galiana, Fátima, Zelima, Arbolahaya, Cohayda y todas las demás damas desposadas y otras de grande hermosura, no igualaban con la hermosura de Haxa. Y si alguna llegaba a igualar era muy poco, porque así se mostraba Haxa entre todas como el sol entre las demás estrellas. Reduán la miraba y ardía en vivo fuego contemplando su hermosura: estaba dudoso no volviese su amada Haxa la joya y la palabra prometida. La hermosa dama miraba a Reduán, y si bien le pareció en la Vega a caballo armado y con lanza y el adarga, no menos le parecía en palacio entre los caballeros: si en la Vega un Marte, en palacio un Adonis. Mostrábasele grata, amorosa, con un semblante alegre, que no poco consuelo le causaba a Reduán, de manera que en su rostro se conocía lo muy alegre y contento que estaba.

Y ansí el rey le dijo:

—Amigo Reduán, mucho holgara de verte en batalla con el valeroso Gazul, porque siendo tú tan buen caballero y Gazul tan esforzado y valiente, sería vuestra batalla muy reñida y peligrosa.

—Pregúntenmelo a mí—respondió Muza—, que no habiéndolos podido poner en paz estuve mirando la batalla, y tanto valiera ver dos sañudos leones como a los dos; finalmente quedaron con igual victoria.

—¿Quién les movió a hacer aquella batalla, o por qué ocasión?—dijo el rey.

—Son cuentos largos—respondió Muza—; no hay para qué traerlos a la memoria; no refresquemos viejas llagas. Sé decir que dentro de tu real palacio está la causa de su enojo.

—Ya entiendo lo que puede ser—respondió el rey—, y bien sé yo que ahora Reduán no volviera a hacer batalla con Gazul sobre lo pasado por ninguna cosa del mundo.

—Vuestra majestad está en lo cierto—dijo Reduán—, porque ya de aquella causa no me acuerdo, ni me curo della. Verdad es que en aquella sazón por ella perdiera yo mil vidas, si mil vidas tuviera; mas el tiempo vuelve las cosas y las muda.

—Debe de haber otra causa nueva—dijo el rey—, que menos no puede ser.

Cuando el rey decía estas palabras, los dos caballeros hermanos de la hermosa Haxa se habían sentado junto de Mahardín Hamete, caballero Zegrí de muy buen talle, y valiente, y rico, y de los Zegríes principales. El cual habiendo visto la hermosura de Haxa, estaba tan preso de su vista, que no se hartaba de mirarla, y no quitaba della los ojos, y tan aquejado se hallaba que no pudo sufrir su demasiada pena, a que no se lo dijese a sus hermanos que a la par dél tenía, diciéndoles desta manera:

—Señores caballeros, ¿conocéisme?

—Señor, para os servir—respondieron ellos—, que como seamos forasteros, no conocemos particularmente los caballeros granadinos. Mas pues estáis en compañía de tan alto rey y en su real palacio. bien tenemos entendido que no debéis ser de los que menos valen en Granada, sino de los más principales della.

—Pues habéis de saber, señores caballeros, que yo soy Zegrí, descendiente de los reyes de Córdoba, y en Granada no valgo tan poco que no se hace larga cuenta de mí y de los de mi linaje; y quería, si tuviésedes por bien, que emparentásedes conmigo, dándome por mujer a vuestra hermana Haxa, que me ha parecido tan bien que yo me holgaré mucho ser vuestro cuñado y pariente. Y en ley de moro hidalgo juro, que yo pudiera en Granada estar muy delanteramente casado y en lo mejor della, mas no he querido casarme hasta ahora que he visto a vuestra hermana, que me ha robado mi libre voluntad.

Con esto calló el Zegrí, aguardando la definitiva sentencia de su bien o de su mal. Los forasteros caballeros hermanos de Haxa se miraron el uno al otro y se comunicaron en breves razones, y al fin considerando el valor de los Zegríes, de cuya fama estaba todo el mundo lleno, le dieron luego el sí, confiando que su padre haría lo que ellos hiciesen y los tendría por muy bueno. El caballero Zegrí, con la respuesta de su gloria, sin más aguardar se levantó delante el rey, hincadas las rodillas le habló desta suerte:

—Alto y poderoso rey, suplico a vuestra majestad, que ya que nuestra insigne ciudad de Granada está puesta en fiestas por los altos casamientos en ella hechos, que el mío juntamente con los demás se celebre. Porque vuestra majestad sabrá que yo, vencido de los amores de la hermosa Haxa, la demandé en casamiento a sus dos hermanos, los cuales, sabiendo quién yo soy, lo han tenido por bien y me la han dado por mujer. Por lo cual suplico a vuestra majestad sea servido de que nuestros desposorios, conforme a nuestros ritos, hayan lugar; pues tal ocasión a tan buen tiempo se nos ofrece.

El rey mirando la dama y a sus hermanos, maravillado de tan
repentino acuerdo dellos, dijo que si ellos querían y la dama consentía
en ello que él holgaba grandemente de tales bodas. Todos quedaron
maravillados del caso, y callaron por ver en qué paraba la cosa.

Mas el valeroso Reduán, así como mordido de sierpe venenosa, se
levantó en pie y dijo:

—Señor, este casamiento que pide el Zegrí no ha lugar, aunque
sus hermanos de la dama lo hayan prometido. Porque la dama es mi
esposa desde el punto que yo la libré de los caballeros cristianos, y
entre los dos estamos ya dadas palabras, y hay dadas prendas de fe el
uno al otro, y nadie me impida mi casamiento, si no quiere morir a
mis manos. Y si agravio se me hiciese, por el mismo caso se había de
perder Granada. Y porque se sepa y entienda la verdad, la dama
puede decir lo que pasa en este caso.

El Zegrí respondió muy alborotado que ella no se podía casar sin
licencia de sus hermanos y padre, y que suya era y la defendería hasta
la muerte.

Reduán que aquello oyó, ardiendo en saña se fue para él así como
un león. Los caballeros de palacio se levantaron todos, los Zegríes a
favorecer su deudo, y los parientes y amigos de Reduán de otra parte,
y en su favor todos los caballeros Abencerrajes y Muza con ellos.
Visto el rey el grande escándalo que se esperaba manda a pena de
muerte a cualquiera que más hablase en el caso; que él determinaría
lo que había de ser. Con esto se sosegaron todos, aguardando la determinación suya. Y visto el rey estar todos sosegados, se levantó y fue
al estrado de la reina y las damas, que todas estaban alborotadas, y
tomando de la mano a la hermosa Haxa, la sacó en medio de la sala y
le dijo que tomase de aquellos dos caballeros el que más quisiese. Para
lo cual mandó a Reduán y al Zegrí que se pusiesen juntos. Y esto
hecho ansí, la dama hermosa se halló muy atajada y confusa, y visto
que no podía hacer otra cosa, pues lo mandaba el rey, aunque se le
puso delante el haber sus hermanos dado palabra al Zegrí, como ella
amase a Reduán, determinóse de le cumplir la palabra que le había
dado en la Vega el día que la librara. Y ansí, paso ante paso, siendo
llevada del rey por la mano hasta llegar a los dos caballeros, y en
llegando haciendo mesura al rey, echó mano de Reduán, diciendo:

—Señor, éste quiero por marido.

Muy corrido y avergonzado quedó el Zegrí de aquel caso, y no
pudiendo soportar su dolor se salió de palacio con intento de se vengar de Reduán, del cual se celebraron aquel día las bodas y otro
siguiente, haciendo en el real palacio grandes fiestas y zambra.

Y estando toda la corte en estas fiestas, vino nueva como muy
gran cantidad de cristianos corrían la Vega y la talaban, de suerte que

fue necesario dar de mano a las fiestas por salir a la Vega a pelear con los cristianos. El valeroso Muza, como capitán general, salió muy presto al campo acompañado de grande caballería y peonaje, que pasaban más de mil de caballo y dos mil peones. Y en llegando al escuadrón de los cristianos, trabaron batalla con ellos muy sangrienta, en la cual murieron muchos de ambas partes. Mas al fin, siendo el poder de los moros más con tres tanta gente que los cristianos, quedaron vencedores y ganaron dos banderas cristianas y cautivaron muchos cristianos, aunque les costó bien cara esta victoria, porque murieron más de seiscientos moros en la batalla. Este día hicieron los caballeros Abencerrajes y Alabeces grandes cosas en armas, y si no fuera por su valor y fortaleza, no se venciera la batalla. Volvió Muza con esta victoria, de que no poco holgó el rey con ella. También se señaló este día el buen Reduán, a quien el rey abrazó con grande amor, y por la victoria tornaron a las fiestas de los casamientos, que duraron más de otros ocho días. Los cuales pasados, el rey determinó hacer entrada en tierra de cristianos, porque había grandes días que no salían a correrías. Y así determinó de salir la vuelta de Jaén, que era la ciudad que más daño hacía a la ciudad de Granada y su Vega. Y dando cargo a Reduán, como estaba tratado y atrás habemos dicho, se partió de Granada como ahora oiréis y lo que les sucedió contaremos.

CAPÍTULO TRECE: QUE CUENTA LO QUE AL REY CHICO Y SU GENTE SUCEDIÓ YENDO A ENTRAR A JAÉN; Y LA GRAN TRAICIÓN QUE LOS ZEGRÍES Y GOMELES LEVANTARON A LA REINA MORA Y A LOS CABALLEROS ABENCERRAJES, Y MUERTE DELLOS.

 L ÚLTIMO Y POSTRERO día de las fiestas, habiendo acabado el rey de comer con los más pricipales caballeros de su corte, a todos habló de esta manera:

—Bien sé, leales vasallos y amigos, que ya os será ociosa la vida pasada, en tantas fiestas como habemos pasado, y que a voces os está llamando el fiero y sangriento Marte, de cuyo ejercicio siempre fuistes ocupados. Ahora, pues, que Mahoma nos ha dejado ver las fiestas tan solemnes que habemos hecho en nuestra antigua e insigne ciudad de Granada, y los casamientos tan principales como en nuestra real corte se han celebrado, será muy justo que volvamos a la guerra contra los cristianos, pues ellos nos vienen a buscar hasta dar en vuestros muros. Y para esto ya sabéis, mis buenos amigos, que los días pasados le pedí a Reduán una palabra que me dio en que me daría ganada a Jaén en una noche. Y él de nuevo me la tornó a confirmar, pidiéndome solos mil hombres; mas yo quiero que sean cinco mil, y que me la cumpla. Y para esto doy a mi hermano Muza cargo de hacer la gente del número que digo; dos mil caballos y tres mil peones, y que sean todos expertos en las armas, y que Reduán vaya en esta jornada su general, y demos visita a la ciudad de Jaén, de quien tantos daños habemos recibido y recibimos. Que si a Jaén yo veo a mi poder rendida, por mi real corona juro, que yo ponga en aprieto a Úbeda y Baeza, con todo lo demás de su redondez. Y para esto quiero que luego me digáis vuestro parecer—. Calló con esto el rey, aguardando respuesta de sus varones.

Reduán se levantó en pie y dijo que él cumpliría su palabra. Luego el valeroso Muza dijo que él daría la gente en tres días, hecha y puesta en la Vega. Todos los demás caballeros que allí estaban respondieron que hasta la muerte le ayudarían con sus personas y haciendas. El rey se lo agradeció mucho a todos por su ofrecimiento.

Los dos hermanos caballeros, hermanos de la hermosa Haxa, con licencia del rey se volvieron a Ronda, adonde fueron de sus padres bien recibidos, y por una parte alegres con el casamiento de su hija con Reduán, y por otra llenos de pesar y tristeza por la muerte de sus dos hijos. Mas viendo que el desconsuelo no les valía nada para su pena, se contentaban con tener tan buen yerno como era Reduán. En este tiempo mandó el rey a Zulema Abencerraje que se fuese a ser alcaide a la fuerza de Moclín, el cual se fue luego, llevando consigo a su querida Daraxa. El padre de Galiana se tornó a la ciudad de Almería, dejando a la hermosa Zelima en compañía de su hermana. Otros muchos caballeros se fueron a sus alcaides por mandado del rey, encargándoles la guarda y custodia de ellas. El valeroso Muza, con mucho cuidado, hizo cinco mil hombres de pie y de caballo, toda gente muy lucida y valerosa para la guerra, y al cabo de cuatro días los tuvo todos en la Vega de Granada. Y por mandado del rey vino Muza con la gente a la ciudad donde se hizo reseña de la gente toda. Y visto el rey la bizarría y gallardía della, luego quiso con ella partirse la vuelta de Jaén, dando a Reduán la conducta de capitán por aquella vez. De lo cual Muza holgó mucho que Reduán la llevase, porque hacía él cuenta que la llevaba, sabiendo que Reduán era muy buen caballero.

Y así por las puertas de Elvira salió toda la armada muy concertada, que era cosa de ver; la gente de caballo iba repartida en cuatro partes y cada parte llevaba un estandarte. La una parte llevaba el vale-

roso Muza, y en su compañía iban ciento y sesenta caballeros Abencerrajes, y otros tantos Alabeces; caballeros muy escogidos, y con ellos
todos los Vanegas. Su estandarte era rojo y blanco, de un muy rico
damasco, y en lo rojo por divisa un bravo salvaje que desquijalaba un
león, y en la otra parte llevaba otro salvaje que con un bastón deshacía un mundo, con una letra que decía: «Todo es poco». Este bando de
caballeros iba todo muy ricamente aderezados y bien puestos de caballos y armas; todos vestían marlotas de escarlata y grana, y todos cal-
zaban acicates de oro y plata.

La segunda cuadrilla era de caballeros Zegríes, y Gomeles, y
Mazas, y esta cuadrilla iban de batalla, no menos rica y pujante que la
cuadrilla referida de Muza, la cual iba de vanguardia. El estandarte de
los Zegríes era de damasco verde y morado; llevaba por divisa una
media luna de plata muy hermosa con una letra que decía:«Muy
presto se verá llena, sin que el sol eclipsar la pueda». Todos estos caballeros Zegríes, y Mazas, y Gomeles, eran doscientos y ochenta, todos
gallardos y bizarros, todos con aljubas y marlotas de paño tunezí, la
mitad verde y la mitad de grana; también éstos llevaban acicates de
plata. La otra tercera cuadrilla llevaban los Adoradines, caballeros
muy principales; con ellos iban Gazules y Azarques; el estandarte déstos era leonado y amarillo; llevaban por divisa un dragón verde, que
con las crueles uñas deshacía una corona de oro, con una letra que
decía:«Jamás hallé resistencia». Esta cuadrilla iba muy gallarda y hermosa y muy bien encabalgada y armada: serían todos ciento y cuarenta. La [cuarta] cuadrilla era de Almoradís y Marines y Almohades,
caballeros de gran cuenta; éstos llevaban el real pendón de Granada;
era de Damasco, pajizo y encarnado, con muchas bordaduras de oro, y
en medio por divisa una hermosa granada de oro, por un lado abierta
y por el abertura se mostraban los granos rojos, hechos de muy finísimos rubíes. Del pezón de la granada salían dos ramos bordados de
seda verde con sus hojas, que parecían que estaban en el árbol, con
una letra al pie que decía:«Con la corona nací». En esta rica cuadrilla
iba el mismo rey Chico de Granada, cercado de muchos caballeros,
deudos y amigos. Que era cosa de ver toda esta caballería, su riqueza
tan grande y bizarría; tanta penachería, tanto blanquear de adargas,
tanto relucir de hierros, tantos de buenos caballos, tantas de bayas
yeguas, tantos de pendoncillos en las lanzas y tan diversos en colores.
Pues si la caballería salió tan pujante y hermosa, no menos salió la
infantería, hermosa y bizarra y bien armada y todos tiradores de
arcos y ballestas. Con esta pujanza salió el rey Chico de Granada y
tomó el camino de Jaén. Mirábanlo todas las damas de Granada, y
más la reina su madre, y su mujer la reina con sus damas de las torres

del Alhambra. Por esta salida que hizo el rey, se levantó aquel buen romance, aunque antiguo, que dice desta suerte:

—Reduán, si te acuerda,
que me diste la palabra
que me darías a Jaén
en una noche ganada.
Reduán, si tú la cumples
daréte paga doblada,
y si tú no lo cumplieses
desterrarte de Granada
y echarte en una frontera
do no goces de tu amada.
Reduán le respondía,
sin demudarse la cara:
—Si lo dije no me acuerdo,
mas cumpliré mi palabra.
Reduán pide mil hombres
y el rey cinco mil le daba.
Por esa puerta de Elvira
se sale gran cabalgada:
cuánto del moro hidalgo,
cuánta de la yegua baya,
cuánta de la lanza en puño,
cuánta del adarga blanca,
cuánta de marlota verde,
cuánta aljuba de escarlata,
cuánta pluma y gentileza,
cuánto capellar de grana,
cuánto bayo borzeguí,
cuánto lazo cual esmalta,
cuánto de la espada de oro,
cuánta estribera de plata.
Toda es gente valerosa
y experta para batalla;
en medio de todos ellos
el rey Chico de Granada.
Míranlos las damas moras
de las torres del Alhambra;
la reina mora, su madre,
desta manera hablaba:
—¡Alá vaya contigo, hijo,
Mahoma vaya en tu guarda,
y te vuelva de Jaén
con mucha honra a Granada![1]

---

[1] The historical Reduán died in an attack against Jaén in 1407. Pérez de

No pudo ser tan secreta esta salida del rey de Granada para Jaén, que en Jaén no se supiese, porque los de Jaén fueron avisados de las espías que había suyas en Granada. Otros dicen que el aviso fue dado de unos cautivos que se salieron de Granada. Otros dicen que lo dieron los Abencerrajes o Alabeces, y esto entiendo que es lo más cierto, porque estos caballeros moros eran amigos de cristianos. Séase como se fuere, que al fin Jaén tuvo aviso desta entrada de los moros en su tierra, y ansí de presto se dio aviso a Baeza y a Ubeda, Cazorla y Quesada, y a los demás pueblos allí vecinos. Los cuales luego fueron alistados y apercibidos para resistir los enemigos de Granada. Los cuales llegaron con la pujanza que habéis oído a la puerta de Arenas, donde hallaron gran número de gentes que se habían juntado para estorbar aquel paso, porque por allí no hiciese entrada el enemigo. Mas poco valió, que al fin los moros, habiendo corrido todo el campo de Arenas, entraron por su puerta, a pesar de los que la guardaban, y corrieron todo el campo de la Guardia y Pegalajara hasta Jódar y Belmar.

Los caballeros de Jaén, con gran presteza, salieron a los enemigos, porque fueron avisados que en la Guardia andaba el rebato. De Jaén salieron cuatrocientos hijos de algo, todos muy bien aderezados; de Ubeda y Baeza salieron otros tantos, y hechos todos un cuerpo de batalla salieron con gran valor a buscar al enemigo que les corría la tierra llevando por caudillo y capitán al obispo don Gonzalo, varón de gran valor. Juntáronse las dos batallas de la otra parte de Río Frío, en un llano, y allí se trabaron los unos y los otros haciendo cruel y sangrienta batalla, la cual fue muy reñida y porfiada. Mas era el valor de los caballeros cristianos tal y tan bueno, que les convino a los moros ir retirados hasta la puerta de Arenas, de la cual habían rompido una cadena que la atravesaba, y allí fueron los moros vencidos de todo punto, si no fuera por el valor de los caballeros Abencerrajes y Alabeces que peleaban valerosamente. Pero al fin hubo de quedar por los cristianos el campo; mas los moros, con todo eso, llevaron gran presa de ganados, ansí vacunos como cabríos, de modo que no se señaló de ninguna parte haber demasiada ventaja.

El rey de Granada quedó maravillado en ver la prevención tan repentina de los cristianos, y preguntando a unos cristianos cautivos que allí traían, qué había sido la causa de haberse juntado tanta gente en Jaén, le respondieron que Jaén había sido avisado, muchos días

---

Hita may have composed part of this ballad, although Menéndez Pidal thinks at least the first section is considerably older (*Flor nueva de romances viejos*, [Madrid, 1928] p. 266).

había, de aquella venida, y por esta causa estaba toda la tierra puesta
en arma y tan presta. Lo cual fue bastante disculpa para Reduán, porque no pudo cumplir su palabra al rey de darle ganada a Jaén en una
noche como decía. El rey, enojado y maravillado de aquel aviso, no
pudo jamás entender de dónde había salido, ni quién lo había dado,
mas Reduán muy bien sabía que Jaén no se podía ganar tan facilmente; ansí más como hombre robusto y valeroso tenía determinado
llegar a Jaén y embestirla con el poder de su gente, y cierto que lo
hiciera si Jaén no tuviera el aviso que tuvo. Volvióse el rey a Granada,
llevando gran presa que había tomado en el camino, donde fue muy
bien recibido él y su gente, y Granada hizo fiestas por su venida. Los
de Jaén quedaron gloriosos por haber resistido tanta morisma y
muerto muchos dellos.

El rey Chico de Granada, como venía fatigado del camino, ordenó
de irse un día a holgar a una casa de placer que llamaban los Alijares,
y con él fue poca gente, y ésta eran Zegríes y Gomeles; ningún caballero Abencerraje ni Gazul, ni Alabez fue con él, porque el valeroso
capitán Muza los había llevado a un rebato de cristianos que habían
entrado en la Vega. El rey estando en los Alijares holgándose, un día
habiendo acabado de comer, comenzó a hablar en la jornada de Jaén y
del valor de los caballeros Abencerrajes, como por ellos y por los Alabeces habían ganado gran despojo. Un caballero Zegrí, que era el que
tenía cargo de armar la traición a la reina y a los Abencerrajes, dijo:

—Por cierto, señor, si buenos son los Abencerrajes, muy buenos y
mejores son los caballeros de Jaén, pues por su valor nos quitaron
gran parte de la presa y nos hicieron retirar mal de nuestro grado por
fuerzas de armas.

Y el Zegrí decía la verdad en esto, que el valor de la gente de Jaén
fue muy grande y aquel día quedó con gran nombradía y fama. De
aquella batalla y por eso se cantó aquel romance tan antiguo y famoso
que dice desta suerte:

> Muy revuelto anda Jaén,
> rebato tocan a priesa
> porque moros de Granada
> les van corriendo la tierra.
> Cuatrocientos hijos de algo
> se salen a la pelea,
> otros tantos han salido
> de Ubeda y de Baeza,
> de Cazorla y de Quesada,
> también salen dos banderas.
> Todos son hidalgos de honra
> y enamorados de veras;
> y juramentados salen

de manos de las doncellas,
de no volver a Jaén
sin dar moro por empresa,
y el que linda dama tiene
cuatro le promete en cuerda.
A la Guardia han allegado
adonde el rebato suena,
y junto del Río Frío
gran batalla se comienza.
Mas los moros eran muchos,
les hacen gran resistencia,
porque Abencerrajes fuertes
llevaban la delantera;
con ellos los Alabeces,
gente muy brava y muy fiera.
Mas los valientes cristianos
furiosamente pelean,
de modo que ya los moros
de la batalla se alejan;
mas llevaron cabalgada
que vale mucha moneda.
Con gloria quedó Jaén
de la pasada pelea,
pues a tanta muchedumbre
de moros ponen defensa,
grande matanza hicieron
en aquella gente perra.[2]

Este romance se compuso por memoria de aquella batalla, aunque otros lo cantaron de otra manera. De la una o de la otra, la historia es la que se ha contado. El otro romance se comenzaba desta suerte:

Ya repican en Andújar,
en la Guardia es el rebato,
ya se salen de Jaén
cuatrocientos hijos de algo;
y de Ubeda y Baeza
se salieron otros tantos;
todos son mancebos de honra
y los más enamorados.
De manos de sus amigas
todos van juramentados
de no volver a Jaén

---

[2] Menéndez y Pelayo believed that Pérez de Hita probably composed this ballad also, converting an historical defeat for the Spaniards into a victory (*Antología de poetas líricos castellanos*, [Santander, 1944], VII, 121).

sin dar moro en aguinaldo;
y el que linda amiga tiene
le promete tres y cuatro.
Por capitán se lo llevaban
al obispo don Gonzalo.
Don Pedro de Carvajal
desta manera ha hablado:
—¡Adelante, caballeros,
que me llevan el ganado;
si de algún villano fuera
ya lo hubiérades quitado!
Alguno va entre nosotros
que se huelga de mi daño;
yo lo digo por aquel
que lleva el roquete blanco.[3]

Desta manera va este romance diciendo, mas éste y el otro pasado, todos vienen a un punto y a una misma cosa. Y aunque son romances viejos, es muy bueno traerlos a la memoria para los que ahora vienen al mundo porque entiendan la historia porque se cantaron. Y aunque los romances son viejos, son buenos para el efecto que digo. Sucedió esta batalla en tiempo del rey Chico, de Granada, año de mil y cuatrocientos y noventa y un años.

Volvamos ahora al rey Chico de Granada, que estaba en los Alijares, como habemos dicho, donde el caballero Zegrí le dijo que los caballeros de Jaén eran de más valor que los Abencerrajes, pues les habían hecho retirar a pesar suyo. A lo cual respondió el rey:

—Bien estoy con esto, pero si no fuera el valor de los caballeros Abencerrajes y Alabeces, no fuera mucho no volver ninguno de nosotros a Granada; mas ellos hicieron tanto por su valor, que salimos a nuestro salvo, sin que nos quitasen la cabalgada del ganado que trajimos y de algunos cautivos.

—Oh qué ciego que está vuestra Majestad—dijo el Zegrí—, y cómo vuelve por quien son traidores a la real corona, y lo causa la demasiada bondad y confianza que vuestra Majestad tiene deste linaje de los Abencerrajes, sin saber en la traición en que andan. Muchos caballeros hay en Granada que lo han querido decir y no se atreven, ni han osado, respecto del buen crédito que contigo, señor, este linaje tiene. Y en verdad que yo no quisiera decirlo, mas soy obligado a volver por la honra de mi rey y señor. Y así digo a vuestra Majestad, que de ningún caballero Abencerraje se fíe de hoy más, en ninguna manera, si no quieres perder el reino.

---

[3] This seems to be a greatly altered version of the ballad beginning "Un día de San Antón," found in the *Cancionero de romances sin año.*

Turbado el rey, le dijo:

—Pues dime, amigo, lo que sabes; no me lo tengas cubierto, que yo te prometo grandes mercedes.

—No quisiera ser yo el descubridor deste secreto, sino que otro lo fuera. Mas pues vuestra Majestad me lo manda, lo habré de decir, dándome palabra real de no descubrirme. Porque ya vuestra Majestad sabe que yo y todos los de mi linaje estamos mal puestos en las voluntades de los Abencerrajes, y podrían decir que de envidia de su nobleza y próspera fortuna y fama los habemos revuelto con vuestra majestad, lo cual yo no querría por todo lo del mundo.

—No receléis tal cosa—dijo el rey—, que yo doy mi real palabra que nadie lo entienda de mí, ni por mí sea descubierto.

—Pues manda vuestra Majestad llamar a Mahandín Gomel, que también sabe este secreto, y a mis dos sobrinos Mahomad y Alhamuy, que ellos son tales caballeros que no me dejarán mentir, según lo que éstos han visto, y otros cuatro caballeros Gomeles, primos hermanos del Mahandín Gomel, que digo.

El rey, sin más sosiego, los mandó llamar, y siendo venidos todos en secreto, sin que más caballeros hubiese, el Zegrí comenzó a decir desta suerte (como que le pesaba mostrando en su aspecto):

—Sabrás, poderoso rey, que todos los caballeros Abencerrajes están conjurados contra tí para matarte por quitarte el reino. Y este atrevimiento ha salido dellos, porque mi señora la reina tiene amores con el Abencerraje llamado Albinhamad, que es uno de los más ricos y poderosos caballeros de Granada. Qué quieres, oh rey de Granada, que te diga, sino que cada Abencerraje es un rey, es un señor, es un príncipe. No hay en Granada suerte de gente que no lo adore; más preferidos son que vuestra Majestad. Bien tendréis en la memoria, señor mío, cuando en Generalife hacíamos zambra, que el Maestre envió a pedir desafío, y salió Muza por suerte. Pues aquel día, yendo paseando yo y este caballero Gomel que está presente por la huerta de Generalife, por una de aquellas calles que están hechas de arrayán de improviso, debajo de un rosal, que hace rosas blancas, que es muy grande, yo vi a la reina holgar con Albinhamad. Y era tanta la dulzura de su pasatiempo, que no nos sintieron. Yo se lo mostré a Mahandín Gomel, que está presente, que no me dejará mentir, y muy quedo nos desviamos de aquel lugar y aguardamos en qué paraba la cosa. Y a cabo de rato vimos salir a la reina sola por allá debajo, junto de la fuente de los Laureles, y poco a poco se fue adonde estaban las damas muy disimuladamente. De allí a una gran pieza vimos salir Albinhamad muy de espacio, disimulado, dando vueltas por la huerta, cogiendo rosas blancas y rojas, y dellas hizo una guirnalda y se la puso en la cabeza. Nosotros nos fuimos hacia él como que no sabíamos nada, y le hablamos preguntando en qué se pasa el tiempo. A lo cual Albinhamad nos respondió: «Ando tomando placer por esta huerta, que es muy rica y tiene mucho que ver». Y diciendo esto nos dio a cada uno de nosotros dos rosas, y ansí nos venimos hablando hasta llegar donde vuestra Majestad estaba con los demás caballeros. Quisimos darte aviso de lo que pasaba y no osamos, por ser cosa de tanto peso, por no disfamar a la reina y alborotar tu corte, porque entonces eras aún nuevo rey. Y esto es lo que pasa, y abre el ojo y mira que ya que has perdido la honra no pierdas el reino y después la vida, que es más que todo. ¿Es posible que no has advertido ni caído en las cosas de los Abencerrajes? ¿No te acuerdas, en el juego de la sortija, de aquella real galera que el bando Abencerraje metió, cómo en el espolón traía un mundo hecho de cristal, y al torno dél unas letras que decían «Todo es poco»? En esto ellos dan a entender que el mundo es poco para ellos: y en la copa della, en lo alto del fanal, traían un salvaje que desquijalaba un león. Pues ¿qué quiere ser esto, sino tú el león y ellos quien te acaba y aniquila? Vuelve, señor, sobre tí, haz castigo que asombre el mundo, mueran los Abencerrajes y muera la descomedida y adúltera reina, pues ansí pone tu honra por tierra.

Sintió tanta pena y dolor el rey en oír cosas tales como aquel traidor Zegrí le decía, que dando crédito a ellas se cayó amortecido en tierra gran espacio de tiempo. Y al cabo de tornar en sí, abriendo los ojos, dio un profundo suspiro, diciendo:

—¡Oh Mahoma! y en qué te ofendí; ¿éste es el pago que me das por los bienes y servicio que te he hecho, por los sacrificios que tengo ofrecidos, por las mezquitas que tengo en tu nombre hechas, por la copia de incienso que he quemado en tus altares? Ah, traidor, cómo me has engañado. No más traidores; vive Alá que han de morir los Abencerrajes y la reina ha de morir en fuego. Sus, caballeros, vamos a Granada y préndase la reina luego, que yo haré tal castigo que sea sonado por el mundo.

Uno de los caballeros traidores, que era Gomel, dijo:

—Eso no, que no lo acertarás; porque si a la reina se prende, todo es perdido y pones tu vida y reino en condición de perderse. Porque si la reina se prende, luego Albinhamad sospechará la causa de su prisión y recelarse ha, y convocará a todos los de su linaje que estén alistados para tu daño y en defensa de la reina. Y sin esto, ya sabes que son de su bando y parcialidad los Alabeces y Vanegas y Gazules, que son todos la flor de Granada. Mas lo que se ha de hacer para tu venganza es que muy sosegadamente y sin alboroto mandes un día llamar a los Abencerrajes que vengan a tu palacio real, y esta llamada ha de ser uno a uno, y ten veinte o treinta caballeros muy aderezados de armas, de quien tú, señor, te fíes, y entrando que entre el caballero

Abencerraje, mándale luego degollar. Y siendo así hecho uno a uno, cuando el caso se venga a entender ya no quedará ninguno de todos ellos. Y cuando se venga a saber por todos sus amigos, y ellos quisieren hacer algo contra tí, ya tendrás el reino amedrentado y en tu favor a todos los Zegríes, y Gomeles, y Mazas, que no son tan pocos ni valen tan poco que no te sacaran a paz y a salvo de todo peligro. Y esto hecho, mandarás prender a la reina, y pondrás su negocio por justicia, haciéndole su acusación de adúltera, y que de cuatro caballeros que entren con otros cuatro que le acusaron a hacer batalla. Y que si los caballeros que la defendieren vencieren a los cuatro acusadores, que será la reina libre, y que si los caballeros de su parte fueren vencidos, que muera la reina. Y desta forma, todos los del linaje de la reina, que con Almoradís, y Almohades, y Marines, no se mostrarán tan esquivos ni se moverán así tan ligero, pensando que está la justicia de tu parte, y lo tendrán por muy bueno. Y en lo demás, deja, señor, hacer a nosotros que todo lo allanaremos, de modo que quedes vengado y tu vida y tu reino seguro.

—Bien me aconsejáis, oh caballeros leales míos—dijo el rey—. Mas ¿quién serán los cuatro caballeros que harán el acusación a la reina y entrarán por ello en batalla, que sean tales, que salgan con su pretensión?

—No cure vuestra Majestad deso—dijo el traidor Zegrí—, que yo seré el uno; y Mahardón, mi primo hermano, el otro; y Mahandín, el tercero; y su hermano Alyhamete, el cuarto. Y fía en Mahoma, que ahora en toda tu corte no se hallarán otros cuatro que tan valientes sean ni de tanto valor, aunque se ponga Muza en cuenta.

—Pues, sus—dijo el engañado y desventurado rey—, hágase así; vamos a Granada y daremos orden en tomar justa venganza. ¡Oh, Granada, desventurada de tí, y qué vuelta se te apareja, y que caída has de dar tan grande, que jamás no te puedas levantar ni cobrar tu nobleza ni riqueza.

Con esto se fueron los traidores y el rey a Granada, y entrando en el Alhambra se fueron a la real casa del rey, adonde la reina con sus damas le salieron a recibir hasta las puertas del real palacio. Mas el rey no quiso poner los ojos en la reina, sino pasar de largo, sin detenerse con ella como solía, de que no poco maravillada la reina se recogió a su aposento con sus damas, no sabiendo la causa de aquel no usado desdén del rey. El cual pasó aquel día disimuladamente con sus caballeros hasta la noche, que muy temprano cenó y se fue a recoger a su cámara, diciendo que se sentía indispuesto. Así todos los caballeros se fueron a sus posadas. Toda aquella noche el desventurado rey pasó ocupado en mil pensamientos; no podía reposar. Decía entre sí: «¡Oh, sin ventura Audillí, rey de Granada, cuán a punto estás de per-

derte a tí y a tu reino. Si yo mato estos caballeros, gran mal a mí y a
mi reino se apareja. Y si no los mato y es verdad lo que me han dicho,
también soy perdido. No sé qué remedio tome para salir de tantas
tribulaciones! ¿Es posible que caballeros de tan claro linaje pensasen
hacer tal traición? No me puedo persuadir a creer tal. ¿Y es posible
que mi mujer, la reina, hiciese tal maldad? No lo creo, porque jamás
he visto en ella cosa que no deba a recatada mujer. Mas ¿a qué propósito y a qué causa los Zegríes me han dicho esto? No sin misterio me
lo han dicho. Si ello es ansí, vive Alá poderoso, que han de morir los
Abencerrajes y la reina».

En esto y en otros diversos pensamientos pasó el rey toda aquella
noche, sin poderla dormir, hasta la mañana, que se levantó y salió a
su real palacio, donde halló muchos caballeros que le aguardaban,
todos Zegríes, y Gomeles, y Mazas, y con ellos los caballeros traidores; todos se levantaron de sus asientos e hicieron grande mesura al
rey, dándole los buenos días. Y estando en esto entró un escudero que
dijo al rey cómo la noche pasada había venido Muza y los caballeros
Abencerrajes de la Vega de pelear con los cristianos, y traían dos banderas de cristianos ganadas y más de treinta cabezas. El rey mostró
holgarse dello, mas otra le quedaba. Y llamando aparte al traidor
Zegrí le dijo que luego pusiese treinta caballeros muy bien aderezados
en el cuarto de los Leones, y que tuviese apercibido un verdugo con
todo lo necesario para lo que estaba tratado. Luego el traidor Zegrí
salió del real palacio y puso por obra lo que el rey le mandara.

Y estando todo puesto a punto, el rey fue avisado dello y se fue al
cuarto de los Leones, adonde halló al traidor Zegrí con treinta caballeros Zegríes y Gomeles, muy aderezados, y con ellos un verdugo. Y al
punto, con un paje suyo mandó llamar a Abencarrax, su alguacil
mayor. El paje fue y lo llamó de parte del rey: Abencarrax fue luego al
real llamado. Y ansí como entró en la cuadra de los leones le echaron
mano sin que pudiese hacer resistencia, y allí, en una taza de alabastro muy grande, en un punto fue degollado. Desta suerte fue llamado
Albinhamad, el que fue acusado de adulterio con la reina, y también
fue degollado como el primero. Desta suerte fueron degollados
treinta y seis caballeros Abencerrajes de los más principales de Granada, sin que nadie lo entendiese. Y fueran todos sin que quedara
ninguno, sino que Dios nuestro Señor volvió por ellos, porque sus
obras y valor no merecieron que todos acabasen tan abatidamente por
ser muy amigos de cristianos y haberles hecho muy buenas obras. Y
aun quieren decir los que estaban allí al tiempo del degollar, que
morían cristianos, llamando a Cristo crucificado que fuese con ellos, y
en aquel postrer trance les favoreciesen, y ansí se dijo después.[4]

---

[4] Historically, the assassination of the Abencerrajes seems to have been

Volviendo al caso, no quiso Dios que aquella crueldad pasase de allí, y fue que un pajecillo, a caso de uno destos caballeros Abencerrajes, se entró sin que nadie lo echase de ver con su señor, el cual vio cómo a su señor degollaron, y vio todos los demás caballeros degollados, los cuales él conocía muy bien. Y al tiempo que abrieron la puerta para ir a llamar a otro caballero, el pajecillo salió, y todo lleno de temor llorando por su señor, junto de la fuente del Alhambra, donde ahora está el alameda, encontró con el caballero Malique Alabez y con Abenámar y Sarrazino, que subían al Alhambra para hablar con el

---

carried out by the father of Boabdil, Muley Hacén, with a considerably smaller number of the family being killed. Two quite different accounts are as follows:

Estando, pues, este rrey metido en sus vicios, visto el desconcierto de su persona, levantáronse ciertos cavalleros en el rreyno, assí criados de la rreyna como de el rrey, su padre de ella, y alçaron la obedencia del rrey y hiciéronle cruda guerra: entre los cuales fueron ciertos de los que decían Abençarrages... El Rrey, pues siguió la guerra contra ellos y prendió y degolló muchos de los caballeros, entre los quales un día degolló siete de los Abençerrajes y, degollados, los mandó poner en el suelo, uno junto con otro, y mandó dar lugar a que todos los que quisiessen los entrassen a ver. Con esto puso tanto espanto en la tierra, que los que quedavan de los Abençerrajes, muchos de ellos se passaron a Castilla, y unos fueron a la casa del Duque Medinasidonia, y otros a la casa de Aguilar, y estuvieron haziéndole mucha honrra a ellos y a los suyos, hasta que el rrey chiquito, en cuyo tiempo se ganó Granada, rreynó en ella, que se bolvieron a sus casas y haziendas; los otros que quedaron en el rreyno poco a poco los prendió el Rey, y dizen que de solo los Abençarrajes degolló catorze, y de los otros caballeros y hombres esforçados y nombrados por sus personas fueron, según dizen, ciento veinte y ocho. —Hernando de Baeza: *Relaciones de los últimos tiempos de Granada.*

Era Abul Hasan [Muley Hacén] hombre viejo y enfermo, y tan sujeto a los amores de una renegada que tenía por muger, llamada la Zoraya (no porque fuesse éste su nombre propio, sino por ser muy hermosa, la comparaban a la estrella del alba, que llamaron Zoraya), que por amor della había repudiado a la Ayxa, su mujer principal, que era su prima hermana, y con grandíssima crueldad hecho degollar algunos de sus hijos sobre una pila de alabastro que se ve hoy día en los alcázares de la Alhambra, en una sala del cuarto de los Leones, y esto a fin de que quedase el Reyno a los hijos de la Zoraya. Mas la Ayxa temiendo que no le matasse el hijo major, llamado Abi Abdiehi o Abi Abdalá (que todo es uno), se lo había quitado de delante, descolgándolo secretamente de parte de noche por una ventana de la Torre de Comares con una soga hecha de los almaizares y tocas de sus mujeres; y unos caballeros llamados los Abencerrajes habían llevado a la ciudad de Guadir, queriendo

rey. Y como allí los encontrase, todo lloroso y temblando les dijo:

—¡Ay, señores caballeros, que por Alá santo, que no paséis más adelante, si no queréis morir mala muerte!

—¿Cómo ansí?—respondió Alabez.

—Cómo, señor—dijo el paje—, habréis de saber que dentro del cuarto de los Leones hay grande cantidad de caballeros degollados, todos son Abencerrajes, y mi señor con ellos, que yo lo vi degollar. Porque yo entré con él y no pararon mientes en mí, porque el santo Alá ansí lo permitió, y cuando tornaron a abrir la puerta falsa del cuarto de los Leones me salí. Por Mahoma santo que pongáis cobro en esto.

Muy maravillados quedaron los tres caballeros moros, y mirándose los unos a los otros no sabían qué se decir, si lo creyesen o no. Abenámar dijo:

—Que me maten si no hay gran traición, si esto es.

—¿Pues cómo lo sabremos?—dijo Sarrazino.

—Cómo, yo os lo diré,—dijo Alabez—. Quedaos, señores, aquí vosotros, y si viéredes que sube algún caballero al Alhambra, sea Abencerraje o no lo sea, no le dejéis subir. Decid que se detengan un poco, y tan en tanto yo me llegaré a la casa real y sabré lo que pasa; yo seré aquí brevemente.

—Guíeos Alá—dijo Abenámar—; aquí aguardaremos.

El Malique subió a toda priesa al Alhambra, y al entrar por la puerta della encontró con el paje del rey que a gran priesa salía. El Malique le preguntó:

—¿Adonde bueno con tal priesa?

A llamar voy un caballero Abencerraje— respondió el paje.

—¿Quién le envía a llamar?—dijo el Malique.

—El rey mi señor—el paje respondió—. No me detengáis, que no me cumple parar nada. Mas si vos, señor Malique, queréis hacer una buena obra, abajad a la ciudad, y a todos los Abencerrajes que encon-

---

favorecerle, porque estaban mal con el Rey a causa de haberles muerto ciertos hermanos y parientes, so color de que uno dellos había habido una hermana suya doncella dentro de su palacio, de la Ayxa, y por esto se temía dellos. Estas cosas fueron causa de que toda la gente principal de Reyno aborreciessen a Abul Harén, y contra su voluntad trajeron de Gaudix a Abi Abdilehi, su hijo; y estando un día en los Alixares, le metieron en la Alhambra, y le saludaron por Rey; y cuando el viejo vino del campo, no le quisieron acoger dentro, llamándole cruel, que había muerto sus hijos y la nobleza de los Caballeros de Granada. —Mármol Carvajal, *Historia del rebelión y castigo de los Moriscos del reino de Granada*. (Cited by Blanchard-Demouge, p. 325.)

tréis les diréis que se salgan luego de Granada, porque hay grande mal contra ellos.

Y diciendo esto el paje, no paró allí un punto, sino a gran priesa se fue a la ciudad.

El valiente Malique Alabez, estando satisfecho y cierto de algún gran mal, volvió adonde había dejado a Sarrazino y al buen Abenámar, y les dijo:

—Buenos amigos, ciertamente hay gran mal contra los caballeros Abencerrajes, porque un paje del rey, si acaso lo habéis visto pasar a priesa por aquí, me dijo que a todos los Abencerrajes que encontrase les diese aviso que se saliesen de la ciudad, porque hay grande mal contra ellos.

—Válgame Alá—dijo Sarrazino—, que me maten si no andan los Zegríes en esto. Vamos presto a la ciudad y demos aviso de lo que pasa, porque a tan gran mal se ponga algún remedio.

—Vamos—dijo Abenámar—que en esto no quiere haber descuido.

Y diciendo esto, todos tres, a gran priesa, se volvieron a la ciudad, y antes de llegar a la calle de los Gomeles encontraron con el capitán Muza y con más de veinte caballeros Abencerrajes, de los que habían ido a la Vega a pelear con cristianos, y le iban a hablar al rey para darle cuenta de aquella jornada. Alabez, como los vio, les dijo todo alborotado:

—Caballeros, poneos en cobro, que una gran traición hay armada contra vosotros, y sabed que el rey ha mandado matar más de treinta caballeros de vuestro linaje.

Los Abencerrajes espantados y atemorizados no supieron qué se decir, mas el valeroso Muza les dijo:

—A fe de caballero, que si traición hay, que en ella andan Zegríes y Gomeles; porque yo he parado mientes y no parecen en la ciudad, que todos deben de estar en el Alhambra con el rey.

Y diciendo esto volvió atrás diciendo:

—Vénganse todos conmigo, que yo pondré remedio en este caso.

Ansí todos se volvieron con el valeroso Muza a la ciudad, y en llegando a la Plaza Nueva, como fuese Muza capitán general de la gente de guerra, en un punto mandó llamar un añafil, y siendo venido mandó que tocase a recoger a priesa. El añafil, haciéndolo así, siendo el añafil oído, en un punto se juntó grande cantidad de gente, así de caballo como de a pie, y los capitanes que solían acaudillar las banderas y gente de guerra. Juntáronse muchos caballeros de mayor cuenta y todos los más principales de Granada; sólo faltaron Zegríes, y Gomeles, y Mazas, por donde se acabaron de enterar y satisfacer que los Zegríes andaban en aquella traición. Cuando estuvo toda esta gente junta, el valeroso Malique Alabez, como no le cogía el corazón en el cuerpo, comenzó a decir a voces:

—Caballeros y gente ciudadana valerosa que estáis presentes, sabed que hay gran traición, que el rey Chico ha mandado degollar gran parte de los caballeros Abencerrajes, y si no fuera descubierta la traición por orden del santo Alá, ya no quedara ninguno a vida; vamos todos a la venganza; no queremos rey tirano, que así mata los caballeros que defienden su tierra.

Apenas el Malique Alabez hubo acabado, cuando todo el tumulto de la gente plebeya comezó a dar grandes voces y alaridos apellidando toda la ciudad, diciendo:

—Traición, traición, que el rey ha muerto los caballeros Abencerrajes. Muera el rey, muera el rey; no queremos rey traidor.

Esta voz y confuso ruido comenzó a correr ápor toda la Granada con un furor diabólico, y todos tomaron armas a gran priesa y comenzaron a subir al Alhambra, y en un improviso fueron juntos más de cuarenta mil hombres, ciudadanos, oficiales, mercaderes, labradores y otros géneros de gente, que era cosa de espanto y admiración ver en tan breve punto junta tanta muchedumbre de gente, sin la caballería que se juntó, que era grande, de Abencerrajes que habían quedado, que pasaban de más de doscientos caballeros; con ellos Gazules, Vanegas y Alabeces, Almoradís, Almohades, Azarques y todos los demás de Granada. Los cuales decían a voces: «Si esto se consiente, otro día matarán a otro linaje de los que quedan». Era tanta la vocería y rumor que andaba, y un conflicto confuso que a toda Granada asordaba, y muy lejos de allí se oían los gritos de los hombres, los alaridos de las mujeres, el llorar de los niños. Finalmente, pasaba una cosa que parecía que se acababa el mundo, de tal manera, que muy claro se oía en el Alhambra. Y recelando lo que era, el rey muy temeroso, mandó cerrar las puertas del Alhambra, teniéndose por mal aconsejado en lo que había hecho y muy espantado como se había descubierto aquel secreto.

Llegó, pues, aquel tropel y confusión de gente al Alhambra, dando alaridos y voces, diciendo: «Muera el rey, muera el rey». Y como hallasen las puertas cerradas, de presto mandaron traer fuego para quemarlas, lo cual fue luego hecho. Por cuatro o seis partes pusieron fuego al Alhambra, con tanto ímpetu y braveza, que ya se comenzaba a arder. El rey Muley Hacén, padre del rey Chico, como sintió tan gran revuelta y ruido, siendo ya informado de lo que era, muy enojado contra el rey, su hijo, deseando que le matasen, mandó al punto abrir una puerta falsa del Alhambra, diciendo que él quería salir a apaciguar aquel alboroto. Mas apenas fue la puerta abierta, cuando había mil hombres para entrar por ella. Y como reconocieron al rey viejo, arremetieron a él, y levantándolo en alto decían:

—Este es nuestro rey y no otro ninguno, viva el rey viejo Muley Hacén.

Y dejándolo puesto en buena guarda, por la puerta falsa entraron gran cantidad de caballeros y peones. Los que entraron eran Gazules, Alabeces y Abencerrajes, con algunos peones, que pasaban de más de doscientos.

El rey viejo cerró presto la puerta falsa, mandando a muchos que con él habían quedado que la defendiesen, porque no hubiese dentro del Alhambra más mal de lo que podía haber con la gente que había dentro. Mas poco aprovechó esta diligencia, porque la gente que estaba dentro era bastante a destruir cien Alhambras. Y la otra corría por todas las calles dando voces, diciendo: «Muera el rey y los demás traidores». Y con este ímpetu llegaron a la casa real, donde hallaron sola a la reina y sus damas como muertas, no sabiendo la causa de tan grande alboroto y novedad. Y preguntando dónde estaba el malo rey, no faltó quien dijo que estaba en el cuarto de los Leones. Luego, todo el golpe de la gente de tropel fue allá, y hallaron las puertas cerradas con fuertes ceraduras; mas poco les aprovechó su fortaleza, que allí las hicieron piezas y entraron dentro, a pesar de muchos caballeros Zegríes que allí había, que defendían la entrada. Y entrando los caballeros Abencerrajes, y Gazules, y Alabeces, y viendo la mortandad de los caballeros Abencerrajes que había en aquel patio, que el rey había mandado degollar, quién os dirá la saña y coraje que los Abencerrajes vivos hubieron y sintieron de aquel cruel espectáculo, y con ellos todos los demás que los acompañaban. No pudiera haber tigres tan crueles como ellos; y así, dando voces, arremetieron a más de quinientos caballeros Zegríes, y Gomeles, y Mazas, que estaban en aquel ancho y gran patio por defender al rey Chico, diciendo: «Mueran los traidores que tal traición han hecho y aconsejado». Y con ánimo furibundo dieron en ellos a cuchilladas.

Los Zegríes y los de su parte se defendían muy poderosamente, porque estaban muy bien aderezados y apercibidos para aquel caso. Mas poco les valía su apercibimiento, que allí les hacían pedazos, porque en menos de una hora ya tenían muertos gran número de caballeros Zegríes, y Gomeles, y Mazas. Y siguiendo su porfía, iban matando e hiriendo más dellos; allí era el ruido y vocería; allí acudía toda la gente que había subido de la ciudad, y siempre diciendo: «Muera el rey y los traidores». Fue tal la destruición que los caballeros Abencerrajes, y Alabeces, y Gazules, hicieron, y tal fue la venganza de los Abencerrajes muertos, que de todos los Zegríes que allí se hallaron, y Gomeles, y Mazas, quedaron pocos en vida. El desaventurado rey se escondió, que no podía ser hallado. Esto hecho, los caballeros muertos a traición, que eran trienta y seis de los más ricos y principales, los bajaron a la ciudad; allí, en la Plaza Nueva, sobre palos negros los pusieron para que toda la ciudad los viese y la moviese a compasión,

viendo un tan doloroso y triste espectáculo lleno de crueldad. Toda la
demás gente andaba por toda el Alhambra buscando el rey con tal
alboroto que se hundían todas aquellas torres y casas, resonando el
eco de lo que pasaba por todas aquellas montañas. Y si tempestad y
ruido había en el Alhambra, no menos tumulto y llanto había en la
disdichada ciudad. Todo el pueblo en común lloraba los muertos
Abencerrajes. En particulares casas lloraban a los muertos Zegríes, y
Gomeles, y Mazas, y otros caballeros, que murieron a vueltas de ellos
en la borrasca. Y así por este conflicto y alboroto desventurado se dijo
este romance, que así comienza y dice:

En las torres del Alhambra
sonaba gran vocería
y en la ciudad de Granada
grande llanto se hacía;
porque sin razón el rey
hizo degollar un día
treinta y seis Abencerrajes,
nobles y de grande valía
a quien Zegríes y Gomeles
acusan de alevosía.
Granada los llora más,
con gran dolor que sentía;
que en perder tales varones
es mucho lo que perdía.
Hombres, niños y mujeres
lloran tan grande pérdida;
lloraban todas las damas
cuantas en Granada había.
Por las calles y ventanas
mucho luto parecía;
no había dama principal
que luto no se ponía;
ni caballero ninguno
que de negro no vestía,
sino fueran los Gomeles
do salió el alevosía,
y con ellos los Zegríes,
que les tienen compañía.
Y si alguno luto lleva
es por los que muerto habían
los Gazules y Alabeces
(por vengar la villanía)
en el cuarto de los Leones,
con gran valor y osadía.
Y si hallaran al rey
le privaran de la vida

por consentir la maldad
que allí consentido había.[5]

Volviendo ahora al sangriento y pertinaz motín de la granadina gente contra el rey Chico y sus valedores, es de saber que el valeroso Muza, como vio poner fuego al Alhambra, con gran presteza puso remedio en aplacar sus furiosas llamas. Y sabiendo que el rey Muley Hacén, su padre, había mandado abrir la puerta falsa del Alhambra, luego se fue para allá, acompañado de una gran tropa de caballeros y peones. Y en llegando halló al rey Muley Hacén acompañado de más de mil caballeros que le guardaban, y a grandes voces decían:

—Viva el rey Muley Hacén, al cual reconocemos por señor, y no al rey Chico, que a tan gran traición ha muerto la flor de los caballeros de Granada.

Muza dijo:

—Viva el rey Muley Hacén mi padre, que así lo quiere toda Granada.

Lo mismo dijeron todos los que con él venían, y diciendo esto, entró en el Alhambra y se fueron derechos a la casa real y buscándola toda, no hallaron al rey. De lo cual se maravillaron mucho, y pasando al cuarto de los Leones vieron el gran estrago que allí había de caballeros muertos, Zegríes, y Gomeles, y Mazas, por las manos de los Abencerrajes, y Gazules, y Alabeces. Y Muza dijo:

—Si traición se hizo a los Abencerrajes caballeros, ella se ha vengado bien, aunque la traición no tiene recompensa ni satisfacción.

Y pesándole de lo que veía, salió de allí y fue a la cámara de la reina, a la cual hallaron toda llorosa y turbada, acompañada de todas sus damas, y con ella la muy hermosa Zelima, a quien Muza amaba grandemente. La reina le dijo a Muza temblando:

—¿Qué es esto, amigo Muza; qué desaventura es ésta que suena en la ciudad y en el Alhambra, que no puedo dar en lo que sea?

—Cosas son del rey—dijo Muza—, que sin mirar más de lo que debiera, fue en consentir una notable traición contra los caballeros Abencerrajes, de quien él ha recibido muy grandes y señalados servicios. Y en pago dellos, hoy ha muerto treinta caballeros, y más hay dentro en el cuarto de los Leones. Este es el buen recaudo que el rey mi hermano y vuestro marido hoy ha hecho, o permitido que se hiciese, por lo cual el reino tiene perdido, y él está, si parece, a punto de se perder, porque ya toda la gente de Granada, así caballeros como los demás estados, han recibido a mi padre el rey Muley Hacén por señor y su rey. Y a esta causa anda el alboroto y motín que vos, señora, oís.

---

[5] This is another one of the ballads usually attributed to Pérez de Hita.

—Santo Alá—dijo la reina—¿que eso pasa? ¡Ay de mí!

Y diciendo esto se cayó amortecida en el suelo, en los brazos de la hermosa Galiana, hermana de Zelima. Todas las damas lloraban amargamente el caso doloroso acontecido, y lloraba a su triste reina, puesta en tal calamidad. La hermosa Haxa y la hermosa Zelima se hincaron de rodillas delante del valeroso Muza, y Zelima, como aquella que lo amaba de corazón, le habló desta manera:

—Señor mío, no me levantaré de vuestros pies hasta que me deis palabra de hacer en este hecho tanto que quede apaciguado, y el rey vuestro hermano quede en su posesión como solía. Que aunque él ha andado descomedido con vos procurando mi amistad, no se ha de mirar en tal tiempo a pagar mal, sino por mal hacer bien; porque de aquí adelante tenga cuenta de no ofenderos en esto ni en otra cosa alguna, y en esto me haréis a mí muy particular merced.

La hermosa Fatima, que ya sabía el amor de los dos le terció, suplicándolo mucho. El gran Muza, como vio a su sol a sus pies postrado, y acompañado de tan hermosa luna, como era Haxa, no pudo dejar de darles palabra que él apaciguaría todo aquel alboroto, y al rey pondría en posesión de su reino. Lo cual dio gran contento a la hermosa Zelima, y en pago dello, Muza le tomó una mano y se la besó, que dama ninguna lo vio sino la hermosa Haxa, porque las damas estaban ocupadas en echar agua en el rostro de la reina. La cual torno en sí llorando, y Muza la consoló lo más que pudo.

Y porque se hacía tarde para negociar tanto como había prometido, se despidió de la reina y sus damas, y se salió de la casa real, y fue adonde estaba el rey su padre, y le dijo:

—Señor, manda que toda la gente se sosiegue y deje las armas, sino pena de la vida.

Luego el rey lo mandó así con pregón real; por toda el Alhambra y por la ciudad su fue pregonando, y Muza iba mandando como capitán general de la gente de guerra que todos se recogiesen a sus casas, y a otros rogando. De forma que bien presto se apaciguó el pertinaz motín y rebelión, llevando unos intento de seguir a Muley Hacén, otros de [a]segurar al rey Chico. Para esto ayudaban a Muza todos los más principales de Granada, y los linajes desapasionados, que eran Alageces, Benarages, Laugetes, Azarques, Alarifes, Aldoradines, Almoradís, Almohades y otros muchos señores y caballeros de Granada. Desta suerte fue todo apaciguado, y Muza rogó a todos que no quitasen a su hermano la obediencia, sino que Granada volviese al estado que antes estaba, que si traidores y malos caballeros no hubiera que aconsejaran al rey tan mal como le aconsejaron, no pasara así aquel negocio. Todos los caballeros le dieron palabra a Muza de no quitar la obediencia a su hermano el rey, si no fueran los Abençerrajes, y

Gazules, y Alabeces, y Aldoradines; estos cuatro linajes, poderosos y ricos, no quisieron estar a la obediencia del rey Chico, pues que admitió un consejo tan lleno de traición. Y ansí era la verdad, que el rey, siendo mal aconsejado, no había de admitir tan mal consejo, y si lo admitía, llevar el negocio por otro orden, que menos daño a la ciudad y su república le viniera. Y así, por este mal y traidor consejo, se dijo aquel romance, aunque antiguo, bueno, que dice ansí:

> Caballeros granadinos,
> aunque moros hijos dalgo,
> con envidiosos intentos
> al rey Chico van hablando;
> gran traición se va ordenando.
> Dicen que los Bencerrajes,
> linaje noble, afamado,
> pretenden matar al rey
> y quitarle su reinado;
> gran traición se va ordenando.
> Y para emprender tal hecho,
> tienen favor muy sobrado
> de hombres, niños y mujeres,
> todo el granadino estado;
> gran traición se va ordenando.
> Y a su reina tan querida
> de traición la han acusado,
> que en Albín Abencerraje
> tiene puesto su cuidado;
> gran traición se va ordenando.[6]

Desta suerte va procediendo este romance antiguo, declarando la historia que habemos contado y la traición; y porque me aguardan otras cosas de más importancia no se acaba.

Pues volviendo al valeroso Muza, que con gran diligencia procuraba aplacar los airados pechos de los principales caballeros y la demás gente: para ponellos bien con el rey Chico, su hermano, como antes estaban, y ansí trajo muchos a su voluntad, salvo los cuatro linajes que habemos dicho, y algunos más caballeros que no quisieron estar a la obediencia del rey Chico, sino a la del rey Muley Hacén. Y ansí siempre hubo en Granada grandes diferencias entre los dos reyes, padre e hijo, hasta que Granada fue perdida. Y la causa porque los Gazules, y Alabeces, y Abencerrajes, y Aldoradines no quisieron ser de la parte del rey Chico, aunque Muza lo trabajó mucho, fue porque ya tenían tratado todos de volverse cristianos y pasarse con el rey don Fernando, como adelante oiréis.

---

[6] Another ballad probably written by Pérez de Hita.

Pues como viese Muza la mayor parte o toda de la ciudad a su voluntad reducida, para que Granada volviese a lo que solía, y el rey Chico fuese vuelto a su real silla como solía, dio orden de saber adonde estaba el rey Chico, su hermano. El cual como vio aquel grande alboroto y escándalo, movido en su daño, y que los Abencerrajes, y Gazules, y Alabeces habían entrado en el cuarto de los Leones, con tanta braveza matando y destrozando a los Zegríes y Gomeles, no osando aguardar el fin del repentino ímpetu, se salío de la casa real por una puerta falsa que salía al bosque de la Alhambra, acompañado de hasta cincuenta caballeros Gomeles y Zegríes, yendo con ellos los traidores que el mal consejo le habían dado. Se subió a una mezquita que estaba en el cabezo o cerro del sol, que ahora llaman el cerro de Santa Elena, y allí se retrajo maldiciendo a su corta ventura y día en que había nacido, quejándose del Zegrí que le había aconsejado hacer tal traición como aquella que había cometido contra los caballeros Abencerrajes. Los traidores Zegríes y Gomeles le dijeron:

—Señor, no te fatigues tanto, ni tomes tanta pasión, que aun tienes de tu parte casi quinientos Zegríes y otros tantos Gomeles que morirán por tí. Y el consejo que te dimos bueno fue si no lo descubriera algún diablo, que lo hubo de descubrir.

Estando en esto vieron como Muza subía el cerro, sobre un buen caballo, y dello dieron aviso al rey. El cual, escandalizado y lleno de temor, preguntó si venía de guerra o de paz.

—De paz viene—respondió un Zegrí—y sólo él viene en tu busca sin ninguna duda.

—Plégale Alá que por bien venga—respondió el rey—y que no venga para acabarme la vida—. Decía esto el rey, porque se temía de Muza respecto de Zelima.

—No vendrá para eso—le respondió un Gomel—, sino para tu favor y remedio, que al fin, señor, es tu hermano.

—Plega a Alá que ansí sea y que mi pensamiento salga vano—dijo el rey.

En esto llegó Muza, y preguntando si estaba allí el rey, le fue dicho que sí. Entonces Muza se apeó del caballo y entró dentro de aquella mezquita, adonde halló al rey acompañado de Zegríes y Gomeles. Y haciéndole la mesura y acatamiento como solía, le habló desta manera:

—Por cierto, rey de Granada, que desta vez habéis dado mala cuenta de aquello que un rey está obligado a darla muy buena. ¿Así se permite degollar tales caballeros como lo que mandastes degollar, y alborotar una ciudad como la de Granada, habiendo otro rey vivo, que es vuestro padre, contra cuya voluntad alcanzastes la corona y cetro, poniendo en condición perder la vida y que se pierda un reino? Cierto, hermano, que no lo mirastes como verdadero rey, sino como tirano, y que habéis sido digno y merecedor que se os quite la obediencia sólo por creer vos malos consejeros. Ello ya es hecho; mas holgaría muy grandemente saber qué fue la causa que así os movió a hacer tal crueldad y tiranía, que holgare de saberla. Y si justa causa os movió, de otra manera se pudiera hacer mejor; porque si en algo eran culpados los Abencerrajes, el rey tiene justicia para poder castigar a quien lo mereciere, y no de aquella suerte alborotando un mundo.

—Hermano Muza, ya que me has preguntado la causa de mi determinada ira, yo te la diré aquí en presencia destos caballeros que están presentes—respondió el rey—. Tú sabrás que los caballeros Abencerrajes tenían determinado de matarme y quitarme el reino, y sin esto Albinhamad Abencerraje con mi mujer la reina hacía traición de adúltero quitándome la honra. Pues mira tú ahora si yo había de tener paciencia para tan gran maldad, estando esto que te digo claramente probado y fulminado proceso.

Muza, que aquello oyó, maravillado de tal caso, dijo:

—No tengo yo a la reina por mujer que haría tal maldad, ni los caballeros Abencerrajes les pasaría tal por el pensamiento.

—Pues si quieres salir de tal duda, pregúntalo a Hamete Zegrí, y a Mahandín, y a Mahardón, que están presentes, que ellos te dirán la verdad de todo.

Luego, los traidores nombrados dijeron al valeroso Muza lo que le habían dicho al rey. Lo cual Muza no quiso creer, ni a ello se persuadió jamás, porque conocía que la reina era de mucho valor y muy honesta y llena de toda virtud y bondad. Y ansí les dijo:

—Por cierto, señores, que yo no creo que tal será, ni habrá caballero que ose sustentar esto ser verdad; porque cualquiera que lo sustentare, será desmentido y quedará por infame.

—Pues aquí lo sustentaremos—dijo Mahardón—a cualquiera caballero o caballeros que lo quisieren contradecir.

Ya enojado, Muza respondió diciendo:

—Pues aunque no sea sino volver por la honra del rey mi hermano, he de hacer que esta causa y la de los Abencerrajes se siga por justicia, pues quedáis a defenderla por las armas, que yo sé que habéis de quedar muertos o desmentidos en el campo. Y si no fuera por no acabar de romper el negocio que tenemos entre las manos, el cual yo voy apaciguando, doy mi palabra, como caballero e hijo del rey, que antes que saliéramos desta mezquita ello quedara en limpio y conocida vuestra maldad y manifiesta a Dios y al mundo vuestra traición; pero lo que digo y llevo entre las manos lo impide.

Los Zegríes se comenzaron a alborotar, diciendo que ellos eran tales caballeros, que lo que habían dicho lo sustentarían contra otros cuatro caballeros en el campo armados.

—Eso—dijo Muza—se verá muy presto.

Y volviendo al rey le dijo:

—Vamos al Alhambra, que ya lo tengo apaciguado todo y el motín ha parado; solos quedaban cuatro linajes de caballeros que no os quieren dar la obediencia, sino a vuestro padre; pasen ahora algunos días, que yo lo haré llano con el favor de Alá. Y vosotros, Zegríes y Gomeles, advertíd una cosa que os quiero decir: que si por vuestro respecto han sido muertos cuarenta o cincuenta caballeros Abencerrajes, de vuestra parte hay más de quinientos caballeros muertos, Zegríes y Gomeles. Id luego al Alhambra y mandad que los saquen del cuarto de los Leones y les den sepultura, que ansí han hecho los Abencerrajes a sus deudos muertos sin culpa.

Con esto salió Muza de la mezquita y con él el rey, confiado en su palabra, y le dijo:

—Di, Muza, ¿quién te dio aviso como yo estaba aquí en esta mezquita?

—Quién os vio venir—dijo Muza—me dio aviso.

Diciendo esto, todos juntos se bajaron del cerro y se metieron en el Alhambra. Los Zegríes dieron orden de sepultar los cuerpos muertos y para esto los llevaron a sus casas, yendo Muza y otros caballeros con ellos por evitar algún escándalo. Los muertos fueron enterrados, así los unos como los otros, y todo aquel día no se oía por Granada sino tristes llantos y gemidos. El rey, así como entró en el Alhambra rodeado de su guarda, se metió en su aposento y mandó que a nadie diesen lugar de entrar por todo aquel día. Lo cual fue así hecho, que no dejaron entrar ni a la misma reina ni a sus damas. De lo cual la reina cobró mala espina, no sabiendo la causa de aquel nuevo encerramiento, pues todo estaba ya apaciguado; que así lo había enviado a decir Muza con un paje suyo que no tuviése su Alteza pena, que todo estaba llano y podía el rey estar seguro. Con esto la reina se recogió a su aposento, muy triste y pensativa, que el corazón le daba ya lo que había de ser.

CAPÍTULO CATORCE: QUE TRATA EL ACUSACIÓN QUE LOS CABALLEROS TRAIDORES PUSIERON CONTRA LA REINA Y CABALLEROS ABENCERRAJES, Y CÓMO LA REINA FUE PRESA POR ELLO Y DIO CUATRO CABALLEROS QUE LA DEFENDIESEN, Y LO QUE MÁS PASÓ.

 OS MUERTOS YA ENTERRADOS de la una parte y de la otra, y sosegados ya los llantos por ellos hechos, y la mayor parte de los caballeros de Granada vueltos a la obediencia del rey Chico por orden del valeroso capitán Muza, habiéndose pasado aquel cruel día, tan detestable para Granada, luego otro siguiente dio orden que fuesen al Alhambra para hablar con el rey. Y ansí se juntaron todos los más principales y le fueron a ver, aunque muchos de muy mala gana, más iban por dar contento a Muza. Y siendo juntos en la real sala, todos se sentaron así como solían, aguardando que el rey saliese de su aposento. El cual, como le fue dicho que allí estaba Muza y muchos de los más principales caballeros de Granada, salió a la sala, todo vestido de negro, mostrando el semblante muy apasionado y triste, asentó en su real silla, y, mirando a todas parte, comenzó a hablar desta suerte:

—Muy leales vasallos y amigos, y principales caballeros de mi Granada: Bien sé que habéis estado contra mí odiosos, y con voluntad de quitarme vida y reino, por lo que ayer pasó en el Alhambra, y esto por no saber vosotros la causa y fundamento del daño. Verdad es que yo bien pudiera llevar la causa de otro modo, porque tanto escándalo se evitara, mas algunas veces viene la ocasión acompañada con pujanza de cólera, de suerte que cerrante las puertas a la razón, tanto que, dejando su término aparte, se toma otro que más repentina haga la venganza. Alá os guarde de rey injuriado, que no aguarda en su venganza ninguna dilación. Y para satisfacción de mi poca culpa y muy sobrada justicia, pedida y demandada de mi crecido agravio, habéis de saber, o nobles caballeros granadinos, que los Abencerrajes, de cuya fama el mundo está lleno, habían conspirado y hecho conjuración para matarme y quitarme el reino. Y desto tengo fulminado proceso, con bastante información, por donde son dignos de muerte. Y sin esto, Albinhamete Abencerraje hizo y puso una grande mancha contra mi honra, siendo adúltero con sultana mi mujer, tratando con ella secretos y deshonestos amores, aunque no lo fueron tanto que no fuesen descubiertos, y dentro desta real sala hay caballeros testigos de vista que lo dirán y lo sustentarán. Y a esta causa hice ayer lo que vistéis, queriendo por mi mano tomar la venganza de tan grande injuria y deshonra a mí hecha. Y si mi intento no fuera descubierto, hoy no hubiera en Granada vivo ningún Abencerraje, mas quiso mi mala suerte que fuese descubierto, no sé yo por cuál vía. De lo pasado a mí me pesa sólo por el alboroto de la ciudad y por la muerte de tanto buen caballero como murió a manos de los Abencerrajes que quedaron vivos y de los Gazules y Alabeces. Y la sangre vertida de los Zegríes y Gomeles por mi respeto pide justísima venganza, la cual yo prometo hacer por Mahoma, en quien adoro, y dende aquí digo y doy por sentencia que los Abencerrajes que son culpados en esto, por tener atrevimiento de entrar con mano armada en mi casa real, que sean desterrados de Granada y dados por traidores y confiscados sus bienes a mi real cámara, para que dellos yo haga a mi voluntad. Y los que no son tan culpados, y que estaban fuera de Granada, así alcaides como no alcaides, siendo sin culpa, que se queden en Granada privados de real oficio. Y que si tuvieren hijos varones, que los envíen a criar fuera desta ciudad; y si fueren hijas, que las casen fuera del reino. Y esto mando que sea públicamente pregonado por toda Granada. Y de lo que toca a la reina sultana mi mujer, mando que los caballeros que han de poner su acusación la pongan luego; porque siendo así hecho, se apresa y puesta a buen recaudo con la guarda que convenga, hasta que se vea su justicia, por la orden que mejor le fuere conforme al derecho señalado. Que no es justo que un rey tan principal como el de Granada viva así tan deshonrado, sin hacer castigo de tan pesado agravio. Esto fue la causa, buenos y leales caballeros, del alboroto que hubo ayer. Ahora meta cada uno la mano en su pecho y vea si de mi parte está la razón, puesta a pedir venganza de mi injuria, y respóndame luego.

Así como dijo el rey lo que habéis oído, todos los caballeros que estaban allí ayuntados se miraban los unos a los otros muy maravillados de todo aquello que el rey había dicho. Y no sabían qué se respondiesen a lo dicho por el rey, porque ninguno de todos los que allí había dio crédito a ello, así en lo que tocaba a los Abencerrajes, como a lo de la reina, y luego se les encajó ser aquello todo gran tración. Y así todos los caballeros Almoradís y Almohades, y sin éstos otros, todos los cuales eran parientes de la hermosa sultana, hicieron entre sí grande movimiento y entre ellos se comunicaron. Y al cabo de una pieza que el rey aguardaba respuesta de alguno de los que en la sala estaban, un caballero Almoradí, tío de la reina, hermano de su padre, habló desta suerte:

—Atentos habemos estado, rey Abdilí, a tus razones, con las cuales no menos pesadumbre y alboroto que ayer se espera, porque en lo que has hablado manifiestamente parece ser averiguada traición, así en lo que toca a los caballeros Abencerrajes, como en lo que dices de tu mujer la reina. Por que los caballeros Abencerrajes son nobles, y en ellos no puede haber traición, ni tal dellos se puede presumir, porque de su bondad y nobleza siempre han dado verdadero testimonio de sus obras, por las cuales tú y tu reino han resplandecido y resplandece. Y si ahora les manda desterrar, tu reino de hoy más lo puedes dar por ninguno. Cuanto más que aunque tú los destierres, si ellos de su bella voluntad no se salen de Granada, tú no les puedes hacer fuerza, atento que tú sólo no eres rey della, siendo tu padre Muley Hacén vivo, el cual aun se estima por rey, y él precia mucho a los Abencerrajes y a todos los que son de su parcialidad. Si no, mira ahora en tu palacio y verás cómo en él faltan todos los Alabeces, linaje de gran fama y nobleza. Mira cómo aquí no hay caballeros Gazules, ni están aquí los Aldoradines, linaje muy antiguo y estimado en Granada; tan poco verás aquí Vanegas. Pues si éstos que tengo referidos te faltan, y tras dellos se va toda la demás gente de Granada, y todo el común, ¿qué has de hacer tú, y los que tu parte siguen; cómo podrás desterrar a los Abencerrajes? Repórtate, Abdilí, y no te ciegue la cólera recibida por malos consejos en tu daño. Esto es en cuanto a los Abencerrajes. Y en lo que dices de la reina, es falso, porque en ella jamás se ha hallado falta ninguna, y es mujer de gran honra, y debe ser en mucho tenida y estimada por su valor. Y desde ahora te digo, que si contra sultana la reina te mueves y le haces algún agravio que sin razón sea, yo y todos los Almoradís y Almohades, y otros que a éstos están allegados, te habemos de quitar la obediencia y tornarnos a la de tu padre. Y cualquiera caballero que pusiere falta o dolor en sultana la reina, miente y no es hidalgo; yo lo probaré a doquiera que él quisiere.

El traidor Zegrí, y Mahandín Gomel, y Mahardón su hermano y su primo Alí Hamete, con saña se levantaron y dijeron que lo que ellos decían era verdad, y que estaban a punto de hacer lo bueno por la honra de su rey, dos a dos y cuatro a cuatro, y quien lo contradecía mentía. Los Almoradís se levantaron poniendo mano a las armas; los Zegríes y Gomeles, lo mismo; se fueron los unos a los otros, moviendo grande alboroto y escándalo en el real palacio. Mas los caballeros Azarques y Alarifes, y el buen Muza y Sarrazino, y el bravo Reduán, y el mismo rey hicieron tanto, que no les dejaron juntar, antes les hicieron sosegar y tornarse a sentar. Y siendo todos sosegados, Muza habló deste modo:

—Señores caballeros: Yo holgaré que se ponga a sultana el acusación y por ella sea presa, porque yo confío en Alá que su inocencia ha de hacer que los que la acusaren sean muertos y confesada por su misma boca la maldad. De adonde le resultará a la reina mayor gloria, y juntamente a todos los de su linaje. Y para esto salga aquí la reina, para que por ella responda y dé y señale caballeros que la defiendan.

Todos estuvieron bien en lo que el valeroso Muza había dicho, y ansí luego fue llamada la reina, la cual salió acompañada de sus damas con semblante muy sereno y alegre. Todos los caballeros de la sala se levantaron y le hicieron grande acatamiento, salvo los traidores, que se estuvieron quedos. Y antes que la reina se asentase en su estrado, como solía, Muza le habló de aquesta suerte:

—Hermosa sultana, hija del famoso Morayzel, de nación Almoradí por la descendencia del padre y Almohades por la de madre, descendientes de los famosos reyes de Marruecos: sabrás, reina de Granada, por tu daño, cómo en esta real sala hay caballeros que abominan y ponen falta en tu castidad, diciendo que no has guardado las leyes conyugales como era razón a tu marido el rey; antes dicen que has adulterado y hecho gran traición con Albinhamete Abencerraje, por cuya causa ayer fue degollado con los demás Abencerrajes que murieron. Y si esto es ansí, lo cual yo ni los demás caballeros de la sala creemos, ni le damos crédito alguno porque ya tenemos conocida tu bondad ser grande, has caído en notoria pena y castigo. Por tanto, da razón de tu persona porque no haya más escándalo de lo que por tu causa ha habido. Y si no, no dando la tal cual convenga a un honroso descargo para tí y a tu marido, morirás quemada como nuestras leyes lo disponen. Yo te lo he querido decir porque ningún caballero de la real sala se atrevía. Y no entiendas que yo tuve atrevimiento para decírtelo por gana de ofenderte ni porque te soy en cosa alguna odioso, sino porque te repares con tiempo de tan miserable golpe de fortuna; que yo, de mi parte te digo, que como hombre que está muy bien satisfecho de tu bondad, seré en tu favor en cuanto yo pudiere y el alma durare en este cuerpo.

Con esto Muza calló y se asentó en su asiento, aguardando que la reina respondiese. La cual, como oyese tal cosa a Muza, hermano de su marido, y mirase por todos los caballeros de la sala y todos callaban, tuvo por veras lo que luego al punto entendió que Muza le decía burlando. Y reportándose en sí un poco, sin mudar color del rostro ni hacer mudanza mujeril, respondió desta suerte:

—Cualquiera que en mi honestidad y fama pura y limpia alguna falta pusiere, miente, y no es caballero ni aun buen villano, sino algún mestizo de ruin casta y gente, mal nacido, indigno de entrar en real palacio. Y sea quien se fuere y luego aquí delante de mí ponga el acusación falsa, que no me dará pena ninguna, porque mi inocencia me asegura y mi castidad y limpieza me hace libre. Y jamás con pensamiento ni obra hice ofensa al rey, mi marido, ni la pienso hacer en tanto que mi marido fuere ni después que no lo sea, ora sea por separación de muerte, por repudiación de su parte hecha. Mas estas cosas y otras tales no pueden salir sino de moros de quien no salen sino maldades y novedades como hombres de poca fe y mal inclinados. Benditos sean los cristianos reyes y quien los sirve, que nunca entre ellos hay semejantes maldades, y lo causa estar fundados en buena ley. Pues una cosa os sé decir, Abdilí, rey de Granada, y a vosotros, caballeros della: que mi inocencia y limpieza ha de parecer, y Alá ha de ser en mi ayuda, y la maldad confesada en público de aquellos que tal traición me han levantado. Y doy mi palabra que yo daré de mi parte quien con justa justicia me libre de tal infamia, de la cual, siendo yo libre, y hallándome puesta en mi libre poder, para siempre jamás el rey Abdilí se verá conmigo en poblado ni fuera dél. Y esto que ahora digo yo lo sustentaré así como lo digo.

Diciendo la hermosa reina esto, no pudo tanto su corazón varonil que no comenzase a llorar, y con ella todas sus damas y doncellas. De tal manera, que a todos los caballeros que allí estaban movían a gran compasión, y con lágrimas les ayudaban a celebrar su pena y llanto.

La hermosa Lindaraxa se hincó de rodillas delante de la reina, pidiéndole licencia para irse a San Lúcar en casa de un tío suyo, hermano de su padre, diciendo pues que su padre era muerto por mandado del rey, sin culpa, y el rey mandaba que los Abencerrajes fuesen desterrados, que ella se quería ir fuera de Granada y no aguardar a ver cosas de tanta compasión, como era ver a su reina puesta en tan desigual deshonra. La reina la abrazó llorando, diciendo que se fuese en buena hora; y quitándose una rica cadena del cuello, que era la que el Maestre le diera cuando el juego de la sortija, le dijo:

—Toma, amiga y perdona, que yo más que esto te pensaba dar por tus buenos ya fieles servicios; mas ya ves cómo fortuna tan cruelmente me amenaza, y no sé en qué me tengo de ver ni lo que será de mí.

Y diciendo esto la abrazó muy estrechamente. Aquí se acrecentó el llanto de todas las doncellas, porque las iba abrazando y despidiéndose de todas. Estaba la hermosa Lindaraxa vestida de negro por la muerte de su padre. Gran compasión sentían todos los circunstantes caballeros de ver aquella dolorosa despedida de Lindaraxa y de la reina, y no pudiéndolo sufrir, todos los Almoradís y los Almohades y otros de su parcialidad se salieron llorando de la real sala, diciéndole al rey:

—Abre, Abdilí, los ojos y mira lo que haces, y tennos por tus enemigos de aquí adelante.

La hermosa Lindaraxa, despidiéndose del rey, se salió de palacio acompañada de su madre y de algunos caballeros que quisieron acompañarla. Se bajó a la ciudad, y otro día se partió para San Lúcar, y en su compañía el valeroso Gazul, que era el que la servía, como atrás habemos dicho. Y a su tiempo hablaremos dellos, dejándolos ir su camino, por hablar del rey y acusación de la reina, la cual lloraba muy esquiva y dolorosamente, y con ella sus doncellas.

El rey mandó al traidor Zegrí que pusiese el acusación, el cual se levantó en pie, diciendo deste modo:

—Por la honra de mi rey, digo que la reina sultana hizo adulterio con Albín Abencerraje; Mahandín y yo la hallamos en la huerta de Generalife junto de la fuente grande, debajo de un rosal blanco que allí está, tomando placer deshonesto con el Abencerraje que tengo dicho. Y esto lo defenderemos los cuatro que aquí estamos a otros cuatro caballeros, cualesquiera que sean, y sobre ellos moriremos defendiendo la verdad en el campo—. Diciendo esto, calló.

A las cuales palabras respondió la reina:

—Tú mientes como traidor, perro, descreído, y fía de mí que me la tienes de pagar, y no pasarán muchos días que Alá no me dé la venganza de mi parte.

Entonces el rey dijo:

—Reina sultana, mirad que dentro de treinta días deis caballeros que vuelvan por vos y os defiendan; donde no, se procederá contra vos conforme a la ley.

El bravo Sarrazino no pudo sufrir más la cólera, y ansí dijo:

—Yo me ofrezco de defender la causa de la reina, y cuando no hay otros tres que me acompañen, yo solo me ofrezco a la batalla.

Reduán dijo:

—Yo seré el segundo, y cumpliré por el tercero y cuarto.

El bravo Muza dijo:

—Pues yo ayudaré a la reina con mi persona, y no faltará otro caballero que nos ayude porque se haga la batalla pareja. Y vea la reina si nos quiere admitir, que juramos como caballeros hacer en ello todo nuestro poder.

La reina dijo entonces:

—Gran merced a vosotros, señores caballeros, por la que me hacéis tan grande; yo pensaré en ello y veré lo que más a mi negocio cumple de espacio, pues tengo treinta días de término para responder y buscar quien me defienda.

Entonces el rey mandó que la llevasen presa a la Torre de Comares, y que estuviesen con ella la hermosa Galiana y su hermana Zelima para que la sirviesen. Luego Muza y otros caballeros llevaron a la reina a la hermosa Torre de Comares y la pusieron en un muy rico aposento, y a la puerta de la torre doce caballeros de guarda, con orden que si no fuese Muza, otro ninguno no pudiese entrar a hablar con la reina, Esto hecho, todos los caballeros se despidieron del rey, muy mal contentos con él por lo que había pasado. Todas las damas de la reina se fueron; las que eran doncellas, en casas de sus padres, y las casadas, a sus casas con sus maridos. Reduán se llevó a su querida Haxa; Abenámar se llevó a Fátima, la cual estaba muy triste por lo que sus parientes habían hecho. Todas las demás, como digo, se fueron, quedando la casa real como saqueada, triste y sola. Quedaron con el rey Zegríes, Gomeles y Mazas por le acompañar, y muchos dellos había que les pesaba por lo que habían comenzado, que bien sabían ellos que aquellas cosas no podían tener sino un triste y doloroso fin. Luego fue pregonado por toda la ciudad de Granada que los Abencerrajes saliesen della desterrados dentro de tres días; si no, pena de las vidas. A lo cual aquel mismo día los Abencerrajes pidieron dos meses de término para salir, porque su voluntad era irse del reino. Y fuéles concedido los dos meses a ruego del valeroso Muza, porque entre él y los Abencerrajes se trató lo que adelante se dirá. Este pregón y mandato del rey Chico se tendió por toda Granada, de suerte que estaba la ciudad la más triste de mundo, porque como habéis oído, estos caballeros Abencerrajes eran de todos muy queridos y amados por su valor y virtud, y todos de muy buena voluntad pusieran sus vidas y haciendas en riesgo de perderlas por favorecerles.

Pues como el pregón se tendiese por toda la ciudad y viniese la noticia de una hermana del mismo rey Chico, llamada Morayma, la cual estaba casada con Albinhamad Abencerraje, que fue acusado por adúltero con la reina, que por ser tan principal caballero la hubo en casamiento; llena esta dama de enojo por una parte y de temor por otra, porque le habían quedado dos niños varones de Albinhamad, su marido, uno de tres años y otro de cinco, se fue a la Alhambra y entró acompañada de cuatro caballeros Vanegas, llevando consigo sus dos hijos vestidos de luto y ella por lo semejante. Entró en la casa del rey, su hermano. para le hablar, al cual halló solo en su aposento, porque ya todos los caballeros se habían salido de palacio por ser hora de sentarse a la mesa; sólo quedaban los de la guarda del rey. Los cuales, como conociesen a Morayma, hermana del rey, le dieron puerta franca. Y entrando dentro, quedándose los cuatro caballeros fuera, habiéndole hecho la mesura debida, le habló desta manera, los ojos llenos de lágrimas salidas del corazón:

—¿Qué es esto, rey de Granada? Rey te digo, no te digo hermano, aunque es nombre de más piedad; mas porque no entiendas que soy de los conjurados contra ti, como tú dices, por esto te llamo rey. Pues dime ahora: ¿qué cielo es éste que nos cerca tan cruel? ¿Qué hado tan rigoroso es éste y sangriento? ¿Qué estrella tan cruel y caliginosa y mortífera corre predominando tantas desventuras? ¿Qué cometa llena de fuego es ésta que así abraza y disipa el claro linaje de los Abencerrajes? ¿En qué te han ofendido que así totalmente los quiere destruir? ¿No ha bastado que casi la mitad del linaje has degollado, sino que ahora de nuevo los mandas deterrar con un edicto cruel? ¿Que cualquiera que estuviere sin culpa de los Abencerrajes, si tuviere hijos varones que los lleven a criar fuera de Granada y que más no vuelvan a ella? ¿Y que si tuvieren hijas las casen fuera del reino? Duro pregón, cruel sentencia, acerbo mandato. Dime de qué sirven estas crueldades. Y yo, mezquina hermana tuya, por mi mal, ¿qué haré con estos dos niños, reliquias de aquel buen caballero Albinhamete Abencerraje, por tus manos degollado sin culpa? ¿No bastó la muerte del padre sino ahora desterrar los hijos? ¿A quién los encomendaré fuera del reino que los críe? Si a ellos destierras, ¿no ves que destierras también a mí, que soy su madre y tu hermana? A tu sangre tratas mal; repórtate, por Alá te lo ruego; mira que has sido mal aconsejado, no pase más adelante tu crueldad, que no es cosa decente a un rey ser tan cruel por mal consejo.

Con esto calló la hermosa Morayma, no dejando todavía de derramar lágrimas en abundancia, dando suspiros llenos de gran sentimiento arrancados de lo más íntimo de su corazón. Por todo lo cual, el rey no se aplacó un punto, antes, lleno de colérica ira contra su hermana, el rostro encendido en vivo fuego, con los ojos encarnizados y el aspecto cruel, así le respondió:

—Dí, Morayma infame, sin conocimiento ninguno de la real sangre donde vienes, indigna de ser hija de rey, pues tan poco conocimiento tienes de su valor, ¿eso me dices? Di, ¿no consideras la gran mancha que puso en mi honra el falso y desleal de tu marido? Si tú fueras otro de lo que eres, habías de atropellar todas las cosas del mundo por volver por mi manchada y maculada honra, y dar muerte aquel falso de tu marido tan digno della. Y a estos sus hijos los debías haber echado en un pozo, porque no quedara de tan mal padre simiente, porque después serán tan malos como él. Y pues tan poco miramiento has tenido y no has hecho el deber como hermana, aguarda, que yo haré lo que tú no hiciste.

Y diciendo esto arremetió al niño mayor, de cinco años, y tomándolo en peso le puso debajo el brazo izquierdo, y en un punto puso mano a una daga que tenía en la cinta, y en un punto se la metió por la garganta, que no fue la madre bastante ni tan presta para le poder defender. Y dejando el cruel rey aquél, asió del otro, y a pesar de su madre, le metió la daga por la garganta, dejándole a la madre las manos segadas de la daga porque se puso a defenderlo. Esta crueldad ansí hecha, dijo:

—Acábese de todo punto la mala casta de Albinhamad, destruidor de mi honra.

La madre, visto el espectáculo y muerte de sus tiernos hijos, dando gritos como mujer sin seso, arremetió al inhumano rey, trabajando de le quitar la daga para le matar con ella, mas el rey la defendía fuertemente. Y visto que no podía por fuerza ni por vía alguna defenderse della, lleno de enojo le dio dos mortales heridas por los pechos, de las cuales luego la hermosa Morayma cayó muerta en el suelo con sus hijos. El rey, viéndola ansí, le dijo:

—Allá irás con tu marido si tanto le amabas: que tan gran traidora eras tú como él.

Y llamando algunos de la guarda, mandó que sacasen aquellos cuerpos muertos y los enterrasen en la sepultura de los reyes. Lo cual hicieron con brevedad, quedando espantados de tal acaecimiento.

Los caballeros Vanegas, sabiendo el caso atroz que el rey había hecho, luego salieron del Alhambra y se fueron a la ciudad, donde contaron el cruel caso a otros caballeros. Y así luego se supo por toda Granada aquella crueldad del rey, y muchos determinaron de le matar, sabiendo también la injusta prisión de la reina. Mas vivía el rey con tal recato y guarda, que no hubo lugar de le poder matar, porque la puerta del Alhambra la guardaban mil caballeros y de noche la cerraban muy bien, y por los baluartes y muros sus guardas puestas con gran cuidado, guardando la fortaleza y entrada del Alhambra. Aunque la gente que tenía el rey Muley Hacén también guardaba su parte y cuartel, que era la Plaza de los Aljibes del agua, y la famosa torre que ahora dicen de la Campana y las demás torres que están junto della, con todas sus barbacanas y baluartes. Finalmente, que lo mejor de la fuerza del Alhambra tenía Muley Hacén, y su hijo, el rey Chico, tenía la casa real antigua, y Cuarto de los Leones, y Torre de Comares, y miradores del bosque a la parte de Darro y Albaicín. Y aunque las guardas y gente de ambas partes estaban separadas y apartadas y cada uno seguía la parte de su rey, jamás entre ellos había pasión ni alborotos, porque Muley Hacén mandaba a los suyos que los excusasen, y también porque Muza se lo tenía suplicado. Desta suerte estaba el Alhambra repartida en dos partes, habiendo en ella dos reyes, mas la gente que era más principal y se hacía más caso en Granada de ella, era la que seguía la parte del rey viejo. Porque le seguían Alabeces, Gazules, Abencerrajes, Aldoradines, Laugetes, Atarfes, Azarques, Alarifes y todo el común ciudadano, respecto de estar bien con los caballeros Abencerrajes y sus valedores. Al rey Chico seguían Zegríes y Gomeles, Mazas, Alageces, Benarages, Almoradís, Almohades, y otros muchos linajes y caballeros de Granada. Aunque ahora después de la prisión de la reina se habían pasado los Almoradís, y Almohades, y Vanegas en favor del rey viejo.

Deste modo estaba Granada divisa y llena de bandos y escándalos cada día, y más se acrecentaron cuando los caballeros Vanegas, que habían acompañado a la sin ventura de Morayma, hermana del rey Chico, dieron noticia de la crueldad que el rey Chico había hecho en le matar los hijos y después a ella. Lo cual fue de todo punto causa que los Almoradís, y Almohades, y Marines, y otros muchos caballeros, lo desamparasen de tal manera, que casi toda Granada estaba apercibida en su daño. Sólo le tenían fe Zegríes, y Gomeles, y Mazas, y como estos tres linajes eran grandes, siempre le sustentaron en su estado hasta perderlo, como adelante se dirá.

Volviendo, pues, a la muerte de los hijos de la hermosa Morayma y a la suya, hubo en Granada gran sentimiento del doloroso caso: unos le decían cruel, otros tirano, otros enemigo de su sangre, otros enemigo de la patria, otros le decían indigno del reino, y ansí estos nombres y otros de este modo, de suerte que de todos era aborrecido y mal quisto. Y sobre todos, quien más lo sintió fue el capitán Muza, hermano de Morayma y tío de los niños degollados, y juró muy de veras que aquella crueldad había de ser muy bien vengada y antes de muchos días. Y si Muza sintió mucho el caso cruel y grave, también le sintió el rey Muley Hacén, que al fin se lo dijeron. Y después de haber hecho gran llanto por la muerte de la amada hija y nietos, lleno de cólera ardiente, entró en su aposento y se armó de un muy fino jaco, adornando su cabeza con un acerado casco, poniendo sobre las armas una aljuba de escarlata, tomó una tablachina en brazo izquierdo, y llamando a su alcaide le dijo que muy presto juntase la gente de su guarda, que eran más de cuatrocientos caballeros. El alcaide luego les juntó y los dijo cómo el rey Muley Hacén, su señor, les mandaba juntar; que estuviesen apercibidos para todo lo que les mandase. Ellos dijeron que de buen grado lo harían. Ansí, pues, visto el rey Muley Hacén que los de su guarda estaban juntos y bien apercibidos, salió a una plaza que estaba frente de su torre y palacio, donde la gente ya estaba recogida, y les habló desta manera:

—Gente fiel y valerosa, gran deshonra es nuestra tanto tiempo tener otro rey en nuestra antigua Alhambra. Ya no quiere el santo Alá que más se disimule ni se sufra. Muy bien sabréis cómo, a mi pesar, mi hijo se hizo llamar rey, con ayuda de los traidores Zegríes y Gomeles, y Mazas, diciendo que yo era ya viejo e inútil para la guerra y gobernación del reino. Y por esta causa muchos caballeros de Granada siguieron su partido y me dejaron contra toda razón. Que muy bien se sabe, que ningún hijo puede ser heredero del reino, ni de hacienda de sus padres, hasta su muerte y fin. Y así lo mandan expresamente las leyes, las cuales mi hijo tiene quebrantadas, y el reino usurpado, y procede tan mal en la gobernación, que en lugar de llevarlo adelante en paz y sosiego, guardando a todos recta justicia, lo hace al contrario, como claro habéis visto. Mirad cómo degolló a los nobles caballeros Abencerrajes, sin tenelle culpa alguna, por lo cual sucedieron tantos escándalos y muertes. Mirad, pues, también cómo ahora, sin se lo merecer, tiene presa a la hermosa sultana su mujer, levantándole tan gran testimonio y maldad; y ahora de nuevo ha degollado a mis dos nietos, y a la triste Morayma, mi hija, sin habérselo mercido. Pues si éste hace ahora tan grande crueldades siendo yo vivo, después que yo sea muerto, ¿qué se espera dél? Bien podéis todos desamparar vuestra querida ciudad, y buscar nuevas tierras donde podáis seguros vivir de la tiranía de un tirano como éste. ¿Qué Nerón en el mundo fue tan cruel como es éste que al presente tenemos? Ya no quiere Mahoma que tal hombre se consienta, y ansí, por esto, estoy dispuesto a la venganza de mi amada hija Morayma y de mis queridos nietos, dando muerte a este tirano. Por tanto, amigos y leales vasallos, vuestra ayuda pido para la tal venganza, que más vale perder un mal príncipe, que no se pierda por sus tiranías un tal reino como el de Granada. Por tanto, luego seguidme, y mostrad vuestro valor acostumbrado; pongamos en libertad nuestra antigua ciudad.

Y diciendo esto mandó a su alcaide que guardase muy bien su fortaleza, y se partió para la casa real, donde estaba el rey Chico, su hijo, diciendo él y todos los suyos:

—Libertad, libertad, libertad; mueran los tiranos y quien los sirve, no quede ninguno a vida.

Y diciendo esto, dieron tan de improviso en la guarda del rey Chico, que casi no les dieron lugar de tomar las armas, y entre ellos se movió una batalla cruel y sangrienta, cayendo muchos muertos de ambas partes. Quién viera al buen rey Muley Hacén dar golpes con su cimitarra a un cabo y a otro. No daba golpe que no derribase caballero muerto o mal herido, porque habéis de saber que Muley Hacén siempre fue hombre de gran valor y fortaleza en su mocedad, y de grande ánimo. Y no era aun tan viejo que no pudiese hacer armas tan bien como un mozo, porque no llegaba el rey a sesenta años, y aun tenía madre viva, que no llegaba a los ochenta. Finalmente, el buen viejo andaba entre sus enemigos tan ardiente como un rayo, lo cual, visto por los suyos, también hacían maravillas, matando e hiriendo en los contrarios, que era cosa de espanto. Y aunque eran más que ellos doblado, les hicieron perder la plaza, y los metieron, a su pesar, dentro de la casa real, adonde era tanta la gritería y voces que no se oían los unos a los otros, salvo el apellido de libertad.

El rey Chico que oyó tal tropel y ruido, muy espantado y atemorizado salió a ver lo que era, y vio a su padre andar entre la gente de su guarda como un león hambriento. Y sospechando lo que podía ser, entró de repente y se armó lo más presto que pudo, y salió para que los suyos, con su vista, tomasen y cobrasen ánimo, al tiempo que el capitán de su guarda llegó a él dando voces y muy mal herido diciendo:

—Sal, señor, a socorrer los tuyos, que mueren a manos de la gente de tu padre; sal y anímalos, que con tu vista cobrarán ánimo, que yo no soy parte para ponérselo, porque como ven a tu padre todos desmayan delante de su presencia.

El rey Chico salió a priesa a socorrer los suyos, dando voces, diciendo:

—A ellos, amigos, a ellos, que aquí está vuestro rey: mueran y no quede ninguno a vida.

Diciendo esto comenzó de herir en la gente del rey su padre, con tal denuedo y ánimo, que puso a los suyos grande ardimiento y voluntad de pelear. Y tanto fue el esfuerzo que cobraron, que hicieron volver gran pieza atrás a la gente de Muley Hacén. Lo cual visto por el buen viejo, [volvió] dando voces diciendo:

—No os retiréis de estos traidores y vil canalla: a ellos, a ellos, que yo solo basto.

Y con éste animólos de la una parte, y de la otra peleaban como leones. Mas poco les valió a los del rey Chico su ardimiento, por ser mejor gente la del viejo rey, que del todo perdida la esperanza de cobrar lo perdido, se fueron retirando hasta los mismos aposentos del rey Chico, y allí hicieron rostro y comezaron a pelear los unos con los otros cruelmente de tal suerte, que todo el palacio estaba poblado de cuerpos muertos y bañado de sangre, así de los muertos como de los heridos. La vocería era muy grande de los unos y de los otros.

Y estando la batalla en este estado, se encontraron el padre y el hijo, y el viejo, cuando lo vio, con un alfanje en la mano, haciendo gran daño en los suyos, sin mirar que era su hijo, y sin ponérsele delante el paternal amor, para que no arremetiese a él con una furia de hircánica serpiente, diciendo:

—Aquí pagarás, traidor, usurpador de mi honra, la muerte de Morayma y sus hijos.

Y diciendo esto, le dio un tan grande golpe con la cimitarra sobre una rodela en que fue recibido, que toda fue hendida en dos partes, y el reyecillo herido en el brazo. Y si por la rodela no fuera, allí acabara el triste la vida. lo cual fuera muy gran bien para Granada si allí muriera, porque no hubiera tantos males después por su causa como hubo, porque quedando él con vida, hubo después muchas muertes y muchas desaventuras.

Volviendo al caso, como el rey Chico se vio desembrazado de su rodela y herido en el brazo izquierdo, lleno de venenosa cólera serpentina, no respetando las canas de su viejo padre, ni teniéndole aquella reverencia ni obediencia que los hijos han de tener a sus padres, alzó el brazo para le herir con el alfanje, mas no tuvo lugar su mal propósito, porque a aquella sazón acudieron muchos caballeros, así de una parte como de la otra, cada uno por favorecer a su rey. Aquí se dobló la gritería, y se renovó la civil batalla sangrienta, de tal manera, que era muy gran compasión ver la mortandad de aquella mal considerada canalla y bestial gente, que tan sin piedad se mataban y herían, como si en ellos de antigüedad hubiera algún mortal odio y civil guerra. Allí eran hermanos contra hermanos, padres contra hijos, deudos contra deudos, amigos contra amigos, sin guardar el decor al parentesco y amistad, no más de guiados por pasión y afición de los dos reyes, cada uno favoreciendo donde más afición tenía. Y ansí, con estos motivos, de cada parte andaba la cosa tan sangrienta, como si fuera batalla trabada entre dos enemigos ejércitos. Mas como la gente y guarda del rey Chico era más que los de Muley Hacén, las tenían ventaja; lo cual, reconocido por un moro de la parte de Muley Hacén, hombre de buen ardid y buen soldado, por salir con la victoria de aquel hecho, comenzó a decir a grandes voces, que todos lo oían:

—¡A ellos, a ellos, rey Muley Hacén, que en tu favor y socorro vienen muchos caballeros Alabeces, y Gazules, y Abencerrajes: mueran estos traidores, pues de nuestra parte está la victoria!

Esta voz, oída por el rey Chico, así desmayó como si ya tuviera la muerte cercana; lo mismo hicieron todos los suyos, que en aquel punto todos desmayaron, que jamás no pudieran sustentar las armas en las manos. Y por evitar el notorio peligro que les amenazaba, todos determinaron desamparar la casa real por no verse despedazados a manos de los caballeros Alabeces, y Gazules, [y] Abencerrajes. Y así, con ánimo crecido, una tropada dellos arremetió al rey Chico, por no dejalle en poder de sus enemigos y se salieron del real palacio, quedando a sus espaldas otra gran parte de caballeros que le defendían de sus contrarios. Los del rey Muley Hacén los seguían con grande osadía, entendiendo que ansí era verdad que tenían socorro. De manera que los unos retirándose, los otros siguiéndoles, unos defendiendo, otros ofendiendo, llegaron a las puertas del Alhambra, las cuales hallaron abiertas, porque los que tenían a cargo las llaves, sintiendo el gran alboroto y revuelta que dentro del Alhambra pasaba, desampararon la guarda de la puerta y bajaron a la ciudad a dar aviso a los Zegríes y Gomeles de lo que pasaba. Y allí, en la Plaza Nueva, hallaron muchos dellos ayuntados, los cuales, como supieron el caso, a gran priesa subieron al Alhambra. Mas llegaron a mal tiempo, que al punto que llegaron ya el rey Chico y su gente estaban fuera del Alhambra, todos llenos de temor, y las puertas della ya muy bien cerradas con gruesas alamudes de hierro y puestas guardas en las partes necesarias.

Los Zegríes y Gomeles y Mazas y otras gentes de su parcialidad, como vieron al rey Chico fuera del Alhambra, de aquella suerte herido en el brazo, y la mayor parte de su guarda malamente tratada, se escandalizaron, y tomando al rey Chico le llevaron al Alcazaba, antigua casa de los reyes, la cual casa siempre tenía su alcaide y gente de guarda, y era muy fuerte y buena. En ésta se aposentó el rey, donde con grande diligencia fue curado por muy buenos cirujanos. Y poniendo la guarda necesaria para la seguridad del rey, los Zegríes todo aquel día y otro le acompañaron, muy pesantes de lo pasado, que no quisieran ellos que el rey Chico perdiera ansí el Alhambra. Y muy llenos de saña, procuraban la venganza della contra el rey Muley Hacén. El cual, como vio su Alhambra libre de sus enemigos, muy alegre mandó que todos los muertos de los contrarios fuesen echados fuera de la Alhambra por encima de las murallas, y a los que fueran de su bando los mandó enterrar en la misma Alhambra, haciéndoles honradas sepulturas. Todas las torres de la real Alhambra fueron llenas de banderas y estandartes, mostrando grande alegría, donde se tocaron los añafiles y dulzainas del rey. En toda Granada luego se supo el caso y cómo Muley Hacén quedaba solo señor del Alhambra, de que no poco se holgó, porque el rey Chico era de todos mal quisto. Estas cosas muy bien las entendieron los Alabeces, y los Gazules, y Abencerrajes, y Vanegas, y Aldoradines, mas sabiendo el buen suceso del rey Muley Hacén, se alegraron dello, y no quisieron hacer movimiento en nada, pues no había necesidad de su ayuda. Y también porque Muza se les rogó, porque no se moviese toda Granada. Y ansí el mismo Muza fue luego con todos estos cuatro linajes de caballeros a ver al rey viejo, ofreciéndole de nuevo su favor, lo cual el rey les agradeció mucho. El valeroso Muza, siempre su intento fue de hacer paces entre su padre y su hermano, y ansí lo procuró siempre. Mas era tan grande el odio del viejo rey para con su hijo, que no quiso aceptar cosa que Muza le pidiese; antes decía que no había de parar hasta verle del todo destruido. Muza no quiso importunarle por ser aquel caso tan fresco, y dejó que el tiempo le curase, como suele a todas las cosas.

Dejemos a Muley Hacén en su Alhambra, y al reyecillo, su hijo, en el Alcazaba, siguiendo sus civiles guerras y pesadumbres, y tratemos de los Almoradís, y Almohades, y Marines, linajes poderosos y ricos, y parientes de la hermosa reina, sultana, tan sin culpa presa. Ya oistes atrás cómo estos caballeros Almoradís y Almohades se salieron de palacio amenazando al rey Chico por lo que hacía con su mujer la reina, diciéndole que abriese el ojo en lo que hacía. Pues ansí como del real palacio le salieron, todos se conjuraron contra el rey Chico de matarle, o a lo menos de privarle del reino, pues tan sin causa tenía presa a su mujer la reina, pariente suya. Y ansí ni más ni menos se

conjuraron contra los Zegríes por la maldad que contra la reina
habían cometido. Y para esto acordaron de tomar amistad con los
caballeros Abencerrajes y sus valedores, sabiendo que por éstos
tenían de su bando a toda Granada. Con este acuerdo se fueron una
noche a casa de un hermano del rey Muley Hacén, llamado Abdilí,
ansí como se llamaba el rey Chico, donde le hallaron recogido, muy
pesante de las cosas que pasaron en Granada, triste por la muerte de
los Abencerrajes y destruición de los Gomeles y Zegríes, lastimado
por la muerte de su sobrina la hermosa Morayma y de sus tiernos
hijos, porque no sabía en qué se habían de parar todas aquellas cosas.
Y como entrasen los Almoradís, que eran doce caballeros, los cuales
llevan comisión y cargo de negociar con el Abdilí, se maravilló de ver-
les a tal hora, y no sabiendo a lo que iban les preguntó qué buscaban.
Los caballeros Almoradís le dijeron que no se recelase, que no había
de qué, que antes venían por su provecho que por su daño, que le
querían hablar de espacio. Abdilí les mandó sentar en un estrado a su
usanza, y estando sentados, uno de los Almoradís le habló deste
modo:
—Bien sabes, soberano príncipe (que así puedo llamarte, pues eres
hijo de rey), las cosas tan insolentes que pasan en Granada y guerras
civiles tan crudas, como aquellas tan memorables de Silla y Mario.[1] Y
si bien tienes cuenta en ello, no hay calle en Granada que no brolle
sangre de nobles caballeros, derramada con la violencia de las armas,
y esto causa tu sobrino el rey, siendo mal considerado y mal aconsejado, pues sin culpa mandó degollar tantos nobles Abencerrajes, por
cuya causa murieron muchos caballeros Zegríes, y Mazas, y Gomeles.
Y no contento con esto mató por su propia mano a su misma hermana Morayma y a sus dos hijos, niños y de muy poca edad. Pues
estas cosas tales no son cosas de rey, sino de cruel tirano, derramador
de humana sangre. Ahora nuevamente con su padre ha tenido una
cruel pendencia, que ya lo sabrás, en la cual han sido muertos muchos
caballeros. Y al fin Mahoma fue de la parte de tu hermano, de suerte
que ya tu sobrino está expelido y arrojado de la real Alhambra, y está
apoderado de la casa antigua del Alcazaba, con favor de los Zegríes, y
Gomeles, y Mazas, que siempre le favorecen estos linajes. Nosotros,
los Almoradís y Almohades, le habemos quitado la obediencia, porque
sin culpa tiene a sultana, la reina, su mujer, en cruel cárcel, teniendo
puesta su honra en juicio de fortuna, siendo nuestra tan cercana
parienta como lo es. Y él habiendo sido rey, como lo es, por nuestra

---

[1] Sila and Mario were leaders of opposing groups in a series of civil wars
in Rome in the 1st century B.C. Sila is noted as an extremely cruel and
vindictive dictator, supposedly executing on one occasion some six thousand
prisoners.

causa, forzando la voluntad de su padre para que él lo fuese. Pues viendo que tan mal lo ha mirado y tan tiranamente procede, parece que con razón nos retiramos de su servicio, sin le guardar ningún respeto; antes pretendemos de le destruir y aniquilar, y deste parecer están los Almoradís, y Almohades, y Marines, Abencerrajes, Gazules, Alabeces, Aldoradines y Vanegas, y con éstos toda la mayor parte de los ciudadanos de Granada, que morirán porque los Abencerrajes vivan y pase su valor adelante. Por lo cual, considerando que tu hermano es ya viejo y cansado de las guerras que con los cristianos ha tenido, no puede gobernar el estado como era de razón, y que presto le llamará la muerte, y que ha de quedar por rey su hijo Boabdil, el cual ha de perseverar, siendo sólo señor del estado, en hacer crueldades y tiranías, todos habemos determinado que tú seas rey de Granada, pues tu valor lo merece, para que en paz y sosiego el reino se gobierne y los caballeros sean tratados benévolamente, como de tu bondad se espera. Y a esto sólo habemos venido los doce Almoradís que aquí estamos, por comisión dada de todos los demás caballeros que te habemos referido. Ahora danos tu parecer luego, porque si no quieres admitir el cetro y corona, lo daremos a tu sobrino Muza, porque él, aunque hijo de cristiana, al fin es hijo de tu hermano, y su valor merece mucho.

Con esto dio el Almoradí fin a sus razones, aguardando que Abdilí le respondiese. El cual, pensando un poco, le dijo:

—Por cierto que agradezco mucho, señores caballeros, la voluntad que me habéis tenido y favor que me prometéis. El caso es muy pesado, que cualquier que ha de gobernar un reino toma muy pesada carga sobre sí, y a mí me parece que nombrarme ahora por rey de Granada, siendo mi hermano vivo, no sería razón, porque sería de nuevo renovar nuevas guerras civiles y nuevos escándalos y pesadumbres, porque yo sé que a mi hermano obedecen muchos y muy principales caballeros. Mas será desta manera. Yo sé que mi hermano está muy mal con su hijo, y al fin de sus días no le ha de dejar el reino, antes lo dejará a mí o a uno de mis hijos. Hablémosle mañana diciendo que ya es viejo, que me dé la gobernación del estado, para que yo, con tal cargo, le pueda ayudar y le descargue de los trabajos que causa la gobernación del reino. Y si mi hermano me pone en este oficio, muy fácilmente se podrá hacer eso que me pides, y al fin dirán que por consentimiento de mi hermano habrá sido.

A todos pareció muy bien lo que Abdilí respondió, y lo tuvieron por hombre de claro juicio. Y así quedó determinado por el siguiente día se tratase aquel caso con el rey Muley Hacén, lo cual otro día se trató con él, yendo para ello muchos caballeros Abencerrajes, y Alabeces, y Vanegas, y Gazules. Y estando todos con el rey en su palacio, un caballero de los Vanegas, hombre poderoso y rico, habló al rey desta suerte:

—Noticia muy larga tenemos, rey Muley Hacén, de todos nuestros pasados, de que todos los reyes de Granada han sido para sus vasallos benévolos y apacibles, y siempre les han tenido muy crecido amor. Lo cual ahora ha sido al contrario, pues tu hijo, en lugar de hacer mercedes a sus súbditos, les quita las vidas, sin haber ocasión. Muy bien sabrás ya lo que ha pasado en estos días y el alboroto y escándalo de Granada por la muerte de los Abencerrajes, de lo cual resultó, y ha resultado, y resultará, muy civiles guerras y pasiones entre tus ciudadanos, y mil muertes de una parte y de otra. Y si adelante pasan estas pasiones, yo te digo que Granada será despoblada, porque los moradores della se irán a buscar tierras adonde vivan. Y te digo, rey Muley Hacén, que de tu vida y condición nadie está quejoso, y todos te deseamos servir como a señor natural, mas tenemos recelo de tu hijo, que tan mal procede en el gobierno de su estado, que si tú ahora, que eres viejo, nos faltas por tu edad, y si la muerte te llamase y tu hijo quedase por rey, gran mal sería para todos nosotros. Y así querríamos que tú, señor, pusieses de tu mano un gobernador, para que en tu compañía gobernase el reino y a ti te quitase de cuidado y carga tan pesada como el gobernar. Y si acaso tú faltases, podrías dejar el reino al gobernador, si tan bueno fuese. Y para esto, tenemos todos puestos los ojos en tu hermano Abdilí, que es muy buen caballero. Y estando él puesto en tal oficio y gobernación, será posible que tu hijo se enmendase en las costumbres crueles y tiránicas que tiene, por donde mereciese que le diésemos la obediencia que al rey se debe. Y para esto sólo habemos venido a darte cuenta de nuestra pretensión, lo cual le suplicamos por ti nos sea otorgado. Y te damos fe de caballeros, hijos de algo, que mientras tú vivieres, servirte bien y fielmente, como leales vasallos tuyos, como siempre habemos hecho, si aquesto que te pedimos nos otorgas.

Atento estuvo el rey Muley Hacén a las palabras del caballero Vanegas, y pensando sobre ello qué haría en aquel caso, se le ponía delante que las leyes disponían que el hijo heredase del padre. Mas también se acordaba de la gran desobediencia que su hijo había tenido con él, y los daños que por su causa habían sucedido, y al fin, recelando que más daños no sucediesen, acordó de dar contento a tantos caballeros, viendo ser sano lo que pedían para el reino. Y ansí dijo que era muy contento que su hermano fuese gobernador del reino en su compañía, y que después dél muerto, si su hijo Boabdil fuese el que debiese, se le diese el reino.

Todos los caballeros hubieron desto gran placer, y luego todos le dieron el para bien al hermano de Muley Hacén. Y al son de mucha

música de menestriles, le dieron el cargo habiendo él jurado que haría
lo que era obligado en la gobernación del reino, guardando lealtad a
su hermano Muley Hacén, y se fueron con Abdilí, gobernador, a su
casa, haciéndole mucha honra. El gobernador aquel mismo día mandó
pregonar, al son de añafiles y atabales, que todos los que recibieron
agravios, que viniesen a él, que él les haría desagraviar y les guardaría
justicia. Toda Granada quedó espantada de tal caso, y se holgaron con
el nuevo gobernador, por estar todos mal con el rey Chico.

Habéis de saber ahora que por donde se pensó apaciguar el daño
de Granada, por allí se le recreció mayor, y las guerras entre los ciudadanos fueron mayores, porque como el rey Chico supo [lo] que su
padre había hecho, aunque lleno de temor por ello, confiado en los
Zegríes, y Gomeles, y Mazas, y todos los que estaban de su bando,
hacía cosas peores que hasta allí había hecho. Los Zegríes y los de su
parcialidad, llenos de temor de aquel caso, se consultaron en lo que
debían de hacer, y entre ellos fue acordado que siempre siguiesen su
opinión contra los Abencerrajes y sus valedores, pues ellos eran
muchos y ricos, y que no desamparasen al rey Chico hasta la muerte
o salir con su pretensión. Y ansí le dijeron al rey Chico que no
temiese, que él sólo había de ser rey y no otro alguno, o todos mori-
rían en la demanda. Entendido esto, el rey Chico mandó a los Zegríes
y a los demás de su bando que a cualquier caballero o ciudadano rico,
o mercader, oficial, o hombre de campo que fuese de la parte contraria, que luego fuese preso y traído a su casa, y allí fuese degollado. Y
si caso fuese que se quisiese defender, que le matasen. Desta manera
fueron muchos degollados y muertos, porque no querían seguir la
parte del rey Chico. Lo cual, sabido y entendido por Muley Hacén y
por el gobernador Abdilí, mandaron a los de su parte lo mismo. Desta
manera morían muchos de un cabo y de otro, con tanta crueldad
como tuvieron en Roma las civiles guerras.

Vino a tanto la destruición de Granada, que toda la gente della se
partió en tres partes: la una seguía a Muley Hacén, y éstos eran Abencerrajes, Gazules, Alabeces, Aldoradines, Vanegas, Azarques, Alarifes, y con ellos la mayor parte de la gente común, respecto de querer
mucho a los Abencerrajes. Al rey Chico seguían Zegríes, Gomeles,
Mazas, Langetes, Benarajes, Alageces y otros muchos caballeros y
gente común. Al gobernador (y nuevo rey digamos) seguían Almoradís, Almohades, Marines y otros muchos caballeros, por ser éstos de
dos linajes de los reyes de Granada. Deste modo estaba la desventurada ciudad repartida, y de cada día había mil escándalos y muertes,
que eran gran compasión ver las crueldades que en ella pasaban. La
ciudadana gente, mercaderes, oficiales y gente de campo, no osaban
salir de sus casas. Los caballeros y gente principal no salían menos de

veinte o treinta juntos, porque si les acometiesen los contrarios, pudiesen hacer resistencia. Si acaso salían tres o cuatro, y aunque fuesen diez, luego eran acometidos y presos, y al punto degollados; si se defendían, allí los mataban cruelmente. Desta suerte no faltaban cada día en la ciudad escándalos y pesadumbres, llantos tristes, lloros esquivos.

Tres mezquitas había en Granada y a cada una acudía su bando. En lo llano de la ciudad había una, donde ahora es la iglesia mayor; a ésta acudía el rey Chico y sus gentes. Otra había en el Albaicín, que ahora se llama San Salvador; a ésta acudía el gobernador y su gente. En el Alhambra había otra mezquita que ahora es muy linda iglesia, y a ella acudía Muley Hacén y los de su bando; cada bando conocía su distrito y jurisdicción. ¡Oh Granada, Granada! ¿Qué desventura vino sobre tí? ¿Qué se hizo tu nobleza? ¿Qué se hizo tu riqueza? ¿Qué se hicieron tus pasatiempos? ¿Tus galas, justas y torneos, juegos de sortija? ¿Qué se hicieron tus deleites, fiestas de San Juan? ¿Y tus acordadas músicas y zambras? ¿Adónde se escondieron los bravos y vistosos juegos de caña, tus altivos zebohos[2] en las alboradas, cantados en la huerta de Generalife? ¿Qué se hicieron aquellas bravas y bizarras libreas de los gallardos Abencerrajes? ¿Las delicadas invenciones de los Gazules? ¿Las altas pruebas y ligerezas de los Alabeces? ¿Los costosos trajes de los Zegríes, y Gomeles, y Mazas? ¿Qué se ha hecho, al fin, toda tu nobleza? Todo veo que se ha convertido en tristes llantos, dolorosos suspiros, en crueles guerras civiles, en lagos de sangre, derramada por tus calles y plazas, en crueles tiranías. Y ansí era la verdad, que de tal suerte andaba Granada, que muchos se salían della y se iban a vivir a otras tierras. Y muchos caballeros se iban a sus haciendas por no hallarse en semejantes escándalos y pesadumbres, y aun de sus haciendas los traían y los degollaban, cosa que, si no fue en Roma, jamás fue vista.

Pues andando las cosas desta suerte, sin haber remedio de apaciguarlas, el valeroso Muza, lleno de cólera y enojo, procuraba los mejores medios que podía para apaciguar tan crecidos males como en Granada pasaban. Y ansí él, y un linaje de caballeros que se llamaban los Alquifaes, y el buen Sarrazino y Reduán, andaban de un rey a otro rogando que viniesen en un concierto las enemistades. Y como estos caballeros Alquifaes fuesen muchos y ricos de clara sangre, y no estuviesen acostados a ninguna parte apasionadamente, sino siempre a la obediencia de Muley Hacén cada uno de los bandos deseaban tenerlos

---

[2] *Zebohos* is possibly an Arabic word for *cantares* or *canciones*. It does not appear in any Spanish dictionary.

por amigos. Y ansí les quisieron complacer, dando asiento en aquellos bandos, viendo que de cada día se menoscababan muchos caballeros de la corte, así con muertes, como ausentándose de la tierra. Y también porque Muza había amenazado a cualquier que no dejase aquellas comunidades, y había prometido de darle con su mano la muerte, aunque fuese a su propio padre. Y tanto hizo Muza en esto con ayuda de los caballeros Alquifaes y el buen Sarrazino, y Reduán, y Abenámar, que vinieron a poner paces entre todos los caballeros de los bandos, prometiendo que no pasarían más crueldades ni muertes, sino que hasta la fin de Muley Hacén cada uno siguiese su rey como se estaba Granada, y que cada rey conociese de las causas de su bando. Que Muley Hacén y su gobernador todo era una misma cosa, que hoy no había que hacer innovaciones, ni partidos, y al rey Chiquito siguiese quien le diese gusto.

El rey Chico pidió que los Abencerrajes cumpliesen el destierro, siendo cumplidos ya los dos meses que les dio de término. Muley Hacén decía que no habían de salir los Abencerrajes de Granada hasta que él fuese muerto. En esto estuvieron confiriendo algunos días, y era la causa que los Zegríes lo pedían al rey Chico, y todos los más caballeros contrarios lo defendían. Finalmente, quedó que los Abencerrajes saliesen de Granada, porque ellos mismos lo pidieron así a todos los de su bando; y era la causa, porque se querían tornar cristianos y pasarse en servicio del rey don Fernando, que de otra manera jamás salieran de Granada, porque tenían toda la gente común de su parte y la flor de los caballeros della. Así quedó Granada, apaciguada por algunos días, aunque no duró mucho en ella la paz, como adelante diremos. Y por todas estas pasiones y guerras civiles, que pasaron en Granada, se cantó el romance que se sigue:

> Muy revuelta está Granada
> en armas y fuego ardiendo
> y los ciudadanos della
> duras muertes padeciendo,
> por tres reyes que hay, esquivos
> cada uno pretendiendo
> el mando, cetro y corona
> de Granada y de su reino.
> El uno es Muley Hacén,
> que le viene de derecho;
> el otro es un hijo suyo,
> que lo quiere a su despecho;
> el otro es gobernador
> por el Muley Hacén puesto.
> Almoradís y Almohades
> a éste le dan el cetro.

Al rey Chico, los Zegríes
diciendo que es heredero;
Vanegas y Abencerrajes
se lo van contradiciendo;
Dicen que no ha de reinar
ninguno, hasta ser muerto
el viejo Muley Hacén,
pues es vivo y tiene el reino.
Sobre esto, guerras civiles
el reino van consumiendo,
hasta que el valiente Muza
en ellas puso remedio.[3]

Finalmente, por el buen Muza y los caballeros Alquifaes, y por Reduán y Sarrazino y el buen Abenámar, fueron apaciguadas las pesadumbres y puesta en paz la tierra, de modo que todos podían andar por la ciudad seguramente.

Pues será ahora bueno que tratemos cómo los caballeros Abencerrajes salieron de Granada, y con ellos los Aldoradines y Alabeces, con deseo de ser cristianos y servir al rey don Fernando en las guerras que tenía contra Granada. Y así, habiéndose estos caballeros consultado los unos con los otros, acordaron de escribir al rey don Fernando una carta, la cual decía desta suerte:

A ti, Fernando, rey de Castilla, lleno de todo bien y virtud, ensalzador de la santa fe de Cristo, salud. Para que con ella puedas aumentar tus estados y tu fe vaya adelante, nosotros, los caballeros Abencerrajes, y Alabeces, y Aldoradines, besamos tus reales manos y decimos y hacemos saber que siendo informados de tu gran bondad, deseamos de irte a servir, pues por tu valor merece que todos los hombres te sirvan. Y ansí mismo queremos ser cristianos y morir en la santa fe que tú y los tuyos tenéis. Y para esto queremos saber si tu voluntad es de nos admitida debajo de tu amparo, y que estemos en tu servicio. Y haciendo ansí, te demos fe y palabra de te servir bien y lealmente, como fieles vasallos, en esta guerra que tienes contra Granada y su reino. Y haremos tanto en tu servicio, que te prometemos de darte a Granada en tus manos y gran parte de su reino. Y en esto haremos dos cosas: la una, servirte a ti como a señor y rey nuestro; y la otra tomaremos venganza de la muerte de nuestros deudos degollados tan sin razón por el rey Chico, a quien profesamos ya y reconocemos por odioso y mortal enemigo. Y no siendo para más, cesamos besando tus reales manos, los Abenecerrajes.

---

[3] It is virtually certain that this ballad was composed by Pérez de Hita.

Escrita esta carta, la dieron a un cautivo cristiano y le dieron libertad. Y encargándole el secreto, una noche ocultamente, lo sacaron de
Granada y le acompañaron hasta ponerle en parte segura. El cual
tomó su camino a gran priesa, y no paró hasta llegar adonde estaba el
rey don Fernando y su corte, en Talavera. Y en llegando el mensajero
delante la real presencia del rey, hincando las rodillas en el suelo, le
habló deste modo delante de los grandes que con el rey estaban:

—Alto y poderoso señor, después de besar tus reales pies, te hago
saber que ha seis años que he estado cautivo en Granada y siempre
con hierros a los pies, adonde he pasado grandes trabajos. Y si no
fuera por un caballero Abencerraje que cada día me hacía caridad, ya
yo fuera muerto. Y ahora este mismo caballero una noche me llevó a
su casa y me hizo quitar los hierros, y él y otros dos me acomodaron
deste vestido a la usanza mora, y me sacaron de los muros fuera de
Granada, y me acompañaron dos leguas, enseñándome por donde yo
podía salir a mi salvo. Y allí me dieron dineros para pasar camino y
esta carta, la cual me mandaran que pusiese en tus reales manos. Dios
ha sido servido de dejarme llegar delante tu real presencia con ella;
hela aquí, y con esto cumplo con aquellos caballeros que tanto bien y
merced me hicieron en darme libertad.

Y diciendo esto besó la carta y la dió en las manos del rey don
Fernando, el cual la tomó, y abrió, y leyó para sí, y después la dio a
Hernando de Pulgar,[4] su secretario, para que la leyese públicamente.
Y siendo leída, todos los grandes tuvieron grande placer en saber que
aquellos caballeros querían ser cristianos y servir al rey en las ocasiones de la guerra contra Granada. Y decían que si aquellos caballeros
tenían al rey de su parte, que Granada y su reino sería puesto en las
manos del rey luego. Y ansí, con este contento, el rey mandó a Hernando del Pulgar que escribiese en respuesta de aquella carta. La cual
luego fue escrita y enviada a Granada con mensajero cierto y secreto
y puesta en las manos del caballero Abencerraje que dio libertad al
cautivo cristiano, el cual se llamaba Alí Mahamad Barrax. El cual
tomó la carta, y de secreto hizo que se juntasen todos los Abencerrajes, y Aldoradines, y Alabeces. La carta abierta y leída decía desta
suerte:

    Abencerrajes nobles, famosos Aldoradines, fuertes Alabeces:
    recibimos vuestra carta, con la cual se alegró toda nuestra corte,
    entendiendo que de vuestra nobleza no puede redundar cosa
    que no sea noble como de pechos nobles, especialmente viniendo
    el verdadero conocimiento de nuestra santa fe católica, en la cual
    seréis del todo mejorados por la virtud della. Decís que nos servi-

---

4 See the Introduction, page xiii ·

réis contra los infieles en las guerras que contra ellos tenemos. Por ello os ofrecemos doblados sueldos y esta nuestra real casa tendréis por vuestra, porque entendemos que vuestro buen proceder lo merecerá. De Talavera, do al presente está nuestra corte, el rey don Fernando.

Grande fue el contento destos caballeros moros, habiendo entendido lo que el rey don Fernando les enviaba en respuesta de la suya. Y ansí luego entre ellos fue acordado de salir de Granada, y para hacer mejor su negocio, determinaron que luego se fuesen los Abencerrajes a servir al rey don Fernando, y los Alabeces, y Aldoradines, y Gazules, y Vanegas quedasen en Granada, dando orden que se le diese la ciudad y el reino. Para lo cual los Alabeces escribieron a sesenta y seis alcaides, parientes suyos, que estaban en fuerzas importantes guardando el reino, en el río de Almería y Almanzora y tierra de Filabares, haciéndoles saber lo que tenían acordado, y lo que le escribieron al rey don Fernando, y lo que les fue respondido. Todos los alcaides estuvieron bien en ello y no hubo ninguno que lo contradijese, considerando la pesadumbre de Granada, y que en ella había tres reyes, y que cada uno quería mandar, de donde no podría resultar bien ninguno. También escribieron los Almoradís, y Vanegas, y Gazules a parientes suyos, también alcaides en fuerzas del reino, y también estuvieron en ello guardando con secreto el trato y concierto. Y desta suerte todos alistados para cuando fuese tiempo, los caballeros Abencerrajes, tomando sus bienes, aquellos que pudieron llevar, oro, plata y joyas, se salieron de Granada un día a medio día, despidiéndose de todos sus amigos y valedores, diciendo que ellos salían desterrados de Granada, y habían dado palabra de salir della por evitar escándalos y pesadumbres. ¡Quién os podría contar los llantos que toda Granada hacía por la despedida de los nobles caballeros Abencerrajes, que eran más de cien caballeros los que se salían! De nuevo loaron a los que habían sido degollados, de nuevo lloraban los que al presente se salían y desamparaban a Granada. Lloraban los demás caballeros sus amigos, maldecían las pesadumbres y bandos, maldecían a los Zegríes, que eran causa dellos. Sólo se alegraban los Gomeles, se alegraban los Mazas, alegrábanse los Zegríes y el rey Chico con ellos, porque tan grande estorbo para su intento se les quitaba delante. No faltó quien le dijese al rey Chico:

—¿Qué es esto, infante Boabdil? ¿Cómo dejas salir de Granada la flor de los caballeros della? ¿No sabes que todo el común estaba colgado de las voluntades destos nobles caballeros y que todos los demás le seguían? No pienses que sólo pierdes a ellos, que también pierdes otros muchos claros linajes de caballeros, guarda y defendimiento de Granada y su reino. Pues mira lo que te digo, que algún día los has de echar menos y te ha de pesar por haberlos desterrados sin culpa.

Bien sentía el rey lo mal que lo hacía en desterrar tan nobles caballeros, mas por no dar su brazo a torcer ni volver atrás lo que tenía comenzado, hacía sus orejas sordas, aunque es verdad que oía los llantos que por la ciudad se hacían por el ausencia de tan principales caballeros. Desta manera salieron de Granada los Abencerrajes, y muchos ciudadanos se fueron con ellos diciendo que adonde los Abencerrajes fuesen, habían de ir. Muy desconsolada quedó Granada, muy tristes quedaron las damas, tristes los caballeros, tristes los cristianos cautivos, pues perdían mucha caridad y limosnas que los Abencerrajes les daban y hacían.

Idos los Abencerrajes, el rey Chico se metió por sus haciendas dellos, mandó que se pregonasen por traidores, lo cual Muza y los demás no consintieron, porque si tal pasaba, se habían de renovar las guerras entre ellos. Habiendo cesado este propósito del reyecillo, se sosegaron los caballeros que estaban de la parte de los Abencerrajes. Fue en este tiempo avisado Muley Hacén cómo los Abencerrajes se habían salido de Granada desterrados, de lo cual le pesó mucho, que no quisiera él que tales caballeros salieran de su reino,. Y dijo que él los tornaría, a pesar de su hijo, a Granada. Los Abencerrajes hicieron su camino adonde estaba el rey don Fernando, yendo con ellos el fuerte Sarrazino y su mujer Galiana, y Reduán y su hermana Haxa, y Abenámar y su querida Fátima, y Zulema y su linda Daraxa, porque el rey le había quitado el alcaidía que le había dado. Todas éstos llevan intención de ser cristianos, como lo fueron, porque siendo llegados adonde estaba el rey don Fernando, fueron dél y de su corte muy bien recibidos.

Y tornados todos cristianos, con gran placer del rey y de sus grandes, les fueron asentadas plazas de grandes y aventajados sueldos. Las damas moras, siendo cristianas, la reina doña Isabel las hizo damas de su estrado. Los cristianos caballeros fueron puestos en la lista de la milicia y dadas muchas pagas adelantadas; fueron sentados debajo el estandarte de don Juan Chacón, señor de Cartagena, que tenía a su cargo una grande compañía de gente de a caballo.[5] El cual hizo su teniente a un caballero Abencerraje muy principal, llamado cuando moro Alí Mahomad Barrax, y cristiano don Pedro Barrax. El fuerte Sarrazino, y Reduán, y Abenámar también fueron tenientes de otros capitanes y caudillos de caballo. Sarrazino, de don Manuel Ponce de León; Abenámar, de don Alonso de Aguilar; Reduán, del famoso Portocarrero. En las cuales compañías los nuevos cristianos lo hacían en

---

[5] As will be seen further on, don Juan Chacón, who appears to be a fictitious knight, is to become a key figure in the defense of the queen.

todas las ocasiones muy bien, mostrando su gran valor y esfuerzo, donde los dejaremos por tornar a hablar de Granada y de la hermosa sultana, reina de ella, que será razón que hablemos della y de su pleito.

Pues es de saber que los treinta días pasados de plazo en que la reina había de dar caballeros que la defendiesen, y no habiéndolos dado, mandó el rey Chico que la reina fuese sentenciada a quemar, porque así lo mandaba la ley. A lo cual el valeroso Muza respondió contradiciendo que no había lugar de ejecutar tal sentencia, por cuanto la reina no había podido dar caballeros ni señalarlos en su defensa, atento las guerras civiles que habían pasado en Granada, y que por esto no podía haber lugar en lo que el rey decía. A Muza ayudaron todos los caballeros de Granada, salvo Zegríes, y Gomeles, y Mazas, por ser éstos de un bando, y los Zegríes acusadores de la reina. Anduvieron muchos dares y tomares sobre el caso, y al fin quedó determinado que se le diesen a la reina otros quince días de término para que señalase o buscase caballeros que la defendiesen. Lo cual le fue a la reina notificado, y quien se lo notificó fue el valiente Muza. El cual entró en la Torre de Comares por tener la licencia y no otro alguno.

Y en entrando, halló a la hermosa sultana triste por su negocio, y más porque el fuerte Sarrazino se había llevado a su esposa Galiana y hallábase sin ella, puesta en grande ausencia, aunque con ella había quedado la hermosa Zelima, su hermana. Sentándose el valeroso Muza junto de la reina, le contó todo lo que había pasado, y cómo le habían dado quince días más de término para que señalase caballeros que la defendiesen. Que mirase qué era lo que pensaba hacer sobre aquel caso y qué caballeros pensaba señalar, que lo dijese. La reina le respondió así diciendo, su hermoso rostro bañado en vivas lágrimas:

—Valeroso y fuerte Muza, jamás tuve entendido del ingrato rey la cruel y acerba perseverancia que contra mi inocencia tiene. Yo no he hecho ninguna diligencia en este caso, por dos cosas: la una, por hallarme libre y sin culpa del crimen que me es puesto, y la otra, por los grandes escándalos y civiles guerras que la ciudad ha tenido dentro de sus mismas entrañas. Mas ahora que veo que la maldad pasa tan adelante contra mi limpia castidad, yo buscaré quien de tal maldad me defienda; no faltarán cristianos tan valerosos y de tanta piedad llenos, que si yo les pido auxilio y favor no me lo den, porque de moros no tengo de confiar un caso de tanta importancia, no por la vida, que la tengo en nada, cuanto por otra cosa fuera, sino por no dejar una tan fea mancha en mi honra sin haber ocasión para ello.

Con estas palabras, la infeliz reina, con ansia dolorosa, más aumentaba su doloroso llanto, derramando infinidad de lágrimas por

sus hermosas mejillas. Y tanto, que no fue parte el corazón robusto
del valeroso Muza, que viendo aquel espectáculo de lágrimas, no se
enterneciese, de forma que, sin poderlo disimular ni sufrir, le vinieron
las lágrimas a los ojos, y esforzándose lo más que pudo, porque su
flaqueza no fuese sentida, le dijo a la hermosa reina lo siguiente:

—No tanto lloro, señora sultana; no más tanto llanto; que doy fe,
como caballero, que yo haga de modo que vos, señora, quedéis libre,
aunque por ello sepa yo matar a mi hermano el rey; y me ofrezco, a
su pesar, de ser el uno de los cuatro caballeros que os defiendan. Por
tanto, señora, no os aquejéis tan demasiadamente, que querrá Dios
ser en vuestra ayuda.

Y tantas cosas dijo el buen Muza, que consoló a la reina. Y después de haber hablado en muchas cosas, la reina se resumió en que
había de escribir a tierra de cristianos para buscar quien su honra
defendiese. La hermosa Zelima habló muy largo con el buen Muza,
estando muy triste por el ausencia de su hermana Galiana. Al cabo de
una gran pieza, el buen Muza se despidió de la reina y de la hermosa
Zelima, dejando a la reina llorando y llena de pena por su desventurada prisión; y quejándose de la variable fortuna, decía de esta suerte,
recogida en su aposento:

> Fortuna que en lo excelso de tu rueda
> con ilustrada pompa me pusiste,
> ¿por qué de tanta gloria me abatiste?
> Estable te estuvieras, firme y queda,
> y no abatirme así tan al profundo
>   adonde fundo
>   dos mil querellas
>   a las estrellas;
>   porque en mi daño
>   un mal tamaño
> con influencia ardiente promovieron
> y en penas muy extrañas me pusieron.
>
> Oh, tres y cuatro veces fortunados,
> vosotros Abencerrajes, que muriendo
> salistes de trabajos; feneciendo
> los males que os estaban conjurados;
> os puso en libertad gloriosa muerte,
>   aunque era fuerte;
>   mas yo, cuitada,
>   aprisionada,
>   con llanto esquivo
> muriendo vivo;
> y no sé el fin que habrá mi triste vida,
> ni a tantos males cómo habrá salida.

Si la comete ardiente que mi instigue
con violencia cruda e inexorable
constriñe a la fortuna ser mudable,
y con acerbo mal tanto me sigue,
no puedo tener fruto de esperanza
 que haya bonanza
 en la procela
 del mar que vuela
 con furia al cielo
 de desconsuelo,
porque las olas bravas levantando,
del mal me van contino amenazando.

Naufragio triste pasa mi ventura,
en lágrimas se anega mi contento,
secóse ya mi flor, llevóse el viento
mi bien, dejado en mi gran desventura.
¿Adónde está lo excelso de mi pompa?
 Bien es que rompa
 con llanto eterno
 el duro infierno.
 Yo favor pida
 como afligida,
diciendo: que ya el cielo no me quiere,
que me abra y me tenga si me quiere.

Si el vulgo no dijera que mi honra
de todo punto estaba ya manchada,
yo diera con aguda y dura espada
el postrimero fin a mi deshonra;
mas si me doy la muerte, dirá luego
 el vulgo ciego
 que había gran culpa
 y no disculpa,
 pues con mi mano
 tomé temprano
la muerte aborrecible, dura y fuerte,
y ansí no sé si viva ni dé muerte.

Si del horrendo lazo, el negro signo
del cárdeno color no se estampase,
de suerte que en el cuello declarase
la causa del furor tan repentino,
yo diera el tierno cuello al alzo estrecho
 y muy de hecho.
 La infamia temo
 en grande extremo,
 que de otra suerte,
 aquesta muerte

ya fuera por mi mal bien escogida,
y ansí muriendo, quedara yo con vida.
Dichosa tú, Cleopatra, que tuviste
quien del florido campo te trajera
la causa de tu fin, sin que supiera
ninguno por cuál modo feneciste,
apenas se hallaron las señales,
      ya funerales,
      del ponzoñoso
      áspid piadosa
      que, con dulzura,
      en la blancura
de tu hermoso brazo fue bordando
con ponzoñoso diente tierno y blando.

Y ansí de cautiverio y servidumbre,
ilustre reina, fuiste libertada,
y en la soberbia Roma no llevada
en triunfo como había de costumbre.
¿Mas yo qué espero? Muerte sin remedio,
      por no haber medio
      cual tú le hubiste;
      gran mal me embiste
      y mi enemigo
      hará conmigo
un triunfo desigual a mi limpieza,
pues se ha de dar al fuego mi nobleza.

Mas ya que el áspid falte a mi remedio,
yo romperé mis venas, y la sangre
haré que en abundancia se desangre,
de suerte que el morir me sea buen medio;
y ansí el Zegrí sangriento, que levanta
      con furia tanta
      el mal horrible
      y tan terrible
      en daño mío,
      en Dios confío
que no triunfe de mí en aqueste hecho,
pues no verá partirme el duro pecho.

Estas y otras cosas muy lastimosas y de grande compasión hablaba
la hermosa reina sultana, y todo con propósito de abrir sus delicadas
venas de sus brazos con un pequeño cuchillo de su estuche o con las
tijerillas de su labor. Y después de haber acordado muy bien en lo que
había de hacer, resulta ya de darse este género de muerte, no con
ánimo de mujer condenada a la muerte, sino de varón libre y
desapasionado, llamó a la hermosa Zelima, y a una cristiana cautiva

que estaba en su compañía para que le sirviese, la cual tenía por nombre Esperanza de Hita, natural de la villa de Mula, hija de un hidalgo. Esta fue cautiva, llevándola a desposar a la villa de Lorca, y en el camino, yendo con ella su padre y dos hermanos, los moros de Xiquena y Tirieza dieron en ellos, tomándolos salteadamente. El padre y hermano de la doncella fueron muertos, habiendo ellos muerto diez y seis moros antes que les matasen los caballos y a ellos prendiesen, y cuando los prendieron, ya estaban todos mortalmente heridos. La doncella fue cautiva y llevada a los Vélez y de allí a Granada y presentada al rey, el cual la dio a la reina, por ser la doncella muy discreta y hermosa, para que la sirviese. Y ansí ahora en este doloroso trance de la reina, esta hermosa doncella y la hermosa Zelima estaban con ella. Y como la reina las llamase, ellas vinieron delante della y la reina les habló deste modo llorando:

—Hermosísima Zelima, y a tí, hermosa Esperanza, aunque tu alegre nombre no acude ni frisa con mi terrible desconsuelo, ya tendréis entendida la causa de mi injusta prisión, y cómo se ha pasado el tiempo en que yo había de dar caballeros que me defendiesen, y no los he dado por los alborotos y guerras civiles que en la ciudad han pasado. Y también entendiendo que el rey mi marido hubiera venido en conocimiento de mi inocencia, y ahora veo que de nuevo se me ha dado prorrogación de quince días para que dé caballeros que me descarguen de lo que me acusan.El tiempo es breve, y no sé quién pueda tomar esta demanda por mí. Tengo acordado de darme yo misma la muerte, y para esto tengo escogida una manera de morir, fácil y muy honrosa, que será abriéndome las venas de mis brazos, dejando salir toda la sangre que me alimenta. Y esto hago porque los traidores Zegríes y Gomeles no me vean con sus ojos morir, holgándose con mi muerte, por quedar ellos con su mentira hecha verdad. Sólo una cosa os ruego, y si lo puedo mandar, mando que esto ha de ser lo último y postrero; que al punto que yo acabe de expirar, tú, Zelima, pues sabe adonde en esta real casa se entierran los cuerpos de los reyes de Granada, abras los antiguos sepulcros, y allí pongáis este mi cuerpo real, aunque desdichado. Y tornando a poner las losas como de antes estaban, me dejéis callando el secreto, el cual a las dos os encargo. Y tú, Esperanza, libre te dejo, pues eres mía y el rey te me dio en tiempo que me quería más que ahora. Y tómate mis joyas todas, que yo sé que serán bastantes para tu casamiento. Y mira que te cases con un hombre que sepa conocerte, y toma ejemplo de esta triste reina. Esto es lo que os ruego y de merced os pido, y en esto no me faltéis, pues todo lo demás me ha faltado.

Con esto dio la reina fin a sus razones, no cesando de llorar con grande amargura. La hermosa Esperanza de Hita, también llorando,

movida a compasión de la hermosa reina, con muy discretas palabras
ansí la dijo consolándola:

—Oh, hermosísma sultana, no te aflijas
ni a lágrimas no des tus lindos ojos,
y pon en Dios inmenso tu esperanza
y en su bendita Madre, y desta suerte
saldrás con vida, junto con victoria,
y a tu enemigo acerbo en un instante
verás atropellado duramente.
Y para que esto venga en cumplimiento,
y en tu favor respire el alto cielo,
pon toda tu esperanza con fe viva
en la que por misterio muy divino
fue madre del que hizo cielo y tierra,
el cual es Dios, inmenso, poderoso,
y por misterio altivo, sacrosanto,
en ella fue encarnado, sin romperse
aquella intacta y limpia carne santa.
Quedó la infanta virgen y doncella,
antes del sacro parto y en el parto,
también después del parto, virgen pura.
Nació della hecho hombre, por reparo
de aquel pecado acerbo que el primero
padre que tuvimos cometiera,
nació de aquesta virgen, como digo;
después en una cruz pagó la ofrenda
que al muy inmenso Padre se debía;
allí en todo rigor la fue pagando
por darle el pecador eterna gloria.
En esta virgen, pues, reina y señora
ahora te encomienda en este trance
y tenla desde hoy más por abogada
y tórnate cristiana; y te prometo,
que si con devoción tú la llamases,
que en limpio sacaría esta tu causa.—
La reina estaba a todo muy atenta
y llena de consuelo allá en su alma,
con las palabras dulces y discretas
que la Esperanza dice, y consolada,
habiendo en su memoria ya revuelto
aquel misterio altivo de la virgen;
teniendo ya imprimido allá en su idea,
que gran bien le sería ser cristiana,
poniendo en las reales y virgíneas
manos sus trabajos tan inmensos.
Y ansí, abrazando, dice a su Esperanza:

—Han sido mi Esperanza, tus razones
tan vivas y tan altas, que en un punto
con penetrante fuego han allegado
a lo que muy más íntimo tenía
allá en mi corazón y más secreto,
y con afecto grande se han impreso.
Y tanto, que querría ya que fuese
llegado el feliz punto tan dichoso
en que cristiana fuese; yo prometo
tomar por abogada a la que madre
de Dios inmenso fue por gran misterio.
Y ansí lo creo yo como tú dices,
y a ella me encomiendo yo y me ofrezco,
y en sus benditas manos mis angustias
con esperanza viva de remedio
yo pongo desde hoy, y en Dios confío
por su bondad inmensa que Él me saque
de mis excelsos males a buen puerto.
Por tanto tú, Esperanza, mi bien, todo,
de mí jamás te apartes, porque quiero
que con la fe de Cristo me consueles
y en ella tú me enseñes, como es justo,
los frutos que se esperan divinales.
Y pues en ella tú me tienes puesta,
prosigue y no te canses de enseñarme,
pues no me cansaré jamás de oirte.

Atenta estaba a todas estas cosas la hermosa Zelima, y enternecida en lágrimas, viendo ansí llorar a la hermosa reina, determina de seguir sus mismos motivos y de tornarse cristiana. Y ansí con amorosas palabras le dijo a la reina:

—No pienses, hermosa sultana, que aún que tú te tornes cristiana, yo desearé de seguir tu compañía para que de mí sea lo que de ti fuere; yo también quiero ser cristiana, porque entiendo que la fe de los cristianos es mucho mejor que la mala secta que hasta ahora habemos guardado del falso Mahoma. Y pues todas estamos de ese parecer, si se ofreciere, muramos por ello, que el morir por Cristo nos será eterna vida.

Oyendo la reina a Zelima cómo tanta instancia y tan de veras decía aquello, la abrazó, llorando muy de corazón. Y tornándose a la hermosa Esperanza, le dijo:

—Ya que tenemos acordado ser cristianas, ¿qué consejo tendremos que sea tal que de aquí salgamos? Aunque yo holgaría que saliésemos de aquí para recibir martirio por Cristo, y que fuésemos bautizadas con nuestra propria sangre.

A las cuales razones la hermosa Esperanza respondió a la reina desta suerte:

—Con la confianza de tu buen propósito, hermosa sultana, te daré un muy acertado consejo, para que con él quedes libre de la maldad de que estás acusada. Habrá de saber, reina y señora, que hay un caballero llamado don Juan Chacón, señor de Cartagena, el cual caballero está casado con una dama muy hermosa, llamada doña Luisa Fajardo, hija de don Pedro Fajardo, adelantado y capitán general del reino de Murcia.[6] Este don Juan Chacón es valeroso por su persona, y muy amigo de hacer bien a todos aquellos que poco pueden. Escríbele, señora, y encomiéndate en él, pidiéndole su favor y auxilio, que él es tal caballero que luego te favorecerá. Y para ello él tiene tales amigos y tan buenos, que por su respeto trastornarán un mundo entero, cuanto más hacer por tí una batalla. Que te prometo que si el don Juan Chacón solo la emprendiese, que es tal, y su valor tan grande, que le daría un muy honroso y glorioso fin. Cuanto más que él tiene amigos como tengo dicho, que le ayudarán a tal empresa.

—¿Y adónde estará ese tal caballero ahora—dijo Zelima—, que ya le he oído nombrar muchas veces?

—Siempre anda con el rey don Fernando—respondió Esperanza de Hita—, sirviéndole en la guerra contra los moros de este reino.

—Tomar quiero tu consejo en todo y por todo—dijo la reina—, y luego lo quiero poner por la obra.

Y ansí, pidiendo recaudo de papel y tinta, de su propia mano escribió una carta en lengua castellana, que decía desta suerte:

La infeliz sultana, reina de Granada, del antiguo y claro Moraysel hija, a ti don Juan Chacón, señor de Cartagena, salud. Para que con ella, ayudado de la razón que está tan entera de mi parte, puedas darme el favor que mi necesidad te pide, en la cual muy extremadamente estoy puesta por un falso testimonio que me han levantado los caballeros Zegríes y Gomeles, tratándome de adúltera, poniéndolo a mi castidad y limpieza, sin haber causa para ello. Siendo esta maldad parte para que los nobles caballeros Abencerrajes fuesen degollados sin tener culpa. Y no bastando esto, haber por ello en esta desdichada ciudad muy civiles guerras, de las cuales han resultado muchas y grandes muertes de caballeros, y grande derramamiento de sangre noble. Y de todo ello lo que más siento es hallarme sin culpa presa, conde-

---

[6] Don Pedro Fajardo was an important historical personage in the history of Murcia in the fifteenth century. After 1465 he controlled the area with almost complete independence.

nada a muerte de fuego, si dentro de quince días no doy cuatro caballeros que defiendan mi causa contra otros cuatro Zegríes y Gomeles, que falsamente me han acusado. Y siendo informada de una cristiana cautiva de tu valor y nobleza, acompañada de muy soberana virtud, llena de entrañable misericordia, para reparo de aquéllos que poco pueden, acordé de escribirte, suplicándote, valeroso caballero, que te duelas de esta desdichada reina, puesta en tantas angustias y penas, para que con tu valeroso brazo defiendas mi honra y castigues aquellos que tan falsamente me han acusado. Y yo confío en la Virgen María, madre de Dios verdadero, en quien yo creo bien y verdaderamente, en cuyas piadosas manos pongo mi causa, que saldrás con victoria contra mis enemigos, resultándome a mí della crecida honra y alegre libertad. Y confiada en tu nobleza, ceso. De Granada, tu servidora, sultana, de Granada reina.

Acabada de escribir la carta, la hermosa reina la leyó a Zelima y a Esperanza, de que holgaron mucho viendo su buen proceder. Y cerrada y sellada, y puesto el sobrescrito, enviaron a llamar al valeroso Muza, con un pajecillo de la hermosa Zelima, que tenía licencia de las guardas para entrar y salir en la Torre de Comares, donde estaba presa la reina. El paje llamó a Muza, el cual venido, la reina le dio la carta, diciéndole que la enviase con mensajero cierto a la corte del rey don Fernando, y que fuese con todo secreto. La hermosa Zelima también se lo rogó de su parte, y Muza tomó a su cargo poner la carta en cobro, por darle contento a la reina y gusto a Zelima. Y ansí, aquel mismo día, el buen Muza la despachó con mensajero cierto y secreto. El cual partió de Granada a gran priesa, y no paró hasta llegar adonde el rey don Fernando estaba, adonde halló a don Juan Chacón, señor de Cartagena; y dándole la carta, don Juan la abrió y leyó, y visto lo que la carta contenía, luego escribió a la reina una carta en respuesta de la suya, la cual así decía:

CARTA DE DON JUAN CHACÓN, SEÑOR DE CARTAGENA, A SULTANA, REINA DE GRANADA.

A tí, sultana, reina de Granada, salud, para que con ella yo pueda besar tus reales manos, por la singular merced que se me hace, señalándome para que averigüe un caso de tanta gravedad, habiendo en la corte del rey don Fernando tantos y tan buenos caballeros, en cuyas manos se pudiera poner el negocio e tu honra. Mas, pues a mí particularmente me mandas que defienda tu inocencia, lo haré, confiando en Dios y en su bendita Madre y en tu bondad, que estará de tu parte la victoria. Y ansí digo que el mismo día de tu sentencia, yo y otros tres caballeros amigos, que se holgarán de te servir en este caso, seremos dentro de esa ciudad de Granada, y tomaremos a nuestro cargo la batalla. De esto sólo encargo el secreto, porque partiremos de aquí sin licencia del rey Fernando; porque sería posible, si pidiésemos, no darla, por donde se impediría nuestra ida. Y no siendo para más, ceso. De Talavera, besando tus reales manos, como se debe a tan alta señora, don Juan Chacón.

La carta escrita la cerró y selló con su sello de lobos y flor de lises, blasón claro, suyo y de sus pasados, y dándola al mensajero y lo necesario para el camino, lo envió a Granada. Y llegado, luego dio al valeroso Muza la carta que don Juan Chacón le haba dado, y Muza subió luego al Alhambra, como solía, a ver a la reina, y le dio la carta. Y después de haber hablado en muchas cosas con Zelima, su señora, y la reina, se despidió. Y ansí como Muza fue salido de la Torre de Comares, la reina abrió la carta y la leyó en presencia de Zelima y de la cautiva Esperanza, con tanta alegría que no se puede pensar. Y encargándole a las dos el secreto por don Juan Chacón encomendado y por ellas prometido, quedaron aguardando el día de la batalla.

En esta sazón ya se sabía por toda Granada cómo los caballeros Abencerrajes se habían tornado cristianos, y el buen Abenámar, y el fuerte Sarrazino, y Reduán, de que no poco temor tuvo el rey Chico. Y luego les mandó tomar sus bienes y tornarlos a pregonar por traidores, y esto por orden de los Zegríes y Gomeles. A todo lo cual, el linaje de los Alabeces, y Aldoradines, y Gazules, y Vanegas, y todos los de su parte, no quisieron hacer cosa ninguna por no mover nuevos escándalos, y también porque tenían confianza que muy pronto los Abencerrajes serían puestos en posesión de sus bienes y haciendas, conforme a lo que tenían tratado. Y ansí aguardaban su punto y hora, donde los dejaremos por hablar del señor de Cartagena, don Juan Chacón.

El cual, habiendo despachado el mensajero de la reina, se puso en grande cuidado, desvelándose sobre aquel caso, imaginando a qué caballeros hablaría, que fuesen tales que él pudiese muy confiadamente llevarlos a la batalla contra aquellos cuatro valerosos moros que acusaban a la reina sultana. Estaba determinado de emprender él solo aquel hecho sin dar dello noticia a otro ninguno. Y muy bien lo pudiera acometer, porque habéis de saber que don Juan Chacón era de bravo corazón, lleno de toda bondad y fortaleza, era caballero muy membrudo, sufridor de grandes trabajos, alcanzaba grandes fuerzas. Le aconteció de un golpe de espada cortar todo el cuello a un toro a cercén. Finalmente, estaba dispuesto de hacer él solo aquella batalla por la reina. Mas lo avino que un día, estaba en conversación con otros caballeros muy principales y de gran cuenta: el uno era don Manuel Ponce de León, duque de Arcos, descendiente de los reyes de Xérica y señores de la casa de villa García, salidos de la real casa de León, de Francia; por señalados hechos que hicieron, los reyes de Aragón les dieron por armas las barras de Aragón, rojas de color de sangre, en campo de oro, y al lado de ellas un león rapante, que era su antiguo blasón, en campo blanco; armas muy deslumbradas del famoso Héctor Troyano, antecesor suyo, como lo dicen las crónicas francesas. El otro caballero era don Alonso de Aguilar, hombre de mucho valor, magnánimo grandemente de corazón, amigo de hallarse con los moros en batalla; y tanto era su ánimo acerca desto, que al fin le mataron moros, mostrando él el grande valor de su persona, como adelante diremos. El otro caballero era don Diego de Córdoba, varón de grande virtud y fortaleza, amigo de pelear con los moros; siempre seguía la guerra; amigo de soldados y gente de guerra y de hacer bien a los que poco podían. Este decía que más estimaba un buen soldado que su estado, y que un buen soldado, podía decir con verdad, que era tan bueno como un rey, y que podía comer con él a la mesa.[7]

Finalmente este claro varón, Alcaide de los Donceles, y don Manuel Ponce de León, y don Alonso de Aguilar, y don Juan Chacón, señor de Cartagena, estaban en conversación, como es dicho, hablando en las cosas del reino de Granada. Y tratando de unas cosas y otras, vinieron a dar en la muerte de los Abencerrajes tan sin culpa, y la causa dello, y la prisión de la hermosa sultana, reina de Granada, y la sin razón que su marido el rey Chico le hacía habiéndole puesto su causa en condición de batalla de cuatro caballeros; porque todo esto muy bien lo sabían eh la corte del rey Fernando. Y ansí diciendo y pasando adelante, don Manuel Ponce dijo:

—Si lícito fuera, de muy buena voluntad yo me holgara de ser el primero de los cuatro que defendieran la causa de la reina.

—Yo el segundo— dijo don Alonso de Aguilar—, porque a fe de caballero, que me duelo de los infortunios de la reina y de sus trabajos, porque al fin es mujer y tiene grandes contrapesas en la causa presente.

El valeroso Alcaide de los Donceles replicó, diciendo:

—Yo me holgara de ser el tercero, porque de hacer bien no se pierde nada, antes se gana muy mucho; especialmente en un negocio

---

[7] All three of the above knights are famous historical figures. Alonso de Aguilar was the brother of Gonzalo Fernández de Córdoba, "el Gran Capitán." Don Diego de Córdoba was known as the Alcayde de los donceles, or "Master of the King's Pages."

de tanta gravedad como el de la reina de Granada. Porque de hacer
bien a la reina resulta ganar honra y hacer lo que los caballeros deben
a la orden de la caballería.

—Sepamos, señores—dijo don Juan Chacón—, ¿qué cosa ilícita
halláis para que la reina no sea favorecida en este caso? Ahora
respondo yo a lo que dijo el señor don Manuel Ponce de León, que
dijo que si fuera cosa lícita, que él fuera el primero en favorecer a
sultana.

—Dos cosas lo impiden—dijo don Manuel—: la una, ser sultana
mora, y siendo mora no permite nuestra ley que a ningún moro se le
dé favor ni ayuda en nada. La otra, no se puede hacer sin licencia del
rey don Fernando.

—La licencia era lo de menos—dijo el famoso Alcaide de los
Donceles—porque sin que el rey lo entendiera, se pudiera muy bien
hacer.

—Pregunto—respondió don Juan Chacón—si la reina escribiera a
cualquiera de vuesas mercedes pidiéndole favor, y que entrase por ella
en esta batalla, y que ella quería ser cristiana, cualquiera de vuesas
mercedes, ¿qué haría?

Entonces todos respondieron que ellos tomarían a su cargo la
demanda de la reina, aunque supiesen morir por ella. Don Juan
Chacón, como aquéllo oyó, muy alegre, metió la mano en el pecho y
sacó la carta de la reina, diciendo:

—Tomad, señores, leed esta carta, y en ella hallaréis cómo sultana
pone su negocio en mis manos; yo no sé por qué habiendo en la corte
del rey Fernando otros mejores caballeros que yo. Y no puedo dejar
de hacer lo que a caballero soy obligado. Y si caso fuere que no
hubiere otros tres caballeros que me acompañen, solo pretendo entrar
en la batalla contra los cuatro caballeros moros. Y yo confío en Dios,
todo poderoso, y en la inocencia de la reina, que saldré con victoria. Y
si no saliere y fortuna me fuere contraria y muero en la demanda, no
por eso habré perdido cosa ninguna, antes habré ganado demasiada
honra, sabiendo la causa de mi muerte.

Los tres caballeros, habiendo leído la carta de la hermosa sultana,
y viendo en ella cómo quería ser cristiana, y la determinación del
señor de Cartagena, dijeron que ellos le acompañarían en aquella
jornada de muy buena voluntad. Y conjurados todos cuatro, que
entonces ni en ningún tiempo lo descubrirían a nadie, y el juramento
hecho en ley de caballeros, ordenaron de se partir, sin dar cuenta al
rey ni pedirle licencia para ello. Y ansí concertado entre los cuatro
valerosos caballeros, el audaz y astuto guerrero Alcaide de los
Donceles dio por parecer que todos fuesen vestidos en traje
turquesco, porque en Granada no fuesen conocidos de alguna

persona, especialmente habiendo en ella tantos cautivos cristianos que los podrían conocer.

Todos dieron por muy bueno el acuerdo del famoso Alcaide de los Donceles, y ansí luego aderezaron lo necesario para la partida, con todo el secreto del mundo, que ni aun escuderos no quisieron llevar consigo por no ser descubiertos, dejando dicho en sus posadas que salían a monte; se partieron una noche a gran priesa, porque no les quedaba sino seis días de término para la batalla. Al lugar que llegaban, no entraban dentro, sino por fuera se pasaron de largo. Si les faltaba algo, a cualquier hombre le pagaban porque se lo trajera.

Desta suerte llegaron a la Vega de Granada, dos días antes que se había de hacer la batalla, y metidos en el Soto de Roma, que ya lo habéis oído decir, descansaron todo un día muy secretamente. Y allí durmieron aquella noche, sin hacérseles de mal, por ser noche de verano, y la mayor parte della tratando cómo se habían de haber en la batalla. La mañana venida, alegre y resplandeciente, se aderezaron para ir a Granada, que estaba dos leguas de allí, sacando de sus maletas ropas turquescas que ellos mandaron hacer, muy ricas y vistosas. De las cuales fueron vestidos sobre las armas, que eran muy fuertes. Y habiendo comido algo de lo que ellos llevaban, los vestidos de camino los pusieron dentro de sus maletas, y los escondieron entre muy espesas zarzas que allí había, donde no pudieran ser halladas de nadie, sino por ellos mismos, y subiendo sobre sus buenos y ligeros caballos, salieron a lo raso de la Vega, dejando ciertas señales para poder acertar a la vuelta a aquel lugar donde dejaban sus maletas. Y ansí tomaron la vuelta de Granada muy seguramente con el traje turquesco, que no hubiera ninguno que los viera de aquel modo que no los tuviera por turcos; especialmente que don Juan Chacón sabía la lengua turquesca muy bien, y la arábiga mejor, y también don Manuel, y don Alonso, y el Alcaide de los Donceles sabían muy enteramente el arábigo y otras muchas lenguas, así como latina y francesa, italiana y cántabra; las cuales lenguas con mucha curiosidad habían aprendido.

Yendo, pues, los cuatro famosos caballeros a Granada, como es dicho, atravesando por la Vega, dieron en el real camino de Loja, por el cual vieron venir un caballero moro, a gran priesa, tropellando el camino, a media rienda. Parecía el moro ser de mucho valor, según se mostraba en el aspecto y garbo. Traía una marlota verde de muy fino damasco, con muchos tejidos de oro; sus plumas eran verdes, y blancas, y azules; su adarga era blanca, hermosa, y en medio pintada una ave Fénix, puesta sobre unas llamas de fuego, con una letra en torno que decía: «Segundo no se le halla». Su caballo era bayo, de cabos prietos. Traía el bizarro moro una gruesa lanza, y en ella un hierro de

Damasco, muy fino, y en la punta, junto al hierro, un pendoncillo
verde y rojo; parecía tan bien, que a todos cualesquiera que lo mirara,
diera muy crecido contento. Los cuatro famosos caballeros que así lo
vieron venir con tanta priesa, agradados de su buen talle, le aguarda-
ron en medio del camino. Y como el bizarro moro llegó a ellos les
saludó en arábigo muy cortesmente, y el buen Alcaide de los Donceles
le volvió las saludes en la misma lengua, como aquel que la sabía muy
bien. El gallardo moro, habiendo saludado a los caballeros, se los paró
a mirar, maravillado de su buena apostura y gallardía. Y parando con
las riendas el presuroso curso de su caballo, se paró, aunque la priesa
de su camino y la gravedad del caso que le aguardaba le ponía agudos
acicates para que no parase; el deseo de saber quiénes eran aquellos
caballeros le ponía forzoso freno. Y ansí parado dijo:

—Aunque de importancia era mi priesa, señores caballeros, habré
de parar sólo por saber quien tales y tan gallardos caballeros son. Por
tanto os suplico que satisfagáis a mi deseo si os diere gusto, porque yo
le tendré muy grande en saberlo, ya no es que perdéis algo en me lo
decir; porque caballeros tan apuestos y de tan extraño traje no los
solemos ver por estas partes, si no es cuando de la parte del mar
Líbico vienen a negociar algo con el rey de Granada, o a tratar algo de
algunas mercancías de grande cantidad y calidad. Mas estos que yo
digo, verdad es que vienen en ese bizarro y galán traje, mas no tan
apercibidos de caballos y armas, las cuales yo entiendo que traéis muy
finas debajo la turquesca ropa. Y por esto holgaría saber quién sois y
de qué tierra. Porque a fe de moro hidalgo, que me parecéis tan bien,
que holgara de no apartarme de vuestra compañía un solo punto; por
tanto, no me hagáis desear lo que con tanta instancia os pido.

Don Juan Chacón, por hacerle entender que eran turcos de nación, le respondió en turquesco, que eran de Constantinopla. Mas el
aficionado moro no la entendió, y dijo:

—No entiendo esa lengua, habládme en arábigo, pues que lo
entendéis, pues en él me respondisteis cuando os saludé.

Entonces, el famoso Alcaide de los Donceles le dijo en algarabía:

—Nosotros somos de Constantinopla, genízaros[8] de nación, y estamos en guarnición en Mostagán cuatrocientos de nosotros, ganando
sueldo del Gran Señor. Y como habemos oído decir que en tierra de
cristianos había muy valientes caballeros en las armas, especialmente
en estas fronteras, venimos a probar nuestras personas y fuerzas si
son de tan alto extremo como las suyas. Y ansí para esto nos embarca-
mos en una fragata de quince barcos, nosotos cuatro y los marineros

---

[8] *genízaros* = Janizaries—of mixed race or nationality; also elite Turkish
soldiers.

della, y aportamos en un lugar que está detrás de aquella Sierra Nevada que allí parece, y desembarcamos allí; el lugar se llama Adra, si bien me acuerdo, que así nos lo dijeron los marineros de nuestro navío. Y tomando lo necesario, nos venimos la costa en la mano hasta otro lugar que se llama Almuñécar, y de allí venimos a Granada, y no entramos en ella por gozar de ver primero esta hermosa Vega, que es la mejor, a mi parecer, que haya en el mundo. Habemos andado por ella dos días, pensando hallar algunos cristianos con quien pudiésemos probar nuestras personas, y no habemos hallado cosa alguna que de contar sea, sino es a vos, buen caballero, y ahora vamos a ver a Granada y a hablar con el rey della, y luego irnos donde nos aguarda nuestra fragata. Esta es la verdad pura de lo que nos habéis, señor caballero, preguntado. Y pues os habemos satisfecho en vuestra demanda, será justa cosa que vos nos satisfagáis en decirnos quien sois, que no menos deseo nos ha puesto vuestra vista para que os lo preguntemos, que la nuestra os pudo poner para que nos preguntásedes.

—A mí me place—dijo el valeroso moro—de daros cuenta de lo que pedís; mas pues vamos todos a Granada, piquemos para que alleguemos temprano, y de camino sabréis mi hacienda y algo de lo que pasa en Granada.

—Vamos—dijo don Alonso de Aguilar.

Y diciendo esto, todos cinco comenzaron a caminar hacia Granada. Y el gallardo Gazul, que era el moro que habéis oído, comenzó a decir:

—Habéis de saber, señores caballeros, que a mí me llaman Mahomad Gazul; soy natural de Granada; vengo de San Lúcar, porque allí está la cosa que más quiero y amo en esta vida, que es una muy hermosa dama llamada Lindaraxa, de casta de los famosos Abencerrajes. Salióse de Granada por respecto que el rey de Granada mandó que los Abencerrajes fuesen desterrados della sin culpa, habiendo ya degollado dellos treinta y seis caballeros que eran la flor de Granada. Por esta ocasión, como digo, mi señora se fue a San Lúcar a estar con un tío suyo, hermano de su padre. Yo la acompañé en esta jornada, y llegados a San Lúcar, con la vista de mi señora, yo vivía en gloria y pasaba una vida muy a mi contento. Supe después que los Abencerrajes que habían quedado, no permitiendo el rey que tomasen a su cargo la defensa de la reina, ni reparasen por armas la acusación contra ellos hecha, se habían pasado con el rey don Fernando, y se habían vuelto cristianos, y que en Granada había grandes alborotos y guerras civiles, y la reina sultana puesta en prisión, y su causa remetida y puesta en juicio de batalla, de cuatro a cuatro. Y yo, como sea de la parte de la reina y todos los de mi linaje, acordé de venir a Granada por ser uno de los cuatro caballeros que han de defender su partido, y porque hoy es el postrero día de su plazo en que se ha de hacer la batalla, voy con tanta priesa por llegar a tiempo. Por tanto, señores caballeros, démonos priesa antes que se nos haga más tarde, pues con esto he satisfecho a vuestra demanda.

—Por cierto, señor caballero—dijo don Manuel Ponce—que nos habéis admirado; y a fe de caballero que me holgaría que la señora reina quisiese y gustase que nosotros cuatro fuésemos puestos y señalados en su defensa, que por ella haríamos todo lo posible y último de potencia hasta perder las vidas.

—Pluguiese al Santo Alá que ello ansí fuese, que yo confío de vuestra bondad, que saldríades con victoria de la batalla; y a fe de moro hidalgo, que yo lo procure con todas las veras del mundo, que no valgo yo tan poco en Granada que no lo pueda muy fácilmente acabar. Aunque he oído decir que la reina no quiere poner su causa en manos de moros, sino de cristianos.

—Cuando eso sea—dijo don Manuel—, nosotros no somos moros, sino turcos de nación, genízaros e hijos de cristianos, y esto es cierto como lo digo.

—No decís mal—respondió el valiente Gazul—, que por esa vía sería posible que la reina os escogiese para que le defendáis su causa.

—Dejando eso aparte—dijo don Juan Chacón—, que en Granada se verá, sepamos, señor Gazul, qué caballeros cristianos son los de más fama en estas fronteras deste reino, que holgaré mucho de saberlo.

—Señor—respondió Gazul—, los caballeros cristianos de más valor, a lo menos los que más nos corren la Vega, son el Maestre don Manuel Ponce de León, y éste es un bravo y valeroso, y sin éste hay otro, don Alonso de Aguilar, y Gonzalo Fernández de Córdoba, y el Alcaide de los Donceles; y desta casa de Córdoba son todos muy escogidos y valientes caballeros, y sin éstos hay otros muchos, tal como un Portocarrero, un don Juan Chacón, señor de Cartagena, y sin éstos, otros muy grandes señores que sirven al rey Fernando, que sería muy largo de contar.

—Mucho holgaríamos de vernos con esos caballeros en batalla—respondió don Alonso de Aguilar.

—Pues yo os digo—dijo Gazul—que hallaréis cualquiera dellos, especialmente en los que he nombrado, un poderoso Marte, y cuando estemos en Granada de espacio, os contaré cosas que estos caballeros tienen hechas en esta Vega, que os pondrán grande admiración.

—Nosotros holgaremos de las oír, sólo por llevar a nuestra tierra algo que contar—respondió don Manuel.

Y con esto caminaban a gran priesa todos cinco caballeros a Granada, que no quedaba más de media legua para llegar a ella. Donde les dejaremos hasta su tiempo, por contar lo que pasaba en Granada en aquella sazón.

CAPÍTULO QUINCE: EN QUE SE PONE LA MUY POR-FIADA BATALLA QUE PASÓ ENTRE LOS OCHO CA-BALLEROS SOBRE LA LIBERTAD DE LA REINA, Y CÓMO LA REINA FUE LIBRE Y LOS CABALLEROS MOROS MUERTOS, Y OTRAS COSAS QUE PASARON.

 RISTE Y CONFUSA ESTABA la ciudad de Granada porque se había acabado el término que se le había dado a la hermosa sultana, en que había de dar cuatro caballeros que por ella hiciesen batalla. Y porque se acababa aquel día, muchos caballeros quisieran que aquel negocio no pasara adelante, pues la reina no había dado caballeros que la defendiesen, y ansí trataban muchos de los más principales de la ciudad con el rey, que cesase y se pusiese bien con la reina y no diese crédito a lo que los Zegríes decían. Mas por mucho que los caballeros lo procuraron, jamás pudieron con el rey acabar nada, respecto que los acusadores le iban a la mano por hacer verdadera su maldad. Y ansí el rey daba por respuesta que procurase la reina dar por todo aquel día quien la defendiese, si no, que la había de hacer quemar. Desto jamás le pudieron persuadir a otra cosa. De forma que luego, por su mandado, fue hecho un tablado muy grande en la plaza de Bivarambla, para que la reina estuviese y los jueces que la causa habían de determinar. Los cuales el uno fue el valiente Muza, aunque su hermano no quiso, y con el valiente Muza fueron jueces dos caballeros muy principales: el uno Azarque y el otro Aldoradín, los cuales deseaban todo bien a la reina y estaban puestos de la favorecer en todo y por todo.

El tablado fue cubierto de paños negros y los mismos jueces acompañados de la flor de la caballería de toda Granada subieron al Alhambra para llevar a la hermosa sultana a la ciudad y ponella en el tablado que habéis oído, por lo cual la ciudad comenzó a alborotar. Y muchos estaban determinados de salir y quitar a la reina y ponerla en libertad, y matar al rey Chico por el notorio agravio que le hacía, abrasarle y quemarle la casa. Y quien se disponía a hacer esto eran todos los Almoradís y Marines, y para ello se juntaron con ellos Alabeces, Aldoradines, Gazules, Vanegas. Mas fueron aconsejados que no lo hiciesen en manera ninguna, porque aunque la reina quedase libre del peligro, no quedaba saneada su honra, sino más llena de mancha y oscurecida. Porque siempre la fama diría que porque no se declarase la verdad habían remitido a las manos su libertad, no consintiendo que su causa fuese puesta en juicio [por] la batalla. Lo cual era en favor de los acusadores, dejándolos con su honra enteramente, haciendo averiguada verdad su falsa acusación. Y ansí por esta causa dieron de mano a su pretensión, confiando en Dios que la reina saldría libre y con toda su honra.

Pues habiendo llegado los jueces al Alhambra acompañados de gran caballería, el rey viejo Muley Hacén no los quiso dejar entrar, diciendo que la reina no debía nada, que él no quería consentir que la llevasen. El valiente Muza y los demás caballeros le dijeron que era muy bueno para la reina ponerse en aquel juicio, porque al fin quedaría libre y su honra no menoscabada, sino más aumentada, y que si él no la daba, los acusadores quedaban con su honra. Estas y otras cosas le dijeron al rey Muley Hacén para que consintiese que la reina fuese llevada y puesta en juicio de la batalla que estaba asignada. El rey les preguntó si tenía ya la reina caballeros que la defendiesen. Muza le respondió que sí; y que cuando todo faltase, y caballeros que la defendiesen no se hallasen, que él en persona la defendería. Con esto el rey dio licencia que entrasen, y ansí Muza y los demás jueces entraron, quedándose toda la demás caballería fuera del Alhambra aguardando que saliese la reina.

Llegado Muza adonde estaba la hermosa sultana, la halló hablando con Zelima, sin ninguna pena de lo que esperaba: ya sabía ella que aquel día se le cumplía el plazo. Mas confiada en que don Juan Chacón no le faltaría la palabra, estaba muy consolada y sin pena alguna, como aquélla que no tenía culpa en aquel caso. Y también tenía hecha su cuenta, que si don Juan Chacón no venía, y por no tener caballeros que la defendiesen, moría, que muriendo cristiana, no moría, antes comenzaba a vivir; y con esto estaba la más consolada mujer del mundo. Mas así como vio Muza acompañado de aquellos caballeros que con él venían, luego presumió a lo que iban, por lo cual tuvo un poco de turbación y pesadumbre; mas con ánimo varonil hizo en esto la resistencia que pudo por no mostrar flaqueza alguna. El buen Muza, como llegó a la reina y a la hermosa Zelima, con los demás, le hicieron el debido acatamiento, y luego Muza le dijo:

—Grande ha sido el descuido que vuestra alteza ha tenido en no haber señalado y nombrado caballeros que se muestren de su parte hoy en este día que es cumplido el plazo de su causa.

—No os dé pena—respondió la reina—, que no faltarán caballeros que me defiendan. Y yo confío en Dios y en la Virgen, su Madre, que mis enemigos tengo de ver hoy atropellados y puestos por tierra. Por tanto, haga el rey lo que le pareciere; y si acaso no los tuviere y me diere muerte,y por ella perdiera vida y reino, a pesar del malvado rey y de mis ponzoñosos enemigos, he de vivir y reinar en otro mejor reino que es éste, donde tendré mejor vida de la que tengo.

Maravillado Muza de las palabras de la reina, respondió:

—De todo bien que vuestra alteza tenga, seré yo muy contento y todos los demás. Pero ahora el presente es menester que vuestra alteza se ponga en un poco de trabajo y afrenta, para que después la honra quede más fina y apurada, así como el oro que se pone en fuego, y con él queda más hermoso y más acendrado. Y para esto, yo y estos caballeros hemos venido a llevar a vuestra alteza a la ciudad, donde hoy se ha de ver el oro de la honra puesto en muy subidos quilates. Y si vuestra alteza no tuviere caballeros, yo sé que hay cuatro, y seis, y mil, y dos mil, que defenderán vuestro partido, y yo el primero. Y para ello sabrá vuestra alteza que soy uno de los jueces, y estos caballeros que conmigo vienen son los otros, y todos harán lo que yo hiciere y quisiere y ordenare. Por tanto, vuestra alteza se cubra y venga con nosotros, que a la puerta de la casa real está aguardando una litera para que vuestra alteza vaya y la señora Zelima para que la acompañe.

—Vamos de buena voluntad—respondió la reina—, y conmigo tengo de llevar a mi criada Esperanza, que la quiero mucho, y quiero que en esta jornada me acompañe juntamente con Zelima.

Y diciendo esto se levantó, y Zelima y Esperanza con ella, y entrando en su aposento todas tres se pusieron vestidas de negro, de tal forma, que era gran piedad y compasión de verlas, especialmente a la reina. Y saliendo del aposento, la reina le dijo a Muza:

—Señor Muza, haréisme un gran placer, y es que toméis la llave deste mi aposento a vuestro cargo; y si yo desta vez fuere condenada a muerte y muriere, todo lo que está dentro se lo deis a mi criada Esperanza, y que la deis libertad, pues que yo se la doy, porque es doncella que todo lo merece y me ha hecho muy buenos servicios.

No pudo la reina decir estas palabras sin vertir grande abundancia de lágrimas, y tanto, que el mismo Muza y los demás caballeros la acompañaron en ellas sin poderlas disimular ni resistir, y sin le poder hablar palabra, la tomaron de brazo, y ansí llorando la sacaron fuera de la real casa, adonde había una litera aprestada para la reina, la cual estaba puesta de luto por dentro y fuera. La reina, y Zelima, y Esperanza de Hita entraron dentro, y tapadas las ventanas della, caminaron y salieron de la famosa Alhambra, a cuya puerta estaban aguardando muchos y muy principales caballeros, donde eran Alabeces, y Gazules, y Aldoradines, y Vanegas, y otros muchos linajes Almoradís, parientes de la reina, y Marines. Todos los cuales estaban cubiertos de luto, que era gran compasión ver tanta caballería puesta en tan grande tristeza. Mas debajo de aquellas marlotas y albornoces negros llevaban todos muy finas y muy buenas armas, con intento de romper aquel día con los Zegríes, Gomeles y Mazas si acaso fuese necesario. Y ciertamente que si no fuera porque la honra de la reina no quedara oscurecida, que todos estaban determinados para que aquel día se perdiera Granada. Y ansí con este recelo, los Zegríes, y Mazas, y Gomeles, con todos aquellos de su bando, aquel día, debajo de sus marlotas y alquiceles, iban muy bien armados por sustentar su maldad, y si acaso sus contrarios les acometían, que los hallasen bien apercebidos. Nunca Granada en todos sus trabajos y guerras civiles y sus pasiones estuvo tan al cabo de ser totalmente perdida ni destruida, sino fue

este día. Mas quiso Dios que sin pesadumbre ni escándalos civiles se
acabasen aquellas cosas, como diremos.

Pues así como la litera en que venía la reina salió del Alhambra,
todos aquellos caballeros, mostrando grandísma tristeza, la rodearon
y la fueron acompañando, mostrando un grande sentimiento y lágrimas. De tal forma, que era muy gran dolor ver un tan tristísimo
espectáculo. Mas ansí como toda la caballería llegó a la calle de los
Gomeles, por todas las ventanas se asomaban dueñas y doncellas, llorando muy agramente la desventura de la reina, de manera que a los
gritos de las damas y niños toda la ciudad fue puesta en alboroto, y
maldecían al rey y a los Zegríes a grandes voces y gritos. Desta
manera entró la reina en la calle del Zacatín, donde más se aumentó la
grita dolorosa y tristes llantos, de suerte que en toda Granada no se
sentía otra cosa sino lastimeras voces, y querellas, y lloros.

Llegada la reina a la plaza de Bivarambla, fue puesta la litera junto
del tablado, y abiertas las puertas o ventanas de la litera, el valeroso
Muza y los otros jueces sacaron a la cuitada infeliz reina, y con ella a
la hermosa Zelima y Esperanza de Hita, y las subieron al tablado por
ciertas ventanas de una casa. Y en el tablado había un estrado negro
de paños gruesos, y allí se asentó la triste reina, y a la par della la
hermosa Zelima, y a los pies de la reina su criada Esperanza de Hita.
¡Quién os diría los llantos que en toda la plaza se movieron aquella
hora que vieron a la hermosa sultana cubierta de negro y puesta en
un tan riguroso trance de fortuna como aquel! Todas las ventanas, y
balcones, y azoteas, estaban llenas de gentes, y hasta encima de los
tejados estaban llenos y ocupados de gentes. No había ninguno en
todas estas partes que no llorase e hiciese grande sentimiento. A un
cabo de tablado, en otro estrado, se asentaron los jueces para juzgar la
causa de la reina. Y al cabo de una gran pieza, por una calle se oyeron
trompas de guerra, y visto lo que podía ser, era que los cuatro caballeros acusadores de la reina venían muy bien armados y puestos a
punto de batalla, encima de muy poderosos caballos. Traían sobre las
armas ricas marlotas verdes y moradas, pendoncillos y plumas de lo
mismo. Traían por divisa en las adargas unos alfanjes llenos de sangre, con una letra en torno que decía: «Por la verdad se derrama».

Llegaron desta forma los cuatro mantenedores de la maldad, acompañados de todos los Zegríes, y Gomeles, y Mazas, y todos los demás
de su bando, hasta llegar a un grande y espacioso palenque que estaba
hecho junto del tablado. Y era el palenque tan grande, cuanto una
buena carrera de caballo, ansí de ancho como de largo. Y abierta una
puerta del palenque, entraron los cuatro caballeros; conviene a saber:
Mahomad Zegrí, el principal inventor de la maldad, y un primo hermano suyo llamado Hamete Zegrí, y Mahardón Gomel, y su hermano
Mahardín. Ansí como entraron, sonaron de su parte mucha diversi-

dad de músicas de dulzainas y añafiles. Y todos los de aqueste bando se pusieron a la parte de la mano izquierda del tablado, porque de la otra estaba el bando de los Almoradís, lleno de cólera y saña, los cuales holgaran mucho de romper con sus enemigos, mas por las causas ya dichas, se estaban ya quedos, aguardando lo que la fortuna haría en aquel caso.

Esto sería a las ocho horas de la mañana, y serían ya las dos de la tarde y no parecía caballero que por la reina volviese. De lo cual todos tuvieron mala señal, y no sabían qué sería la causa, y espantábanse de la reina no haberse proveído de caballeros que la defendiesen. Y ansí mismo la reina estaba muy triste, porque tanto se tardaba don Juan Chacón, donde después de Dios tenía puesta su esperanza, y no sabía a qué se atribuyese la tardanza suya. Y visto que no venía consolábase con morir, porque había de morir cristiana. En esto el valeroso Malique Alabez y un moro famoso llamado Aldoradín, y otros dos de su linaje, se fueron al tablado, y altas voces dijeron, que la reina y los jueces lo pudieron oir, que si la reina gustaba y era consiente [sic], que ellos entrarían en campo en su favor. A lo cual respondió la reina que aún había harto día, que quería aguardar otras dos horas, y que si no viniesen los caballeros que ella tenía apercebidos, que ella holgaría que ellos por ella hiciesen la batalla. El bravo Malique Alabez y los demás que allí se ofrecieron, se tornaron adonde estaban de primero, aguardando lo que sería.

Mas no pasó media hora, cuando por las puertas de Bivarambla, se oyó un grande tumulto de ruido y alboroto, al cual toda la gente volvió por ver lo que podía ser. Y vieron que por las puertas de Bivarambla entraron cinco caballeros muy bien aderezados, vestidos a la turquesca, sobre poderosos caballos; los cuatro venían a lo turquesco, y el uno a lo moro, el cual luego fue de todos bien conocido ser el valeroso Gazul. A los cuatro turcos nadie los pudo conocer por no haberlos visto jamás, y para verlos concurría a ellos toda la gente de la plaza. Todos se maravillaron de su buen talle y gallardía, y todos decían que en su vida no habían visto caballeros de mejor apostura y garbo. Y por ver lo que querían y saber si estos tales turcos venían a defender la reina, todos se iban tras dellos. Todos los caballeros de la parte de la reina le daban el para bien venido al valeroso Gazul, y más sus deudos, que eran muchos, preguntábanle si conocía aquellos caballeros que con él venían. Y él decía que no, si no que allí en la Vega se habían juntado.

Y ansí con esto llegaron al cadalso donde estaba la reina y los jueces, que estaban maravillados en ver aquellos caballeros turcos, y deseaban saber la causa de su venida; los cuales, así como llegaron al tablado, le contemplaron muy bien, donde vieron a la reina de tal forma, que les puso gran compasión y mancilla verla en tal estado. Y volviendo los ojos a todas partes, reconocieron toda la gran plaza de Bivarambla, tan nombrada en el mundo; en ella vieron el gran palenque, que estaba hecho para la batalla, y los cuatro acusadores de la reina dentro. Y después de haberlo todo visto, espantados del gran número de gentes que allí había, don Juan Chacón se llegó más al tablado y dijo a los jueces en turquesco si podía hablar con la reina dos palabras. Los jueces dijeron que no lo entendían, que hablase en arábigo. Entonces el buen don Juan Chacón, volviendo la lengua en arábigo, les tornó a decir si podría hablar con la reina. Entonces el valiente Muza, deseando todo bien a la reina, dijo que sí, que subiese en buena hora. El valeroso don Juan, sin más se detener, saltó del caballo como un ave y subió al tablado por unas gradas que en él estaban hechas, y estando encima, habiendo hecho su acatamiento a los jueces, se fue para la reina, y estando junto della le habló desta suerte, que todos los jueces lo entendieron;

—Con la procela del mar, reina y señora, fuimos arribados a la costa del mar de España, junto destos cercanos puertos de Málaga. Y de allí, con deseo de ver lo bueno desta famosa ciudad de Granada, entramos esta mañana en su hermosa Vega, en la cual fuimos avisados del riguroso trance que estábades puesta, y que no teníades caballeros que os defendiesen. Y también supimos cómo no queríades ni era vuestra voluntad que vuestra causa defendiesen moros, sino cristianos. Yo y mis tres compañeros somos turcos, genízaros, de cristianos hijos; doliéndonos de vuestra adversa fortuna, movidos a piedad de vuestra inocencia, nos venimos a ofrecer a vuestro servicio, y por vos entraremos en batalla contra aquellos cuatro caballeros que la están aguardando. Si sois servida, dadnos licencia y poned vuestra causa en nuestras manos, que yo me ofrezco por mí, y por mis tres compañeros, hacer en ello lo posible hasta la muerte.

Cuando esto decía el buen don Juan, tenía la carta de la reina en la mano, y muy al descuido la dejó caer en las faldas de la reina, sin que nadie echase de ver en ello. Y quiso Dios que cayó la carta el sobrescrito arriba. La reina, por verlo que al turco se le había caído de las manos, bajó los ojos a sus faldas y vio la carta, y al punto que la vio, luego conoció su letra, y que aquella carta era la que ella había enviado al señor de Cartagena; y al punto cayó en lo que podía ser, como discreta que era, y disimuladamente tapó la carta porque nadie la viera. Y mirando a su criada Esperanza de Hita, la vio que estaba mirando de hito a don Juan, que ya lo había conocido, y volviendo a la reina disimuladamente, le hizo del ojo. Por donde la reina, enterada y satisfecha que aquél era don Juan Chacón, muy maravillada de su buen disfraz, le respondió de esta manera, alzando un poco los ojos para verle el rostro, que hasta allí los había tenido bajos:

—Por cierto, señor caballero, que yo he estado aguardando hasta ahora quien por mí quisiese tomar esta demanda, y ciertos caballeros a quien había escrito no han venido, no sé por cual razón ha sido su tardanza, y veo que el día de hoy se pasa sin hacer nada en mi disculpa. Atento esto, digo que yo pongo mi negocio en vuestras manos y de vuestros compañeros para que me defendáis. Y sed cierto que es falsía lo que me han levantado, y dello hago juramento, tal cual se debe para el caso.

Oído esto, el buen don Juan llamó a los jueces para que entendiesen bien lo que la reina decía. Lo cual oído por los jueces, mandaron que se escribiese aquel acto y lo firmase la reina, lo cual lo firmó de muy buena voluntad. Entonces el buen don Juan Chacón, habiendo hecho el acatamiento debido a la reina, se bajó del tablado y fue donde sus tres compañeros le aguardaban, y el valeroso Gazul, que le tenía el caballo de las riendas, en el cual subió sin poner pie en el estribo, diciendo:

—Señores, nuestra es la batalla; por tanto, demos orden que se haga luego, antes que más tarde sea.

Todos los caballeros del bando de la reina se llegaron y rodearon a los cuatro valerosos compañeros con grande alegría, haciéndoles mil ofertas, rogándoles que hiciesen todo su poderío en aquel caso; los valerosos caballeros lo prometieron hacer. Y ansí toda aquella hidalga caballería los llevaron paseando por toda aquella plaza, mostrando gran regocijo, y haciendo venir mucha música de añafiles, y trompetas, al son de los cuales los turcos caballeros fueron metidos en el palenque por otra puerta que los contrarios no entraron. Y siendo dentro, siendo juramentados que en aquel caso harían el deber o morir, cerraron el palenque.

En todo este tiempo, el Malique Alabez no partía los ojos de don Manuel Ponce de León, porque le parecía haberle visto, mas no se acordaba dónde, y decía entre sí: «Válame Dios, y cómo le parece aquel caballero a don Manuel Ponce de León». El rostro le daba crédito dello, mas el traje turco lo desacreditaba; miraba el caballo y le parecía el mismo de don Manuel, que ya él había tenido en su poder otro tiempo. Ansí el buen Malique Alabez andaba muy dudoso en si era o no era, y llegándose a un caballero Almoradí, tío de la reina, le dijo:

—Si aquel caballero de aquel caballo negro es el que imagino, si no me engaño, dad a la reina por libre.

El caballero Almoradí le dijo:

—¿Quién es? ¿Por ventura vos le conocéis?

—No se—dijo Álabez—; después os lo diré; veamos ahora cómo les va en la batalla.

Diciendo esto pararon mientes a las caballeros, los cuales en aquel punto sacaban sus escudos de las fundas en que venían metidos, los cuales eran hechos de cierta forma a la turquesca, muy recios, y vistosos. Ahora será muy bien tratar de qué color eran las ropas turquescas de los cuatro caballeros turcos, pues dellas no habemos hecho mención. Todas cuatro marlotas eran azules, de paño finísimo de color celeste, todas guarnecidas con franjones de fina plata y oro, todo hecho a mucha costa. Lo mismo llevaban los cuatro albornoces, los cuales eran de la misma color, y éstos eran de una fina seda. Los caballeros llevaban cada uno un turbante de unas tocas de riquísimo precio, todas bandeadas de bandas de finísimo oro, y otras bandas de seda azul muy fina, que no había toca de aquellas que no valiese muy gran cantidad; los turbantes, hechos de maravillosa forma, de modo que no se podían desbaratar aunque se cayesen, y se podían quitar y poner, sin que se deshiciesen, muy fácilmente. Por la parte de arriba del turbante salía una pequeña punta del bonete, sobre que iba armado, y en ella puesto muy delicadamente media luna de oro pequeña. Llevaba cada uno un muy rico penacho de plumas azules, verdes y rojas, todo poblado de mucha argentería de oro. Los pendoncillos de las lanzas eran azules, y en ellos las armas mismas y divisas de sus escudos. Porque don Juan Chacón llevaba en su pendoncillo una flor de lis de oro, y ansí mismo en su escudo llevaba él un cuartel de sus armas, que era un lobo en campo verde, el cual lobo aquel día parecía que despedazaba un moro. Encima del lobo había un campo azul a manera de cielo, y en él una flor de lis de oro. En la orla del escudo una letra que así decía: «Por su maldad se devora», significando que aquel lobo se comía aquel moro por su maldad y testimonio que a la reina le había levantado. El valeroso don Manuel Ponce llevaba en su escudo el león rapante de sus armas en campo blanco, y el león dorado no quiso aquel día poner las bandas de Aragón; el león tenía entre las uñas un moro que lo despedazaba, con una letra que decía ansí:

> Merece más dura suerte
> quien va contra la verdad,
> y aun es poca crueldad
> que un leon le dé la muerte.

En el pendoncillo, que también era azul, llevaba puesto un león de oro. El famoso don Alonso de Aguilar no quiso aquel día poner ningún cuartel de sus armas por ser muy conocidas. Para aquel día puso en su escudo, en campo rojo, una hermosa águila dorada, muy ricamente hecha, con las alas abiertas, como que volaba al cielo, y en las fuertes uñas llevaba una cabeza de un moro toda bañada de sangre, que de las heridas de las uñas le salía. Esta divisa desta águila la puso don Alonso a memoria de su nombre; llevaba una letra que decía desta suerte, muy bien hecha:

> La subiré hasta el cielo
> para que dé más caída
> por la maldad conocida
> que cometió sin recelo.

Ansimismo llevaba en el pendón de su lanza este bravo caballero el águila dorada como en el escudo. El valeroso Alcaide de los Donceles llevaba por divisa en su escudo, en campo blanco, un estoque, los filos sangrientos; la cruz de la guarnición era dorada; en la punta del estoque que estaba hacia bajo, una cabeza de moro, que la tenía clavada, con unas gotas de sangre que parecía salir de la herida, con una letra en arábigo que decía desta suerte:

Por los filos de la espada
quedará con claridad
al hecho de la verdad
y la reina libertada.

Muy maravillados quedaron todos aquellos caballeros circunstantes, ansí los de la una parte, como los de la otra, en ver la braveza de aquellos cuatro caballeros, y más en ver las divisas de sus escudos por los cuales todos conocieron claramente que aquellos caballeros venían al caso determinadamente y con acuerdo, pues las divisas y letras de sus escudos lo manifestaban y que la reina los tenía apercibidos para su defensa. Pero se maravillaban cómo en tan pocos días vinieron de tan lejas tierras. Mas considerando que por la mar muy bien podían haber venido en aquel tiempo, con esto no curaron demás inquirir ni saber el cómo, sino ver el fin de la batalla en qué paraba. El valeroso Muza y los otros jueces se maravillaron de ver tales divisas como aquellas. Y Muza, para poder mejor gozar de las ver, abajó del cadalso y pidió a sus criados un caballo, del cual luego fue servido, y subiendo en él mandó a un criado suyo que luego le trajese una lanza y una adarga, y que con ella se estuviese allí junto del cadalso por si le fuese menester, porque de lo demás él estaba muy bien apercibido. Los otros jueces se estuvieron quedos para acompañar a la reina, la cual le estaba diciendo a su criada Esperanza:

—Dime, amiga, ¿paraste mientes en aquel caballero que subió a hablarme? ¿Por ventura le conociste?

—Muy bien le conocí—respondió Esperanza—. Aquél es don Juan Chacón que yo os dije y aunque más disfrazado viniera, no dejara de le conocer.

—Ahora digo—dijo la reina—que es cierta mi libertad y la venganza de mis enemigos.

El valeroso Muza, estando ya a caballo, como dije, se fue llegando al palenque a aquella parte que los cuatro caballeros cristianos estaban, por gozar más de su vista. Con él fue el buen Malique Alabez, y el valeroso Gazul, y toda la demás caballería rodeó toda la palestra o palizada. En esto, los cuatro valerosos cristianos, sin ser de nadie conocidos, habiendo quitado las fundas, como os habemos dicho, de los escudos, y arrojados sus ricos albornoces allí a un lado del palenque, el valeroso Alcaide de los Donceles puso su caballo por el campo, con tan buen continente, que a todos dio muy gran contento de su persona y esperanza que lo había de hacer muy bien en la batalla. Sosegando el valeroso Alcaide su caballo, paso entre paso se fue hacia la parte de los caballeros acusantes, y allegando a ellos, en alta voz, que todos lo oyeron, dijo desta manera:

—Decid, señores caballeros, ¿porqué tan sinrazón habéis acusado a vuestra reina y habéis puesto dolo en su honra?

Mahomad Zegrí, que era el principal de los acusantes, respondió:

—Hicímoslo por ser ansí verdad y por volver la honra de nuestro rey.

El valeroso Alcaide, ya lleno de cólera, le respondió:

—Cualquiera que lo dijere, miente como villano y no es caballero, ni se tenga por tal. Y pues estamos en parte que se ha de ver la verdad muy patente, apercibíos todos los traidores a la batalla, que hoy habéis de morir confesando lo contrario de lo que tenéis dicho.

Y diciendo esto, el valeroso don Diego Fernández de Córdoba terceó con presteza su lanza, y con el cuento della le dió al Zegrí tan duro golpe en los pechos, que el Zegrí se sintió muy lastimado dél. Y si como fue con el cuento, fuera con el hierro, sin duda alguna allí pasara, aunque más armado fuera. El valeroso Zegrí, como se vio desmentido y recibido aquel cruel golpe, como era caballero de gran valor y esfuerzo, aunque traidor, en un punto movió su caballo con gran furia contra el Alcaide para le herir. Mas el buen Alcaide, como hombre de grandísmo valor y muy experimentado en la guerra y en la escaramuza, con grande presteza tomó de presto el campo necesario, rodeando su caballo, que era extremado, en el aire. Y revolviendo sobre el moro que sobre él venía, comenzaron entre los dos a escaramuzar con grande braveza. Visto las trompetas esto comenzaron a tocar haciendo señal de batalla, a la cual señal los otros caballeros movieron los unos contra los otros con grande furia y braveza. Al valeroso Ponce de León le cayó en suerte Alihamete Zegrí, bravo moro y de gran fuerza. A don Alonso le cupo en suerte Mahardón, también hombre de grande fortaleza. A don Juan Chacón le cupo por suerte Mahardín, hermano de Mahardón, tan valeroso en pelear como todos los demás lo eran. Reconociendo ya cada uno el contrario con quien había de pelear, se comenzó entre todos una brava escaramuza, entrando cada uno y saliendo a herir a su enemigo, mostrando el valor que en aquel menester alcanzaba. Los cuatro moros eran escogidos y en todo el reino no se pudieran hallar hombres de mayor esfuerzo y fortaleza, mas poco les vale su valentía, porque lo habían con la flor de los cristianos en el hecho de las armas.

Y ansí andando escaramuzando con grande braveza, dándose grandes lanzas por todas las partes que podían, don Juan Chacón fue herido en un muslo malamente, porque Mahardín era muy diestro en la escaramuza, aunque a don Juan no le faltaba nada en este particular. Mas sucedió que el moro, estando muy junto, le tiró un golpe, con tanta presteza, que don Juan no le pudo resistir con el escudo, y ansí por debajo dél pasó la punta de lanza, y rota la falda de la loriga, fue

herido don Juan en el muslo. El cual, como se sintiese así tan presto
herido y que el contrario se salió tan francamente sin llevar respuesta
de aquel golpe, encendido en saña ardiente así como un león, aguardó,
como hombre experimentado en aquel menester, que el moro tornase
para él, para embestillo a toda furia y que no se le fuese de las manos.
Y ansí como lo pensó, le salió, porque el bravo moro, muy gozoso,
sintiendo que lo había herido, volvió para él como una ave dando
grande algazara, diciendo:

—A lo menos, turco, desta vez sabrás si los moros granadinos son
para la pelea tan buenos y mejores que los turcos.

Y diciendo esto, se vino, llegando a don Juan Chacón por le tornar
a herir otra vez.

Don Juan, que lo aguardaba, viendo que le venía de vuelo derecho,
apretó las espuelas a su caballo tan recio que el caballo movió así
como un pasador cuando sale expelido del acerado arco, y dando una
gran voz le dijo:

—¡Ahora lo verás, traidor, villano, cómo sabes pelear!

Y diciendo esto, el brazo poderoso levanta, blandiendo la lanza por
el aire, pasa el caballo ágil como el viento y al enemigo encuentra de
tal forma que pareció en el duro encuentro que dos gruesas torres se
habían encontrado. El caballo del buen don Juan era de gran valor y
fuerza y más aventajado que el del moro, y el encuentro fue tal, que
el moro, del golpe de la lanza del valeroso brazo, fue malamente
herido, siendo falsadas sus aceradas armas, y su caballo del poderoso
encuentro puso las ancas en en suelo y al fin se dejó caer de un lado.
También quedó deste encuentro don Juan herido, porque la lanza del
moro venía guiada con extraño valor del moro, pero la herida no fue
peligrosa; mas como el caballo del moro cayó de todo punto, el de don
Juan, con el poder y fuerza que llevaba, pasó por cima, dando de ojos,
tropezando en él. De manera que el moro y su caballo y don Juan y el
suyo andaban rodando por tierra.

Don Juan, como era hombre de grandes fuerzas y bravo de corazón, sin tener aquella caída de nada, muy presto se puso en pie,
habiendo de la caída perdido la lanza. El bravo moro, no porque se
viese en tan riguroso trance y su caballo caído, no desmayó, aunque
malamente herido; antes, cuando vio que su caballo puso las ancas en
en suelo, saltó dél como una ave, y embrazando su adarga, puso mano
a su agudo alfanje, y con apresurados pasos se fue a don Juan Chacón
por le herir cruelmente, y ansí le dio por encima del fuerte escudo un
tal golpe, que le abrió una gran parte dél. El valeroso don Juan, como
se vio acometer de aquella suerte, confiado en su extremada fuerza,
teniendo el moro tan junto de sí que lo pudo herir, le tiró un golpe de
revés con tal fuerza, que el adarga en que fue recibido fue casi toda

cortada y el moro herido por encima del hombro, junto del cuello, de una mortal herida. Y el golpe, como fue dado con tanta fortaleza, le hizo bambolear a un cabo y a otro. Lo cual, visto por don Juan, arremetió con él y le dio con el escudo un tal encuentro, que el moro, desapoderado, vino al suelo muy falto de sus fuerzas. Apenas fue caído, cuando el valeroso don Juan le segundó otro tan grande golpe por una pierna, que toda se la llevó a cercén. Hecho esto, viendo que ya el moro no le podría dañar, limpió su buena espada y la metió en la vaina, y alzando los ojos al cielo, dio a Dios gracias dentro de su corazón por la victoria que le había dado contra aquel moro tan feroz y bravo. Y tomando un trozo de lanza de aquel suelo, se arrimó a él por el dolor que le causara la herida del muslo, y se puso a mirar la batalla que sus companeros hacían con los moros.

Apenas aquel moro fue vencido, cuando el bando de la reina mandó tocar muchos añafiles y dulzainas por la alegría de la victoria de aquel valeroso turco. Lo cual fue bastante causa que los caballeros cristianos que hacían la batalla tomasen grande ánimo, lo cual en los moros era muy al contrario porque casi perdieron el ánimo y las fuerzas, y perdieron la esperanza de la victoria. Y más cuando se oyeron en una ventana dar muy dolorosos gritos y hacerse triste llanto; y quien los gritos daba y el doloroso llanto hacía era la mujer del valeroso Mahardín y unas hermanas suyas y parientas, viendo que se andaba con la rabia de la muerte revolcando en su misma sangre. Los caballeros Zegríes mandaran que aquellas mujeres se quitasen de las ventanas y que más llantos no hiciesen, porque no fuesen causa que los caballeros de su parte desmayasen. Los llantos no se oyeron más ni el son de las dulzainas de la parte de la reina, porque así fue mandado por los jueces.

En este tiempo, los caballeros que combatían andaban tan revueltos en su batalla, que parecía que en aquel punto la comezaban, haciendo tanto ruido con las armas que parecía que batallaban treinta caballeros. Don Juan Chacón, que la batalla estaba mirando, visto que sentía gran dolor de sus heridas, como se habían resfriado, especial de la herida del muslo, acordó de subir en su caballo por si algo sucediese, que lo hallasen a caballo. Y ansí fue adonde su caballo estaba, revuelto en cruda pelea con el caballo de Mahardín, los cuales se daban grandes coces y bocados, hundiendo toda aquella plaza con espantosos relinchos y bufidos. Mas como don Juan llegó a ellos, con el trozo de la lanza que llevaba los despartió, y tomando su buen caballo de las riendas, de un salto muy ligero se puso en la silla, llevando su escudo en el arzón, se paró a mirar a sus companeros por ver el estado de la batalla. Y quisiera ir a ayudarles, mas no fue por respeto de guardarles el punto de la honra, y también porque no tenían necesidad de su ayuda.

Estando, pues, peleando los valerosos seis caballeros, el valiente Mahardón, que peleaba con don Alonso de Aguilar, como viese a su querido hermano Mahardín tendido en el campo hecho pedazos, revolcando en su sangre, con íntimo y gran dolor que sintió de su muerte, dejó a don Alfonso y se fue a don Juan Chacón diciendo:

—Déjame, valeroso caballero, ir a tomar venganza de aquel que mató a mi hermano, que después yo y tú daremos fin a nuestra comenzada batalla.

Don Alfonso se le puso delante diciendo:

—No trabajes en vano, fenece conmigo la batalla, pues tu hermano, como buen caballero, quiso fenecella e hizo en ella lo que pudo. Y tú no dudes que también te has de ver puesto en aquel estado por tu maldad cometida contra la reina y contra los Abencerrajes caballeros, cuya inocente sangre clama delante de Dios, pidiendo justicia contra ti y los demás traidores.

Y diciendo esto, lo embistió con gran furia y le dio un crecido golpe de lanza y lo hirió en un costado, aunque no mucho. Lo cual, visto por el moro valiente, así como una serpiente ponzoñosa, revolvió contra don Alonso, y sin mirar de enojo lo que hacía, le arrojó la lanza, la cual salió del poderoso brazo rugiendo por el aire. Don Alonso, que la vio venir con tal presteza, mas no la pudo hacer tan a su salvo que no llegase la lanza del valeroso Mahardón, la cual acertó al buen caballo de don Alonso de Aguilar, de tal forma que le pasó las dos hijadas de una banda a otra, saliendo todo el pendoncillo de sangre bañado. El buen caballo, viéndose herido de tal suerte, comenzó a dar muy grandes saltos a un cabo y a otro, de tal manera, que no era bastante la dureza del freno a le poder corregir ni sosegar. Visto por el valeroso don Alonso de Aguilar el desvariado y cruel golpe que su caballo había recibido, muy pesante dello porque lo tenía en muy grande estima, se arrojó de la silla en el suelo, temiendo que su caballo no se pusiese en algún aprieto, aunque él se puso en muy grande, estando su enemigo a caballo. Mas confiando en Dios y en su bondad, su puso a todo peligro.

Grande contento y alegría sintió el bando de los Zegríes y Gomeles en ver aquel caballero en el suelo, a pie; holgóse mucho [Mahardón] y fuese para él diciendo:

—Ahora me pagarás tú la muerte de mi hermano, pues no me dejaste que la fuese a tomar de quien se le dio.

Arremetió el caballo para le tropellar, con el alfanje sacado, mas el buen don Alonso era muy suelto e hizo señal de lo que quería aguardar. Mas al tiempo que llegó el caballo, dio un gran salto al través, de suerte que el caballo, sin le topar, pasó de largo. Mahardón, muy sañudo, tornó sobre él dos o tres veces, mas jamás lo pudo encontrar, y don Alonso le dijo:

—Moro, si quieres que no te mate el caballo, apéate dél; si no, matartelo he y podrá ser que te suceda peor de lo que piensas.

El moro estuvo advertido en lo que don Alonso le decía, y le pareció que no le decía mal, y porque estimaba mucho su caballo, y por no le perder, saltó dél como una ave, y embrazando su adarga, se vino a don Alonso, esgrimiendo su acerado alfanje, diciendo:

—Quizá me diste el consejo por tu mal.

—Ahora lo verás—dijo don Alonso.

Y soltando la lanza, que aún tenía en la mano, tomó su buena espada, que era Esclavona, de las mejores del mundo, de grandes aceros y filos, y se fue para Mahardón, que ya venía para él. Y entre los dos se comenzó una brava batalla y muy dudosa, porque los dos eran muy buenos caballeros. Casi media hora anduvieron ansí, hiriéndose por todas las partes que podían, destrozándose los escudos. Las marlotas ya mostraban las armas por algunas partes, por ser cortadas con los golpes que se daban. Don Alonso, ya muy enojado y corrido porque le duraba tanto aquel moro en batalla, se llegó a él lo más cerca que pudo, y alzando el brazo de la espada, hizo señal de tirarle un golpe a la cabeza. Con gran presteza el moro hizo con su adarga reparo por guarecerse de aquel golpe, mas no le salió ansí como lo pensó, porque don Alonso, que así lo vio cubierto, con una ligereza increíble, derribó el golpe de revés y le hirió en un muslo, con tal fortaleza, que le rompió la fina jacerina facilísimamente, y la espada llegó a la carne, y no parando allí le cortó gran parte del hueso. El moro, que así se sintió burlado y tan malamente herido, descargó un tan gran golpe de alto abajo, que el fino escudo del águila de oro fue partido hasta la mitad, y la punta del fino y templado alfanje llegó a la cabeza, y cortando todo el turbante llegó al acerado casco, el cual también fue roto, aunque no mucho, quedando don Alonso herido en la cabeza. Y a no ser el casco tan bueno y de tan fino temple, la cabeza fuera hecha dos partes. Deste golpe fue don Alonso tan cargado, que dio dos pasos atrás bamboleando, y si no fuera de tan grande corazón, cayera.

Desto el buen don Alonso corrido, viéndose descompuesto tornándose a componer, ya la cara llena de sangre que de la herida salía, le tiró al moro una estocada, con tanta furia, que la dura adarga fue pasada de claro, y con la fortaleza del golpe arrimado a los pechos de Mahardón, no parando la punta hasta romper cota y carne y entrar más de cuatro dedos dentro del cuerpo. Y como Mahardón casi ya se tener no podía, respecto de la cruel herida del muslo derecho, recibiendo aquel duro golpe de estocada, vino a caer de espaldas, arrojando grandes borbollones de sangre por las heridas del pecho y de la pierna, que bañaba todo el campo. El bravo don Alonso, viéndole herido, de presto fue sobre él antes que se levantase por lo cortar la cabeza, le puso la rodilla en los pechos y vio que el moro acababa, y ansí no le quiso más herir. Y levantándose de sobre él, limpió su buena espada y la metió en la vaina, y en su corazón dio gracias a Dios por la victoria. Y visto que le salía mucha sangre de la herida de la cabeza, con las dos manos rodeó el turbante, apretándolo bien, poniendo lo roto de un lado de la cabeza. Y siendo de aquella forma la llaga apretada, estancó la sangre, y mirando por su caballo, le vio rendido en el campo muriéndose, y de compasión que dél hubo fue y le sacó la lanza con que estaba atravesado. Y tomando el caballo de Mahardón, que era muy bueno, subió sobre él con gran ligereza y se fue adonde estaba don Juan Chacón. El cual le abrazó, dándole el parabien del vencimiento.

En este punto los añafiles de la parte de la reina y dulzainas sonaron con grande alegría; todo lo cual era a par de muerte para los Zegríes. La música de las dulzainas pasada, todos se pararon a mirar la cruda batalla que los cuatro caballeros hacían, la cual era muy reñida y porfiada demasiadamente. El valeroso don Manuel Ponce de León y el fuerte Alihamete Zegrí hacían su batalla a pie, respecto que sus caballos se les habían cansado y no podían concluir su batalla como querían y andaban muy llenos de coraje, procurando cada uno herir su contrario por donde mejor podía; despedazábanse las armas y la carne con los duros filos de la espada y cimitarra; claro testimonio dello daba la sangre que dellos salía. El buen Ponce estaba herido de dos heridas y el moro de cinco, mas no por eso el moro mostraba punto de flaqueza en el pelear, antes muy sobrada cólera. Y ansí andaba muy ardido y lleno de viva saña, hiriendo a don Manuel muy a menudo por donde podía. Mas poco le vale su ardimiento, porque lo ha con la flor de Andalucía en hecho de las armas, y ninguno podía decir en este particular que era mejor que él.

El cual, como viese que ya don Juan y don Alonso habían vencido a sus contrarios, y el Alcaide de los Donceles andaba con el suyo muy revuelto, y en punto de traerle a aquel fin, cobró muy grande ira, porque su enemigo tanto le duraba. Y ansí con este enojo se llegó muy junto de Alihamete, y de toda su fuerza le dio un tan desapoderado golpe por encima de la adarga, la cual el moro se puso encima de la cabeza por hacerle reparo, que cortada gran parte della, llegó la fina espada al casco. El cual fue roto muy ligeramente, e hirió de una grande herida al moro en la cabeza, de tal suerte que el moro bravo, desatinado de aquel desaforado golpe, dio de mano en el suelo. Mas como se viese en tal aprieto, recelando la muerte no le sobreviniese en aquel trance, se levantó procurando la venganza de la ofensa recibida, ya ansí alzó su fina cimitarra, y desatinadamente dio un golpe a don

Manuel, en un hombro, tan pesado, que roto el templado jaco le hirió malamente. Mas este golpe le costó la vida al bravo Alihamete, porque don Manuel le asentó otro en descubierto por la cabeza, junto de la otra herida, de tal forma que dio con él tendido en el suelo medio muerto, virtiendo mucha sangre de las heridas que tenía, que eran siete, y más de las dos de la cabeza, que eran mortales. Los añafiles del bando de la reina sonaron luego con grande alegría por el vencimiento de aquel valeroso moro.

Don Manuel tomó su caballo y subió en él con gran ligereza, y se fue con don Alonso y don Juan Chacón, los cuales le recibieron muy alegremente, diciendo:

—Bendito sea Dios que os ha escapado de las manos de aquel cruel pagano.

En este tiempo, quien mira a la hermosa sultana, bien claro conociera el alegría de su corazón, viendo así desmembrados sus mayores enemigos. Y volviéndose a la hermosa Zelima le dijo;

—Sabes, amiga Zelima, que veo que si don Juan Chacón tiene fama de valiente, y lo es, que sus tres compañeros no lo son menos que él, pues con tanta valentía han vencido los mejores y más valientes del reino de Granada.

Esperanza le respondió, diciendo:

—¿No lo dije yo a vuestra alteza que don Juan tenía por amigos muy principales caballeros? Mira, señora, si mis palabras han salido verdaderas.

—Dejemos estar ahora eso—dijo Zelima—, no lo entiendan los jueces, y veamos en lo que paran los dos caballeros que quedan, que avisadas que no sean menos que los otros.

Y parando mientes en la batalla, vieron cómo los dos andaban muy revueltos y encendidos en su batalla, porque la adarga del uno y el escudo del otro estaban hechos rajas, y sembrados por aquel campo ellos y sus caballos, en muchas partes heridos; otrosí las lanzas rajadas y arrojadas por los pies de los caballos, y los pendoncillos dellas todos rotos, y no que en ellas hubiese señal de cansancio, por ser los dos muy extremados en bondad de armas. El valeroso moro hacía la batalla con gran dolor y rabia de su corazón, viendo allí cerca dél a su primo hermano muerto, y más adelante a los dos buenos caballeros Gomeles por la misma orden, y él puesto en notable peligro, donde esperaba pasar ni más ni menos la muerte. Y ansí, con esta ansia, peleaba como hombre aborrecido, considerando la infamia suya y de su linaje, por no haber salido con su intención adelante. Y desta suerte tiraba tajos y reveces, muy fuera de orden, a todas partes, por vengar la muerte de su primo y amigos.

Más si él peleaba furioso y lleno de braveza, no menos andaba el buen Alcaide de los Donceles muy enojado consigo propio y lleno de envidia porque sus compañeros habían dado fin a a sus batallas y ya estaban holgando, y él había sido el postrero. Y considerando que todo el mundo lo miraba y lo tenía por flojo, pues no daba fin a la batalla que tenía entre las manos, por hacer algo que pareciese a valeroso caballero, cansado ya de dar y recibir golpes por todas partes, acordó de ponerlo todo a la ventura, que hiciese lo que el hado tenía determinado. Y ansí, con este animoso pensamiento, poniendo los ojos en su enemigo, lleno de furibunda saña porque tanto duraba la batalla con él, apretó las espuelas al caballo con grande fuerza y arremetió para el valeroso Zegrí, que así ni más ni menos estaba determinado de embestir a su contrario por vengar la muerte de su amado primo. De suerte que, movidos entrambos de un mismo pensamiento, arremetieron a una el uno para el otro, con ímpetu y braveza no pensada, y se encontraron con los caballos y los cuerpos, tan reciamente, que entrambos hubieron de venir al suelo sin tener lugar de se herir. Mas no fueron caídos, cuando fueron levantados; yéndose el uno para el otro se comenzaron de herir, cada uno mostrando dónde llegaba la fortaleza de su brazo y el ánimo de su corazón. Verdad es que el valeroso Zegrí andaba muy orgulloso, entrando y saliendo, hiriendo al buen Alcaide por donde mejor podía; pero los golpes que alcanzaba, no empecían muy demasiadamente al buen Alcaide por tener muy buenas armas. Mas el golpe que el valeroso Alcaide alcanzaba, rompía, cortaba, destrozaba, tan sin piedad, con la fortaleza de su brazo, que no tocaba vez con la espada que no hiciese herida grande o pequeña. Porque a los dulces filos de su espada no paraba delante cosa fuerte que cortada no fuese.

Lo cual visto por el bravo Zegrí, lleno de saña crecida, confiando en sus demasiadas fuerzas, arremetió para el buen Alcaide por venir con él a los brazos; el cual no le rehusó la parada, antes apretó con él, y echándose los brazos por cima el uno al otro, así como si fueran dos montes, cada uno sentía la pesadumbre de su enemigo. Luego comenzaron a dar grandes vueltas por derribarse, mas era en vano su fortaleza, porque cada uno hallaba a su enemigo firme como un roble. El Zegrí era grande de cuerpo y de recios miembros, y alto y doblado, que parecía un jayán, y con las demasiadas fuerzas que alcanzaba, muchas veces levantaba en alto al buen Alcaide y lo dejaba caer muy recio por lo derribar; mas cuando el Alcaide sentía llegar con los pies al suelo, se ponía tan firme como una roca. De suerte que el Zegrí jamás por buena diligencia que pusiese para le derribar, pudo salir con su intento, de lo que estaba maravillado. Y visto el buen Alcaide que el Zegrí así le aventajaba en fuerzas como en el cuerpo, puso mano a un puñal muy fino que traía en la cinta, buído de tres agudas esquinas, hecho dentro de Bolduque, tan agudo y penetrante que un grueso arnés pasara, aunque fuera de un fino diamante formado y hecho, y con él le dio dos crueles golpes a su contrario por bajo del brazo inzquierdo. Y tales, que el moro dio dos grandes gritos, sintiéndose herido de muerte, y al punto sacó una daga de la cinta y con ella dio al Alcaide otras dos heridas. Mas como era la daga ancha y no muy aguda de punta, no le dañó mucho, aunque fue algo herido. El buen don Diego le dio otro golpe al valeroso Zegrí por la hijada izquierda, más abajo un poco de las otras dos heridas, que con él acabó de rematar la dudosa pelea, porque aquel valeroso moro, herido de tal suerte y de tan penetrantes heridas, luego cayó en el suelo, dando el alma poco a poco por las crueles heridas, revuelta con la sangre, que le salía en grande abundancia. Y al tiempo de caer se llevó tras sí al buen Alcaide, el cual cayó encima, porque siempre le tuvo muy asido hasta que cayó. Y como dio en tierra el bravo moro, luego las fuerzas y ánimo perdido, aflojó los brazos, de suerte que el buen Alcaide se pudo levantar de rodillas encima dél. Y levantando el potentado y vencedor brazo, le dijo:

—¡Date por vencido, Zegrí, si no, aquí te acabaré de matar, y luego confiesa la verdad de tu traición!

El Zegrí, que se vio de muerte herido y en tierra debajo de tan valeroso contrario, dijo:

—No hay necesidad de más herirme, porque para morir bástame las heridas que tengo. Pídesme, oh valeroso caballero, que confiese la maldad; eso siento más que la dura muerte, mas ya que muero a manos de tan buen caballero, lo habré de decir: Tú sabrás que todo fue traición por mí urdida de envidia de los famosos caballeros Abencerrajes, y por mi traición fueron muertos tan sin culpa. Y la reina no debe nada de lo que yo la levanté acerca del adulterio de que fue acusada, y ésta es la verdad. Y llegando he a punto que de lo que he hecho estoy bien arrepentido.

Todo lo que el Zegrí decía estaban oyendo muchos caballeros, así del bando de la reina, como del bando de los Zegríes, y para más justificar la causa de la reina, llamaron a los jueces para que a ellos les contase lo que el Zegrí decía. Luego llegó el valeroso Muza, y los que estaban en el cadalso bajaron y llegaron al palenque, y entrando dentro oyeron lo que el Zegrí decía, lo cual los otros sus compañeros también dijeron, que aún estaban vivos, mas no tardó mucho que todos cuatro no murieron.

Luego sonaron con grande alegría muchas chirimías y dulzainas por la victoria tan grande que aquellos cuatro valerosos caballeros habían alcanzado, descubriendo la verdad del caso. Por una parte sonaban los añafiles y por otra se oían grandes gritos y llantos que los deudos y parientes, así hombres como mujeres de los muertos caballeros, hacían. Los caballeros vencedores fueron sacados del campo con grande honra, hecha por toda la mayor parte de los caballeros de Granada, que eran del bando de la reina, así como Alabeces, Gazules, Aldoradines, Vanegas, Azarques, Alarifes, Almoradís, Marines y otros muy claros linajes de Granada. Los vencedores caballeros llegaron a la reina, que ya estaba dentro de la litera en que había venido, y le dijeron si había más que hacer en aquel negocio. La reina se les humilló mucho agradeciéndoles lo que por ella habían hecho, con palabras muy humildes, y les rogó que se fuesen con ella a su posada para que allí fuesen curados de sus heridas. Y quien más los interrogó fue un caballero muy principal, tío de la reina, llamado Moraysel. Los cuatro caballeros lo aceptaron, porque el valeroso Gazul les dijo:

—Muy bien podéis, señores caballeros, hacer lo que la reina os pide, porque allí, habrá posada tal cual vuestras personas merecen.

Con esto salieron de la plaza, llevando la música de añafiles delante. Todo lo cual era muy al contrario en los caballeros Zegríes y Gomeles, que con dolorosos llantos sacaron los despedazados cuerpos de sus deudos y amigos del campo y los llevaron a enterrar según sus ritos y costumbres. Y muchas veces estuvieron determinados de romper con su contrario bando y procurar dar muerte a los extranjeros caballeros, mas no se determinaron por entonces, aunque de allí adelante hubo entre ellos bandos y pasiones mayores que hasta allí, como adelante diremos.

La batalla que habéis oído se comenzó a las dos y media de la tarde y duró hasta las seis, que ya muy poco quedaba hasta la noche. Los cristianos caballeros llegaron a la posada de la reina, y apeados de sus caballos y la reina de su litera, los cuatro valerosos amigos fueron puestos en un muy rico aposento y en cuatro lechos alojados y curados con gran diligencia de grandes cirujanos. Y ellos advertidamente pusieron sus armas cada uno junto de sí por si algo les sucediese. Y aquella noche, después de haber cenado, la reina, y la hermosa Zelima, y Esperanza de Hita, fueron a visitar a los cuatro cristianos caballeros. Y después de haber hablado muy largo en sus trabajos y otras cosas acerca de la muerte de los Abencerrajes tan sin culpa, la reina se llegó un poco más al lecho de don Juan Chacón, y sentándose allí en una hermosa alcatifa de seda y unos cojines de lo mismo, le comenzó a hablar desta suerte:

—El alto Senor, criador de cielo y tierra, y su bendita Madre, que lo parió virgen por divino misterio, os dé señor caballero, salud y os pague la buena obra que a esta triste y desconsolada reina le habéis hecho, habiéndola librado de la muerte que tan duramente la amenazaba, llena de tan grande infamia. Mas quiso la voluntad de Dios de librarme, y que vos, señor caballero, fuésedes el instrumento de mi libertad. Y ansí os soy en obligación para toda mi vida, la cual pienso gastar sirviendo a Dios y a su madre, porque pienso ser verdadera cristiana como en mi carta os escribí. Y más os quiero hacer saber que la mayor parte de los caballeros de Granada están de mi opinión y no aguardan más de que el rey Fernando comience la guerra contra Granada y su reino. Y esto está ansí concertado desde que se fueron los caballeros Abencerrajes, y el buen Abenámar, y Sarrazino, y Reduán, caballeros de gran cuenta de quien tenemos cartas cada día, y Muza, hermano del rey, está deste mismo propósito. Por tanto, así, señor, como seáis llegados, dad traza y orden con el rey cristiano que ponga en ejecución la guerra de Granada. Y también quiero, señor don Juan, que me digáis quiénes son los caballeros que en esta jornada os han acompañado, que en ello recibiré merced muy grande, porque sepa a quien soy deudora.

—Excelente señora—respondió don Juan Chacón—, los caballeros que conmigo han venido a os servir son muy principales en el Andalucía. El uno se llama don Alonso, señor de la casa de Aguilar, y el otro se llama don Diego Fernández de Córdoba, caballeros de grande estima, y que ya los habéis oído otras veces nombrar.

—Sí, he oído —respondió la reina—, que muchas veces han entrado en la Vega de Granada, adonde han hecho maravillas por sus personas, y en toda Granada son bien nombrados y conocidos por sus famas, hechos y nombres. Aunque ahora nadie los ha conocido por la gran disimulación del traje turquesco, que ha sido la más alta del mundo todo. Y pues ellos son de tan gran valor, será muy justo que yo les hable y dé las gracias por el bien que de su venida me ha redundado.

Y diciendo esto, la hermosa Morayzela se levantó del estrado donde estaba y se fue adonde estaban los tres valerosos caballeros hablándoles a todos con muy donosa gracia y buen continente, dándoles las gracias de su venida y favor que le habían dado.

—Señora reina—dijo el Alcaide de los Donceles—, allí al señor don Juan se le den las gracias, que él ha sido el todo de vuestro negocio; que nosotros poco es lo que habemos hecho, según lo mucho que os deseamos servir.

—Gran merced—respondió la reina—, señores caballeros, del nuevo ofrecimiento; eso es para más obligarme a os servir, que lo que hasta aquí se ha hecho por mí no sé con qué poderlo pagar, sino rogar a Dios que me dé vida para que yo pueda pagar alguna cosa por el bien que de vuestra parte tengo recibido. Y porque me parece, señores caballeros, que es hora que os deis al reposo y descanséis, yo me quiero recoger a mi aposento y a dar orden en vuestras cosas. Por tanto, dormid y reposad seguros, que yo os prometo que todo el reino de Granada, aquí donde estáis, no os enoje.

—No hay que tratar, señora reina, de eso, que estando debajo de vuestras reales manos—respondieron ellos—estamos tan seguros como en nuestras propias casas.

Con esto la hermosa reina se salió y con ella la hermosa Zelima, y los dejó hablando en cosas que les cumplía. Mas la reina, como discretísma que era, no confiada en los Zegríes ni los de su bando, recelando no les cercasen la casa para tomar venganza de. los cuatro caballeros cristianos, aunque muy segura estaba ella que no eran conocidos por tales, mas por haber muerto a sus deudos y parientes, podrían hacer algún desaguisado, habló con su tío Morayzel, diciéndole el recelo que tenía de los Zegríes y Gomeles. Lo cual al buen Morayzel no le pareció mal, y ansí con gran brevedad dio dello aviso al buen Muza, que bien sabía él que estaba propicio a las cosas de la reina su sobrina. Y ansí el valeroso Muza puso de guarda en aquella calle cien caballeros amigos suyos, y que eran del bando de la reina, los cuales eran Gazules, y Alabeces, y Aldoradines.

Y no fue errada la tal prevención, porque ya los Gomeles y Zegríes y los más de su bando tenían determinado cercar la casa y matar a los cuatro caballeros cristianos; mas como supieron que había guarda en las calles, y que Muza la tenía puesta, se estuvieron sosegados, con gran dolor de su corazón, por no poder ser vengados de aquellos que mataron a sus parientes. Don Juan Chacón y sus tres amigos acordaron de partirse otro día de mañana, porque el rey Fernando no les echase menos ni los demás caballeros de la corte. Y ansí, la mañana venida, dijeron a la reina, que luego les fue a ver, cómo era cosa que les cumplía partirse de Granada, que se querían ir.

—Pues, ¿cómo, señores, estando así tan mal heridos, os queréis poner en camino?—dijo la reina.—Tal no consentiré. ¿Por ventura os falta algo para regalo de vuestras personas? ¿No tenéis lo necesario?

—Sí tenemos, señora—respondió don Juan Chacón—: mas ya os habemos dicho que tenemos necesidad de irnos, porque en la casa de nuestro rey no seamos echados menos, que sería caer en gran falta.

—Pues que así es—dijo la reina—, tornaos a curar y haced vuestro camino muy en buena hora. Y por Dios que no me olvidéis, y dad priesa a vuestro rey que comience la guerra contra Granada, para que todos los que tienen propósito de ser cristianos, se les cumplan sus deseos.

Los caballeros se lo prometieron, y ansí se lo cumplieron; porque ansí como fueron llegados estos caballeros al Andalucía, luego se dio orden de ganar a Alhama.

La reina, visto que determinadamente los caballeros se querían partir, mandó llamar a los cirujanos para que los curasen; y siendo curados, cada uno fue armado de sus armas, poniendo sobre ellas sus ricas marlotas turquescas, aunque rotas por algunas partes, y sobre sus finos cascos, sus turbantes. Habiendo almorzado y recibido de la reina algunos dones de valor, subieron en sus caballos, despidiéndose de ella y de su tío Morayzel. La cual quedó llorando el ausencia de tan buenos caballeros. El valeroso Muza, y el buen Malique Alabez, y Gazul, que supieron que los caballeros se iban de Granada, aunque no quisieron, les acompañaron con más de doscientos moros, todos caballeros principalísimos, más media legua, la vuelta de Málaga. Mas como los moros fueron dellos despedidos, luego dieron vuelta hacia el Soto de Roma, y llegaron a aquella parte, donde dejaron sus maletas, y tomando sus vestidos cristianos se adornaron dellos, dejando allí arrojados los turquescos, y los escudos, se partieron a gran priesa. Y entrando en tierra de cristianos, supieron cómo el rey don Fernando y la reina doña Isabel se habían ido a Ecija. Ellos se fueron a Talavera, donde habían salido, y hallaron sus criados gentes que les estaban aguardando. Allí estuvieron ocho días curándose de sus llagas muy secretamente, y estando dellas ya mejores, se partieron para Ecija, donde estaba el rey, y aun no los habían echado menos en ocho días que habían hecho de ausencia. De allí el Alcaide de los Donceles, y el señor de la casa de Aguilar, y don Manuel Ponce de León, se fueron cada uno a su tierra con licencia del rey, donde ellos y otros caballeros dieron orden de tomar a Alhama, y siendo juntos muchos y muy principales caballeros, la cercaron y la combatieron. Donde los dejaremos combatiendo, por decir lo que pasó en Granada en este medio y sazón, y también porque a mí no me toca tratar en esta guerra de Alhama.

CAPÍTULO DIEZ Y SEIS: DE LO QUE PASÓ EN LA CIUDAD DE GRANADA, Y CÓMO SE TORNARON A REFRESCAR LOS BANDOS DELLA, Y LA PRISIÓN DEL REY MULEY HACÉN EN MURCIA, Y DE LA PRISIÓN DEL REY CHICO, SU HIJO, EN EL ANDALUCÍA, Y OTRAS COSAS QUE PASARON.

UY TRISTE Y DESCONSOLADA quedó la hermosa sultana con el ausencia de los valerosos caballeros, y de buena voluntad en su camino les tuviera compañía, y aún estuvo determinada a ello, mas dejólo por no poner en alboroto la ciudad de Granada. Mas si ella quedó con tristeza por su ausencia, con mayor tristeza y dolor quedaron los Zegríes, y los Gomeles, y los demás de su bando, por los caballeros que en la batalla murieron. Y ansí quedaron indignados a la cruel venganza con sangrientos ánimos; aunque afrentados y corridos por las cosas pasadas, muy disimulando el juego, dejaban correr el tiempo, siempre guardando ocasiones de pesadumbres.

Digamos ahora del rey Chico, que será razón tratar algo dél. El cual, como supo la muerte de los que acusaban a su mujer la reina, y la confesión que habían hecho en su disculpa, descubriendo la pésima y horrible maldad, enojado de sí mismo, no sabía qué se hacer. Poníasele delante la culpa de su ceguedad y la muerte tan sin culpa de los nobles caballeros Abencerrajes, la gran deshonra que había puesto en su mujer la reina, el destierro que tan sin causa hizo a tan nobles caballeros y cómo por su causa se habían tornado cristianos, y a él toda Granada le aborrecía, y tenía creado a otro rey a quien todos casi obedecían, y cómo toda la flor de Granada estaba contra él amotinada, y hasta su mismo padre le procuraba quitar el reino. Pensando en esto y en otras cosas, que dello resultaba, venía casi a perder el seso. Muchas veces se maldecía a los Zegríes y a los Gomeles, que tan mal consejo le dieron, y llorando todas estas desventuras se tenía por el más abatido rey del mundo, y no osaba de verguenza parecer, y aun por ventura de temor. Por lo cual los Zegríes y Gomeles, sabiendo esto, no le visitaban. Bien holgara él que le dieran a su amada sultana, y que Granada tornara como solía, mas este su pensamiento era muy vano, porque sus deudos jamás se la dieran, ni ella con él tornara.

Mas el desventurado rey, con este deseo, habló con caballeros muy principales para que a la reina le volviesen. Los cuales con el buen Muza lo procuraron, mas no hubo remedio para que della tal se recabase ni de sus deudos, diciendo que costumbre de moros era tener seis o siete mujeres, que buscase otra mujer y dejáse aquélla, pues en tan mala fama la había puesto. Con esto el rey se deshacía de pena, mas daba pasada a su mal, poniendo aquel negocio en las manos del tiempo, que todo lo madura y lo acaba. Y ansí, con este propósito, procuraba tener propicios todos los grandes de Granada y todo el común, pidiendo que lo perdonasen, porque había sido mal aconsejado, y quien se lo aconsejó lo tenía pagado. Y como era heredero del reino, muchos grandes lo obedecían, y casi toda la gente común, si no los Almoradís, y Marines, y Gazules, y Vanegas y Alabeces, y Aldoradines, que estos linajes seguían la parte del rey viejo y la de su hermano el infante Abdilí. Y ansí andaba Granada muy divisa con tres reyes hagamos cuenta.

En este tiempo, el rey Muley Hacén, como hombre valeroso, no habiendo perdido sus bríos y braveza de corazón, ordenó de hacer una entrada en el reino de Murcia. Y ansí, juntando mucha y muy lucida gente, prometiendo buenos sueldos a los de a caballo y de a pie, salió de Granada, llevando dos mil hombres de a pie y de a caballo, se fue a la ciudad de Vera. Y tomando el camino de la costa por dejar a Lorca, salió a los Almazarrones, y de allí fue a Murcia y le corrió todo el campo de Sangonera, cautivando mucha gente. Don Pedro Fajardo, adelantado del reino de Murcia, salió con la más gente que pudo resistir al moro. y encima de las lomas del Azud[1] (que dicen), día del bienaventurado San Francisco, se rompió la batalla entre los moros y los cristianos, la cual fue muy reñida y sangrienta. Mas fue Dios servido, y el bienaventurado santo, que don Pedro Fajardo, con la gente de Murcia, mostrando grandísmo valor, venció los moros y prendió al rey y mataron muchos moros y cautivaron.

Los moros, viéndose desbaratados, huyendo se tornaron por donde habían venido, hasta llegar a Granada, donde se supo la rota de sus banderas, y cómo el rey Muley Hacén quedaba cautivo en Murcia, en poder del adelantado. De lo cual Granada hizo grande sentimiento, si no fue el infante Abdilí, hermano de Muley Hacén, que se holgó de la prisión de su hermano, porque por allí pensaba alzarse con todo el reino. Y ansí, de presto escribió al adelantado don Pedro que le hiciese merced de tener al rey, su hermano, preso, hasta que muriese, que por ello le daría las villas de Vélez, el Blanco y el Rubio, y Xiquena y Tirieza. Mas el valeroso adelantado, considerando la tración que el

---

[1] *azud* Arabic word for *presa* or *represa de agua*.

infante quería hacer, no lo quiso hacer, antes muy libremente dejó ir al rey de Granada y a todos los que con él fueron cautivos. El cual, como llegó a Granada, halló a su hermano, apoderado del Alhambra, diciendo que su hermano se le había dejado en poder y guarda. Muley Hacén, muy enojado desto, y más de la traición que le había querido hacer, se retiró en el Albaicín, adonde él y su mujer estuvieron muchos días. La madre de Muley Hacén, vieja de ochenta años y más, habiendo visto la liberalidad y grandeza del adelantado don Pedro, y cómo le había dado libertad sin rescate, le envió diez mil doblas por él. Las cuales el adelantado no quiso recibir, enviándole a decir que aquel dinero se lo diese a su hijo para que gastase en la guerra contra su hermano. La madre del rey, visto que el adelantado no había querido dineros, acordó de le enviar ciertas joyas muy ricas y doce poderosos caballos, enjaezados de gran riqueza, los cuales recibió el buen don Pedro Fajardo.

No pasaron muchos días que el rey Muley Hacén tornó al Alhambra, porque su hermano se la dejó libre, entendiendo que el rey no sabía nada de las cartas que le había enviado a don Pedro Fajardo. Muley Hacén disimuló por entonces aquel negocio, y lo guardó para su tiempo, malamente indignado contra su hermano y contra los que le fueron favorables, y todavía le dejó la administración del gobierno que le había dado. A este Muley Hacén le llamaron el Zagal y Gadabli, mas su nombre propio y más usado era Muley Hacén. Esta batalla que habéis oído y prisión deste Muley Hacén, escribió el cronista deste libro, y yo doy fe que en Murcia, en la iglesia mayor, en la capilla de los marqueses de los Vélez, hay una tabla encima del sepulcro de D. Pedro Fajardo en que se cuenta el suceso desta batalla. Volviendo, pues, ahora a lo que hace al caso, el rey Muley Hacén, muy enojado por lo que su hermano había hecho, hizo en vida su testamento, diciendo que en fin de sus días fuese su hijo heredero del reino, y que echase dél al infante, su hermano, a pura guerra, si caso fuese que pretendiese el reino, y a los que fuesen de su bando. Esto decía él, porque al infante seguían y obedecían muchos caballeros Almoradís y Marines, los cuales sustentaban la parte del infante. Y por este testamento hubo después en Granada grandes alborotos y entre sus ciudadanos crueles guerras civiles y pesadumbres, como después diremos a su tiempo.

Pues estando Muley Hacén ya en el Alhambra, y Granada, como solía, debajo de la gobernación de tres reyes (digamos), no por eso dejaban los Almoradís de buscar modos y maneras para que totalmente el rey Chico fuese privado del reino. Mas no podían hallar cómodo[2] alguno, respecto que los Zegríes y Gomeles estaban de su parte con otros muchos caballeros que reconocían que aquél era finalmente el heredero del reino; mas todavía de todas partes buscaban asechanzas y mil ocasiones el tío contra el sobrino y el sobrino contra el tío. Mas como el rey Chico todavía fuese odiado de los más principales de Granada, no pudo salir por entonces con su intento en nada, ni expelir a su tío del cargo que tenía. Y ansí aguardaba su tiempo y oportuna coyuntura para poder ejecutar su intención. Y por alegrarse un día, se paseaba con otros principales caballeros por la ciudad, por dar alivio a sus penas, rodeado de sus Zegríes y Gomeles, [cuando] le vino una triste nueva: cómo era ganada Alhama por los cristianos.[3] Con la cual embajada, el rey Chico aína perdiera el seso, como aquél que quedaba heredero del reino. Y tanto dolor sintió, que al mensajero que la nueva le trajo, le mandó matar, y descabalgando de una mula en que se iba paseando, pidió un caballo, en el cual subió y muy apriesa se fue al Alhambra, llorando la gran pérdida de Alhama. Y llegando al Alhambra, mandó tocar sus trompetas de guerra y añafiles para que con presteza se juntase la gente de guerra y fuesen al socorro de Alhama. La gente de guerra toda se juntó, al son belicoso qué se oía de las trompetas. Y preguntándole el rey que para qué los mandaba juntar haciendo señal de guerra, él respondió que para ir al socorro de Alhama que habían ganado los cristianos. Entonces un alfaquí viejo le dijo:

—Por cierto, rey, que se te emplea muy bien toda tu desventura, y haber perdido a Alhama. Y merecías perder todo el reino, pues mataste a los nobles caballeros Abencerrajes, y a los que quedaban vivos mandaste desterrar de tu reino, por lo cual se tornaron cristianos, y ellos mismos ahora te hacen la guerra. Acogiste a los Zegríes, que eran de Córdoba, y te has fiado dellos. Pues ahora vé al socorro del Alhama y dí a los Zegríes que te favorezcan en semejante desventura que ésta.

Por esta embajada que al rey Chico le vino de la pérdida de Alhama, y por lo que este moro viejo alfaquí le dijo reprendiéndolo por la muerte de los Abencerrajes, se dijo aquel romance antiguo tan doloroso para el rey, que dice en arábigo y en romance muy dolorosamente desta manera:

> Paseábase el rey moro
> por la ciudad de Granada,

---

2 *cómodo* (archaic) = *oportunidad*.

3 Historically, Alhama was captured by Rodrigo Ponce de León in 1482. It was a small, but rich and important, village a short distance to the southwest of Granada.

desde las puertas de Elvira
hasta las de Bivarambla.
¡Ay de mí, Alhama!
Cartas le fueron venidas
que Alhama era ganada;
las cartas echó en el fuego
y al mensajero matara.
¡Ay de mí, Alhama!
Descabalga de una mula
y en un caballo cabalga,
por el Zacatín arriba,
subido se había al Alhambra.
¡Ay de mí, Alhama!
Como en el Alhambra estuvo,
al mismo punto mandaba
que se toquen sus trompetas,
los añafiles de plata.
¡Ay de mí, Alhama!
Y que las cajas de guerra
apriesa toquen alarma,
porque lo oigan sus moriscos,
los de la Vega y Granada.
¡Ay de mí, Alhama!
Los moros que el son oyeron
que al sangriento Marte llama,
uno a uno y dos a dos,
juntado se ha gran batalla.
¡Ay de mí, Alhama!
Allí habló un moro viejo,
desta manera hablaba:
—¿Para qué nos llamas, rey?
¿Para qué es esta llamada?
¡Ay de mí, Alhama!
—Habéis de saber, amigos,
una nueva desdicha,
que cristianos con braveza
ya nos han ganado a Alhama.
¡Ay de mí, Alhama!
Allí habló un alfaquí
de barba crecida y cana:
—Bien se te emplea, buen rey;
buen rey, bien se te emplea.
¡Ay de mí, Alhama!
Mataste los Abencerrajes,
que era la flor de Granada,
cogiste los tornadizos
de Córdoba la nombrada.

¡Ay de mí, Alhama!
Por eso mereces, rey,
una pena bien doblada:
que te pierdas tú y el reino
y que se pierda Granada.
¡Ay de mí, Alhama![4]

Este romance se hizo en arábigo en aquella ocasión de la pérdida
de Alhama, el cual era en aquella lengua muy doloroso y triste, tanto,
que vino a vedarse en Granada que no se cantase, porque cada vez
que lo cantaban en cualquiera parte, provocaba a llanto y dolor, aunque después se cantó otro en lengua castellana de la misma materia,
que decía:

Por la ciudad de Granada
el rey moro se pasea,
desde la puerte de Elvira
llegaba a la Plaza Nueva.
Cartas le fueron venidas
que le dan muy mala nueva:
que se había ganado Alhama,
con batalla y gran pelea.
El rey, con aquestas cartas,
grande enojo recibiera,
al moro que se las trajo
mandó cortar la cabeza.
Las cartas pedazos hizo
con la saña que le ciega,
descabalga de una mula
y cabalga en una yegua.
Por la calle del Zacatín
al Alhambra se subiera,
trompetas mandó tocar
y las cajas de pelea,
porque lo oyeran los moros
de Granada y de la Vega,
uno a uno y dos a dos
gran escuadrón se hiciera.
Cuando les tuviera juntos
un moro allí le dijera:
—¿Para qué nos llamas, rey,
con trompa y caja de querra?

---

4 There is a version of this ballad in both the *Silva de varios romances* and the
Cancionero de romances. Some authorities think it is possible that there was an
Arabic song about this incident, as Pérez de Hita suggests in the next
sentence, which is now lost.

—Habréis de saber, mis moros,
que tengo una mala nueva,
que la mi ciudad de Alhama
ya del rey Fernando era;
los cristianos la ganaron
con muy crecida pelea.
Allí habló un alfaquí,
desta suerte le dijera:
—Bien se te emplea, buen rey,
buen rey, bien se te emplea;
mataste los Abencerrajes
que era la flor de esta tierra;
acogiste los tornadizos
que de Córdoba vinieran,
y ansí mereces, buen rey,
que todo el reino se pierda,
y que se pierda Granada
y que te pierdas en ella.

Vengamos ahora a lo que hace al caso y lo que pasó sobre la tomada de Alhama. Dice, pues, el moro, nuestro cronista, que así como el rey juntó gran copia de gente, al punto, sin poner más dilación, partió de Granada para ir a socorrer a Alhama a muy gran priesa. Mas todo su afán fue en vano, porque cuando llegó, ya los cristianos estaban apoderados de la ciudad y del castillo y de todas sus torres y fortalezas. Mas con todo eso hubo una grande escaramuza entre los moros y cristianos: allí murieron más de treinta Zegríes a manos de los cristianos Abencerrajes, que allí había más de cincuenta, que estaban por orden del marqués de Cádiz. Finalmente, por el valor de los caballeros cristianos, fueron desbaratados los moros. Lo cual visto por el rey de Granada, se volvió sin hacer en aquella hacienda cosa de provecho.

Así como llegó a Granada, tornó a hacer más gente y en más cantidad, y volvió sobre Alhama, y una noche, secretamente, le hizo echar escalas, y entraron algunos moros dentro; mas los cristianos, recordando y trocando arma, pelearon con los moros que habían entrado y los mataron todos, y defendieron que no entrasen. Mas visto el rey de Granada que su trabajo era en vano, se tornó a Granada. Y muy triste y lleno de enojo por no haber podido remediar algo, envió por el alcaide de Alhama, que se había recogido a Loja debajo del amparo del alcaide de aquella fuerza, llamado Vencomixar. Los mensajeros del rey, presentando los recaudos que para prender le llevan, le prendieron, diciendo que lo mandaba prender el rey, y que le cortasen la cabeza y la llevasen a Granada a poner encima de las puertas del Alhambra, porque fuese castigo para él y a otros fuese escarmiento,

pues había perdido una fuerza tan noble. Con esto fue el alcaide
preso, habiendo respndido que él no tenía culpa de aquella pérdida,
que el rey le había dado licencia para que fuese a Antequera a hallarse
en unas bodas de su hermana, que el buen alcaide de Narváez la
casaba allí con un caballero y la hacía libre de cautiva que era, y que el
rey le había dado ocho días más de licencia que él le había pedido. Y
que él estaba muy pesante dello, porque si el rey había perdido
Alhama, él había perdido mujer e hijos. No bastante esta disculpa del
alcaide de Alhama, como digo, fue a Granada preso; allí le cortaron la
cabeza y la pusieron en el Alhambra. Y por esto se dijo aquel sentido
y antiguo romance, que dice:

> Moro alcaide, moro alcaide,
> el de la vellida barba,
> el rey te manda prender
> por la pérdida de Alhama;
> y cortarte la cabeza
> y ponerla en el Alhambra,
> porque a ti castigo sea
> y otros tiemblen en mirarla
> pues perdiste la tenencia
> de una ciudad tan preciada.
> El alcaide respondía,
> desta manera les habla:
> —Caballeros y hombres buenos
> los que regís a Granada,
> decid de mi parte al rey
> cómo no le debo nada.
> Yo me estaba en Antequera
> en las bodas de mi hermana
> (Mal fuego queme las bodas
> y quien a ellas me llamara).
> El rey me dio la licencia,
> que yo no me la tomara,
> pedirla por quince días,
> diómela por tres semanas.
> De haberse Alhama perdido
> a mi me pesa en el alma,
> que si el rey perdió su tierra
> yo perdí mi honra y fama.
> Perdí hijos y mujer,
> las cosas que más amaba;
> perdí una hija doncella
> que era la flor de Granada.
> El que la tiene cautiva,
> marqués de Cádiz se llama,
> cien doblas le doy por ella,

no me las estima en nada.
La respuesta que me han dado
es que mi hija es cristiana
y por nombre le habían puesto
doña María de Alhama;
el nombre que ella tenía
mora Fátima se llama.
Diciendo así el buen alcaide
lo llevaron a Granada,
y siendo puesto ante el rey,
la sentencia le fue dada:
que le corten la cabeza
y la lleven al Alhambra;
ejecutóse la justicia
ansí como el rey lo manda.[5]

Pues habiéndose hecho esta justicia de este alcaide de Alhama, se comenzó a tratar entre todos los caballeros que el tío del rey saliese con la gente de su bando a tomar venganza de la pérdida de Alhama o a buscar otras ocasiones para vengarse de los cristianos. A lo cual el otro respondía que harto hacía en guardar la ciudad y tenerla en paz, y que por esta causa no salía él ni los de su bando della, tratando en estas cosas todos los caballeros que estaban a la obediencia al hijo, y que de ley y de razón al hijo se debía y no al hermano; y que guardar este pelo era de caballeros nobles y ahidalgados. Y como esto se considerase y fuese tratado en muy pensado acuerdo, todos los más principales linajes de Granada se allegaron al rey Chico y le dieron y guardaron obediencia, así como los Gazules, Aldoradines, Vanegas, Alabeces y todos los deste bando, que eran enemigos de los Zegríes, con todos los demás principales caballeros de Granada, que les seguían y guardaban amistad, no parando mientes en las enemistades pasadas, pudiendo más la razón que el rencor y mandando más la nobleza que la malicia. De suerte que con el tío no quedaron sino Almoradís y Marines y algunos otros caballeros ciudadanos. Pues todos éstos, como habemos dicho, decían que el infante saliese a buscar algunas ocasiones contra cristianos, de suerte que se vengase la presa de Alhama, y que no estuviese arrinconado como hombre inútil y de poco valor, pues pretendía tener cetro y corona. A todo esto respondía el infante lo que habéis oído, que él quería guardar a Granada, y lo mismo decían los Almoradís, y Marines.

Y dando y tomando palabras acerca deste negocio, el Malique Alabez, lleno de cólera y saña, les dijo que eran cobardes y ruines, y no

---

[5] This ballad was probably composed by Pérez de Hita in imitation of one found in the *Cancionero de romances sin año*.

hacían ley de caballeros no salir a buscar cristianos con quien pelear, y querer hacer por fuerza rey a quien no lo merecía ni por su persona ni porque le venía de derecho. Los Almoradís, oyendo estas palabras, luego pusieron mano a las armas contra los Alabeces, y los Alabeces contra ellos. Los Gazules no holgaron viendo este acometimiento, antes pusieron mano a las armas y dieron en los Almoradís y en los Marines de tal forma, que en poca pieza mataron más de treinta dellos, y los Almoradís también mataron muchos Gazules y Alabeces. De tal manera se revolvieron todos los bandos unos con otros, que se ardía Granada y se derramaba mucha sangre de una parte y de otra. Mas siempre llevaron lo peor los Almoradís y Marines, aunque tenían de su parte gran copia de la común gente y otros linajes de caballeros. Y tanto les fue de mal, que se hubieron de retirar todos al Albaicín. Los dos reyes salieron cada uno a favorecer su parte, y si no fuera por los alfaquís y por muchas señoras de Granada de estima que se pusieron de por medio, las damas asiendo las unas a sus maridos y teniéndolos, las otras a sus hermanos, otras a sus deudos y parientes, y también porque el valeroso Muza, con mucha gente de a caballo y otros muchos caballeros que se pusieron en medio aquel día, quedara Granada destruída de tudo punto. Mas los alfaquís decían tales palabras y hablaban tales cosas, que al fin la cruel y civil querra se apaciguó con harta pérdida de los Almoradís. Muza no sabía qué se hacer o contra quién fuese, porque el rey Chico era su hermano y el infante era su tío, mas todavía se acostó a la parte del hermano, por ser rey de derecho. Acabada esta pasión y civil guerra, un alfaquí morabito, en la Plaza Nueva, les hizo un largo sermón y parlamento, el cual quiso poner aquí el moro cronista como cosa dicha de un hombre señalado y de tanta calidad en su secta, el cual parlamento comienza ansí:

> Contra vuestras entrañas, granadinos,
> ¿movéis las duras armas con violencia?
> No sé cuál furia os mueve a cosas tales.
> Dejáis de pelear con los cristianos
> y defender las fuerzas deste reino,
> y dais en derramar la sangre vuestra:
> atroz en sumo grado disparate.
> ¿No veis, ilustres gentes, que vais fuera
> de toda la razón y de propósito,
> y no guardáis los ritos y las leyes
> de Mahoma profeta, mensajero
> de Dios, que os encargó el bien de todos
> aquellos que guardasen sus escritos?
> ¿Porqué, pues, lo hacéis tan malamente?
> ¿Porqué contra vosotros hacéis guerra

moviendo las belígeras espadas,
que ya de derramar humor sangriento
de vuestra misma patria se han cansado?
Mirad todas las calles y las plazas
el testimonio dello, cuán sangrientas
están, y cuántos cuerpos destrozados
habemos enterrado cada día:
que casi ya de los varones ilustres
ninguno queda en pie para que pueda
tomar honroso cargo de milicia.
¿No veis que destas cosas semejantes
y destas insolentes desventuras
y está bañando en agua de mil flores
el cristianismo bando, y se regala
con gloria que en su ánimo se asienta,
por vuestra desconcordia y vuestros males,
que son inmensos, graves y pesados?
Volved, por Mahomad, las armas fieras
con furia a los pendones del cristiano;
mirad que vuestra tierra se consume
y ya Granada no es quien ser solía,
se va de todo punto ya perdiendo.
Parece que ya veo que sus muros
están atropellados y deshechos
y aportillados todos en mil partes.
Volved sobre vosotros, no deis causa,
con vuestra guerra atroz, que vuestra Alhambra
se vea de cristianos oprimida
y sus doradas torres por el suelo,
y sus costosos baños derribados,
que son de mármol blanco fabricados,
adonde vuestros reyes se recrean.
Mirad que el estandarte antiguo de oro
que de Africa pasó con tal victoria,
no venga a ser despojo de Fernando,
que con orgullo inmenso lo procura.
Juntaos, no andéis divisos en tal tiempo:
que si divisos vais, seréis perdidos;
porque un diviso pueblo fácilmente
se pierde y se arruina y se atropella.
Con esto que os he dicho, me parece
que os basta a reducir en amicicia;
no quiero ser prolijo, sino al punto
volváis contra el cristiano vuestras armas
y que haya entre vosotros paz inmensa,
pues la dejó encargada Mahometo.

Estas y otras muchas cosas dijo este alfaquí este día que en Granada hubo tan gran revuelta, lo cual fue causa para que el furor del
amotinado pueblo, los unos con los otros, se aplacase, y se hiciese un
crecido escuadrón de gente de a caballo y de a pie. El cual, como el rey
Chico viese con gana y voluntad de ir a pelear contra los cristianos,
propuestos todos de morir o vengar la pérdida de Alhama, salió de
Granada con todo aquel escuadrón, llevando acuerdo de no parar
hasta meterse bien dentro del Andalucía y hacer una gran cabalgada o
tomar algún lugar de cristianos. Y ansí, con este propósito, marcha-
ron hasta llegar cerca de Lucena, legua y media della adonde el rey
mandó hacer de toda la gente tres batallas: la una tomó el rey a su
cargo, y la otra dio a un alguacil mayor suyo, y la otra dio a un bravo
capitán llamado Alatar, de Loja. Y llegando allí donde habemos dicho,
corrieron toda la tierra e hicieron grande cabalgada y presa.

Esta correduría de los moros se supo luego en Lucena, y Baena, y
Cabra, por lo cual el Alcaide de los Donceles y el conde de Cabra
salieron con mucha gente a pelear con los moros. Los cuales, como
viesen venir tal tropel de cristianos contra ellos, sus tres batallas juntaron en una, tomando la cabalgada en medio. Los valerosos andalu-
ces dieron en ellos de tal forma, que, después de haber muy bien
peleado los moros y ellos, fueron los moros desbaratados por el gran
valor del Alcaide de los Donceles y el conde de Cabra. Y junto de un
arroyo, que se lamó el arroyo del puerco, que otros le llaman el
arroyo de Martín González, fue preso el desventurado rey de Granada y otros muchos con él.[6] Los moros, viéndose desbaratados y su
rey preso, huyeron la vuelta de Granada. El rey Chico fue llevado
preso a Baena, y de allí a Córdoba, para que lo viese el rey don
Fernando.

Estando en Córdoba, le vinieron al rey Fernando mensajeros de
rescate por el rey moro. Y sobre si se rescataría o no, hubo entre los
grandes de Castilla y los demás capitanes grandes pareceres y dares y
tomares. Finalmente, fue el rey Chico rescatado y dado por libre,
haciéndose vasallo del rey Fernando, con juramento que el moro hizo
de guardar siempre amistad y lealtad, a condición que el rey le diese
gente y favor para conquistar algunos pueblos que no le querían obedecer, sino a su padre. El rey don Fernando se lo prometió y dio cartas, para todos los capitanes cristianos que estaban en las fronteras de
Granada, para que le ayudasen en todo lo que el rey Chico quisiese.
Otro sí que los moros que saliesen de Granada a labrar las tierras y a
sembrar, no los enojasen. Con esto, habiéndole dado el rey cristiano

---

6 Boabdil was captured in the battle of Lucena in April of 1483. He was
allowed to return to Granada in October of that year.

Fernando, al rey Chico, muchos presentes de gran valía, quedando las amistades hechas y firmadas de una parte y de otra, el rey Chico se fue a Granada. Los moros de Granada y el tío del reyecico, como supieron que el rey cristiano le había prometido gente, les pareció mal aquel trato y concierto, y recelándose por esta causa no se perdiese Granada, hizo el tío a todos un largo parlamento desta manera:

—Claros ilustres varones de Granada: los que ansí con tanta rigurosidad me tenéis odio, sin porqué, muy bien sabéis cómo mi sobrino fue alzado por rey de Granada, sin ser muerto mi hermano y su padre, a pura fuerza, por causa muy ligera: sólo porque degolló cuatro caballeros Abencerrajes que lo merecían. Y por esto le quitasteis la obediencia y alzasteis a su hijo por rey, contra toda razón y derecho. Y mi sobrino, habiendo con vuestro favor degollado treinta y seis caballeros Abencerrajes sin culpa alguna, y habiendo levantado un tal testimonio a su mujer, reina nuestra, por donde tantos escándalos, y muertes, y guerras civiles ha habido en la ciudad, le tenéis obediencia y le amáis, sin mirar que no es digno de ser rey, pues su padre es vivo. Y sin esto, mirad ahora lo que ha hecho y concertado con el rey don Fernando de Castilla: que le ha de dar gente bélica para hacer guerra con ella a los pueblos que no le han querido obedecer y siempre han estado a la obediencia de su padre. Y más, le da al rey cristiano tantas mil doblas de tributo, después de haberse él y los suyos perdido en esta entrada que ha hecho tan sin causa. Ya que Alhama era perdida, no tenía necesidad, sino de reparar las demás fuerzas, pues Alhama no se podía cobrar al presente, lo cual se pudiera hacer andando el tiempo. Pues considerad ahora, caballeros de Granada, a vosotros digo, Zegríes y Gomeles, y Mazas, y Vanegas, allegados a mi sobrino con tanta vehemencia, si ahora metiese gente de guerra cristiana mi sobrino en Granada, ¿qué esperanza podríades todos tener y qué seguridad, para que los cristianos no se levantasen con la tierra? ¿No sabéis que los cristianos son gente endiablada, feroz y belicosa? Todos con ánimo levantados hasta el cielo, si no, mirad lo de Alhama: ¿cómo ha sido, cuán presto lo han atropellado? Pues Alhama gente de guerra tiene dento para poder la defender. Mirad cómo no la defendieron. Pues si entrasen éstos en Granada y tuviesen lugar de ver sus murallas y torres, ¿quién quita que luego no fuese ganada por los cristianos? Abrid ahora los sus ojos, y no deis lugar a mayores males. Mi sobino no sea admitido por rey, pues se ha hecho amigo del rey cristiano. Mi hermano es rey, y por ser ya viejo por tengo yo el gobierno de la corona real, si él se muere. Mi padre fue rey de Granada; pues ¿por qué no lo seré yo, pues de derecho me viene, y la razón lo pide, y la necesidad lo demanda? Ahora cada cual responda a lo que aquí tengo propuesto y dicho tocante al bien universal de nuestro reino.

Estas y otras cosas supo decir también el tío del rey Chico, que todos los alfaquíes y caballeros de Granada, especialmente los Almoradís y Marines, fueron de común acuerdo que el rey Chico no fuese admitido en Granada, y que el tío fuese alzado por rey, y entregada el Alhambra. Todo lo cual le fue dicho al rey viejo Muley Hacén. El cual, agravado de males, lleno de pesadumbres, salió del Alhambra por su voluntad y aposentado en el Alcazaba él, y toda su casa, y su hermano el infante, entregado en el Alhambra con título de rey, aunque contra la voluntad de los Zegríes, y Gomeles, y Mazas y aún de los Gazules, y Alabeces, y Aldoradines, y Vanegas. Mas disimulando el juego, se dispusieron a ir con el tiempo por ver en qué pararían todas estas cosas. El rey Chico vino a Granada cargado de ricos presentes que el rey Fernando le había dado. Mas los de Granada le recibieron y no le quisieron recoger, diciendo que el moro rey que trataba paz con cristianos, no se podía fiar nada dél. Visto que los moros de Granada no le querían recibir en la ciudad, sabiendo que su tío estaba apoderado del Alhambra, dejó a Granada y se fue a la ciudad de Almería, que era tan grande como Granada y de tanto trato, y cabecera del reino por su antiguedad, adonde fue bien recibido como rey. Desde allí requirió algunos lugares que le diesen obediencia, si no, que los destruiría. Los lugares no se la querían dar, por lo cual el rey Chico les hacía guerra con cristianos y moros.

En esta sazón murió el rey viejo Muley Hacén, con cuya muerte se renovaron los bandos. Porque visto el testamento que tenía hecho en vida, hallaron en él la tración que su hermano había intentado y cometido contra él, y cómo dejaba su hijo por heredero del reino, y que fuese obedecido de todos, si no que la maldición de Mahoma viniese sobre ellos. Por esto se comenzaron nuevos escándalos y pesadumbres, porque muchos decían que el reino le venía al hijo de Muley Hacén y no a su tío.

En esto estuvieron muchos días, en los cuales fue el tío aconsejado que fuese a Almería y matase a su sobrino, y que su sobrino muerto él reinaría en paz en Granada. Este consejo tomó el tío y luego puso por obra de ir a Almería a matar el sobrino. Y para ello escribió primero a los alfaquíes de Almería lo que el sobrino había tratado con el rey Fernando, de lo cual los alfaquíes no gustaron mucho y le enviaron a decir que fuese a Almería, que ellos le darían entrada secretamente para que le pudiese prender o matar. Vista esta respuesta, el tío se partió para Almería secretamente, llevando gente consigo. Y en llegando, los alfaquíes lo metieron dentro por partes muy secretas, y cercando la casa del rey Chico, su sobrino, procuró de le prender o matar. Mas no le salió a luz su pensamiento, porque con el alboroto de la gente, el rey Chico fue avisado y se escapó, huyendo con algunos de los suyos que lo quisieron seguir, y fuése a tierra de cristianos. El tío quedó muy enojado por habérsele escapado el sobrino, mas allí, en Almería, halló un hermano del rey Chico, muchacho, y lo hizo degollar, porque si el rey Chico moría, pudiese él reinar sin que nadie se lo impidiese. Pasado esto volvió para Granada, donde estuvo apoderado del Alhambra y ciudad, y obedecido por rey del reino, aunque no de todos, porque todavía entendían que aquél no era señor natural. Mas aguardaban su tiempo y razón por ver en qué paraban las cosas.

El rey Chico se fue donde estaba el rey don Fernando y la reina doña Isabel, y les contó todo su negocio, de lo cual le pesó al rey Fernando, de modo que dio cartas al moro para los capitanes fronteros del reino de Granada, especialmente a Benavides, que estaba en Lorca con gente de guerra en guarnición. Y dándole al rey moro muy grande cantidad de dineros y otras cosas de valor, lo envió a Vélez el Blanco, donde fue bien recibido él y los suyos, y ansí mismo en Vélez el Rubio, donde estaba un alcaide moro caballero, que se decía Alabez, y en Vélez el Blanco, por lo semejante, un hermano suyo. Estando aquí, el rey Chico entraba y salía en los reinos de Castilla a cosas que lo cumplían, donde era de los cristianos favorecido, por mandado del rey don Fernando. Ya en este tiempo habían ganado los cristianos muchos lugares del reino de Granada, ansí como Ronda y Marbella, y otros muchos lugares comarcanos de Ronda, y se había ganado Loja y su comarca. El tío del rey Chico, que estaba, como habemos dicho, en Granada, no se aseguraba un punto, porque tenía el reino tiránicamente, y siempre procuraba la muerte del sobrino porque no reinase, y daba grandes dádivas a quien le matase con yerbas u otras cosas, y no faltaron moros que le prometieron matar. Y para eso envió estos moros como mensajeros al sobrino con cartas, porque no se recelase dellos, atento que el tío siempre le hacía cruda guerra y le había hecho. Y ahora, a manera de paz, le enviaba aquel mensaje, lleno de blandas y arreboladas[7] palabras.

Amado sobrino: No embargante las causas de las pasadas guerras que los dos habemos tenido por el reino, sabiendo ya verdaderamente que el reino es vuestro, porque mi hermano y vuestro padre dejó en su testamento que vos sólo fuésedes heredero dél, he acordado que en él seáis entregado y lo recibáis debajo de vuestro amparo como rey y señor dél, dándome a mí un lugar en que esté recogido con su renta, para que pase mi vida; que con esto estaré muy contento y siempre a vuestra orden. Y mirad que os lo requiero de parte de Dios, todo poderoso, y de Mahoma, su fiel

---

[7] *arreboladas* rouged; *fig.* deceitful.

mensajero, porque el reino de Granada todo se va perdiendo, sin que en nada haya reparo. Por tanto, visto estos mis recaudos, os venid a Granada muy seguro como rey y señor della, y de lo pasado nada se os ponga en la memoria, porque de todo ello estoy muy pesado y arrepentido y espero de vos perdón como de mi rey y señor. Y considerad que si andamos divisos y con civiles guerras, el reino será todo perdido, porque vos, no viniendo más al de Granada, yo pondré el reino en las manos de vuestro hermano Muza, el cual no tiene mala voluntad de gobernar. Y si él una vez entra en el reino y lo juran los grandes por rey, muy malo será de sacarle de sus manos. Ceso de Granada, vuestro tío, Muley Abdilí.

Esta carta escribió el tío al sobrino, y la dio a cuatro moros valientes, conjurados, para que en acabándosela de dar lo matasen, y si no lo pudiesen hacer disimuladamente se volviesen a Granada. Todo esto no faltó quien lo dijese al rey Chico y le diesen aviso de la maldad, que se guardase. Llegados los mensajeros a Vélez el Blanco preguntaron al alcaide Alabez por el rey; el alcaide respondió que aquí estaba, qué es lo que querían.

—Traémosle ciertos recados del rey, su tío, de Granada.

Alabez le respondió:

—Pues ¿cómo puede su tío ser rey, habiendo rey natural del reino?

—Eso no sabemos nosotros—respondieron los cuatro mensajeros —mas de cuanto nos mandó él venir con estos recados y ciertos presentes para su sobrino.

—Pues dadme a mí las cartas, que yo se las daré, porque vosotros no le podéis hablar—dijo el buen alcaide.

—No las daremos, sino en sus manos—dijeron los cuatro mensajeros.

—Pues aguardad aquí—respondió Alabez—, que yo os llamaré.

Y entrando dentro habló con el rey, diciendo que allí estaban mensajeros de Granada de parte de su tío; qué pensaba hacer, si les dejaría entrar o no. El rey mandó que los dejase entrar, para ver qué es lo que querían, y llamando doce caballeros Zegríes y Gomeles, que siempre le acompañaban, les mandó que estuviesen con él puestos a punto por si había alguna traición. Esto así hecho, el alcaide, no menos aderezado que los demás, fue a los mensajeros y les dijo que entrasen. Los mensajeros entraron adonde estaba el rey, y cuando vieron que estaba acompañado de tantos caballeros, se maravillaron. Mas haciendo el acatamiento debido, el uno dellos alargó la mano para darle al rey los despachos. Mas así como la alargó, el buen alcaide llegó y se los tomó de la mano al mensajero y se los dio al rey, el cual los abrió y leyó todo aquello que habéis atrás oído. Y como ya el rey Chico estaba avisado de la traición, mandó luego que aquellos moros fuesen presos, y al punto los mandó ahorcar de las almenas del castillo, y antes que los ahorcasen los apremió a que dijesen la verdad de aquel negocio, lo cual todo fue por ellos confesado. Ahorcados éstos, luego escribió una carta en respuesta de la de su tió, que decía ansí:

El muy poderoso Dios, creador de tierra y cielo, no quiere que las maldades de los hombres estén ocultas, sino que a todos sean patentes, como ha hecho ahora, que tu maldad ha descubierto. Recibí tu carta, más llena de engaños que el caballo de los griegos. ¿Ahora me prometes amistad, que estás harto de perseguirme, matando mis familiares y caballeros que me seguían y me servían? Traigo por testigos desto a los de Almería, que lo saben, y mi inocente hermano niño, que degollaste. No sé por cual razón hiciste tal crueldad. Mas yo confío en Dios que algún día me lo pagarás con tu cabeza, y los de Almería no quedarán sin castigo. El reino que tienes era de mi padre, y de derecho es mío; queréisme todos mal los que son de tu parte porque trato con cristianos. Muy bien sabéis todos que tratando con ellos, los moros de Granada seguramente labran sus tierras, y tratan sus mercaderías, lo cual no hacen estando debajo de tu dominio, contra toda razón. Avísote que algún día he de estar sobre tu cabeza, y me pagarás la traición que a mi padre cometiste, y a mi ahora querías hacer engañándome con blandas palabras. Pues sábete que dentro en Granada tengo quien de tus maldades me da aviso. Enviaste cuatro moros de tu bando, tan malos como tú, para que me matasen de cualquier modo que pudiesen. Ellos han pagado su maldad, como tú págarás algún día la tuya. Las joyas que enviaste, quemé, recelándome de tus traciones; no sé yo para qué las usas, pues eres de casta de reyes y te tienes por rey. No más. De Vélez el Blanco, tu sobrino, el natural rey de Granada.

Esta carta escrita la envió a Granada con otra que le escribió a su hermano Muza, el cual la dio al tío; y leída, como supo que los mensajeros que él envió para matar a su sobrino los había ahorcado y que habían confesado la traición, se halló muy confuso y no sabía qué se hacer. Mas disimulando por entonces, no andaba nada descuidado en el recato de su persona. El valeroso Muza leyó la carta de su hermano, que así decía:

No sé, amado Muza, cómo tu valor consiente que así un tirano, sin razón ni ley, tenga usurpado el reino de nuestro padre y abuelos, y que tan sin causa me persiga y tenga desterrado de mi reino. Si están mal conmigo los Almoradís y Marines por la muerte de los Abencerrajes, quien dello fue causa pagó su culpa; yo, como rey, usaba de justicia. Si siendo ya cautivo traté amistad con cristianos fue por mi libertad y por el mejoro de Granada, porque con el favor dellos, las tierras se labran, las mercancías se tratan. Poco hacía al caso pagar al rey tributo, dejando a nuestro reino en paz. Ahora veo que va peor teniendo Granada a otro rey; porque los cristianos se van apoderando del reino a más andar, y ensanchando el suyo. Por un solo Dios te ruego, pues que tu valor es para todo bastante, que tomes a tu cargo mi defensa y tu honra, y tengas cuenta cómo ese tirano, tan sin culpa, ha derramado la sangre de nuestro inocente hermano. Yo no digo más por ahora, y dame aviso de lo que pasa. De Vélez el Blanco, tu hermano, el rey.

Así como el valeroso Muza leyó lo que habéis oído, luego fue mal indignado contra su tío, especialmente por la muerte del hermano niño, que en Almería mató sin culpa. Y ansí tomó aquella carta, y la mostró a sus amigos los caballeros Alabeces, y Aldoradines, y Gazules, y Vanegas, y Zegríes, y Gomeles, y Mazas, por ser éstos amigos de su hermano y porque con él había algunos en Vélez. Y los que estaban en Granada andaban mal con el rey, tío del Chico, porque en Almería había muerto algunos Zegríes y Gomeles. Habiéndoles, como es dicho, mostrado la carta y la disculpa que daba acerca de la muerte de los Abencerrajes y de su mujer la reina, acordaron entre todos los Alabeces, Gazules, Aldoradines, Vanegas, Azarques y otros principales caballeros, de le escribir y decille que secretamente viniese a Granada. Y esto así acordado con secreto, le avisaron que viniese al Albaicín por una puerta que se decía Fachalanza, que por allí le darían entrada en la casa y fortaleza de Bivalbulut, antigua casa de los reyes, y estaba en ella Muza por alcaide. Esta fue enviada al rey Chico, el cual, así como la leyó y vio la firma de su hermano Muza y de algunos otros caballeros, luego se dispuso para ir a Granada, y también porque algunos moros que con él estaban se iban y no le quedaban ya sino pocos. Y ansí tomó su camino para Granada y llegó una noche oscura a la parte del Albaicín, a la puerta de Fachalanza, con solo cuatro de a caballo, porque los demás había dejado apartados un poco. Y ansí como llegó tocó a las puertas de la ciudad que habemos dicho. Los guardas le preguntaron quién era. El respondió y dijo:

—Abrid a vuestro rey.

Los guardas, como le conocieron, y como estaban ya avisadas de Muza, que si viniese le abriesen, al punto le abrieron, y él entró con todos los que traía. Muza supo luego su venida y lo fue a recibir, y lo metió en la fuerza del Alcazaba, antiguo alcázar de los moros. Aquella misma noche, el mismo rey fue a casa de algunos caballeros de los más principales del Albaicín a hacerles saber su venida y cómo venía a cobrar su reino. Todos los caballeros le prometieron su favor. Finalmente, aquella noche se supo en todo el Albaicín su venida, de que no holgaron poco todos, porque al fin era su legítimo rey. Otros dicen que nadie supo esta venida del rey Chico, ni los guardas, sino que Dios le puso en su corazón que le abriesen las puertas, y que los moros con buena voluntad lo recibiesen. Sea como se fuere, que él se quedó apoderado del Alcazaba, fuerza muy buena y fuerte del Albaicín.

Otro día por la mañana se supo por toda la ciudad de Granada la venida del rey Chico, y tomaron las armas para le defender como a rey y no le ofender como a enemigo. El rey viejo, su tío, que estaba en el Alhambra, como supo la venida del sobrino, hizo armar gente de la ciudad para ir a pelear contra los del Albaicín, y entre los del Albaicín y los de la ciudad hubieron una cruel batalla, en la cual murieron de ambas muchos. De la parte del rey viejo, tío del mozo, eran Almoradís, Marines, Alageces, Benarajes y otros muchos caballeros de Granada. De la parte del rey Chico, eran Zegríes, Gomeles, Mazas, Vanegas, Alabeces, Gazules, Aldoradines y otros muchos caballeros principales de Granada. Andaba la cosa tan revuelta y tan reñida, que parecía que se hundía el mundo. No se vio en Roma, en el tiempo de sus guerras civiles, tanta mortandad ni tanta sangre derramada en un día, como el día desta batalla se vertió, ni tantas muertes hubo. El valor de Muza, que seguía la parte de su hermano, era causa que los de la ciudad lo pasasen peor, aunque los de la ciudad ya les tenían aportillado el muro por tres o cuatro partes. Lo cual, visto por el rey Chico, envió a pedir socorro a don Fadrique, capitán general, puesto por el rey don Fernando, haciéndole saber cómo estaba en el Albaicín en gran peligro, porque su tío le hacía cruda guerra. Don Fadrique luego les corrió, y por mandado del rey le envío mucha gente de guerra, todos espingaderos, y por capitán dellos a Hernando Alvarez, alcaide de Colomera. Con este socorro los moros se holgaron mucho, especialmente porque don Fadrique les envió a decir, que peleasen como varones por su rey, que era aquél, que él les daba la palabra que seguramente podían salir a la Vega a sembrar y a labrar sus tierras sin que nadie les enojase. Con este favor, los moros tomaron grande ánimo y peleaban como leones, con el ayuda de los cristianos, a los cuales no les faltaba nada de lo que habían menester.

Estas batallas duraron desta vez cincuenta días, que no dejaron de pelear de día y de noche. Al cabo los de la ciudad se retiraron con grande menoscabo de su gente, por el valor de los cristianos y del buen Muza. El rey Chico reparó luego todas las murallas que estaban rotas, y puso grandes defensas en el Albaicín, para estar seguro él y los de su bando. Los cristianos fueron muy bien tratados y pagados. Los moros del Albaicín salían a la Vega a sus campos a labrar sus tierras y nadie no los enojaba. Lo cual fue causa para que todos casi quisiesen seguir el bando del rey Chico. Mas no por eso se dejaban las continuas batallas y asaltos entre los de la ciudad y los del Albaicín. Los moros de la ciudad tenían más trabajo, porque peleaban con los cristianos de las fronteras, y con los moros del Albaicín, de suerte que no les faltaba guerra a la contina.

En este tiempo fue cercada Vélez Málaga por el rey don Fernando. Los moros de Vélez enviaron a pedir socorro a los de Granada. Los alfaquíes amonestaron y requirieron al rey viejo, que fuese a favorecer a los moros de Vélez Málaga. El rey, cuando lo supo, se turbó, que no pensó jamás que los cristianos osarían entrar tan adentro y entre tan ásperas sierras, y él no quisiera salir de Granada, con recelo que si él salía, luego su sobrino se le había de alzar con la ciudad y apoderarse del Alhambra. Los alfaquíes le daban priesa, diciendo:

—Di, Muley, ¿de qué reino piensas ser rey, si todo lo dejas perder? Esas sangrientas armas que tan sin piedad movéis en vuestro daño aquí en Granada los unos con los otros, movedlas contra los enemigos y no matando los amigos.

Todas estas cosas y otras los alfaquíes le decían al rey viejo, predicando por las calles y plazas, que era cosa justa y conveniente que Vélez Málaga fuese socorrida. Tanto dijeron los alfaquíes, que al fin se determinó de ir a socorrer a Vélez Málaga. Llegando allá se puso en lo alto de una sierra, dando muestra de su gente. Los cristianos le acometieron, no les osó el aguardar, porque él y los suyos volvieron huyendo, dejando los campos poblados de armas, que se dejaban por ir más ligeros. El rey fue a pasar a Almuñécar, y de allí a Almería, y de allí a Guadix. Todos los demás moros se tornaron a Granada, donde sabiendo los alfaquíes y moros principales lo poco que el rey había hecho en aquella jornada, y cómo había huído, luego llamaron al rey Chico y le entregaron el Alhambra y lo alzaron por su rey y señor, a pesar de los caballeros Almoradís y Marines y los de su bando aunque eran muchos, porque los de la parte del rey Chico eran más y todos muy principales.

Habiendo entregado al rey el Alhambra y todas las demás fuerzas de la ciudad, en las cuales puso gente de confianza, los moros de Granada le suplicaron que recabase del rey don Fernando seguro para que la Vega se sembrase. Lo cual hizo el rey de muy buena voluntad, y ansí lo envió a suplicar al rey Fernando y él se la otorgó. Otrosí, suplicó el rey Chico al rey Fernando, que hiciese a todos los lugares de los cristianos que le obedeciesen a él y no a su tío, y que por ellos les daría seguro que pudiesen sembrar y tratar en Granada segura y libremente. También esto lo otorgó el rey Fernando y la reina doña Isabel por le ayudar. Y ansí el cristiano rey luego escribió a los lugares de los moros que obedeciesen al rey Chico, pues era su rey natural, y no a su tío, y que él les daba seguro no hacerles mal ni daño, y que pudiesen sembrar y labrar sus tierras. Los moros con este seguro lo hicieron ansí. Así mismo escribió el rey cristiano a todos sus capitanes y alcaides de las fronteras, que no hiciesen mal a los moros fronteros. Lo cual ansí hecho y cumplido, andaban los moros muy alegres y contentos, y se pusieron en obediencia del rey Chico como antes solían estar. El rey Chico, habiendo hecho esto y dado contento a sus ciudadanos y aldeanos, mandó cortar las cabezas de cuatro caballeros principales Almoradís que le habían sido muy contrarios. Ansí pararon las sangrientas y civiles guerras de Granada por entonces.

Y porque la intención del moro cronista no fue tratar de la guerra de Granada, sino de las cosas que pasaron dentro della y las guerras civiles que en ella hubo en estos tiempos, no pone aquí la guerra, sino pondrá el nombre de los lugares que se rindieron, tomada la ciudad de Vélez Málaga, que son los que aquí se nombran: Bentomiz, la villa de Castillo, la villa de Comares, Canillas, Narija, Alchonahe, Gedalia, Canillas de Albaydas, Competa, Xauraca, Almexía, Pitargis, Maynete, Lacus, Venaquer, Alharaba, Aboniayla, Acuchaula, Benadaliz, Alhitán, Chinbechillas, Daymas, Padulipa, Alborgi, Beyros, Morgaza, Sitanar, Machara, Benicorán, Haxar, Casis, Cotetrox, Buas, Alhadaque, Casamur, Almedira, Avistas, Aprina, Xararaz, Alatín, Carbila, Ririja Rubir, Marro. Estos y otros muchos lugares del Alpujarra se dieron al rey Fernando y a la reina doña Isabel. De todo lo cual les pesaba a los moros de Granada, teniendo gran recelo de se perder, como los demás lugares se habían perdido.

Pues vengamos ahora a lo que hace al caso. Después de ser ganada Vélez Málaga, los cristianos pusieron cerco en Málaga y los pusieron en tanto aprieto, que les faltó el mantenimiento y otras municiones de guerra, de suerte que estaban por darse. Los moros de Guadix, sabido este negocio, les pesó mucho dello, y los alfaquíes le rogaron al rey viejo, tío del Chico, que le fuese a socorrer a Málaga. El rey Chico de Granada supo este socorro que su tío quería hacer, mandó juntar mucha gente de pie y de caballo, y mandó a su hermano Muza que se pusiese en parte que les impidiese el paso y los desbaratase. Ansí lo hizo Muza, que los aguardó y les salió al encuentro, y los de Guadix y los de Granada tuvieron una cruel batalla, en la cual fueron muertos de los de Guadix gran parte, y los demás huyeron y se tornaron a Guadix, espantados del valor de Muza y de los suyos. Luego el rey Chico escribió al rey Fernando lo que había pasado con los moros de Guadix que iban al socorro de Málaga. De lo cual el rey Fernando holgó mucho, y se lo envió a agradecer y le envió un rico presente. Y ansí mismo el rey de Granada envió al rey Fernando presente de caballos con riquísimos jaeces, y a la reina puños de seda y preciosos perfumes. Los reyes cristianos escribieron a todos los capitanes y alcaides fronteros de Granada y sus lugares, que le diesen favor al rey Chico contra su tío y que no hiciesen mal ni daño a los moros ni tratantes de Granada que fuesen a sembrar o labrar sus tierras. Envió el rey de Granada al rey Fernando que tenía noticia cómo los moros de Málaga no tenían bastimientos; que los guarde por mar y por tierra, que no teniendo bastimientos, Málaga se les daría. Finalmente, el valor de los cristianos fue tal, que fue ganada Málaga y los lugares a ella vecinos y comarcanos. Puesto el rey Fernando en orden las cosas de Málaga y en las demás fronteras de aquella parte, los caballeros Alabeces, y Gazules, y Aldoradines, escribieron una carta al rey don Fernando y a la reina doña Isabel, la cual carta decía ansí:

Los pasados días, poderoso rey de Castilla, hicimos saber a tu señoría, los caballeros Alabeces, y Gazules, y Aldoradines, y otros muchos caballeros desta ciudad de Granada, que son todos de un bando, en el cual bando entra el valeroso Muza, hermano del rey, cómo está tratado de volverse cristianos y estar a tu servicio. Pues ahora, que con glorioso fin has dado a la guerra desta parte del Andalucía, comienza la por la parte del reino de Murcia, que te hacemos cierto, que todos los alcaides y capitanes moros del río de Almanzora y los de las fuerzas fronteras de Lorca, se te darán sin batalla, porque así está concertado y tratado. Y siendo ganada Almería y su río, que es lo más dificultoso, y Baza, sin parar ni ocuparse en otras cosas, pon cerco sobre Granada, que te damos fe, como caballeros, de hacer tanto en tu servicio, que Granada se te entregue, a pesar de todos los que en ella viven. De Granada. Y Muza en nombre de los arriba contenidos, tus vasallos, besa tus reales manos.

Escrita esta carta, fue enviada al rey cristiano, el cual, como entendió sus razones, y viendo cómo los caballeros Abencerrajes que andaban en su servicio procedían tan bien como lo habían escrito, luego se puso en camino para Valencia, y allí el cristiano hizo cortes. Y con deseo que tenía de acabar de cobrar del todo aquel reino de Granada, se vino a Murcia, y allí dio orden cómo había de entrar por las partes de Vera y Almería. Y acabado de resumirse en lo que había de hacer, se fue a la villa de Lorca, para desde allí entrar en el reino de Granada. Fueron de la ciudad de Murcia con el rey don Fernando muchos hidalgos y muy principales caballeros que en la ciudad de Murcia vivían, los cuales será bueno poner aquí algunos dellos, porque su valor lo merece.

Fueron Fajardos, hombres de claros linajes, Albornozes, Ayalas, Carrillos, Calvillos, Guzmanes, Riquelmes, Laras, Guiles, Galteros, Salares, Fusteres, Andosillas, Avellanedas, Villaseñores, Comontes, Rafones, Pereas, Fontes, Avalos, Valcárceles, Pachecos, Tizones, Paganes, Fauras, Zambranas, Cascales, Sotos, Sotos mayores, Valibreras, Peralejas, Saurines, Moncadas, Monzones, Guevaras, Melgarerejos, Torrecillas, Llamas, Mulas, Loaysas, Fufres, Sayavedras, Hermosillas, Palazones, Balboas, Ulloas, Alarcones, Tomases, Cildranes, Bernales, Alemanes, Rodas, Biveros, Hurtados.

De la villa de Mula: Pérez de Avila y Hitas, Lázaros, Votias, Peñalueros, Escamez, Datos, Resales, Jerezes, Los Gómez, Melgares.

De Lorca salieron Marines, Alburquerques, Loritas, Ponces de León, Guevaras, Lisones, Manchirones, Leoneses, otros Ponces de León, Rosiques, Portales, Cazorlas, Pérez de Tudela. También Hurtados, Quiñoneros, Piñeros, Falconetas, Matheos, Rendones, Munceras, Leyvas, Corellas, Mazas, Moratas, Burgos, Alcázares, Ramones.

Finalmente, destos lugares referidos Murcia, Mula y Lorca, salieron todos estos caballeros e hidalgos en servicio del rey don Fernando, contra los moros del reino de Granada. Y sin éstos, otros muchos que aquí no se ponen por la prolijidad. Todos los cuales hicieron maravillas de sus personas en todas las ocasiones que se les ofrecieron. En Lorca dejó el rey, en Santa María, una custodia de oro y una cruz de cristal toda guarnecida de fino oro.

Pues habiendo puesto el buen rey sus gentes en concierto, se partió para Vera, en la cual estaba un bravo caballero moro por alcaide, descendiente del bravo Alabez que murió preso en Lorca, y así también este alcaide se llamaba Alabez, no menos valiente que el otro. El cual, como supo la venida del rey, luego se dispuso a le entregar la ciudad y fuerza, porque sus parientes, los que estaban en Granada, se lo habían avisado que así lo hiciese. Y así, en llegando el rey a una fuente que le llaman de Pulpi, fue del buen Alabez recibido con mucha alegría y le entregó las llaves de la ciudad de Vera y de su fuerza. Y el rey se apoderó della y le puso nuevo alcaide. No había el rey estado seis días justos en Vera, cuando le entregaron las llaves de todas aquellas fronteras, que son éstas: Vera, Antas, Lobrín, Sorvas, Teresa, Cabrera, Serena, Turre, Mojácar, Uleyla del Campo, Guebro, Tabernas, Inox, Albreas, El Box, Santopetar, Las Cuevas, Portilla, Overa, Zurgena, Guércal, Vélez el Blanco, Vélez el Rubio, Tirieza, Xiquena, Purgena, Cúllar, Benamaurel, Castilleja, Orze, Galera, Guéscar, Criacantoria, Portaloba, Finis, Aluanahez, Fumuytín, Venitagla, Urraca, Tíjola, Almúña, Bayarque, Sierro, Filabres, Vacares, Durca. Y sin éstos, otros muchos lugares de todo el río de Almanzora.

Los tres Alabeces luego suplicaron al rey que los mandase hacer cristianos; conviene a saber: Alabez, alcaide de Vera; Alabez, alcaide de Vélez el Rubio; Alabez, alcaide de Vélez el Blanco. El rey holgó mucho de ellos, y por ser principales caballeros mandó que les bautizase el obispo de Plasencia. Y del alcaide de Vera fue padrino don Juan

Chacón, adelantado de Murcia. Y del alcaide de Vélez el Rubio fue padrino un principal caballero llamado don Juan de Avalos, hombre de grande valor, del rey y de la reina muy estimado por su bondad. Este Avalos fue alcaide de la villa Cúllar, y él y otros tres caballeros, naturales de la villa de Mula, llamados Pérez de Hita, pelearon con los moros de Baza, que cercaron la dicha villa de Cúllar, tan bravamente, que jamás se vio en tan pocos cristianos tan brava resistencia; y al fin los moros no la tomaron por ser tan bien defendida. Esta batalla escribe Hernando del Pulgar, cronista del rey don Fernando. Del nombre deste alcaide Avalos se llamó el alcaide de Vélez el Rubio don Pedro de Avalos, a quien el rey don Fernando le hizo grandes mercedes por su valor y le dio y otorgó grandes privilegios, en que pudiese tener armas y tener ahidalgados oficios en la república. Del alcaide de Vélez el Blanco, hermano del que habemos dicho, fue padrino un caballero llamado don Fadrique. Destos tres famosos alcaides hoy en día hay deudos y parientes, especial de Avalos. De esta suerte se iban tornando cristianos algunos de los más principales alcaides destos lugares, entregados sin batallas y peleas.

El rey, siendo apoderado de todas estas fuerzas ya dichas determinó de ir a Almería, por haber su asiento y ponelle cerco, dando lugar a los moros que se habían dado, que los que quisiesen se fuesen en Africa o donde les pareciese, y que los que se quisiesen estar quedos, que se estuviesen. Con esto el rey fue a Almería, donde sus gentes tuvieron con los moros bravos recuentros. Partióse de Almería el rey, dejando el cerco para después; asimismo lo hizo en Baza, después de haberla reconocido y visto donde podría poner sitio y real. Tuvo con los moros de Baza grandes recuentros, donde murieron muchos moros. Aquí hizo don Juan Chacón, adelantado de Murcia, con su gente, grandes cosas. Levantó el rey el real, y fue a Guéscar, la cual luego se le dio como habemos dicho. Aquí mandó despedir la gente de guerra, y él se fue a Caravaca a adorar la cruz que en ella estaba, y de ahí se partió para Murcia, donde tuvo grandes rebeliones en los lugares que se habían dado, mas el rey Fernando los apaciguó, enviando gente de guerra sobre ellos. Luego, el año siguiente, el rey Fernando puso cerco sobre Baza, muy fuerte, donde hubo grandes batallas y escaramuzas entre moros y cristianos, los cuales el cristiano cronista tiene escritas. Vino Baza a tanta necesidad, que pidió socorro al rey viejo que estaba en Guadix, y al rey de Granada, su sobrino, mas el de Granada no quiso enviar socorro. Su tío envió gran socorro de gente y mantenimientos. Muchos moros de Granada comenzaron a alborotar la ciudad, diciendo que los cristianos ganaban el reino y no eran los moros socorridos, que era mal hecho. Con esto se salían muchos moros secretamente a socorrer a Baza. El rey Chico, enojado contra éstos que hicieron el alboroto, hizo pesquisa dello, y sabido cortóles las cabezas. Finalmente Baza se dio, y Almería, y Guadix porque el rey viejo se las entregó. Don Fernando de Castilla, victorioso rey, le hizo merced al rey viejo de ciertos lugares en que viviese con la renta dellos, mas el moro, al cabo de pocos días, se pasó en Africa. Como se dio Almería, y Guadix, y Baza, se le entregaron al rey cristiano todas las fuerzas, y castillos, y lugares del reino de Granada, que no quedaba más de Granada por ganar. Ahora tornaremos al rey moro de Granada, que es tiempo que se dé fin a nuestra historia y guerras civiles de Granada.

Bien tendréis en la memoria cómo el rey Chico fue preso por el Alcaide de los Donceles, don Diego Fernández de Córdoba, señor de Lucena, y por el conde de Cabra, y cómo el rey don Fernando le dio libertad, a condición que el moro le había de dar ciertos tributos. Otrosí, entre estos dos reyes fue concertado que, acabado de ganar Guadix, y Baza, y Almería, y todo lo demás del reino, el rey moro de Granada le había de entregar al rey Fernando la ciudad de Granada y Alhambra, con el Alcazaba, y Albaicín, y Torres Bermejas, y Castillo de Bivataubin, con todas las demás fuerzas de la ciudad, y que el rey Fernando le había de dar al rey moro la ciudad de Purchena y otros lugares en que estuviese y con las rentas dellos viviese hasta su fin. Pues habiendo el rey cristiano ganado a Baza, y Guadix, y Almería, con todo lo demás, luego envió sus mensajeros al rey moro que le entregase a Granada y fuerzas della, como estaba puesto en el concierto y trato, y que él le daría a Purchena y los lugares prometidos con sus rentas. A esto el rey de Granada, como estaba arrepentido del trato hecho, respondió al rey Fernando que aquella ciudad era muy grande y populosa y llena de gentes naturales y extranjeras de aquellas que se habían escapado de las ciudades ganadas, y que había grandes y diversos pareceres sobre la entrega de la ciudad, y aun se comenzaban nuevos escándalos en ella. Y que aunque los cristianos de la ciudad se apoderasen, que no la podrían sojuzgar; por tanto, que su Alteza pidiese dobladas parias y tributos, que lo pagaría, y no le pidiese a Granada, que no se la podía dar, y que le perdonase. Cuando el rey don Fernando entendió que el rey moro le quebraba la palabra y que no le quería dar a Granada, enojóse y tornóle a replicar, diciendo que hasta allí le pensaba dar a Purchena y otros lugares, y que, pues se quitaba de su promesa, no le daría sino otros pueblos no tan buenos como Purchena. Y que pues decía que Granada no podía ser sojuzgada, que no tuviese él pena dello, que él se avendría con la gente della. Y para esto que le diesen todas las armas defensivas y ofensivas y las fuerzas de la ciudad; y que no haciendo esto le daría cruel guerra, hasta tomar a Granada, y que después de tomada que no esperase dél ningún partido que bien le estuviese.

Turbado desto el moro (desta resolución del cristiano), juntó los de su consejo y todos los del consejo de guerra, con los cuales comunicó aquel caso, y sobre ello hubo grandes pareceres. Los Zegríes decían que no hiciese tal ni por pienso, ni diese las armas. Los Gomeles y Mazas estuvieron deste parecer. Los Vanegas, y Gazules, y Aldoradines, y Alabeces, que pensaban ser cristianos, decían que el rey Fernando pedía justicia, pues estaba ansí tratado y concertado; pues debajo de aquel concierto el rey don Fernando les había dado lugar de cultivar sus haciendas y labores, y dado lugar a los mercadantes para entrar y salir en los reinos de Castilla a tratar con sus cartas de seguro. Y que ahora no era cosa justa hacer otra cosa, que no era de buen rey quebrar la palabra, pues el cristiano no la había quebrado. Los Almoradís y Marines decían que no convenía darle al rey Fernando nada de lo que pedía; que si él había dado lugar a los moros para cultivar sus labores, también los moros no le habían corrido los campos de las fronteras; que también ellos gozaban de aquella paz y concierto, ansí como los moros y mejor. Toda la demás gente de guerra estuvo muy firme en este parecer, y quedó resuelto que no diese nada de lo que el cristiano pedía, y ansí esto fue respondido al rey cristiano. Visto el rey don Fernando la resolución del rey moro y que los moros de Granada ya comenzaron a correr la tierra de los cristianos y hacerles guerra, mandó reforzar todas las fronteras con gente de guerra y poner provisiones y mantenimientos en todas partes, bastantes, con acuerdo de poner cerco sobre Granada el siguiente verano. Y ansí se fue a Segovia a tener el invierno venidero y descansar del trabajo pasado.

CAPÍTULO DIECISIETE: EN QUE SE PONE EL CERCO DE GRANADA POR EL REY DON FERNANDO Y LA REINA ISABEL, Y CÓMO SE FUNDÓ SANTA FE.

 L VERANO SIGUIENTE luego el rey don Fernando vino a Córdoba y de allí tuvo ciertas escaramuzas con los moros de Granada, y quitó el cerco de Salobreña que estaba sitiada por el rey de Granada. Hecho esto, don Fernando, rey de Castilla, fue a Sevilla a concertar y tratar ciertas cosas para la guerra y cerco de Granada. Partió el rey don Fernando de Sevilla y vino a Córdoba, y de Córdoba entró en la Vega de Granada y destruyó todo el valle de Alhendín, y mataron los cristianos muchos moros, e hicieron gran cabalgada de moros, y fueron nueve aldeas destruidas y quema-

das. Y en una escaramuza que allí hubo, murieron muchos moros
Zegríes a manos de los cristianos Abencerrajes. Y un Zegrí, principal
caballero, fue huyendo a Granada a dar esta nueva al rey moro. El rey
Don Fernando volvió a la Vega y puso su real a la vista de Huécar, a
veinte y seis días del mes de abril, adonde fue fortificado de todo lo
necesario, poniendo el cristiano toda su gente en escuadrón, formado
con todas sus banderas tendidas y su real estandarte, el cual llevaba
por divisa un Cristo crucificado. Por esto se dijo aquel romance tan
bueno y tan antiguo que dice ansí:

> Mensajeros le han entrado
> al rey Chico de Granada;
> entran por la puerta Elvira
> y paran en el Alhambra.
> Ese que primero llega,
> Mahomad Zegrí se llama;
> herido viene en el brazo
> de una muy mala lanzada.
> Y ansí como llegó
> desta manera le habla
> (con el rostro demudado,
> de color muy fría y blanca):
> —Nuevas te traigo, señor,
> y una mala embajada,
> por ese fresco Genil
> mucha gente viene armada.
> Sus banderas traen tendidas,
> puestos a son de batalla;
> un estandarte dorado,
> en el cual viene bordada
> una muy hermosa cruz
> que mas relumbra que plata,
> y un Cristo crucificado
> traía por cada banda,
> y el general desta gente,
> el rey Fernando se llama.
> Todos hacen juramento
> en la imagen figurada
> de no salir de la Vega
> hasta ganar a Granada.
> Y con esta gente viene
> una reina muy preciada
> llamada doña Isabel,
> de grande nobleza y fama.
> Véisme aquí, herido vengo
> ahora de una batalla
> que entre cristianos y moros

en la Vega fue trabada.
Treinta Zegríes quedan muertos
pasados por el espada.
Los cristianos Abencerrajes,
con braveza no pensada,
con otros acompañados
de la cristiana manada,
hicieron aqueste estrago
en la gente de Granada.
Perdóname, por Dios, rey,
que no puedo dar la habla
que me siento desmayado
de la sangre que me falta.
Estas palabras diciendo
el Zegrí allí desmaya;
desto quedó triste el rey,
no pudo hablar palabra.
Quitaron de allí al Zegrí
y lleváronle a su casa.[1]

Otros cantaron este romance de otra manera, y porque no se le
haga agravio al que lo compuso, lo pondremos aquí, aunque los
romances tienen un sentido, y dice:

Al rey Chico de Granada
mensajeros le han entrado;
entran por la puerta Elvira
y en el Alhambra han parado.
Ese que primero llega
es ese Zegrí nombrado,
con una marlota negra
señal de luto mostrando;
las rodillas por el suelo,
desta manera ha hablado:
—Nuevas te traigo, señor,
de dolor en sumo grado:
Por ese fresco Genil
un campo viene marchando,
todo de lucida gente,
las armas van relumbrando,
las banderas traen tendidas
y un estandarte dorado.
El general desta gente
se llama el rey don Fernando.

---

[1] Neither this nor the following ballad appear in any of the earlier
collections.

En el estandarte traen
un Cristo crucificado;
todos hacen juramento
morir por el figurado,
y no salir de la Vega,
ni atrás volver un paso,
hasta ganar a Granada
y tenerla a su mandado.
Y también viene la reina,
mujer del rey don Fernando,
la cual tiene tanto esfuerzo
que anima a cualquier soldado.
Yo, buen rey, herido vengo,
un brazo traigo pasado
y un escuadrón de tus moros
ha sido desbaratado.
Todo el valle del Alhendín
queda roto y saqueado.
Estas palabras diciendo, ,
cayó el Zegrí desmayado.
Mucho lo sintió el rey moro,
de gran dolor ha llorado;
quitaron de allí al Zegrí
y a su casa lo han llevado.

Dejando ahora los romances, y volviendo a lo que hace al caso, el rey don Fernando asentó su real y lo fortificó con gran discreción, conforme práctica de milicia. Y en una noche se hizo allí un lugar en cuatro partes partido, quedando hecho en cruz; el cual lugar tenía cuatro puertas, y todas cuatro se veían estando en medio de las cuatro calles. Hízose esta población entre cuatro grandes de Castilla, y cada uno tomó su cuartel a su cargo. Fue cercado de un firme baluarte de madera todo, y luego, por cima, cubierto de lienzo encerado, de modo que parecía una firme y blanca muralla, toda almenada y torreada, que era cosa de ver, que no parecía sino labrada de una muy fuerte cantería. Otro día por la mañana, cuando los moros vieron aquel lugar hecho y tan cerca de Granada, todo torreado, murado y almenado, se maravillaron mucho de le ver. El rey Don Fernando, como vió aquel lugar así hecho con tanta perfición y fuerte, lo hizo ciudad y le puso por nombre Santa Fe, y le dotó de grandes franquezas y privilegios, como hoy en día parece.[2] Y porque esta ciudad se hizo desta

---

[2] The completion of permanent structures resulting in the village of Santa Fe occurred after a disastrous fire in the camp of Ferdinand's troops, although construction had begun earlier. The new town seems to have served to warn the defenders of Granada of the determination of the Christians.

suerte, se cantó aquel romance que dice, en muy antiguo estilo, ansí:

> Cercado está Santa Fe
> con mucho lienzo encerado,
> al derredor muchas tiendas,
> de seda y oro y brocado,
> donde están duques y condes,
> señores de grande estado
> y otros muchos capitanes
> que lleva el rey don Fernando;
> todos de valor crecido,
> como ya lo habréis notado
> en la guerra que se ha hecho
> en el granadino estado.
> Cuando a las nueve del día
> un moro se ha demostrado,
> encima un caballo negro
> de blancas manchas manchado,
> cortados ambos hocicos
> porque lo tiene mostrado
> el moro, que con sus dientes
> despedace a los cristianos.
> El moro viene vestido
> de blanco, azul, encarnado
> y debajo de esta librea
> traía un muy fuerte jaco,
> y una lanza con dos hierros
> de acero muy templado,
> y una adarga hecha en Fez
> de un anterecio extremado.
> Aqueste perro, con befa,
> en la cola del caballo,
> la sagrada Ave María
> llevaba, haciendo escarnio.
> Llegando junto a las tiendas,
> desta manera ha hablado:
> —¿Cuál será aquel caballero
> que sea tan esforzado,
> que quiera hacer conmigo
> batalla en aqueste campo?
> Salga uno o salgan dos,
> salgan tres o salgan cuatro;
> el Alcaide de los Donceles
> salga, que es hombre afamado.
> Salga ese conde de Cabra
> el la guerra experimentado;
> salga Gonzalo Fernández,
> que es de Córdoba nombrado,

o si no Martín Galindo,
que es valeroso soldado;
salga ese Puertocarrero,
señor de Palma esforzado,
o el bravo don Manuel
Ponce de León llamado,
(aquel que sacara el guante
que por industria fue echado
donde estaban los leones
y él lo sacó muy osado).
Y si no salen aquestos,
salga el mismo rey Fernando,
que yo le daré a entender
si soy de valor sobrado.
Los caballeros del rey
todo le están escuchando,
cada uno pretendía
salir con el moro al campo.
Garcilaso estaba allí
mozo gallardo, esforzado,
licencia le pide al rey
para salir al pagano.
—Garcilaso, sois muy mozo
para cometer tal caso;
otros hay en mi real
que darán mejor recaudo.
Garcilaso se despide
muy confuso y enojado
por no tener la licencia
que al rey le ha demandado.
Pero muy secretamente
Garcilaso se había armado,
y en un caballo morcillo
salido se había al campo.
Nadie no le ha conocido,
porque sale disfrazado;
fuése donde estaba el moro,
desta suerte le ha hablado:
—Ahora verás el moro
si tiene el rey don Fernando
caballeros valerosos
que salgan contigo al campo.
Yo soy el más menor dellos
y vengo por su mandado.
El moro cuando lo vido
en poco lo había estimado,
y dice de aquesta suerte:

—Yo no estoy acostumbrado
hacer batalla campal
sino con hombres barbados.
Vuélvete, rapaz—le dice—,
y venga el más estimado.
Garcilaso, con enojo,
puso piernas al caballo
y arremete para el moro,
y un gran encuentro le ha dado.
El moro que aquello vido
revuelve ansí como rayo;
comienzan la escaramuza
con un furor muy sobrado.
Garcilaso, aunque era mozo,
mostraba valor sobrado,
dióle al moro una lanzada
por debajo del sobaco;
el moro cayera muerto,
tendido se había en el campo.
Garcilaso con presteza
del caballo se ha apeado,
cortado le ha la cabeza
y en su arzón la ha colgado.
Quitó el Ave María
de la cola del caballo,
e hincando las rodillas
con devoción la ha besado,
y en la punta de su lanza
por bandera había colgado.
Subió en su caballo luego
y el del moro había tomado,
cargado destos despojos
al real se había tornado,
donde están todos los grandes,
también el rey don Fernando.
Todos tienen a grandeza
aquel hecho señalado;
también el rey y la reina
mucho se han maravillado
en ser Garcilaso mozo
y haber hecho un tan gran caso.
Garcilaso de la Vega
desde allí se ha intitulado,
porque en la Vega hiciera
campo con aquel pagano.[3]

---

[3] This ballad, which comes from the Moncayo collection, contains many anacronisms and, of course, the incident it relates is not really the origin of the name of the Garcilaso de la Vega family.

Como dice el romance, el rey y la reina y todos los del real se maravillaron de aquel gran hecho de Garcilaso. El rey le mandó poner en sus armas las letras del Ave María, por justa razón, por habérsela quitado aquel moro de tan mala parte y por ello haberle cortado la cabeza. De ahí en adelante los moros de Granada salían a tener escaramuza con los cristianos allí en la Vega, en las cuales siempre los cristianos llevaban lo mejor. Los valerosos Abencerrajes cristianos suplicaron al rey que le diese licencia para hacer un desafío con los Zegríes. El rey, conociendo su bondad y valor, se los otorgó, y les dio por caudillo al valeroso caballero don Diego Hernández de Córdoba, Alcaide de los Donceles. Hecho el desafío a los moros Zegríes, salieron fuera de la ciudad, y el desafío se hizo de cincuenta a cincuenta; y no muy lejos del real se hallaron los Zegríes muy bien aderezados, todos vestidos de su acostumbrada librea pajiza y morada, plumas de lo mismo, parecían tan bien, que el rey y la reina y todos los demás del real se holgaban de los ver. Los bravos Abencerrajes salieron con su acostumbrada librea azul y blanca, todos llenos de ricos tejidos de plata, las plumas de la misma color, en sus adargas, su acostumbrada divisa; salvajes que desquijalaban leones, y otros un mundo que lo deshacía un salvaje con un bastón. Desta form salió el valeroso Alcaide de los Donceles. Y llegando los unos a los otros, uno de los caballeros Abencerrajes les dijo a los Zegríes:

—Hoy ha de ser el día, caballeros Zegríes, en que nuestros prolijos bandos habrán fin, y vuestra maldad pagará lo que los Abencerrajes debéis.

A lo cual fue replicado de la parte de los Zegríes, que no había necesidad de palabras, sino de obras, que no era tiempo de otra cosa.

Y diciendo esto, entre todos se comenzó una brava escaramuza, la cual se holgaba el rey de ver y todos los demás del real. Duró la escaramuza cuatro horas buenas, en la cual hizo el valeroso Alcaide de los Donceles maravillas de su persona, y tanto, que fue parte su bondad a que los Zegríes fuesen desbaratados y muchos muertos, y los demás puestos en huída. Los valerosos Abencerrajes les fueron siguiendo, hasta meterlos por las puertas de Granada. Esta escaramuza puso a los Zegríes en gran quebranto, y al mismo rey de Granada, que lo sintió mucho y de allí adelante se tuvo por perdido.

Otro día siguiente la reina doña Isabel tuvo gana de ver el sitio de Granada y sus murallas y torres, y ansí acompañada del rey y de grandes señores y gente de guerra se fue a un lugar llamada la Zubia, media legua de Granada y allí puesta, la reina se puso a mirar la hermosura de la ciudad de Granada. Miraba la hermosura de las torres y fuerzas del Alhambra; miraba los labrados Alijares; miraba las Torres Bermejas, la brava y soberbia Alcazaba y Albaicín, con todas las demás lindezas de sus torres, y castillos, y murallas. Todo holgaba de ver la cristiana y curiosa reina, y deseaba verse dentro y tenerla ya por suya. Mandó la reina que aquel día no hubiese escaramuza, mas no se pudo excusar, porque los moros, sabiendo que estaba allí la reina, la quisieron dar pesadumbre, y ansí salieron de Granada más de mil dellos y trabaron escaramuza con los cristianos. La cual se comenzó poco a poco y se acabó muy de veras y a gran priesa, porque los cristianos les acometieron con tanta fortaleza, que los moros hubieron de huir. Los cristianos siguieron el alcance hasta Granada, y mataron más de cuatrocientos dellos, y prendieron más de cincuenta. En esta escaramuza se señaló bravamente el Alcaide de los Donceles y Portocarrero, señor de Palma. Este día casi acabaron todos los Zegríes, que no quedaron diez dellos. También esta vuelta sintió grandemente el rey de Granada, porque fue mucha pérdida para sus caballeros y para la ciudad. La reina se volvió al real con toda su gente, muy contenta de Granada y de su asiento.

En este tiempo unos leñadores moros hallaron las cuatro marlotas y los cuatro escudos de los turcos que hicieron la batalla por la reina, y como entraron por Granada con ellos y los escudos, el valeroso Gazul los encontró, y conociendo las marlotas y escudos por sus divisas, se los tomó a los leñadores, preguntándoles dónde habían habido aquellas ropas y escudos. Los leñadores dijeron que los habían hallado en lo más espeso del Soto de Roma. Gazul, sospechando mal, les tornó a preguntar si habían hallado algunos caballeros muertos. Los leñadores respondieron que no. El buen Gazul tomó las marlotas y se fue con ellas y los escudos en casa de la reina sultana, y se los mostró, diciendo:

—Señora sultana, ¿no son éstas las marlotas de los caballeros que os libraron de la muerte?

La reina las miró y conoció y dijo que sí.

—Pues ¿qué es la causa—dijo Gazul—que unos leñadores las han hallado?

—No sé—dijo la reina—qué causa sea.

Luego sospecharon que los Zegríes y Gomeles los habían muerto, y que otra cosa no podía ser. Y así el buen Gazul contó lo que pasaba a los Alabeces, y Vanegas, y Aldoradines, y Almoradís, los cuales por ello trataron mal de palabra a los Zegríes que quedaban, y a los Gomeles y Mazas. Estos, como estaban fuera de este negocio, defendían su partido, y sobre esto se metió entre estos linajes de caballeros una tal revuelta, que aína se perdiera toda Granada, que harto tuvo el rey y los alfaquíes que apaciguar. Decían los alfaquíes:

—¿Qué hacéis, caballeros de Granada? ¿Por qué volvéis las armas contra vosotros mismos, estando el enemigo a las puertas de vuestra ciudad? ¡Mirad que lo que ellos habían de hacer, hacéis vosotros! ¡Mirad que nos perderemos, no es tiempo ahora de estar divisos!

Tanto supieron decir estos alfaquíes, y tanto hizo el rey y otros caballeros, que todo este escándalo fue apaciguado, con gran pérdida de los caballeros Gomeles y Mazas y algunos de sus contrarios.

El valeroso Muza, que deseaba que la ciudad se diese al cristiano, viendo aquella gran división armada de nuevo entre los más principales caballeros de Granada, holgó mucho, para lo que él y los de su bando pretendían, que era ser cristianos y dar la ciudad al rey don Fernando. Y ansí un día, viéndose con su hermano el rey solos, le dijo:

—Muy malamente has mirado, rey, la palabra dada al cristiano rey, en habérsela quebrada, y no es de honrado rey quebrar lo que promete. Ahora veamos qué es lo que has de hacer en tu ciudad de Granada, que solamente te queda de todo su reino. Bastimentos fallecen; en división está puesta; los rencores contra él no olvidados por la muerte de tantos Abencerrajes y su destierro tan sin haber para qué; la deshonra de tu mujer la reina, que aunque fue bien vengada, los Almoradís, sus parientes y Marines, te odian. No quisiste de mí jamás tomar ningún consejo, que si tú lo tomaras, no vinieras al estado en que estás puesto. No tienes de ninguna parte socorro; la pujanza del rey cristiano es muy grande: dime tu pensamiento en este aflicto trance. ¿No hablas? ¿No respondes? Pues que no quisiste tomar en tiempo mi parecer, tómalo ahora si de todo punto no quieres ser perdido. El rey Fernando te da donde vivas, con renta para tu persona y familia; entrégale a Granada; mira no le indignes más contra ti de lo que está. Cumple la palabra de grado; porque si no la cumples de grado, la has de cumplir por fuerza. Advierte que están determinados los más principales caballeros de Granada de pasarse con el rey y te dar cruel guerra. Y si quieres saber quién son, has de saber que los Alabeces y los Gazules, Aldoradines y Vanegas, Azarques, Alarifes y otros de su parcialidad, que conoces muy bien, y yo el primero, queremos ser cristianos y darnos al rey Fernando. Por tanto, consuélate, y mira si éstos que te digo te faltan, ¿qué harás, aunque tengas en tu favor todo el restante del mundo? Porque todos éstos quieren guardar sus haciendas y bienes, y no quieren ver su patria cara destruida y saqueada ni puesta a sacomano de cristianos, ni ver sus reales banderas rotas con violencia no vista, y ellos cautivos y esclavos por diversas partes de los reinos de Castilla repartidos. Muévete a hacer lo que te digo, mira con cuánta piedad y misericordia el rey Fernando ha tratado a todos los demás pueblos del reino, dejándoles vivir con libertad en sus propias casas y haciendas, pagando lo mismo que a tí pagaban, y en su hábito y lengua observando su ley de Mahoma.

Muy admirado y confuso halló el rey moro de Granada con las

razones que Muza su hermano le decía y con la libertad que le
hablaba; y dando un doloroso suspiro, comenzó de llorar sin tener
consuelo alguno, viendo que de todo punto le convenía dar su tan
hermosa ciudad, pues que no tenía reparo de hacer otra cosa, imaginando que tantos y tan buenos caballeros querían ser de la parte del
rey cristiano, y su mismo hermano con ellos. Y considerando, si no
daba la ciudad, los males que la gente de guerra en ella podrían hacer,
así de robos, como de fuerzas a las doncellas y casadas, y otras cosas
que los victoriosos soldados suelen hacer en las rendidas ciudades, dijo
el rey Chico que estaba de parecer de dar la ciudad y ponerse en
manos del rey Fernando. Y para ello le dijo a su hermano Muza que le
llamase y juntase todos los caballeros y linajes que estaban de aquel
parecer, lo cual Muza hizo luego. Y siendo juntos en la Torre de
Comares, en el Alhambra, se trató con ellos, si le darían al victorioso
Fernando a Granada. Todos los que estaban allí, Alabeces, Aldoradines, Gazules, Vanegas, Azarques, Alarifes, y otros muchos caballeros
deste bando, dijeron que la ciudad se entregase al rey don Fernando.
Visto el rey que la flor y lo mejor de los caballeros de Granada estaban de parecer que la ciudad se entregase, mandó tocar sus trompetas
y añafiles, al son de los cuales se juntaron todos los caballeros ciudadanos de Granada. Y cuando el rey Chico los vio juntos, los contó todo
lo que estaba tratado, y que por dolerse de su ciudad y no verla puesta
por el suelo, se la quería dar y entregar al rey cristiano.

La ciudad, alborotada y escandalizada por ello, creó mil pareceres y
mil votos. Los unos decían que la ciudad no se diese; otros decían que
anduviese la guerra, que les vendría socorro de Africa; otros decían
que no vendría. En todos estos dares y tomares estuvieron treinta
días, al cabo de los cuales fue entre todos determinado de dar la ciudad y ponerse a la misericordia del rey Fernando, a condición que
todos los moros de la ciudad viviesen en su ley, y en sus haciendas, y
hábito, y lengua, así como habían quedado las demás ciudades, villas y
lugares que al rey cristiano se le habían dado.

Acordado esto desta manera, comenzaron de tratar entre ellos de
los que habían de ir a hablar al rey don Fernando sobre ello, y al fin
los que fueron a tratarlo eran los Alabeces, y Aldoradines, y Gazules
y Vanegas, y Muza por cabeza de todos ellos. Todos los cuales salieron de la ciudad y se fueron a Santa Fe, donde estaba el rey don
Fernando acompañado de sus grandes y caballeros. El cual, como viese
venir tan grande escuadrón, mandó que todo el real se apercibiese por
si fuese menester, aunque ya el rey por cartas sabía lo que pasaba en
Granada, que Muza le daba aviso de todo. Llegando todos los granadinos caballeros al real, los más principales se apearon y entraron en
Santa Fe en la casa de don Fernando; y dellos fue Muza, y el Malique

Alabez, y Aldoradín, y Gazul, los cuales llevaban comisión de tratar este negocio. Todos los demás caballeros moros quedaron fuera del real, paseándose y hablando con los caballeros cristianos, admirados de ver tanta braveza de caballería cristiana y de ver aquel fuerte real y su asiento. Finalmente, los comisarios moros hablaron con el rey sobre el negocio que iban, y puso la práctica dello Aldoradín, caballero muy estimado y rico en Granada, y dijo con palabras que volaban desta suerte. Razonamiento de Aldoradín al rey don Fernando:

—No las sangrientas armas, ni el belicoso son de acordadas trompetas y retumbantes cajas ni arrastradas banderas, ni muerte de varones, de varones ínclitos, claro y poderoso rey de Castilla, ha sido parte para que nuestra famosa ciudad de Granada viniese a se te entregar, y dar y abatir sus bélicos pendones, sino sola la fama de tu soberana virtud y misericordia, que con tus súbditos usas y tienes, como claro sabemos. Y confiados en que nosotros los moradores de la dicha ciudad de Granada no seremos menos tratados ni honrados que los demás que a tu grandeza se han dado, nos venimos a poner en tus reales manos, para que de nosotros y de todos los de la ciudad hagas a tu voluntad; el rey te besa tus reales pies y manos, y pide perdón de haberte rompido la palabra y juramento dado. Y porque tu grandeza vea esto ser así, toma una carta suya, la cual mandó que yo pusiese en tus reales manos.

Y diciendo esto, desabrochó una aljuba de brocado que traía, y sacó del seno una carta, y besándola e hincando las rodillas en el suelo, la dio al rey Fernando en sus manos. La cual tomó muy alegremente, y leída, por ella entendió el rey ser ansí como Aldoradín le había dicho, y que su alteza fuese a Granada y tomase posesión de la ciudad y del Alhambra. El buen Aldoradín pasó adelante con su práctica, diciendo las condiciones arriba dichas: que los moros que quisieren irse a Africa, se fuesen libres, y los que se quisieren quedar, que le dejase sus bienes, y que los que quisiesen vivir en su ley, viviesen, y en su lengua y hábito. Todo lo cual el buen rey don Fernando les otorgó alegre y facilmente.

Y ansí el católico rey y doña Isabel, su mujer, reyes de Castilla y Aragón, fueron con gran parte de sus gentes a Granada, dejando su real a muy buen recaudo. Y día de los Reyes, a treinta días de diciembre, le fue a los Reyes Católicos entregada la fuerza del Alhambra. Y a dos días del mes de enero, la reina doña Isabel y su corte, con toda la gente de guerra, partió de Santa Fe para Granada, y en un cerro que estaba cerca de ella, se puso mirar la hermosura de la ciudad, aguardando que se hiciese la entrega della. El rey don Fernando, también acompañado de sus grandes de España, se puso a la parte de Genil, adonde salió el rey moro, y en llegando le entregó las llaves de la ciudad y de las fuerzas, y se quiso apear para le besar los pies. El rey don Fernando ni lo uno ni lo otro le consintió que hiciese. Finalmente, el moro le besó en el brazo y le entregó las llaves, las cuales les dio el rey al conde de Tendilla por le haber hecho merced de la alcaidía, la cual tenía bien merecido. Y ansí entraron en la ciudad y subieron al Alhambra, y encima de la Torre de Comares, tan famosa, se levantó la señal de la Santa Cruz y luego el estandarte de los dos cristianos reyes.[4] Y al punto los reyes de armas,[5] a grandes voces, dijeron: «¡Viva el rey don Fernando; Granada, Granada, por su Majestad y por la reina su mujer!» La serenísima reina doña Isabel, que vio la señal de la Santa Cruz sobre la hermosa Torre de Comares, y el su estandarte real con ella, se hincó de rodillas y dio infinitas gracias a Dios por la victoria que le había dado contra aquella populosa y gran ciudad de Granada. La música real de la capilla del rey luego a canto de órgano cantó *Te Deum Laudamus*. Fue tan grande el placer, que todos lloraban.

Luego del Alhambra sonaron mil instrumentos de música de bélicas trompetas. Los moros amigos del rey que querían ser cristianos, cuya cabeza era el valeroso Muza, tomaron mil dulzainas y añafiles, sonando grande ruido de atambores por toda la ciudad. Los caballeros moros que habemos dicho, aquella noche jugaron galanamente alcancías y cañas, las cuales holgaron de ver los dos cristianos reyes.

---

[4] The final days of the campaign against Granada and the entry of Ferdinand and Isabel into the city are described in a recent history as follows:

"En 1491 los reyes dispusieron a completar el cerco y aislamiento de Granada: a finales de abril, la hueste se instaló en El Gozco y en mayo comezó la construcción de Santa Fe, en medio de los marjales de la Vega, como ciudad-cuartel permanente que impidiese a los granadinos salir de su ciudad y comunicarse con La Alpujarra. Santa Fe completaría la línea de torres y fortalezas que asfixiaban a Granada, donde el hambre y el desaliento comenzaban a hacer estragos; su edificación se debió a estas necesidades estratégicas y al proyecto de don Fernando para abandonar la dirección personal de las operaciones más adelante... En la noche del uno al dos de enero de 1492 las tropas ocuparon sigilosamente La Alhambra y demás fortalezas granadinas; a la mañana siguiente tuvo lugar la capitulación oficial y nadie alzó un dedo para impedirlo. Así, los Reyes Católicos, que habían reforzado sus argumentos llamando a más tropas, pudieron entrar en Granada el día seis y organizar la vida de la ciudad en los meses siguientes sin graves problemas, antes de partir, por fin, hacia Cataluña." (Miguel Angel Aldero Quesada, *Granada. Historia de un país islámico*, Madrid, Editorial Gredos, 1969, pp. 149-150.)

[5] *reyes de armas* officials who served as marshals of ceremonial occasions.

Andaba Granada aquella noche con tanta alegría y con tantas lumina-rias, que parecía que se ardía la tierra. Dice nuestro cronista, que aquel día de la entrega de la ciudad, el rey moro hizo sentimiento en dos cosas: la una es que pasando el rey moro algún río, los moros que iban a la par dél, le cubrían los pies, lo cual el rey moro no quiso consentir. La otra costumbre, que subiendo el rey alguna escalera, los zapatos que se descalzaba o pantuflos, dejaba al pie de la escalera, y los moros más principales que iban con él, se los subían, lo cual el rey moro aquel día no consintió. Y ansí como el moro rey llegó a su casa, que era en el Alcazaba, comenzó a llorar lo que había perdido. Al cual llanto le dijo su madre que pues no había sido para defendella como hombre, que hacía bien de llorarla como mujer.[6]

Todos los grandes le fueron a besar las manos al rey don Fernando y reina doña Isabel, y a jurarlos por reyes de Granada y su reino. El rey y la reina hicieron grandes mercedes a todos los caballeros que se habían hallado en la conquista de Granada. Entregada la ciudad, fue-ron puestas todas las armas de los moros en el Alhambra. Acabado de dar asiento el rey don Fernando en las cosas de la ciudad de Granada, mandó que a los caballeros Abencerrajes se les volviesen todas sus casas y haciendas, y sin esto les hizo grandes mercedes. Lo mismo hizo con el buen Sarrazino, y con Reduán, y Abenámar, los cuales siempre le habían servido en la guerra bien y lealmente. Muza se

---

[6] There are several versions of this incident among the sixteenth-century chroniclers. Antonio de Guevara in Epístola VI of the *Epístolas familiares,* for example, says that the story was told to him by an old *morisco* as follows:

"Otro día después que se entregó la ciudad y el Alhambra al rey Fernando, luego se partió el rey Chiquito para tierra de Alpujarra, las cuales tierras quedaron en la capitulación que él las tuviese y por suyas las gozase. Iban con el rey Chiquito aquel día la Reina, su madre, delante, y toda la caballería de su corte detrás; y como llegasen a este lugar, a do tú y yo tenemos agora los pies, volvió el Rey atrás la cara para mirar la ciudad y Alhambra, como a cosa que no esperaba ya más de ver, y mucho menos de recobrar. Acordándose pues el triste rey, y todos los que allí íbamos con él, de la desventura que nos había acontecido y del famoso reino que había-mos perdido, tomámonos todos a llorar, y aún nuestras barbas todas canas a mesar, pidiendo a Alá misericordia, y aún a la muerte que nos quitase la vida. Como a la madre del Rey (que iba delante) dijesen que el Rey y los caballeros estaban todos parados mirando y llorando el Alhambra y ciudad que habían perdido, dio un palo a la yegua en que iba, y dijo estas palabras: Justa cosa es que el Rey y los caballeros lloren como mujeres, pues no pelearon como caballeros." (BAE, Vol. XIII, pp. 197-98.)

tornó cristiano y la hermosa Zelima, y los casó el rey, y les dio grandes haberes. La reina sultana fue a besar las manos de los Católicos Reyes, la cual recibieron benigna y amorosamente, y ella dijo que quería ser cristiana, y ansí fue hecho. Bautizóla el nuevo arzobispo, y le puso por nombre doña Isabel de Granada. Casóla el rey con un principal caballero y le dio dos lugares mientras viviese. Todos los Alabeces, y Gazules, y Vanegas, y Aldoradines, se tornaron cristianos, y el rey les hizo grandes mercedes, especialmente al Malique Alabez, que se llamó don Juan Avez, y el mismo rey fue compadre suyo, y de Aldoradín, al cual llamó de su propio nombre Fernando Aldoradín, El rey mandó que si quedaban Zegríes, que no viviesen en Granada, por la maldad que hicieron contra los Abencerrajes y la reina sultana. Los Gomeles todos se pasaron en Africa, y el rey Chico con ellos, que no quiso estar en España, aunque le habían dado a Purchena en que viviese, y en Africa le mataron los moros de aquellas partes, porque perdió a Granada.[7]

Nuestro moro cronista nos advierte de una cosa, y es que los caballeros moros llamados Mazas, no era éste su propio nombre, sino Abembizes, y deste nombre Abembiz hubo dos linajes en Granada, y no muy bien puestos los unos con los otros, porque cada uno decía ser de más claro linaje que el otro. Sucedió que el un bando destos Abembizes, en el tiempo del rey don Juan el primero, rey de Castilla, tuvieron una batalla en la Vega de Granada con los cristianos. Y de los cristianos se llamaba el capitán y el alférez, que era su hermano, don Pedro Maza y don Gaspar Maza. Decían ser estos caballeros del reino de Aragón, y que esta batalla fue muy reñida, de manera que los capitanes de ambas parte murieron, y ansí ni más ni menos los alférez, y los estandartes fueron trocados; que el de los moros se llevaron los cristianos y el de los cristianos se llevaron los moros, y fueron cautivos, ansí de una parte como de otra. Y respecto desta batalla, por la memoria della, en Granada, en diciendo o nombrando los Abembizes, preguntaban: ¿cuáles Abembizes?, respondían los Mazas o los otros. De manera que fueron llamados los Abembizes Mazas, y se quedaron con aquel nombre.

El rey don Fernando les hizo a los caballeros Vanegas grandes

---

[7] In reality, Boabdil left Spain for Fez in October, 1493. He was reportedly slain in battle many years later while helping his protector, the Caliph of Fez, to ward off a Berber invasion. For the account of what happened to him after the surrender of Granada, see the Appendix to the revised edition of Washington Irving's *Chronicle of the Conquest of Granada*. In spite of Irving's reputation for romanticizing history, the summary there seems to be based on the most reliable information available.

mercedes y privilegios, que pudiesen llevar armas, y así mismo a los Alabeces y Aldoradines, sabiendo cuánto ellos hicieron en su servicio, y porque se les diese la tierra. La hermosa reina (que solía), llamada doña Isabel de Granada, siendo casada como ya habemos dicho, a su criada Esperanza de Hita, [le] dio libertad y grandes joyas, y la envió a Mula, donde era natural, al cabo de siete años que fue cautiva. No muchos días después de tomada Granada, fue hallada una cueva llena de armas, de lo cual se hizo pesquisa, y descubierta la verdad, se hizo justicia de los culpados. Algunas cosas destas no llegaron a noticia de Hernando del Pulgar, cronista de los Católicos Reyes, y ansí no las escribió, ni la batalla que los cuatro caballeros cristianos hicieron por la reina, porque dello se guardó el secreto. Y si algo destas cosas supo y entendió, no puso la pluma en ella, por estar ocupado en otras cosas tocantes a los Católicos Reyes. Nuestro moro cronista supo de la hermosa sultana, debajo de secreto, todo lo que pasó, y ella le dio las dos cartas, la que ella envió a don Juan Chacón, y la que don Juan Chacón le envió a ella, y ansí él pudo escribir aquella famosa batalla, sin que nadie entendiese quién ni cómo hasta ahora. Este moro cronista, visto ya todo el reino de Granada ganado por los cristianos, se pasó en Africa, y se fue a vivir a tierras de Tremecén, llevando todos sus papeles consigo, y allí en Tremecén murió y dejó hijos. Y un nieto suyo, de no menos habilidad que el abuelo, llamado Argutaafa, recogió todos los papeles del abuelo, y entre ellos halló este pequeño libro, que no lo estimó en poco, por tratar la materia de Granada. Y por grande amistad hizo presente dél a un judío llamado Rabbi Santo, el cual judío le sacó en hebreo para su contento, y el que estaba en arábigo lo presentó al buen conde de Baylén, don Rodrigo Ponce de León. Y por saber bien lo que el libro contenía de la guerra de Granada, porque su padre y abuelo se habían hallado en ella, o su abuelo y bisabuelo, le mandó sacar al mismo judío en castellano. Y después el buen conde me hizo a mí merced de me le dar, no habiéndolo servido.[8]

Y pues ya habemos acabado de hablar de la guerra de Granada (digo de las civiles guerras della, y de los bandos de los Abencerrajes y Zegríes), diremos algunas cosas del buen caballero don Alonso de Aguilar, cómo le mataron los moros en Sierra Bermeja, con algunos romances de su historia, y pondremos fin a los amores del valeroso Gazul con la hermosa Lindaraxa.

---

[8] As is evident from the foregoing (and from several other passages in this chapter), Pérez de Hita is still maintaining the fiction of the supposed Moorish chronicler. There is no evidence to support the existence of such a person nor of the book described here.

Es, pues, de saber que el buen Gazul, así como fue ganada Granada, y él y los de su bando cristianos, habiéndole hecho al rey mercedes muy grandes, y dado privilegios de armas y otras cosas, pidiendo licencia al rey, se partió para San Lúcar. Y en llegando, con el deseo que tenía de ver a su señora, un día le hizo saber con un paje su venida, y ella, al estar enojada de ciertos celos, no quiso oír al paje, de lo cual el moro se puso triste. Y sabiendo que en Gelves se jugaban cañas, porque el alcaide de allí les había ordenado, porque estaban los reinos en paz y ganada Granada, el moro sabiendo este juego que estaba ordenado, se quiso hallar en él por mostrar su valor. Y ansí un día se puso muy bizarro y galán, de librea blanca, y morada, y verde, con plumas de lo mismo, llenas de grande argentería de oro y plata; el caballo, muy ricamente enjaezado de lo mismo. Y cuando se quiso partir a Gelves, pasó por la calle de la hermosa Lindaraxa, por ver si la vería antes que se partiese. Y él que llegaba a sus ventanas, y la dama que acertó a salir a un balcón, el valeroso Gazul que la vio, lleno de alegría, arremetió el caballo, y en llegando junto del balcón, le hizo arrodillar y poner la boca en el suelo, así como aquel que le tenía amaestrado en aquello para aquella hora. Comenzóle de hablar, diciendo que le mandaba para Gelves, que iba allá a jugar cañas, y que con haberla visto, llevaba esperanza que lo haría bien en aquella jornada. La dama, llena de cólera, le respondió que a la dama que servía, le fuese a pedir favores; que a ella no había para qué, que no curase de engañar a nadie. Y diciendo esto, echándole muchas maldiciones, se quitó del balcón y cerró la ventana con gran furia. El buen Gazul, viendo aquel gran disfavor de su dama, arremetió el caballo a la pared y allí hizo la lanza pedazos, y se volvió a su posada, y se desnudó para no ir a las cañas. No faltó quien desto dio noticia a la hermosa Lindaraxa, la cual ya estaba arrepentida de lo que había hecho, y muy presto, con un paje, envió a llamar al buen Gazul para que se viese con ella en un huerto o jardín que ella tenía. El buen Gazul, lleno de alegre esperanza, vino a su llamado, y se vio en aquel jardín, donde ella se disculpó y pidió perdón de lo hecho, y allí se casaron los dos. Y para que fuese a Gelves, ella le dio muy ricas empresas. Y por esto se dice aquel romance, que dice ansí:

> Por la plaza de San Lúcar,
> galán paseando viene
> el animoso Gazul,
> de blanco morado y verde.
> Quiere se partir gallardo
> a jugar cañas a Gelves,
> que hace fiestas su alcaide
> por las paces de los reyes.

Adora un Abencerraja,
reliquia de los valientes
que mataron en Granada
los Zegríes y Gomeles.
Por despedirse y haballe
vuelve y revuelve mil veces,
penetrando con los ojos
las venturosas paredes.
Al cabo de una hora de años,
de esperanzas impaciente,
vióla salir a un balcón
haciendo los años breves.
Arremetió su caballo
viendo aquel sol que amanece,
haciendo que se arrodille
y el suelo en su nombre bese.
Con voz turbada le dice:
—No es posible sucederme
cosa triste en esta ausencia,
viendo así tu vista alegre.
Allá me llevan sin alma
obligación y parientes,
volveráme mi cuidado
por ver si de mí le tienes.
Dame una empresa en memoria
y no para que me acuerde,
sino para que me adorne,
guarde, acompañe y esfuerce.
Celosa está Lindaraxa,
que de celos grandes muere
de Zayda, la de Xerez,
porque su Gazul la quiere,
y de esto la han informado
que por ella ardiendo muere.
Y ansí a Gazul le responde:
—Si en la guerra te sucede
como mi pecho desea
y el tuyo falso merece,
no volverás a San Lúcar,
tan ufano como sueles,
a los ojos que te adoran,
y a los que más te aborrecen.
Y plegue a Alá que en las cañas
los enemigos que tienes
te tiren secretas lanzas,
porque mueras como mientes.
Y que traigan fuertes jacos
debajo los alquiceles,

porque si quieres vengarte
acabes y no te vengues.
Tus amigos no te ayuden,
tus contrarios te atropellen
y que en hombros dellos salgas
cuando a servir damas entres.
Y que en lugar de llorarte
las que engañas y entretienes,
con maldiciones te ayuden
y de tu muerte se huelguen.
Piensa Gazul que se burla,
que es propio del inocente,
y alzándose en los estribos
tomarle la mano quiere.
—Miente—le dice—señora,
el moro que me revuelve,
a quien estas maldiciones
le vengan porque me venguen.
Mi alma aborrece Zayda,
de que la amo se arrepiente,
malditos sean los años
que la serví por mi suerte.
Dejóme a mi por un moro
más rico de pobres bienes.
Esto que oye Lindaraxa,
aquí la paciencia pierde.
A este punto pasó un paje
con sus caballos jinetes,
que los llevaba gallardos
de plumas y de jaeces.
La lanza con que ha de entrar
la toma y fuerte arremete,
haciéndola mil pedazos
contra las mismas paredes,
y manda que sus caballos
jaeces y plumas truequen,
los verdes truequen leonados
para entra leonado en Gelves.

Ya contamos cómo habiendo pasado estas palabras, la hermosa Lindaraxa y el fuerte Gazul, ella se quitó del balcón muy enojada y confusa, dio con la mano en las puertas de la ventana, y con mucho furor la cerró inconsideradamente. Mas después, siendo dello arrepentida, como aquella que amaba de todo corazón al animoso Gazul, y sabiendo cómo desesperadamente había trocado sus aderezos verdes, y blancos, y azules, en leonado, y roto la lanza con enojo en la pared, propuso de le hablar como habemos atrás dicho. Y enviándole a lla-

mar a un jardín suyo, trató con él largas cosas, y entre los dos se
casaron, y ella le dio para ir a Gelves ricas prendas y preseas por su
memoria. Y desto se hace un galán romance, de los nuevos, que ansí
dice:

Adornado de preseas
de la bella Lindaraxa,
se parte el fuerte Gazul
a Gelves a jugar cañas.
Cuatro caballos jinetes
lleva cubiertos de galas
con mil cifras de oro fino,
que dicen Abencerraja.
La librea de Gazul
es azul, blanca y morada;
los penachos, de lo mismo
con una pluma encarnada.
De costosa argentería
de fino oro y fina plata;
pone el oro en lo morado,
la plata en lo rojo esmalta.
Un salvaje por divisa
llevaba en medio el adarga,
que desquijala un león:
divisa honrosa y usada
de los nobles Abencerrajes
que fueron flor de Granada,
de todos bien conocida
y de muchos estimada.
Llévala el fuerte Gazul
por respecto de su dama
que era de los Abencerrajes
a quien en extremo amaba.
Una letra lleva el moro,
que dice: «Nadie le iguala»;
desta suerte el buen Gazul
de Gelves entró en la plaza,
con treinta de su cuadrilla
que ansí concertado estaba,
de una librea vestidos
que admira a quien lo miraba,
y una divisa sacaron
que ninguno discrepaba,
sino fue sólo Gazul
en las cifras que llevaba.
Al son de los añafiles
el juego se comenzaba

tan tratado y tan revuelto
que parece una batalla.
Mas el bando de Gazul
en todo lleva ventaja;
el moro caña no tira
que no aportille una adarga.
Míranlos mil damas moras
de balcones y ventanas;
también lo estaban mirando
la hermosa mora Zayda,
la cual dicen de Xerez,
que en la fiesta se hallara
vestida de leonado
por el luto que llevaba
por su esposo tan querido
que el bravo Gazul matara.
Zayda bien lo reconoce
en el tirar de la caña.
Acuérdase en su memoria
de aquellas cosas pasadas,
cuando Gazul la servía
y ella le fue mal mirada.
Muy ingrata a sus servicios
y a lo mucho que él la amaba,
sintió tanto el dolor desto
que allí cayó desmayada.
Y al cabo que tornó en sí
le hablara una criada:
—¿Qué es esto, señora mía,
por qué causa te desmayas?
Zayda le responde ansí,
con voz muy baja y turbada:
—Advierte bien a aquel moro
que ahora arroja la caña.
Aquél se llama Gazul,
cuya fama es muy nombrada,
seis años fui dél servida
sin de mi alcanzar nada.
Aquél mató a mi marido
y dello yo fui la causa;
con todo esto lo quiero
y lo tengo acá en mi alma.
Holgara que él me quisiera,
pero no me estima en nada;
adora una Abencerraja
por quien vio desamada.

En esto se acabó el juego
y la fiesta aquí se acaba,
Gazul se parte a San Lúcar
con mucha honra ganada.

Muy maravillados quedaron en Gelves de la bondad y fortaleza del
valeroso Gazul y de cuán bien lo había hecho en el juego de las cañas,
y de su valor quedaron muchas damas amarteladas y se holgaron de
ser amadas de tan buen caballero. Llegado Gazul a San Lúcar, luego
fue a ver a su dama Lindaraxa, la cual no holgó poco de su venida,
preguntándole muy por extenso de todo lo que en Gelves había
pasado. De todo lo cual Gazul le satisfizo con mucha alegría, contándole de lo bien que en aquella jornada le había ido. Y no faltó quien
desta vuelta de Gelves le hizo un romance al valeroso Gazul, el cual
dice ansí:

De honra y trofeos lleno,
más que el gran Marte lo ha sido,
el valeroso Gazul
de Gelves había venido.
Vínose para San Lúcar,
donde fue bien recibido
de su dama Lindaraxa,
de la cual es muy querido.
Estando ambos a dos
en un jardín muy florido,
con amorosos regalos
siendo cada cual servido,
Lindaraxa, aficionada,
una guirnalda ha tejido
de clavelinas y rosas
y de un alhayle escogido.
Cercada violetas,
flor que de amantes ha sido,
se la puso en la cabeza
a Gazul, y ansí le ha dicho:
—Nunca fuera Ganimedes
de rostro tan escogido;
si el gran Júpiter te viera,
él te llevara consigo.
El fuerte Gazul la abraza,
diciéndole con un riso:
—No pudo ser tan hermosa
la que el Troyano ha escogido,
por la cual se perdió Troya
y en fuego se había encendido,

como tú, señora mía,
vencedora de Cupido.
—Si hermosa te parezco,
Gazul, cásate conmigo,
pues que me diste la fe
que serías mi marido.
—Pláceme—dice Gazul—,
pues yo gano en tal partido.

Estas y otras amorosas palabras pasaron entre Lindaraxa y su amante Gazul. Y ansí ordenaron de se casar. Gazul la demandó en casamiento a su tío, hermano de su padre, que la tenía a su cargo desde que fueron degollados los caballeros Abencerrajes, como atrás os habemos contado. El tío holgó mucho dello, por ser Gazul de claro linaje, y valeroso por su persona, y rico. Y ansí se celebraron las bodas en San Lúcar, las cuales fueron muy costosas y ricas, y se hallaron en ellas muchos y muy principales caballeros, ansí cristianos como moros, porque vinieron los caballeros Gazules de Granada y los cristianos Abencerrajes y Vanegas. Hubo en estas fiestas bravos regocijos de cañas, y toros, y sortija; también se halló en ellas la hermosa Daraxa, hermana de Lindaraxa, y su marido y los dos cristianos y muy queridos del rey cristiano. Duraron estas fiestas de las bodas dos meses, al cabo de los cuales todos los caballeros que habían venido de Granada se volvieron, llevando consigo a Gazul y a su esposa. El cual, luego que llegó a Granada, acompañado de sus deudos y amigos, fue a besar las manos al rey don Fernando y a la reina doña Isabel, los cuales holgaron con ellos. Y los bienes del padre de Lindaraxa mandó que se les entregasen a Gazul y a su esposa, pues eran suyos, della y de su padre. Hiciéronse los desposados cristianos, y en la fe de Cristo estuvieron hasta su fin ellos y los que dellos vinieron. Llamáronle a él don Pedro Anzul y ella doña Joana.

Dejando, pues, ahora esto, y tornando a lo que hace al caso, digo que, acerca desta historia de Gazul, se queda por poner otro romance, que era primero que el de San Lúcar, mas por no ser bueno ni haberlo entendido el autor que lo hizo, no se puso en su lugar. Mas porque no quede con aquella ignorancia, diremos la verdad del caso. El romance que digo es aquel que dice: *Sale la estrella de Venus*, y el que lo hizo no entendió la historia.[9] Porque no tuvo razón ninguna de decir que se

---

[9] Menéndez Pidal believes this ballad was written by Lope de Vega when he was twenty-one years old as a poetic expression of his own rejection by "Marfisa." (Ramón Menéndez Pidal, *Romancero hispánico*, Madrid, Espasa-Calpe, 1953, Vol. II, p. 127.) The story of Gazul is a typical example of Pérez de Hita's use of the *romances* as inspiration and source materials for

casaba Zayda, hija del alcaide de Xerez, con el moro alcaide de Sevilla
y su fuerza. Porque Gazul, que mató el desposado de Zayda, no fue
en aquel tiempo que Xerez ni Sevilla eran de moros, sino en tiempo
de los Reyes Católicos, como se da a entender en el romance de San
Lúcar, cuando dice: *Reliquia de los valientes*, pues en este tiempo ya eran
ganadas Xerez y Sevilla de cristianos mucho tiempo antes. Mas has de
entender desta manera el romance y su historia. Zayda la de Xerez
era nieta o bisnieta de los alcaides de Xerez, y siendo tomada de cristianos, quedaron moros en pleitesía, gozando de sus libertades, lengua
y hábito, viviendo en su ley de Mahoma, siendo los cristianos señores
de la ciudad y fortaleza. Lo mismo fue en Sevilla: que aquel moro rico
que dice el romance que se casaba con Zayda, por ser alcaide de Sevilla, no porque lo fuera él, sino su abuelo o bisabuelo, y el moro vivía
en Sevilla con los demás moros que en ella quedaron, y entre ellos se
hizo aquel casamiento que dice el romance.

Pues viniendo ahora al caso, Gazul, en el tiempo que se trató el
casamiento de Zayda y del moro, servía la hermosa Zayda, y nunca
jamás pudo Gazul della alcanzar nada. Porque ella sabía muy bien que
sus padres no la querían casar con él, sino con el moro sevillano, por
tener algún deudo y más hacienda que Gazul, y por esto le daba des-
vío, aunque de secreto lo amaba en el corazón, mas no podía hacer
otra cosa, sino lo que sus padres quisiesen. Pues estando ya tratado el
casamiento, una noche, en cierta zambra que se hacía en la casa de
Zayda, se halló Gazul, porque entonces había licencia para entrar de
paz los moros en las tierras de los cristianos a tratar o hablar con
moros que estaban en ellas. Pues como allí se hallase y danzase Gazul
la zambra con la hermosa Zayda, estando danzando asidos de las
manos, como era en aquel baile costumbre, no pudo refrenar Gazul
tanto, que con el demasiado amor que a Zayda tenía, que al tiempo
que acabó de danzar no la abrazase estrechamente. Lo cual, visto por
el moro sevillano que había de ser su esposo, así como un león lleno y
ciego de cólera, puso mano a su alfanje y fue por herir con él a Gazul,
el cual se puso en defensa y aún hubiera ofendido malamente, si no
fuera por la gente que presto se puso por medio.

Alborotada la sala de Zayda por esta ocasión, sus padres de ella se
enojaron demasiadamente con Gazul, y le dijeron que se fuese de su
casa. Gazul, sin replicar en cosa alguna, se salió muy enojado de allí y
juró de matar al desposado, y para ello aguardó tiempo y lugar oportuno. Y sabiendo él cómo y cuándo Zayda se desposaba, y a qué hora,
se aderezó muy bien y subió sobre un buen caballo, y partió de

a prose narrative. The anachronisms and conflict of details occasionally gave
him some difficulty, as is evidenced here.

Medina Sidonia para Xerez, y entró a boca de noche, cuando salía
Zayda y su desposado acompañado de muchos caballeros, así cristianos como moros, de su casa para ir a otra, donde se habían de celebrar las bodas. Lo cual, visto por Gazul, viendo la buena ocasión que
se le ofrecía, no la quiso perder, antes asiéndole por los cabellos, con
ánimo de un león, arrancó de un estoque fuerte y agudo y arremetió
para el desposado, que nadie fue parte para defenderle, y le hirió de
una penetrante estocada, de modo que allí le tendió muerto, diciendo:

—Toma, goza de Zayda si puedes.

Todos los circunstantes que allí se hallaron, admirados de tal
hazaña, no sabían qué decirse ni hacerse, mas los deudos del muerto y
los de Zayda arremetieron con las armas sacadas para matar a Gazul
por lo que había hecho, apellidando «Muera el traidor». Mas el valeroso Gazul no turbado ni amedrentado del alboroto grande y confuso,
se defendió de todos aquellos que le querían ofender. E hiriendo no sé
cuántos dellos puso las piernas a su buen caballo, viendo que con el
alboroto se recrecía mucha gente, se salió de entre todos sin que dél
pudiese haber ningún derecho. Y por la muerte deste moro Zayde, y
por este hecho ansí acontecido, se dijo aquel romance siguiente, el
cual se había de poner primero que los demás puestos de Gazul. Mas
pues habemos declarado la causa de todo ello, diremos ahora el
romance, pues en cosas de romances hace poco al caso sea el primero
que el postrero, pues se ha declarado la causa dello:

>Sale la estrella de Venus
>al tiempo que el sol se pone,
>y la enemiga del día
>su negro manto descoge.
>Y con ella un fuerte moro,
>semejante a Rodamonte,
>sale de Sidonia airado,
>de Xerez la Vega corre,
>por do entra Guadalete
>al mar de España, y por donde
>de Santa María el puerto
>recibe famoso nombre.
>Desesperado camina,
>que, aunque es de linaje noble,
>lo deja su dama ingrata
>porque se sueña que es pobre.
>Y aquella noche se casa
>con un moro feo y torpe,
>porque fue alcaide de Sevilla
>del Alcázar y la Torre.
>Quejábase gravemente
>de un agravio tan enorme,

y a sus palabras la Vega
con el eco responde.
—Zayda—dice—más airada
que el mar que las naves sorbe,
más dura e inexorable
que las entrañas de un monte.
¿Cómo permites, cruel,
después de tantos favores,
que de prendas que son mías
ajena mano se adorne?
¿Es posible que te abraces
a las cortezas de un roble
y dejes el árbol tuyo
desnudo de fruto y flores?
¿Dejaste un pobre muy rico
y un rico muy pobre escojes,
y las riquezas del cuerpo
a las del alma antepones?
¿Dejas al noble Gazul,
dejas seis años de amores,
y das la mano a Abenzayde
que apenas no le conoces?
Alá permita, enemiga,
que te aborrezca y le adores,
que por celos los sospires
y por ausencia le llores,
y en la cama le enfastidies,
y que a la mesa le enojes,
y que de noche no duermas
y de día no reposes;
ni en las zambras, ni las fiestas
no se vista tus colores;
ni el almaizal que le labres,
ni la manga que le bordes,
y se ponga el de su amiga
con la cifra de su nombre;
y para verle en las cañas,
no consienta que te asomes
a la puerta ni ventana
para que más te alborotes;
y si le has de aborrecer,
que largos años le goces;
y si mucho le quisieres,
de verle muerto te asombres,
que es la mayor maldición
que te pueden dar los hombres;
y plega Alá que suceda
cuando la mano le tomes.

Con esto llegó a Xerez
a la mitad de la noche,
halló el palacio cubierto
de luminarias y voces.
Y los moros fronterizos
que por todas partes corren
con mil hachas encendidas,
con las libreas conformes.
Delante del desposado
en los estribos se pone,
que también anda a caballo
por honra de aquella noche.
Arrojado le ha una lanza,
de parte a parte pasóle,
alborotóse la plaza
desnudó el moro su estoque
y por en medio de todos
para Medina volvióse.

No hay cosa más endiablada ni rabiosa que son los celos, y ansí están las escrituras llenas de casos acontecidos y desastrados por los celos. Y con mucha verdad dicen los que dellos tienen experiencia, que es cruel mal de rabia, y esto nace de los amantes que son mal considerados. Y si no, miradlo por esta hermosa Zayda de Xerez, que después de seis años de amores, y de otros dares y tomares con el valeroso Gazul, inconsideradamente volvió la hoja, y lo olvidó por el moro Zayde de Sevilla, por ser hombre poderoso y rico, y porque Gazul no lo era tanto, no mirando el valor de las personas, que eran muy diversas. Porque Gazul, aunque no era caballero muy rico, era noble de linaje, como lo dice el pasado romance, y sin esto era valeroso y valiente, de cuerpo gentil y gallardo, como atrás habemos dél contado. Y no era tan pobre que no tenía hacienda que valía treinta mil doblas, y muy emparentado en Granada, y todos los de su linaje eran por lo semejante muy ricos y en Granada muy estimados. Mas porque el moro Zayde era de mayor riqueza, lo escogió por marido. Mal haya la riqueza, que muchas veces por ella pierden muchas personas nobles muy buenas ocasiones, por no ser ricas, como tenemos ejemplo en Gazul, que fue desechado, porque se sonaba que no era tan rico como Zayde, según nos avisa el romance de ello. Mas a mí me parece que no es cosa de creer que Zayda olvidase a Gazul, ni lo dejase por pobre, al cabo de seis años que la servía, en los cuales no podía Zayda ignorar si Gazul era rico o no. Y amores de seis años me parece a mí que son muy malos de olvidar. A una cosa lo podemos echar este mudamiento de Zayda: que sus padres o parientes la casaron por fuerza con el moro Zayde por ser tan rico, y ella no osaría hacer más de aquello que sus padres o parientes ordenasen. Y así parece en aquel romance que trata del juego de cañas de Gelves, donde ella a su criada le confiesa querer a Gazul, y que lo tenía en sus entrañas, por donde se colige ser casada contra su voluntad.

Pues volviendo al caso, este romance que habemos contado su principio da muy fuera del blanco de la historia. Y aunque tiene buenos conceptos, son algo fríos, y su tonada no es nada gustosa respecto de la intricación que lleva, y también porque a los fines viene a declararse la historia suya. Ahora, salvo paz de su autor, va algo enmendado, declarando fielmente la historia; porque como habemos dicho, el romance pasado hacía que Gazul fuese en tiempo que Sevilla y Xerez eran de moros, y era muy al contrario. Porque no fue sino en tiempo de los Católicos Reyes; y Sevilla y Xerez ya eran de cristianos, Sevilla ganada por el rey don Fernando el III, y Xerez, por el rey don Alonso el XI. Y ansí no faltó otro poeta que hizo otro romance de lo mismo, que, a mi parecer, debe de ser más liso y más gustoso en letra y tonada. El cual romance dice:

> No de tal braveza lleno
> Rodamonte el africano,
> cual llamaron rey de Argel
> y de Zarza intitulado,
> salió por su Doralice
> contra el fuerte Mandricardo,
> como salió el buen Gazul
> de Sidonia aderezado
> para emprender un gran hecho
> tal cual nunca se ha intentado.
> Y para esto se adorna
> de jacerina y un jaco,
> y al lado puesto un estoque
> que de Fez le fue enviado,
> muy fino y de duros temples,
> que lo forjaría un cristiano
> que allá estaba en Fez captivo
> y del rey de Fez esclavo.
> Más lo estimaba Gazul
> que a Granada y su reinado.
> Sobre las armas se pone
> un alquizel leonado,
> lanza no quiere llevar
> por ir más disimulado.
> Pártese para Xerez
> do lleva puesto el cuidado,

toda la vega atropella
corriendo con su caballo.
Vadeando pasa el río
que Guadalete es llamado,
el que da famoso nombre
al puerto antiguo y nombrado
que llaman Santa María
deste nuestro mar Hispano.
Así como pasa el río,
más aprieta su caballo
por allegar a Xerez
no muy tarde ni temprano;
porque se casa su Zayda
con un moro sevillano,
por ser rico y poderoso,
y en Sevilla emparentado,
y bisnieto de un alcaide
que fue en Sevilla nombrado,
del Alcázar y su Torre
moro valiente, esforzado.
Pues con éste la su Zayda
el casamiento ha tratado.
Mas aqueste casamiento
caro al moro le ha costado,
porque el valiente Gazul,
como a Xerez ha llegado,
a dos horas de la noche,
que ansí lo tiene acordado,
junto a la casa de Zayda
se puso disimulado.
Pensando está que haría
en un caso tan pesado.
Determina de entrar dentro
y matar al desposado.
Ya que en esto está resuelto,
vido salir muy despacio
mucha caterva de gente
con mil hachas alumbrando;
la Zayda venía en medio
con su esposo de la mano,
que los llevan los padrinos
a desposar a otro cabo.
El buen Gazul que los vido,
con ánimo alborotado,
como si fuera un león
se había encolerizado.

Mas refrenando la ira,
se acerca con su caballo
por acertar en su intento,
y en nada salir errado,
y aguarda llegue la gente
adonde él está parado.
Y como allegaron junto,
a su estoque puso mano,
y en alta voz, que le oyeron,
desta manera ha hablado:
—No pienses gozar de Zayda,
moro bajo y vil villano.
No me tengas por traidor,
pues te aviso y te hablo:
Pon mano a tu cimitarra
si presumes de esforzado.
Estas palabras diciendo
un golpe le había tirado
de una estocada cruel
que lo pasó al otro cabo.
Muerto cayó el triste moro
de aquel golpe desastrado,
todos dicen: «¡Muera, muera!
hombre que ha hecho tal daño!»
El buen Gazul se defiende,
nadie se llega a enojarlo.
Desta manera Gazul
se escapa con su caballo.[10]

Atónitos, y espantados, y muy atemorizados quedaron todos aquellos que llevaban a la hermosa Zayda, y aún algunos dellos quedaron
descalabrados por querer ofender al buen Gazul. Mas visto que no
tuvieron dél ningún derecho por ir a caballo, y considerando que el
alboroto no era parte para reparar el daño recibido, tomaron al moro,
ya del todo punto muerto, y haciendo grandes llantos, sus parientes le
tornaron a la casa de la hermosa Zayda. La cual toda aquella noche no
cesó de llorar a su esposo. No le quedó de sus lágrimas y sus llantos
sino un consuelo, y fue, que pensaba que el animoso Gazul la tornaría
a servir como solía y que se casaría con ella, lo cual no le avino ansí
como lo pensó, como después diremos. La mañana venida, fue el
muerto muy honradamente enterrado, así como hombre poderoso y
rico, no sin falta de llantos de una parte y de otra; los parientes se

---

[10] This ballad version of the Gazul story was probably composed by Pérez
de Hita.

conjuraron de seguir a Gazul hasta la muerte, por vía de la justicia, porque de otra suerte no tenían remedio.

Pues volviendo a nuestro Gazul, ansí como hubo hecho aquel endiablado caso, como hombre desesperado se fue a Granada, donde tenía su hacienda y parientes, mas a pocos días que fue llegado, le fue puesta acusación criminal delante del rey de Granada, sobre la muerte del sevillano moro, que también se llamaba Zayde. Mucho le pesó al rey de aquella acusación, porque amaba en extremo a Gazul por su valor, mas vista y entendida la causa, no pudo menos de dar contento a los acusantes. Finalmente, el mismo rey puso la mano en el negocio y con él otros caballeros de los más principales de Granada, y tanto hicieron en ello, que al fin condenaron al buen Gazul en dos mil doblas para las partes, y ansí fue libre deste negocio.

En este tiempo Gazul puso los ojos en la hermosa Lindaraxa y se dio a la servir como atrás habemos dicho, y ella lo quiso bien. Y sobre ella, el buen Gazul y Reduán tuvieron aquella brava batalla que os habemos contado. Finalmente, por respecto del valeroso Muza, Reduán se apartó de los amores de Lindaraxa y quedó por Gazul. El cual la sirvió hasta que sucedió la muerte de los caballeros Abencerrajes, donde fue muerto su padre de Lindaraxa, y por ello ella se salió de Granada como desterrada, y se fue a San Lúcar, y con ella el buen Gazul y otros amigos suyos. Estando en San Lúcar, estos dos amantes se hablaban y visitaban con grande contento. Después como el rey don Fernando cercó a Granada, fue Gazul llamado de sus parientes para que se hallase con ellos en el trato que se había de hacer con el rey de Granada, para que al rey cristiano se le entregase la ciudad. Gazul se partió para Granada, y en aquella ausencia no faltó quien le dijese a Lindaraxa todo lo que Gazul había pasado con la hermosa Zayda, y la muerte que le dio a su esposo, y aun la dijeron que Gazul estaba en aquella sazón en Xerez y no en Granada, de lo cual la hermosa Lindaraxa recibió demasiada pena y concibió mortales celos en su ánimo. Y esta fue la causa que Lindaraxa se le mostró cruel y desabrida al buen Gazul cuando volvió de Granada a San Lúcar, al tiempo que Granada quedó de todo punto por los cristianos como habéis oído.

Pues como vino Gazul a San Lúcar y halló tanta mudanza en Lindaraxa, estaba maravillado y no sabía que fuese la causa de ello, y moría por vella y hablalle, mas ella se guardaba muy bien, mostrándose todavía cruel y severa con esconderse. En este tiempo fue en Gelves concertado aquel juego de cañas que habemos dicho, y Gazul, convidado para él, para lo cual se puso galán, de blanco, azul y morado, como dijimos. Y antes que se partiera para Gelves, moría por ver a su señora, y ansí dice el romance de San Lúcar: *Vuelve y revuelve mil veces.* El cual romance había de entrar aquí en este lugar. Mas por contar los celos de Lindaraxa, y por qué causa fueron, está mejor primero puesto, cuanto más que muy poco va en ello para el que es discreto, pues habemos sacado en limpio la historia del buen Gazul. El cual ya tenemos puesto en Granada con su querida mujer Lindaraxa, y la hermosa Zayda se quedó al sesgo, aunque algunos dicen que se casó con un primo hermano de Gazul, hombre rico y poderoso en Granada; que este casamiento hizo el rey moro, porque la Zayda perdiese la querella que tenía contra Gazul.

Pues dejemos ahora todo esto y tornemos al hilo de nuestra historia, pues nos queda aún que decir de ella. Pues como el rey don Fernando tuvo por suya a Granada, todos los lugares del Alpujarra se tornaron a rebelar y alzar. Por lo cual convino que el rey don Fernando mandase juntar todos sus capitanes, que aun estaban con él, y cuando los tuvo a todos juntos les habló, diciendo:

—Muy bien sabéis, nobles caballeros y valerosos capitanes, cómo Dios por su bondad nos ha puesto en posesión de Granada, y esto por su misericordia y vuestra bondad y valentía, que ha sido el segundo instrumento de nuestras victorias. Ahora todos los lugares de la sierra se han tornado a rebelar, y es menester irlos a conquistar de nuevo. Por tanto, ved, nobles capitanes y valerosos caballeros, cuál de vosotros ha de ir a la sierra contra los moros levantados, y poner mis reales pendones encima de las Alpujarras, porque yo tendré en mucho este servicio, y el que fuere no perderá nada, antes aumentará en su gloria y blasón.

Con esto el rey dio fin a sus razones, aguardando cuál de los caballeros respondería. Todos los capitanes que allí estaban se miraron los unos a los otros, por ver cuál respondería y tomaría aquella empresa, y ansí se detuvieron un poco en responder al rey y por ser peligrosa aquella ida y muy dudosa la vuelta, y así todos concibieron en sus ánimos un cierto temor. El valeroso don Alonso de Aguilar, visto que ninguno respondía tan presto como era necesario, se levantó en pie, se quitando el sombrero de la cabeza, y respondió al rey, diciendo:

—Esta empresa, Católica Majestad, para mí está consignada, porque mi señora la reina me la tiene prometida.

Admirados quedaron todos los demás caballeros de la promesa hecha por don Alonso, con la cual también el rey holgó mucho. Y luego otro día mandó que se le diesen a don Alonso mil infantes, todos escogidos, y quinientos hombres de a caballo. Entendiendo el rey y los de su real consejo que con aquella gente habría harto para tornar a apaciguar aquellos pueblos levantados y rebeldes. Don Alonso de Aguilar, acompañado de muchos caballeros sus deudos y amigos que en aquella jornada le quisieron acompañar, se partió de

Granada con mucha gallardía, y comenzó a subir por la sierra. Los moros, que supieron la venida de los cristianos, con gran presteza se apercibieron para defenderse, y ansí tomaron todos los pasos angostos y estrechos del camino, para impedir a los cristianos la subida.

Pues marchando don Alonso con su escuadrón y metido por los caminos más estrechos, los moros con grande alarido dieron sobre los cristianos, arrojando gran muchedumbre de peñascos las cuestas abajo, los cuales hacían muy notable daño en la cristiana gente, y tanto que mataban muchos de los cristianos. La gente de caballo del todo punto desbaratada y rompida se hubo de retirar atrás por no poder hacer allí ningún efecto, y allí murieron muchos dellos. Visto el buen Alonso el poco provecho de sus caballos y la destrucción total de los infantes, a grandes voces animaba su gente, subiendo todavía. ¿Mas qué provecho desto tiene? Que los moros en pelear mataban muchos cristianos con las peñas desgarradas en aquellos angostos lugares. De tal suerte fue la rota, que antes que don Alonso llegase a lo alto, ya no le quedaba gente de quien pudiese recibir favor ninguno, y los que con él subieron, que fueron muy pocos, cansados y mal heridos, sin haber podido ellos hacer nada contra los moros. Y ansí, llegando arriba a un llano no muy grande, donde pensaron pelear, cargó sobre ellos grande morería, y tanta, que en breve tiempo fueron todos muertos y con ellos el valeroso capitán don Alonso de Aguilar, habiendo peleado con los moros poderosamente, y habiendo muerto él solo más de treinta de ellos. Algunos de a caballo, huyendo, se tornaron a Granada, donde contaron la rota de la cristiana gente, de lo cual pesó mucho al rey don Fernando y a todos los demás de su corte. Este fue el fin del buen caballero don Alonso de Aguilar. Y desta batalla y su muerte se dijo aquel romance muy antiguo que entonces se cantó, que dice ansí:

> Estando el rey don Fernando
> en conquista de Granada,
> donde están duques y condes
> y otros señores de salva,
> con valientes capitanes
> de la nobleza de España,
> de que la hubo ganado
> a sus capitanes llama.
> Cuando los tuviera juntos
> desta manera les habla:
> —¿Cuál de vosotros, amigos,
> irá a la sierra mañana
> al poner el mi pendón
> encima del Alpuxarra?

Míranse unos a otros
y el sí ninguno le daba,
que la ida es peligrosa
y dudosa la tornada;
y con el temor que tienen
a todos tiembla la barba,
si no fuera a don Alonso
que de Aguilar se llamaba.
Levantóse en pie ante el rey
desta manera le habla:
—Aquesta empresa, señor,
para mí estaba guardada;
que mi señora la reina
ya me la tiene mandada.
Alegróse mucho el rey
por la oferta que le daba.
Aun no es amanecido,
don Alonso ya cabalga
con quinientos de caballo
y mil infantes que llevaba.
Comienza a subir la sierra
que la llamaban Nevada.
Los moros, que lo supieron,
ordenaron gran batalla,
y entre ramblas y mil cuestas
se pusieron en parada,
La batalla se comienza
muy cruel y ensangrentada,
porque los moros son muchos,
tienen la cuesta ganada.
Aquí la caballería
no podía hacer nada,
y ansí con grandes peñascos
fue en un punto destrozada.
Los que escaparon de aquí
vuelven huyendo a Granada.
Don Alonso y sus infantes
subieron a una llanada,
aunque quedan muchos muertos
en una rambla y cañada;
tantos cargan de los moros
que los cristianos mataban.
Sólo queda don Alonso,
su compaña es acabada,
pelea como un león
mas su esfuerzo no vale nada.

Porque los moros son muchos
y ningún vagar le daban;
en mil partes ya herido,
no puede mover la espada.
De la sangre que ha perdido
don Alonso se desmaya;
al fin cayó muerto en tierra
a Dios rindiendo su alma.
No se tiene por buen moro
el que no le da lanzada;
lleváronle a un lugar
que es Ojícar la nombrada.
Allí le vienen a ver
como a cosa señalada;
míranle moros y moras,
de su muerte se holgaban.
Llorábalo una cautiva,
una cautiva cristiana,
que de chiquito en la cuna
a sus pechos le criara;
de las palabras que dice
cualquiera mora lloraba:
—¡Don Alonso, don Alonso,
Dios perdone la tu alma,
que te mataron los moros.
los moros de la Alpuxarra!

Este fin que habéis oído hizo el valeroso caballero don Alonso de Aguilar. Ahora, sobre su muerte, hay discordia entre los poetas que sobre esta historia han escrito romances, porque el uno, cuyo romance es el que habemos contado, dice que esta batalla y rota de cristianos fue en la Sierra Nevada. Otro poeta, que hizo el romance de *Río verde,* dice que fue la batalla en Sierra Bermeja; no sé a cuál me arrime. Tome el lector el que mejor le pareciere, pues no va mucho en ello, pues al fin todas las dos sierras se llamaban Alpujarras. Aunque me parece a mí, y ello es ansí, que la batalla pasó en Sierra Bermeja, y ansí lo declara un romance muy antiguo, que dice desta manera:

Río verde, río verde,
tinto vas en sangre viva,
entre ti y Sierra Bermeja
murió gran caballería.
Murieron duques y condes,
señores de gran valía;
allí muriera Urdiales

hombre de valor y estima.
Huyendo va Sayavedra
por una ladera arriba;
tras dél iba un renegado
que muy bien lo conocía.
Con algazara muy grande
desta manera decía:
—Date, date, Sayavedra,
que muy bien te conocía.
Bien te vide jugar cañas
en la plaza de Sevilla,
y bien conocí tus padres
y a tu mujer doña Elvira.
Siete años fui tu cautivo
y me diste mala vida,
ahora lo serás mío
o me has de costar la vida.
Sayavedra que lo oyera,
como un león revolvía;
tiróle el moro un cuadrillo
y por alto hizo vía.
Sayavedra con su espada
duramente le hería;
cayó muerto el renegado
de aquella grande herida.
Cercaron a Sayavedra
más de mil moros que había;
hiciéronle mil pedazos
con saña que dél tenían.
Don Alonso en este tiempo
muy gran batalla hacía;
el caballo le habían muerto,
por muralla le tenía.
Y arrimado a un gran peñón
con valor se defendía.
Muchos moros tiene muertos,
mas muy poco le valía;
porque sobre él cargan muchos
y le dan grandes heridas,
tantas que allí cayó muerto
entre la gente enemiga.
También el conde de Ureña,
mal herido en demasía,
se sale de la batalla
llevado por una guía
que sabía bien la senda
que de la sierra salía.

Muchos moros deja muertos
por su grande valentía.
También algunos se escapan
que al buen conde le seguían.
Don Alonso quedó muerto,
recobrando nueva vida
con una fama inmortal
de su esfuerzo y su valía.[11]

Algunos poetas, teniendo noticia que la muerte de don Alonso de
Aguilar fue en la Sierra Bermeja, [fueron] alumbrados en ello de las
crónicas reales. Habiendo visto el romance pasado, no faltó otro poeta
que hizo otro nuevo a la misma materia aplicado, el cual comienza y
dice:

Rio verde, río verde,
cuánto cuerpo en tí se baña
de cristianos y de moros
muertos por la dura espada,
y tus ondas cristalinas
de roja sangre se esmaltan.
Entre moros y cristianos
se trabó muy gran batalla:
murieron duques y condes,
grandes señores de salva.
Murió gente de valía
de la nobleza de España;
en tí murió don Alonso
que de Aguilar se llamaba.
El valeroso Urdiales
con don Alonso acababa.
Por una ladera arriba
el buen Sayavedra marcha;
natural es de Sevilla,
de la gente más granada.
Tras dél iba un renegado,
desta manera le habla:
—Date, date, Sayavedra,
no huyas de la batalla;
yo te conozco muy bien,
gran tiempo estuve en tu casa.

---

[11] Both this and the following ballad are based on a version found in the
Cancionero de romances and the *Silva de varios romances*. Originally it dealt only with
the death of Sayavedra, killed in Granada in 1448. Don Alonso de Aguilar
was killed in 1501.

Y en la plaza de Sevilla
bien te vide jugar cañas;
conozco tu padre y madre,
y a tu mujer doña Clara.
Siete años fui tu cautivo,
malamente me tratabas,
y ahora lo serás mío
si Mahoma me ayudara.
Y tan bien te trataré
como tú a mí me tratabas.
Sayavedra que lo oyera
al moro volvió la cara;
tiróle el moro una flecha,
pero nunca le acertara;
mas hirióle Sayavedra
de una herida muy mala.
Muerto cayó el renegado
sin poder hablar palabra.
Sayavedra fue cercado
de mucha mora canalla,
y al cabo quedó allí muerto
de una muy mala lanzada.
Don Alonso en este tiempo
bravamente peleaba;
el caballo le habían muerto
y lo tiene por muralla;
mas cargan tantos de moros
que mal lo hieren y tratan;
de la sangre que perdía
Don Alonso se desmaya.
Al fin, al fin cayó muerto
al pie de una peña alta.
También el conde de Ureña
mal herido se escapara.
Guiábale un adalid
que sabe bien las entradas.
Muchos salen con el conde
que le siguen las pisadas;
muerto quedó don Alonso,
eterna fama ganada.

Esta fue la honrosa muerte del valeroso don Alonso de Aguilar. Y como habemos dicho, della les pesó mucho a los Reyes Católicos, los cuales, como viesen la brava resistencia de los moros, por estar en tan ásperos lugares, no quisieron enviar contra ellos por entonces más gente. Mas los moros de la serranía, viendo que no podían vivir sin tratar en Granada, los unos se pasaron en Africa y los otros se dieron al rey don Fernando, el cual los recibió con mucha clemencia. Este fin tuvo la guerra de Granada, a gloria de Dios nuestro Señor sea.

FINIS

APPENDIX

Description of
Granada and the Alhambra in 1526

Andrea Navagero, Venetian ambassador to Spain, and a friend of the poets Juan Boscán and Garcilaso de la Vega, visited Granada in May of 1526. His description of the city and its inhabitants, taken from his *Lettera V*, provides an interesting backdrop to the *Guerras civiles*.

El veintiocho del presente llegué a Granada, vadeando el Genil, que llamaron Singilis los antiguos, el cual nace en Sierra Morena y pasa por los muros de la ciudad, por medio de la cual atraviesa otro riachuelo que se llama el Darro. Granada está situada parte en un monte y parte en llano; la parte montuosa forma tres colinas distintas, una llamada el Albaizín, proque allí habitaron los moros que vinieron de Baeza cuando los cristianos tomaron su tierra; a otra llaman la Alcazaba y a la tercera la Alhambra, que está más separada de las dos primeras que éstas entre sí, y en el intervalo hay un vallecito poco poblado, por donde pasa el Darro. La Alhambra está ceñida de murallas y es como un castillo separado de la ciudad, a toda la cual domina; dentro hay gran número de casas, pero la mayor parte del terreno lo ocupa un hermoso palacio que era de los Reyes Moros y que es en verdad muy bello y labrado suntuosísimamente de finos mármoles y otras cosas; los mármoles no están en los muros sino en el suelo; hay en este palacio un grande y hermosísmo patio rodeado de estancias, y en uno de sus lados una torre que llaman de *Comares*, en la que hay cámaras y salas muy bellas con gentiles ventanas (ajimeces) y con hermosos arabescos así en los muros como en los techos; los arabescos son parte de yeso con mucho oro y parte de marfil y oro, todos bellísimos, en especial los de la sala más baja. El patio está embaldosado de finos y blanquísimos mármoles, algunos muy grandes; por medio hay un especie de canal por donde corre el agua de una fuente que entra en el palacio y se reparte por todo él hasta en las salas; a un lado y otro de dicho canal hay una enramada de arayanes con algunos naranjos. De este patio se va a otro más pequeño también solado con mármoles, rodeado de habitaciones y una galería de arcos; las salas son hermo-

sas, bien labradas y muy frescas en el verano, aunque no tan bellas
como las de la torre antedicha; en medio del patio hay una hermosa
fuente, que por estar formada con varios leones que echan el agua
por la boca, da su nombre al patio que se llama de los leones; sostie-
nen éstos el vaso de la fuente y están hechos por tal arte que
cuando no echan agua, hablando, por muy bajo o paso que sea, en
la boca de uno de los leones, oyen claramente los que pongan el
oído en la de cualquiera de los otros; entre otras cosas hay en este
palacio algunos hermosos baños bajo tierra, solados de mármol y
con sus pilas, les entra la luz por el techo y los muros están labrados de azulejos.

Se sale de palacio por una puerta secreta fuera de las murallas,
y se entra en un hermosísimo jardín de otro palacio que está más
arriba en el mismo monte, y que se llama el Generalife, que si no
muy grande, es bello y bien labrado, y por sus jardines y corrientes
aguas lo más hermoso que he visto en España; tiene muchos cua-
dros o arriates con agua abundantísma, pero entre ellos hay uno
con agua corriente por medio, lleno de arrayanes y naranjos, en el
cual hay una galería alta que por la parte que mira hacia fuera
tiene debajo mirtos o arrayanes tan grandes que casi llegan a los
balcones, y son tan espesos e iguales que no parecen copas de árboles sino un verde y llanísimo prado que tiene seis a ocho pasos de
ancho; bajo los mirtos hay infinito número de conejos que se ven a
través de las ramas. Corre el agua por todo el palacio y aun por las
cámaras o salas cuando se quiere, lo cual las hace muy apacibles en
el verano. Al patio, cubierto de verdura con hermosos árboles, se
hace llegar el agua de tal manera que cerrándose algunos canales,
sin que el que en él está sepa como, ve crecer el agua bajo sus pies
de manera que todo se moja. Hay otro patio cuyos muros están
cubiertos de hiedra con algunos balcones que miran a un precipicio,
por cuyo fondo pasa el Darro, descubriéndose una hermosa vista.
En medio de este patio hay una bellísima fuente que arroja el agua
a una altura de más de diez brazas, y como el caño es grueso, hace
al caer dulcísimo murmullo, y esparce alrededor menuda lluvia que
refresca el ambiente. En la parte superior del jardín hay una ancha
escalera por donde se sube a una meseta, y de un peñasco que hay
en ella brota toda el agua que baja al palacio, y allí se guarda con
varias llaves, de manera que se la da salida como se quiere y
quando se quiere. La escalera está hecha de modo que en todos los
peldaños hay un hueco donde puede recogerse el agua; los pasamanos de un lado y otro tienen las piedras de encima acanaladas; en lo
alto están las llaves de cada parte, separadas de manera que,
cuando se quiere, corre el agua por los pasamanos o por los canales
de los peldaños o por las dos partes a un tiempo. Y se puede hacer
manar tanta agua, que no cabiendo en los conductos a ella destina-

dos, rebosa por todas partes, lavando los escalones y mojando a los que suben, haciendo con esto mil burlas. En suma, no creo que falte a este sitio ninguna belleza ni deleite, como no sea una persona que los sepa gustar, viviendo en él con sosiego y virtud, dado al estudio y a los placeres adecuados a un hombre de bien y que no tenga ningún otro deseo.

En tiempo de los reyes moros, del Generalife, subiendo un poco, se entraba en otros bellísimos jardines de un palacio que se llamaba los Alijares, y más allá, en otros del palacio llamado *Daralharoza,* que ahora llaman Santa Elena, y todos los caminos que iban de uno a otro palacio estaban cubiertos por ambos lados de arrayanes; ahora está casi todo destruido; sólo se ven algunos trozos de jardín; los estanques sin agua por haberse roto las cañerías, y de las raíces de los mirtos brotan algunas ramas a lo largo del camino. Daralharoza estaba sobre el Generalife por la parte del Darro, y los Alijares saliendo de la Alhambra a mano derecha, en lo alto por la parte por donde viene el Genil, teniendo hermosas vistas hacia la Vega; por esta misma parte, siguiendo más adelante el valle por donde corre el Genil y como a media legua de los Alijares, hay otro palacio de los reyes moros menos destruido, en sitio muy ameno y más solitario que los anteriores, junto a la margen del río, y se llama la Casa de las Gallinas. Más adelante, y ya casi en el llano que está debajo del monasterio de Santa Cruz, hay otros jardines y palacios medio arruinados que fueron también de los reyes moros; pero quedan en pie algunos restos y se conoce que el sitio era muy ameno, viéndose todavía algunos arrayanes y naranjos. Dicen que el jardín del convento de Santa Cruz era también de los reyes moros, y que el monasterio era el palacio. En la llanura, más abajo, y pasado ya el puente sobre el Genil, mucho más a la izquierda de los referidos, hay otro palacio que en gran parte se conserva todavía entero, con un hermoso jardín y gran estanque y con muchos arrayanes, que es también lugar muy apacible, al cual llaman el Huerto de la Reina. A lo que puede inferirse de tantos restos de sitios y palacios amenos y ricos, se ve que los reyes moros tenían todo lo que era menester para gozar una vida alegre y de deleites.

En el collado donde está la Alhambra, y bajando por la mano izquierda, se ven unas cavernas o cuevas donde dicen que los moros encerraban a los esclavos cristianos, que son como ergástulos. Más abajo, por aquella parte y en la falda del monte, hay fuera de la ciudad un arrabal llamado Antequeruela, porque los moros de Antequera, perdida su ciudad, se establecieron en aquel sitio como los de Baeza en el Albaicín; más abajo aún, y ya en el llano, hay otro arrabal extramuros que se llama el Realejo, en el cual hay muchas casas, algunas muy hermosas; por este lado se extiende la parte de la ciudad que está en la llanura, y sobre ella las otras dos colinas que hemos dicho, esto es, el Albaicín y la Alcazaba, ambas muy habitadas y con muchas casas, aunque pequeñas, porque son de los moros que tienen la costumbre de vivir apiñados y estrechos. Estas colinas son abundantísmas de agua, que entra y corre por todas las partes de la ciudad, de modo que no hay casa que no tenga su fuente. En el Albaicín entra un torrente que viene de Alfacar, a legua y media de Granada, donde brota de una fuente grande y hermosa que llaman la fuente de Alfacar, cuyas aguas son muy sabrosas y saludables, y de ella beben casi todos los moriscos, que siguen su costumbre de alimentarse principalmente con frutos y con agua. Esta fuente corre primero por lo alto y luego desciende a la parte baja de la ciudad, que tiene buenas casas y que está habitada por los españoles que han acudido aquí después de la conquista: hay en ella una calle muy larga y bastanta ancha, que se llama la calle de Elvira, corrupción del nombre *Iliberis,* y se denomina así porque está en dirección a esta antigua ciudad, cuyas ruinas o vestigios se descubren como a una legua de Granada; esta calle desemboca en una plaza no muy grande, bajo la cual corre el Darro por una cloaca; llegando por esta calle a la plaza empieza en ella, a mano derecha, otro llena de toda especie de tiendas que se llama el *Zacatín;* es medianamente ancha y desemboca en otra plaza grande, hermosa y rectangular, que tiene en uno de sus frentes una pila con muchos caños de agua. Viniendo por el Zacatín, antes de llegar a esta plaza, hay a la derecha una puerta pequeña que da entrada a la Alcaicería, que es un lugar cerrado con dos puertas, cruzado de callejuelas llenas de tiendas de moros que venden sedas y otras mercancías y objetos diferentes, que es como entre nosotros una *Mercería* o un *Rialto.*[1] Hay aquí infinita variedad de cosas, y especialmente obras de seda. Esta parte de la ciudad que está en el llano es abundantísima de agua, que va por cañerías, y cuando la ciudad está llena de fango, se abren y la lavan toda, esto es, la parte llana...

...Fuera de la puerta de Elvira se está labrando un hermoso hospital...; un poco más allá se está levantando un monasterio de Cartujos.... Todo el espacio que hay desde este sitio a Granada es hermosísimo, poblado de casas con sus jardines, fuentes, mirtos y bosquecillos, y algunas tienen grandes estanques; y aunque esta parte sea la mas bella, no se diferencian mucho los demás alrededores de Granada; así las colinas como el llano que llaman la Vega todo es bello y apacible a maravilla, abundante hasta el extremo de agua, lleno de árboles frutales; ciruelos de todas clases, melocotones, higos, alberchigos, albaricoques, guindos, membrillos y otros tales que no dejan penetrar el sol entre sus ramas....

[1] TRANSLATOR'S NOTE: El famoso Rialto de Venecia, donde estaban las tiendas en tiempo de Navagero.

Por todas partes alrededor de Granada, así en las colinas como en la llanura, hay tantas casas de moriscos, aunque muchas las cubren los árboles, que todas juntas formarían otra ciudad no menor que Granada; las más son pequeñas, pero todas tienen agua y rosas, mosquetas y arrayanes, y están muy cultivadas; mostrando que el país era más bello que ahora, cuando estaba en poder de los moros, pues se ven muchas casas arruinadas y jardines abandonados; porque los moriscos disminuyen en vez de aumentar, y ellos son los que cultivan la tierra y los que han sembrado los muchos árboles que hay...

Aunque no haya en Granada tanta gente como en tiempo de los moros, es todavía muy populosa, y no hay en España país donde acudan más forasteros. Los moriscos hablan su antigua y nativa lengua, y muy pocos quieren aprender el español; son cristianos a la fuerza y están poco instruidos de nuestra fe, pues en esto se pone poquísimo cuidado, por ser más provechoso a los clérigos que estén así que no de otra manera; de suerte que en secreto o son tan moros como antes, o no tienen ninguna religión; son muy enemigos de los españoles, que no los tratan por cierto muy bien. Las mujeres todas visten a la morisca, que es un traje muy fantástico; llevan la camisa que apenas les cubre el vientre, y zaragüelles, que son una especie de bragas de tela pintada, en los que basta que entre un poco la camisa; las calzas que se ponen encima son de paño o de otra tela y muy anchas y arrugadas, de manera que hacen las piernas muy gruesas; no gastan chinelas, sino zuecos pequeños y ajustados; se visten sobre la camisa un jubón ajustado y corto con las mangas asimismo ajustadas como una casaca morisca de dos colores vivos, y encima un manto de tela blanca que las cubre hasta los pies, en el que se rebozan de modo que como ellas no querían no se les ve el rostro; el cuello de la camisa es ordinariamente labrado, las que son ricas, con oro, así como el manto, que suele tener una cenefa de oro; en lo demás del traje también se diferencian mucho las ricas de las que no lo son, aunque la forma es siempre la misma. Todas llevan los cabellos negros y se los tiñen con una cosa que no tiene muy buen olor; todas se quiebran los pechos para que crezcan y cuelguen mucho, porque juzgan que es esto bello; píntanse las uñas con alcohol, que es de color encarnado; se ponen un tocado redondo (turbante) que da al manto que las cubre la misma forma; usan mucho los baños, así los hombres como las mujeres, pero éstas principalmente.

Dicen que en tiempo de los moros el rey de Granada tenía más de cincuenta mil de a caballo; hoy no hay casi un caballero, y la gente que queda es plebeya y vil, salvo muy pocos...

La ciudad tendrá cuatro millas y media o poco más de circuito, pero sería mas extensa si fuese llana; tiene muchas puertas, y las principales son la de Elvira, la de Guadix y la de la Rambla, donde está la tela.

Los Reyes Católicos tuvieron gran trabajo para ganar este reino a los moros con los que siguieron una larga guerra, y al fin lo lograron con gran paciencia y porque la discordia estalló entre los dos reyes de Granada, tío y sobrino. El tío tenía la Alhambra y la Alcazaba, y el sobrino, el Albaicín; éste capituló con el Rey Católico, y aun con media ciudad en su poder costó al Rey mucha fatiga dar fin a esta empresa. La reina Isabel acompañó siempre a su marido en esta guerra, y con su claro ingenio, ánimo varonil y esfuerzo poco común en los hombres, cuanto más en las mujeres, no solo le prestó grande ayuda, sino que, según se afirma en toda España, fue quien más hizo para la conquista de este reino...

De Granada, el último de Mayo
de mil quinientos
veintiseis.

(Extracted from *Viajes por España de Jorge de Einghen, del baron Leon de Rosmithal e Blatna, de Francisco Guicciardini y de Andrés Navajero. Traducidos,* anotados y con una introducción por d. Antonio María Fabié, Madrid, 1879, pp. 393-413.)

Glossary of Archaic and Uncommon Words

THE FOLLOWING LIST contains words appearing with greater or lesser frequency in the text which may not be familiar to the modern reader, especially the reader whose native language is English. The only meanings given are those pertinent to this volume or, in some instances, those which are different from conventional meanings.

abalanzar to throw or hurl; to rush or charge suddenly

acerce (a cercén); cortar a cercén to cut completely off, to sever (as with a sword, etc.)

adarga shield covered with skin or leather

albornoz Moorish cloak with hood

alcaide governor of a castle or fortified village

alcazaba castle or fortress

alfange wide curved sabre or scimitar

alfaquí religious leader, teacher or philosopher

aljibe cistern, reservoir

aljuba long outer garment with short sleeves

alquicel Moorish cloak

amartelado enamoured, smitten with love

amordazado muzzled; *fig.,* (checked) or rebuked

añafil straight Mooorish trumpet

apercibido prepared

argentería embroidery of gold or silver

argolla large iron ring or hoop used as target for a lance

atabal kettledrum, timbrel

atento considering or taking into account

avenir to happen; to turn out

barahunda uproar, tumult

cañas non-lethal cane lances used in the *juego de cañas,* a Moorish military game in which opposing teams on horseback engaged in mock battle using the cañas as weapons

capellar short, loose Moorish garment worn over armor

caracol turning maneuver performed by horseman to exhibit skill and ability of both horse and rider

casco helmet or headpiece of armor

castellano keeper of a castle

ciaescurre archaic word for *ciaboga*—nautical term for turning maneuver of a boat (applied to backing and wheeling action of horses and floats in a procession)

cifra monogram
cizaña *fig.*, dissension, discord, enmity
cobro caution; *poner cobro* to be careful, to put on guard; to make safe; to take care (of)
colegir to infer, to deduce
comedido courteous; prudent; moderate
contino continual, habitual; *a la contina* continually
coraza armor breastplate or other protective covering
cota coat of mail
cuadrilla group or team of horsemen in a tourney
cuadrillero leader of a *cuadrilla*
cuartel one of the divisions of a shield or coat of arms; district or quarter of a town
cuento blunt end of a lance shaft; butt
curar to worry or be concerned about; to take care (of)

dares y tomares heated discussions, arguments
dende (archaic) *desde; desde allí*
divisa emblem, heraldic device, motto
dolo deceit, fraud; *poner dolo* to interpret something maliciously; to malign or cast doubt on
dulzaina small wind instrument similar to a flute or recorder

escaramuza skirmish or battle between mounted knights; sometimes a military game or exercise
escribanía writing board, slate
especial (de) in particular or especially
espingardero soldier armed with Moorish musket

falsar archaic form of *falsear*—to penetrate or pierce armor; to break
flámula small banner; pennant
flocadura fringe work
freso—friso (archaic) strip or band
fuerza fortress

gallardete small banner; pennant
garzota plume

hircánico—hircano native to Hircania, an ancient region in Asia southeast of the Caspian Sea sometimes called "wolf's land," hence, synonym for "fierce"
holgar to be glad

instancia insistence

jacerina coat of mail
jalde bright yellow

leonado tawny (color)
librea distinctive livery or uniform
listón ribbon
loriga protective armor; breastplate

marlota Moorish tunic
mazmorra dungeon, subterranean prison
mesura courtesy; respect
mochila soldier's pack; musette bag

paramento ornament; caparison
parar mientes to notice or observe; to take note of
pasador arrow shot from a crossbow
penacho crest; plume
peto breastplate; protective covering for a horse
piulas popping, sputtering
priesa haste; thick (of a battle); surprise atack
puerta falsa side door; secret door
puntarón ridge or slope; tip of land

real king's tent or headquarters; bivouac
recabar to obtain by pleading or through entreaty
recrecer to increase
recuentro—reencuentro clash; collision
revolver to provoke or cause trouble; to quarrel; to involve someone in a
  quarrel; to turn rapidly (on horseback); to turn toward and attack an
  enemy

sarao party or festive reunion with music and dancing
sortija metal ring or hoop used in the *juego de sortija* in which horsemen
  attempt to put a lance through the ring while galloping at full speed
sus interjection equivalent to "Let's go!" or "Get going!"

tablachina shield made of wood
terciar to intervene or mediate in a disagreement; to position or raise
  (a lance, etc.)
testera horse's bridle ornament

zambra Moorish festival and dance

Index of First Lines of Ballads